長浦 京

Nagaura Kyo

1947

光文社

1947
CONTENTS

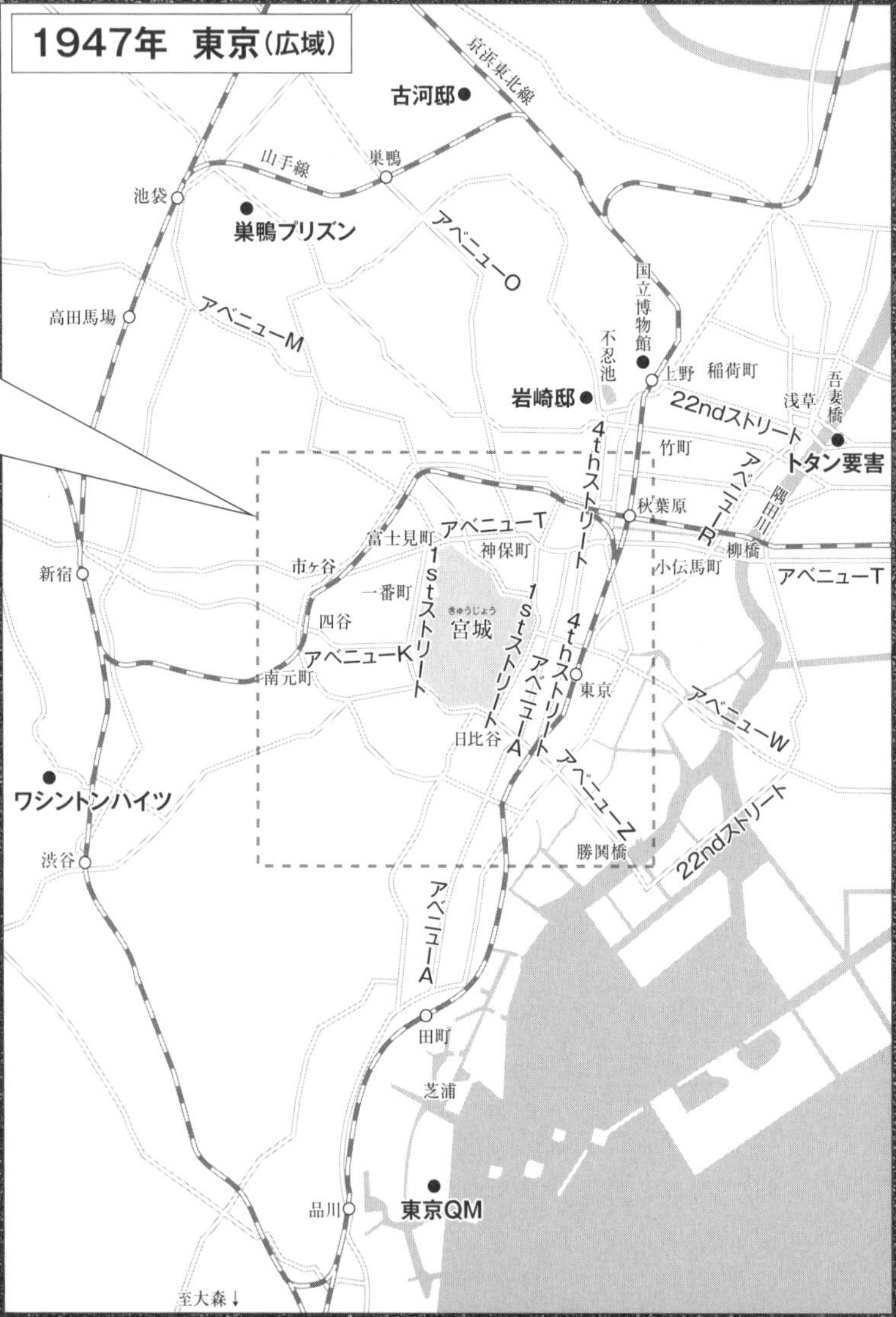
1947年 東京（広域）
京浜東北線
古河邸
山手線
巣鴨
池袋
巣鴨プリズン
アベニューO
高田馬場
アベニューM
国立博物館
不忍池
上野
稲荷町
岩崎邸
吾妻橋
浅草
22ndストリート
竹町
4thストリート
トタン要害
アベニューR
隅田川
秋葉原
アベニューT
富士見町
神保町
柳橋
小伝馬町
アベニューT
市ヶ谷
新宿
一番町
1stストリート
四谷
宮城《きゅうじょう》
1stストリート
4thストリート
アベニューK
南元町
東京
アベニューA
アベニューW
日比谷
ワシントンハイツ
アベニューZ
22ndストリート
勝鬨橋
渋谷
アベニューA
田町
芝浦
東京QM
品川
至大森↓

1947年　東京（拡大）
秋葉原
ビークマン・アームズ
富士見町
靖国神社
アベニューT
神保町
市ヶ谷
ノートンホール
一番町
1stストリート
アベニューA
4thストリート
駐日英国連絡公館
四谷
宮城《きゅうじょう》
（現在の皇居）
帝国銀行本店
アベニューK
1stストリート
丸ノ内ホテル
東京
アベニューW
南元町
リンカーンセンター
アメリカン・クラブ・オブ・トーキョー
日比谷
東京PX
アベニューZ
アベニューA
GHQランドリー
勝鬨橋

1947
TOKYO

主な登場人物

イアン・マイケル・アンダーソン　英国陸軍中尉。兄の仇を討つため来日。

潘美帆《パン・メイファン》　イアンの日本語通訳。香港人。

権藤忠興《ごんどうただおき》　旧日本陸軍少佐。イアンの仇。

五味淵幹雄《ごみぶちみきお》　旧日本陸軍中佐。イアンの仇。

下井壮介《しもいそうすけ》　旧日本陸軍一等兵。B級戦犯。イアンの仇。

松川倫太郎《まつかわりんたろう》　旧日本陸軍一等兵。GHQに協力。

竹脇祥二郎《たけわきしょうじろう》　トタン要害のリーダー。

まゆ子　トタン要害で暮らす少女。英語が堪能。

五味淵貴和子《ごみぶちきわこ》　五味淵幹雄の娘。

小森昌子《こもりまさこ》　タクシー運転手。

長田善次《おさだぜんじ》　通称ロコ。元刑事の非情な追跡者。

ブライアン・オトリー　英国連絡公館参事官。

ホフマン　英国連絡公館二等書記。

カレル　ビークマン・アームズ調理責任者。

チャールズ・ルイス・ケーディス　ＧＨＱ民政局次長。階級は大佐。

バリー・マイルズ　ＧＨＱ民政局中佐。

チャールズ・アンドリュー・ウィロビー　ＧＨＱ参謀第二部部長。階級は少将。

ギャビー・ランドル　ＧＨＱ参謀第二部中尉。

胡《ホ》喜《フィ》太《テ》　朝鮮人実業家。

胡《ホ》孫《ソン》澔《ホ》　朝鮮人実業家。胡喜太の弟。

チャールズ・クリス・アンダーソン　イアンの父。英国経済界の重鎮。

クリストファー・ジョージ・アンダーソン　イアンの兄。英国空挺隊大尉。捕虜となり斬首。

装幀　泉沢光雄
写真　朝日新聞社／時事通信フォト

一章　勝者の朋友《ほうゆう》

1

背負子《しょいこ》をせおった老婆のため息が首にかかり、前の男が拭った汗が目の中に飛んできた。物と人が詰め込まれた車内で、松川《まつかわ》は動くこともできず突っ立っている。だが、あと少しの辛抱。列車は左へ大きく曲がりながら速度を落としていった。

上野《うえの》駅に近づいている。

停車と同時に吐き出されるように五番線ホームに降りると、ずっと変な具合に曲げたままだった左脚をさすった。周りの客たちは目を伏せ、顔を寄せ合いながら、もう商談をはじめている。

「どうだい？」

眼鏡の男が背嚢《はいのう》の中の干し芋を見せた。

松川が首を小さく横に振ると、残念がる様子もなく、すぐに別の誰かに目配せをして離れていった。他にもあちこちで値踏みが続いている。タバコ半箱と油紙に包まれた味噌、砂糖と酒粕《さけかす》、小豆《あずき》と昆布。皆交換してはすぐに別れ、人混みに紛れてゆく。

改札の手前には計量器があり、四貫（十五キログラム）以上の荷物を持つ者は、鳥籠のような柵に入れられ、監視官に体と持ち物を検査される。かさばる食料品はその鳥籠の手前で、軽くて価値ある他のものと換えてしまうのが決まりごとになっていた。

よほど派手にやらない限り、見て見ぬ振りをしてくれるし、もし咎《とが》められても、心付けを握らせれば忘れてくれる。取り締まりが厳しくなるのは、警察官かアメリカの憲兵（ＭＰ）が査察に来ているときだけ。貧しいのも、ひもじいのも、皆同じ。卑怯《ひきょう》と姑息《こそく》を許し合い、支え合わなければ生きていけない。

改札を出た先にはゴザ敷きの店が並び、さまざまな匂いが漂っていた。

腐ったような、錆《さ》びたような、焦げたような、目に滲《し》みるような——得体の知れない臭気は、どれも不快なものばかり。

逆にそれが松川には嬉しかった。人が生き、暮らしている匂いがする。

前回ここに来たのは、敗戦から七ヵ月後の昭和二十一（一九四六）年三月。外地からようやく引き揚げ、妻と子供たちが疎開している群馬県水上《みなかみ》の親戚宅に向かうためだった。

あのときの上野は何の匂いもしなかった。

今日と同じように駅前もホームも、いつ来るかもわからぬ列車を待つ人で溢《あふ》れていた。なのに食い物の匂いはもちろん、汗や屁《へ》の臭いさえしない。鼻に入って来るのは、ずっと前に出発した機関車が残していった、かすかな燻気《くんき》だけ。

当時あった屍肉漁《しにくあさ》りのうわさを、松川は今でも本気で信じている。

行き倒れの死体は衛生局に回収される前に、野良団とかネズミとか呼ばれる戦災孤児の集団に持ち去られ、捌《さば》かれ煮込まれ、骨の髄まで食われている——うそとは思えなかった。そうでもなければ、町は臭気と腐乱死体で溢れ、疫病がもっと蔓延《まんえん》していたはずだ。

それから十八ヵ月で、ここまで戻った。

昭和二十二（一九四七）年九月。

浅草《あさくさ》通りを東に向かう。強い陽射しが道を照らし、遠く寛永寺《かんえいじ》の境内から蟬時雨《せみしぐれ》が聞こえてくる。土曜の昼前、人通りは多い。

運行再開した路面電車の都電吾妻橋《あづまばし》線が通り過ぎてゆくが、国鉄ほどは混んでいない。皆金がないからだった。北関東や東北への買い出しならともかく、都内の用事なら、運賃節約のため無理をしてでも歩く。

田原町《たわらまち》を過ぎたところで、小学校の仮校舎から授業を終えた児童たちが出てきた。

下校の列が浅草通りを進んでゆく。その横に、走ってきた二台のジープがブレーキを響かせながら停《と》まった。

乗っていた占領軍の兵士たちが、すかさず菓子を撒《ま》いた。土埃《つちぼこり》の立つ路上にハーシーチョコレートやリグレイガムが落ちてゆく。

兵士たちは来日間もないのだろう。何人かが笑顔でカメラを構えた。

だが、小学生たちは足を止めただけで、誰も拾わない。食うや食わずの生活で、しかも土曜の昼、腹が減っていないわけがない。それでも、物欲しそうに遠目から眺めるだけで手を出さなかった。

「お礼をいって、いただきなさい」

校門にいた見守り役の女教師にいわれ、ようやく遠慮がちに近づき、頭を下げながら菓子を拾いはじめた。

兵士たちはその様子を裏切られた顔で見ている。中には露骨に舌打ちをする者もいた。

彼らは自国が制作した宣伝用映画を、アメリカ本国、グアム、フィリピンで見て、その一コマを真実と思い込んでいたのだろう。だが、撒いた菓子を子供たちが奪い合うなんて光景は、地方はともかく東京の中心部では、戦災孤児たちの溜《た》まり場か、事前に撮影カメラをセットした上での演出でもない限り、見ることはできない。

体に染み込んだ礼節とアメリカへの猜疑《さいぎ》を、日本人はまだ捨て切れてはいない。

現実を知った兵士たちは半ばふてくされながらシャッターを一、二度押しただけで、すぐに走り去っていった。

松川は浅草を過ぎ、隅田川《すみだがわ》に架かる吾妻橋を渡った。

この年三月、本所区《ほんじょ》と向島区《むこうじま》の合併により新たに生まれた墨田区《すみだ》に入ってゆく。

出征前、近くの滝野川区《たきのがわ》で暮らしていた松川にとっても知った町だが、大空襲で消失したあと、様相は一変していた。川沿いの狭い土地にトタン板の長い壁が築かれ、内側に廃材とバラックで組み上げられた小さな家々が乱立している。川に張り出た桟橋や係留船の上に立つ男たちが、余所者《よそもの》を監視するようにこちらを見ている。

トタン要害――うわさで聞いた通りだ。

同じ陸軍歩兵第五十六連隊に所属していた友人を訪ねるため、松川はここにやってきた。

友人の名は下井壮介《しもいそうすけ》。年は松川と同じ三十九歳。

ふたりとも戦前は都政に移行する前の東京市内で暮らしていたが、戦時中は通例通り、出身地であり原籍（本籍）のある福岡県久留米《くるめ》市で召集され、ビルマで終戦を迎えた。

今、松川は家族とともに群馬にある親戚の元に身を寄せている。そこに五十六連隊時代の別の戦友から手紙が来たのが一ヵ月前。

このトタン要害の中で、偶然家族と歩く下井の姿を見かけたという。焼け野原になる前の本所は、下井の妻の生まれ育った町でもあった。

長く続くトタン壁の途中にいくつか据えられた小さな門のひとつを通り、町の中へ。

門番役らしい新聞売りの若い男にじっと見られたが、止められはしなかった。入り組んだ細い道ですれ違う連中に、行く手を阻《はば》まれることもない。電信柱や家の壁には番地を書いた板が打ちつけられ、路肩には露店が並んでいる。壁の内側には、意外なほどに秩序だった町並みが続いていた。

だが、下井の居場所はなかなかわからない。

友人が手紙で知らせてきたあたりでは見つからず、近隣住人たちに訊《き》いても皆口が重い。自分が下井と同じ部隊であったことなどを説明しながらあちこち歩き、三十分ほどしたころ、うしろに気配を感じた。

「何の用だ」

振り返ると、にわか作りの床屋の陰から男がこちらを見ている。

下井だった。

「心配で訪ねたに決まっているだろう」

松川はいった。

「ってことは知っているわけか」

「当たり前だ。新聞に名前が載ったんだ。俺のところにも隊の連中の手紙だけじゃなく、警察にアメリカ兵まで来やがった」

「俺を捜してか？」

「居場所を教えたら悪いようにはしないとさ。皆おまえを売れと誘ってきやがる」

下井は捕虜の英国陸軍士官を国際法に反して処刑したという理由で、B級戦争犯罪人の手配を受けていた。

「なあ、落ち着いて話せるところはないか」

松川は周りを見た。

下井が無言で手招きする。少し歩き、隅田川に浮かぶ船に入った。元は屋形船で、改装して寄り合い住居として使われているという。

ふたりで狭い板間に腰を下ろした。窓代わりの雨戸は閉じられ、蒸し暑い。柳行李《やなぎごうり》が隅にひとつ、他に家具らしいものは何もない。

「奥さんと子供たちは？」

松川は訊いた。

「知り合いのところに預けている」

「一緒にいるよりは、いくらか安全か」

松川はカバンから新聞包みを出した。

「干瓢《かんぴょう》に椎茸《しいたけ》、餅米。わずかばかりだが子供たちに」

「ありがたい」

下井の表情が少しだけ緩んだ。「すまんな」頭を下げながら、シャツの懐《ふところ》やポケットに押し込んでゆく。

その様子を見ながら松川はさらに訊いた。

「奥さんの具合は？」

「悪いよ」

下井の妻は乳癌《にゅうがん》を患《わずら》っている。戦地にも病状を綴《つづ》った手紙が届き、隊の人間たちも知っていた。

「どうにかならんのか」

「どうにもならんよ。ひと月前に伝手《つて》をたどって金を積んで、ようやくレントゲンで撮ってもらった。あちこちに転移していて、もう切ってもどうにもならんとさ。どんなに生きてもあと一年、食い物が悪けりゃ三月《みつき》持たんそうだ」

「だから意地でも今は出頭できんということか」

「ああ。何があっても看取《みと》ってやりたい。苦労をかけ通しで、何も返せなかったんだ。最期ぐらい、ちゃんと手を取って送ってやらないと」

「奥さんを思いやるのは当然だが、子供たちのことも考えるべきじゃないか。いつまでも連れて逃げ回るわけにはいかんだろ。それでも逃げられているうちは、まだいい。下手をすれば、子供たちの前で手錠をかけられ、連行されていくんだぞ」

「構わんさ。出頭したら最後、横浜で八百長《やおちょう》に遭って終わりだ」

横浜の戦犯法廷で不当な審理の末、死刑判決を受けるといっている。

「わからんぞ。占領軍も近ごろは人気取りに傾いて――」

松川が話している途中、下井の口元が緩み、わずかに歯が覗いた。甘い考えを責めているのではない。進駐軍といわなかったからだ。

「言い直したほうがいいか」松川は訊いた。

「いや、変わっとらんと思っただけさ」

「日本人から吸い上げた金で贅沢《ぜいたく》三昧してやがる。あんな奴らのどこが進駐軍なものか」

直截《ちょくせつ》な物言いを改められない上、東京の有名繊維会社に勤めていたことへの僻《ひが》みも加わり、松川は戦地で久留米育ちの上官に憎まれた。松川は柔道三段で、二、三人の暴漢に囲まれても軽く制圧できるほどの腕前を持ち、東京近郊の柔道界では名を知られた存在でもあった。が、その強さも上官たちにとってはある種の脅威と映り、敵視され、問題を起こしたことをきっかけに二度の私刑《リンチ》を受けた。その二度とも捨て身で上官を説得し、瀕死《ひんし》のところで救い出してくれたのが下井だった。

「こんな馬鹿を救ってくれた恩を返させてくれ。残念ながらおまえ自身は救えん。だが、遺《のこ》された子供たちは何があろうと守り抜く」

下井は黙ったあと、「どうして俺なんだ」と小さくいった。

「俺を責めたいのか」

「おまえじゃない。この理不尽さと権藤《ごんどう》の野郎を怨《うら》んでいるだけだ」

下井は目を細め、閉じた雨戸の隙間から射す光を見つめた。

その視線の先にある光景がどんなものか、松川にもわかる。こいつと俺は今、記憶の中の同じ場面を思い浮かべている。

昭和十八（一九四三）年、五月――

松川と下井の所属していた部隊はビルマ中部を移動中、英国人捕虜二名を処刑した。

権藤という少佐が上申し、五味淵《ごみぶち》中佐が決定した。松川と下井は他の同僚とともに命令に従い、捕虜たちに穴を掘らせたあと、そこに頭を突き出した恰好《かっこう》でうつ伏せにし、皆で体を押さえつけた。

軍刀を振るったのは権藤だった。

同じように斬首に加わった松川と下井の違いは、松川が押さえつけたのは英国空挺部隊所属の兵長（Lance Corporal）、下井は大尉（Captain）だったという一点のみ。しかし、大尉の体を組み伏せていた下井を含む六人だけが、全員B級戦犯の手配を受けた。

もちろん当時の松川にも下井にも拒否権はない。命令に背けば、運がよくても私刑の上、営倉送《えいそう》り。悪ければ、その場で自分たちが斬り捨てられていた。

権藤少佐が悪辣《あくらつ》で残忍な人間であったことは間違いない。

隊の誰もが部下を人とも思わない扱いの犠牲になり、駄馬のように働かされていた。ビルマの現地住民への差別的な態度にも、皆憤《いきどお》っていた。

しかし、どうひいき目に見ても、斬首されたふたりの英国人にも問題があった。

一貫して反抗的で、殊《こと》にアンダーソンという名の大尉は、日本人への差別心に凝り固まっていた。英語を理解できないと信じていたのか、「下等動物」「漏らした染み色（黄色）の猿」と常に罵《ののし》り、反抗的・差別的な態度を改めようとしなかった。

「こっちの連中がどうなったか知っているか？」

下井が訊いた。アンダーソンの処刑に加担させられた、自分以外の五人のことをいっている。

松川はうなずいた。

二名が戦死し、三人はどうにか終戦時まで生きていたが、日本への引き揚げ直前にふたりが捕縛され、香港《ホンコン》に連行された。アンダーソン大尉の首に縄をかけ、髪を引っ張り、頭を固定していたふたりで、香港軍事法廷への護送中に逃亡しようとして銃殺されたという。

この顚末《てんまつ》はアメリカの意向で日本でも広く報道された。

残りのひとりは日本の地を踏んだものの、故郷の福岡に戻ったところを捕縛された。巣鴨《すがも》プリズンに収容されているらしい。唯一、妻子の待つ東京に向かった下井だけが、今も逃げ続けている。

「護送中に逃亡なんて、うそっぱちに決まっている」

下井がいった。

「銃殺の口実作りに、わざと放り出されたんだろう。俺は俺で日本に戻っても戦地と変わらずネズミのように逃げ回っている。捕らえられ、巣鴨の檻《おり》の中で殺されるのをただ待っている者もいる。なのに、あの権藤と五味淵の糞《くそ》どもは手配もされてない。どうせアメリカに金を握らせ、媚《こび》を売って見逃させたんだ。そんな裁きとも呼べない不当なもので、これ以上人生を棒に振ってたまるか」

松川は訊いた。

「何があっても出頭はしないか」

下井がうなずく。

「死んでもか」

「ここまでと悟ったら、女房と一緒に死ぬまでだ」

松川はポケットから紙切れを出した。自分の今の住所が書き込まれている。

「娘さんに渡してくれ。もしものときは必ず訪ねて来るようにと」

「恩に着る」

「また来たら、会ってくれるか?」

松川は板間から立ち上がった。

「そのときまだ俺が生きていたらな」

下井も立ち上がろうと腰を浮かした。

瞬間——松川はその体に飛びかかった。

が、下井の服の襟を摑む寸前に身をかわされた。奴が大きく飛び退《の》く。勢い余ってよろけた松川は薄暗い船内で慌てて体勢を立て直す。しかし、下井はすでに駆け出していた。松川も柔道三段の自分が取り逃したことに動揺しつつ追いかける。一方の下井は突然襲われたにもかかわらず、驚く様子もなく閉じた雨戸を蹴った。

雨戸は難なく外れ、一気に射し込んだ光の中へ奴の細い体が飛び出してゆく。

——気づいてやがった。

「逃げるぞ、囲め」

下井が退避の手筈《てはず》を整えていたことを悟った松川は、すぐに大声で叫んだ。

屋形船の周りに仲間の足音が響く。

下井は早くも屋根伝いに隣の船に飛び移っていた。走る懐から餅米がばらばらとこぼれ落ちてゆく。

「逃げれば代わりに女房子供を連行する」

松川は離れてゆく背中に叫んだ。

下井は止まらない。船の屋根から陸の塀に飛び、そこからさらにトタン要害に並ぶ家々の屋根へ。

松川たちも家々の壁をよじ登り、追う。が、トタン屋根が抜け、穴が開いた。

仲間のひとりが穴にはまって落ちてゆく。しかも、どこかから小石まで飛んできた。追いながら見回したが誰の姿もない。住人たちが下井の味方をしている。

しかし不利なのも、この町じゃ敵扱いされるのも、もちろん承知している。

松川たちは怯《ひる》まず追った。仲間が小石を頭に浴び、撃墜された戦闘機のように屋根から転げ落ちてゆく。さらにまたひとり落ちた。それでも足を止めず、バタバタとトタンを響かせながら、下井の背に向かって駆ける。

——命懸けはこっちも同じ。

失敗すれば追う松川たち六人にも、下井と同じ運命が待っていた。

右手から下井に近づいた仲間のひとりが拳銃を構え、撃った。一発、二発。

かわされた。が、下井はふらつき、足を滑らせ、屋根から路地へと転げ落ちた。松川も屋根から飛び降りる。

下井はすぐに立ち上がった。しかし、片足を引きずっている。

——捕らえられる。

松川は思った。そして仲間とともに群がるように迫っていった。下井も狙い撃たれぬよう、狭い路地を右や左へ曲がりながら、足を引きずりながら、走り続ける。

下井の背中まで、あと少し。一気に距離が縮まったところで、火除《ひよ》け地のような広場に出た。

そこで下井は急に振り返ると、叫んだ。

「止まらんと撃つぞ」

は？　松川はわずかに躊躇《ちゅうちょ》したものの、足を止めはしなかった。あいつは武器など持っていない。

しかし、銃声とともに、松川のつま先のすぐ前の土がめくれ、散らばった。

追う側だった松川たち六人の動きが止まる。

銃声が続けて響き、皆の足元に撃ち込まれ、それぞれに土ぼこりが上がってゆく。

引き金を引いたのは、もちろん目の前にいる下井じゃない。どこか遠くから狙い撃たれている。

「拳銃を手から落とし、こちらに蹴ってくれ」

下井がいった。

拳銃を握る男はためらっている。素早く構えて下井を撃てば、制圧できると考えているのだろう。

「いわれた通りにしたほうがいい」

松川はいった。

「命令するな」

男が強く返したのと同時に、また銃声が響いた。男の両足の間の土が弾《はじ》け飛び、散らばってゆく。

「次は股ぐらが撃ち抜かれる」

下井にいわれ、男が腹立たしげに拳銃を落とし、向こうへ蹴った。

松川は目だけで周囲を探った。遠くに火の見櫓《やぐら》が一、二、三。あのどれかから狙っているのだろう。相手がひとりか複数かはわからないが、かなりの技術なのは間違いない。

「話が違う」

松川の仲間のひとりがいった。

その通りだ――松川も強く思っている。

簡単な仕事でないのはわかっていたが、警視庁の奴らが話していたよりずっと面倒だ。

「おまえにも戦犯逮捕状が出ているんだな」

下井に訊かれ、松川はうなずいた。

「ああ。皆同じ事情だよ」

「俺の捕縛と引き換えに、見逃してやると持ちかけられたか」

「まあそうだ。よくある話だろ。隠さず教えたのは、おまえに友情を感じているからだよ」

逃亡戦犯逮捕のため、比較的罪が軽い他の戦犯が、減刑や無罪と引き換えに追捕役《ついぶ》に使われることが半ば常態化していた。直接取引を持ちかけるのは警視庁や各県警の刑事だが、警察はもちろん占領軍からの命令で動いている。

アメリカは日本の戦犯を狩るために、同じ日本人を猟犬にしていた。

「最初からここに誘い込むつもりだったな」

松川は訊いた。

「そうだよ。信用ならなかったものでな」

「戦友を疑うとは、ひどい奴だ」

「強がるな、裏切り者」

下井が強く睨《にら》み、言葉を続ける。

「おまえが馬鹿正直を捨てられず、矢面に立ってくれたおかげで、隊のもっと弱い連中が守られた。柔道三段の猛者《もさ》でありながら、力なき者を蔑むことなく常に助けるおまえの馬鹿さ加減が、俺は大好きだった。なのに、骨抜きにされ、卑怯者に成り下がったか」

「卑怯に生きなきゃ家族が路頭に迷う。俺が捕まれば子供たちは飢え死にだ」

「だから、俺に人柱になれと?」

「ああ」

「冗談じゃない。このまま帰れば、今日は何もしない。早くうしろを向いて消えろ」

「惑わされるな」

松川の仲間のひとりが叫ぶ。「全員で飛びかかって野郎を盾にすりゃ、遠目からは撃ってこられねえ」

「やめておけ」下井はいった。

「ああ。やめたほうがいい」松川も続く。

「馴れ合ってんじゃねえ」

だが、別の仲間も松川を責めた。

「あとがねえんだよ。ここでしくじりゃ、俺は終わりなんだ」

言葉を終えると同時に男ふたりが動く。が、二歩目を踏み出す前に、また発砲音が響いた。さらに響く。腹と胸を撃ち抜かれ、ふたりの男たちは地面に転がった。

「どうする？」倒れ呻《うめ》く男たちを見ながら下井が訊いた。「助からんが、連れて帰るか」

ひとりの体はもう痙攣《けいれん》をはじめていた。

「いや、楽にしてやってくれ」松川はいった。

「助けて」

撃たれたひとりがもがきながら囁《ささや》いた。

だが、無理だ。そこにいる全員が悪夢のような戦場を経験している。急所を撃たれ、もう長くないのはわかっていた。

下井が右手を挙げると、ふたりの頭が順番に撃ち抜かれ、動かなくなった。広がった血だまりが乾いた土に吸われてゆく。

「さあ帰ってくれ」

下井が一言残し、背を向けた。痩せた体が広場の端の壁をよじ登り、消えてゆく。

松川はその姿を憎しみと諦めが入り混じった思いで見つめたあと、振り返り、来た道を戻りはじめた。

そうするしかなかった。

一瞬通行人の消えていたトタン要害の町にまた人々が顔を見せ、話し声や足音が通りに広がってゆく。その騒《ざわ》めく町中を、すれ違う住人たちに冷めた目で見られながら、松川たちは歩き続けた。

撃たれ死んだふたりの遺体がどうなるかわからない。いや、どうなろうが知ったことではない。奴らの亡骸《なきがら》の行く末を思いやる余裕など、今の松川にはなかった。

――何があっても、もう一度この町に戻り、下井を捕らえる。

そうしなければ未来はなかった。

※

遠く離れた火の見櫓の上で、その男はライフルを構えていた。

横には予備の銃が三丁並び、目はまだスコープの向こうの標的を睨んでいる。そこからゆっくりと視線を外し、タバコをくわえた。

大きな体、坊主の伸びた髪。顔の右、頬から顎にかけてただれたような火傷《やけど》の痕がある。男はくわえたタバコにライターで火をつけ、煙をひと吹きしたあと、伏射《ふくしゃ》の姿勢を解いて仰向《あおむ》けになった。

午後の陽射しが男を照らす。

「祥《しょう》さん」櫓の下から呼ばれた。「医者はどうする」男の声が訊いている。

「いや、いい」

寝転がっている火傷の男、竹脇祥二郎《たけわきしょうじろう》はいった。

「もう遅い。死んでいるよ」

「すぐにかたづけさせる。残りの連中は塀の外に出たそうだ。もうちょっとあとをつけさせて、様子を見るようにいうよ」

「ああ、頼む」

竹脇は晴れた空に向かい、涼やかな顔でもう一度煙を吹いた。

2

昭和二十二（一九四七）年、十月十四日火曜日。

東京都の立川《たちかわ》飛行場に着陸した特別機は、新たに整備された誘導路をゆっくりと進んだあと、エンジンを停止した。

ドアが開き、アメリカ陸軍将校と部下たちが機外へ出てくる。

続いてタラップを下りた英国人記者特派員団に交じって、イアン・マイケル・アンダーソン英国陸軍中尉と、通訳の潘美帆《パン・メイファン》は日本の地を踏んだ。

栗色の髪と瞳のイアンはスーツケースを手に税関へと進んでゆく。

「すみません。マスター」

早足で先をゆく彼に、黒髪に黒い瞳のメイファンがいった。

「気にしなくていい。自分の荷物は自分で持つ」

イアンは制服ではなく背広姿だが、伸びた背筋と規則正しい歩幅が、無言のうちに職業は軍人だと訴えている。メイの品よく化粧された顔と、ボックススカートから伸びる滑らかな肌の脚も、日々の食べ物に事欠く日本人とは違う国の女性だと周囲に伝えていた。

風がかすかに吹き、晴れているが、陽光が照らす特派員一行の表情は困惑していた。

アメリカ兵監視の中、痩せた日本人税関吏による査察を終え、入国手続きを済ませると、すぐに出迎えの駐日英国連絡公館（現在の英国大使館）二等書記が駆け寄ってきた。

「何か問題でも？」

大柄で眼鏡をかけた四角い顔の二等書記が不安げに訊く。機内でのアメリカ将校とのトラブルを心配していた。

「彼のせいだよ」

BBCラジオのディレクターが、笑顔で手を振り去ってゆくオクラホマ生まれのアメリカ陸軍上級准尉を指さした。

問題も衝突も起きていない。ただ、彼がオフレコでの情報交換の途中、ふと漏らした日本に関する一言が、英国人たちを打ちのめしていた。

——我々の統治は実に上手くいっています。

イアンとメイを除く報道関係者たちは、香港《ホンコン》やボンベイ（現ムンバイ）駐留の支局員ではなく、全員が英国本国から東京（極東国際軍事）裁判と日本占領の真実を伝えるために派遣された、いわば精鋭だった。だからこそ動揺も激しい。

全員が、現時点までに英国に届いた日本に関する報道のほぼすべてを確認し、詳しく分析している。そして当然そんな報道の内容は一切信用していなかった。

アメリカの厳しい検閲の下、都合のよい表層部分しか伝えられていないと信じていたからだ。しかし日本では、反乱分子や抵抗勢力によるアメリカ軍への攻撃はおろか、デモさえ一件も起きていないという。

「上級准尉の言葉は本当ですよ」

ホフマンという名の英国二等書記がいった。

「徹底した武力による締めつけの結果だろ？　それとも諜報《ちょうほう》を駆使して、騒ぎが起きる前に逮捕しまくっているのか？」

ロイター通信の主任記者が訊いた。

「どちらも違います。驚くほど従順なんです、日本人は」

一行の動揺は収まらなかったが、ホフマン二等書記は言葉を続ける。

「いろいろお訊きになりたいことはあるでしょうが、まずは実務的なことを伝えさせてください」

来日中の注意事項を挙げてゆく。

「第一は通貨です。先ほど皆さんが両替したものは、昨年の二月末に発行された新札で、以前流通していた旧札は、すでに一切使えなくなっています」

「旧札は無価値な紙切れってことかい」

デイリー・テレグラフの記者がいった。

「日本人の経営する店では使えません。銀行で新札との交換も一応はできますが、アメリカ兵の後回しにされることが多く、手続きも面倒です」

買い物をしたとき、悪い相手だと、この旧札を釣りに出してくることがあるので注意するようにといわれた。

「アメリカ兵最優先なのは気に入らんが、それより日本人の中にもやはり悪辣《あくらつ》な連中はいるんじゃないか」

皆の中にかすかな安堵《あんど》の笑いが広がってゆく。しかし、ホフマン二等書記はそれをやんわりと否定した。

「いいえ、アメリカ兵やアメリカ人、在日の中国人や朝鮮人から何かを買ったり、取引したときのことです。日本人で欧米人相手にそこまでする者はほとんどいません」

「日本人は概《おおむ》ね善良ってことか。君はずいぶんとこの国に好意的なんだね」

「好意的に見ているつもりはありませんし、善良とも感じていません。ただ真実をいっているだけなんですが」

「あれだけの蛮行を重ねた日本軍も、母国に戻れば穏やかな父親の顔になるというのかい？　極東の風を浴びて、君は惑わされたんじゃないのか」

記者たちが冷ややかに笑い、ホフマンも苦笑いした。

「一週間もすれば、きっと皆さんにも私の感じていることがわかっていただけると思います。列車の時間が近づいていますので、少し急いでいただけますか」

不穏を誘うような口ぶりに、皆の顔がまた曇ってゆく。

飛行場内をアメリカ軍のジープで移動し、立川駅から中央《ちゅうおう》線という鉄道路線に乗った。

車両の横には、『RESERVED FOR ALLIED（連合国専用）』と大きく張られ、こぼれ落ちそうなほどに日本人の乗った他の車両と正反対に、ここには十名ほどの外国人しかいない。

一行には若いアメリカ人MPが随行し、少し離れた席から見守っている。英国軍人であるイアンには拳銃の携帯が認められているが、銃の個別登録や日本国内での扱い方の指導などを、指定宿舎の最寄り駅まで同行する間に、在留MPから指導されるのが一種のしきたりになっているという。

記者団の動揺は続いている。だが、車窓で乾いた風を浴びながら街並みを眺めていたイアンは、少しずつ落ち着きを取り戻していた。

スラムのような住宅が、どこまでも続いている。敗戦国の首都はやはりこうでなくてはならない。日本のような狂った国家と民族は、とことん叩きのめし、自分たちの愚かさを徹底的に記憶に刻み込んでやらねばならない。

ただ、それとは別に、不思議な感慨も湧き上がってきた。

七年前、一九四〇年に予定通り東京でオリンピックが開かれていたら、当時十九歳のイアンはボクシング・ウエルター級の英国代表として来日する予定だった。

英国歴代二位の若さで代表に選出され、「メダルに最も近い十代」と新聞各紙が報道し、父をはじめとするアンダーソン家の人間たちからも誇りだと称《たた》えられた。

しかし東京での開催は、日本の中国侵略に端を発した国際情勢の悪化により返上され、代替のヘルシンキ大会も第二次世界大戦が勃発し、ソ連がフィンランドに侵攻したことにより中止。続く一九四四年に開催予定だったロンドン大会も欧州戦線の悪化で中止された。

イアンはオリンピックで戦う機会を逃したまま、代表の座を譲った。

もし第二次世界大戦が起こらず、兄も戦地で日本人に殺されることなく、この地に純粋にボクシングをするために、金メダルを持ち帰るためだけに来ていたなら。

——自分はこの国に何を思っただろう。

頭に漂う下らない感傷を、ゆっくりと首を振って打ち消す。

近くの席では新聞記者たちがアメリカ人ＭＰに質問をくり返している。

首都東京はアメリカ兵にとって、ある種の観光地と化しているようだ。微笑みを交えながら話すバージニア州出身のＭＰの表情からは、二年前まで全面戦争を続けていた敵国の本土にいる緊張は感じ取れない。

「私たちはここでは占領者ではなくシンチュウグンなんです。少なくとも日本人にはそう呼ばれています」

ホフマン二等書記を除く英国人一同は、すでに驚きを通り越し、呆れかけていた。が、話題が日本天皇の扱いに移ると、ＭＰの一言にまた動揺した。

「ヒロヒトはこれまで通りですよ。何の罰も受けませんせん」

記者との会話の様子から、このＭＰが一定以上の知識も分別も持っていることがわかる。アメリカの低学歴な田舎者ではなく、大卒の利口な男ということだ。

　彼が笑顔で続ける。

「コウゾクも誰も裁かれないでしょう。ナシモトノミヤもです。これは極秘事項ではありません」

　ＭＰに視線を送られ、ホフマン二等書記があとを続ける。

「もうすぐ報道発表されますよ。起訴予定のＡ級戦犯は軍人、政治家のみです」

　海軍元帥、軍令部総長経験者でＡ級戦犯として裁かれる可能性が高かった皇族・伏見宮博恭王《ふしみのみやひろやすおう》は一九四六年八月、収監されることなく病気により自邸で死去した。また、終戦直後に皇族で唯一戦犯容疑者として逮捕、勾留された梨本宮守正王《なしもとのみやもりまさおう》も、その四ヵ月後には不起訴処分となり、さらに今日一九四七年十月十四日、家族とともに正式に皇籍を離脱したという。

　ためらう記者たちに代わって、軍人であるイアンが訊いた。

「狂った日本人の崇《あが》める邪教の現人神《あらひとがみ》を生かしておいて、君たちはいいのか？　日本教（神道）の根絶と天皇の処刑はアメリカの国是だったはずだ。それを翻《ひるがえ》したことに何の疑問も抱かないのか？　狂った帝国を倒すために戦い、死んでいった仲間やその遺族にどう説明する？」

　神風特攻や集団玉砕など、あれほど狂信的な戦いをくり返していた日本人が、一転して占領軍に従っている。その従順さが、イアンたちには信じられないのを通り越し、不気味ですらあった。

　同じように、対ソビエト戦略のためとはいえ、日本人を簡単に許し、自国の体制内に組み込もうとしているアメリカ人の思考を異常だと感じていた。

「ヒロヒトはもう神を辞めたんです」

　ＭＰがいった。

「宣言してただの人間となり、しかもひとりの人として、アメリカの掲げる民主主義と資本主義の信徒になると誓いました。神から転落し、しかも、信仰を変えたのですから、ある意味、死と同等の罰を受けたようなものじゃないですか。シャイロックだって改宗して許されましたよね」

シェークスピアの『ヴェニスの商人』に悪役として登場するユダヤ教徒の高利貸のことをいっている。

「宣言ひとつで神から人に戻れるなんて、そんな都合のいい話があるものか」

イアンは小さくいった。

会話が途切れ、車内に重い空気が流れる。戸惑う記者たちの口からも言葉が出ない。

MPのほうが気を利かせ、話題を変えた。アメリカ東海岸育ちらしい穏やかな作り笑いを浮かべながら、英国人たちの経歴を訊いてゆく。

「中尉はどちらで戦われたのですか」

MPがイアンを見た。

口を開かないイアンに代わり、BBCのディレクターが説明をはじめる。

「フランスだよ。レジスタンスを助け、ダス・ライヒと戦ってパリ解放に貢献した。殊功勲章の叙勲も二回受けている」

ダス・ライヒはナチスドイツ武装親衛隊第二SS装甲師団の通称で、残虐で知られ、連合軍によるノルマンディー上陸の四日後、一九四四年六月十日には、世界的非難を浴びたフランス、オラドゥール＝シュル＝グラヌ村での住民虐殺を行っている。

「英雄とお会いできて、光栄です」

MPの顔から見せかけの笑みが消えた。場に合わせせただけの言葉ではなく、本気でいっているのがわかる。

だが、イアンは気づかない振りをした。照れているのを装い、窓の外を見続けている。

「謙虚な方ですね」

ＭＰはイアンではなく、メイにいった。

「はい。とても思慮深い方です」

それまで口を閉じていたメイが笑顔で返す。

「失礼ですが、奥様ですか」

「とんでもない。ただの使用人――」

「通訳兼秘書だ」

イアンは横からいった。

「そうでしたか。ご出身は香港ですよね」

メイがうなずく。

ＭＰも親の仕事の関係で、子供時代の数年を香港で過ごしたという。

「中国系の女性が話す香港英語の優雅な響きは、今でもすぐにわかります」

横目でイアンを気遣いながら、それでもＭＰはこの英国人集団の誰と話すよりにこやかにメイに話し続けた。彼女の美しさは、もちろんイアンも理解している。

日本語通訳として彼女を選んだときも、この容姿がさまざまな場面で役立つだろうと考えていた。が、それ以上の個人的な感情はない。イアンの目にメイは女性として映っていなかった。紳士的な配慮などではなく、単に獣姦《じゅうかん》の趣味など持ち合わせていないというだけだ。

飯田橋《いいだばし》という駅で、イアンとメイ、ホフマン二等書記の三人だけが列車を降りた。手を振る英国人記者団とはここでいったん別れる。彼らは東京駅まで行き、そこで各支局の駐在員たちと合流したあと、また揃って内幸町《うちさいわいちょう》という場所にある日本の放送局（ＮＨＫ）に視察に向かうという。

イアンは彼らに来日の目的を、「自分は東京裁判の英国陸軍監視団の一員であり、前任者と交代するため」と告げたが、実際は違う。

駅前には黒い髪と瞳の少年が大きな荷車（大八車）とともに待っていた。

「この小さな日本人がポーター役――」

イアンが訊いている途中、ホフマンが遮った。

「違いますよ。彼は朝鮮人です」

「Korean」という単語を聞いた少年のほうも誇らしげな笑顔でうなずき、イアンの大きなスーツケースを荷台に載せた。

来日前に滞在していた香港同様、日本国内でも中国人・朝鮮人は敗戦した日本人に対して強い優越感を抱いているようだ。ただ、イアンにとってはどれも同じ東洋人でしかない。

古い石垣（牛込見附《うしごめみつけ》跡）を右に見ながら、長い坂を上ってゆく。この先にイアンとメイが滞在中を過ごす連合国関係者用宿舎がある。大学と天皇の血族（宮家）が暮らす屋敷の一部を接収し、建てられたそうだが、この場所が選ばれたのにはもちろん理由がある。

「トイレです」

ホフマンがいった。

アメリカ人講師や欧州からの来客用に元から据え付けられていた西洋式水洗トイレの上下水道設備を流用するほうが、新たに配管を敷設《ふせつ》するより、はるかに早く安く複数のトイレを作れるからだ。

日本に来るまでアジア各地を経由し、しゃがむスタイルに苦労したイアンにはよくわかる。東京で今、欧米人用の宿が不足している最大の理由も、下水設備が未発達なせいで座式水洗トイレを簡単に増やすことができないためだという。

高台に白く塗られた宿舎が見えてきた。コロニアル様式の二階建てで、『ビークマン・アームズ・イン（Beekman Arms Inn）』と書かれた表札が出ている。

鉄道線路と水路（外濠《そとぼり》）の向こう、坂を下った先の市ヶ谷《いちがや》という場所には、東京裁判が開かれている施設（旧日本陸軍士官学校大講堂）がある。左の奥、バラックの並ぶ街のはるか彼方《かなた》に、富士《ふじ》山《さん》の美しい稜線《りょうせん》が見える。確かに立地もいい。

アメリカ兵が警護する門を抜け、エントランスへ。

ラウンジには、市ヶ谷の裁判施設までの定期運行車両の出発時間表と、B級以下の戦犯裁判が行われている横浜地方裁判所特号法廷の日報が貼られている。

その上の壁には、この宿舎の名前の由来と星条旗が大きく掲げられていた。ニューヨーク州ラインベックで十八世紀に開業し、今も営業を続けているアメリカ最古のホテルの名を取ったものだそうだ。

連合国関係者用といっておきながら、ここもアメリカの領土だと宣言されているようだった。

この勝利は連合国全体のものではなかったのか？　いつからアメリカ単独の成果にすり替わってしまったのだろう。ヨーロッパを離れ、アジアに近づくに連れて膨らみつつあったイアンの疑念が、極東の地に着いてさらに大きくなる。

時計は午後四時三十分。

来日最初の予定までには、少し時間がある。ポーターに部屋まで荷物を運ばせ、ホフマンの提案で二階にあるメインダイニングに向かった。

スピーカーからはアメリカ占領軍のWVTR（のちのFEN、現在のAFN TOKYO）による英語放送が流れている。

座ったテーブルの前の窓からは、日本風の庭園が見下ろせた。ホテルのものではなく、隣にある『ヤスクニ』という神道の拝殿を囲む庭らしい。

「そんな顔をしないでください」

ホフマンが首を小さく横に振る。

こんな庭は焼き払ってしまえばいいと思っていたのを見透かされたようだ。そういう表情や、態度について、この二等書記は注意しておきたいことがあるらしい。

「今我々がいるこの場所は、帝政最盛期のローマだと思ってください」

ホフマンがこちらを見た。

イアンはタバコに火をつけ、視線を彼から外しながら聞いている。

「アメリカ人将校はいうまでもなく貴族です。一般兵はローマ市民。我々は辺境の国から遣わされた使節団に過ぎません。そして日本人は――」

「奴隷だろ」イアンはいった。

「ええ。奴隷であり家畜です。アメリカ人たちは、日本人から巧みに金と物資を搾取し、実に優雅に暮らしている」

「当然だ。奴らは敗者なのだから」

「私もまったく同意見です。ただ、問題なのは、日本人はアメリカには負けたが、英国（Britain）――ここでの呼び方は『イギリス』ですが――に負けたとは微塵《みじん》も感じていないことです。しかも、アメリカ人も本音では、日本人と同じように感じています。彼らは太平洋戦争を戦い、勝者と敗者となった。だが、我々英国人（British）は勝者の朋友《ほうゆう》でしかなく、この土地では何の力も権限も持たない来訪者としか見なされていない。中尉のお兄様のご不幸は私も伺《うかが》っています。しかし、それとは切り離された事実として、今我々が置かれている立場を受け止め、受け入れてください」

「アメリカ人ではない我々が偉そうに勝者の顔をして東京を歩くなと？」

「はい。その意識を忘れないことが、中尉の目的達成のために不可欠だと私は思います」

一番の障害は、日本人でもこの風土でもなく、アメリカ人――

イアンは話を続けようとしたが、横から「ウエルカム」と大きな声が聞こえた。

白衣の男がメイを含む三人の前に笑顔でコーヒーの入ったカップを並べてゆく。

このダイニングの調理責任者で、カレルという名のイタリア系アメリカ人だった。チェックインしたイアンに挨拶に来たという。

「彼のイタリアンは素晴らしいですよ」

ホフマンがいった。人気のあまり外部からの客が増えすぎて、宿泊者以外のディナー利用は一日三組までに限定されているそうだ。

出されたエスプレッソを飲んでみて、その評判が妥当だと感じた。香港で不味《まず》い紅茶とコーヒーを飲みすぎたせいか、とても美味《うま》く感じる。

「でも、イタリアンより、そろそろお国の味が恋しいころではないですか？」

カレルがイアンに訊いた。

「イングランドの料理を作らせてもらいますよ。イール・パイ《うなぎ》にキッパー（ニシンの燻製）のグリル。日本でもうなぎやニシンは身近なんです。特にうなぎはこれからの季節、いいものが捕れるそうですよ。朝食にはマーマイトもお出ししましょう」

「いえ、食べ飽きた不味いものより、あなたのイタリアンのほうを味わってみたい。自分の国は味覚の牢獄《ろうごく》だと知っていますから、どうかお気遣いなく」

「中尉は素敵なユーモアのセンスをお持ちですね」

カレルが声を上げて笑った。メイも口を押さえながら、下を向いて肩を揺らしている。

「素晴らしい」

険しい表情を続けていたホフマンも、はじめて目尻を下げた。

「どうかその機知と謙遜を忘れないでください」

だがイアン自身は、もちろん冗談などいったつもりはなかった。

3

午後五時三十分。

約束の時間が近づき、イアンとメイは宿舎の車寄せからタクシーに乗り込んだ。運転手は日本人。車はアメリカ製のフォード三七年型。フロントガラスに日本語の文字が貼られているが、イアンには読めない。

「関東一円」メイがいった。「東京近郊どこへでも行くという意味です」

ホフマンに見送られ、走り出す。

ここから先、英国政府は介入できない。大げさな言い方をすれば、アメリカ軍及び政府とイアンを代表とするアンダーソン家との直接交渉、いや、商談となる。

復興というには程遠い、瓦礫《がれき》で築かれた町を走ってゆく。

夕暮れにほんのり染まるあちこちの路地では、火が熾《おこ》され、鍋から湯気が上がっている。夕食の支度をしているのだろう。

日本人の背はどれも低く痩せてはいるが、ぼろを纏《まと》っているというほどみすぼらしい姿も見かけなかった。スーツにネクタイをつけた男や、鮮やかなキモノの若い女もいる。

「正直、はらはらしていました」

メイが独り言のようにいった。

「ホフマンのことか？」イアンは訊いた。

「はい。あの方が子供を諭すような口ぶりで話されるので」

「いつ俺が怒り出すかと緊張して見ていたのか。愉快ではなかったよ。でも、腹を立てるほどの余裕もなかった。この土地について少しでも多くのことを知ろうとしていたから」

「やはりマスターは賢明な方ですね。私の杞憂《きゆう》でした」

「お世辞はいい。それより、また気にかかることがあれば、次は迷わず俺にいってくれ。見知らぬ人間の忠告よりも、おまえの進言のほうが素直に聞き入れられる」

「嬉しいです。そういってくださると、私も少しは自分の務めを果たせている気持ちになれます」

メイを雇ったのは香港滞在中。

ふたりで行動するようになってまだ二十日《はつか》ほどだが、彼女は確かに有能だった。

タクシーは1stストリート（内堀《うちぼり》通り）を左折し、アベニューA（日比谷《ひびや》通り）に入った。東京の地理は来日前に学習し、頭に入れてある。アメリカ占領軍総司令部のオフィスをはじめとする主要施設の配置も、ほぼわかっているつもりだった。

しかし、タクシーは日比谷の第一生命館も、実質的なアメリカ外務省の極東出張所である三菱《みつびし》商事ビルも通り過ぎた。

日本人運転手は渡された住所に間違いなく向かっているという。

十分後。タクシーは神田《かんだ》という区域の、空襲でも焼けずに残った一角にあるビルの前で停まった。

コンクリート四階建てで看板も案内もない。だが、入り口のドアを開けるとジャケットとボックススカートのアメリカ人女性に迎えられ、さらにその奥の待機室からMPの軍曹が出てきた。

イアンは上着の下のホルスターからブローニングを外して預け、身分証代わりのパスポートと香港総督直筆の紹介状を見せた。

「お待ちしていました。アンダーソン中尉」

笑顔の軍曹の案内で廊下を進む。アメリカ人は、なぜこうも簡単に愛想笑いを浮かべられるのだろう。

「わかりにくい場所で申し訳ありません。迷いませんでしたか?」

ここは通称「バーン(barn・納屋)」という、複数ある施設のひとつだと軍曹は説明した。報道関係者に気づかれたくない面談や会議を行う場所で、占領軍関係者でも一般兵は存在を知らないという。

案内された応接室に入ろうとすると、メイだけが止められた。

「入室は中尉だけにしていただきます」

向こうの代表者は、イアンだけにしか会いたくないということだ。

「会談の間、秘書の方のお相手は私が務めさせていただきます」

メイが戸惑った顔でイアンを見る。

「色目を使われるのはおまえのせいじゃない」

イアンはいった。

「ただ、少しでも触れられたり、誘われたらいってくれ。彼の上司に報告する」

軍曹は露骨に不快な顔をしたが、メイは笑顔でうなずいた。

応接室に入る。

カーテンは閉じ、窓には目立たぬように目張りもされていて、外は見えない。外からも、中の様子はわからない。

ソファーで待ち続けて十分。ドアが開いた。

「ようこそ中尉」

制服に中佐章をつけた金髪の白人が入ってきた。

「バリー・マイルズだ」

握手をすると中佐はバーカウンターのボトルからグラスふたつにスコッチを注ぎ、ひとつを差し出した。

「君のことをくれぐれもよろしくと、ミスター・ウェンデルから手紙をもらったよ」

父が懇意にしているアメリカの上院議員のことだ。ふたりは友情ではなく、大西洋を越えて金と利害で強く結びついている。

イアンの父の名はチャールズ・クリス・アンダーソン。金融、鉄鋼会社を運営する実業家として、英国国内、香港、オーストラリア、アメリカ東海岸で広く名を知られている。

「外で待っている君の秘書は、なかなか魅力的だね。同行者は彼女ひとりかな」

「はい」

「彼女の身元は？」

「確かです。父の旧友で、香港ジョッキークラブの副会長を務めていた貿易商から紹介されました。彼女の両親ともに中国本土から逃れてきた中国人で、母親の病気治療のためにまとまった金が必要だそうです。英語、広東語《カントン》、日本語に加えて、北京語《ペキン》も使えます」

「なるほど」

マイルズがうなずき、言葉を続ける。

「香港では残念ながら目的のすべてを果たせなかったそうだね」

「はい。兄の斬首に加わったふたりの元一等兵の処刑に立ち会い、連中の耳と薬指を手に入れることはできました。しかし、首謀者である権藤は、戦死した元部下の復員証明書を使い日本に逃げ帰ったあとでした。五味淵も権藤の手引きで帰国したようです」

「あのふたりの件は我々も摑んでいる。ただ、それはあとにして、まずは君自身について聞かせてくれないか」

マイルズとイアンは互いのグラスを鳴らし、スコッチを口に運んだ。

「我々のほうでも君と父上について詳しく調べてはいるが、君の口から直接確認を取らせてほしい。失礼なことも訊くが、いいね？」

「もちろんです」

「父上は爵位を持たず、貴族の血筋でもない。にもかかわらず本国だけでなく、アメリカの政財界でも人脈を広げている。これはひとえに金の力によるものだと思っていいかな」

「その通りです。アンダーソン家は十六世紀後半のジェントリ（地方地主）を祖とし、産業革命以来企業経営を続けています。しかし、資本力を増大させたのはごく最近、父の代になってからです。ただし、権威はまったく持っていません」

「中産階級の雄というわけか」

「いいえ、典型的な成り上がりです」

「正直だな。だが、アメリカ人にはサーとかロードとか呼ばれている貴族のお歴々より、よっぽど親近感が湧くよ。我々には階級というものの本質はわからない」

「私にもわかりません。いつか自分も爵位を受け、幸運にも支配する側に回る日がくれば、わかるのかもしれませんが」

聞いているマイルズがあのアメリカ人特有の笑みを浮かべた。

「君は確かにアンダーソン家の人間だが、最近まで庶子の扱いであり相続権も持っていなかった。そんな君に、父上が重要な仕事を任せたのはなぜかな？」

「正確には、まだ相続権は得ていません」

「お兄さんの無念を晴らし、卑怯な日本人どもの末路を見届けることが、家名と財産を継ぐ条件か」

「はい。私の来日目的は兄を斬首しながらも逃亡を続けている旧日本陸軍少佐・権藤忠興《ただおき》、中佐・

五味淵幹雄《みきお》、一等兵・下井壮介の逮捕と処刑を確認し、死の証拠として体の一部を持ち帰ることです」

「三人が逮捕され、死刑判決を受けたとしても、刑執行までに半年以上時間を置くのが慣例だそうだ。見届けるには君も日本に長期滞在する必要があるが、だいじょうぶかな?」

「逮捕を確認後、一度英国に戻り、刑執行に合わせて再度来日します。しかし、できればこの手で三人を処分し、目的を素早く達成して国に帰りたいというのが本心です」

「二度と日本の土など踏みたくないと。で、懲役ではなく、父上はあくまで戦犯たちの死を望まれているわけだね」

「父だけでなく、私や妹たちも含む一族全員が強く望んでいます」

「君の母上がアンダーソン家の使用人だったことは知っている。本来庶子であり、お兄さんとは半分の血のつながりしかなく、立場もまったく違っていた君が、そこまで追慕の念を抱く理由は?」

「兄は家族の中で唯一、私を気にかけ、本当の弟のように接してくれました」

恥部や暗部を突くような訊き方をマイルズが続けるのは挑発するためではない。

——査定されている。

そう思った。ひとつひとつの反応を探られ、捜索を任せるのにふさわしい男か、見定められている。

イアンは話を続ける。

「使用人だった母は、妊娠がわかると故郷に送り返されました。イングランド北部、湖水《こすい》地方のケズィックという街です。私もそこで生まれ、五歳まで育ちました」

だが、六歳の誕生日を迎える数日前、ロンドン近郊サリー州ギルフォードにあるアンダーソン家の屋敷にイアンだけが呼び戻された。

理由は、イアンの誕生から二年後に父の正妻——アンダーソン夫人が産んだ一家にとっての三男が亡くなり、それを追うように夫人も亡くなったからだ。

死因は梅毒《ばいどく》。父が娼婦《しょうふ》からうつされたものを、夫人も感染させられ、三男は生まれながらに梅毒を患い、病弱だったという。

イアンは一家の男系の血のスペアとして条件付きで養子に迎えられ、新たなアンダーソン家三男となった。急にふたりの兄ができ、さらに父が後妻を娶《めと》ったことで、ふたりの妹も生まれた。

その後、長男のクリストファー・ジョージは軍人に、病弱な次男は父の秘書に、三男のイアンは長兄と同じく軍人となる。

そのまま職業軍人の道を進むはずだった。しかし、クリストファーが戦地で斬首され、次兄も戦時中に肺気胸による呼吸困難から死亡した。

確信的な人種差別主義者の父は、イアンがアンダーソン家当主の地位と財産の半分を継ぐ条件として、兄の命を奪った卑《いや》しき日本人どもの死を見届け、その証拠を墓前に捧《ささ》げることを命じた。財産の残り半分は、父の実の娘たち――イアンにとって半分血のつながったふたりの妹とその夫たちに分配される。

父は兄を、軍人としての戦功と人望を生かし英国下院議員に立候補させるつもりだった。兄の死の様子を知らされたときも、アンダーソン家悲願の国政への進出が断たれたことで、悲しむ前に激《げき》昂《こう》していた。

兄の復讐をイアンに託したのは父だけではない。兄とともに捕虜となり、生贄《いけにえ》として兄が処刑されることで命をつないだ英国陸軍の部下たちからも、アンダーソン大尉の最期の言葉として、同じ軍人の弟のイアンに復讐を遂げてほしいと訴えていたことを伝えられた。

「ありがとう。よくわかったよ」

マイルズがいった。

「立ち入ったことを延々と聞かせてもらった理由はわかるね」

イアンはうなずいた。もしものとき、彼らが十分に言い逃れできるだけの背景と事情が揃っているか、確かめるためだ。

「この先、何か不都合な問題が起きたとしても、すべては、私及びアンダーソン家の個別的事情に起因するもので、あなた方には一切関係ありません」

マイルズの目を見ていった。

「理解してくれた礼として、これを贈るよ。チャールズ・ルイス・ケーディス大佐から預かったものだ」

占領軍民政局次長のケーディス大佐は、今目の前にいるマイルズ中佐の直属の上司であり、新聞を通じて日本人にもその名が知られている。また、日本国憲法草案の作成者のひとりでもある。そんな大佐の署名・紹介文が入ったＩＤ（身分証）と、イアンの追う三人の日本人戦犯に関する調査報告書を手渡された。

「それがあれば、日本のほぼすべての施設に入れ、関係機関の協力を仰ぐことができるだろう。書類のほうは、君の父上が長きにわたり我が国と英国との良好な関係に貢献してくれたことへの、一種の礼だと思ってくれ」

「権藤と五味淵は東京にいるのですね」

イアンは書類の文字を目で追いながら訊いた。

「ああ。我々も包囲網を敷いているからね。もし、ふたりにまた日本以外の第三国へ逃げられれば、我が国にとっても大問題になる」

兄の戦地での斬首は、日本軍の野蛮と狂気を象徴する出来事として、戦中の発覚直後から、幾度となく欧米の新聞雑誌で取り上げられてきた。このまま奴らに失踪されれば、人道に反する罪人を裁けなかったと非難され、アメリカの権威が失墜することにもなる。

「権藤は日本の復員庁が発行し、各地の上陸地支局長の印が押された、本物の復員証明書五通を使い分け、五人の別人になりすますことで逃げ続けていた。しかし、東京に入って以降、足取りが途絶えている。ここを動いてはいないよ。奴の福岡の生家や親戚、日本人の友人の動きは今も厳重に監視させているしね。ただ、この街のどこにいるかはわからない」

「それは奴らを匿《かくま》っている組織があるからですか？」

イアンは訊いた。

マイルズはグラスの中のスコッチを見つめている。何も返さないのは肯定の意味だ。

――やはり。

権藤の香港脱出の過程も、どんなに大金をばら撒いたとしても、罪人ひとりの力では到底不可能なほど手際のよいものだった。

権藤と五味淵に今後の利用価値を見出《みいだ》し、匿っている勢力がある。その勢力は、もちろん日本人ではないし、在日アジア人の集団でもない。

――アメリカも一枚岩ではない。

そう思った。

「不安になったかな？」

マイルズが訊く。

「はい。予想以上に目的達成までの道程は困難だと感じました」

「この先、君は強い妨害に遭うかもしれない。だが、我々は君の成功を願っていることを忘れないでくれ。これは本心だ。権藤や五味淵のような下劣な日本人どもの手を借りてまで、今後のアメリカの外交を有利に進めようなどという卑しい考えは、我々は持っていない。奴らに大きな利用価値があったとしてもだ」

　占領軍、いやGHQ（連合国最高司令官総司令部）内に派閥があり、思想的対立があることを彼も認めた。そしてさらに言葉を続ける。

「もうひとつ、時間が少ないことを忘れないでほしい」

　戦犯捜索の期限が迫っているという意味だ。

「早ければ来年（一九四八年）一月に新聞を通じて、これ以上容疑者を出さない方針だと情報が出され、その後の日本国民の反応を見ながら、実際の打切り時期が発表される。アメリカ国内では、すでにその方向で話が進んでいるよ」

　この愚かな戦争を起こし、継続させた犯罪人として裁きたかった日本の主要人物は、すでに全員が起訴され、A級戦犯として審理を受けている――とアメリカの主要な政治家、官僚たちは考えている。彼らにとって、これ以上狩りを続けるのは政治的に無駄な行為でしかないのだろう。

　一方の日本国民も、敗戦直後こそ戦犯たちを「自国の恥」として糾弾していたが、急速に意識を変えていた。戦犯本人だけでなく家族親類に対する容赦のない取り調べや、無関係な人間までも巻き込んだ苛烈な捜査を見せつけられ、戦犯捜査と裁判に対して完全に否定的になっている。

　日本占領政策が、戦犯の扱いという一点から大きく崩れてしまうことを、GHQ首脳もアメリカ本国政府も、強く危惧していた。

　GHQは現在逃亡中の者に関しては、今後も捜索を続けるとしているが、このままでは手配の事実自体がうやむやにされる可能性もある。

　――急がなければ。

「あとこれは念のためいわせてもらうが、我々の取引が上々にまとまったことを、必ず父上に報告してくれ。なるべく早くに」

「すぐに電報を打ちます」

協力の報酬として、アメリカの政治家や軍関係者たちに、何らかのかたちで父から莫大《ばくだい》な利益が供与される。

そう、これはやはり商談だ。

「またお会いできますか」

さらなる情報を提供してくれる気はあるのか、とイアンは遠回しに訊いている。

「それは君次第だよ。我々は実行力のある者への協力は惜しまない。しかし、何もできない人間に、無償で価値あるものを与えるようなことはしない。当たり前だろ？」

イアンはうなずき、マイルズはソファーから立ち上がった。

会談終了。

だが、イアンはどうしても訊かずにはいられなかった。

「ヒロヒトは本当に何の裁きも受けないのですか？」

「罪に問われることはないよ」

マイルズはいった。

「彼は権藤、五味淵ほどには汚れていないし、何より実行力があるからね。我々は同じ目標を持ち、使える人間は、何人《なんぴと》たりとも受け入れる」

イアンは何も返さなかった。

「君の気持ちはわかる。しかも、君は欧州でナチと対峙《たいじ》し、狂信に踊らされた連中の末路をその目で見ているわけだから。だがね、違うんだ。戦前のドイツ国民が抱えていた強い憤りや敵意を昇華させた存在がヒトラーだったが、ヒロヒトはそんな一時的な気分の象徴ではない。彼は日本の杭《くい》であり栓だ。無理に取り除けば、この国の悪習とともに良識も流れて消え去ってしまう。すべての秩序が失われるということだ。王をギロチンにかけたあとのフランスとは較《くら》べものにならない激震が、この国と我々を襲い、飲み込んでゆくことになる。これは杞憂《きゆう》じゃない。事実だよ」

「正直、私には理解できません」

「この国で過ごせば嫌でもわかるようになる」

ホフマンと同じことを、今この国を支配しているアメリカ人からもいわれた。

「また会えることを祈っている」

マイルズはグラスを置き、応接室から出ていった。

ひとり残されたイアンは考える。

――まずどう動くべきか？

権藤と五味淵の居場所はわからない。

だが、マイルズ中佐から渡された報告書によれば、下井壮介という一等兵の所在だけは、かなり絞り込まれている。しかも、警視庁という日本の首都警察には、実際に下井と接触した人間もいる。

時間は午後六時を過ぎていた。もう外は暗い。明日にするべきだと進言する軍曹を説き伏せ、無理やりタクシーを呼ばせた。

行き先は下井が潜伏している墨田区本所の一角。

ある程度予想はついているが、所在が摑めているのに下井を逮捕できずにいる理由を自分の目で確かめたかった。警視庁の力を借りる気は、今のところない。単純に信用できないからだ。占領軍が重罪戦犯の追尾に、比較的罪の軽微な同じ戦犯たちを使っていることも知っている。

到着したタクシーはアメリカ製ビュイック、運転手は黒髪に黄色い肌の中年女性だった。

「まだ新しいな」

シートに体を沈めながらイアンはいった。

「四〇年型です」女性運転手が笑顔で返す。

英語がわかるようだ。

「ほんの少しだけです。難しいお話はできません」

今の東京では英語が使えなければ稼げないと、通訳のメイを介して伝えてきた。タクシーに乗れるほどの金を持っているのは、外国人、代議士、ヤクザの三種類の人間だけだそうだ。

「日本の代議士とヤクザは人じゃない。動物だ」

イアンは小さくいった。が、運転手には聞こえていないようだ。メイももちろん訳さなかった。

街灯のまばらな道を走ってゆく。

いじけたように暗く埃立つ町を眺めながら、イアンは考えていた――マイルズ中佐との会話の中で知った、権藤と五味淵を匿っている集団のことを。

思い当たるものは、今のところひとつしかなかった。

その組織については、ヨーロッパ、アメリカだけでなく、香港などのアジア圏の新聞もすでに報道している。

ＣＩＡ（Central Intelligence Agency・中央情報局）。

今年七月、トルーマン大統領が「国家安全保障法」に署名したことで設立が決定し、正式に発足したのが九月。現時点で稼働からまだ一ヵ月しか経《た》っていない。

だが、ドイツも日本も無条件降伏する以前の一九四四年末、ソビエトを筆頭とする共産主義勢力が次なる最大の脅威だと確定した時点から、水面下で活動を続けていたのだろう。

英国陸軍の内部レポートにより、ＣＩＡがアメリカ国内ではなく自国外での秘密工作を主とすることはイアンも知っていた。しかし、欧州の大半の軍事関係者と同じように、英国のＳＩＳ（Secret Intelligence Service・秘密情報部）や、そのＳＩＳが作ったＢＳＣ（British Security

Coordination・英国保安調整局。主に対独諜報活動や、諸外国での英国支援の世論誘導などを担当）の機能を矮小化《わいしょうか》させたような組織だと勝手に類推していた。

複数の内部レポートの情報を統合し、大した活動はできないだろうと侮《あなど》ってもいた。

――認識を改めなければ。

ＣＩＡが、アメリカ陸海空軍（空軍は一九四七年九月十八日より正式始動）の命令系統とは完全に切り離された大統領直属の機関というのも、名目だけでなく事実のようだ。

アンダーソン家の個人的復讐のはずが、面倒なことになってきた。

ＣＩＡが権藤と五味淵のどこに利用価値を見出しているのか、先入観を捨て、もう一度調べ直さなければならない。

タクシーは川（隅田川）を渡り、廃材やトタンで造られた高い壁の前で停まった。

ＣＩＡに対する予想と違い、この壁に囲まれた建物はほぼイアンの想像通りだった。

犯罪者の逃げ込む場所は、どの国、どの時代でも変わりはない。外の法が届かないこのみすぼらしい壁の向こうのジャンクヤードに、兄の斬首に加担したひとり――下井壮介は潜んでいる。

タクシーの運転手に百円札を渡し、戻るまで待つようにいうと、メイとふたりで降りた。

門の脇には見張り役の男がたたずんでいるが、見慣れぬ外国人来訪者を止める気配はない。

町は狭く、道は入り組み、みすぼらしい。インドの下層民街、香港の九龍城《ガウロンセン》や貧民街と遠目には似ている。だが、較べものにならないほど清潔だった。ロンドンのイーストエンドよりも整然とし、路肩にゴミや汚物も落ちていない。露店には貧弱ながらも品物が並び、電球が夜の闇を照らしている。

支配している人間が有能なのだろう。ここには秩序がある。

だが、店の者も通行人もイアンとは目を合わせない。西洋人に対する気後《きおく》れや怯《おび》えとは違う何かで避けているのがわかる。

『町をまとめている方に会いたいのですが』

メイに日本語で声をかけさせたが、子供も大人も足早に遠ざかってゆく。

『名前だけでも教えていただけませんか』と百円札を見せても立ち止まらない。

しかも、迷路のような道を進むにつれ、すれ違う人数が格段に減っていった。代わりに、こちらの見えない場所から複数に動きを探られているのを感じる。監視は素人ながら、しっかりと統率されていた。イアンも戦時中、パリ解放作戦で市街戦を嫌というほど経験している。フランス人レジスタンスとともに、瓦礫の街中での索敵《さくてき》も無数にこなしてきた。

道に迷った振りをして、行ったり来たりをくり返したあと、イアンは一気に駆け出した。メイもスカートをなびかせついてくる。

長屋の裏路地を進み、二度角を曲がったところで、こちらを監視していた小さな姿が物陰に消えてゆくのが見えた。すぐに追う。走り去る背中に迫り、さらにもう一度角を曲がろうとした瞬間に、その少年の腕を摑んだ。

『町の顔役に会いたい』

イアンの言葉をメイが訳して伝える。少年は十三、四歳。強く口を閉じ、目を逸《そ》らした。

『どこに行けば会える？　連れて行け』

腕を握る手に力を込めた。だが、少年は怯えながら目も口も開かない。

『そいつの居場所は？　名前は？　教えなければ、このまま連行する』

イアンは震える少年を引きずった。町の外へと連れてゆくつもりで、襟首も摑んだ。少年の両足が暗く乾いた地面を滑り、土埃を立ててゆく。他に誰の姿も近くにはないが、暗がりの奥から複数の気配が伝わってくる。

間違いなく見られている。奴らは武器を持ち、身構えているかもしれない。銃口で狙っているかもしれない。

それでもイアンは引きずり続けた。

が、少年が声を押し殺し啜《すす》り泣きをはじめたところで手を放した。

『また来ると、そいつに必ず伝えてくれ』

うずくまったまま泣く少年の汚れ破れたズボンのポケットに百円札をねじ込む。

しょうがない。下井の消息につながるものは見つけられなかったが、住人の結束の固さや覚悟から、奴がここに匿われている可能性が高いことを確認できた。

――策を練って、出直すか。

イアンはメイとともに来た道を戻り、廃材とトタンの高い塀の外に出た。

「会えなかったんですね」

待っていたタクシーに乗り込むと、女運転手がいった。

「でも、まだ機会はありますよ。どんな御用かは知りませんが、竹脇さんは筋を通せば必ず応えてくださる方ですから」

『名前を知っているのか？』

メイを介してイアンは訊いた。

「あのトタン要害を束ねている方でしょ？　ええ。竹脇祥二郎さんです。誰でも知っていますよ」

『筋を通すとは？』

「まず挨拶に行くんですよ。手土産を持って。口伝えでも手紙でもいいから、こちらの目的を知らせ、相手の都合を確認する。で、その都合に合わせてまた訪ねる」

タクシーは橋を渡ってゆく。後部ガラスの向こうで、トタン要害が小さくなってゆく。

「お役に立てましたか？　そう思っていただけたら、またご用命ください」

女運転手はハンドルを握りながら片手で名刺を出した。『Ｍａｓａｋｏ　Ｋｏｍｏｒｉ　小森昌子』と書かれている。

「電話一本でどこへでも飛んでいきますよ」

※

空腹でビークマン・アームズに戻ると、ダイニングの席はすべて埋まっていた。

時計は午後十時三十分。まだ早いと思っていたが、オーダーも終了し、調理場ではかたづけがはじまっている。あのイタリア系シェフ、カレルの姿も見えない。

けれど、彼の「よろしければ夜食に」のメモとともに、軽食が用意されていた。

上気した顔で談笑し、シガーやタバコを吹かしながら食後のカルヴァドス、エスプレッソを啜る客たちを横目で見ながら、イアンとメイは隅のテーブルに着いた。

客の中には日本人も交じっていた。周りの外国人たちと変わらぬ笑顔でグラスを傾けている。

イアンたちの晩餐《ばんさん》は、ローストチキンときゅうり、ハムとペパロニとチーズ、二種類のサンドウィッチ。瓶ビールと、缶入りのオレンジジュース。それをふたり無言で口に運んでゆく。

ダイニングはうそ臭い華やかさに溢れ、すべてが白々しく感じる。にもかかわらず、サンドウィッチだけは素晴らしい味だった。

メイに翌朝の出発時間を伝えると、廊下を挟んだそれぞれの部屋に戻り、イアンは来日一日目を終えた。

深夜、ベッドの中のイアンはドアの開く音で目を覚ました。この部屋ではない。だが、すぐ近くだ。メイがいる向かいの従者部屋のようだ。

忍ぶように廊下を進んでゆく足音を、イアンは横になったまま聞いていた。

4

十月十五日、水曜日。

午前七時にノックの音が響くと、イアンはすぐに自室のドアを開けた。

「どこに行っていた？」

廊下に立つメイが朝の挨拶をする前に訊いた。

「あの、昨夜のことでしょうか？」

彼女の笑顔が途端に曇ってゆく。

「香港の家族に電報を送りました」

とりあえずそうそはいっていない。

昨夜、イアン自身が英国の父に電報を送った時点で、ホテル内の郵便・電話電報受付が二十四時間開いていることはわかっていた。さらに今日の早朝、東洋人の女が電報を打ったこともロビーの接客係に確認してある。

ただ、メイが広東語の発音をアルファベット表記にして送った電報の内容が、どんなものかイアンにはわからない。その中に、もし暗号めいたことを忍ばせてあっても、見抜けないということだ。

「ご一緒している間は、いつどんな御用をいただくかわからなかったので、私用はマスターがお休みになってからと思って」

「気遣ってくれたのはわかる。だが、雇用期間中はすべての行動を報告すると、はじめに取り決めたはずだ」

「申し訳ありません」

窓を開けたカーテンから射し込む陽光が、頭を下げたメイの黒髪を照らす。

「今後は一緒にいる時間以外の行動についても報告してくれ。逆に、一緒にいるからといって、自分の用事をすべて後回しにする必要はない」

「わかりました。ありがとうございます」

ふたりでダイニングに向かう。

夜食のサンドウィッチの礼をいおうとしたが、厨房《ちゅうぼう》にはまたもカレルの姿はなかった。

ウェイターに訊くと、彼は昨夜、高輪《たかなわ》という場所で開かれた占領軍高官のパーティーに出張し、料理の腕を披露してきたそうだ。客たちに請われて遅くまで宴席の会話に加わることが多く、今日の仕事に出てくるのは昼前になるという。

――人気シェフも楽な仕事ではないな。

ぼんやり考えている間にコーヒーとワッフルが運ばれてきた。が、手をつける前に「ミスター・アンダーソン」と小走りでやってきたフロント係に名を呼ばれた。占領軍からの紹介状を持った面会希望者が来ているという。

イアンが返答する前に、その日本人もダイニングに入ってきた。

「竹脇の資料をお届けに、警視庁から参りました」

外へ追い出そうとする接客係の横をすり抜けながら、男は英語でいった。朝食を摂《と》っていた他の客たちの視線が集まる。

「捜査官か？」

イアンはテーブルに置かれた資料を見た。

「違います。しかし、あなたと同じように下井を捕らえるため、行方を追っています」

「捜査官でもないのに、どうして追っている？」

「占領軍の指示です」

この男も戦犯で、より罪の重い連中を追うための犬として使われている。イアンだけでなく、話を聞いていた周辺のテーブルの客たちも気づいた。アメリカ人、英国人の視線に、日本人戦犯への憎しみや怒りが混ざってゆく。

「俺のことを誰に聞いた？」

「ＧＨＱからアンダーソン中尉に協力せよと警視庁に連絡が入ったそうです。その警視庁の命令を受け、中尉のお手伝い役として私がここに参りました」

「ＧＨＱのどのセクションからの指示だ？」

イアンは訊いた。

「そこまでは聞かされていません」

男が返す。

昨日会ったＧＨＱ民生局のバリー・マイルズ中佐がイアンに何も告げず協力者を派遣してくるとは考え難い。加えて、昨日の短い会話の中から、イアンだけでなくアンダーソン家全体が東洋人に対しどんな意識を抱いているかマイルズ中佐も感じ取ったはずだ。大方、民生局とは対立関係にある別セクションが、先制してこの黄色い犬を送り込んだのだろう。イアンを妨害するため？　いや、協力することで懐柔し、イアンを民生局から引き離し、自分たちの側に取り込もうとしているのかもしれない。だからまずこいつと会わせ、イアンの反応を確かめた？

早くもＧＨＱの内部対立の火の粉が降りかかってきた。

しかし、いずれにしてもイアンは日本の犬の力を借りる気など一切ない。

「資料は確かに受け取った。君はもう帰っていい」

「いえ、警視庁の担当者から、あなたの捜索のため最善を尽くせといわれました。私はお役に立てると思います。昨夜、トタン要害の中で、中尉とそちらの女性をお見かけしました。あの町のこと、お知りになりたくはありませんか」

「下井の居所を探るため、入り込んだのか」

「はい」

「名前は？　下井とはどんな関係だ？」

「松川倫太郎《りんたろう》。戦時中、下井と同じ隊にいました」

こいつ——兄の部下だった兵長の斬首に加担したひとりだ。権藤はまず兵長の首を斬り、それから兄、クリストファーの首を斬り落とした。

「ではおまえも、俺の兄の最期を見たのだな」

「はい」

「自分の愚かな行いを悔いて、俺に殺されに来たのか」

言葉にするだけでなく、イアンは上着の内側に下げたホルスターのボタンを外した。

「もちろんその覚悟もしてきました」

松川はいった。

「ですが、生かしておいていただけるなら、全力でお手伝いをさせていただきます。必ず役立つ情報をお届けします」

「なぜ手伝う？」

「下井を捕らえられなければ、私が投獄されるからです。それに権藤と五味淵への怨みを、少しでも晴らしたい」

「あのふたりにどんな遺恨があるというんだ」

「私を今の立場に追い込んだ怨みです」

――日本人戦犯の常套句《じようとうく》。

聞き飽きた上官への責任転嫁だとイアンは思った。が口にせず、代わりに「帰れ」と告げた。

松川は帰らず、さらに話そうとする。

「手伝わせるかどうかは考えておく。まずは資料を読ませてもらう」

イアンは座ったままホルスターから銃を抜き、その顔に突きつけた。

周囲のテーブルがざわつき、遠くに座っていた女は大げさに悲鳴を上げた。

「役に立ちたいというのなら、まずは俺の命令を聞け。背くなら、ここで撃ち殺す」

松川は銃口を見ている。その目は半ば撃てといっているようにイアンには見えた。死への覚悟はできているのに、それでも恥辱を浴びながら犬として捜索を続ける理由は？　やはり家族だろう。妻と子供がこの男の足枷《あしかせ》となり、潔《いさぎよ》く死ぬこともできない。

「ご連絡をお待ちしています」

松川は頭を下げ、帰っていった。

イアンはコルトM1911をホルスターに戻した。メイが立ち上がり、周囲のテーブルを順に謝罪して回っていく。

イアンはナイフとフォークを取り、冷めかけたワッフルを口に運んだ。

朝食を終えると、すぐに車寄せからタクシーに乗り込んだ。

今日の運転手は日本人の男で、少しだけ英語を使えた。

車種はまたもビュイック。だが、五、六分走り、牛込という町に入ったあたりで止まってしまった。運転手は何度も頭を下げて詫《わ》びながらボンネットを開け、エンジンをかけようとするが、まったく動かない。

諦めて路面電車を使うことにした。鶴巻町《つるまきちょう》という停留場まで歩き待ったが、電車が来ない。乗り継ぐ予定だった早稲田《わせだ》という停留場までさらに歩き、ようやく乗れたものの、今度は電力不足による停電で止まってしまった。

仕方なく巣鴨まで歩くことにする。

秋晴れの下、舗装されていない道を進みながらイアンはまた不思議な感覚にとらわれた。

道端や店先の日本人たちは、はじめイアンたちを警戒したように遠目に眺めているが、メイが日本語で道を尋ねると、ほっとしたように笑顔になり、それから身振り手振りを交えて教えようとする。イアンにも笑顔で頭を下げる。

連中は親切だった。

敗北したからといって、ほんの二年前まで殺し合いをしていた敵に、どうしてここまで優しく接することができるのか？

イアンはまた薄気味悪さを感じていた。


巣鴨プリズンの入り口ゲートは問題なく通過できた。

事前連絡をしなかったものの、接見（面会）申請も五分ほど待たされただけで許可が下りた。マイルズ中佐のいっていた通り、チャールズ・ルイス・ケーディス大佐の署名と紹介文入りのＩＤの効力は絶大だった。

この万能の紙切れのために、父はどれだけの代価を支払ったのだろう。

元一等兵・倉田宗光《くらたむねみつ》——兄の斬首に加担し、Ｂ級戦犯として現在ここに収監されている罪人に、これから会う。

「駐日英国連絡公館による聴取」と接見目的には書いたが、ホフマンから聞かされていた通り、名目は何でも構わないようだ。B級以下の戦犯なら、身元の確かな欧米人であればほぼ問題なく許可が出るという。会うかどうかの判断は、法規上は倉田自身に委ねられているが、もちろん有名無実で、囚《とら》われている連中に拒否権はない。

外と同様、監獄内でも勝利者の意思は絶対だった。

倉田には、イアンが首を落とされたクリストファー・ジョージ・アンダーソンの弟であることは伝えていない。

父方の血しかつながっていないとはいえ、栗色の髪や目、顎の輪郭を見れば、クリストファーとイアンが親族であることは、東洋人でもすぐわかるだろう。兄は奴の腕の下で悶《もだ》え抵抗した末に首を落とされたのだから。

接見室に先に入り、待つ。

五分後、ガラスと金網を挟んだ部屋の向こうに倉田も入ってきた。が、イアンを見た瞬間、顔を背けた。やはり奴は気づいた。

おどおどしながらガラスを挟んで一度はイアンと向き合う位置に座ったものの、すぐに担当刑務官に『戻らせてください』と訴えた。

『部屋から出ていけば、家族の安全は保証しない』

イアンの容赦ない言葉を、メイの細い声が訳してゆく。

倉田は下を向いたまま。

『おまえの母、妻、娘たち、全員が苦しみ抜いた末に死ぬことになる』

『人でなし』

奴はつぶやいた。

『人でなしはおまえだ。戦時法を無視して、生きている人間の首を斬り落とした』

『落としたのは私じゃない、権藤だ。誰もあんなことはしたくなかった』

倉田は早口でいった。

『望んだのは権藤と五味淵だけで、私は生きるために命令に従っただけだ。わかっているだろう？　命令に背けば、私たちの首が落とされていた』

『ならば、そんな理不尽な軍隊を作り上げた自分たちの国を恨め。疑問も抱かず、そんな狂った組織に属していた自分を恨め』

『戦争なんだ。戦時下だったんだ』

『だが戦闘中じゃない。投降した捕虜の命を残虐に奪った。おまえのしたことは軍事行動じゃない。ただの殺人だ。もし、おまえの妻や娘をヤクザが刺し殺し、やらなければ自分が兄貴分に殺されていたと弁明したら、おまえは慈悲を与えるのか？　そんな狂った組織に足を突っ込んだその馬鹿を、一生呪い恨むだろう。殺した側がどんな理由を並べたところで、人を殺した事実は変わらない。殺された兄も生き返りはしない』

『あなたはアンダーソン大尉の縁者なのだろう？　ならば彼がどんな人間かよく知っていたはずだ。私たちだって、はじめは敬意を払い、礼節をもって彼に接しようとした――』

メイが訳すのをやめた。

『構わない。続けろ』

イアンはいった。

メイが小さくうなずき、また話し出す。

『だが、あの差別に凝り固まった異常者は、私たちをずっと畜生扱いした。捕虜の立場にもかかわらず、猿と罵り、嘲笑《あざわら》い続けた。そんな猿に自分たちは敗退し、捕らえられたという事実から、ずっと目を逸らして』

『猿を猿と呼んで、どこに問題がある？　思い上がった猿どもが、痛めつけられ、最後には自分たちの誇りも自由もすべてを失った。これが今のおまえたちだ』

倉田が顔を上げ、はじめて真っすぐにイアンを見た。睨んではいない。ただ疲れた目でこちらを眺めている。

少しの沈黙。

『どちらにしても死刑は免《まぬか》れない』

イアンはまた口を開いた。

『だが、おまえが絞首刑になるまで待っていては時間の浪費だ』

『だから？』倉田が小さく訊いた。

『耳の片方と指を一本、斬り落として差し出せ。二日の猶予をやる。看守に話もつけておく』

『兄の墓前に捧げるのか。やることは罵り嫌っている日本人と変わらんじゃないか』

倉田が負け惜しみのようにいったが、イアンは無視して続けた。

『耳と指を渡せば、おまえの死刑が執行されるまでの無益な時間を有意義に変えてやる。好きなものを差し入れてやろう』

巣鴨プリズン内には眼鏡や入れ歯など少数の例外を除き、常備薬や下着類も含めほぼすべての私物の持ち込みが禁じられている。B級以下は労働作業も厳しく、甘味《かんみ》が食事時に出されることもない（※この四ヵ月後に国際世論を受け、囚人の待遇が改善に向かう）。

『渡さないというのなら、はじめに話した通りだ。ただでさえ過酷なおまえの妻や娘たちの生活を、もっと悲惨にしてやる』

『家族を責めるのは本当にもうやめてくれ』

倉田が首を横に振る。

『もうひとつ。権藤と五味淵の行方について教えろ。役立つ情報を差し出せば、おまえの家族に金を送ってやってもいい。病人がいるなら、入院できるよう便宜を図ってやろう』

『残念ながら何も知らない。あいつらに関することなら、知っていれば全部話す。本当だ』

下を向いて続ける。

『こんな身でいうのもおかしいが、どうかあの糞どもを見つけ出し、殺してくれ。なるべく残酷に、嬲《なぶ》り殺してほしい』

『いわれなくてもそうする』

また言葉が途切れる。

『終わりか？　だったらもう帰らせてくれ』

『おまえに待っているのは死だけ。どうせなら、残された中で最善の道をたどって死ね』

イアンは立ち上がり、あとを追うメイとともに接見室を出た。

――檻の中の病んだ猿が。

強く思った。

この場で自分が撃ち殺せないことが口惜しかった。

二章　フードゥー《疫病神》

1

巣鴨プリズンのゲートを出ると、電話で呼んだタクシーが待っていた。

「ご用命、ありがとうございます」

昨日の女運転手、小森昌子《こもりまさこ》が後部座席のドアを開ける。今朝方のエンジントラブルでまともに走らなかったタクシーに懲り、彼女から渡された名刺の番号に電話し、指名した。

これから銀座《ぎんざ》を経由し、またあの墨田区という場所にあるトタン要害に向かう。

「よくやってくれた」

走り出すとイアンはメイにいった。

兄を殺した戦犯倉田への厳しい追及を、メイは怯むことなく日本語に訳し、伝えた。

「とんでもないです。至らなくて申し訳ありませんでした」

「いや、十分だ」

うなずくメイの顔は、やはり疲れている。卑劣な脅しをするときの心労は、もちろんイアン自身よくわかっている。しかも、日本軍が侵攻する一九四一年以前から、英皇御准《ごじゅん》香港賽馬會《さいばかい》（Royal Hong Kong Jockey Club）で通訳として働いていた彼女は、これまで恫喝《どうかつ》とも強要とも無縁の生活を送っていた。

『買い物のあと、ゆっくり食事ができるところに連れていってくれ。肩肘張らない店がいい』

イアンはメイを通して運転手の小森に話しかけた。

「では、銀座ではなく、まず日本橋《にほんばし》のＰＸ（Post Exchange・占領軍関係者に日用品、食料品を販売する店舗）にお連れしましょう。近くに香港人の経営する、美味い店がありますよ」

小森が英語で返す。イアンの意図とメイが香港人であることを見抜いたのだろう。

「どうして彼女が香港から来たとわかった？」

「お話のしかたです。アメリカさんの発音とは少し違いますから。ミスターは英国の方ですよね」

便利な運転手だが、頭の回転が速い日本人が近くにいるのは嬉しくない。

白木屋《しろきや》というデパートを接収したＰＸの入り口では、特にパスポートの提示などは求められなかった。店内は日本に来てから見かけたどの店より、そして香港のどの店よりも品物が豊富だ。缶詰や瓶詰だけでなく、どこから調達してくるのか、肉や魚、卵も並んでいる。スーツ姿の褐色の肌の男性客はインド人のようだ。アメリカ陸軍の制服を着た東洋系のふたり組も見かけた。対応している女性店員は皆日本人だが、客に日本の者はひとりもいない。政府高官でも金持ちでも日本人は利用禁止という建前は、一応守られている。

イアンは酒とタバコ、それに砂糖や菓子類を買い込むとＰＸを出た。

運転手の小森の勧めた酒家はそこから五分ほどの場所にあった。

「いらっしゃいませ」

入ると同時に店員に声をかけられたが、イアンの容姿、そしてメイの「兩個人《リョンゴーヤン》（ふたりです）」という言葉で、以降の店内の会話から日本語が一切消えた。

ふたりの前の茶器に普洱《プーアル》茶が注がれ、ビール瓶が並ぶ。

メイが昨日来日したばかりだと知り、女店主や給仕が香港について質問をはじめた。いつの間にか厨房の料理人まで出てきて訊いている。皆、故郷の今を知りたがっている。

イアンがビールを飲み干すと、すぐに新しい一本が運ばれてきた。日本人の経営する店よりも豊富に品物があるようだ。

「当たり前ですよ。私たちは戦勝国人なんですから」

女店主が英語でいった。

香港は英国領だが、イアンにはこの店の者たちが同胞だという意識はまるでない。だが、店主は日本を打ち負かした連合国を称賛し、日本人への悪口を嬉しそうに並べていった。

それほどこの国を忌み嫌っているのなら、日本から英国へと主権が戻った香港に帰ればいい――そう思いながらも、もちろん口にはしない。

干しエビの腸粉《チョンファン》（薄く延ばした米粉の生地を蒸し、具材を巻いたもの）と、豬紅《ジュウホン》（豚の血を固めたもの）を入れた汁麵《しるめん》、それに何種類かの点心が運ばれてきた。

店員たちの賑《にぎ》やかな広東語が飛び交い、メイも広東語で応える。

「考え事をしてくる。ひとりで食べていてくれ」

イアンはテーブルに日本円の札を数枚置き、立ち上がった。メイが申し訳なさそうに見つめる。

「気にするな」

そう残し店を出た。

近くに待たせてあるタクシーの後部座席に乗り込む。運転席では小森が豆のようなものをかじっていた。

「Ｓｅｅｄｓ」と彼女はいった。

かぼちゃの種のようだ。気を遣い降りてゆく小森に、イアンはタバコ三本を差し出した。彼女はそれを笑顔でポケットに入れると、路地の奥へと消えていった。

通行人の少ない静かな道。日本の十月の午後、陽射しは暖かい。

タクシーの窓を開け、タバコをくわえるとオイルライターで火をつけた。ゆっくりと煙を吐く。銘柄は『キャメル』。独立の熱狂の中にあったインド（一九四七年八月十五日に英国より独立）でも、英国領に戻った香港でも、英国産タバコは手に入りにくく、いつの間にかイアンもこのアメリカの銘柄が馴染みになってしまった。

シートに深く座り、朝に松川という警察の犬がビークマン・アームズに届けた資料を取り出した。

トタン要害の頭目、竹脇祥二郎はやはりヤクザだった。ただし、支配者というより、解放区のリーダーに近い存在のようだ。

元日本陸軍大尉。公家《くげ》という貴族の血筋で、日本が一八〇〇年代に開国し、武士の時代が終わったあとも華族という支配階級に属していたらしい。戦時中はボルネオに駐屯し、敗戦の半年前に上官の死と人材不足により、百数十名の部隊を任された。その隊を率いて十六人の死者しか出さずに戦い抜き、敗戦決定後、八人の米英軍人捕虜を無傷で返還することを条件に日本兵たちの無事を確約させてから投降している。

やはり有能な指揮官だった。

復員し帰国すると、すぐに二代目和泉《いずみ》組というヤクザ組織から盃《さかずき》を受け、あの墨田区内の「トタン要害」と呼ばれるジャンクヤードに入っている。隣接する両国《りょうごく》という地域の中国人集団、向島の朝鮮人集団と何度も衝突しているらしい。

警視庁の資料に続き、占領軍による調査書もめくってゆく。

内容はほぼ同じだが、おかしな食い違いも見つけた。警視庁の資料によれば、竹脇は敗戦後に降伏し、分類上は「S」〔Surrender〕となっている。だが、占領軍側の調査書には、「T」のスタンプが押されていた。これは〔Turn themselves in〕、敗戦前の自主的な投降を意味する。日本人も目にする資料には改竄《かいざん》が行われていた。竹脇が占領軍側にとって有益な人物である証拠のひとつだろう。利用価値のあるこの男を保護するために、敗戦前に敵軍に身柄を委ねたという不名誉な事実が塗り潰された。

あのトタン要害も、ただの無法地帯ではなく、占領軍にとって意味のある空白地帯なのだろう。そうでなければ、アメリカによってとっくに潰されているはずだ。

午後二時。隅田川を渡り、再びそのトタン要害へと向かった。

彼女は隅田川を渡った向こうを指した。

タクシーを降りる直前、また百円札を出し、小森に帰りを待つよういった。

『今日は前金は結構です。代わりに、危なくなったらあちら側に回って待たせていただいてよろしいですか』

その言葉通り、昨夜はひとりだった門番役の男が三人に増え、皆こちらを睨んでいる。タクシー内には、砂糖やタバコなど略奪の標的になる品物も多数積んである。

イアンは小森にうなずき、その砂糖やタバコの半分を手にすると、メイを連れ町の入り口へと進んだ。

だが、三人の門番役がすぐに目の前を塞ぎ、さらに数人の男たちが飛び出してきて囲まれた。鉄板を表に貼り付けた要害の門も閉まってゆく。

『土産を持って挨拶に来ただけだ』

イアンはメイの通訳を介して伝え、手にしていた大きな風呂敷包みを突き出した。

男たちは動きを止め、少し考えたあと、風呂敷包みを摑むと、何かいった。

「少し待っていろといっています」

メイが小声で伝える。

閉まりかけた門の内側へと男たちは入っていき、しばらくしてまた顔を出した。手招きしている。ついて来いということらしい。

囲まれながらイアンとメイは町の中へ入った。通りには昨夜と同じように人が出ていたが、皆、黙ってこちらを見つめている。

しばらく細い道を進んだあと、窓のない小屋へ入るよういわれた。不安な表情を浮かべるメイを残し、ひとりドアを開ける。

薄暗い天井から裸電球が下がり、奥には日本製らしい旧式の有線通信機が置かれている。男たちのひとりが顎をしゃくった。あれを使って話せということだ。

イアンはヘッドフォンをつけ、マイクを握った。

「やあ」明るい声が聞こえてきた。「竹脇祥二郎だ。わざわざ挨拶に来てくれたのに、こんな対応で申し訳ない」

竹脇と名乗る声は、淀《よど》みのない英語でいった。

「ずいぶんと慎重だな」イアンも返信する。

「臆病なだけだよ。こちらの名は知られているんだ。君の名も教えてくれないか」

「イアン・マイケル・アンダーソン。大英帝国陸軍所属、中尉」

「そういうことか――」

声が一瞬途切れた。理解したようだ。

「兄、弟？　それとも親類？」竹脇が訊いた。

「弟だ」

「兄上の無念を晴らすため、東の果てまで来た君に敬意を表する」

「わかってもらえているのなら話は早い。元日本陸軍一等兵、下井壮介の身柄を引き渡してほしい。下井に罪を償わせ、奴の死の証拠として肉体の一部を国に持ち帰る」

「要望は理解した」

「要望ではない。おまえたちは従わなければならない。ただ、素直に遂行してくれるなら、このジャンクヤードの秩序を乱すようなことはしない。欲しい物資があれば、可能な限り融通しよう」

「ずいぶんと親切だな」

竹脇がイアンの言い回しを真似《まね》て返す。

「しかし、拒否するというのなら、ここを焼き払い、すべての住人を巻き添えにしようとも、下井を捕らえ、裁きを与える」

「英国人の君ひとりで、そこまでできるかい？　東京で騒ぎが起きれば、アメリカも黙って見てはいない」

「おまえがここに来て顔を見せるなら、占領軍が発行した書類をすぐに見せよう」

「周到だな。それだけの力があるということは、君はただの軍人ではないのだな。背後に強力な政治家でもついている？　英国人なら、それ相応の家柄という可能性もある」

やはり利口な男だ。だが、かえってやりやすい。無駄な腹の探り合いなどせず話を進めることができるのだから。

「今すぐ連れてくれれば、食糧だけでなく医療品も手配する。ストレプトマイシンやペニシリンを清潔な注射器とともに渡そう」

「いい条件だ。でも、少し考えさせてくれないか」

「いつまで？」

「返答は一週間後に」

「長すぎる。明日にしろ」

「長いのはわかっている。だから君に待ってもらえるよう、こちらも役立つものを提供するよ」

小屋の戸が開き、昨夜イアンに組み伏せられた少年が入ってきた。怯えながら差し出した手に紙切れが載っている。漢字で何か書いてあるが、イアンにはわからない。

「権藤忠興の居所を知る朝鮮人の名と、住所だ。君には必要なものだろう」

「なぜこちらが権藤を捜しているとわかった？」

「以前、下井がここに流れてきたときに戦地で何があったか事情を聞いた。そこから類推すれば、君が兄上の死に関係した全員を罰するために日本に来たことぐらい、すぐにわかる」

「周到なのはあんたのほうじゃないか」

イアンは電球に照らし、漢字の書かれた紙切れを見た。

「罠を疑っているのかい？」

「ここに書かれていることが本当だという証拠は？」

「おまえが権藤と裏でつながっている可能性もある」

「それは、君自身がこれからその住所に行って、確かめてくれればいい」

「答えになっていない」

「いや、最も説得力のある答えだと思うがね。少しでも疑わしさを感じたり、騙《だま》されたと思ったら、占領軍を連れて引き返し、ここを焼き打ちでも何でもすればいい」

「自信の表れということか」

「そんなに思い上がってはいない。こちらの願いを聞いてもらうために、誠実であろうとしているだけだよ」

「情報を小出しに与え、返答期限を延ばそうとしているだけだろう。わずかばかり先送りして何になる？　こちらの要求は変わらないし、妥協もしない。戦犯の捜査解除が出るまで気長に待ってやる気も当然ない」

「そうかな？　この世に絶対はないよ。ともかく、今日のところはこれで勘弁してくれ。君の連絡先を教えてくれるかな」

「土産を包んだ布の中に、宿舎の住所と電話番号を入れてある。だが、一週間はだめだ。待てない」

「では、明日夜までに必ず何らかのかたちで連絡する。そのとき、今君に渡した紙切れに書いてあることが役に立ったかどうかも確認させてくれ」

「なあ、なぜ下井を護《まも》る？」

「彼は有能なんだ」

「あの男の経理・監査の能力が、ここを維持するために不可欠だと？」

「下井の出征前の仕事まで丹念に調べてあるのか。君は厄介な相手のようだな。ただ、アメリカのMPや日本人警察官を引き連れ、ここを強襲することもできたのに、そうはしなかった。その点については素直に感謝する」

「だったらこちらが寛容さを持って接している間に、下井を差し出せ」

「お互いが納得できる答えを出せるよう努力するよ」

「調子に乗るなよ。自分たちは敗北者だということを忘れるな」

「もちろんわかっている。君たちは勝者だ。ただ、ここは我々の国だよ」

「いや――」

イアンが反論する前に通信が切れた。

小屋を出て、男たちに囲まれながら待っていたメイにすぐに紙切れを見せる。

「胡孫澔《ホ・ソンホ》と書いてあります。住所は竹町《たけちょう》（現台東《たいとう》区台東二〜四丁目）という場所のようです」

ふたりですぐにトタン要害の門外へ出た。周囲を見回すと、小森のタクシーが橋を渡ってこちらに向かってくる。

巡回の警察官のタカリや浮浪児の物乞いを避けるため、移動していたという。

小森にも紙切れを見せた。竹町はここから近いそうだ。

「十五分ほどで着きますよ」

小森が英語でいった。

午後三時。次の予定までまだ間がある。イアンは書かれていた住所に向かうことにした。

路面電車の走る表通りを進み、路地に入ってゆく。

腐臭が漂っている。側溝があり、チリや芥《ごみ》を浮かべた水が流れていた。ロンドンのテムズ川沿い、港湾労働者たちの住む地区を思い出す。

舗装されていない道は、自動車や木炭バスがわずかに走っているだけで、他は人が引く荷車や自転車ばかり。途中、その道が混み、タクシーが動かなくなった。

「アメリカさんが菓子を配っているんですよ」

小森が説明する。

フロントガラスの先、ジープに乗った制服の若いアメリカ軍人たちに日本人の子供が群がっていた。軍人たちの投げたガムが地面に散らばり、それを競って奪い合っている。

「じきに終わります。少しお待ちください」

小森のいった通り、ジープはすぐに走り去り、タクシーはまた動き出した。

「日本に来て間もない兵隊さんなんでしょう。でも、すぐに飽きてやらなくなりますよ。子供に配るより、ヤミで売ったほうが小銭稼ぎにもなりますしね」

タクシーの窓の外、路肩で子供たちが手に入れたガムやチョコレートを中年女性に渡しているのが見えた。

「大人が奪うのか？」

イアンは確かめた。

「違います。あとで揉《も》めたり、喧嘩《けんか》になったりしないよう、大人が一度集めて、皆に平等に配るんです。東京も場所ごとにやり方がありますから、本当に子供たちが奪い合うところもあるでしょうけれど。このあたりに関しては、兵隊さんに子供が群がるのは、菓子集めのための演出、まあ、観光客向けの余興のようなものです」

——占領軍相手のアトラクション。

イアンは日本人だけでなく、そんなもので喜んでいる若いアメリカ兵たちも軽蔑した。

2

国有鉄道の御徒町《おかちまち》という駅に近い、台東区竹町。

竹脇に教えられた住所には三階建てのビルがあった。側面に焦げた跡があるので、戦前からの建物で、大規模空襲でも燃えずに残ったのだろう。
一、二階が事務所、三階が胡孫澔と家族の住居のようだ。三階にだけ白いペンキで塗られたバルコニーがあり、季節の花が咲いている。かすかに見える窓の内側のカーテンも白いレースだった。
一階の入り口上には大きな看板が掲げられ、『双善商事株式会社　Twin goodness trading company』と書かれている。ドアのガラスは三色のステンドグラス、取っ手も凝った意匠の真鍮《しんちゅう》でしゃれているが、その前にはまるでそぐわない男たちがたむろしていた。見張り役だろう。本所のトタン要害と同じだが、男たちの反応はまるで違った。

イアンとメイがタクシーを降り、近づいてゆくと、すぐに威嚇《いかく》してきた。

メイによると『何の用だ、このやろう』といっているという。この強気な態度だけで、東洋人の見分けがつかないイアンにも、連中が日本人でないとわかった。胡は朝鮮人の実業家などではなく、同朋たちの頭日、いわゆる半島ヤクザのリーダーなのだろう。

『胡さんに会いたい』と告げたが、断られた。

『今出かけていったばかりだ、馬鹿野郎』と意気がった若い男がいうと、隣の兄貴分らしい奴に『余計なことをいうんじゃねえ』と殴られた。不在というのは本当らしい。

『明日朝八時に出直してくる。会わないなら、こちらもただでは済まさない』

イアンは軽い脅しの言葉とともに、五キロ分の砂糖が入った風呂敷包みを置き、その場をあとにした。

『まず土産を持っていき、挨拶をした。これで日本式のＳＵＪＩというのは通せたか？』

イアンはタクシーに戻ると、メイを通して訊いた。

『はい、上出来です』

小森が笑顔でうなずく。

『あとはあちらの出方を待つだけ』

タクシーはまた走り出した。

陽が西に傾きはじめた街を日比谷へ向かう。

アメリカン・クラブ・オブ・トーキョー（東京會舘《かいかん》）の前で降り、一日分の貸切料金を払って小森のタクシーを帰した。

まだ午後四時半だが、道の反対側には客待ちの日本人娼婦が立っている。ドアを押し開け、メイとロビーに入ると、少し前までいた竹町の腐臭とは正反対の、カクテルと香水の匂いに満ちていた。

アメリカ占領軍用の将校クラブではあるが、一定以上の身分の連合軍関係者——つまり金と地位を持っている人間なら誰でも使えるらしい。軍服のアメリカ人の半数以上が女性を同伴している。ただし、同じアメリカ人女性ではなく、黒髪の日本人だった。この建物の外の道端に立っている女よりは格上らしく、容姿も服装もいい。動物的に性行為をするだけの相手ではなく、恋人気分のひとときを過ごせる高級娼婦なのだろう。簡単な英語での日常会話もできるようだ。

イアンを見つけたホフマン英国二等書記が早足で近づいてきた。相変わらず硬い表情をしている。

「今朝のことについて、(英国連絡)公館に通達がありました」

松川という男に拳銃を向けた件だった。

「奴が無礼な態度を取ったので、相応の対処をしただけだ。こちらには銃の携帯許可もある。何か問題でも?」

「朝のダイニングですよ。アメリカ人宿泊者から強い抗議があったそうです。次に同じことがあれば宿舎を出ていってもらうことになるし、今後の英国人の宿泊にも支障が出るといわれました」

「銃社会で暮らしてきたアメリカ人がいうことか? 危険人物かもしれない相手に、軍人が銃を向けるのは当たり前のことだと思うが」

「お伝えしたでしょう? ここではアメリカ人だけが正規の市民。我々は辺境国からの来訪者だと。連中の機嫌を損ねたら追い出されるんです」

反論したいが、とりあえず黙った。今この二等書記と口論しても何の意味もない。ただ、表情までは隠せず、イアンは渋い顔をしながらカーペットの上を進んだ。

「今はそのお顔で結構。しかし、会食のテーブルで皆さんに挨拶するときは、もう少しいい表情に戻ってください」

並んで歩くホフマンがいった。

これから昨日来日した英国人記者たちを歓迎する食事会が開かれ、その場にイアンも招かれた。嬉しくはないが、一軍人が、英国大使の招待を無下にはできない。

しかし、メインダイニング奥の個室には、主催者サー・アルバリー・ギャスコイン大使の姿はなかった。事前連絡もなく「アメリカとの会合が入った」という理由で欠席。代わりにオトリーという参事官が笑顔で入ってきて、主催者の席に座った。

そしてはじまった晩餐は、実に英国紳士の集いらしい場となった。

記者たちもイアンもはじめこそ参事官に笑顔で挨拶したが、その後は完全に無視した。官僚の顔を立てて一緒に食事はしてやるが、実利のない相手と話す気はないという、英国人ジャーナリストらしい意思表示だった。

オトリーのほうもそんな扱いに慣れた様子で、目の前に運ばれてくる料理を無言で楽しんでいる。記者たちはパブでラガーのパイントグラスを空けてゆくように、ワインとシャンパンのグラスを次々と飲み干し、来日からのわずかな時間で調べ上げたアメリカ占領軍の蛮行と、英国政府の極東戦略での弱腰を率直に口にした。

一同は、アメリカが世界に必死で隠蔽《いんぺい》しようとしているものが、日本人の抵抗や反乱などではなく、アメリカ兵による日本人への数々の犯罪行為だと、早くも気づきはじめていた。

この日の朝も、前夜に池袋《いけぶくろ》で十四歳の日本人少女が、アメリカ兵に強姦され殺されたニュースが英国各通信社・新聞社に入ったという。同じニュースを日本の新聞各紙も摑んでいた。しかし、占領軍司令部からの「報道禁止」という一本の電話連絡だけで事件は抹消された。ＭＰに連行された加害者のアメリカ兵のその後についても、まったくわからない。

この極東の土地では日々起きている出来事だった。

ただ、アメリカを責める英国人記者たちは決して日本人に同情的ではない。むしろ、日本に対する理解しがたい気持ちと、ある種の恐怖心を深めていた。

——そこまでされていながら、なぜ日本人は大規模な反乱も抵抗も起こさないのか？

「まさに蟻《あり》だよ」

ガーディアンの記者がいった。

日本人は意思決定をすべて天皇に委ね、その裁定に忠実に従い、働き蟻のように個としての思考を捨て全体として行動する。天皇がアメリカに追従するといえば、何があろうと決して背かない。

少なくともイアンを含む英国人たちには、そう見えた。

日本が敗戦しても神道は、いや、日本教ともいうべき邪教は、今もこの国にはびこっている。

会食の終盤、ホフマン二等書記がこういった。

「今なら皆さんにも少しは理解していただけると思いますが、この国には、ある種の異様な空気が漂っているんです。敵意なき笑顔と従順さで包み込み、すべてのものを変質させてしまう空気が」

無関心な笑顔で食事を続けていたオトリー参事官も口を開いた。

「この白けた食卓に最後まで座り続けてくださった皆さんに、私からもお礼代わりに伝えさせてください。半年前、本国に戻った前任者の言葉です。『正直なところ私は日本人が怖い。アメリカも我々も、支配しているようで実は懐柔され、日本人が新しい日本を造り出すための繭《まゆ》の中に取り込まれ、養分とされているような、そんな妄想が湧いている』。ちなみに彼は、薬物依存症でもアルコール依存症でもなく、精神疾患も抱えていません。ロンドンのフィンチリーロードの自宅に戻った今は、伸び伸びと暮らしているそうです」

会食を終え個室を出ると、メインダイニングのバーで待っていたメイが、アメリカ人中尉に言い寄られていた。

「おっと、先約がいたか」

ジンフィズでほろ酔いになった中尉が振り返り、イアンにいった。

「ただ、英国人士官殿に申し上げておく。この国じゃ早い遅いは関係ないんだ。肝心なのは、どちらが高値をつけ、こちらのご婦人に気に入られるかだよ。だから後攻の俺にも勝機は十分ある」

イアンはスーツ姿だが、姿勢のよさと体形で同じ軍人と気づいたようだ。

「彼女は遊びの相手じゃない。通訳兼秘書だ」イアンはいった。

「それは残念」

アメリカ人中尉は片手を振って背を向けると、仲間と話しはじめた。

「一言でいい。謝ってくれないか」

その背にいった。

「どうも失礼」

中尉が肩越しにいった。

「俺にじゃない。彼女にだ」

「私はだいじょうぶです、マスター」

メイがいった。ホフマンも止めに入る。

「彼女はだいじょうぶだそうだよ、マスター」中尉がまた振り返る。「君の階級は?」

「君と同じだよ。無礼なアメリカ陸軍中尉殿」

「無礼はないだろ。来日間もない『deb』に、今この国の遊びのしきたりを教えて差し上げたんだ」

彼は笑った。が、仲間のアメリカ人たちは笑っていない。

ヨーロッパでノルマンディー上陸戦に参加したイアンは、アメリカ兵が英国兵を『deb』（dorky elder brother／役立たずの兄）と呼んでいたことを知っている。その見下す態度が、この極東にまで感染してきているようだ。

「こちらこそ『PL』の足らないところを指摘して差し上げたつもりだったのだが」

イアンもいい返した。

『PL（primary leveler／小学生レベルの教養の意味）』とは、アメリカの地方都市出身の低学歴の兵士を、英国士官が馬鹿にするときの隠語だった。

互いに睨み合ったが、アメリカ人中尉は同僚たちに、イアンも英国人記者やホフマンに止められ、引き離された。

メイとともに車寄せのタクシーに押し込められた。

宿舎に向かって走り出す。見送る英国人記者たちが苦笑いしながらも手を振ってくれたのが、せめてもの救いだった。

「次は止めるな」イアンはいった。

「では次は私が不在の場所で殴り合ってください」助手席のホフマンがいった。「どうぞ死ぬまでも、好きなだけ」

「二等書記」メイが泣きそうな声でホフマンにいった。

「失敬」ホフマンが声を落とす。

走るタクシーの左側、申し訳なさそうにこちらを見るメイの顔の向こうに、天皇の住居（宮城《きゅうじょう》、のち皇居と改称）が見えた。

窓明かりはなく、街灯も並んでいない。

光がひとつもなかった。

そこだけ黒い穴が開いているかのように、深く暗い森が広がっている。周囲の建物の光までも吸い込んでいく闇は、アジア征服を目論《もくろ》んだ日本帝国の帝《みかど》の宮殿というより、冥王《めいおう》の隠所のようだ。この死んだような闇の奥に、ヒロヒトはいる。

3

イアンは竹脇を自分の部屋に招き入れた。

ドアを閉めようとしたが、さらなる面倒を懸念したホフマンはノブを摑み、同席すると言い張っ

宿舎のビークマン・アームズに着くと、フロント係が表情を曇らせ駆け寄ってきた。

朝来たのとは別の日本人が、訪ねて来て待っているという。

イアンが玄関を入ってゆくと、ロビーのソファーに座っていた男が立ち上がった。日本人にしてはかなり背が高く、整った顔立ちをしているが右頰にただれた傷がある。

「突然申し訳ない」

男は英語でいうと涼やかに笑い、右手を出した。

「竹脇祥二郎だ」

昼に薄暗い小屋の中の通信機を通して聞いたのと、確かに同じ声。

――やられた。

何の害も被っていないし、危険など今ここには一切ない。なのに、そう思った。

心の隙を突く、完全な不意打ちだった。

た。が、イアンはポケットから出した小さなメモを、彼の上着の胸ポケットに入れた。

「頼みが書いてある。聞いてくれたら、今夜は日本人と静かに話し、最後は紳士的に送り出す。約束する」

渋い顔をしながらもホフマンは帰っていった。メイにも自分の部屋に戻り、先に休むよういいつけた。

「まずは客扱いしてくれたことに感謝する」

竹脇がいった。

「勘違いするな。交渉するべき相手か見定めるために入れてやっただけだ」

「検討に値すると思ってくれただけでも嬉しいよ」

「軽口はいい。懇願に来たのか」

「ああ。泣き落としに」

竹脇が笑う。

「それに挨拶に来てくれた君に対する返礼もしたかった。話の内容はどうあれ、あれは確かに礼儀正しい態度だった」

「ならば格式張ったことは必要ない。頭を下げて感謝してもらうより、いくつか教えてほしいことがある」

イアンはソファーに座った。

「話せることは何でも教える。その前にグラスを借りていいか」

竹脇が自分のカバンからバーボンを取り出した。

「アメリカのものは嫌いかな?」

「すべてが嫌いというわけではない」

竹脇が封を開けた。炭のような香りがほのかに広がってゆく。

イアンは注がれたグラスを受け取った。竹脇もグラスを手にソファーに座り、ローテーブルを挟んでふたり向き合う。

午後十一時。開いたカーテンから庭の照明とかすかな月明かりが射し込んでいる。

「どうしてあの塀の内側での治外法権をおまえたちは認められている？　警察に踏み込まれず好き勝手にやれているのはなぜだ？」

「治外法権なんて大げさなものじゃない。他とは少しだけ違うルールを通させてもらっているだけだよ」

「占領軍のビジネスを代行する見返りとして？」

「まあそういうことだ」

「横流しか、順当だな。利益を将校たちに納めているのか。貧しいゴミの町を装って、奥には品物が溢れているわけか」

「流通の代行をしているといってくれ。俺たちは適正な対価を受け取っているだけで、暴利を貪《むさぼ》っている意識はない」

「その商品管理と流通の実務を担当しているのが下井か」

「まあそういうことだ。君なら当然察しはついていただろうがな。ただ、商売の内容に関して、それ以上詳しく知りたければ、君から直接アメリカ側に訊いてくれ。下請けに過ぎない我々の口からいえるのはこの程度までだ。同盟国の人間には、それほど隠さず教えてくれるだろう」

「では、どうしてそのビジネスのパートナーにおまえが選ばれた？」

「それも俺ではなく、選んだ側に訊いてもらったほうが早いんじゃないか」

「おまえの口から聞きたい。日本側の資料を見ると、おまえは終戦後に戦地で降伏〔Surrender〕

となっている。だが、占領軍の資料には自主的な投降〔Turn themselves in〕とある」

「もうそんなものまで手に入れたのか。まあ中尉殿の想像通りだよ。占領軍が俺の人物像を英雄的になるよう細工してくれた。便宜を図ってくれた理由も話したほうがいいかな？」

「ああ」

「ボルネオにいた俺たちの部隊は、他の日本人部隊がそうであったようにマラリアと赤痢に悩まされていた。だが、加えて白く濁った水のような激しい下痢と、強い痙攣を起こす者が続出した」

「コレラか」

「その通り。俺たちは指揮官に何度も降伏を進言したが、却下された。『投降を装い、敵部隊内にもコレラを蔓延させようとした』と、味方上層部に対する弁明も用意したが、無駄だった。確かに幼稚な言い訳だが、それほど追い詰められていたんだ。部隊全滅は目に見えていた。それで二択になったわけだ」

「指揮官を殺したのか」

竹脇はうなずいた。

「はじめは拘束し連れてゆくつもりだったよ。日本の負けは目に見えていたし、負けちまえば反逆行為で裁かれることもなくなる。だが、指揮官とその腹心たちにひどく抵抗された。信じられないことに連中は、まだ日本が勝つ可能性があると本気で信じていたんだ。俺は逆賊、国賊として殺されかけ、だから逆に殺した」

「何といおうと味方殺しの罪は変わらない」

イアンは竹脇の頬にあるただれた傷に目を向けた。指揮官殺しの騒動の際についた傷なのだろう。

「否定する気はない」

竹脇がグラスに口をつける。

「ただ、俺たちは仲間殺しのおかげで、生き延びることができた。部隊は直後に投降したよ」

「その投降までの状況と内情も、アメリカ兵にはすべて話したんだな」

「もちろん」

大戦末期、アメリカ軍は日本兵の自主的投降を歓迎したが、同時に投降兵全員に対する理由や過程の聞き取りを徹底していた。投降を偽ったカミカゼを恐れていたからだ。

武器を取り上げたといっても、収容所までの連行中に日本兵が集団で反乱を起こせば、部隊はたちまち全滅の危機に瀕する。竹脇が自分の上官を説得するために語ったように、重篤な伝染病患者が敵兵に紛れていれば、味方部隊内にもすぐ蔓延してしまう。

——アメリカに気に入られるわけだ。

英語が堪能で、玉砕などという狂気を拒否し、上官を消し去ってでも生き延びようとした人材を、戦後政策のためにGHQが放っておくわけがない。

「おまえと下井壮介の関係は？　なぜあの男を匿う？」

「あらためて訊く必要はないんじゃないか。それも資料に書いてあっただろう？」

イアンは英文の資料を竹脇に渡した。

「漏れや間違いはないか、確認してくれ」

竹脇がページをめくってゆく。

竹脇の兄・憲一郎《けんいちろう》と下井は大学時代の友人で、卒業後も親交は続いていた。憲一郎は地質学の専門家として三菱商事に就職し、主に中国各地の有望な鉱物産地の調査に従事していた。

下井も住友《すみとも》合資会社に就職し、別子《べっし》鉱業所に配属される。憲一郎は調査、下井は経理と物流管理、専門分野も所属も違うが親交は続いた。しかし、日中戦争勃発（一九三七年）後、憲一郎にアメリカの間諜《かんちょう》ではないかとの疑惑がかけられ、晴れぬまま一九四一年、上海《シャンハイ》の鉄道事故で死亡する。

弟であり職業軍人である竹脇自身も疑われ、何の証拠も出なかったにもかかわらず、事実上の左遷となり、そののち南方の最前線に送られた。憲一郎と親しかった上に英語を使える下井も同じ目に遭った。間諜疑惑で数度の取り調べを受け、社内でも問題視され孤立。広大な中国各地からの物資を集積させ、日本に海路で効率的に運ぶシステムを内務省と共同で考案するなど、有能だったにもかかわらず職場を追われた。そして一九四三年はじめに徴兵されると、激戦地を転々とさせられた。

「ああ。この通りだ」

竹脇が資料を閉じた。

彼の兄・憲一郎がスパイというのはただの疑惑で、事実ではなかったのだろう。もし、本当に戦前からアメリカのために働いていたのなら、その兄の貢献により、弟の彼・祥二郎も厚遇され、今ごろ正式に通訳の職を得てアメリカ軍施設に出入りしている。下井もスパイ行為に協力していれば、B級戦犯の指定から外されたはずだ。

「下井を巻き込んだことにも責任を感じているわけか。だが、そちらの事情など関係ない」

イアンはいった。

「わかっている。だからこちらの勝手な独り語りとして聞いてくれ。下井の妻は今、病気で死にかけている。残されたわずかな時間を、ふたりの子供たちを含めた家族四人で、静かに過ごさせてやってくれないか」

「本当に勝手な話だな。首を斬られた俺の兄にも妻がいた。まだ子供もいなかった彼女は、若くして未亡人になることさえ許されず、金を渡され実家に追い返された」

「気の毒なことをした」竹脇が頭を下げる。

「彼女の身を本当に哀れむのなら、今すぐ下井を差し出せ」

「それはできない」

「ならば――」

「いや、その先はまだいわないでくれ。君が胡孫潲の周辺を調べ、こちらの提示した情報が本当に役立つものだとわかったあとで、あらためて聞かせてほしい」

竹脇は席を立った。

「ボトルは置いてゆく。気に入ったのなら、飲んでくれ」

「なあ、責任感がおまえの目を曇らせてはいないか？」

イアンは座ったまま訊いた。

「下井壮介とは、本当に無理をしてまで守る価値のある男なのか？」

「わからない。でも、それは大した問題じゃないのかもしれない」

「どういう意味だ？」

「何か守るべきものを必要としているのは、たぶん俺のほうなんだろう」

「そんな弱い男には見えないが」

「弱いよ、日本の男は。君たちのように強くはなれない。ずっと守り信じてきたものが、すべて壊れ、消え去ったのだから」

「失ったのは、おまえたちが弱くて愚かなせいだ」

「その通りだ」

竹脇が廊下へのドアを開けた。

「送らなくていい」

「そんな気はない。もし次に会いに来るときは、必ず事前に連絡しろ。予告もなく待ち伏せていたら――」

「不審行動と判断して、逮捕させるかい？」

「敵対行動と見做《みな》して、その場で撃つ」

「まだ敵扱いか。戦争は終わったのに」

「いや、終わっていない。俺の中では続いている」

「実は俺の中でもそうだ。いつまでも終わってくれない」

竹脇は出ていき、ドアが閉まった。

そのドアを、イアンはグラスを手にしばらく見つめていた。

※

松川倫太郎はひとり夜の道を進んでゆく。

江東区富岡《とみおか》。八幡宮《はちまんぐう》を背に木場《きば》方面へ。街灯はまばらで、家々の窓明かりもほとんど消えた時間。物騒なのはわかっているが、どうしても人目につきたくなかった。

だが、細い路地から男ふたりが出てきた。

「風呂敷包みと財布、それに背広も脱いでそこへ置け」

「ズボンも脱げよな。そしたら来た道を振り向かず戻んな」

松川の手にした風呂敷包みの中には洋酒瓶が二本。気をつけていたつもりだが、その二本がカンカンとかすかにぶつかり合う音が、こいつらを呼び寄せてしまったようだ。

暗くてふたりの顔ははっきりとわからないが、どんな人相をしていようが構わない。

「あんたら同胞か？　それとも三国人《さんごくじん》か？」

松川は訊いた。

「千葉は銚子《ちょうし》生まれの日本人だぜ。それがどうした？」

「だったらこのまま消えてくれ。同じ日本人を傷つけたくない」

ふたりに警告する。

「いい気になりすぎだぞ、こら」

男たちの笑い声が聞こえる。

「なあ、見えるか」

松川は風呂敷包みを地面に置くと、背広の前を開いて内側を見せた。そこをオイルライターで一瞬だけ照らす。

ホルスターに入ったオートマチックが下がっている。

「小銃担いで地べた這《は》いずり回ってた俺たちが、拳銃なんか怖がるわけねえだろ」

「早く財布出せ、この馬鹿が。出さねえなら——」

遠くの街灯が男たちの抜いた刃物を照らし、一瞬の光が見えた。

松川はオートマチックを抜こうとしたが、手を止めた。

臆したのではない。

——今日はこの手でかたづけたい気分だ。

そう思ったことで、松川は自分が苛《いら》ついていることに気づいた。

男たちが揃って刃物をかざし、駆け寄る。だが、松川はひとりの突き出した刃先を簡単に避《よ》け、胸ぐらを摑みつつ懐に入ると、一気に背負い投げた。

脳天から男が地面に落ちてゆく。松川はあえて素人には受け身の取れない間合いで投げた。

男は首を変なかたちに曲げたまま動かず、起き上がらない。

もうひとりの男が「ひっ」と声を上げ逃げようとしたが、松川はすでに目前まで迫り、刃物を握っていた男の右手首を自身の右手で摑んだ。捻《ひね》り上げながら背後に回り込むと、男の首を左腕で固め、締め上げる。男は意識を失ったが、それでも締める腕を止めず、呼吸が完全に止まってからようやく放した。

周囲を見たが、どの家の窓明かりも灯《とも》っていない。銃を使わなかったおかげで気づかれずに済んだ。

風呂敷包みを拾い、また歩き出す。

三分後、空襲で焼けた皮革工場跡を囲むように建てられた高い塀の前に着いた。

表に鉄板を打ちつけた木の門を叩く。

小さな覗き窓が開いた。

「目白《めじろ》の劉《ラウ》さんの紹介で来た」

松川が小声でいうと門が開き、散弾銃を手にした警護役の男に招き入れられた。

4

タクシーが揺れるたび、頭に響く。

十月十六日、木曜日。

朝の眩《まぶ》しい陽射しが不快で、イアンは目を伏せた。二日酔い。昨夜竹脇が置いていったバーボンのせいだ。

すっきりしない会話のせいで、あの男が帰ったあとも、独りだらだらと飲み続けてしまった。不愉快な思いは少しも消えないまま、朝にはボトルの中の酒だけが空になって消えていた。

運転手の男がまた下手な英語で話しはじめた。メイにいってついさっき口を閉じさせたばかりなのに。口数の多い男は、それだけで不愉快だ。しかも、英語の発音も文法もめちゃくちゃでよけい癇《かん》に障《さわ》る。

宿舎の車寄せにいた一台に乗ったが、今日も小森のタクシーを呼べばよかったか——ただ、特定の日本人と距離が近くなりすぎるのも避けたい。

はっきりしない自分の考えのせいで、よけい頭が重くなる。

だが、胡孫澔の会社、双善《そうぜん》商事のビル前に到着すると、呑気《のんき》に二日酔いになど浸っていられなくなった。

午前七時。

昨日告げた時刻より一時間早く押しかけるつもりだった。しかし、一階の入り口ドアの前に、あの見た目も態度も悪い見張り役の男たちの姿がない。

いつ何どきであろうと、非道な組織の頭目が警戒を怠ることはない。

油断を度胸と取り違えることがないから、奴らは配下を束ね、大金を得ることができる身分となった。ましてビルの階上が家族と暮らす住まいであれば、なおさら用心の度合いは高くなる。

朝の駅へと向かう通行人たちも、いつもの威圧的な男たちがいないことを、歓迎しながらも不審がっている。

「先に行く。おまえは警察に連絡を」

イアンはタクシーから降り、窓越しにメイにいった。

「公衆電話を探している余裕はない。近くの商店か事務所で借りろ」

「すぐに通報してよろしいのですか？」

「構わない」

東京の警察官に無駄足を踏ませたところで、イアンには何の実害もない。それにこの状況で何もないはずがない。

胡の会社、双善商事入り口のドアの前に立つ。物音は漏れてこない。しかし、予想通り真鍮のドアの取っ手を引くとすぐに開いた。

室内の電灯は暗いまま。静かに入ってゆく。イアンのうしろを追うようにドアから射し込んできた朝陽が、事務所の奥を照らしてゆく。

並ぶ机の陰に、倒れている男の足元が見えた。

――やはり。

イアンは上着の下のホルスターから拳銃を抜くと、可能な限り静かに、しかし素早く、隅の階段を駆け上がった。

二階からさらに三階へ。

家族の住居スペースに入る玄関ドアは半開きになっている。静かに覗き込むと、居間の床に女が縛られうつ伏せにされ、男が馬乗りになっていた。こちらに背を向けている男が刃物を持った右手を振り上げる。

すぐに構え、その背中を撃った。

銃弾が男の右肩に命中する。ほぼ同時にイアンは居間に駆け込み、驚き振り向いた男の脇腹を蹴った。男が床に倒れてゆく。その姿を銃口で追い、太腿《ふともも》にもう一発撃ち込んだ。

男が呻く。うつ伏せにされていた女も怯えた目を向け、布で塞がれた口で何か叫んだ。部屋の隅には目隠しをされ縛られた子供が四人いる。

イアンは呻く男の右腕を踏みつけ、三発目を撃ち込むと、握っていたナイフを蹴り飛ばし、喉元を靴のつま先で蹴り上げた。

洋風に飾られた居間の奥、閉まったドアの向こうががたがたと響き、それからガラスの割れる音がした。

女と子供たちは塞がれた口で叫び続け、撃たれた男は倒れたまま体をびくびくと痙攣させている。

居間の奥のドアには鍵がかかっていた。銃でノブの横を撃ち、蹴破る。

薄暗い部屋には壊れた窓から光が射し込み、大きなベッドの上に男が寝ている。男は目隠しをされ、口も体も縛り上げられ血まみれになっていた。足を叩いても動かない。首元に触れたが脈もない。蘇生は無駄だ。すぐに壊れて開いた窓に目を向けた。外に人の姿が見える。立ち並ぶ家の屋根を伝って同じ方向にふたつの背中が逃げてゆく。

イアンも窓から飛び出し、屋根を駆けた。

遠ざかってゆく背中はどちらも男で丸刈り、ひとりは肩幅が広く大柄。もうひとりは小柄で痩せている。追ってくるイアンの靴音に気づいたのか、痩せのほうが一瞬振り返り、男たちは二手に分かれた。

——どちらを追う？

考えたのと同時に、痩せの片足がトタンの屋根を踏み抜いた。

——両方捕らえられる。

イアンは足を止め、構えると大柄を狙って二度引き金を引いた。一発は外したが、もう一発は左腿裏に命中した。大柄の背中がつまずいたように足をもつれさせ、屋根から滑り落ちてゆく。

イアンは大柄ではなく、罠に嵌《はま》った動物のようにもがく痩せの方向に駆けた。

慌て怯える顔でこちらを見ている痩せが、どうにか穴から足を引き抜いた。が、すぐ背後まで近づいていたイアンはその尻を撃った。

「ぎゃん」と痩せが声を上げ、身をよじった。その腹に蹴りを入れる。細い体が倒れ、屋根の傾斜をごろごろと転がってゆく。屋根に開いた穴の下から、怒ったような驚いたような顔で見上げている住人と、イアンは一瞬だけ目が合った。

通勤通学で人通りの多い道に、痩せの体がどさりと落ちた。皆の目が集まる。続けて飛び降りてきたイアンを見て、何人かが声を上げた。イアンは倒れ呻く痩せの横顔をボールのように蹴飛ばし、横目で失神したのを確かめると、そのまま大柄が落ちたあたりの道へ向かって駆けた。

掘っ建て小屋のような商店が並ぶ小道を進み、角をふたつ曲がると、駅（御徒町駅）へと続く通りを、人をかき分けながら足を引きずり進む大きな背中が見えた。

朝の七時過ぎ。人通りは多く、道の左右には得体の知れない品物や食い物を売る露店が並び、もう商売をはじめている。

イアンも人をかき分け急ぐ。距離が詰まる。大柄が振り向き、こちらを見た。

気づかれた。が、問題はない。

大柄は細い目に丸刈りで面長《おもなが》、額から頭頂には大きな縫い痕があった。その顔が周囲を見回している。細い脇道にでも駆け込むつもりかと思ったが、近くを歩いていた娘の襟首をいきなり摑んだ。

大柄は娘を手繰《たぐ》り寄せ、羽交い締めにすると首元に刃物を突きつけた。

娘と一緒に歩いていた中年女が悲鳴を上げた。母親だろう。周囲からも叫び声が上がり、大柄の周りに空間ができる。

追いついたイアンが拳銃を構えると、空間はさらに大きく広がった。

すぐに撃とうとした——が、撃てない。

盾にされた娘の顔は怯え切り、呻き声を漏らしながら泣いている。刃物を突きつけられた首からは血が滴り落ちてゆく。

——こんな娘を巻き添えにしたところで構うことはない。

心ではそう思いながらも、引き金にかけた指を動かせない。甘い自分に怒りが湧いてくる。

怯える娘のうしろ、大柄の男の顔が半分覗いている。その顔と一瞬視線が合った。挑発するでも恐れるでもなく、ただ感情のない目を真っすぐこちらに向けている。周りを囲む日本人たちの視線も、大柄ではなくイアンに集まってきた。

「He is a murderer.（奴は人殺しだ）」

イアンは英語でくり返したが、やはり通じない。

娘に刃物を向け人質にしている大柄より、明らかにこちらを怪しんでいる。

――あの男より、俺を疑うのか。

躊躇している間に娘の母親にも縋《すが》りつかれた。イアンの腰を掴み、何か叫んでいる。「撃たないで。助けて」とでもいっているのだろう。

言葉が伝わらないことに、メイが近くにいないことに激しい苛立ちを感じる。

大柄の男が娘を抱えながらうしろに下がってゆく。銃口を向けながら追おうとしたが、大柄と娘を庇《かば》うように、イアンの目の前を塞ぐように、左右から日本人がにじり寄ってきた。

黄色い肌の連中が重なり、人垣となり、立ちはだかる。

――そんなに白い肌の外国人が信用できないか？　戦勝国の人間が憎いか？

大柄の姿が遠く離れ、雑踏の奥に消えてゆく。

イアンは拳銃を構えていた腕を下ろした。

目の前を塞いでいた黄色い連中の群れが割れてゆく。人質にされていた娘だけが放心した顔で地面に座り込んでいるのが見えた。イアンに縋りついていた母親がすかさず駆けていき、泣きながら抱き起こす。

額に縫い痕のある大柄の姿はもうどこにもない。

周りを囲む日本人たちはまだイアンを睨むように見ている。

――はじめて日本人から露骨に敵意を向けられた。

ここは敵地。油断はしていなかった。いや、自分でも気づかぬうちにしていたのかもしれない。

撃てなかった自分への、娘と大柄を庇った日本人どもへの、その両方への怒りを無理やり押し殺し、イアンは来た道を駆け戻った。

イアンが尻を撃った痩せた男は目を覚ましていた。

通りすがりの何人かが朦朧《もうろう》としている男を抱き起こし、声をかける。その声が他の日本人どもの耳にも届き、引きつけ、ここにも人垣ができはじめた。イアンは人垣をかき分けてゆく。痩せた男のほうもイアンに気づき、尻の痛みに顔を歪ませながらも、まだ上手く回らない口でわめき出した。

非難するような周囲の視線が、またイアンに集まる。

だが、すぐにメイが駆けてきた。イアンが説明するまでもなく、メイが日本語で周囲に何があったのか訴えはじめると風向きが一気に変わった。イアンに突きつけられていた敵意が薄らいでゆく。

逃げようとした痩せた男を、何人かの日本人が押さえつける。そして、見ただけでヤクザ者とわかる連中が息を切らして走ってきた。殺された胡孫澔の配下の、この一帯を仕切っている朝鮮人のようだ。痩せた男を押さえていた日本人の手に金を握らせ、身柄を引き取ると、どこかへ連れ去ることもなくその場で男を殴りはじめた。

日本の警察官たち、さらにはアメリカのMPを乗せたジープ数台もやってきたが、静止を呼びかけることもなく、痩せた男が殴られるのをただ見ている。

男の顔が輪郭もなくなるほど腫れ上がり、呻くこともできなくなったところで、ようやく警察官が止めに入り、身柄を確保した。

動けなくなった男の体がMPのジープに乗せられ運ばれてゆく。イアンとメイも同行を求められた。強く断る理由はない。

ふたりもジープに乗り込んだ。

※

イアンたちは上野警察署の署長室に通された。

午前八時。署長はまだ出勤前で、宿直明けだという中年の課長がにやけながらインスタントコーヒーを淹《い》れ、イアンの前に置いた。ミルクはないが砂糖の入ったポットが添えられている。アメリカ人MPの伍長と上等兵が監視役として近くに座っているが、何も話しかけてこない。代わりに日本人課長がメイを通してあれこれ訊いてきた。

イアンは痩せた男が胡の殺害現場から逃走したことだけを伝え、あとは黙ったまま、額装され壁に掛けられている墨文字を見ていた。

嫌悪感や敵意から無視したのではない。考えに浸っていただけだ。

まず自分の甘さを反省していた。日本という土地で、日本人を追跡する際の配慮も計画性もあまりに欠いていた。この国の土を踏む前は、もっと慎重に考えていたはずなのに。

日本人のあまりに敵意のない表情と態度のせいで、知らぬうちに気が緩み、注意が散漫になっていた。悔しいが大柄の男を取り逃した理由は、自分自身の油断のせいだ。

ホフマン二等書記の言葉が頭をよぎる。

『この国には、ある種の異様な空気が漂っているんです。敵意なき笑顔と従順さで包み込み、すべてのものを変質させてしまう空気が』

——そんな空気にはもう毒されない。

胸の内でつぶやく。

もうひとつ、あの大柄の男の目を思い出していた。

前にも見たことがある。英国陸軍に入隊したばかりのころ見せられた、教練用映画の中の、囚われ拷問を受けたのちにようやく解放された、痩せ衰えた間諜と似ている。

そう、魚の目。

ロンドンの東、ビリングスゲートの魚市場に並んでいるタラやニシンのような、完全に生気が消え去った目――あの大柄の男は同じ目をしていた。

十五分後、ノックとともに入ってきた別のＭＰたちにより、イアンとメイは解放された。マイルズ中佐から渡されたＩＤの照会が取れたという。

「ジープでお送りします」という申し出を断ると、敬礼で送り出された。

占領軍民政局次長チャールズ・ルイス・ケーディス大佐の署名・紹介文の効力をまたも思い知らされた。

イアンとメイが上野警察署を出た直後、土埃を上げ走ってきた二台の自動車がブレーキを響かせながら目の前で停まった。

先頭の一台の後部座席が開き、男が降りてくる。

「ミスター・アンダーソン。ずいぶん出てくるのが早いじゃないか」

英語で話しかけてきたその男の顔を見て、殺された胡の血縁者だとすぐにわかった。

「誰だ？」

イアンは訊いた。

「胡孫澔の兄、胡喜太《ホ・フィテ》だ。うしろの車に乗ってくれ」

「どこへ行く？」

「近くだよ。一杯つき合ってもらうだけだ」

「何のために？」

「弟を殺した奴を捕まえてくれた礼をいいたい。一緒に来たってあんたに何の損もないはずだ」

胡喜太が自分の車に戻ってゆく。その途中、奴は小さな声で日本語らしき言葉を発した。

イアンは胡喜太の用意した車に乗り込み、走り出したあと、言葉の意味をメイに訊いた。

「疫病神《やくびょうがみ》――Hoodoo《フードゥー》（不運を運ぶ人）やPlague《プレイグ》（疫病）に近い言葉です」

朝鮮語ではなく日本語を使ったのは、何をいったのかわからせるためだ。自分が歓迎も感謝もされていないことをイアンは理解した。

十分ほど走り、高台にあるレストラン（上野精養軒《せいようけん》）のエントランスで自動車は停まった。

朝食の営業はしていないようでドアが閉まっていたが、胡喜太が大声で呼ぶと、ウエイターが駆け足でやってきて出迎えた。

店内には他に誰もいない。

うしろからついてきた警護役の配下を、胡喜太が手を振って追い返す。大きな窓から見下ろす先には水田（不忍池《しのばずのいけ》。当時は埋め立てられ田んぼとなっていた）が広がっている。

「弟の死を悲しんでいるようには見えないな」

テーブルに着くとイアンはいった。胡喜太が首を横に振る。

「喜怒哀楽を簡単に他人に見せるなといわれて育ったからだ。心の中では悲しんでいる」

イアンと胡喜太の前にジントニック、メイの前にはコーラが運ばれてきた。

「誰から俺の名前を聞いた？」

イアンは訊いた。

「MPだ。彼らの摑んだ情報は、十分後には俺のところにも入ってくる。それより弟のことを誰に聞いた？　何を探っていた？」

「GHQから聞き、権藤忠興という日本人との関係を探ろうとしていた」

竹脇から情報を提供されたことは、とりあえず伏せた。

「GHQが情報を流した?」

胡喜太が疑うように首を横に振ったが、イアンは言葉を続けた。

「権藤という名を知っているな。会ったことは?」

「ずいぶん偉そうに訊くじゃないか」

胡喜太がジントニックを一口飲み、続ける。

「今この国の朝鮮人には二種類いることを、今後覚えておいてくれ。欧米人に媚《こ》びへつらうだけの者と、対等に話し、ときには従わせることのできる者と。俺は後者だ」

「おまえがどっちの種類の朝鮮人だろうと、素直に話しておいて損はないはずだ。俺はおまえに誘われ、逆らわずここに来た。今度はおまえが俺に従うべきだろう。今後の商売のためにも」

「俺の商売にどんな得がある? あんた英国人だろ」

「英国人にも二種類いる。アメリカに従うことしかできない者と、アメリカを従わせることができる者と。俺は後者だ」

「証拠は?」

「街中で日本人を撃ったのに、ろくに取り調べも受けず、十五分後には警察署から出てきた。その後、アメリカのMPに連行されることもない。これが単なる偶然や幸運でないことは、おまえにはよくわかるはずだ」

胡喜太はイアンとメイの顔を少しの間眺めたあと、また口を開いた。

「ひとつ確認させてくれ。権藤を守りたいのか? 捕らえたいのか?」

「捕らえて殺したい」

「どうして?」

「話すが、聞いたら必ず協力してもらう」

「初対面でいきなりあれこれ教えろといってきたのはそっちだろう？　人にものを頼む態度じゃないな」

「初対面の俺をここに誘ったのはそっちだ。人を呼んでおいて態度に難癖をつけるな」

「その尊大さ、実に英国人らしいな。大嫌いだし、普段なら相手にもしたくないが、まあいい、こちらも非常事態だ。教えてくれ、どうして権藤を殺したい？」

「今のおまえと似たような立場だからだ。戦時中、権藤は捕虜だった俺の兄の首を刎《は》ねて処刑した」

「権藤を憎んでいるわけか」

「権藤だけじゃない。すべての日本人をだ」

「なるほど――」

胡喜太が何度か小さくうなずいた。

「そういうことなら、今、教えられる範囲のことは話してやってもいい。ただし、こちらの商売の話もあらためてさせてもらう」

「ああ。それでいい」

胡喜太がグラスを手に話しはじめる。

「ちょうど一年前、去年の秋。俺と弟のところに、ある日本人の面倒をしばらく見てくれと話があった。権藤のことだ。はじめに話を持ってきたのはＧＨＱ民政局。俺は面倒な臭いを感じて断った。すると案の定、同じ話を今度はＧＨＱの参謀第二部が持ってきた。民政局と参謀第二部が反目し合っているのは、東京で裏の商売をやっている人間なら誰でも知っている。この時点で、権藤が両方を天秤にかけられるほどの力を持っているとわかって、俺は完全に手を引いた」

――やはり権藤はＧＨＱとつながっている。

驚きはない。ただ、厄介な状況であることを嫌でも再認識させられた。

イアンは感情を隠し、わかり切った質問をあえて胡喜太にぶつけてみた。

「どうして手を引いた？　だろうな。実力者とわかれば関係を持っておいて損はないはずだ」

「あんた軍人か？　だろうな。課報関係者ならそんな馬鹿なことは絶対に訊かない。第一に、厄介を運び込む可能性——あんたらの言葉でいうリスクが高すぎる。権藤が民政局を選べば参謀第二部を、参謀第二部なら民政局を敵に回す可能性が高い。俺たちのほうには刃向かう気がなくとも、向こうは俺たちと権藤を一蓮托生《いちれんたくしょう》で見てくる。とにかくアメリカとは無用な問題は起こさず、仲良く利益を分かち合う。それが今この国で一番確実かつ安全に稼ぐ方法だ。第二に、俺は同じ半島出身の先祖を持つ者以外は、日本人もアメリカ人も、英国人も中国人も、何人も一切信用しない。あんな日本人を匿ってやる義理もない」

「だったら弟はどうして匿う気になった？」

「ひとつ訊いたら、今度はあんたがひとつ答えろ。胡孫澔を殺して逃げた野郎の人相は？」

イアンは大柄の男の特徴を話した。目が細く、丸刈りで面長。額から頭頂には大きな縫い痕があったことを。

「ロコか」と胡喜太は小さくいった。

「見た目は日本人だったが、あだ名か？　奴の本名と素性は？」

イアンは訊いた。

「知りたきゃ、まず自分で調べてみろ。本当にアメリカ人を従わせることができるなら、すぐにわかるはずだ」

「調べる時間が惜しい。おまえの口から聞かせろ。今すぐに」

「勘違いするなよ。自分の価値をまず行動で証明する必要があるのは、俺じゃなくあんたのほうだ」

ＧＨＱのマイルズ中佐からいわれたことを、在日朝鮮人のヤクザからもいわれた。

「思わせぶりに名前を口にして、人を狩猟犬のように使おうとするとは、ずいぶん卑怯なやり口だな」

「悪いな、俺は商売人なんだよ。あんたが使える人間だとわかれば、いくらでも話してやるし、対等な取引をしてもいい。信じないだろうが、気持ちはあんたと同じだ。弟を殺したロコを、その殺される理由を作った権藤を、俺も殺してやりたい。ただし、アメリカと面倒を起こさないやり方で」

「だから俺に手を汚せと？」

「ああ。自分の手をなるべく汚さず仇《かたき》を取りたい。そのためなら協力は惜しまないぜ」

イアンは胡喜太を強く見た。

「いい目だ。これまで東洋人に指図されたことはないんだろう？」

奴は上着からタバコを出すと、まずテーブルの灰皿横のブックマッチを、それから黙って座っているメイを見た。

火をつけろと催促している。

「彼女は秘書だ。芸者じゃない」

「芸者も立派な職業だし、タバコに火をつける秘書だっているぜ」

「俺の通訳であり秘書であって、おまえのためにいるわけじゃない」

「恋仲ってわけじゃなさそうだな。あんた、人種差別主義者だろ？　顔つきを見ていればわかるよ。大嫌いな東洋人なのに、本気で庇いたくなるほど彼女は優秀なわけか」

「あの、マスター」横からメイがいった。

「だいじょうぶだ」イアンは返した。

「俺の値踏みは厳しいんだ。しかも弟が殺されたばかりで気が立ってる」

胡喜太は自分でマッチを灯し、タバコに火をつけると、メイを見て笑った。

「だから勘弁してくれ」

遠くから男が早足で近づいてくる。胡喜太の配下らしい。

男が胡喜太の耳元で囁く。

「あんたが捕まえてくれた痩せた男が釈放されたよ。行って聞けるだけのことを聞き出したら、殺して捨ててくる」

奴はいった。

占領軍管理下の敗戦国であっても、殺人容疑者で、しかも撃たれて負傷している男が、こんなに早く釈放されるわけがない。裏で手を回したのだろう。

胡喜太が立ち上がり、名刺を差し出す。「興亜土建　Koua construction company」と刷り込まれている。表向きの顔は建設会社の社長のようだ。

「建築を中心に、他にもいろいろと事業をしている。実業家ってやつだよ。何かあったら連絡をくれ。ただし、互いに有益な話に限る。俺は施しを一切しない。それからあんたのほうにも迎えが来てるぜ」

奴がレストランの入り口を見た。イアンも目を向ける。

去ってゆく胡喜太の吐き出した煙の向こう、警察署でイアンの監視役をしていたアメリカ人伍長と上等兵の姿が見える。

怒りと苛立ちを押し流すようにジントニックを飲み干し、立ち上がったとき、イアンは今朝自分がひどい二日酔いで目覚めたことを思い出した。

5

北区西《にし》ヶ原《がはら》の古河《ふるかわ》邸。

伍長に行き先をいわれても、はじめはどこかわからなかった。

だが、ジープに揺られているうち、東京の地図に載っていた英国要人や英国連絡公館職員たちの宿舎だと思い出した。

伍長の乗る一台が先行し、イアンたちの乗る一台が後方をついてゆく。

イアンとメイの前、運転席と助手席にはどちらも十九歳のアメリカ人上等兵が座っている。戦時中はどこに出征していたのかと訊いたが、ふたりとも実戦経験はなかった。

日本本土上陸作戦参加のため、ふたりがアメリカからグアムに向けた輸送艦に乗る二日前、広島、長崎に原爆が投下され、その後、日本は降伏した。結局、ふたりが日本に到着したのは降伏から一年半が過ぎた、今年（一九四七年）に入ってからだという。

――駐留しているアメリカ兵に観光気分の人間が多いわけだ。

戦時中、南方で実際に日本兵と銃火を交えた兵士はほぼすべてアメリカ本土に帰国させ、代わりに実際に戦ったことのない、それゆえ日本人への怒りも憎しみも浅い若者を、アメリカ政府とGHQは大量に日本に送り込んだ。

今運転席と助手席にいるふたりは、戦地で日本人からの攻撃を受けたことがない。同じ部隊の仲間が撃たれた瞬間も、死んでゆく姿も見たことがない。だから、みすぼらしい服を着た日本人が路肩を歩くこの道を走りながら、笑顔でハンドルを握り、タバコを吹かしていられるのだろう。

古河邸には二十分ほどで到着した。

ところが車寄せの先にあるエントランスには大きなアメリカの星条旗が掲げられている。その四分の一ほどの大きさの英国ユニオンジャックは、フランス、オーストラリアなど他の連合国国旗とともに脇のほうに押しやられていた。

英国人のための宿舎だと聞かされていたが、話が違う。

案内役の伍長に尋ねると、古河邸が英国専用だったのはほんの四ヵ月ほどで、今では主にアメリカ人将校のための会食や会議の場として使われているという。

ビークマン・アームズ同様、またも大英帝国の凋落《ちょうらく》を思い知らされた。

案内された広い応接室にイアンひとりで入る。ここでも秘書役のメイの同席は不可だといわれた。

「お待ちしています」

メイが下士官用の控室に歩いてゆく。

「アメリカ人に迷惑をかけられたらすぐに教えろ」

イアンの言葉にメイは振り返り、笑顔でうなずいた。

広い応接室の窓からは、見下ろすように西洋風の庭園が広がっている。ただ、芝は伸び、あまり手入れは行き届いていない。

隅の席に座り、五分後。

英国記者団との会食の席にいた英国連絡公館のオトリー参事官とホフマン二等書記が、ドアを開け入ってきた。

「あなたも呼ばれたのですか」

イアンはオトリーに訊いた。

が、彼が答える前にホフマンが遮った。

「街中で発砲されたそうですね。昨夜無茶はしないと約束してくださったはずですが？」

眼鏡の二等書記が詰め寄る。

「約束は守った。あの竹脇という日本人は何事もなくホテルを出ていったはずだ。それに今日の発砲は正当なものだと思うが。すぐそこに殺人の容疑者がいるのに、何もせず見過ごしたほうがよかったか？」

「形式的なことをいっているのではありません。あなたは大勢の日本人が行き交う通りで発砲したのですよ」

「だが、一般人には誰ひとり当てなかった。それより昨日頼んだ調べものは？」

「今香港に問い合わせています。明日には何らかの返答が来るでしょう」

「仕事が早いな。で、もうひとつ頼みがある」

「は？」

ホフマンが露骨に嫌な顔をした。

「殺しや脅しを仕事にしている男の素性を調べてほしい」

イアンは構わず言葉を続け、胡喜太がロコと呼んだあの男の身体的特徴を伝えた。

「有名人なのでＧＨＱや日本の警察筋に当たれば、すぐにわかるそうだ。頼みを聞いてくれたら、今後は可能な限り発砲しないよう心がける」

「私はあなたの部下では――」

ホフマンの言葉を、今度はオトリー参事官が遮る。

「ここまでの案内をありがとう、ホフマンくん。君はもう帰っていい。やるべきことが溜まっているのだろう？」

ホフマンは黙り、イアンを見たあと、オトリーにだけ一礼し、部屋を出ていった。

「仕事熱心なだけで悪い男じゃないんだ」

オトリーがいった。

「わかっています」

イアンはうなずくと、あらためて訊いた。

「やはりあなた方のことも巻き込む気ですか？」

今度はオトリーがうなずく。

「アメリカ人たちは、君と彼らだけの問題ではなく、英国も引き込み『我々全体の杞憂』に無理やり仕立て上げたいようだ」

「大事《おおごと》ですね」

「ああ」

「にもかかわらず、今日ここにいらしたのは、サー・アルバリー・ギャスコイン在日大使ではなく、参事官のあなたなのですね」

「分不相応という意味かい？」

「逆です。実務を取り仕切っているのがどなたか、よくわかりました」

「アリー（アルバリーの愛称）はそういう男なんだ。能力のなさを隠すのに巧みで、難しい問題は常に避けて通る。まあ、そういう逃げ上手な男だから大使になれたのだろうが」

「内実より、外面を飾ることが上手い人間が出世するのは、どの世界も同じです」

「不器用な我々は、自分なりのやり方でコツコツやってゆくしかない」

オトリーが乾いた笑いを浮かべたところで、ノックの音が響いた。

ドアを開けたのは軍服のアメリカ人秘書官で、続いて入ってくるのは来日直後に会ったあのバリー・マイルズ中佐だと思っていた。

が、違った。

「やあ、わざわざありがとう」

ユダヤ系らしい黒い髪と瞳の色をした中年の男が、片手を上げて挨拶をした。イアンは即座に椅子から立ち上がり、敬礼し、オトリーも同じく立ち上がった。

マイルズの上司であるGHQ民政局次長チャールズ・ルイス・ケーディス大佐。イアンに兄を殺した権藤を捜索するためのID貸与を許可してくれた本人だった。

「気楽にしてくれ」

そういわれたが、彼のような大物がやってきて気楽な話で終わるはずがない。

ケーディスがイアンを見る。

「君がアンダーソン中尉で、そちらがオトリー参事官か。急に呼び出してすまなかった」

柔和な笑みを浮かべる。しかし、この笑顔こそ信用できない。ケーディスは従軍前、ハーバードの法科大学院を出たエリート弁護士だったのだから。

「中尉はついさっきまで胡喜太と会っていたそうだが、あの男が話したGHQ民政局の動きには、私は一切関与していない。これは断言する」

ケーディス自身は権藤忠興の身柄保護に関わっていないという意味だ。

「で、来てもらった理由だが、察しはついていると思うが、つい今朝方になって、ようやく君たちに話してもいいという許可が下りてね」

「権藤の保護にGHQが協力している件ですか？」

イアンは質問した。オトリーも横で黙って聞いている。

「率直でいい」

ケーディスが口元を緩めた。

「私も無駄は可能な限り省きたい人間だから、そのほうがありがたい。ただ、胡喜太が君に話した内容はやはり中途半端だな」

「権藤を保護しているのはGHQの総意ではなく、GHQ内の一部——アメリカ外務省、そしてCIAと関係の深い連中の意思によるもの——という意味でしょうか」

「そういうことだ。よりはっきりというなら、参謀第二部が権藤保護派を牽引している」

胡喜太が話したGHQ内のセクションのことだ。チャールズ・アンドリュー・ウィロビーという少将が部長を務めている。

ケーディスは言葉を濁すことなく語り、さらに続ける。

「しかし、君がすでにマイルズから聞かされたように、我々の見解は、そうした連中とはまったく違う。だから今日、私は君たちになぜ権藤が守られているのか理由を話しに来た。ただし、以降の会話は口外禁止の極秘事項。破れば君たちを即刻国外退去にし、英国本国に戻っても、在欧州米軍や英国政府を通じて圧力をかけ、一切の軍職・公職に就けなくさせる」

「承知しました」

イアンはいった。

「すまないが君にも運命を共にしてもらう」

ケーディスがオトリーを見た。

「わかっています」

オトリーが答える。

ケーディスはうなずき、まず軽井沢《かるいざわ》という避暑地について話をはじめた——

6

明治維新後、外国人用の別荘地として開発がはじまった長野県軽井沢町には、日本政府の後押しもあり、遠く東京からの鉄道も敷設される。

そして外国人だけでなく、日本の政府要人、さらには天皇及び皇族のための保養地としても整備が進み、お召し列車という天皇一家専用車両が運行できるよう鉄道沿線の補強と警備も徹底された。

開発の目的は、有事の際に天皇と皇族を東京から脱出させるためだと囁かれたこともあり、実際、第二次世界大戦終盤の一九四五年、長野県松代町《まつしろまち》に、通称「松代大本営」と呼ばれる天皇の住居や軍・政府の重要機関を移転させるための巨大地下坑道が建設された。しかし、それは明治から三十年以上経たのちに造られた、あくまで副次的なものにすぎない。開発当初の理由は軽井沢まで向かう途中の駅、宇都宮近郊の大谷石《おおやいし》採石場にあった。

「鉄道線路は、天皇を東京からその宇都宮まで迅速に運ぶためのものだった」

ケーディスがいった。

「宇都宮には、大谷石という軽石凝灰岩《かるいしぎょうかいがん》の巨大な地下採石場があり、日本の軍政財の一部のトップたちはこの採石場を、対外戦争で最悪の事態を迎えた場合の、永遠の霊廟《れいびょう》にしようと画策した」

「避難所ではなく霊廟？」

よくわからずイアンは訊いた。

「そうだ」

とケーディスは返した。が、まだイアンにはわからない。

「現世で生き続けるための場所じゃない。死後の安寧《あんねい》を約束するための場所だよ」

横のオトリーがいった。

「その通り、君は日本人の思考についてよく調べているな」

大谷石が切り出されたあとには巨大な地下空間が残っている。その地下への入り口を爆破し、数十万トンの石で蓋をすれば、何者も入り込むことのできない広大な密閉領域を造ることができる。

万一、対外戦争で敗北が決定的となり、天皇の国外脱出も不可能となったとき、天皇一族を——たとえその時点ですでに死体となっていても——この地下空間へ移送し、玉体をドイツ、ロシア、アメリカ、英国などの異国の野蛮人どもには決して触れさせぬよう、虜囚となる辱めを受けぬよう、三種の神器というこの国の王位（皇位）継承の象徴である品々とともに永遠に密閉する。

「あくまで一九一〇年代に練られたものだ。今では鉄道での長距離移動など、航空爆撃の恰好の標的になるだけだからな」

ケーディスはいった。

いずれにしても異常な思考だが、極限の状態でカミカゼや玉砕を選択する狂気の国らしい発想ではある、とイアンは思った。

計画は始皇帝の広大な地下陵墓の伝承を史記に書いた歴史家・司馬遷《スーマー・チイエン》の名から、司馬《スーマー》計画の通称で呼ばれるようになった。

司馬計画は一九一〇年代から、日本の軍政財の各界から選出された六人組と呼ばれる者たちを中心に秘密裏に進められ、計画と作業は次代へと受け継がれてゆく。

問題は、ここから先だった。

「ハーディング密書と呼ばれる契約文書がある」

ケーディスがいった。

イアンは存在を知らない。

一九二二（大正十一）年、難航していたワシントン海軍軍縮条約の話し合いを押し進め、反対的立場の日本に条約調印させるため、当時のアメリカ大統領ウォレン・ハーディングは、ジム・フレイジャーというアメリカ外務省官僚の進言を受け入れ、日本側全権である加藤友三郎《かとうともさぶろう》海軍大臣とある密約を結んだ。

『今後、日本がアメリカ、英国を含む他国と開戦したのち、敗北不可避となり皇統の断絶も危ぶまれる状態に陥ったとき、アメリカは日本の皇位継承権を持つ男子をふたり以上、国外脱出させ、第三国へ亡命させるために最善を尽くし、その後の男子たちの動向と皇位については一切干渉しない』——全面戦争に敗北し、日本の国土が他国領となって滅亡した場合でも、日本の天皇制とその権威だけは延命させるという最終手段的な密約だよ。これによって当時のアメリカは日本の全権者である加藤を口説き落とし、ワシントン条約にサインさせた」

ハーディング密約の締結書は加藤海軍大臣によって日本に持ち帰られたあと、司馬計画に組み込まれた。

昭和に入ると司馬計画は、天皇及び皇族の神性を守るため、その血統を永遠に巨大な石棺に封じるとともに、一方ではハーディング密約を盾に東宮《とうぐう》（皇太子）たちを国外脱出させ、タイ、トルコを経由し、スイスに入り亡命（政権ではなく）朝廷を立て、時期を見て日本に復帰するというものに作り替えられてゆく。

天皇の血脈延命の切り札ともいえるハーディング密書は六通の写本が作られ、同時にハーディングの直筆署名の入った本物の調印密書は六等分され、司馬計画の中心である六人組が分配して持つことになった。

六つに分けられた密書のひとつ——通称「ハ一号文章」は尾野八十吉《おのやそきち》陸軍少将に受け継がれた。

一九三五（昭和十）年、尾野少将の下、権藤忠興は中尉時代にこの秘密計画に参加する。

有能かつ過度の天皇信奉者だった権藤は、次第に司馬計画の中枢に関わってゆく。加えて尾野少将は最も信頼する部下であった権藤に、ハ一号文章の存在や隠し場所も教えた。

大谷石採石場は第二次世界大戦中、陸軍の糧秣廠《りょうまつしょう》・被服廠の地下秘密倉庫となり、敗戦直前は中島《なかじま》飛行機（のち富士重工、現ＳＵＢＡＲＵ）の地下軍需工場に使われていたとされているが、すべて権藤発案によるカムフラージュで、実際は一度も稼働していない。

しかし日本が無条件降伏を受け入れても、幸か不幸か採石場が玉体保存のために使用されることはなかった。

ハーディング密書の存在が、天皇を処刑せず延命させるというアメリカの日本占領政策に大きな影響を与えたことは容易に想像がつく。

だが、それについてイアンはあえて口にはしなかった。今この場で天皇が戦犯として裁かれなかったことの是非を、ケーディス大佐と討論するつもりはない。

権藤忠興は敗戦後、さまざまな裏切りと犯罪を重ね日本に戻り、真っ先にハ一号文章入手に向かった。

尾野少将は敗戦と同時に自決。自宅地下の金庫に保管してあるハ一号文章を守り抜くことを家族に遺言していたが、権藤はこれを強奪。権藤は金庫を解錠させるため、尾野の娘と娘婿、女中の三人を殺している。

ハ一号文章を手に入れた権藤には財力もあった。

日米開戦以前、一九三七（昭和十二）年の日中戦争開始時から、権藤は尾野や五味淵（戦地で権藤とともにイアンの兄・クリストファーを斬首処刑した陸軍中佐）ら複数の陸軍上官と結託し、代理人を立て、上海に美鈴《みすず》商店という貿易会社を設立。タングステン、モリブデン、塩などの戦略物資とアヘンを扱い、莫大な利益を上げていたが、それらを貴金属に換え、終戦後の現在も日本国内のどこかに隠し持っている。

「アンダーソン中尉、君にあらためて権藤忠興の発見・逮捕を依頼したい。そしてできれば、同じく身を隠している五味淵も捕らえてほしい」

ケーディスがいった。

「処刑ではなく逮捕ですか」

イアンは確認した。

「ハ一号文章の回収・破棄を第一目的にしてほしいという意味だよ。文章の所在がわからないうちに殺してもらっては困るが、逆に所在がわかり、我々が回収したあとは権藤、五味淵の身がどうなろうと構わない」

「ハ一号文章以外の残りのハーディング密約の断片の所在はわかっているのですか？」

「それは君の気にするべきことじゃないし、余計な詮索は無駄な面倒を引き起こすだけだ。君は君の任務に集中してほしい」

「なるほど。ただ、他にも質問があります。そのハーディング密約の存在が明らかになると、今後のアメリカの国益にどう影響があるのでしょう？」

イアンはあえて訊いた。

「『一九四一年十一月二十六日アメリカ提案』。通称『ハルノート』と呼ばれるものを知っているね」

ケーディスがイアンとオトリーを順に見る。

「あれを日本に通達したとき、アメリカは同時に、イギリス、フランス、さらに日本支配下にあるアジア各国の反日機関に向け、『アメリカは日本の天皇制（Japanese emperor system）及び、天皇主義（Emperorism）の根絶と、それが生み出すアジア太平洋圏への脅威を排除することを外交上の第一義とする』という声明を送った」

「アメリカは日本の軍事的脅威だけでなく天皇制も根絶するという意味ですね」

「その通り。だが、一方でアメリカはハーディング密約を放置していた。この矛盾するふたつが公にされれば、次の大統領選挙が大きく左右される。一九二二年に密約を結んだハーディングは共和党。だが、現大統領のハリー・S・トルーマンは民主党。もし過去の密約の存在が明らかになれば、新聞雑誌が騒ぎ立て、次期大統領の椅子から共和党の候補者は、限りなく遠のくことになる。トルーマンは前任者のフランクリン・ルーズベルトの死去に伴って、副大統領からくり上がった男だが、また奴が大統領を続ける可能性が高まるだろう」

「民主党政権が続いては不都合だと？」

「そういう意味じゃない。過去の政権が犯した失策に左右されず、公平公正に次の大統領は選ばれるべきだと思っているだけだよ」

「目的や理想はどうあれ、過去の密約を巡ってアメリカ人同士が日本国内で直接衝突することを避けたい。だから英国人の私に問題を処理させようと——」

イアンの言葉の途中、オトリー参事官が「中尉」と口を挟む。調子に乗りすぎるなという意味だ。

しかし、ケーディスは「そういうことだ」と首を縦に振った。

「君を厚遇する理由は、君のアンダーソン家の私恨を晴らすための行動が、我々の利益にも通じているからだ」

「逆にいえば、今後、私の行動を一部のアメリカ人が妨害する可能性も高いということですか」

「今後ではなく、すでに妨害を受けているだろう？」

イアンはうなずいた。

今朝の胡孫澔の殺害。この日本で今、あれだけ手早く実行犯を用意し、半島ヤクザの頭目を消去できる組織はアメリカ軍以外にはあり得ない。

「妨害の他にも懸念があります。もし、権藤を見つけ出し、引き渡したとして、あなた方が奴を保護し囲い込まないという確証はありますか」

イアンはいった。

ケーディスを信用できないという意味だが、オトリーもそう止めようとはしなかった。

「端的にいえば、物的な確証は何もない」

ケーディスは答えた。

「それにアメリカ外務省やＣＩＡの連中が企《たくら》んでいるように、権藤にも少なからず利用価値はある。奴は強固な反共主義者であり、膨大な隠し財産を背景に日本国内の有力なヤクザとも通じている。権藤を中核に据えれば、既存の政治家を使うよりもはるかに効率的で、しかも、違法行為も厭わない強力な反共組織を作り出すことができる。今後、日本国内に湧いてくるであろう共産主義者・社会主義者を一掃するための尖兵として使うには、奴は確かに都合がいい。ただ、それも当面の間だ」

「いずれは害毒になると？」

ケーディスがうなずく。

「権藤は今も昔も強固な天皇信奉者だ。信念は一切変えていない。反共・反ソビエトで重用し、力をつければ、奴は間違いなく増長し、遅からず右翼としての本性も剝《む》き出しにする。ＣＩＡの連中は、権藤の利用価値が薄れた段階で殺すか社会的に抹殺するといっているが、そんなに簡単にいくはずがない。毒をもって毒を制するつもりが、権藤という毒が日本の社会に根を張り、除去不能になる。我々はＣＩＡの連中とは信条も行動原理もまったく違う。民主主義と対立する厄介な存在を、自ら育てるような馬鹿なことは絶対にしないよ」

イアンは黙った。

信頼や信用の無意味さを、この国で頼れるものは自分自身しかいないことを、あらためて感じていた。

が、ケーディスは念を押すようにこう続けた。

「我々が情報を提供し、君が追い詰める。権藤という卑怯な糞ザルを燻《いぶ》り出し、捻り潰してやろうじゃないか」

三章　鉄塔

1

東京都北区西ヶ原、接収された古河邸内の応接室。

ケーディス大佐は一通りの説明を終えると、気休めとも懐柔とも取れる笑みを浮かべた。

――またか。

イアンは思っていた。

どうしてこうも簡単にアメリカ人は心にもない笑顔を作れるのだろう。

貴族階級に憧れる英国の中産階級家庭で、そして王立陸軍士官学校で、喜怒哀楽を簡単に見せるなと教え込まれてきたイアンには理解が難しい。

ただ、そんな国民性の違いを感じる一方で、ケーディス大佐の語った権藤忠興に関する「説明」についても思いを巡らせていた。

やはり大佐は、アメリカ人同士が直接ぶつかり合うことを最も危惧し、それを避けようとしている。大佐を含むＧＨＱ内の民政局を中核とした一派。ＧＨＱ内参謀第二部のアメリカ外務省やＣＩＡと協調している一派。権藤の利用価値に対する見解の違いから、このふたつの派閥が武力衝突する懸念を拭い切れないのだろう。

朝鮮半島で新たな火種——社会主義・共産主義勢力との交戦を含む対立の危険が湧き上がりつつあるこの時期に、日本国内のアメリカ人を分断することはできない。だからこそ大佐は、イアンのような英国人をある種の緩衝材として権藤追尾に参加させた。

しかし、疑念も浮かんでくる。

民政局と参謀第二部が対立関係にあることは、殺された胡孫澔の兄・胡喜太も知っていた。胡喜太は実力者であるとはいえ、正体は東京の一区画を牛耳っているチンピラに過ぎず、しかもアメリカ人でもない。そんな男にまで伝わっている内部事情が理由で、ＧＨＱは本来排除したいはずの部外者であるイアンに寛容な態度を示したのか？

イアンは自分の隣に座っているオトリー参事官を見た。

視線の意味を理解したのか、彼は首を横に小さく振るように、窓の外の荒れた庭に目を遣《や》った。たぶんオトリーも何も知らないのだろう。残念ながらこの日本では、英国はアメリカに使役されるだけの一機関になり下がっている。

ケーディス大佐が笑みを浮かべたまま、自分の秘書官に指を上げて合図を送った。

軍服の秘書官がブリーフケースからファイルを出す。

「権藤忠興、五味淵幹雄と関連があるとみられる関東の暴力団組織の名と所在地だ。君の捜索の参考にしてくれ」

大佐がファイルを差し出した。

「ありがとうございます」

イアンはそういいながら受け取ったものの、内心あまり感謝はしていない。大佐が口にした「参考にしてくれ」とは、おまえが行って調べてこいという意味だ。

ＧＨＱ民政局はやはり権藤と五味淵の居場所を絞り込んでいた。しかし、そこに踏み込めばアメリカ本国にまで飛び火するような騒ぎに発展すると考え、実力行使には出ていない。自分たちが躊躇していることを代わりにイアンにやらせたいのだろう。

しかも情報を小出しにしてくる。今後もこちらの利用価値を見極めつつ、その都度、必要最小限だけを渡すつもりだろう。

――アメリカ人らしい。

そう思った。こんなふうに扱われるのは好きではないが、慣れている。

二年四ヵ月前――一九四四年六月、欧州。

英国とアメリカを主体とする連合軍の増援部隊は、ドーヴァー海峡を越え、多大な犠牲を払いながらも、五日間で三十二万の兵員と、五万台の車両、十万トンの物資をドイツ占領下のフランス、ノルマンディー海岸に上陸させた。

当時、イアンは命令を受け、ドイツ軍に占領統治されていたパリに潜入。フランス人レジスタンスと協力し、わずかな弾薬と食糧でドイツ兵に抵抗しながら、連合軍の増援を待っていた。パリ市内の実情とドイツ軍の正確な兵力、そして連合軍がパリに到達するまでの最適なルートに関する情報を収集し、伝えるのが一番の目的だった。

だが、連合軍のヨーロッパ上陸後もドイツ軍の抵抗は激しく、なかなか到着しない増援を、ドブネズミの肉と骨のスープを啜りながら（うわさではなく本当に食って飢えを凌《しの》いだ）待ち続けた。

そして二ヵ月後の八月、ようやくパリに到着した連合軍先遣部隊のアメリカ人少尉は、イアンにこういった。

「まずは情報を。その質と量次第であなたに銃弾と食糧を渡すかどうか判断します」

イアンは瓦礫の中でそのアメリカ人少尉とはじめて話すまで、彼を同志だと認識していた。だが、少尉のほうは、戦地で合流した英国人将校を、偶然利害が一致した取引相手程度にしか考えていなかった。

──これがアメリカ人か。

以前から漠然と抱いていた違和感と抵抗が、そのときイアンの胸にはっきりとしたかたちとなって刷り込まれた。

同時に自分の甘さも悟った。対ドイツ軍へのゲリラ戦を通じ、あのいけ好かないと長年思っていたパリジャンの連中とさえ、友情や信頼を結ぶことができたのに。アメリカ人との間には、到底そういう類《たぐい》のものは生まれない。あのアメリカ人少尉は、圧倒的に物資が不足する中で戦い抜いたイアンにわずかな労《ねぎら》いの言葉さえかけなかった。別に称えられたかったわけではないが、そのあまりに実利一辺倒な態度に驚かずにはいられなかった。

ケーディス大佐を見ていると、あの蒸し暑い八月のパリで合流したアメリカ人少尉の顔を嫌でも思い出す──

「さっそく数ヵ所行って、日本の暴力団が実際どんなものか見てくるといい」

大佐が続ける。

「ただ、しつこいようだが、君が来日直後、バリー・マイルズ中佐に会ったときに交わした約束を忘れないでくれ。この先、君の行く場所で何が起き、君の身にどんなことが降りかかろうと、GHQもアメリカ政府も一切関知しない」

「もちろん覚えています」

「君がそのルールを遵守してくれる限り、我々も君への協力を惜しまない。そして君のお父上から受けた協力も忘れないよ」

父がアメリカの企業や上下院議員を通じてGHQ高官たちに配った金のことをいっている。

「あと余計なことだが、君はもう少し肩の力を抜いて、笑うことを覚えたほうがいいな。英国人として君が『粗食に耐えろ、無闇に感情を表に出すな』と教えられてきたことはわかるが、この極東では笑っていれば何かと事が順調に運ぶようになる」

「そんな単純なものですか」

「ああ。私も人から聞かされて疑っていたが、日本に来て正しさを認識したよ。東洋人もやはり感情の動物だ。我々の笑顔を見れば、それを優しさや親愛の情だと勝手に解釈し、心を囲っていた壁を少しずつ下げてゆく」

「努力してみます」

「君なら簡単にできるだろう。さて、もうひとつ――」

大佐がオトリー参事官を見た。

「連絡は君にも伝わっているね」

訊かれた参事官がうなずく。

「はい。ですからこうして参りました」

単に立会人として呼ばれただけでなく、参事官自身にもここに来る理由があったようだ。

「必ず指示通りやってくれ。だが、これは命令ではなく通達だ」

「心得ています」

参事官の言葉にうなずくと、ケーディス大佐は立ち上がった。

「見送らなくていい。君たち英国人同士で話さなければならないことがあるだろう。アンダーソン中尉、何か困った事があったら、マイルズ中佐に連絡を。彼にはすぐ対処するよう話してある」

イアンの感謝の言葉に大佐は片手を上げて応えると、秘書を引き連れ出ていった。

応接室には英国人ふたりが残された。

「君と一緒に来日したタイムズ紙の記者がロンドンに送ろうとした記事の内容について、昨夜遅く

GHQから連絡があった」

オトリーがいった。

「俺は何も訊いていませんが」

イアンはそう返し、ケーディス大佐から渡されたファイルを開くと、並ぶ活字を眺めはじめた。

「いや、訊かれなくても話すよ。君の家庭の復讐劇に私は巻き込まれた。私の抱えた面倒事にも、君を無理やり巻き込ませてもらう」

イアンは無言で天井や壁を指差した。

盗聴器があるのではという合図だが、参事官は気にしていない。

「今ここでの君との会話を知られたところで困りはしない。GHQ首脳部が気にしているのは、自分たちの恥部をアメリカ国内や英国国内の大衆に気づかれたくないという一点だけだ」

参事官はタバコを取り出し、火をつけると、ケーディス大佐から「通達」を受けた記事の内容について説明した――

半年前、銀座にある松屋《まつや》PXの日本人施設担当者にGHQから連絡が入った。建物内にある数ヵ所のトイレの内装を、二週間以内に大理石張りにし、調度も高級品に替えろという。敗戦国のいち企業にそんな資金もなく、工期もわずかで、日本人担当者が不可能だと連絡したが、GHQは「間に合わせろ。できなければ、営業権の剝奪や逮捕も辞さない」と強硬な態度を崩さなかった。困った日本人担当者は「では銀行などから金をかき集めるために、なぜトイレの改修は必要なのか、せめて理由を教えてくれ」と食い下がった。

GHQは「連合軍最高司令官夫人とその家族が使用するため」と回答した。

司令官夫人とはダグラス・マッカーサーの妻ジーンであり、家族とは息子のアーサーのことだ。

このタイムズ紙記者のレポートがきっかけとなり、アメリカ人司令官一家の日本での王侯貴族のような振る舞いが世界に広まることをGHQは危惧した。司令官の日常は質素で庶民派というイメージをGHQは打ち出そうとしていたが、マッカーサー一家が住居としている駐日アメリカ大使公邸は、高級ハワイアンキルトのテーブルクロスやヨーロッパの一流木工職人が設《しつら》えた家具、銀食器やジュエリーをちりばめたタバコ入れなど、世界の逸品で溢れていた。

「階級のないアメリカという国で生まれ育った人間が、占領地に来て特権的な振る舞いをし、贅沢な暮らしを満喫している。しかもそれを世に知られるのは恥ずかしいと情報の差し止めまでする。何とも滑稽だとは思わないか」

オトリー参事官がタバコの煙を吹き出す。

イアンも同じ気持ちだった。勝者の特権を振りかざし、敗者の土地で王侯貴族の猿真似をしているアメリカ人たちを愚かしく思う。

GHQが差し止めさせた報道はそれだけではない。

原子爆弾を投下された広島、長崎の実情について日本人があまりに知らないことを不審に感じたタイムズ紙の英国人記者が、同じ英国人のBBCラジオ記者らと調査をはじめると、広島・長崎の被害を過小に報道するよう、日本だけでなく各国の報道機関にGHQが圧力をかけていた疑いが浮かんだ。それだけでなく放射能被害についても日本人に真実を伝えず、胎内被爆した新生児が何の手当てや治療も受けないまま放置されているという情報も得た。真相を確かめようと記者たちが広島へ出発する直前の昨日午後、アメリカ人MPに身柄を拘束された。オトリーの交渉の末、ここまでに手に入れた写真やメモを提出し、この件に関する今後の取材を「自粛する」という条件で今朝、解放されていた。

イアンは深くため息をついた。

自分の中に湧き上がりかけた人道という名の日本庶民への同情心を、吐く息に混ぜて体の外に追い出してゆく。そして戦場で日本兵に斬首された兄・クリストファーのことを考え、その無念に思いを巡らせた。

——日本人など同情するに値しない。

人と呼ぶのも憚《はばか》られる下等で残忍な連中は苦しむべきだ。

それでいい。極東の猿どもへの安易な同情は、クリストファーを殺した連中に正当な裁きを下すというアンダーソン家全体の願いを頓挫《とんざ》させるだけでなく、自分の身も危うくする。

「我々には報道の自由すらない。それが今現在の、この日本における英国人の立場だと君もこの数日の滞在でわかったはずだ」

オトリーがイアンを見た。

「残念ながら理解しました」

イアンは資料から視線を上げ、言葉を返した。

「この先どうする？」

オトリーが訊く。

「これまでと変わりません。私のやるべきことを終え、一日でも早く帰国できるよう努力します。もちろんその間に起きる一切の出来事は、先ほどケーディス大佐に話したのと同様、あなたや英国連絡公館とは何の関係もありません」

「責任をひとりで被《かぶ》るその覚悟、実にありがたいね。私も君が早く帰路に就けるよう、できる限りのことをさせてもらう」

「一日でも早く厄介払いをしたいと？」

「そういうことだ」

オトリーが笑い、イアンも笑った。

こういう直截的な会話のほうが、ずっと気持ちを楽にしてくれる。

「君自身には何の責任もないが、やはりこの時期に日本に来たことが我々には問題なんだよ。ケーディス大佐はそのあたりも織り込み済みで、君に権藤捜索を許可したのだろうけれど」

この時期とは、朝鮮半島情勢が日増しに悪化しつつある今のことをいっている。

第二次世界大戦終了直前、アメリカは日本を無条件降伏させることを最優先し、朝鮮半島の統治に関してはソビエトと細部を詰めず、曖昧《あいまい》な部分を多く残していた。

だが、アメリカが日本の広島に原爆を投下した三日後の一九四五年八月九日、ソビエト軍は日ソ中立条約を一方的に破棄し、中国大陸の満洲国や朝鮮半島、さらには北方の列島など日本支配地域への突然の侵攻を開始。アメリカ政府はこの侵攻を追認するかたちで、朝鮮半島の北緯三十八度線より上をソビエトが、下をアメリカが一時的に統治するという分割占領案を急遽ソビエト政府に提示した。

ソビエトの対日参戦や半島の分割に関して、終戦の半年以上前から、当時英国首相だったチャーチルを含む米ソ英の三首脳間で密約があったという話もある。が、末端の軍人のひとりでしかないイアンは当然真実など知らない。仮に密約があったとして、それがどんなもので、ここまでのアメリカの思惑と、その後の誤算がどんな理由から生まれたのか、ここでオトリーと論じ合っても意味はない。

問題は日本の占領政策は順調だが、極東全体の戦後政策はそれとは正反対の方向に進んでいるということだ。

経緯はどうあれ、現時点での朝鮮半島情勢はアメリカ政府の、そして英国政府の望むものとはかけ離れている。半島北部では去年（一九四六年）八月、共産勢力を集結した北朝鮮労働党が結成され、今年二月には北朝鮮人民会議が創設された。中国大陸でも、中華民国国民政府率いる国民党軍と共産党率いる中国人民解放軍の内戦が激化。アメリカは国民党軍を支援しているが、中国人民解放軍もソビエトの支援を受け、戦線は膠着《こうちゃく》していた。

東アジア各地に共産勢力が広がりつつある今、アメリカ政府とGHQにとって、日本国内での共産思想の拡散防止、そして根絶は、第一に取り組まなければならない重要課題だった。

東ヨーロッパと同じように、極東にも赤い波が押し寄せている。

そんな時期だから、GHQ内の一部勢力は、日本の右翼勢力に広く人脈を持つ権藤忠興と五味淵幹雄を、戦犯でありながら「防共」の道具として保護しようとしている。

「君に早く日本を去ってもらうために、とりあえず私は何をすればいい？」

オトリーが訊く。

「銃弾と銃器類を揃えていただけますか」

「あいにく私は疎《うと》いもので、機種をいわれてもよくわからないんだよ」

「ホフマン二等書記経由でリストをお渡しします」

「わかった、揃えさせよう」

「あと自動車を一台」

「自分で運転するつもりかい？」

「はい」

「それはどうだろう。まだアメリカの手の上で動き回っているように見せておくべきじゃないか」

「連中の監視の届く範囲で行動し、安心させておけと？」

「ああ。首に鎖がついている振りを続けたほうがいい」

「わかりました。もうしばらくタクシーで移動するようにします」

日本到着以降、常にあとをつけられている気配がしていたが、今のオトリーの言葉で尾行されていることを確信した。

「あなたはだいじょうぶなのですか？」

イアンは訊いた。そんなに話してオトリー自身の立場が不利にならないのかという意味だ。

「口止めはされなかったからね。それに私のような小物のところまで流れてくる情報など、たかが知れている。他に知っているのは、ビークマン・アームズの君の部屋は盗聴されていて、メイドにより日々マイクの設置場所が変えられているとか、その程度のことくらいだよ。まあ君もとっくに気づいていただろうが」

「自分の考えを裏付ける証拠をいただけるのは、ありがたいです」

「感謝する必要はない。たまたま利害が一致しただけだ」

「もし利害が衝突するような状況になったら――」

「ああ。すぐに君を切り捨てる」

「適切な処置です。私もそのような状況になったら、心置きなく同じ対応をさせていただきます」

オトリーは口元を緩めると、タバコを消し、ソファーから立ち上がった。

「話はまとまったな。そろそろこのアメリカのテリトリーから引き揚げようか」

※

廊下に出ると通訳兼秘書のメイが封筒を手に待っていた。

「ミスター・ホフマンからお預かりしました」

中には直筆の便箋が四枚。イアンが「調べろ」といったロコと呼ばれる男に関する情報が書かれている。先に応接室を出た二等書記が、その後の短い時間に電話で情報収集し、纏《まと》めたのだろう。

「いっただろ？　彼は堅物で面倒だが、その分有能だよ」

オトリーがこちらを見る。

彼に途中まで自動車で送るといわれたが、イアンは断り、離れてゆく背中を廊下で見送ると、すぐに便箋を読んだ。

ロコの本名は長田《おさだ》善次《ぜんじ》。

国籍は日本で両親ともに日本人。戦前は九州の福岡という都市で警察に勤務し、捜査官（刑事）をしていた。だが、自分が逮捕服役させた傷害事件の犯人が、出所後、長田の妻や子供らを惨殺するという事件が起きる。以降、長田は様子がおかしくなった。容疑者に対する過剰暴行などの問題で勤務を続けられなくなり、退職後は、暴力団と関わりを持つようになる。あの男の前頭から後頭にかけての目立つ傷痕も、暴力団同士の抗争に加わり、敵対するヤクザ者に斬られ、つけられたものだった。

戦中は当然徴兵されているが、戦地には行かず、福岡地域の俘虜《ふりょ》収容所に勤務していたらしい。「らしい」というのは当時の勤務記録が曖昧だからだ。単なる監視や刑務官役をしたのではないようだ。ロコという通称も、追撃された爆撃機に乗っていたスペイン系アメリカ人に、スペイン語で『Que《ケ・》 Loco《ロコ》／狂っている』と罵られたからだという。収容所内で尋問官のような任務に就き、苛烈な暴行をくり返していた可能性が高い。

しかし、戦後になっても長田は戦犯にはなっていない。暴行虐待を受けたアメリカ兵がすべて殺され、誰も告発する者がいないからだという。

ホフマンがいかに有能だとしても、これだけ早く、しかも一定量の情報を揃えられたということは、胡喜太のいっていた通り「ロコ」こと長田は、有名人であり、しかもかなりの危険人物なのだろう。

それにしても――

ＧＨＱ内の参謀第二部を中核とする勢力は、戦中、連合軍捕虜を虐待していた異常者さえ、自らの目的のためには罰することなく子飼いにし、利用するのか。

あまりの無分別さに憤った。

ただし、だからといって、参謀第二部と対立している、ケーディス大佐らが所属する民政局が正しいとは微塵も思わない。

「アキハバラという場所は遠いのか？」

イアンは訊いた。

メイが都内の地図と連合軍兵士用鉄道時刻表をバッグから出す。

「ここから自動車で四十分前後のようです。タクシーを呼びますか？」

「列車でも行けるか？」

「歩いて十分ほどのカミナカザトという国有鉄道の駅から乗り換えなしで向かえます」

「それなら列車を使おう」

エントランスに申し訳程度に置かれている小さな英国国旗と、風にたなびいている大きなアメリカ国旗の前を通り、古河邸の外へ出た。

ＧＨＱに尾行されていることが確定した以上、自分のさまざまな行動に連中がどう反応するのか確かめておきたい。実際に追っているのはＧＨＱの命令を受けた日本人だろう。いつもタクシー移動ばかりして行動が習慣化すると、こちらの動きを読まれやすくなり、いざ逃げるときにも追っ手を振り切るのが難しくなる。それに、イアンに協力的に見せているケーディス大佐の一派にも監視されている可能性が高い。

〈誰も信じられないし、信じるつもりもない。これからも、この先も〉

いつの間にか自分の信条のようになってしまったその言葉を、イアンは胸の中でもう一度くり返した。

2

チョコレート色に塗られた電車は、上中里《かみなかざと》駅を出たあと、田端《たばた》駅、日暮里《にっぽり》駅と進んでいった。この京浜東北《けいひんとうほく》線は、東京都内で山手《やまて》線と並ぶ重要路線らしい。

日本人で満員の車両の隣、連合国軍専用車両の乗客は、イアンとメイの他に軍服のアメリカ兵が三人と、アメリカ人らしいブロンド髪の母娘《おやこ》の七人だけ。

車窓の風景は、来日直後に乗った中央線とは微妙に違っていた。

そこかしこにバラックの住宅が広がっているのは同じだが、コンクリート製の三階や四階建てのビルが目につく。真新しい外壁は明らかに終戦後に建てられたものだ。

こうした復興の兆《きざ》しを目にするのは、やはり気分が悪い。

日本の連中はずっと隷属《れいぞく》していろと思う反面、連中を使役して富を貪り、優雅に暮らしているのがアメリカ人だと思うと、それもまた不愉快だった。

タバコに火をつけ、窓の隙間から煙を吹き出し、気持ちを落ち着ける。柔らかな十月の陽光が車内に射し込んでいる。

秋葉原駅近くの神田青果市場というマーケット内に、「Nogiwa-gumi／野際組《のぎわぐみ》」という名の暴力団組織が事務所を構えている。

ケーディス大佐から渡されたファイルに、以前、権藤と五味淵を匿っていた組織として秋葉原の野際組が載っていた。さらに、ホフマン二等書記が調べたロコこと長田善次の素性メモにも、長田に恐喝や強要などの汚れ仕事を回している暴力団の中に同じ名があった。

権藤と五味淵、ロコこと長田の接点として、イアンはまずその野際組に向かうことにした。確証があるわけではないが、まったくの当てずっぽうでもない。

今朝、台東区竹町にある胡孫澔の会社兼住居を訪ねたとき、三階建てビルの入り口ドアはまったく傷ついていなかった。凝った意匠の真鍮の取っ手も、嵌め込まれていた三色のステンドグラスもそのまま。一、二階の事務所内に倒れていた胡孫澔の部下たちにも争った形跡はほとんどなかった。胡孫澔を殺したロコこと長田とあとふたり、計三人の日本人は、押し入ったのではなく、客や知り合いとして胡孫澔の双善商事に迎え入れられた可能性が高い。

ケーディス大佐のファイルには、これから向かう野際組と双善商事が戦中から陸軍物資の横流しや人身売買で協力関係にあったという記述もある。

長田が以前からつき合いのある野際組の遣いとして、何か商売に関わる書類や情報を携え双善商事を訪ねたのだとしたら、三階に胡一家の暮らす警戒厳重な建物の入り口が、あんな早朝にもかかわらずすんなり開けられたのもうなずける。

ただ逆に、その野際組は何らかの理由で胡孫澔と双善商事を裏切り、売ったという可能性も出てくる。

まあいい、行ってみればわかるだろう。


秋葉原駅の高架ホームからすぐ横にある青果市場の屋根を見下ろせた。

空襲を逃れたのだろう。市場は想像より大きく、いくつもの建屋が並び、貨物専用の駅と線路も隣接していた。この場内のどこかに野際組の事務所がある。

意外かもしれないが、英国国内でも食料品の大きなマーケットや、繊維類の問屋街に拠点を持つ違法組織は多い。

そんな場所にあるのは、常に店に睨みを利かせ、売り上げの上前を撥《は》ねるのに役立つからだけではないようだ。物資の集積場は必然的に鉄道などの交通の要衝にもなり、人や物を秘密裏に送り出したり迎え入れたりするのに便利なのだろう。イアン自身、ロンドン市内、コヴェントガーデンという伝統のある市場に到着したプラムを積んだトラックの荷台から、隠されていた大量の銃器が押収されてゆく現場を見たことがある。

高架ホームの階段を下り、改札を出る。路上に並ぶ靴磨き職人の列を見ながら右に曲がると、そこにもう市場の正門があった。

場内は静かだった。コンクリート敷の床に落ちた野菜の端切れを拾い集めている清掃人が数人いるだけで、仲買人らしい姿はない。活気のある声も響いていない。野菜が詰まっていたであろう空の木箱があちこちに積み上がっている。

清掃人のひとりにメイが野際組はどこかと日本語で尋ねた。

男が訝《いぶか》しげな顔でボソボソと何かを返した。自分は料理人だといったらしい。集めた野菜は捨てるのではなく、刻んで煮込むか何かして露店で売るようだ。

メイが一言詫び、あらためて組の場所を訊いた。

男は変わらぬボソボソとした声で話しながら奥を指差し、それから手のひらを見せた。

メイが訳す。

『教えた代わりにチップをよこせ』

日本人の異様なほどの優しさと親切心を不気味に感じていたせいか、こういう不躾《ぶしつけ》な態度を取られると、なぜだか逆にほっとする。

イアンは金ではなくタバコを二本出すと、男の手の上に落とした。

男に教えられたほうに歩いてゆく。市場が閑散としているのは、今が取引の終わった平日午後というせいだけではないようだ。

戦時中の日本政府による生鮮品の価格統制は、敗戦によりすでに解かれている。

野菜も大半が配給制なのか？　いや、東京に運び込まれるはずの野菜の半分以上が、闇市と呼ばれる非合法マーケットに流れているのだろう。

市場の奥、高い天井の下に鉄板で囲まれたガレージのような細長い建物が見えてきた。あの堅牢《けんろう》さ、間違いなく非合法な連中の居場所だ。

イアンはスーツの上着の下、ホルスターのボタンと拳銃の安全装置を外した。


ノックを二回。

鉄板が張られたドアの内側から返事はない。さらに二回大きく叩き、『すみません』とメイが日本語で呼びかけた。

ドアがわずかに開き、中から下働きのような少年が顔を出した。外に立つメイを見て少し驚いている。こんな建物を若い女がわざわざ訪れることはないのだろう。少年が戸惑っている間にイアンはドアの取っ手を強く引き、押し入った。

事務所内には少年と、机に座っている制服のようなものを着た中年の女がひとり。他にもインク入れ、鉄製の判子入れ、カーボンペーパーや紙綴《かみと》じ機が置かれた机がいくつか並んでいる。

『責任者にお会いしたいのですが』

メイはふたりに日本語でいった。

『権藤忠興、五味淵幹雄、長田善次。この三人の日本人についてお尋ねしたいです』

『それ誰？』

中年女の返答をメイが訳してイアンに伝える。

『そんな連中知らないわよ。それよりあなたどなた？　ＭＰでもないようだし。いくらアメリカさんだって、得体の知れない相手には何も話すことはございませんよ』

『アメリカ人じゃない。英国人だ』

『ブリ？　ああ、イギリスさん。どこの国の方でも同じ。聞き込みをしたいなら警察官でも一緒に連れていらしてくださいな』

『ヤクザのくせに警察か。連れてくるのは面倒なので、そこの電話で呼べ。警察がいてもこちらは問題ない。意味のない文句を並べるのはもう十分だろう、対等に話のできる相手を連れてこい』

中年女は嫌な顔をしながら立ち上がった。奥の部屋へと続くドアを開け、入ってゆく。

『巻き込まれたくないなら、今のうちに逃げろ』

イアンは黙ったままうろたえている日本人の少年に伝えた。

少しだけ迷った表情を見せたものの、少年は二歩三歩とあとずさり、イアンたちが入ってきたドアから外へ駆けていった。

「だいじょうぶだ。上手くなっている」

イアンは通訳しているメイに伝えた。

「そのまま続けてくれ。俺の言葉も連中の言葉もきれいに直す必要はない」

「はい」

メイが緊張した顔でうなずく。

イアンは机の上にあった日本の新聞を取り上げ、細く折り、さらに曲げて畳んで小さな紙製の手斧を作ると、スーツのポケットに忍ばせた。拳銃を使うのを躊躇しているわけではない。騒ぎの中で誰かを撃ち殺し、面倒事が増えるのを、まだ今の段階では避けたいだけだった。

今朝のことが頭をよぎる。

ロコこと長田は、逃げる途中の路上で日本人の娘を捕まえ、自分の身を守るための盾に使った。そのせいでイアンはあの男を撃てなかった。

射撃には自信がある。それでももし娘に当たってしまったらと危惧した。あんな見ず知らずの日本人——いや、日本猿の命などどうでもいいはずなのに。

中年女が消えた奥のドアが開き、ぞろぞろと男たちが出てきた。

軍服が四人に、シャツに上下揃いのスーツを身につけたのがひとり。そのスーツ姿の痩せた男がリーダーのようだ。五人全員、軍服の袖やシャツの胸元から色鮮やかなタトゥー——彫物《ほりもの》が覗いている。

これが日本のヤクザか。直接見るのははじめてだ。顔つきも態度も悪いが、彫物の精緻さ以外は香港のゴロつきと大差ない。

ただひとつ、気になることがある。

この連中、さっきの少年とは違い、驚いても慌ててもいない。単なる経験や貫禄の差ではないだろう。何の予告もなくスーツの英国人が押しかけてきたのだから、もっと警戒してもいいはずだ。なのに五人とも舐《な》めた笑みを浮かべている。

——俺がここに来ることを事前に知らされていた？

たぶんそうだ。そして知らせたのは、ＧＨＱ内部の人物以外考えられない。

『あんたがリーダーか？』

イアンはメイを介してスーツの男に訊いた。

『リーダー？　まあこの中じゃ一番の兄貴分だよ』

男が返す。

『組長ではないのか？』

『そんなわけねえだろ。組長はいきなり押しかけてきた無粋な野郎とお会いになったりしない。組長と話したいのなら、きっちり段取りをつけ、筋を通すことだ。ただ、ここでの俺との話だけで事足りるだろうけどな』

『俺が今日ここに来ると誰から聞かされた？』

『あんたのほうが詳しいんじゃねえか？　俺はただガイジンさんから、ここにアメ、いやイギリス人が来たら相手をしてやってくれといわれただけだ。聞いたのはそれだけで、あんたの名前さえ教えられちゃいない』

　男はあっさり話した。

　スーツ以外の、他の四人のヤクザ者たちがゆっくりと摺《す》り足で動き、イアンとメイを囲んでゆく。男たちは身長百八十五センチのイアンより頭ふたつ分は小さく、大人と子供ほどの差がある。

『どう相手をしてくれるんだ？』

　イアンは周りの男たちを見下ろした。

『それはあんたの出方しだいだよ』

　痩せたスーツの男は事務机のひとつに座ると、ポケットから木箱を取り出した。机に置き、イアンに向けて滑らせる。手に取って、開けてみろという意味だろう。

『何が入っている？』

『自分で確かめりゃいい』

　イアンは拾い上げ、開けた。消毒液の匂いが立ち上る。

　ガーゼが敷かれ、その上に右耳がふたつ、指が二本置かれていた。

　模造品ではない。他の動物のものでもない。明らかに人間の耳と指だった。血は赤黒く変色しているが、断面の肉の硬化具合からして、切り取られてからそれほど時間は経っていない。

木箱に目を遣《や》ったメイが「うっ」と声を漏らし顔を背けた。

『誰のものだ？』

それでも彼女はイアンの言葉を訳し続ける。

『あんたが話を聞かせろといっていた三人のうちのふたり、権藤忠興と五味淵幹雄のだよ』

イアンは男を見た。自分の視線が鋭くなってゆくのをイアン自身も感じている。

スーツの痩せた男はタバコを出し、マッチで火をつけながら話を続ける。

『あんたはそのふたりに何か貸しがあったようだが、こっちで始末をつけといた』

『始末とは？』

『殺したってことだよ。Kill them ってやつ。もうふたりとも生きちゃいない、わかるか？ だから安心して、それ持ってお国に帰りな。ロコのほうも俺たちが始末しておく。胡孫満は大事な商売仲間、取引相手だった。それを殺したロコの野郎を放っておいちゃ、面子《メンツ》が立たねえからな』

メンツ――体面《appearance》のことか。

芝居がかった言葉に呆れながらもイアンは質問を続ける。

『この耳と指が権藤と五味淵のものだという証拠は？』

『ねえよ。心配なら指紋でも調べるか？』

『照合する元の指紋の標本がない。ライターでもタバコの吸い殻でも、箸でも茶碗でもいい。あのふたりが間違いなく触れたと証明できるものを見つけてきてくれ』

『注文の多いイギリスさんだな。そんなもの、見つけてくるわけねえだろ。俺たちは便利屋じゃねえし、忠実な使用人でもねえ』

痩せた男がイアンを横目で見ながらタバコの煙を吐く。

『とにかくよ、ごたくを並べてねえで信じることだ。それは権藤と五味淵の体から切り取られたもんだとな。あのふたりは死んだ。そう信じておとなしく帰りゃ、無傷でお国にたどり着けるぜ』

『信じず、おとなしく帰らなければどうなる？』

『あんたやそっちのお嬢さんの顔が腫れたり、手足が折れたりするんじゃねえかな』

『連合国の軍人に日本人が手を出して、ただで済むと思うか』

『済むんだよ、それが。お許しが出たんでね』

『誰が許した？』

『正直よくは知らねえんだ。お偉い方が、あんたがゴネたり暴れたりしたら、容赦なく叩きのめしていいといってくれたんだと』

痩せた男だけでなく、他の男たちも馬鹿にしたように口元を緩めている。

そうか。戦勝国人を殴れると喜び、だから浮ついているのか。隷属を強いられている敗戦国の連中には、確かにまたとない機会だろう。

イアンは考える。

自分を敵視する勢力――曖昧ないい方だが、今はまだこれでいい――の周到な計画に乗せられ、この野際組の事務所まで誘導されたのだと思っていた。

が、どうも違うようだ。今朝、胡孫澔の殺害現場にイアンが遭遇し、ロコこと長田に会ってしまったのは敵対勢力にとっても誤算だったらしい。もっと穏便に、脅しや政治的な圧力をかけ、イアンを日本国外に追い出すつもりだったのだろう。

しかし、予定より早くイアンを排除する必要ができた。だからこんなこけおどしの演出と状況を慌てて作り上げた。

痩せたスーツの男がタバコをもみ消した。

『その箱を持って帰るか？　気に入らねえなら、俺たちを叩きのめして、権藤たちのことを話させるか？　でも、叩きのめすのは簡単じゃないぜ』

『ここはジャングルとも中国の奥地とも違う、日本だぜ。たらふく食ってりゃ、おまえらなんかに負けねえよ』

スーツの隣に立つ軍服の男のひとりがいった。

『俺らは五人、あんたはひとり。不利だと思うなら、その上着の内側に下げてるものを使いな。俺らはこれで十分だ』

もうひとりがズボンに差した鞘《さや》から短刀を抜いた。

——どうする？

この男たちを金と利権で誘い、寝返らせ、こちらの手足として使うという選択肢もある。しかし、やはり無理だ。こんな下劣な猿どもと共闘するのは信条に反する。

ただ、まずメイの安全を考えなければ。彼女はイアンにとって日本での大切な目であり声だ。

——その重要な装備を今はまだ失いたくない。

イアンは机の上の木箱を取った。

男たちが落胆のため息を漏らし、わめきはじめる。

「何といっている？」

メイに訊いた。

「根性なし。臆病者のケトウが、と」

彼女がためらいがちに答える。

毛唐が外国人に対する蔑称だとイアンも知っている。だが、構わず振り向き、外へのドアに向かって歩いた。

横のメイに英語で囁く。

「外に出たら、ドアから離れて待て」

「えっ」

「もし銃声がしたら、頭を押さえて地面に伏せろ」

「でも」

「心配ない。もしもの話だ。銃声が響く前に終わらせる」

ドアを開け、まだ戸惑っているメイに顎を振り、早く出ろと促す。

そしてドアを閉め、振り返った。

男たちは相変わらずわめいているが、日本語なのでイアンにはわからない。どうせ俺たちも兵隊で、戦地ではおまえの仲間を撃ち殺してやったとか、その程度のことだろう。

こいつらに戦闘経験があるとしても、それは徴兵され、戦地に送られただけだ。戦場で上官にいわれるまま、敵を恐れながら走り回り、引き金を引いていたに過ぎない。戦時になる前から日常的に銃器を扱い、戦術について考えを巡らせていたわけではない。

対するイアンは、ナチスドイツがポーランド侵攻を開始する一九三九年九月以前から、英国陸軍とSISの命令を受け、フランスドイツ国境付近で情報収集を行い、開戦後も大陸に残り、孤立しながらも戦闘を展開。ナチスドイツ武装親衛隊第二SS装甲師団など、残虐な精鋭部隊の進軍を妨害阻止した。フランス降伏以降はレジスタンスと連携しながら陥落したパリ市内に潜伏。ノルマンディーに上陸した連合軍がパリに進軍し、解放されるまで戦い抜いた。

殺すこと、相手を制圧することを日々訓練してきた本物の軍人が、戦場を経験したことがあるだけの東洋の猿に負けるはずがない。

イアンは手にしていた木箱を投げ捨てた。

入っていた指と耳が宙に舞い、床に転がる。

男たちが一斉に短刀を鞘から抜く。向こうが銃を手にしていない以上、こちらもホルスターから銃を抜く気はない。

使わなくても十分だ。

スーツのポケットから細く硬く折り畳んだ新聞紙を取り出す。この紙製の「手斧」はイーストエンドやブリクストンなど、ロンドン周辺の治安の悪い地域の標準装備のようなものだった。ナイフや鈍器と違い、元はただの新聞紙のため、所持していても警察官に拘束・連行されることはない。だが、折って尖った部分で殴れば、相手の鼻や歯を簡単にへし折ることができる。

イアンは男たちに手招きした。

挑発され、軍服のひとりが体の前に短刀を構え突っ込んでくる。

イアンは横の机から木製の椅子を引き出し、男に向かって蹴った。滑ってゆく椅子を男が何なく飛び越える。が、男の体が宙に浮き、無防備になった瞬間、イアンは前に飛び出し、ナイフを握る男の手首を摑んだ。

一気に引き寄せ、男の肘、そして首筋を紙の手斧で素早く打つ。

男の腕が折れ、肘関節の反対側に曲がった。握力を失った手からナイフが落ち、「ぐえっ」とカエルのように呻きながら倒れてゆく。

床に転がった仲間を見て、別の軍服ふたりが突き進んでくる。

イアンは倒れたひとり目の男の頭を踏みつけながら机を飛び越え、裏に回り込んだ。

突っ込んでくるふたりに加え、四人目の軍服も短刀を手ににじり寄ってくる。

三対一。銃撃戦なら勝ち目はないが、武器が刃物の接近戦ならこちらのほうが有利だ。相手の三人はヤクザの身内同士、しかも狭い場所。仲間を斬りつけてしまうことを恐れ、自分以外のふたりの出方を窺《うかが》い、動作が一呼吸遅くなる。

その隙を突く。

イアンは机を前に蹴り、同時に飛び出した。軍服ふたりが机を避けて左右に分かれる。そのひとりに駆け寄り、振り下ろす短刀をかわしながら背後に回り込んだ。

右脇腹を紙の手斧で打ち、右膝の裏側も蹴る。尻餅をつくように崩れてゆくそいつの首筋をうしろから摑み、引き上げ、盾のように構えた。

横から飛びかかってきた三人目の男が仲間を刺してしまう寸前で踏み止まる。

瞬間、イアンはふたり目の男を盾にしながら三人目の男に突き進み、向かい合うふたりの体を重ねて壁に押しつけた。

男たちの頭が激しい音を立てながらぶつかり合う。イアンは再度ふたり目の頭を三人目の額に叩きつける。イアンとは大人と子供ほども体格差があるふたり目の男の体は人形のように大きく揺さぶられ、額を割り、血を撒き散らしながら気を失った。イアンの手がふたり目の男の首筋から離れ、脱力したその体が床に倒れてゆく。三人目の男も額から血を流し、壁にもたれ朦朧としながら短刀を握る右腕を振り回した。が、イアンはその手首を摑み、ねじ上げた。

三人目の男が絶叫しながら短刀を落とし、壁にもたれたままべたんと尻餅をついた。

ここまで約一分半。

四人目の男の右手にも短刀が握られているが、その顔からはほとんど戦意が消えかかっている。

だがイアンは容赦せず、あとずさる男に駆け寄ると、突き出した短刀を避けながら胸を蹴り、仰向けに倒した。起き上がろうとする体をさらに何度も蹴り、短刀を握っている右手を踏みつける。

机に座ってすべてを見ていた痩せたスーツの男は顔を引きつらせ立ち上がると、奥のドアを開けて逃げ込んだ。

イアンは意識を失った四人目の男のベルトを抜き、うしろ手に机の足に縛りつけた。

他の男たちも、奴らの着ていた軍服を裂いて作ったロープで順に縛りつけてゆく。朦朧としながらもまだ意識のあった者は殴って完全に気を失わせた。

「来てくれ」

イアンが大声で呼ぶと、外に通じるドアが開き、緊張したメイが顔を出した。

「ひとり奥に逃げた。あの中年女もたぶんまだこの奥にいる。出てくるように呼びかけてくれ」

床や壁に血の染みがついた事務室にメイが入ってくる。

イアンは机に置かれていたインク瓶を掴み、痩せたスーツの男が逃げ込んだ奥のドアをわずかに開いた。電灯が消え、細い通路と手前に畳が敷かれた部屋があるのはわかったが、その先は暗くて見えない。

イアンの話す言葉をまたメイが訳してゆく。

『出てきて訊かれたことに答えれば、これ以上傷つけないし、礼もする。だが出てこなければ手《しゅ》榴弾《りゅうだん》を投げ込んで建物ごと吹き飛ばす』

手榴弾などイアンは持っていない。出まかせだ。

痩せたスーツの男からも中年女からも返事はない。

メイにもう一度くり返させる。

『出てきて話せば――』

『何もしないって証拠はないだろ。信用できるか』

ドアの先から女の怒鳴り声が聞こえ、また静かになった。

イアンはインク瓶の蓋を開け、暗い通路の奥に投げ込んだ。

インクを撒きながら飛んでいった瓶が闇の中でカツンと床に落ち、さらに音を立て転がってゆく。

その音が響いたのと同時に、「ぎゃっ」「うわっ」と男女の叫ぶ声が聞こえ、通路の奥に小さな電灯がついた。

狙い通り手榴弾だと勘違いしてくれたようだ。

そのまま少しだけ待った。

奥の物陰から、空のインク瓶を手にした痩せたスーツの男と中年女がゆっくりと歩み出てきた。

『人が悪いにも程があるぞ、この野郎』

男がインク瓶を床に叩きつける。

『賢明な選択だ』

イアンがいうと、男は『約束は守れよ』と虚勢を張った。

※

明るい事務室に戻り、ふたりの男女の手足を厳重に縛ってゆく。

『何もしないといったじゃないか』

中年女が文句を垂れる。

『念のためだ。逃げたり暴れたりしなければ、あいつらと同じになることはない』

イアンの一言を聞いた中年女が、気絶し机に縛られている男たちを横目で見た。彼女がふてくされた顔で口を閉じる。

代わって痩せた男が縛られ床に倒れたまま話しはじめた。

イアンは腰を落とし、耳を傾ける。

男はこの野際組の中ではシャテイガシラ（舎弟頭）という中間管理者の立場にいた。今日の午前、野際組組長に突然呼び出され、午後に「イギリス人が来るから相手をしてやれ」と、あの指と耳の入った木箱を渡されたという。そのイギリス人は腕に覚えがあり、調子に乗っているが、叩きのめしてもGHQやMP、加えて日本の警察からも何も咎められないと聞いて、痩せた男以下、軍服の男たちは喜び勇んだ。

叩きのめす理由は聞かなかった。上の者からの命令には無条件に従う、それがヤクザだからだ。

木箱の中の指と耳が誰のものかも知らなかった。男たちは権藤忠興との面識もなかった。五味淵幹雄に関しては、GHQからの依頼を受け、今年の早春から半年ほど野際組が身柄を預かり、根津《ねづ》という場所の屋敷で保護していた。

『大物気取りの贅沢好きで、鼻持ちならない野郎だった』

痩せたスーツの男は五味淵をそう評した。

しかし、現在の五味淵の居場所は知らなかった。六週間前に軍服の外国人たちが迎えに来て、どこかに連れ去っていったそうだ。ただ、今日のイアンへの対応を野際組組長に指示したのが何者かについては、心当たりがあるという。

『苫篠《とましの》だ。GHQからの面倒な命令は、いつもあいつを通して組長のところに下りてくる』

苫篠は四谷《よつや》にある警察署の署長だった。

占領している軍隊、被占領民の警察官、そして被占領民の暴力組織。官と民が結託した、これ以上ないほどありふれた、そして完璧な組織的犯罪の構図。これに立ち向かえる者はほぼいない。

痩せたスーツの男が続ける。

『余計なことを書き立てようとしている外国の記者だと思ってたよ。でも、あんた職業軍人だろ。しかも、そんな澄ました将校ヅラのくせに、かなりの修羅場をくぐってる』

『シュラバ?』

『命の危うい場面ってことだ。これだからガイジンと話すのは面倒臭えんだ』

『これまでも外国人記者を痛めつけたことがあるのか?』

『まあな』

こうやってGHQは命令に従わない各国の記者たちの口を封じていたのか。

ただ今回は、少し目的が違う。この不自然な乱闘騒ぎは、イアンの能力を見定めるために仕組まれたもののようだ。文字で書かれた戦歴でしかイアンを知らない連中が、実際はどの程度の能力なのか、ヤクザをぶつけて計測した。

まあいい。出し惜しみするようなものでもないし、いつかは誰かとやり合うことになるのだから。それにここに来たおかげで、次にどこを捜索すべきかの糸口も摑めた。意図的に誘導されている気配が濃厚だが、今の段階ではそれに乗ってみるのも悪くない。

『また知りたいことができたら訊きに来る』

イアンは痩せた男のスーツのポケットに日本の十円札を何枚か入れようとした。

『冗談じゃねえ、二度と会いたくねえよ。金もいらねえ。代わりに俺が今日ここで話したことは誰にもいわないでくれ。もちろんうちの組長にも、そこで気い失ってる奴らにも』

イアンは少し考えたあと、痩せた男の顔を見た。

『わかった。おまえの誇りを傷つけないようにする。たとえおまえのような奴が相手でも約束は守る。代わりに、おまえも今日ここで俺がどんなことを聞いていったか誰にもいうな。その女が気安くしゃべらないよう見張ることも忘れないでくれ』

男はうなずいた。

イアンは立ち上がり、歩き出した。もうここに用はない。

メイもついてくる。

中年女がまた何か騒ぎはじめた。「行くなら縛ったのをほどいていけ」とか、そんなことだろう。無視してドアを開け、事務所の外に出た。

だが――

そこに少年がリボルバーの拳銃を構え立っていた。

さっきイアンが逃した彼。互いの距離は約九メートル。イアンはメイの前に立ち、自分の陰に隠した。少年は目を赤くし、震える声で何かいっている。それをメイが訳す。

『ちくしょう、間に合っちまった』

隠していた銃を取りに行き、戻ってきたのだろう。

『間に合っちまったからには、逃すわけにいかない。なあ動くなよ、動くと撃つからな。兄貴たちはどうした？』

『気絶したのが四人、意識があるのがふたり。この中で全員縛られている』

メイを介してイアンは伝えた。

『中へ戻って、皆の縄を解け』

イアンは首を横に振り、言葉を続ける。

『逃げろといったはずだ。銃をその場に落として、早く行け』

『いかないんだよ、そういうわけには』

『どうして？』

『逃げたら面子が立たないんだよ』

――子供のくせに、誇りも体面もあるものか。

そう感じながらも、目の前の障害は取り除かなければならない。

『もう一度いう、逃げろ』

『だめだっていってるだろ。早く兄貴たちの縄を解け』

十分警告はした。

イアンは驚き、ふいに少年の左斜めうしろに目を向けた。その方向から近づいてくる何者かに気づいた――かのように。少年は簡単に釣られ、びくっと体を震わせ、ほんのわずかイアンたちから視線と意識を逸らした。

瞬間、イアンはスーツの下のホルスターから銃を抜いた。

オートマチックの銃口から二発。少年の左太腿と膝に命中し、「うっ」と声を漏らしながら前屈みになる。イアンは駆け寄り、さらに引き金を引いた。

少年は肩も撃たれ、再度情けない声を漏らしてうずくまった。が、イアンはその腹を下から蹴った。少年が転がり、仰向けに倒れると同時に、リボルバーを握る彼の右手を踏みつける。何度も踏み、リボルバーを離すと、拾い上げ、弾倉から銃弾を抜いた。

イアンは銃弾を自分のポケットに入れ、リボルバーをまた少年の横に落とした。

「行くぞ」

メイとともに早足でその場を離れる。

警察に連絡し、少年を病院に運ばなければ。瀕死ではないものの、あのまま長時間放置されたら失血死する。

積み上がった木箱の陰から、野菜屑《くず》を拾っていた自称料理人の男が恐る恐る顔を出した。まだここにいたのか。メイにいって彼に呼びかける。

『一番近くの公衆電話は?』

男が顔をこわばらせ指さした方向に駆けてゆく。秋葉原駅の改札を出てすぐの、靴磨きが並んでいたあたりだ。

青果市場の高い天井に靴音が響く。

走りながらイアンは自分が少し喜んでいることに気づいた。

日本のヤクザと争い、しかもあんな少年を撃った直後なのに。

昨日まで誠実で勤勉な日本人しか見ていなかったせいで気分が曇りがちだったが、今日は目覚めてからこれまでの半日で、狡《ずる》く卑怯な上に粗暴で馬鹿な日本猿を数多く見ることができた。

だが、嬉しいのは一瞬だった。

――俺は日本の連中は下等だと思い込もうとしているのか？

考えたくもないのに、頭をよぎる。

――違う。奴らは事実愚かじゃないか。

晴れたばかりの胸の中に、また別の種類の薄い霧が広がってゆく。自分の中の間違った良心を取り去ることができず、喜んだはずなのに、また苛立っている。

こんな気分にさせられる土地から早く離れたい。

そう感じながらイアンは電話機へと走り続けた。

3

ソファーに座るイアンはポケットの中から証拠品の銃弾を出し、目の前のテーブルに置いた。横のメイが日本人捜査官に青果市場で何が起きたのかを説明してゆく。

千代田区内、神田警察署の署長室。

窓の外が薄暗い。午後三時、まだ日没には早いと思っていたら、雨が降ってきた。

ソファーのうしろをここの日本人署長が困り顔でうろうろし、近くの椅子では監視役のアメリカ人MPがタバコを吹かしている。

まるで今朝八時の上野警察署での光景を、映画フィルムで撮影し、もう一度観ているようだ。まさか同じ日に、日本の警察署で二度も事情聴取を受けるとは思わなかった。

ただし、MPたちの表情は今朝の聴取に立ち会ったふたりよりずっと和んでいる。イアンが提示したケーディス大佐の署名・紹介文が入ったIDの照会はすでに済み、彼らの仕事はもう終わっていた。

立ったままの署長が何かいった。

『もういいでしょう、と』

メイが訳す。

これで終了のようだ。

MPふたりが片手を上げ、笑顔で去ってゆく。むろんそれはイアンにではなく、メイに向けたものだ。彼らは事情聴取中もメイの横顔に見惚《みと》れていた。

署長室を出ると、廊下で駐日英国連絡公館のホフマン二等書記が待っていた。

「あなたにも説明したほうがよろしいでしょうか」

メイが尋ねる。

「いえ、署長室から漏れてくる声を聞いていたので状況はある程度飲み込めました。中尉がもうここに用がなければ帰りましょう。車を待たせてあります」

ホフマンのあとに続いて警察署を出ると、車寄せに連絡公館のパッカードが停まっていた。

イアンとメイは後部座席に、ホフマンは助手席に乗り、公用車のパッカードが走り出す。

「送ってくれるのは、野際組からの報復を警戒してか」

イアンは訊いた。

「ええ。二度でも多いのに、一日に三度日本のヤクザや警察が絡む騒ぎを起こしてもらっては困るので。それに――」

あえて意味を持たせるようにホフマンは一度言葉を区切り、そして続けた。

「連絡公館にＧＨＱのウィロビー少将から連絡がありました。中尉にお会いしたいそうです」

チャールズ・アンドリュー・ウィロビー、ＧＨＱ参謀第二部部長。参謀第二部はＧＨＱ内でケーディス大佐が所属する民政局と権藤・五味淵の扱いを巡って対立関係にある。両者の衝突の原因はそのひとつだけではないが、イアンは自由主義者《リベラリスト》対保守派《コンサバティブ》のようなアメリカの伝統的な価値観の相違など、他の理由にはまったく興味がなかった。

ただ、ついさっきのイアンに対する野際組の挑発と妨害は、明らかにウィロビー少将一派の意向を反映したものだ。ウィロビー少将の求めるものは、兄を斬首した権藤と五味淵に死の制裁を与えるというイアンの目的とも、明らかに相反している。

そんな男からの面会要求。

「会う日時は？」

「明日の午前十時、場所は帝国《ていこく》ホテルを指定してきました」

「それを伝え、俺に行くといわせるためにわざわざ迎えに来たのか」

「そういうことです。ギャスコイン（英国駐日）大使も心配なさっていましたし」

「つまり、大使は何があっても会いに行けと」

「はい」

アメリカ追従の日和見《ひよりみ》大使らしい意見だ。

「オトリー参事官は？」

「大使と同意見です」

「君の意見は？」

「それは必要ですか？」

「ああ。聞いてみたい」

「大使、参事と同じです。会って向こうが何を話し、どう出るのか見定めるのも悪くないと思います。中尉のお父様がアメリカの上院議員と懇意にしていることで、いきなり殺されたり、国外退去を命じられることはないでしょうから。ただ、数日の拘束を受ける可能性は捨てきれませんが」

「妥当な意見だ」

イアンは窓の外に目を向けた。雨の降る東京を眺めながら考え、また口を開く。

「会おう」

「ありがとうございます」

「ウィロビー少将には誰が伝える？」

「連絡公館から連絡しておきます。明日、十月十七日の午前九時に富士見町の宿舎にお迎えに上がります」

「いやいい。非公式の個人的な面談に英国連絡公館の人間がついてくるのはおかしいだろう」

「いえ、中尉が来日した直後、私が民政局のバリー・マイルズ中佐のところにお送りしましたから。今回も同じように」

民政局と参謀第二部。あとで批判や非難を浴びないよう、平等に扱うということか。大英帝国の凋落についてまた口に出しそうになったが、押し留《とど》めた。

「何か用意しておくものなどありませんか？　シャツやスーツのスペアがなければ準備します」

そういわれてイアンは自分の体を見た。シャツの胸元やネクタイ、スーツの襟、袖口に野際組の連中の血が飛び散り、染みになっている。

「だいじょうぶだ。クリーニング済みのものがもう一着ある」

日本の猿どもの汚い血だ。宿舎に戻ったらすぐに服を脱いでシャワーを浴び、そして何か食べよう。気づけば腹が減っていた。二日酔いで目覚め、午前十時ごろにジントニック一杯を飲んだきりなのだから当然か。

メイは朝食を摂ったのだろうか？　横に座る彼女の横顔は疲れていた。切り取られた耳や指、額から血を流し気を失っている男、それに撃たれて苦しむ少年を半日の間に見せられたのだから、それも当然か。何か食べさせ、そして休ませないと。

「これをお渡ししておきます」

助手席のホフマンがファイルを出した。

「ロコに関する先ほどの資料は、速さを重視して不完全な箇所も多かったので、こちらで補完させてください。あと念のためウィロビー少将の経歴と、参謀第二部のここ最近の日本での活動を、非合法なものも含めてわかる範囲で一覧にしておきました。必要なければ破棄してください」

「さっきの資料も十分役に立った。これも読ませてもらう。オトリー参事官のいっていた通り、君は有能だ」

ホフマンが眼鏡の奥からこちらをちらりと見た。

「俺だって人を褒めることぐらいある」

イアンの一言に彼がうなずいた。

「ありがとうございます。では今は額面通り、評価の言葉として受け取っておきます」

表面上は穏やかなまま会話が終わった。ＧＨＱの大物との面談を翌日に控えた今は、無用な衝突を極力避けたい――イアンだけでなくホフマンも同じことを感じていたようだ。

緊張しながら様子を窺っていたメイの表情が少し和らぐ。

パッカードはアベニューT（靖国通り《やすくに》）を走ってゆく。

このままあの忌まわしい神道の拝殿（靖国神社）の横を通り過ぎてゆくはずだが、車は手前の九《く》段下《だんした》という場所で右に曲がり、アベニューM（目白通りなど）に入った。

「直進ではないのか？」

訊くと、一時的に通行止めになっているとホフマンが答えた。

「あの先の神社周辺で不法住居の一斉撤去が行われているんです」

小雨の降る町を眺めた。

東京の光景にも少しずつ慣れてきた。脇道を少し入った住宅地はどこも雑然としてみすぼらしいが、表通り沿いは色鮮やかな看板で溢れている。

日本人が日常の買い物をする商店だけでなく、「SOUVENIR」と掲げ、PXでは扱わないような怪しげな模造刀や動物形の陶器を売る店などもある。直立して大きな睾丸《こうがん》をぶら下げているのは、狸《たぬき》を模した像だそうだ。「welcome」と呼びかけるブロンドの少女のイラストを掲げ、絵葉書を並べている店もある。その店では外国人の男女に侍や芸者の扮装をさせ、記念写真を撮るサービスもしていた。

アメリカ人は日本の連中から搾取しているが、日本の奴らもアメリカ人に寄生し日銭を稼いでいる。イアンは漢字の意味もわかるようになってきた。「靴」はshoesを扱う店で、「菓子」はcandyを売る店。ただ、大げさだが、日本の風土や習慣が少しずつ自分の体に入り込み、侵食されているような気分がして、正直不快だった。

小雨の中を進み、左折して飯田橋という駅の前を通り過ぎると、あの来日初日に見た城跡の大きな石垣が見えてきた。あと少し。このまま直進し、坂を上ってゆけばビークマン・アームズという名の宿舎がある。

イアンはもう一度横目でメイを見た。やはり今日はこれ以上無理だ。野際組の痩せたスーツの男から聞き出した、四谷警察署の苦篠を調べるのは明日に延ばすか。酷使しすぎてメイという翻訳ツールが使えなくなっては困る。

坂を上り切ると、アームズの正面ゲート脇に小雨を浴びながら立つ東洋人の少年が見えた。怪しげだが、本当に危険なら小銃を構えたアメリカ人歩哨《ほしょう》が拘束するか、追い払っているはずだ。だからやり過ごすつもりだった。

しかし、ゲート内に入るため減速したパッカードの車内からちらりと覗いた少年の顔には見覚えがあった。竹脇祥二郎という男の束ねる本所のトタン要害を、イアンはこれまでに二度訪れ、その二度ともあの少年に会っている。

泣きそうな顔でたたずむ彼は、胸の前に「Mr.Anderson」と書かれた板切れを掲げていた。

4

イアンは少年とともにタクシーの後部座席に座っている。

少年はやはり竹脇祥二郎の遣いで、奴から手紙を託されていた。

〈突然で申し訳ないが、本所まで会いに来てほしい。取引がしたい。君がプロフェッショナルとしての技術を提供してくれるなら、こちらは五味淵の居場所を教える。権藤の所在につながる情報も伝えよう。互いにとって有益な話だと保証する。ただし急いでくれ。あまり時間がない〉

手紙にはそんなことが書かれていた。

時間がないとはどういう意味か少年に訊いた。しかし、詳しいことを一切教えられておらず、イアンとメイに『早く来てください。お願いします』と日本語でくり返すだけだった。彼は英語をまったく話せないし、聞き取ることもできない。

ホフマンには行くべきではないと反対され、また険悪な雰囲気になりかけた。が、明日のGHQ参謀第二部部長・ウィロビー少将との会談までには必ず戻ると押し切った。

メイは宿舎に残してきた。ひどく疲れていたし、物騒なことが起きるとわかっている場所に、身を守る術《すべ》を何も持たない彼女を同行させるわけにいかない。

有能な通訳を今失うことは、イアンにとって致命傷となり得る。

竹脇の手紙にあるプロとしての技術とは、イアンの射撃や格闘の能力のことだろう。それを使わせてほしいというのだから、呼び出した理由が、穏やかに面談するためであるはずがない。

本所のトタン要害には下井壮介が紛れ込み、隠れている。

兄・クリストファーの斬首に加担し、イアンが権藤・五味淵と同じように見つけ出し、罪を償わせようとしている男の潜んでいる町に、よりによって下井の引き渡しを拒み匿っている竹脇から呼び出され、イアンは向かっている。

ハンドルを握る小森昌子が、後部座席の少年に日本語で何か話しかけた。

「もうすぐ着くからね、といったんです」

イアンに向けて英語で説明する。

不本意だが、彼女のタクシーをまた呼んだ。特定の日本人と距離が近くなりすぎると、情報漏れや待ち伏せなどの危険が高くなる。だが、呼べばすぐ来る便利さと彼女の英語力は、やはり捨てがたい。

イアンの横に座る少年はずっと黙ったままだった。彼の名前も聞いていない。

今にも泣きそうに怯えている表情が、つい三時間ほど前、イアンが秋葉原の青果市場内で三発撃ち込んだ、あのヤクザの下っ端の少年の顔と重なってゆく。

小雨が降り続く夕暮れ、隅田川に架かる吾妻橋の街灯にぼんやりと光が灯り、渡った先にトタン要害が見えてきた。ただ、今日は周囲に巡らされた薄汚れたトタン板の外壁がライトアップされ、雨を浴びてキラキラと輝いている。警戒態勢を取っているのか？

タクシーが速度を落とし、トタン要害の小さな門のひとつに近づいてゆく。

門番役の男たちは警戒していたが、イアンの横の少年が窓を開け、顔を出して手を振ると、すぐに承知したように門を開いた。

「お帰りはどうしましょう？」

小森が訊いた。

「いつになるかわからないから、今日は待たなくていい」

「では、一度タクシー会社に戻って待っていますから、お帰りになるときお電話ください。またすぐに迎えに参ります。このあたりにいては、ちょっと物騒なようですし」

「どうしてそう思う？」

「運転手としての経験則、一種の勘《intuition》みたいなものです。まああまり当てにはなりませんけれど」

「社で待っていても電話がかかってこないかもしれないが」

「そのときは、今日はそういう運の日だったのだと思って諦めます」

察しがよくて利口だ。やはりこういう日本人とはあまり近い関係になりたくない。

イアンはタクシーを降り、男たちに囲まれながらトタン要害の奥へと進んでいった。

※

「どういうことだ？」

イアンは訊いた。

「見ての通りだ、撃たれたんだ。腹に二発、太腿に一発」

竹脇がベッドに横たわりながらいった。顔色はひどく悪く、腕の留置針から点滴の管が延び、軍服を裂いて腹と腿に巻かれた包帯には血が滲《にじ》んでいる。

壁で囲まれた町の中心近く、コンクリートで補強された、半地下のトーチカのような建物の中にある一室。ここがトタン要害の指令室《ヘッドクオーターズ》のようだ。

室内には竹脇以外にベッドを囲むように八人の日本人の男女が立っていた。首脳陣なのだろう。

竹脇が紫の唇で話を続ける。

「今日の昼、商談帰りの路上で撃たれた。油断していたつもりはないんだが、巧妙に待ち伏せされたよ。襲ってきたのはこの近く江東区内にある太栄会《たいえいかい》という暴力団と、目黒区内の興華党《こうかとう》って名の中国人組織だ。以前から俺たちに敵意を抱いていたふたつを結びつけ、焚《た》きつけたのは松川倫太郎。GHQや警視庁に飼われている戦犯狩り用の犬だ」

その男、イアンも知っている。ビークマン・アームズのダイニングでの朝食中、いきなりテーブルまで押しかけてきた。イアンと同じく、奴もこのトタン要害のどこかに匿われている下井壮介を追っていたはずだ。

「おまえが撃たれたことと、俺が呼ばれたことはどうつながる?」

「今夜一晩、俺に代わって君にこの町を守ってもらいたい」

「は?」

「頼むよ。太栄会と興華党を撃退してくれ」

「ふざけるな」

「本気だよ。君しか頼める相手がいないから、今すぐにでも気を失いたいのに、どうにか意識を保っていたんだ」

竹脇の声は小さくなり、逆に息が荒くなってゆく。

「その連中が今夜襲撃してくるという根拠は？」

「まだ俺に話をさせ、苦痛を与えるための嫌がらせか？　優秀な軍人である君がわからないはずないだろう」

トタン要害の最高責任者が負傷し、指揮系統が混乱している今、敵は夜に乗じて必ず襲撃してくる。これ以上の好機はないのだから。

「だから――」

言葉を続けようとした竹脇を、ベッドの一番近くにいた三十前後の背の低い男が制する。そいつはイアンに視線を移し、口を開いた。

「腹の銃弾二発は急所をわずかに逸れているとはいえ、早く取り出さなければ命に関わる。現時点ですでに敗血症の恐れもある」

ひどい発音の英語だが、何をいっているのかはかろうじて聞き取れた。男は医師のようだ。

「そういうわけだ。あとのことは彼女から聞いてくれ」

竹脇が横たわったまま部屋の一番隅に立っていた少女を指す。

直後、奴は意識を失った。医師と看護婦役の女を残し、イアンと残りの日本人たちは部屋の外に出される。銃弾の摘出手術がはじまるのだろう。

会議室のような広間で、日本人たちがイアンを見つめる。

「俺に何をさせるつもりか知らないが――」

イアンは一番背の高い中年の男に話しかけた。が、困惑した顔でこちらを見ているだけだった。

「その人はあなたが何をいっているのかわかりません」

竹脇が意識を失う寸前に指さした少女がいった。

「英語がわかるのは君だけか？」

「はい」と少女が答える。

肩までの髪に大きな瞳、痩せた体で白いブラウスに木綿《もめん》のズボン（モンペ）を身につけ、ズック靴を履いている。イアンには十三、四歳に感じられるが、東洋人が幼く見えることを加味すると、実際には十七、八歳なのだろう。

「まゆ子《こ》と呼んでください、ミスター・アンダーソン」

「なぜ俺をここに呼びつけた。竹脇の代わりなら、同じ日本人に頼めばいい」

「頼めるような日本人がすぐには見つからないからです。この町の住人は外からの襲撃に備え、日ごろから訓練を積み、夜間の戦術も心得ています。でも、その戦術を活《い》かすには、中長距離の狙撃に長《た》けた人物が必要です。ミスター・アンダーソンは狙撃がお得意ですよね」

竹脇がアメリカから手に入れた資料には、そんなことまで書かれていたのか。

「だからあなたをお呼びしたんです。決して簡単なお願いでないとわかっていますが、こちらが用意した対価に、あなたも不満はないはずです」

五味淵の居場所を教え、権藤の所在につながる情報も教える――この仕事の「報酬」のことをいっている。

「なぜ君たちは五味淵の居場所を知っている？　それにもし仮にその場所に奴がいたとしても、明日以降、まだ留まり続けているという保証はない。情報漏れに気づけば、今夜中にでも別の場所に移動してしまうかもしれない」

「その心配はありません。五味淵は重い肺癌を患い、治療中です。しかも半月ほど前から心筋梗塞の症状も出ています。一週間後はわかりませんが、今の体調なら数日内は現在の場所から動けないはずです」

「五味淵の体調をどうやって摑んだ？」

「医療関係者から情報を手に入れました」

まゆ子はいった。

どういうことだ？　考える。

「薬か？」

イアンの言葉に彼女がうなずいた。

「この町には大量の医薬品が違法に備蓄されていて、東京中から仕入れに来たり、各病院や個人に卸している。そういうことだな？　そして手にした金を、ＧＨＱ、警察、有力暴力団に流している。だから、この薄汚れた町は自治を黙認され、住人たちは生きることを許されている」

イアンが推測を語ると、彼女は再度うなずいた。

――やはり。

竹脇ははじめから五味淵の居場所を知っていた。それを取引のカードとして温存していたが、予期せずこんなところで使うことになった。

周りの日本人たちは、イアンとまゆ子の会話の内容がわからず、ただ見守っている。

すべての物資が不足している今の日本では、抗生物質や血清剤などの薬品は純金やプラチナと同等の価値を持っている。このトタン要害、貧乏人が肩寄せ合って生きる場所のように見えて、その奥にはやはり穢《けが》れた富が潜んでいた。

この町に隠れている下井壮介の妻も癌だというが、奴が家族とともにここにやってきた一番の理由も薬だったのかもしれない。

「竹脇はそんな重要なことを俺に話してもいいといったのか？」

「はい。あなたは貯蔵している薬を奪おうと企んだり、他人に情報を漏らすような方ではないと」

確かに薬にも穢れた金儲けにも興味はない。

「竹脇は薬をどこから手に入れた？」

「戦前、戦中に臨時東京第一陸軍病院が各地に分散して秘密裏に貯蔵していたものを回収しました」

「ここの住人の大半は薬があることを知っているんだな」

「ええ」

竹脇が襲われたのも、犯罪組織同士の単なる縄張り争いや利権の奪い合いが理由ではない。ここに貯蔵されている大量の薬品を強奪するため、計画的にあの男を狙った。竹脇はじめ住人たちが危惧しているように、敵対する日本人と中国人の犯罪集団は、間違いなく今夜ここを襲撃してくる。

竹脇自身も善人面してやはりヤクザだった。巨大な利権を抱え込み、それを自分の生き残りに使うだけでなく、この日本でのし上がる原資にしようとしている。

しかも悪人は奴ひとりじゃない。

「見た目も中身も汚い町だ。住人全員、そのあたりの暴力団と同じ犯罪者じゃないか」

イアンは思ったことを口にした。

彼女が睨む。

子供のくせに――気の強い女だ。

「やっていただけますよね」

まゆ子がいった。

「戦術は？」

イアンが訊くと、彼女はズボンのポケットからメモを出した。

英文で書かれている。竹脇その他の住人たちが説明したことを彼女が書き起こしたようだ。

――ゲリラじゃないか。

戦術を読んでみてあらためて思った。貧しい住人じゃない。こいつら、実効支配する町に暮らす民兵とほとんど変わらないことをやっている。

「拘束時間は？」

「明日の日の出まで」

「太陽が地平線から離れたら、五味淵の居場所を教えろ。教えなければ、襲撃してくる連中ではなく住民を撃つ。俺に銃口や刃物を向けるのも禁止だ。言い訳は聞かない。向けられた時点で撃つ」

「わかりました」

「だが、なぜ君だ？　この町には下井壮介がいる。奴は戦地の経験もある。戦前は海外で勤務し、英語と中国語の簡単な日常会話ができたはずだ。下井のことを君も知っているだろう」

まゆ子は黙っている。

「下井が通訳をするなら、明日朝までは俺も奴の命を奪わないと約束する。下井に奴の命をもって兄殺しの罪を償わせるのは、襲撃者たちを排除し、町の無事を確認するまで待とう」

自分にそこまでの心の余裕や寛容さがあるのかわからない。だが、とりあえず提案してみた。今、イアンはトタン要害の中にいる。下井もここのどこかに家族とともに匿われている。切迫した状況だとしても、奴に近づいているこの機を逃したくない。

「私では不満ですか？」

彼女は答える代わりに、逆に訊いた。

「私が通訳だと何か問題ですか」

まゆ子はあくまでイアンが訊いたことには答えない。はぐらかす気だ。まあいい、今は引こう。

朝までの間に下井の居場所にたどり着ける可能性は十分ある。

「怯えたりしません。命を懸ける覚悟もあります」

彼女が続ける。

「そんなものはいらない。それより垂れ流す覚悟はあるのか？」

「えっ、流す？」

「小便のことだ。場合によっては大便も。敵を迎え撃つ防衛戦は持久力と忍耐力が必要だ。敵が動くまで、こちらも息を殺して待ち続けなければならないときに尿意を感じても、がまんするか、その場で垂れ流すしかない。物陰でズボンを下ろしている余裕などないからな」

まゆ子は一度息を呑み、そしていった。

「もちろんあります」

5

高い鉄塔の上に組まれた板張りの床に、イアンはうつ伏せになっている。

夜九時、小雨は降り続いていた。

塔の上からはトタン要害の大半を見渡せ、遠くには隅田川の向こうの街明かりも見える。

イアンの右側には予備も含め三丁のライフルと大量の銃弾。水、スコッチの入った水筒がひとつずつ。朝から何も食べていなかったので、チーズスプレッドを塗ったクラッカー、ジャム付きのビスケット、ビーフジャーキーも用意させた。

左側にはまゆ子がいる。同じようにうつ伏せになり、トランシーバーを握り締めている。

夕方、イアンがここに来たときは外壁をライトアップして警戒していたが、今は消されている。

壁の内側は電灯ひとつ光っていない。町全体が暗いせいか川の対岸の明かりがよけい美しく見える。

要害の中には同じような鉄塔——正確にはヒノミヤグラというらしい——が他にふたつ。そこにもイアンと同じようにライフルを携えた男たちがいた。イアンを含め三本の塔に狙撃手が計五人。さらに数棟の三階建ての屋根裏にも狙撃手が控えていて、壁を越えて進入してきた敵を、住人総出で暗闇の中挑発し、困惑させ、相手の気づかぬうちに狙撃地点に誘い込む。

そして一瞬照明が鮮やかに点灯したのに合わせ、イアンたちが撃つ。

無線で密に連絡を取る必要があり、高い統制がとれていなければこんな戦い方はできない。

まゆ子は緊張している。

もちろんイアンも緊張している。

ドイツ占領下のパリでの作戦行動を思い出す。半壊したアパートに潜み、ドイツ兵をこんなふうに狙撃したことが何度もある。

あれから三年も経たずに同じことをするはめになるとは。しかも世界の東の外れのこんな島で。

東京に来てわかったことがある。

戦争は終わったが、この町では日本人に朝鮮人、中国人も加わった、東洋人同士の目に見えない紛争が続いていていた。

どの人種・組織にも肩入れするつもりはないし、誰が勝とうと構わない。

ただ、自分の欲しい情報を手に入れるため、今、この鉄塔の上にいる。

まゆ子の持つ無線機に通信が入った。

敵、いや標的が来たようだ。

水筒に入ったスコッチを一口含むと、イアンはライフルを構えた。

四章　容疑者

1

「ひとり、長身。A—5—2」

ヘッドフォンをつけたまゆ子が、受信した無線の内容を英訳してゆく。

伏射姿勢のイアンは真っ暗な町の中の目標位置に向け、ライフルの照準を合わせた。

傍《そば》にはクラッカー、水やスコッチの入った水筒に加え、このトタン要害内をアルファベットと数字で区分けした地図も置かれている。だが、こうして塔の上から撃ち続けていたおかげで、サッカーコート二面ほどの広さがある町の配置はほぼ頭に入ってしまった。

「用意を」

まゆ子がさらに指示を出す。

「5、4、3、2」

彼女のカウントダウンがゼロになった瞬間、真っ暗な町の片隅にライトが一瞬まばゆく光り、誘導された侵入者の姿が浮かび上がる。

イアンはこの夜何度もくり返してきたように、また引き金を引いた。

銃声が響いた直後、狙った位置から悲鳴が上がる。

「仕留めました」

町中の仲間との交信の途中、まゆ子が報告した。

なるべく急所を外すよう指示されているが、そう都合よくはいかない。撃たれたうちの何人かは死んだだろう。即死でなくとも、重傷を負い虫の息かもしれない。

離れた町の一角に光が灯り、イアンたちがいるのとは別の鉄塔から銃声が響く。絶叫がまた聞こえたが、すぐに静かになった。

イアン以外の狙撃を担当している奴らも、かなりの腕だとわかる。たいていは最初の一発で銃声は止《や》み、二発三発と続くことはほとんどなかった。

昨夜二十一時から攻防戦は続いている。

降り続いていた小雨は止んだが、月は出ず、空は暗い。風もほとんどない。光の残像が消え、イアンはまた闇に慣れてきた目で腕時計を見た。

十月十七日、午前四時。

この塔に上ってから七時間以上経過したが、まゆ子は眠そうな素振りも見せず、冷静な表情のままだ。イアンの眼下で侵入者を誘導している連中の動きも、変わらず統制がとれている。しかも銃撃とは関係なく、ときおり闇に包まれた町で何かが崩れる音や金属音とともに男の悲鳴が上がる。落とし穴やベアートラップ（トラバサミ）などの罠も仕掛けられているのだろう。侵入者側の反撃の発砲音も何度か聞こえたが、長続きはせず、すぐに途絶えてしまった。

このトタン要害はやはり貧民が肩寄せ暮らす町などではなく、防衛都市だった。住人すべてがよく訓練され、こんな戦いに慣れている。

この町が高いトタンの塀で囲まれている理由もわかった。ごく普通の生活が営まれている外界とこの場所を隔絶し、ときおりこんな人殺しが行われている事実を隠蔽するためだ。

侵入を企んだ連中も十分な情報収集をしてきただろう。過去にこの町に入り込もうとして失敗し、どうにか生きて戻った奴らから、丹念に迎撃や撃退の手法を聞いているはずだ。にもかかわらず、迷路のような町の中をまんまと誘導され、撃たれ、排除されてゆく。強奪を狙う大量の薬品が隠されているため、町に火を放てないという不利な点があったとしても、あまりに一方的だった。迫撃砲かロケットランチャーでも持ち出されない限り、今夜この町が奪われることも、所有者が交代することもないだろう。

それでもイアンは十分警戒していた。

自分にとって危険なのは侵入者だけではない。隣のまゆ子が突然刺してくる可能性もある。侵入者たちを駆逐し終えたら、住人たちが今度はイアンを狙うかもしれない。この町にとって排除したい余所者という意味では、今、イアンが標的にしている連中とイアンはまったく同等なのだから。

「C―3―1」

無線交信中のまゆ子がいった。

イアンはまたライフルのスコープを凝視した。彼女のカウントダウンを聞き、町に一瞬灯る光の中に追い込まれた侵入者に照準を合わせ、撃つ。

標的が倒れ、呻き声がかすかに聞こえてきた。またひとり排除した。

少しだけ不思議な気分になる。

昨日の朝、胡孫澔を殺したロコ――長田善次を追っている途中、奴は通りかかった日本人の娘を捕まえ、イアンの銃撃から身を守る盾に使った。

――あのとき俺は撃てなかった。

今は何のためらいもなく引き金を引ける。相手が娘ではなくヤクザだから？　しかし、同じ日本人であることに変わりはない。

そう、これでいい。年齢、性別、身分に関わりなく、すべての日本人に慈悲など与えるべきではない。下等な猿どもに与える優しさが、いずれこの身を滅ぼすことになる。

水筒から水を一口飲んだあと、イアンは「君も飲んだほうがいい」とまゆ子にいった。

「いりません」

彼女は横目で見ることもせず答えた。

「いや――」

「結構です」

断る口調は冷静だが、十月半ばの涼しい夜にもかかわらず、うしろで髪を纏めた横顔や首筋には汗が浮かんでいる。落ち着きを装っていても、心の中は緊張状態が続いているのだろう。彼女の呼吸は浅い。脈拍もきっと速いはずだ。

「ここに上がってから一口も飲んでいない。脱水して判断力が鈍ると困る」

「だいじょうぶです」

敵が撤退するまで塔から降りられず、小便をしたくなっても垂れ流すことになる――と脅したのが効きすぎたか。

「飲め。君ひとりの強がりで、町全体を危うくしたくないだろう」

大げさではない。

もし、彼女が無線を聞き間違えたり、少しでも指示が遅れたりしたら、防衛態勢は崩れる。侵入者の中で、ひとりでも狙撃を免れた奴が、この塔の上に手榴弾や爆発物を投げつければ、イアンとまゆ子は最低でも重傷を負うことになる。手榴弾の重さは四百五十グラムから六百グラム。それを四十メートル以上投げる奴を、イアンは第二次世界大戦中のヨーロッパ戦線で何人か見ている。この塔は約十二メートルの高さがあるが、それでも手榴弾の届かない安全圏とは言い切れなかった。

まゆ子が嫌な顔をしながら水筒の水を一口飲んだ。

彼女は油断ならない存在だが、この塔の上にいる限り運命共同体でもある。

一服したい。だが、タバコは下に置いてきた。ライターやタバコの先端の火で、こちらの位置を知られないため、とりあえずこの仕事が終わるまで禁煙を続ける。もっとも、これだけ撃っていれば、発砲音で狙撃位置を特定されているだろう。それでも不安要素は可能な限り排除しなければ。

「あと何人？」

イアンは確認できている残りの侵入者の数を訊いた。

「四人」

「まだ多いな。場所は摑んでいるのか」

「はい」

「怪我《けが》人はどうする？」

「負傷した侵入者という意味ですか？　助かりそうなら手当てをしてから解放します」

「トタンの壁の外に放り出すのか」

「そういうことです」

「助けるとは慈悲深いな。竹脇の意向か」

「この町の住人全員の考えです。目的は数多くの相手を傷つけることではなく、住人の安全を守ることですから」

「無駄に死人を増やして、余計な怨みまで買うことはないか。だが、守っているのは住人の安全ではなく、この町に隠されている財産や利権だろう」

まゆ子は黙った。

昨夜からこのくり返しだ。戦術に関することには答えるものの、それ以外になると口を閉ざす。

彼女がいつどこで英語を覚えたのか？　医薬品はこの町のどこに貯蔵しているのか？　イアンが追う下井壮介と話したことはあるか？　遠回しに訊こうとしても、否定すらせず何も話さなくなってしまう。

――よく教育されている。

「住人側の被害は？」

「ひとり亡くなりました。負傷者は七人」

「侵入者側の負傷者と合わせると、二十人以上になるはずだ。それだけの数を手当てできる人も設備もこの場所にあるのか？　昨夜は、撃たれた竹脇ひとりを治療するので手いっぱいのように見えたが」

「言動が一致しない方ですね。さっきは私に判断力が鈍らないよう水を飲めといったくせに、今は横からあれこれ訊いてくる。集中力が削《そ》がれるので、不必要な質問は控えていただけますか」

やはり気が強くて、しかも生意気な娘だ。

まゆ子を人質に取り、五味淵幹雄の居場所や下井壮介の身柄と引き換えにすることも一瞬考えた。そのほうが、こんなところで朝までライフルを撃つより早い。英語が話せる数少ない存在である彼女を、ここの住人たちも見殺しにはしないだろう。

だが危険すぎる。

このトタン要害を統率している竹脇はＧＨＱと深くつながっている。

間違いない。こうして町ぐるみで侵入者を排除していることが何よりの証拠だ。周囲の市街地から塀一枚隔てただけの場所で、銃を使った戦闘行為を行い、死者まで出している。発砲音も広範囲に届いているだろう。なのに日本の警察はおろか、ＭＰが踏み込んでくる気配もない。住人は逮捕もされず自治を貫いている。

こんなことはＧＨＱ上層部の人間の庇護《ひご》なしにはあり得ない。将官クラスの実力者が後ろ盾になっているのだろう。単にＧＨＱの連中に金を渡して目こぼしを受けているだけではない。

竹脇やこの町の住人と撃ち合うことになっても構わないが、それがアメリカ人将官の利権を荒らすことにつながるとなると、話がややこしくなる。イアンの「支援者」である、ＧＨＱ民政局次長チャールズ・ルイス・ケーディス大佐も、トタン要害を使って儲けているひとりかもしれないのだから。

ここは迂闊《うかつ》に手を出せない町だ。今はこれ以上、住人たちとの衝突は避けたほうがいい。

だが、腹立たしい。

日本の奴らに譲歩するなんて。

東の方角、板葺《ぶ》きと瓦葺きの屋根が延々と続く先に、マッチの火が灯ったかのように朝陽が小さく現れた。光はみるみるうちに赤く大きな半円に変わり、東京を照らしてゆく。

朝が来た。

石やコンクリートで造られた建物は数えるばかりで、こんなにも三角屋根の木造建築ばかりが並んでいる光景は、カルカッタ（現コルカタ）でも香港でも、もちろんロンドンでも見たことがない。

もうすぐこの町でのイアンの役割も終わるが、その前に、わずかに残った侵入者たちが捨て身の反撃に出るかもしれない。

日本は自殺行為を強いてまで戦争継続を望むカミカゼの国。ここは、生き延びるより、無駄死にに美学を見出す狂ったサルたちの暮らす島。

しかし——

交信中のまゆ子がこちらを見た。

「侵入者全員が投降しました。他に潜んでいる者がいないか、今確認しています」

九時間近くに及ぶ戦いは呆気《あっけ》なく終わった。

2

ヘッドクォーターズに戻ったが、そこに集まっている連中の顔に安堵はなかった。何人かが広げた地図に視線を落としながら話し合い、他の何人かは伝令に指示を出している。早朝の第二波、昼にかけての第三波を警戒し、防衛体制を再確認しているようだ。

ただ、それでも昨夜ほどの悲愴《ひそう》感がないのは、竹脇の体から銃弾を摘出する手術が無事終わったからだろう。

その竹脇が出迎えた。

ベッドからは出たものの車椅子に座っている。表情がこわばっているのは、術後の疲労と、まだ麻酔が抜け切っていないせいだ。

「見事な腕だった。どうにか乗り切れたよ」

声にも力がない。

「乗り切れた？　夜通し侵入をくり返していた奴らが、夜明けと同時にあっさり引いたのはなぜだ？」

イアンは弱っている竹脇に問いかける。

「俺に訊かれても知らんよ。はじめから朝を期限として作戦を立てていたんじゃないか」

「そんなに単純なものか？　撤退よりも全滅を美徳とする日本の奴らの狂った思考は、敗戦で矯正されたっていうのか？」

「ひどい偏見だな」

竹脇が苦笑いを浮かべる。まゆ子が小声で訳し、内容を知った数人の男女が一斉にイアンを見た。

「確かに君たちとの戦いを通して玉砕がいかに無益かを学んだよ。今の日本人は美しく死ぬために戦ったりしない。だが今回の撤退は、むしろあちら側の事情によるものだろう。昨夜も説明したが、襲撃してきた連中の半分は太栄会という日本人のヤクザだが、あとの半分は興華党という中国人組織だ。命を張りたがるヤクザと違って、中国人は実利のないこと、損なことは一切しない。それが彼らの美徳だからな。もうひとつは――」

「今回の襲撃はデータ収集だった」

イアンはいった。

「そういうことだ。またすぐに態勢を整え、侵入してくる。そのときは、もう一度君の射撃技術を使わせてもらう」

「ふざけるな」

「手を貸す気はないか。残念だ」

――俺を働かせたいのなら、今ここに下井壮介を連れてきて差し出せ。

といいたかったが、その前に追及すべきことがある。

「昨夜、彼女から聞いたよ」

イアンはまゆ子に一瞬視線を送った。

「こんなジャンクヤードが存在を許されている理由がよくわかった」

「君の助けを借りるのだから、事前に説明しておくべきだと思ってな」

「二日前、俺がこの町に来て、姿を見せないあんたと有線通信機で話した内容を覚えているか？」

「もちろん」

「馬鹿なことをいったものだ。下井壮介を引き渡したら、ストレプトマイシンやペニシリンを提供してやろうなんて。ここには数え切れないほどの医薬品が隠されているのに」

「知らなかったのだからしょうがない」

イアンは言葉を一度区切り、竹脇を睨んだ。

「うそつきめ」

「どのうそのことだ？」

「俺の宿舎に訪ねて来た夜に、あんたが話したことだ。何が、アメリカの物資横流しの手伝いをして、その見返りに少しばかりの金と、ここで暮らす権利を得ているだ」

「それか。あの夜は大まかな話をしただけで、詳しいことはアメリカ側に訊けといったはずだ。GHQの連中に確認できなかったのは、あくまで君の事情だろう」

「だから自分に責められる理由などないと？　そんな小狡い言い訳をする男だとは思わなかった」

「いかに小狡くとも醜くとも、それが俺たちなりの今日を生き抜く方法なんだよ」

「生きるためなら、盗んだ薬を溜《た》め込み商売しようとも許されると？　ずいぶんと身勝手だな。貴重品を出し惜しみ、値を吊り上げる。そんな下劣なことさえ、生きることを言い訳にすれば、すべて正当化されるのか」

周囲の男女たちが再度イアンを見た。視線には明らかに敵意が混じっている。

「手術が終わったばかりの体なのに、君から品性について説かれるとは」

竹脇が笑みを浮かべながら皆に視線を送り、宥《なだ》める。だが表情とは逆に、竹脇の顔色はくすんでゆく。今はまだ話すだけでも消耗が激しいのだろう。

「君が大嫌いな日本人のことを心配し、薬不足や高騰に憤ってくれるとは思わなかったよ」

竹脇の軽口がイアンを不機嫌にさせる。その場の全員が緊張し、少し沈黙が続いた。

「約束のものだ」

折った紙を竹脇が差し出す。開くと新宿区という場所にある建物の住所と、そこへ入るための方法が書かれていた。

「五味淵幹雄はそこにいる」

「罠だったら、相応の代償を払わせる」

「好きにすればいい。君を敵に回しても、何も得することはない。自ら進んで損を選ばないだけの見識は持ち合わせているつもりだ」

竹脇が大きく息を吐いた。

「早く行ったほうがいい。五味淵がいつまでもそこにいるとは限らないから。逃げられたあとで、文句をいうのだけはやめてくれ。それじゃあ、もう少し寝るよ」

彼は車椅子に身を沈めた。

「待て、GHQの誰とつながっている？」

イアンは訊いた。

「何のことだ？」

竹脇が疲弊しながらも話をそらす。

「ケーディスの民政局派か、ウィロビーの参謀第二部派か、それだけでも教えろ」

「今日はもう無理だ。続きはいずれ。あとのことは彼女に訊いてくれ」

奴は部屋の隅に立っていたまゆ子に視線を送った。

医師役の若い男が竹脇を乗せた車椅子を引き、奥の部屋へ去ってゆく。質問を続けようとするイアンの前に、部屋にいた日本人たちが遮るように立ちはだかった。

イアンは深追いせず竹脇の車椅子を見送った。

確かに今は五味淵を優先すべきだ。

「いくつか用意してほしいものがある。それから電話を貸してくれ」

まゆ子に告げ、ヘッドクォーターズを後にした。

※

黒い電話機の横に使用料として一ドル札を置き、受話器を取った。

小森昌子の勤めているタクシー会社の番号をダイヤルする。出たのは日本人の男で英語ができず要領を得なかったが、Ｋｏｍｏｒｉと五回連呼したところでようやく気づき、彼女に代わった。

三十分後、隅田川に架かる吾妻橋のたもとに迎えに来るという。

次に宿舎にしている富士見町のビークマン・アームズ・インに連絡を入れた。電話に出た女性交換手にメイの部屋番号を伝える。英語で話す交換手は発音の感じからアメリカ人でも英国人でもなく、日本人のようだ。

だが、なかなかメイの部屋につながらない。

長く待たされたあと、『お呼び出しいたしましたが、お出になりません』と告げられた。

――出ない？

もう一度呼び出すよう交換手に伝える。

シャワーを浴びている？　トイレ？　柄にもなく希望的なことを考えながら待ったが、交換手の返事は同じ。

『お出になりません』

「客室係を部屋まで行かせてくれ。ノックしても応答がなければ、合鍵で中に入って確認しろ」

勝手に部屋に入ることはできかねると渋る交換手を、「彼女には持病がある。確認しないと危険だ」とうそまで使って押し切り、受話器を握りながら待つ。

早朝の散歩に出た？　いや、許可なく部屋から出るなと命令してある。それを破って彼女がひとりで行動するはずがない。

しかし、数分後に受話器から聞こえてきたのは、やはりメイではなく交換手の声だった。

『部屋にはどなたもいらっしゃいませんでした』

――どこへ行った？

「部屋の様子は？　荷物はあるのか？」

『ベッドは整えられたまま、タオルなども使われずそのままで、特に変わったところはなかったそうです。荷物は見当たらなかったといっています』

「フロントで潘美帆からアンダーソン宛ての伝言を預かっていないか？」

『お預かりはしておりません』

「ではもう一度、潘美帆の部屋を詳しく調べてくれ」

『と、いわれましても』

「やってくれ。客室係に部屋にメモ書きなどは残されていないか細かく調べろと伝えてほしい。それからイアン・マイケル・アンダーソンの部屋の中も、ドア下からメモ書きなどが入れられていないか調べさせろ」

『あの、お時間がかかりますが』

「かかってもいいし、必要なら料金も払う。少ししたらかけ直すから、必ずやってくれ」

交換手の返事も聞かず一度受話器を置いた。

――動揺している。

自分でも気づいた。

メイは自分で出ていったのか？　誰かに拉致《らち》されたのか？　アメリカ人官僚も泊まるビークマン・アームズは入り口に常に歩哨が立ち、一般のアメリカ兵が使用している宿舎以上の警備が敷かれている。簡単に部外者が忍び込めるとは思えない。では、ＧＨＱやアメリカ政府関係者が連れ去った？

いずれにせよ、イアンは日本語通訳を失った。五味淵の居場所に乗り込む直前のこんな大事なときに、日本での自分の耳であり声である存在が突然消えてしまった。

彼女の身を案じ、捜すか。

それとも――

イアンはまた受話器を取り、ダイヤルした。

少しうしろでは、まゆ子がまだ終わらないのかという顔で待っている。耳に当てたスピーカーから呼び出し音がくり返し聞こえてくる。

『はい』

気怠《けだる》げな声で当直の英国人男性が出た。

「イアン・マイケル・アンダーソン英国陸軍中尉だ。寄宿棟のホフマン二等書記につないでくれ」

『この番号は緊急連絡用です。御用なら――』

「緊急だから電話したんだ。早くしろ」

イアンは送話口に怒鳴った。

3

タクシーは右折し、アベニューＴ（靖国通り）に入った。

夜半の雨の名残りの濁った水たまりの上を、バシャバシャと音を立てタイヤが通り過ぎてゆく。

右手にまた鳥居という大きなゲートと靖国神社が見えてきた。忌々《いまいま》しい神道の拝殿だが、今は気にしている場合ではない。一瞬、右折して行方のわからないメイの痕跡を探すためビークマン・アームズに寄ることも考えたが、やはり時間が惜しい。

行き先は新宿区南元町《みなみもとまち》。

竹脇の情報によれば、そこにある日本人企業家が所有する屋敷に病身の五味淵は匿われている。ホフマン二等書記もあとからやって来て、その屋敷前で合流することになっている。イアンの宿泊しているアームズから南元町までの距離は三・二キロメートルほど。竹脇の情報が正しければ、五味淵は驚くほど近くに潜んでいたことになる。

タクシーの後部座席にはイアンひとりが座っている。

いつもメイがいた隣の席には、トタン要害で調達した黒いカバンが置かれていた。ただ、ハンドルを握る小森は、昨日に続き今日も東洋人の女の姿がないことを特に尋ねたりしない。バックミラー越しに何度かこちらを見たあと、「お疲れのようですね」と一言いって、そのあとは黙ったまま運転を続けている。

今の俺は徹夜明けというのを差し引いても、ひどい顔をしているのだろう。

少し前——

トタン要害からかけた電話に、ホフマン二等書記は「何の用ですか」と寝起きの不機嫌な声で出た。だが、五味淵の所在を摑んだと伝えるとすぐに状況を理解し、大きく咳払《せきばら》いして喉を整えた。

『中尉はもう目的地に到着されていますか？　それともこれから？　どうかくれぐれも一般の日本人を巻き込まぬように。発砲の可能性があるなら所轄の警察署にも——』

質問を続けるホフマンに、まだ情報を入手した段階で、信憑《しんぴょう》性は高いものの五味淵が本当にそこにいるかどうか確認できていないと説明した。

『よかった』

ホフマンが漏らす。五味淵の発見など二の次で、彼は騒ぎを起こさないことを第一に考えている。

ただ、潜伏先の住所を伝えるとまた声を曇らせた。

『実に面倒な場所ですね』

「どういう意味だ?」

そこにあるのは、東山《ひがしやま》というタバコで財を成した一族が所有する屋敷だった。当主の男は戦前、貴族院議員も何期か務め、子爵の位を持っていたという。屋敷自体は空襲で損壊していたため終戦直後の接収を逃れたが、すぐに修復された。外国人兵士相手の娯楽施設として一時期使われたのち、今はカジノ付きのナイトクラブとなっていた。

「客はアメリカや英国の軍人か」

『ええ。でも、利用できるのはごく一部に制限され、名の知られた高級将校たちが主に出入りしているようです』

「なぜ接収されない?」

『接収してしまえばGHQ公認の社交場となり、家族連れで来日している将校は、カジノのテーブルやナイトクラブのソファーに妻も同伴していかなければならなくなる。ですが、実際は高級娼《しょう》館《かん》なんです。運営は日本のヤクザがしていますが、GHQの命令で営業しているのは間違いありません。そうでなければMPや日本の警察に摘発され、とっくに存在していないでしょう。接待係の日本人女性も、路上で客引きをしている娼婦とは較べものにならないほど上等だそうです』

「正式な接収を受けていないので一般将校は自由に立ち入ることができず、日本人だけでなく連合国側兵士にも内部で何が行われているか知られることはない――そういうことか」

『ええ。実質は限られた高級将校たちの秘密クラブであり、表向きは敬虔《けいけん》なキリスト教徒を装っている妻帯者たちがはめを外す場所です』

五味淵はそんな場所にいる。

「確かに面倒だな」

『ですから、私が行くまでどうか踏み込まず待っていてください』

「早朝の訪問に同伴するつもりか」

イアンは皮肉を交えていった。

『知ってしまった以上、行かないわけにはいきません。中尉は今日の午前十時、大事な予定がおありですよね』

「もちろん覚えている」

GHQ参謀第二部部長、チャールズ・アンドリュー・ウィロビー少将という大物と会うことになっている。

『駐日英国連絡公館を通して約束された以上、必ず履行していただかなければ我々の責任問題になります。それに東山邸でも礼儀をわきまえた行動をとっていただきたい。くり返しますが、私が到着するまで、どうか自重を。念のため日本の警察官も連れて行きます。どこまで役に立つかはわかりませんが』

「警察官より日本語の通訳を連れてきてくれ」

『は？』

「必要なんだ」

『ミス潘は？　怪我でもされたのですか？』

「ビークマン・アームズの部屋から姿を消した」

『行方がわからないという意味ですか？』

「そうだ」

『大変なことじゃないですか。事件の可能性もある。宿舎の部屋に拉致などの痕跡は？』

「わからない。ついさっき客室係に調べさせたが、変わったところはなかったそうだ」

『そういうことですか』

ホフマンがため息交じりにいった。

『突入する前に連絡してきてくれたことを、私の仕事を理解し、歩み寄ってくれた証拠だと思ってしまいました。でも、単に不都合が生じたから電話してきただけだった』

「文句を聞いている余裕はない。君に頼んでおいた報告が届いていれば、こんな状況を回避できたかもしれないのに」

イアンはメイの素性の詳細な調査を、駐日英国連絡公館を通じて香港政庁保安科に依頼していた。

「今日には結果がわかるはずじゃなかったのか」

『心配だからといって、八つ当たりはやめていただきたい。時差を考えてください。香港はまだ朝五時四十分ですよ。まずはミス潘の件を日本の警察に連絡すべきです。そしてあなた自身がホテルに戻って行方につながる証拠を探すべきだ』

「そうしたいが、他にやることがある」

『非情ですね』

「俺の本来の目的を果たそうとしているだけだ。それにメイが自分から出ていった可能性もある」

『あなたに失望してですか』

「皮肉なら直接聞いてやるから、まずは通訳を連れて新宿区南元町に来い」

『通訳はどこで調達するんですか？』

「連絡公館にいる者を連れてくればいい」

『日本もまだ朝の六時四十分、日本人通訳は出勤前です。ここにも日本語が多少使える英国人はいますが、私とオトリー参事官を除いて、職員のほぼ全員があなたに関わることを避けている。懇願しても行きはしません』

――同胞からも厄介者扱いされているのか。

こんなときに無駄な真実を開示され、よけい気分が重くなった。

「公館の関係者でなくとも、身元が確かで、秘密を漏らしたらどんな制裁が待っているか理解している人間なら誰でもいい。時間がない」

『そんな人材なら、とっくにどこかに雇われて重職に就いていますよ。今すぐの調達は無理です』

「ならばビークマン・アームズの日本人電話交換手を連れてこい。さっき話したが使えそうだ」

『これ以上、GHQやアメリカ大使館と揉める原因を増やす気ですか。馬鹿いわないでください』

「俺は本気だ」

イアンは電話を切った――


「あと二、三分です」

運転手の小森が告知する。

多くの日本人客を乗せたバスが停留所に止まり、その横をイアンの乗るタクシーが追い越してゆく。対向車線では、人の引く荷車（大八車）に向かって、山ほどの砂利を積んだトラックがクラクションを鳴らした。舗装されていない道はぬかるみだらけで、その上を肩に天秤棒を担いだ行商人たちが器用に飛び越えてゆく。

東京はもう目覚め、騒がしい一日がはじまっていた。

情報通りなら、五味淵は肺癌と心筋梗塞を患っている。すでに起きていたとしても、外出などせず屋敷内にいるはずだ。

ただ、ヤクザが運営している場所なら、一般の病院と違い、間違いなく手荒い警備役がいる。この時間、娼婦と遊びに来たGHQ関係者はもう帰っているだろう。アメリカ人、英国人を巻き込む可能性は少ないが、五味淵を護っているヤクザどもとの多少の撃ち合い、斬り合いは避けられない。

タクシーは住宅街で停まった。

「あちらのようです」

小森が指さした東山邸は白く高いコンクリート壁で囲まれていた。鉄格子の門の先、大きな木製の玄関ドアも見える。

そのドアが開き、黒髪を水色のショールで巻いた日本人の女が出てきた。一夜の仕事を終え、帰るところのようだ。化粧は落とし、服装も地味な白のブラウスにネイビーのスカート。だが、容姿は確かに道で客を拾う女たちとは較べものにならないほど整っている。

「ここでお待ちしますか？」

小森が訊いた。

「いや、先に帰って構わない」

彼女に通訳を頼むことも考えたが、やはりやめた。素性の知れない日本人にそこまで頼るのは危険すぎる。

イアンは水色のショールの女が横を通り過ぎてゆくのを待ってからタクシーを降りた。あの女から邸内の様子や警備の人数を訊きたいが、声をかけたら不審者がいると騒ぎ出したり、邸内に知らせに走る可能性もある。

――やはり正面突破しかないか。

朝陽が白い壁を照らす。周囲が暗く汚れた色の木造家屋や木肌剝き出しの電柱ばかりなので、輝く白がよけいに眩しく見える。壁の向かいの空き地にはタイヤ痕が無数にあった。駐車場に使われているようだが、今は一台も置かれていない。壁伝いに屋敷の裏手にも回ったが、小さな通用門は鍵がかかっていた。外には門番らしき者の姿はなく、庭に番犬などが放たれている気配もない。

壁の内側、大きな母屋の建物は屋上のある長方形をしている。それとは別に、小さな離れがあるのがわかった。地震の多い日本では、地下に居住空間がある可能性は低い。やはりあの離れに五味淵が？

情報が少なく、わからないことばかりだが、迷っていても一番貴重な時間を無駄にするだけだ。やはりホフマンを待っている余裕はない。

ただ、不安だった。

——こんな気持ちは、いつ以来だろう。

戦闘前の緊張や恐怖心とは明らかに違う。通訳がいないことで必要以上に神経質になっている。メイと一緒にいることに気づかぬうちに慣れてしまっていたのかもしれない。言葉が通じないことで自分がこんなにも不安定になるとは思わなかった。

日本にいるのは本当に不愉快だ。知りたくもなかった自分の感情に気づかされる。早く用事を終えて、やたら雨ばかりの自分の国に、ロンドン近郊、サリー州ギルフォードにあるアンダーソン家の屋敷に戻りたい。

——ただ、あの家も決して心から寛《くつろ》げる場所ではないが。

次々と浮かんでくる余計な考えを、軽く息を吐いて振り払う。

イアンは東山邸正面の鉄格子を開けた。

4

ポーチに立って呼び鈴を押す。

少し待つと、ドアがわずかに開き、白いカッターシャツに黒いベストを着た日本人の男が対応した。ボーイかバーテンダーのようだ。

「営業時間は終わりました。午後七時以降にいらして——」

「遊びに来たんじゃない。ミスター・オノの紹介で商談に来た」

イアンはいった。

「どちらの小野さんですか」

男が訊く。発音は適当だが、日常会話はできるようだ。

「カマタの」

「ずいぶんと早いご訪問ですね」

「何時に訪ねても構わないといわれた。どうせ初回はこちらの身元を確かめ、次回の予約を入れるだけで返されるのだろう？　遊びの客の引けたこの時間のほうが、そちらも都合がいいはずだ」

「お名前は？」

黒ベストの男が訊きながらドアを大きく開いた。イアンは偽の名前と軍階級を告げ、中に入ってゆく。邸内の壁も白く、廊下の先に陽光が降り注ぐスペイン風のパティオ（中庭）があるのが見えた。そのパティオを中心に、バーカウンターがある部屋、モザイクで飾られたカードゲーム用の部屋、そしてアップライトピアノと小さなステージがある部屋などが配されている。

一階はナイトクラブとして使われているようで、カーテンには酒とタバコの匂いが深く染みついていた。出迎えた白シャツの男以外には、長袖の作業着（かっぽう着）を身につけた日本人の中年女がふたり。テーブルのグラスをかたづけ、床を掃いていたが、イアンに気づくと一礼して奥に下がっていった。

ここまでは竹脇に渡されたメモ通りに進んでいる。

ただ、商談に来た振りを長くは続けられないだろう。ここがGHQ高官のいかがわしい儲け話の場にも使われていることは想像がつくが、竹脇のメモにはどんなものが商品として取引されているのかまでは書かれていない。即興で乗り切れるような演技力を、もちろんイアンは持ち合わせていない。

──はじめるか。

パティオ沿いの廊下を右に曲がったところで、前を進む白シャツの男の首に腕をかけた。

警戒していた男が即座に身をよじり、ベストの下に隠したナイフに手を伸ばす。それより早く、イアンは男の頭にオートマチックの銃口を押しつけた。

「動くな。聞かれたこと以外話すな」

「撃てよ。撃てば皆が気づいて出てくる。あんたは逃げられない」

背後から絞められたまま男がいった。

「一度口を閉じろ」

イアンは男のベストの下から鞘に入ったままのナイフを取り、少しだけファスナーを開いた自分の黒いカバンの中に落とした。

「ただじゃ済まない。考え直したほうがいい。ここがどんな場所か知っているはずだ」

男の声は緊張しているが、取り乱してはいない。

「わかったから、とにかく黙れ」

男は首をイアンの腕で絞められているにもかかわらず、話し続ける。

「今やめれば――」

イアンは拳銃の銃床で男の口を殴った。

そして耳元でもう一度ゆっくりと「黙れ」と囁いた。

男の切れた唇の動きがようやく止まった。

「五味淵はどこにいる？　連れて行ってくれ。それからここにいるあんたの仲間は何人だ？」

イアンは訊いたが、男は何も返さない。

英語が使えると思ったが、そうではなかった。こいつ、商談に関する若干の英語以外、ただ教え込まれた定型文を話していただけだ。無謀な侵入者にはそう伝えろと命令されているのだろう。

「素直に五味淵の居場所を話せば、ドルでも円でも好きなほうを今すぐ払う。もう少し痛い思いをしてもらうが、あんたが最後まで口を割らなかったように見せかけるのも手伝う」

英語で伝えたが、やはり男は何をいわれたかわかっていない。

――面倒だな。

ただ、用意はしてある。イアンはポケットからメモを出した。五味淵がどこにいるかの質問や、寝返りの誘いが日本語で書かれている。トタン要害のまゆ子に書かせた。

男はメモを見たが、馬鹿にしたような笑いを一瞬漏らしたあと、腕を伸ばしてイアンの髪を摑み、叫びはじめた。

慌てて男の顔をもう一度銃床で殴り、頸動脈を絞め上げる。男の全身から力が抜け、すぐに意識を失った。その両手首にトタン要害で仕入れた手錠をつけ、体をバーカウンターの裏に隠す。

怪我人を出すなとホフマンにいわれたが、やはりこうなったか。

五味淵はどこに？

屋敷全体を見回す。どこかに下がっていった日本人メイドを捜し、聞き出すか？　いや、あの女たちも英語がわからないだろう。ＧＨＱの連中は、ここでの会話がわずかでも外に漏れないよう、挨拶程度しか英語をしゃべれない日本人ばかりをあえて雇っている。

屋敷の中を静かに進んでゆく。踊り場のある階段を上がると、娼婦たちが客にサービスを提供する小部屋が並んでいた。娼館らしくきつい香水の匂いがどの部屋にも漂っているが、二階にも人の姿はない。

ただ、遠くから男の声がかすかに聞こえてきた。ここではない。離れの建物の方角。そして人ではない、ラジオの音だ。

その音をたどってまた階段を下り、パティオに沿って歩いてゆくと、ガラス張りのサンルームの先に渡り廊下が続いていた。

体を屈め、ネズミのようにその渡り廊下をこそこそと進んでゆく。庭にはカーネーションやブーゲンビリアが咲き、塀の外側からの音も聞こえず、ただラジオだけが鳴っている。アナウンサーが日本語で話していたが、途中で音楽に変わった。日本の流行歌のようだ。

母家と同じく離れの外観も洋風で、渡り廊下から続く入り口のドアが開いたままになっている。入ってゆくと、ラジオの流行歌に合わせて歌う女の声が聞こえてきた。食べ物の匂いもする。身を屈めたまま様子を窺っていると、配膳室のような場所から白衣の女がポットや皿の載ったワゴンを押して出てきた。

看護婦？　いや、女が身につけているのは白衣ではなく、日本式のエプロン（かっぽう着）だ。他に人の気配はなく、医師もいなければ、警備の姿も見えない。

その警戒の薄さがイアンの猜疑心《さいぎしん》を煽《あお》る。ただ、ここで引くことはできない。少なくとも五味淵が本当に匿われているか確かめなければ。

エプロンの女がワゴンを押して廊下を進み、ラジオが置かれている大きな暖炉のある居間を通り過ぎてゆく。ワゴンの上の皿には朝食が盛られているようだ。

女は鼻歌をうたいながらさらに進み、一番奥のドアの前で立ち止まった。

背後を追っていたイアンは彼女がノックをする前に一気に距離を詰めた。うしろから口を塞ぐ。女がイアンの手のひらの下で悲鳴を上げようとする。その声が漏れる前に、イアンはもう片方の腕で女の頸動脈を絞めた。

脳への酸素供給が途絶え、女が意識を失い、膝から崩れ落ちてゆく。

その体を抱き上げると、配膳室に運び、黒いカバンから取り出した手錠をかけた。口を縛り、足首も縛る。

廊下を戻る途中、居間にあるラジオ受信機のボリュームを少し上げた。流行歌が終わり、アナウンサーが短く話したあと、今度はクラシック音楽が流れはじめた。

響くホルンの音がイアンの足音を消してゆく。そして一番奥のドアの前に立つと、静かに開けた。

白い壁の小さな部屋で、南と東に大きな窓がある。イアンの正面、南側の窓が少し開いているようだ。風が通り抜け、カーテンを揺らし、イアンの体もすり抜け、廊下へと流れてゆく。

部屋の中心にベッドがあり、禿《は》げた初老の日本人が汚らしい顔でうたた寝をしていた――

五味淵幹雄。

間違いない。嫌というほどこいつの写真を見てきた。

イアンは部屋のドアを閉め、鍵をかけた。ベッドに静かに近づき、五味淵の体の向こう側に手を伸ばすと、わずかに開いていた窓も閉めた。

風が止み、揺れていたカーテンが動かなくなる。ドアの外からクラシックの曲が聞こえる。

イアンはホルスターから拳銃を取り出し、ベッドを蹴った。

右腕に点滴の管をつけた五味淵が驚いた顔で目を開く。銃口に気づくとさらに驚き、日本語で何かまくし立てた。

「騒ぐなら殺す。そして英語で話せ。話せるのはわかっている」

五味淵はベッドから上体を起こした。ただ、声量は落としたものの、まだ日本語で文句を並べている。イアンはその顔を左手で張り飛ばした。

「警備の連中はどうした？　買収したのか？」

怯えながらも五味淵が英語で訊く。

「警備なんてどこにいる？　抵抗は受けなかった」

イアンはほんの少しのうそを混ぜて答えた。

「底の浅い作り事をいうな」

「信じなくても構わないが、それならなぜ俺は無傷でここにいる？　たぶんおまえは見捨てられたんだろう」

「アメ公どもが。ここほど堅牢な場所はないと豪語していたくせに」

騙された自分を哀れむようにつぶやくと、五味淵は激しく咳き込んだ。

内心イアンも動揺している。堅牢な場所？　そう吹き込まれ、ここに連れてこられたのか？　だとしたら、やはりこの警備の薄さが気になる。

「キワコは？　外にいる女はどうした？」

五味淵が咳き込みながら訊いた。

「意識を失ってはいるが生きている」

「娘に何をした」

――こいつの娘だったのか。

「少し静かにしてもらっているだけだ。傷つけてもいない。だからその毛布の下に隠した右手を静かに出せ」

禿げ頭に汗を滲ませた五味淵は右手を出し、握っていたリボルバーを離した。イアンはその一丁をすぐに取り上げ、足元の床に置いた黒いカバンの中に落とした。

病みついているとはいえ、こいつも元軍人。油断はできない。

「俺を知っているな」

イアンが訊くと五味淵が憮然《ぶぜん》としながらうなずいた。まだ咳は続き、肩で息をしている。重度の肺癌、そして心筋梗塞というのは本当のようだ。

「俺が日本に来ていることを誰から聞いた？」

質問に答えず、五味淵は訊き返した。

「何が欲しい？　どうすれば引き下がる？」

「欲しいのはおまえの命だけだ」

「何とも芝居がかった台詞《せりふ》だな。なぜ私を殺したい？　おまえの兄を処罰したからか？」

「処罰？　私刑にかけたのだろう？」

「事実を知らずに勝手をいうな。あれが私刑なものか。秩序を取り戻し、捕虜も含めた全員が生き延びるために必要な行為だった。おまえの兄を慕っていた少数の部下からしか状況を聞いていないのだろう」

息を切らしながら言葉を続ける。

「捕虜になっていた他の英国軍人にも訊いてみればいい。クリストファーとかいうあの男はひどい人種差別主義者で、日本兵どころかビルマの現地人まで動物と同等に扱っていた。自分が捕虜になっても下等な日本人に捕らえられたという事実を受け入れられず、差別的な言葉をくり返し、仲間にも病んだ猿どもに従うなと呼びかけていた。だがな、病んでいたのはあの男のほうだ。梅毒か何かで頭をやられていたのだろう。つまらない女に引っかかり、感染させられたのに気づかなかったのか？　気づいていても認められなかったのか？　戦場の恐怖と緊張に耐えられず、梅毒でおかしくなっていた頭が、さらに重篤になったのだろうよ。ともかく発言も行動もひどすぎた。だから収容所への連行の途中、斬るしかなかった」

この禿げた男の言葉をイアンは信じてはいない。それでも父・チャールズが、娼婦からうつされた梅毒を自分の妊娠中の正妻と子供に感染させた過去を思い出さずにはいられなかった。

生まれながらに梅毒を患っていた男の子は早世し、代わりに父とメイドの間に生まれた本来庶子であったイアンが三男としてアンダーソン家に迎えられた。

「苦しそうだな」

イアンは喉を詰まらせている五味淵の顔を覗き込んだ。

「そんな体になってもまだ生きたいか？　俺に今ここで殺されるより、癌にじわじわと殺されるほうを選びたいか？」

五味淵は答えない。

イアンは続ける。

「癌に殺されるまでの猶予を与えてやらなくもない」

「条件はハ一号の在処《ありか》か？　権藤の居場所か？」

禿げた男がこちらに目を向けた。

「両方だ。教えるなら、もう少し生かしておいてやる」

本当はこんな取引はしたくない。すぐに引き金を引き、何発か急所を外して撃ち込み、失血で苦しみながら死んでゆく様を見届けてやりたい。だが、イアンの後援者であるＧＨＱ民政局次長チャールズ・ルイス・ケーディス大佐から、生きたままこの男を引き渡すよう指示されている。

ただ、少しの辛抱だ。ケーディス大佐がハ一号文章という機密を回収しさえすれば、そのあと五味淵の身は好きに扱ってよいといわれている――あくまで大佐の言葉をそのまま信じればの話だが。

「権藤はわかるが、おまえにはハ一号など無価値だろう。ＧＨＱ民政局の連中に訊いてこいと命令され、素直に従っているのか。私と同じ。飼い慣らされた犬だな」

五味淵は嘲笑《ちょうしょう》したあと、首を横に振った。

「残念だがどちらも知らんよ」

「ならどうやって権藤と連絡を取る？　定期的に遣いの者が来るのか？　電話か？　権藤は猜疑心の塊のような男だ。おまえが死にかけている体だとしても、管理・監視を怠りはしない」

「詳しく調べたようだな。確かにその通りだ」

五味淵が黙り込む。

考えているのか？　だが、迷いや恐れのせいというより、時間を引き延ばしているようにも見える。ヤクザの援軍が来る？

しかし、こちらにももうすぐホフマンと日本の警察という心許ない援軍が来る。

五味淵がカウンターの上の電話機を指さした。

「番号をいえ。騙したら娘の無事は保証しない」

イアンは受話器を取った。

五味淵が嫌な顔でこちらを見たあと、番号を口にしてゆく。

聞いた番号をダイヤルし、呼び出し音が鳴りはじめた。

五回、十回、コールが続く。

二十回目が鳴ったあと、ようやくつながった。

どうした――と日本語の声。

「権藤忠興か？」

イアンは訊いた。

『おまえは誰だ？』

受話器の向こうの声が英語で訊き返す。

「イアン・マイケル・アンダーソン」

『アンダーソン大尉の弟か。東京に来ているそうだね』

受話器からの声に動揺はない。

――こいつも俺が東京にいることを知らされていたな。

「権藤だな」

『そうだ。英国から、わざわざこんな東の果ての国までご苦労さま。ところでこの番号を知る者は中佐と私だけのはずだが』

「五味淵元中佐のことか？」

『英国人らしく称号や肩書にはうるさいな』

表情はもちろん見えない。だが、権藤の声は明らかに笑っている。

「五味淵なら今俺の前で銃口を向けられている」

『もうそこまでたどり着いたのか。君が来日したのは確か十月――』

「十四日だ」

『今日が十七日。三日で標的のひとりを確保か。なかなか優秀だ』

「権藤、おまえの居場所は？」

『教えるつもりはない。先にいっておくが、君に会うつもりもない』

「それでは困る。おまえには兄を殺した罪を償ってもらわなければ。そのために俺は日本に来た」

『どうやって償う？』

「おまえを拘束し、八一号を回収したあと、死んでもらう」

『私刑にする気かな？』

「責任を果たしてもらうんだよ。おまえ自身の残酷な行いに対する報いを受けさせる」

『その考え方でいうなら、私も当時の少佐という自分の職責を果たすために、君の兄を処刑しただけだ。詳しい説明は、そこにいる五味淵さんにしてもらうといい』

「もう聞いた」

『ならば話は早い。誤解が解けたなら、早々に帰国することを勧めるよ。日本に残っていてもGHQ内の退屈な権力闘争の道具に使われるだけだ』

「おまえたちの話など信用できるものか。罪人とはその罪が深く重いほど、あらゆる詭弁《きべん》を弄《ろう》して自分の責任を回避しようとするものだ」

『こんな状況で君と哲学的な話をするとは思わなかったな。あの異常な差別主義者の兄と違って、君の語り口には、どことなく詩的なものがある。さすがシェークスピアやパーシー・ビッシュ・シェリーの国の住人だな』

「馬鹿にしているのか」

『褒めたつもりだったんだが。とにかく信用してもらえないのは残念だ』

「本気で信用されたいと少しでも思うなら、まずおまえが俺と直接会って話をしろ」

　イアンは無駄だとわかっていてもくり返した。会話を続けることで、権藤の居場所の手がかりとなる言葉を聞き出せるかもしれない。

『さっきも伝えたように、君と会う気はない』

「会わないなら、五味淵と奴の娘が今日ここで死ぬことになる」

『そうしたいのなら、どうぞ』

「本気なんだがな」

『こちらも本気だ。私にとってはすでに無価値の人間だからね。君の手で楽にしてやってくれ。残された時間を病で苦しみながら生きるよりいいだろう』

電話が切られた。

ほぼ同時にノックの音が響く。

イアンは握っていた受話器を落とし、ドアのほうへと振り向いた。

お父さん、どうしたの、だいじょうぶ――たぶんそんな日本語を五味淵の娘が外から叫んでいる。もう目を覚ましたのか。早すぎる。それに拘束していたはずなのに。

「何も答えるな」

イアンは五味淵にいった。

瞬間――

カーテンの閉まった東側の窓ガラスが音を立てて割れた。すぐに視線を向ける。だが、飛び込んできた何かがイアンの右腕に突き刺さった。

細いものが二の腕を貫通し、反対側の皮膚を破って先端が飛び出す。

槍《やり》？　いや、鉄製の何かだ。この離れの居間の大きな暖炉脇にあった黒い火掻き棒か。

続けざまに無数のガラス片を散らしながら男も飛び込んできた。イアンは銃口を向けようとしたが、二の腕に刺さった鉄の火掻き棒のせいで腕が痺《しび》れ、動作が一瞬遅れた。

その隙を突き、男が振りかぶったもう一本の火掻き棒でイアンの握る拳銃を叩き落とす。腕だけでなく肩も激しく打たれたイアンは倒れ、五味淵のいるベッドに脇腹をぶつけた。

すぐ立ち上がろうとしたが、それより早く男が二の腕に刺さった火搔き棒を摑んだ。串刺しされた二の腕ごとイアンの体をぐいと引き上げる。

思わずイアンは呻き声を漏らした。

「痛いよな。俺も痛いよ」

男が英語でいった。

――昨日、俺に撃たれた太腿のことか?

イアンは痛みの中で思った。

日本人らしからぬ大きな体と、額から丸刈りの頭頂にかけての大きな縫い痕。こいつは長田善次、ロコだ。五味淵の娘の拘束を解いたのも、たぶんこいつだろう。

イアンはロコの股間を蹴り上げた。睾丸とペニスを直撃した感触が確かに足に伝わってくる。なのに、ロコは「うっ」と小さく発しただけで倒れない。さらに左手でロコの脇腹を二発続けて殴った。が、まだ倒れない。

しかも逆に頭突きを食らった。一瞬意識が霞《かす》む。だが、イアンも頭突きを返す。二度、三度、額だけでなく鼻、目も激しく打ち、ロコはわずかにふらつき、握っていたイアンの二の腕に刺さった火搔き棒をようやく放した。

イアンは落とした拳銃を探す。すぐにベッドの下に見つけた。

しかし、五味淵もベッドから転げ出て、銃を拾おうと手を伸ばす。イアンも拾おうと手を伸ばしたが、その背中をまたもロコに火搔き棒で打たれた。

イアンだけではない。ロコは五味淵の体も打ち据えた。

――五味淵を救いに来たんじゃないのか?

禿げた初老の男が身をよじり悲鳴を上げる。それを聞き、ドアの外の娘がまた叫び声を上げる。イアンは膝から崩れ落ちそうになるのを踏み留まり、振り向くと、再度火搔き棒で打ち据えようと腕を振り上げているロコの懐に飛び込んだ。

左腕に加え、火搔き棒が刺さっている右腕も使いロコの腹に何発も拳を打ち込む。怯んだ奴がうしろに下がったが、逃さず追いながら渾身の力で殴り続ける。

ロコが口からよだれを飛ばし、握っていた火搔き棒を落とした。

――もう少し。

が、甘かった。

「俺だって痛いんだぞ」

ロコが叫び、イアンのスーツの襟を革手袋をつけた両手で摑むと、そのまま大きな体でのしかかってきた。重みに耐えられずイアンの膝が折れ、床に仰向けに押し倒された。

ロコは上に乗り、摑んだ襟を絞め上げてくる。柔道か。襟元がイアンの首にきりきりと食い込み、呼吸ができない。この屋敷に来てふたりを絞め落とした俺が、最後は逆に絞め落とされるのか。

奴が全力で絞めながら何かいっている。

「殺されないと思ったか？　ああ、残念だが殺さない。でも、代わりに連れ去って、閉じ込めて、痛めつけてやる」

――俺を拉致する気だ。

「中尉、アンダーソン中尉」

遠くで知っている声が叫んでいる。ホフマンだ。まるであてにしていなかったのに、今は希望の声に聞こえる。

ここだ、と返したいが声が出ない。意識も薄れてきた。

何とかしなければ――必死で両手で床を探る。ロコが落とした火搔き棒が左の指先に触れた。どうにか摑むと、握り締め、全力で突き刺す。

ロコが絶叫した。どこに刺さったのかはわからないが、急所を蹴られてもわずかしか表情を変えなかった奴が、叫び声を上げるほど深く刺さった。

襟を絞めていたロコの力が緩む。イアンは全力で奴の両手を払い除《の》け、重くのしかかっていた体の下から這い出した。喉が詰まり、苦しい。四つん這いのまま、喘《あえ》ぎながら床に落ちた拳銃を探す。俺のオートマチックはどこだ？　見つからなければ黒いカバンに入れた五味淵のリボルバーでもいい。カバンは？

だがイアンは、自分より早くロコの手がオートマチックの拳銃を拾い上げてゆくのを、目の端で見た。

――やられる。

ホフマンが外から鍵のかかったドアを叩き破ろうとしているものの、間に合わない。

銃声が一回、二回と響いた。

しかし――

撃たれたのはイアンではない。

五味淵が短く呻き声を上げたが、すぐに途絶えた。

ロコがオートマチックを床に落とし、破れた窓からまた外に飛び出してゆく。追おうとしたものの、イアンにはもう立ち上がるほどの力も残っていない。火搔き棒が刺さった二の腕から血が流れ落ち、撃たれた五味淵から流れ出た血と床の上で混ざり合ってゆく。

五味淵が殺された。

ドアが破られ、ホフマンと制服を着た日本の警察官が駆け込んでくる。

床で息絶えている五味淵に気づき、娘が絶叫しながら縋りついた。

「何があったんですか？」

ホフマンが眉間に皺を寄せながら訊いた。

「一言で説明するのは難しい」

イアンは倒れたまま、声を振り絞って答えた。

5

イアンはソファーに横たわっている。

日本人医師が右腕から火掻き棒を抜く際、麻酔薬を使おうとしたが拒否した。だが縫合が終わり、化膿止めを打たれた今になって、急に眠気が襲ってきた。

板張りの天井を見ながら姿を消したメイのことをぼんやりと考える。そしてなぜだか、今朝早くあのトタン要害を出るときに見た光景が頭に浮かんできた。

まゆ子に連れられ、出口へと進む途中、人のいない道の陰からひとりの少年が姿を現した。昨日、イアンに連絡を取るため、ビークマン・アームズの前でメッセージボードを持ち待ち続けていた彼だった。

少年は緊張した面持ちで、それでも朝陽を浴びながら精一杯の笑顔を作り、薄汚れた帽子を取って頭を下げた。それがきっかけになったのか、イアンの進む細い道沿いに、幼い子供を抱いた母親、老いた夫婦、眼鏡をかけた若者などが次々に顔を出し頭を下げていった。

住人たちなりの感謝の印だったのだろう。

多くの笑顔と日本らしいお辞儀に送られながらトタン要害を出るのは、あの町に貢献してしまった自分を腹立たしく感じるような、何ともいえない気分だった——

ソファーから上半身を起こすと少し頭がぼんやりした。

ここは新宿区内にある警察署の会議室。

正確な署名は聞いていないが、東山邸での騒動のあと、イアンは朦朧とした状態でここに運び込まれた。ホフマン二等書記がアメリカ人MPに、「病院に運ばないのなら、中尉を治療設備のある千代田区一番町《いちばんちょう》の駐日英国連絡公館に連れて帰る」と声高に抗議していたが、受け入れられなかったようだ。イアンの銃・コルトM1911も、五味淵殺しの凶器として押収されてしまった。

会議室は机が端に寄せられ、ベッド代わりにアメリカ人応接用の大きなソファーが運び込まれている。急いで簡易的な治療室に模様替えしたのだろう。ついさっきまでいた日本人医師と看護婦も引き揚げていった。病院に搬送しなかったのは、イアンの治療がきっかけとなり、GHQ高官専用のプレイハウスの存在や、そこで殺人事件が起きたことが広く知られてしまうのを避けるためだ。

まだはっきりしない頭を横に振り、部屋にある柱時計を見た。

午前九時二十分。

自分の腕時計でも確認したが、時間に間違いはない。十時のチャールズ・アンドリュー・ウィロビー少将との約束には何とか間に合う。

自動車で急げば、新宿区から日比谷の帝国ホテルまで三十分以内で行けるはずだ。イアンはソファーにかけられていた自分の上着を手に取り、立ち上がった。

治療のためシャツの右袖は切り取られてしまったが、上着を着ればごまかせるだろう。身につけているものは埃臭く、体は汗臭いものの、離れて座って話せば、まあ何とかなる。

ノックの音が響いた。

ドアが開き、男が顔を出す。

「ちっ」と、イアンは思わず舌打ちした。

あまりにもありきたりな反応だが、それくらい不愉快だった。

入ってきたのは見覚えのある日本人。二日前の朝、警視庁からの命令だといって竹脇祥二郎の資料を手にビークマン・アームズのダイニングに突然入って来たあの男だ。

名前は確か、松川。

「GHQの方とこちらの署長がお話ししたいとお待ちです。ご案内します」

松川がいった。

「なぜおまえがいる?」

「通訳として呼ばれました。とりあえず署長室へ行きましょう」

「いや、時間がない。このあと予定がある。もう出ないと間に合わない」

「GHQの高官の方との会談予定でしたら中止になったそうですよ。帝国ホテルに行く必要はないそうです」

「中止?」

「会談よりもまず聴取を受けるべきだと。GHQ参謀第二部は日本の警察の捜査に全面的に協力するそうです」

「俺が聴取? なぜ?」

「あなたは殺人事件の容疑者《suspect》ですから」

五味淵幹雄殺しのことだ。

「俺は殺していない」

「私にいわれても。説明は署長室でなさってください」

――こいつ、やはり参謀第二部に首輪をつけられた犬だったか。

イアンは取り澄ました顔で立っている松川を少し見つめたあと、上着に袖を通した。

奴に続いて会議室を出る。

警察署は安っぽい造りの仮設庁舎で、歩くたびに床が軋《きし》む。そして人払いがされているのか、署員の姿は見えず、話し声も聞こえてこない。

「残念ですよ」

一歩踏み締めるごとに音の鳴る階段を上っている途中、松川がいった。

「富士見町の宿舎ではじめてお会いしたとき、中尉が私の申し出を受け入れてくださっていれば、こんなことにはならなかったのに」

「拒否したからこうなったといいたいのか?」

「いいえ、私の単なる独り言です。ただ、昨夜の本所でのご活躍も拝見させていただきました」

トタン要害での狙撃のことだ。こいつも昨夜、あの町に侵入していたのか? トタン要害の住人総出で行われた外敵駆除に、俺が加担したのを知っているといいたいのか?

「脅す気か」

イアンはいった。

「そんなことは考えていませんよ。中尉が私と一緒に下井壮介の捜索をしていれば、今ごろ奴を捕らえられていただろうし、右腕にお怪我をすることもなかったと思っているだけです」

権藤、五味淵、下井と同じ部隊に所属し、兄の処刑を間近で見ていた犬野郎など信用できるか――思ったものの、口には出さなかった。

代わりに松川の横顔を凝視した。

※

署長室のドアを開けると、眼鏡に口髭の日本人警官が渋い顔で机に肘をついていた。そしてもうひとり、またここでも以前に見たことのある男と会った。

金髪で青い瞳をしたアメリカ人が応接用ソファーに座っている。軍服の階級章は中尉。

日本に到着した翌日、十月十五日。アメリカン・クラブ・オブ・トーキョーでの会食のあと、バーカウンターにいたあいつ。

メイに色目を使い、それがきっかけで口論になった――

「やあ」

金髪で青い瞳の男が片手を上げる。挨拶のつもりなのだろう。そしてあのいけ好かないアメリカ人独特の笑みを浮かべている。

「誰だ？」

イアンは返した。

「そうか、あのときは名乗らなかったからな。ギャビー・ランドル、アメリカ陸軍中尉だ」

「所属は参謀第二部だな」

「今さらわかり切ったことを訊かなくてもいいだろ、中尉。あの魅力的な秘書は、今日は連れていないのかい？」

メイのことだ。

「少し具合が悪くて、宿舎で休んでいる」

「早く回復されますようにと伝えておいてくれ。でもまあ、代わりの通訳に松川を呼んだから安心していい」

代わり？　こいつ、メイがここに来られないことを知っていた？

ソファーで足を組んだまま、ランドルは部屋の奥にあるオーク材の机に座る警察官に目を向けた。

「あちらが署長のミスター苫篠だ」

――トマシノ。

「ここは新宿区内のヨツヤという警察署か？」

イアンは訊いた。

「ああ。よく知っているな」

こいつがトマシノ。

秋葉原の野際組事務所のヤクザから聞き出した、ＧＨＱとつながり、不正を重ねている警察署長。イアンを暴行するよう野際組に指示を出したのも、この苫篠の可能性が高いとあの痩せた男は話していた。苫篠は憮然とした顔でこちらを見ている。松川は苫篠の横にあの取り澄ました顔を崩さず立っている。

松川、ランドル、苫篠。三人が同じ視界の中にいる。

――こんなに気分の悪い光景を見るのは、いつ以来だろう。

「今日は何の用だ？」

イアンはランドルに訊いた。

「ウィロビー少将からの伝言を知らせるために来たんだよ」

「使い走りか」

「ずいぶん攻撃的な態度だが、僕が気に入らないからかな？　それとも、それが英国式の社交術なのか？」

「両方だ」

「なるほど。僕は使い走りでなく代理だ。ＧＨＱ民政局内でのチャールズ・ルイス・ケーディス大佐とバリー・マイルズ中佐と同じような関係だと思ってくれればいい」

「少将の下で同じ悪事を働いている仲か」

「優しく接しているつもりなんだが、ずいぶん強気だな、『deb（dorky elder brother）《役立たずの兄》』」

「そちらこそずいぶん余裕があるな、『PL（primary leveler）《小学生レベルの教養》』」

ランドルが金色の髪を掻き、ポケットからタバコを取り出した。

「まあ、ここは友好的に話そうじゃないか」

奴がラッキーストライクをくわえ、日本語の書かれたマッチで火をつける。

「ウィロビー少将は、今日の君の行動を残念に感じているが、今後の君の対応次第ではまた会う機会を作るそうだ。ただ、今の君はあまり良くない立場にいることを理解してほしい」

「どう良くないのか、具体的に教えてくれ」

「松川からも聞いただろう。君は五味渕幹雄殺害の参考人、英国風にいうなら第一容疑者だ。ＧＨＱとしても日本の警察の捜査に協力するよう君に要請するし、拒否するなら相応の処置を取らせてもらうことになる。君がＢＣＯＦ（British Commonwealth Occupation Force・英連邦占領軍）の人間でも容赦されない」

英連邦占領軍は、英国軍、オーストラリア軍、ニュージーランド軍、インド軍からなる英連邦の日本占領軍で、アメリカ一国の占領を避け、英国も日本国内に権益を確保するため、クレメント・リチャード・アトリー英国首相が組織した。日本の中国・四国地方の占領任務と首都圏の占領補佐が主な任務だが、実態はＧＨＱのアメリカ軍の指示に従うだけの存在だった。

「残念ながら俺はＢＣＯＦとは無関係だ。目黒《めぐろ》にも行ったことはない」

イアンはいった。

目黒には英連邦軍東京分区本部（Headquarters, British Commonwealth Sub Area Tokyo）があるが、父・チャールズ・クリス・アンダーソンが手配し、「私用」で来日したイアンは一切行動を干渉されない。

「それに俺は殺していないし、銃を撃ってもいない。さっきの施術中、日本の警察官が俺のシャツや上着の袖を調べていったが、硝煙反応は出なかったはずだ。この右手を調べてもいい。同じ結果になる」

黙っていた苦篠が口を開いた。その日本語を松川が訳してゆく。

『では、誰が撃ち、殺したのか？』

「答える前に訊きたい。あなたは自分の職権を利用し、ＧＨＱからの指示を東京のヤクザに伝達し、利益を得ていると聞いたが、本当か？」

『ＧＨＱの方々とは友好な関係にあるが、それはあくまで警察署長という職務の範囲内でのこと。誰から聞いたのか知らないが、捏造《ねつぞう》の中傷に惑わされてはいけない』

「ヤクザとのつき合いは？」

『もちろんそんなものもない。ただ、君はあれだな、事前に聞かされてはいたが、私がこれまで会った英国人の中でもとびきり無礼だな』

「不審や疑問があれば、訊き、質《ただ》す。俺の国では当然の習慣だ。東の果てで暮らす黄色い肌の連中の思考は、よくわからない」

ランドルが苦笑いしながら苦篠を見つめ、取りなす。そして青い目のアメリカ人はまたイアンに視線を戻した。

「今、君は厚遇されている。我々は気を遣っているという意味だ。だが、それは君自身でなく、アメリカ上下院議員や財界の方々と親交の深い君の父上、チャールズ・クリス・アンダーソン氏に対する配慮だというのを忘れないでくれ」

父の築いた人脈や金の力がなければ、すでに身柄を拘束されているか、本国に送還されているといいたいのだろう。

苫篠も咳払いし続ける。

『まあいい。君を留置する許可も、我々はすでにGHQから得ている。それを理解した上で、この先の質問に答えるように。五味淵氏を撃ったのは君ではないのかね』

「通称ロコ、長田善次という日本人だ。閉じたドアの外にいた五味淵の娘が、部屋の中でふたりの男が争う音や罵り合う声を聞いているはずだ。駐日英国連絡公館のホフマン二等書記や彼と一緒に東山邸に踏み込んだ日本人警官も、同じく物音を聞いている」

『確かに五味淵氏の娘さんは、君と誰かが揉み合う音や話し声を聞いている。だが、その長田という男の姿も、発砲の瞬間も見ていない。これはホフマン氏も同様だ。音だけ声だけで、君以外の誰も、長田という男が撃ったことを確認できていない。君以外の誰かが、あの離れに侵入したと思われる痕跡はあった。ただ、君が本当はいない第三者の存在を偽装した可能性も捨て切れない。何より君は五味淵氏に強い恨みを抱いていた』

動機がある、ということだ。

「五味淵は戦犯だ」

『だからといって、司法権も逮捕権もない君が勝手に裁いていいというわけではない。加えていうなら、二等書記のホフマン氏にも東山邸への不法侵入の疑いがかけられている。彼の証言は取り上げられない可能性があるということだ。日本人警官は勝手に邸内に入っていったホフマン氏を止めようと、職務としてあとを追っただけだよ』

――嵌められた。

それは間違いない。

ただ、周到に仕組まれたというより、イアンの東山邸侵入という偶発的な状況を利用して、五味淵殺しの容疑者に仕立て上げられたように感じる。

では誰が？　ランドルや苫篠の反応も、このふたりがロココと長田善次を仕向けたとは思えない。

では誰が？　東山邸に五味淵がいると教えた竹脇か？　いや、あいつもある意味でＧＨＱにコマとして使われているひとりだ。このことはいずれ本人に確かめてみる。

では、ウィロビー少将と権藤のラインか。

――権藤からの圧力であり、警告。

その可能性が高い。

「君の現状を理解してもらった上で、提案がある」

ランドルがタバコの煙を燻《くゆ》らせながら話す。

「まず、我々から君への贈り物について説明させてくれ。この建物の一階の霊安室には、五味淵氏の遺体が置かれている。そこから耳と指を切り取り、持ち帰ってもらって構わない。英国で待っている君のご家族への土産にしてほしい」

「我々も譲歩している、といいたいのか」

イアンは返した。

「まあそういうことだ」

ランドルは脅しに懐柔を取り混ぜてきた。

「代わりに俺は何を要求される？」

「いろいろある。順に話していこうか。まず権藤忠興のことは忘れてくれ。英国の家族が納得しないというのなら、彼の分の指と耳もこちらで用意しよう。秋葉原で君が投げ捨てたものとは別に、新しいものを仕入れるよ。権藤と我々参謀第二部やCIAとの関係について、君が日本で知ったことも一切忘れてほしい。司馬計画やハ一号文章に関してもだ。次に署長から――」

苫篠も話し出す。こんな初対面の日本人にまで命令されるとは。

『GHQと我々警察、そして日本人ヤクザに関する事実無根のうわさを耳にしたかもしれないが、君には一切を忘れてもらう。東京でも、帰路の途中でも、英国内でも沈黙を貫いてくれ』

「事実を広めてもらっては困ると」

イアンは反発し、さらに続ける。

「GHQは目障りな新聞記者や意に沿わない雑誌記者を、日本のヤクザを使い、暴力で黙らせている。だから日本だけでなく世界中のジャーナリストが沈黙し、GHQに好意的な文章ばかり世界に広まっている――そんな話を聞いたが」

『そういう虚偽を英国内に広めないために、君には慎重な行動と賢明な判断をしてほしい』

「GHQの圧力や妨害などうそだと？」

『ああ。捏造だ』

「あんたの子飼いのヤクザから聞いたのだが」

『私にはヤクザの知り合いなどひとりもいないし、奴らは一刻も早く根絶すべき対象だと確信している』

悪びれもせず、息を吐くように偽善と虚言を並べてゆく。

――政治家かギャングとでも話している気分だ。

ランドルの着ている軍服と苫篠の着ている制服が、たちの悪い冗談のように思えてきた。

「私からは――」

松川が通訳ではなく自分の言葉で語り出した。

「おまえまで」

イアンは睨んだ。

「これは我々からの依頼でもある」

ランドルが口を挟む。

「そういうことです、中尉。私がトタン要害に侵入する手助けをお願いします。そして、できれば下井壮介の居場所まで誘導していただきたい」

「下井がどこに隠れているか探り出し、道案内しろと？」

「はい」

松川がうなずき、ランドルが話を引き継ぐ。

「松川には下井の居場所を、我々には医薬品の貯蔵場所を教える。加えて竹脇を処分してもらえると助かる。協力してくれれば、君にも配当金を出すそうだ。ただ、アンダーソン家の一員である君には端金《はしたがね》かもしれないけれどね。我々庶民にとっては魅力的な額だ」

「拒否したら？」

「君は五味淵殺しで逮捕、起訴される。まあ、日本で裁判を受ける前に国外退去になる可能性が高いが。アンダーソン家のご子息の経歴に傷をつけるようなことは、ウィロビー少将も望んでいない。ただし、協力しないだけでなく、我々に抵抗するなら、話は変わってくる。松川も昨夜、君がトタン要害で何をしたか証言するそうだ」

ランドルたちはトタン要害に隠されている医薬品が欲しいわけではない。必要ならばアメリカ本国に申請すれば、面倒な手続きは必要になるものの、間違いなく日本に届く。こいつらは占領期間という限られた時間の中で、手持ちの医薬品を高値で売り捌くため、東京にいる競合相手を潰そうとしている。

――ギャングそのものじゃないか。

ドラッグ販売で巨額の金を手にしているギャングが、勢力拡大のため、または市場独占のため、ライバルのギャングを潰そうと抗争を仕掛ける。構図としてはそれと同じ。違うのは扱っている薬がヘロインやアンフェタミンではなく、抗生物質や悪性リンパ腫治療薬という点だけだ。

わかってはいる。東京だけでなく、ドイツ占領下のパリでも、連合軍占領下のベルリンでも、こんなことがくり広げられてきた。

これが戦争、これが軍隊。これが戦勝国になることであり、敗戦国になること。

ただそれでも――

「あんたたちは日本で何をしている？」

イアンの口から思わずこぼれ出た。

ランドルがいった。

「君たち英国人が、以前、清国にインドに、世界中にしたのと同じことだよ」

「日本人を縛っていた因循《いんじゅん》や悪習、間違った考えから解放し、民主主義という素晴らしいものを与え、導いてやっているんだ。受講料が高くて当然だろう」

※

一階の霊安室は狭かったが、三つ並んだ寝台のひとつしか使われていなかった。

そこに五味淵の遺体が横たわっている。

灰色の布を取ると、胸に二発撃ち込まれた痕があった。検視官のように詳しくはわからないが、ほぼ即死に近かったようだ。東山邸の離れでも、イアンが気づいたときには、すでにこいつは息絶えていた。

――残念だ。

もっと苦しみ悶えさせてから、殺したかった。

――しかも殺したのは俺じゃない。

イアンはナイフを出すと、遺体から左耳と左薬指を切り取った。

※

警察内の待合室には、五味淵がキワコと呼んでいた娘が座っていた。

枯れかけた花のように木製の長椅子に力なく体を預けていたが、イアンに気づくと、とたんに表情を変えた。

こちらに向け何か叫んでいる。日本語の汚い罵りの言葉なのだろう。

言葉だけでなくイアンに駆け寄り、上着の袖を摑んだ。縫ったばかりの二の腕に響くが、まあこの程度はいい。

五味淵の娘とはいえ、彼女には親の仇を恨む権利がある。自分の兄の仇を討つ権利を持っていると、イアンが何の疑いもなく信じているように。

しかし、彼女は摑みかかる振りをしながら、イアンの胸ポケットに小さな紙切れを入れた。無言のまま驚くイアンを無視し、彼女は声高に叫び続ける。

日本の警察官はどう対応していいかわからず遠巻きに見ている。

代わりにホフマン二等書記が間に入り、彼女を引き離すと、制服の警官たちに向かって日本語で何か話した。気づいたように警官たちが駆けてきて、キワコという名の女を廊下の奥に連れてゆく。待合室の隅にはオトリー参事官も立っていた。

彼に手招きされ、ホフマンとともに警察署を出ると、車寄せのベントレーに乗り込んだ。

「もうここに用はないのだろう？」

オトリーが訊く。

「はい」

イアンが返事をしたのと同時に、運転手が車を発進させた。

助手席にホフマン、後部座席にオトリーとイアン。

「ドライバーの彼も見ての通りの英国人。今この車内は、他国人に一切気兼ねも遠慮もする必要がない小《リトル》さなブリテン島だ」

その言葉に促されたわけではないが、イアンはようやく少しだけ安堵した。問題は山積みのまま、メイの行方もわからない。しかも、胸ポケットには五味淵《うず》の娘から渡された紙切れが入っている。

ただ、この一瞬だけは力を抜き、全身を革のシートに埋めよう。

イアンはため息をついたあと、オトリーの差し出したタバコとライターを手に取り、火をつけた。窓を少しだけ開け、吸い込んだロスマンズの煙を外へと吐き出す。

そして、助手席のホフマンに「ありがとう」と伝えた。

「昨日も車内で褒められましたが、二日続くと気持ちが悪いですね」

ホフマンが返す。

「いや、褒めたんじゃない。感謝だよ」

「何に対する？」

「東山邸内に君が踏み込んでくれなかったら、俺は拉致されるか殺されていた」

「仕事をしただけです。アンダーソン家のご子息の身に何かあれば、私も含めた駐日英国連絡公館全体の責任問題に発展しますから」

「理由は何であろうと、助けられた事実は変わらない。ありがとう。ただ、頼んだのに、君は通訳を連れてきてくれなかった」

「連れて行きましたよ」

ホフマンが呆れたように首を横に振る。

「ビークマン・アームズに寄って、電話交換手の女性を貸してくれとお願いしました。到着が遅れたのはそのせいです」

「その女性はどうして今ここにいない？」

「東山邸での惨状を見て、逃げたんですよ。通訳として半ば無理やり連れて行かれた先に入ってみると、雇い主になるはずの英国人が担架で運ばれていき、そのあとには号泣する娘に付き添われた遺体まで運び出されていった。彼女も東山邸から駆け出ていきましたよ。当然でしょう、私だって断ります」

「間が悪かったな」

「私からすると、君たちは似ているように見えるな」

口を挟んだオトリーが薄笑いを浮かべる。

「どちらも面白味のないリアリスト、だから反りが合うようで合わず、意外なところで合う場合もある。まあ適当に言い争いながら上手くやってくれ」

彼もタバコに火をつけた。

「それより署長室ではどんな話を聞かされた？　特にあのランドルとかいうアメリカ軍中尉は何をいったのか。差し障りない範囲で、私たちにも教えてもらえないか」

イアンは走る車内で煙を吐きながら、すべてを隠さず話した。

「で、君はどうすると答えたんだ？」

「考える時間が欲しいと話しておきました」

「回答までの猶予は？」

「明日朝、松川がアームズまで返事を聞きに来るそうです」

「連絡公館にもＧＨＱを割っている派閥の双方から秘書官を通じて連絡が来たよ。まあ内容に大差はないが。聞くかい？」

「はい」

「民政局のケーディス大佐は、『君が今回の問題を自力で解決したのちに、また会おう』。参謀第二部のウィロビー少将からは、『今は事件の容疑を晴らすことに集中し、その後、君が我々との友好を願ってくれるのなら、また会う機会を設ける』」

「いい気なものだ」

イアンは窓の外の東京を眺めながらつぶやいた。

「自分たちは安全なところから、他人を道具扱いしたことを平然と語り、しかも、自分たちには言えるだけの価値と資格があると思い込んでいる――そういう連中が人の上に立ち、金を多く儲けられるんだよ。残念ながら世の中というのは、そういうふうにできている」

オトリーはそう漏らし、ゆっくりと煙を吐き出した。

「私もそんな人間になりたいが、どうしてもなけなしの正義感が足を引っ張ってしまう。要するに小物ってことだ」

「で、あなたは俺にどちらを選ばせるつもりですか？」

イアンは彼を見た。

「どちらでもいいよ」

オトリーはいった。

「強制したところで、君は従いはしないだろう。両方にいい顔をできるのが最善だったが、まあそれは無理だとはじめからわかっていたしね。ここまで来たら、どちらを選んでも英国にとってはほとんど同じだ。ただし、両方を敵に回すのだけは避けてくれ。片方だけなら連絡公館の力を総動員して、工作も切り崩しもできる。だが、GHQ全体が君を敵視したら、我々にも守りようがない」

「わかりました。ただ、GHQイコールアメリカ、それは揺るがないのですね」

「ああ。連合軍や連合国司令部といった横並びの幻想は、もう世界のどこにも存在しない。あるのはアメリカを頂点とした勢力と、ソビエトロシアを頂点とした勢力だけ。どちらかの配下にならなければ、この先は生きていけない。残念だがね」

6

ビークマン・アームズに戻ると、まずメイの部屋に直行した。

だが、三日前から宿泊していたと思えないほど、すべてが整い、残っているものは何もない。バスルームの石鹼《せっけん》さえ、包み紙がついたままだ。

ホフマンによれば、香港政庁保安科に依頼したメイの報告書が夜には届くという。それを見てから考えるしかない。動きたくても、今はどこを捜していいのかさえわからないのだから。

イアンが自分の部屋に入ると、机の上に封筒がふたつ置かれていた。

一通はこのアームズの支配人から。

中の便箋には、日本人電話交換手を無理やり連れ出し、雇おうとしたことへの苦情、そして巣鴨プリズンから来た連絡について書かれていた。

兄クリストファーの斬首に加わり、B級戦犯として勾留中だった倉田宗光が自殺した。イアンに倉田が自分の耳と指、手紙を残したので取りに来いと指示があり、さらにプリズンの署長も、被告に自殺を勧めた疑いがあるとして事情聴取をしたいという。

奴の耳と指を手に入れるという目的のひとつを達成したと同時に、また厄介事も増えた。

倉田は二日以内という期限は守らなかったものの、こちらの要求に従った。イアンも奴の家族に金を渡し、約束を果たさねば。

もう一通の封筒には見覚えがある。

香港でメイを雇ったときに前金を入れて渡したものだ。中には、そのときのままの五十ドル分のアメリカドル札が入っていた。

手をつけず返還したのは、姿を消した自分が受け取るわけにいかないという謝罪なのか？　それとも、こんなもの受け取りたくないという敵意や侮蔑なのか？

考えを巡らす前に、ポケットからハンカチに包んだ五味淵の耳と指を取り出した。

スーツケースから十パーセントのホルマリン溶液が入ったガラス瓶をふたつ出し、耳と指をそれぞれ落として栓をし、さらに厳重に梱包する。

包んでいたハンカチは灰皿で焼き、洗面台で入念に手を洗った。

胸ポケットから五味淵の娘から渡された紙切れを出す。住所と電話番号のようだ。

どういう意味だ？　もちろん罠の可能性もある。

上着とシャツを脱ぎ、スーツケースから警察に押収されてしまった拳銃M1911の代わりに、予備のブローニングを取り出す。弾倉を確認し、ベッドサイドに置いてからシーツの上に転がったが、右の二の腕の縫い痕が痛み、眠ろうとしても眠れない。

これからどうする？　俺はどう動けばいい？

迷った振りをしてみても、やはり答えは決まっている。

――権藤忠興を追い、捕らえ、あの男の命をもって兄の死を償わせる。

そして奴の耳と指を国に持ち帰る。

そのためには、まず何をする？

イアンはベッド脇の受話器を取った。出たのは今朝話した女とは違う、男の交換手だった。彼にトタン要害の電話番号を告げる。

呼び出し音が鳴りはじめる。

イアンはベッドに横たわったまま、相手が出るのを待った。

五章　代用品《substitute》

1

イアンは宿舎二階のダイニングに入り、朝食のテーブルに着いた。

窓の外では十月の朝陽を浴びた木々がかすかな風に揺れ、きらきらと葉を輝かせている。本来なら瑞々《みずみず》しい光景だろう。だが、眺めていると腹立たしさが湧き上がってくる。

十月十八日、土曜日。来日五日目。

この景色も何度か見ているのに、やはり慣れない。

宿舎にしているビークマン・アームズは東京富士見町の高台にあり、裏には靖国神社が建っている。靖国とは、神道という邪教の儀式に則《のっと》り、日本のために殉死した連中たちの霊を称え、慰撫《いぶ》する場所だという。今、イアンが目にしている鮮やかな緑は、その邪教の拝殿を囲む庭園（境内）の木々だった。

GHQが天皇を処刑せず、神道も禁教処分にせずいることを、イアンは今も納得していない。たとえ占領政策として正しいとわかっていても、日本の野蛮な猿どもに兄を斬首された者として、許すわけにいかなかった。

ただ、その気持ちが変化しはじめている。

日本人に対する敵意と憎しみはまったく消えていない。しかし、東京で暮らす人々の見せる謙虚さ、示す従順さ、反対にこの占領期間を可能な限り利用し、金を儲けようとしているGHQのアメリカ人たちの浅ましさが、イアンの憎悪を以前とは少しずつ違うものにしている。

以前、英国連絡公館のホフマン二等書記はこう話した。

〈この国には、ある種の異様な空気が漂っているんです。敵意なき笑顔と従順さで包み込み、すべてのものを変質させてしまう空気が〉

——俺もその空気に侵食されているのか？

しかも、イアンは五味淵幹雄殺しの容疑をかけられ、その件でGHQ内の、チャールズ・アンドリュー・ウィロビー少将率いる派閥から脅されてもいた。

さらには昨日、通訳として頼りにしていた潘美帆が姿を消した。

困難が折り重なってのしかかり、正直、恐れを感じている。戦場で感じる身に刺さるような恐怖とはまったく違った、どす黒い流れの中に膝まで浸《つ》かり、じりじりと流されてゆくような不気味さ。

イアンはそれを振り払うように小さく頭を振った。

窓の外の新緑から目を逸らし、紅茶にミルクを垂らしてスプーンでかき回す。渦巻き、紅茶に取り込まれ溶けてゆくミルクを、知らぬ間に今の自分と重ね合わせていた。

白けた笑いが漏れる。

——芸術的なセンスなど欠片《かけら》もない俺が、こんな詩的なことを考えるなんて。

自分が追い詰められているのを、あらためて感じる。

注文したベーコン、パストラミ、スクランブルエッグ、そしてトーストの載った皿が運ばれてきた。

ただし、皿を手にしているのはいつもの給仕ではない。

「おはようございます」

このダイニングの調理責任者カレルは皿をテーブルに置くと、イアンの正面にある椅子に座った。

「朝のこの時間に、あなたがいらっしゃることもあるのですね」

イアンはいった。

「部下に任せて昼前に出勤することが多いのですが、今日は早く参りました。あなたに呼ばれたのでね」

「俺が呼んだのは、この宿舎の保安責任者ですが」

「秘書兼通訳のミス潘が失踪した前後の状況について聞きたいのでしょう？　でしたら、彼より私の方が適役です」

カレルは口元をかすかに緩め、こちらを見た。

「どうぞ。食べながらお話ししましょう」

イアンは勧められるままフォークとナイフを手にした。

「あなたは料理長でしょう」

「そういう無駄な遠回りはやめましょう。ここで中尉とはじめてお会いしたとき、私を細かく観察していましたよね。あのときから気づいていたはずです」

「失礼しました。近づいてくる人間はすべて疑ってかかるのが、癖になっているものですから」

「お仕事柄、仕方のないことです」

「料理人と内偵役どちらが本業なのですか？」

「私自身は料理が本業で、人を観察するのはほんのパートタイムのつもりなんですが。料理という特技があると、どんな国のアメリカ大使館に赴任しても、使節団に随行して各地を回っても、誰も怪しまず受け入れてくれる。いろいろ重宝がられ使われ、自分が調子に乗ってそれに応じているうちに境界が曖昧になり、よくわからなくなってしまいました」

「見せかけだけの料理人役ではなく、実際に美味い料理を作って振る舞うのだから、疑いようがないでしょう。しかも美味い料理をきっかけに、要人や名士と知り合い、距離を縮めることもできる」

「ありがとうございます。褒め言葉として受け取っておきますよ」

「このビークマン・アームズにやってくる各国の人間たちの、本来の目的や思惑を探るのが、今のあなたのもうひとつの仕事ですか」

「ええ、まあ。ここの料理が評判になったおかげで、あなたのお国をはじめ、東京にある各国の大使館や公館に出入りすることもできますし」

「それだけの料理の味覚と技術を持ちながら、片足を薄汚れた諜報の仕事に浸してしまうなんて、もったいない気もしますが」

「でもね、薄汚れたところに足を入れていると、資金力や政治力のある人たちと知り合う機会も格段に増えるんですよ。つまりスポンサーになってくれる連中ってことです。一年後、私はアメリカに帰ります。マンハッタンに念願だったイタリア料理の店を開くんです。もう場所は押さえてありますし、スタッフも集めはじめました」

「それはおめでとうございます。で、あなたはウィロビー少将率いる参謀第二部、チャールズ・ルイス・ケーディス大佐率いる民政局、どちらの派閥に属しているのですか」

「どちらでもありません。私をこのビークマン・アームズに送り込んだのは、本国の国務省筋の連中です。ですから、今のところ日本国内のGHQの連中の命令系統には、深く組み込まれていない。参謀第二部、民政局どちらにも平等に情報を渡し、適度に距離を保ちながらイーブンな関係を維持している。いわばコウモリです」

「賢明ですね。そして羨ましい」

「あなたのように優秀な方なら、ミスター・マッカーサーはただの飾り物だともう気づいたはずです」

　イアンは周囲を気にした。ダイニングの半分以上のテーブルには客が座り、それぞれに朝食を口に運んでいる。

「だいじょうぶですよ。聞いていないし、聞かれたとしても、大半の人間が知っていることですから。GHQも占領首脳部としての体《てい》をなしていない。やっていることといえば、派閥を作り、どうやって日本から富を毟《むし》り取り、金を儲けるかの算段ばかり。ギャングと同じだが、中身はギャングより数段劣る」

「駐留軍人たちの経済覇権争いごっこ、ですか」

「ええまさに。それでも日本が国としてかろうじて機能しているのは、政治家は論外としても、意外なほどに日本の官僚と市井《しせい》のヤクザたちが優秀だからです。まあこんな下らない分析はさておき、本題に入りましょうか」

　カレルはテーブルに組んだ手の両肘をつくと、顔を寄せた。

「十月十六日の午後八時、ミス潘はルームサービスで夕食を摂り、その後、香港の両親に電碼《じんま》（漢字と四桁の数字を関連づけた文字コードを使用した中文電報）を送っています」

「内容は？」

「これが英訳したものです」

　カレルがタイプされた文章を見せる。

『今もまだイアンと東京の宿舎にいて、戻れる日程ははっきりしていない。健康で食事も十分摂れている。危険な目には遭っていないので心配しないように』――そんなことが書かれていた。

「何かのメッセージが含まれているのかもしれませんが、今の段階ではわかりません。この電報を送ったのち、翌日十月十七日の午前六時、あなたが外からアームズに電話をかけてくるまでの間に、彼女はここを自ら抜け出した」

「自ら？　拉致の可能性は？」

「薄いでしょう。正面と裏のゲートには二十四時間歩哨がいて、定期的に敷地内を巡回もしている。あなたもここの警戒の厳重さには当然お気づきのはずだ。外から侵入し、女ひとりを連れ出すのは、あまりに目立ちすぎてしまう。逆にいえば、ミス潘は事前に警備の状況を丹念に調べた上で、その隙を突き、自分の意思で宿舎から出たということです」

メイは逃げ出す機会を窺っていたということか。

彼女は、連合軍の軍人とその家族、官僚以外は上陸が極めて難しい今の日本に入国するため、イアンの日本語通訳となった。そう考えるのが妥当だろう。

では、何のために日本へ？

「これは英国連絡公館のホフマン二等書記にも伝わっているでしょうが、ミス潘の父親は清朝政府の元官僚です」

「中国本土を追われて家族で香港に来たと聞きましたが」

「政争に負け本土を追われたのか、清が倒れるとき糾弾されるのを恐れて逃げてきたのか。いずれにせよ、食うに困った一般市民が香港に流れてきたのではない」

「彼女を通訳として紹介したのは、父の古い友人で、戦前には香港ジョッキークラブの副会長も務めていた英国人貿易商だったのですが」

「その方もある程度、事情を知っていた可能性がありますね。そういう地位のある方も手を貸すような人物と、ミス潘は接触するために日本に来た――」

「清朝政府の関係者か」

「大陸で中華民国政府が劣勢の今、清朝に縁《ゆかり》あるものを使って中国共産党軍を牽制《けんせい》しようとしているのかもしれませんね。まあ勝手な憶測に過ぎませんが、今の段階で私にわかっているのはその程度です。もしかしたら、用事を済ませたミス潘が自分から戻ってくる可能性もありますし。新しく情報が手に入ったら、あなたにもお伝えしますから」

「ありがたいですが、なぜ俺に教えてくれるのですか」

「さっきもいったように、私がコウモリだからですよ。誰とも衝突しないよう、平等に情報を与える。それが国務省の連中の意向でもありますしね。英国経済界の要人チャールズ・クリス・アンダーソンの御子息であるあなたとも、友好な関係を維持するよういわれているんです。彼らは極東でのアメリカ軍人の金儲けごっこには与《くみ》せず、かといって止める気もない。日本が共産化しない限りは、GHQに好きにやらせておくつもりのようです」

「日本を従順な下僕に調教できるなら、他はどうでもいいと」

「はい」

カレルがダイニングの入り口に視線を向けた。

「あなたのお客様が来たようですよ」

イアンも見る。

そこにはコンシェルジュに連れられたまゆ子が立っていた。

2

カレルが席を立ち、代わりにまゆ子が座った。

テーブルを挟んで向き合う。紺色の作業ズボン（モンペ）に白いブラウス、灰色のカーディガン、麻布（ズック）のショルダーバッグを肩から下げ、黒髪を水色のリボンでまとめた日本の少女の姿は、東京の街中では普通でも、やはりこのダイニングでは異質だった。褐色の肌やブロンドの髪をした他のテーブルの客たちがこちらを見ている。

「俺の要望は竹脇から聞いているな」

「はい。ですが、自分の耳で聞いて確かめるため、今日はここに来ました」

「つまり、まだ依頼を承諾したわけではないと」

「そういうことです」

黒い瞳でこちらを見つめながら、きっぱりといった。

そんな彼女の前に、カレルがストローを挿したオレンジジュースを運んできた。

「いえ、私――」

「当宿舎からの好意です。もちろんお代はいただきません」

「えっ。あ、でも」

彼女の言葉を最後まで聞かず、カレルが笑顔で去ってゆく。

「ありがとうございます」

まゆ子は英語で感謝を伝えたあと、日本語でもくり返し、座ったまま頭を下げた。

「それで、何を確かめに？」

イアンは訊いた。

彼女がオレンジジュースのグラスに落としていた視線を上げる。

「私は下井まゆ子。あなたが追っている下井壮介の娘です」

「知っている。昨夜、竹脇から聞いた。驚いたが、正直、そうではないかと疑ってもいた」

イアンもティーカップを脇に寄せ、真っすぐに彼女を見た。

「竹脇ははじめ反対したよ。恨んでいる男の娘を貸せといわれて、素直に差し出せるわけがないとな。だから説得した。あいつから聞いただろうが、君を人質にして下井を差し出せと脅すようなこともしない」

「なぜ私なんですか」

「他にいないからだ」

「もっと有能な通訳が、アメリカさんやイギリスさんを通じて探せば見つかるでしょう」

「見つかりはするだろうが、誰も引き受けてはくれない」

「どうして？」

「君こそわかっているはずだ。一昨日から昨日の朝にかけ、塔の上で一緒に八時間近くを過ごしただろう。あんな危険な場面にも通訳として同伴しなければならないのに、逃げ出すことなく、素直に受け入れてくれる者などいると思うか？」

「私なら引き受けると？」

「引き受けざるを得ないはずだ。もちろん君の英語力も評価している」

まゆ子は黙った。

だが、両目は変わらず真っすぐイアンに向けられている。

「君が断るのなら、何があっても下井を捜し出して、殺す。はじめに決めていた通り」

イアンも彼女から目を逸らさずいった。

「そんなことさせません。竹脇さんはじめ、皆も父を護ってくれます」

「そうなったら、竹脇やあのトタン要害で暮らす連中とやり合う覚悟もできている。他人を巻き込み、殺すことも辞さないという意味だ。当然、俺自身も無事では済まないだろうが、それも承知の上だ。元々そのつもりで日本に来たのだからな。君の答え次第では、父親だけでなく、あの町の住人たちも血を流すことになる」

「卑怯ですね」

「自分でもわかっている。それくらい君を必要としているのだと理解してくれ」

「どうして竹脇さんではだめなのですか」

「奴はトタン要害に必要な人間だ。あそこを長く離れられないだろう。司令官がいなくなれば防衛力も格段に落ちることになる。それに何より信用できない」

「隙を突いて、あなたを撃ったり刺したりするかもしれないから？」

「ああ」

「そんな人じゃない」

「今、奴の中の優先順位は、俺との約束を守ることより、あのトタン要害を守り、そこで得た人脈と金を使って日本の将来を変えることのほうがはるかに高い。要するに自分の信じる目標のためなら、何でもするということだ。俺のことも平気で裏切り犠牲にするだろう」

「でも、信用できないのは私も同じではありませんか。事実、今すぐあなたが日本から消えてくればと思っています」

「俺が殺されればいいといわないのは、日本人的な奥ゆかしさか？」

「いいえ、あなたが私たちの前から永遠にいなくなってくれさえすれば、死んでいても生きていても、どちらでも構わないからです」

「明快だな」

イアンは独り言のようにいうと、また彼女に話しかけた。

「同じ信用できないとしても、君なら危険度は格段に低くなる。ナイフを手にした君に背後から襲われても、簡単に撃退できるからな」

まゆ子が不愉快そうに口の片方の端を吊り上げた。考えているのだろう。

「もう一度条件を確認させてください」

「通訳兼秘書として、俺の行動には常に同伴してもらう。その期間、君も基本的にこのビークマン・アームズで寝泊まりすることになる。報酬として一日につき二ドル――」

「そちらじゃありません」

「下井に関する条件か」

「はい」

「目的終了まで務めてくれたら、下井を殺すことは諦める。ただし、奴の指一本、耳ひとつを切り取り、持ち帰らせてもらう。これは俺にとって大きな譲歩だということを忘れないでくれ」

「目的終了とは、具体的にはいつのことですか」

「俺が権藤忠興の身柄を拘束するまで」

「もしくは、その人を捕まえることを、あなたが諦めるまで」

「そういうことだ」

「この前まで一緒だった、あのきれいな通訳の女性はどうしたんですか」

「いなくなった」

「逃げた、ということですか」

「ああ」

「どうして？　あなたに耐えられなくなったから？」

「わからない。今理由を探っている」

「もしあの人が戻ってきたら、私は？」

「そのとき考える。希望的な観測はしないことにしているから。ただ、戻ってきたからといって、君との約束を反故《ほご》にするようなことはしない」

「あなたが約束を守ってくれるという保証は？」

「ない。君が俺を警戒し疑っているのと同じくらい、俺も君を警戒し疑っている。ただ、その不信感の中でも、利害が一致する点を見つけ出し、お互い歩み寄るしかない」

——日本人相手に歩み寄る、この俺が？

自分でも何をいっているのだろうと感じた。こんなもの譲歩ではなく、屈辱以外の何物でもないじゃないか。

「急に難しいことをいわれても」

「敵同士手を組まなければならないときもある、といっているだけだ」

「契約を持ちかけてきたのはそちらなのに、無責任な言い方ですね」

「極力うそはつきたくないからだ。ひとつのうそは必ず三つ、四つと連鎖して、最後には大抵面倒なことになる」

「下井壮介を、父のことを憎くはないんですか」

「もちろん憎い。今でも殺して、俺の兄を殺した報いを与えてやりたいと思っている。君も同じように俺が憎いだろう」

「はい。命令に従っただけの父を、勝手に逆恨みして、わざわざ日本まで殺しに来たあなたが憎いです」

互いの言葉が一瞬途切れる。

「で、どうする？」

イアンは訊いた。

まゆ子が視線をわずかに落とした。窓の隙間から吹いてくる風に揺れる、グラスの中のストローの先を見つめている。

決心をしてここに来たものの、やはり迷っているのだろう。

当然だ。

イアンも迷っている。自分から提示した契約だが、この選択は正しいのだろうかと。たぶん間違いだ。日本人と、しかも兄を殺したひとりである下井の娘と一緒に行動し、権藤を捜すなど、正気とは思えない。

しかし、他に方法はない。唯一残った選択肢が、彼女なのだから。

まゆ子はまだ黙っている。

イアンは待った。が、視線を感じ、ダイニングの入り口に目を向けた。

知った顔の日本人が立っていた。自分の戦犯訴追を逃れるため、同じ部隊の同僚だった下井を追っている男――松川。奴が険しい表情でこちらへと歩いてくる。

まゆ子も気づいた。

「知っているのか？」

「先月、父を捕まえに来た男のひとりです」

「君は黙って座っていればいい。ジュースでも飲んで少し待っていてくれ」

イアンはまゆ子を見て小さくうなずいた。

3

「下井を出頭させるための説得をしている――」

松川倫太郎はテーブルの横に立ち、まゆ子を見た。

「のだったらいいのですが、どうやら違うようですな」

イアンはスーツの内ポケットからタバコを取り出した。

「なぜここにいる？」

キャメルを一本くわえ、松川を見上げる。

「朝食の時間帯は宿泊者とその同伴者専用だ。部外者はダイニングから早く出ていったほうがいい」

「彼女は？　宿泊者ではないでしょう」

「知っているのか？」

「戦地で写真を見せられたことがあります。写っていたのは、もっと小さいころの姿でしたが」

「小さいころ？　ＧＨＱや警察に渡された資料の中に、最近の写真があったはずだ」

松川が一瞬言葉を詰まらせる。

それから、「ええ。ありましたよ」と嫌な声で答えた。

「つまらないうそをつく男だな、やはり」

「これ以上、彼女の心証を悪くしたくなかったのですよ」

まゆ子が目を伏せたまま表情を険しくしてゆく。

「彼女は俺の友人だ」

「は？」

松川がイアンとまゆ子の顔を順に見た。

「中尉、何を考えているんですか？　何をこの子と話していたのか、説明していただきたい」

「なぜ？」

「ＧＨＱのギャビー・ランドル中尉から、あなたの新たな通訳となるよう指示を受けました。これからしばらく行動を共にせよと。私には説明を聞く権利があるし、あなたにはする義務がある」

「誰がそんなことを決めた？　あのアメリカ人に通訳を探すよう頼んでもいないし、ましてや俺が君など選ぶはずがない」

「強がりはおやめになったほうがいい。日本語のわからないあなたは、今後ひとりではどうすることもできないでしょう？　参謀第二部のウィロビー少将がＧＨＱ名義で通達を出せば、有能な者だけでなく、誰ひとりあなたの通訳を引き受けなくなる。それでもひとりで権藤を捜し続けますか？諦めてお国に戻られますか？」

「他人の威光を借りて吠《ほ》える日本の――」

「日本の何ですか？　私がアメリカの命令で動いていることをお忘れなく。アンダーソン英国陸軍中尉殿」

「アメリカじゃない。極東にいる軍服を着たギャングたちの命令だろ」

イアンはキャメルの煙を吸い込むと、ゆっくりと吐き出した。

「とにかく通訳は必要ない。こちらでも手配し、今面接をしていたところだ」

「彼女を面接してどうなるというんですか」

「いい話し合いができたよ。ほぼ決定だ。条件の詳細を確認していたところに、君が来たんだよ。だから心配してくれなくていい。もう帰ってくれ」

まゆ子が伏せていた顔を上げ、こちらを見る。

「この子が通訳？　何の冗談ですか」

松川が強い声でいった。

「あなたの兄を殺した男の娘ですよ」

食事をしながら聞き耳を立てていた周囲のテーブルの客たちが、一斉に手を止める。

「この子の父親があなたの兄の体を押さえつけた。そしてクリストファー・ジョージ・アンダーソン英国空挺部隊大尉は首を切り落とされた。私はその場にいて、すべてを見ていた」

「わざわざ解説しなくてもわかっている」

「その娘を雇うなんて、まともじゃない」

「状況が状況でな」

「ふざけないでください。もう一度いいます、この子の父親、下井はあなたの兄を殺したんですよ。しかも、あなたは、その下井に死をもって罪を償わせようとしていた。当然この子も事情を知っている。なのに、信用できるわけがない」

「君には関係ないことだ。それに弁護する気はまったくないが、兄を殺したのは父親で、この子自身じゃない。少なくとも、自分の戦犯訴追を逃れるため、戦友を捕らえて引き渡そうとしたクソ犬野郎よりは信用できる」

イアンは座ったまま再度松川を見上げた。

「さらにいえば彼女は、GHQ参謀第二部のギャングどものように、俺に殺人の容疑をかけ、それを理由に脅して働かせようともしない。彼女のことを信頼も信用もしていないが、君はそれ以下の、信頼など論ずるに値しない存在ということだ」

松川は睨んでいる。そしてその目をまゆ子に向けた。

彼女に日本語で話しかけ、まゆ子も日本語で短く返した。

「何といった？」

イアンはまゆ子に訊いた。

松川が日本語で口を挟む。「訳す必要はない」と釘を刺したようだ。

だが、まゆ子は少し考えたあと、イアンに向けて英語で語りはじめた。

「その人は、『今すぐ断り、席を立ってここから出ていきなさい』と。従わないなら、君はこの場で捕らえられる。罪状は戦犯の逃亡幇助《ほうじょ》。厳しい取り調べが待っている。指示通りにするなら、決して悪いようにしない。父の件も五年程度の懲役刑で済むよう取り計らう——と話しました」

「それで君は？」

「あなたを信じられませんといいました」

『軽率な子だ。考え直したほうがいい』

松川の日本語をまゆ子が訳し、さらに英語で反論する。

「何を考え直すんですか」

「甘い考えをだよ。日本人より、君の父親を殺すために日本に来たこの英国人のほうが信用できるというのか」

松川も強い口調の英語で返す。もう会話の内容をイアンに知られても構わないようだ。まゆ子の登場という予想外の展開に松川は上気している。まゆ子も厳しい口調で返し、英語を使った日本人同士の奇妙な口論が続いてゆく。

「では、父を五年程度の懲役刑にするとは、具体的にはどうやるのですか？　説明していただきたい。知っているんです、あなたが本所に父を訪ねて来たとき、どうやって騙そうとしたのか」

「下井の創作だよ。子供の君には、自分にいいように私を悪者にして話したんだろう」

「違います。あなたと父が川沿いにつながれた屋形船で話したことは、弟が全部聞いていました、すぐ近くに隠れていたんです。あなたは親切めかして、母のため、私たちのために出頭しろと説得したものの、父が聞き入れないとわかると、集団で襲いかかり捕らえようとした。父が逃げた火除け地での会話も知っています。私はすぐ近くにいましたから。あなたは父に少しの情もかけようとしなかった」

「女房と子供たちのために自分が助かりたいと願って何が悪い。俺が死んだら、誰があいつらを護る？　あいつらを食わせていくために、俺は死ぬわけにはいかないんだ」

松川は怒鳴り、さらに言葉を続ける。

「あの火除け地にいたんだよな？　なら、俺と一緒に下井を追っていたふたりが撃たれたところも見たわけだ。あいつも自分が助かるために、ふたりを犠牲にした。ふたり分の命と引き換えに、下井は逮捕を逃れ、生き延びたんだ。今の俺と何が違う？　同じだろう」

ダイニング中の視線が松川に向けられている。奴も気づき、一度口を閉じた。

「あなたが家族のために戦うというなら、私も家族のために戦います」

まゆ子がいった。

「気が済んだか？　だったら帰ってくれ」

イアンはタバコの火を灰皿でもみ消した。

松川がイアンに視線を移す。

「本当にいいんですね？　チャールズ・ルイス・ケーディス大佐や民政局が護ってくれると思ったら大間違いです。あなたは使い捨てられる。父親がいくら財界の大物だといっても、ここはヨーロッパじゃない。南元町でどんな目に遭ったかを思い出してください。次は右腕を串刺しにされる程度では済みませんよ」

もちろん覚えている。ロコこと長田善次に火搔き棒で二の腕を刺されたのは、まだ昨日のことだ。鎮痛剤と他に考えなければならない数多くのことのおかげで、頭の隅に押しやっていたのに。鮮明な記憶とともに、また痛みが蘇ってきた。

「この件はすべてランドル中尉を通じてウィロビー少将にも報告されます。あなたは五味淵幹雄殺害の件で、もう一度事情聴取を受ける。そして遠からず逮捕されるでしょう」

「好きにしていいから、早く出ていけ」

松川はまだ睨んでいる。

「君が行かないなら、俺たちが出てゆく」

イアンは立ち上がり、目でまゆ子に合図した。

「あ、待ってください」

まゆ子が慌ててストローをくわえ、グラスの中のオレンジジュースを吸い込んだ。

全部飲み干してから立ち上がり、厨房の奥から見ていたカレルに頭を下げた。

「ありがとうございます。美味《おい》しくいただきました」

歩幅の大きなイアンのあとを彼女が早足で追いかけてくる。

松川も追ってこようとしたが、イアンはスーツの上着を開き、肩から下げているホルスターを見せた。

「そこにいろ。動いたら撃つ」

「撃てば大騒ぎになりますよ」

「だろうな。でも、それはすべて君の死んだあとのことだ。気にしなくていい」

イアンは戦場に立っているときの目で、松川を見た。

そして振り向き、また歩き出す。

「またいつでもいらしてください。歓迎しますよ」

笑顔のカレルに見送られ、ふたりはダイニングを出た。


「まだ依頼を受けるとはいっていません」

追ってくるまゆ子がいった。

「受けないいなら、俺はあの松川を一時的にせよ通訳として使わなければならないことになる。そして、君をあの男に引き渡すことになるだろう。結果どうなる？」

　ロビーを進みながらイアンは訊いた。

「あの人は私の身柄を拘束して、出頭するよう父を脅す」

「俺もそうなると思う。君はそれでいいのか？」

「本当に卑怯ですね」

　まゆ子が早足で横に並び、睨んだ。

「好きなだけ恨んでくれ。俺のことはイアンと呼べ、君をまゆ子と呼ぶ。いいな」

「勝手にしてください。あ、まず電話をさせて」

「あとにしろ」

「は？」

　玄関を出た車寄せに、後部ドアを開いたタクシーが一台停まっている。

「早く」

　イアンは手招きし、戸惑うまゆ子を後部座席の奥に座らせると、自分も乗り込んだ。

「おはようございます。まずはどちらまで？」

　制帽を被った運転席の小森昌子が訊く。

「丸の内一の六の一」

「承知しました」

　タクシーが車寄せを離れ、ビークマン・アームズの正門を出てゆく。

　玄関を出て追いかけてくる松川の姿が背後に見えたが、もうどうでもよかった。

　──今、俺はある種の宣戦布告をした。

　松川自身がいっていたように、ついさっきのダイニングでの出来事は、奴の口を通じてすぐに参謀第二部のウィロビー少将に、そしていずれ民政局のケーディス大佐にも伝わる。

参謀第二部の一派は、これまで以上にイアンを要注意人物と見做し、尾行・監視をするだけでなく、国外追放やそれ以上の実力行使に出るはずだ。民政局の連中も、参謀第二部との直接対立を回避するため、これまでのようにイアンに積極的に協力することは避けるようになる。

要するに、今後GHQからの支援はほぼなくなる。ケーディス大佐から送られたあらゆる場所にアクセスできる身分証は手元に残ったものの、これもいつまで効力を発揮してくれるかわからない。

その中で権藤忠興を見つけ出さなければならない。

ただ戦い方はある。

相手が高度に組織化され、命令系統も確立された組織なら太刀打ちできないが、GHQは金や利権を巡って内部対立をくり返している極東の軍事政権もどきに過ぎない。

第二次大戦中、イアンはヨーロッパ戦線で、少数の兵士とともに敵占領地内に侵入し、現地の反ナチ的なギャングやマフィアを取り込み、住人、レジスタンスと連携し、後方に情報を送りつつ対ナチ戦を展開した。

大部隊での戦闘より、むしろ小規模で大軍を切り崩す戦いのほうが慣れている。

タクシーはアベニューW（永代《えいたい》通り）に入った。

舗装されていない道を舞う土埃の量がいつもより多く、見上げると雲の流れも速い。

「台風が来るようですよ」

ハンドルを握る小森がいった。

イアンも宿舎のラジオでWVTRニュースを聞き、知っていた。ただ、風が強まるのは今日夕方以降といっていたが、予報よりずいぶん早い。四十分ほど前まで靖国神社の木々はかすかに揺れていただけなのに、沿道の店先に掲げられた旗（のぼり）や短いカーテン（暖簾《のれん》）が大きくなびいている。

小森がまゆ子に名前を伝え、ふたりの間でちょっとした会話がはじまった。

「何といった？」

「ご挨拶いただいたから、私もご挨拶させていただきました」

「そのお嬢さんの生まれが日暮里だとおっしゃるんで、私は田端だとお伝えしたんです」

以前、北区西ヶ原の古河邸から秋葉原まで移動した際、そんな名の駅を電車で通過した。

「この仕事のことは、君の家族全員が知っているのか」

イアンが通訳を依頼したことは父親の下井にも伝わっているのか、まゆ子に遠回しに確認する。

「ええ。昨日の夜、竹脇さんから家族全員にお話がありましたから。父は絶対に駄目だと。母からも止められました。だから今朝は家族に黙って出てきました」

「竹脇にも？」

「いえ、竹脇さんにだけはお伝えしました。でも、父に気づかれたら、殴られて家に閉じ込められていたと思います。次に会ったときも、たぶんひどく殴られるでしょう」

「それでも来たのか」

「他に父を、家族を救う方法はないのですから。一昨日の夜、あの鉄塔で中尉と一緒に朝まで過ごして思ったんです。この人は、何があろうと目的を絶対にやり遂げる人だと」

まゆ子は窓の外を流れる雲を見ている。

「ただ、決めて来たつもりなのに、いざ会って話してみると、気持ちが揺らいでしまった。でも、怖気づいた気持ちを振り払うきっかけになったのが、あの松川だなんて」

ダイニングを出た勢いのままタクシーに乗ってしまった自分を省みるように話した。

イアンはアジア人、殊に日本人を、狂った猿だと、自分たちより数段劣る動物だと思っている。

それは信念であり、父と兄とイアン——つまりアンダーソン家にとっての通念であり、変わることはない。なのに、質の悪いタバコを吸ったあとのような、嫌味とも苦味ともつかないものを胸の奥に感じる。

その違和感が、まゆ子を巻き込んでしまったことへの良心の呵責《かしゃく》から生まれたものだとは、イアンはどうしても認めたくなかった。

※

丸の内一丁目六番一号には帝国《ていこく》銀行本店がある。

外壁を大理石に覆われ、正面入り口には四本の石柱が立っている。七階建てだろうか、八階建てだろうか、外観からは見分けはつかない。確かに立派ではあるが、この造りには既視感があった。ロンドンのシティ（金融街）に並んでいるさまざまな銀行本店を思い出す。ロンドン、東京だけでなく、パリでもベルリンでも基幹銀行の本店は、代わり映えせずこんな感じだった。

裏口へ回ると、要領を得た日本人の警備員がドアを開けた。

通路の先のホールへ進んでゆくと、多くの人々の声が響いていた。高い天井から照明が下がり、いくつもの窓口と待合椅子が並んでいるが、ほぼすべてに日本人が座り、立って待っている者も多い。

土曜日の午前十一時。あと一時間で閉店してしまうため、混み合っている。

だがイアンたちはホールを抜け、駐留軍人専用の広い応接室に入った。ここはアメリカ人だけでなく、すぐ近くにBCOF（英連邦軍）が接収し宿舎としている丸ノ内《まるのうち》ホテルがあるため、英国軍人の利用も多い。

「本当に連れてくるとは」

待っていた英国連絡公館のホフマン二等書記がいった。眼鏡の奥の目が憐《あわ》れむようにまゆ子を見ている。

「銀行の担当者は呼べばすぐに来ます」

順番を待つ必要はなく、この応接室のソファーに座っている間に日本人の行員がすべての手続きを済ませるようだ。

「頼んだ荷物は？」

イアンは訊いた。

「その前にご挨拶させてください」

ホフマンはまゆ子の前に立った。

「あなたのことは中尉からうかがっています」

彼が右手を差し出し、まゆ子と握手する。

「まずはこれを。身分証です。当面の間、あなたの身分は英国連絡公館が臨時で雇用した通訳となります。何の肩書もないと入れない場所や不都合なことも出てくると思いますので。万一のため、これを大事に持っていてください」

身分証にはすでにMayuko Shimoiの名が書かれていた。

「どうぞよろしく。今後、何度も会うことになると思います」

ホフマンが日本式にお辞儀をした。渡された身分証をバッグに入れながら、まゆ子も頭を下げる。

「ご丁寧にありがとうございます。こちらこそよろしくお願いします」

「それで？」

イアンはホフマンに訊いた。

「受け取れました。運んでいてこんなに気の重くなる荷物ははじめてですよ」

彼がブリーフケースを開く。

「俺が行って揉めるよりはいいだろう」

「そうですが、元凶である中尉が来なかったことに所長は立腹していましたよ。週明けには中尉のところに苦情の電話が入るでしょう。ケーディス大佐の指示とはいえ、あなたに会わせたことがきっかけで勾留中の被告に自殺されてしまい、所長としての経歴に大きな汚点を残すことになった。恨まれて当然です」

聞いているまゆ子の表情が曇ってゆく。

イアンは渡された油紙の包みを開いた。

封筒一通と強い消毒液の匂いのする小さなガーゼの塊がふたつ入っている。封筒を裂くと、中の便箋には日本語が書かれていた。

「訳してくれ」

まゆ子に見せる。

『希望は現金、下記口座に入金されたし。先方にも手紙にて連絡済み。約束を遂行されんことを。されぬ場合は、貴殿の末代まで怨み祟《たた》らせていただく。倉田宗光――』

表情だけでなく、まゆ子の読み上げる声も険しくなってゆく。

彼女は倉田を知っているようだ。父と同じ部隊に所属し、B級戦犯として逮捕されたのだから当然か。戦時中、権藤の命令で、倉田もまゆ子の父の下井らとともにイアンの兄の斬首に加わり、つい最近まで、裁判開始前の未決の戦犯として巣鴨プリズンに勾留されていた。

「下に書いてあるのは口座番号と名義人か」

「福岡県久留米市にある銀行の口座番号と、女性の名前です」

倉田の妻だろう。

イアンはガーゼの塊を開いた。ひとつには耳、もうひとつには指が入っていた。

まゆ子は息を呑んだ。が、目を逸らさず見ている。その耳と指が誰のものか、今、倉田はどうしているのかを理解したようだ。

「これから先もこんなものを見ることになる。もっと残酷な場面に出くわすかもしれない。だが、それを怯えず受け止めるのも、君の大事な仕事のひとつだ。どんなときも逃げず、俺の近くにいてもらう必要がある」

彼女は聞いているが、何も答えなかった。

イアンは消毒液の匂いを放つ耳と指をガーゼとともにハンカチに包み、上着の内ポケットに入れると言葉を続けた。

「二等書記と一緒に倉田の家族への送金を済ませるから、ここで待っていてくれ」

「約束通り送金するのですね」

「ああ。奴は約束を守った。だから俺も約束を果たす」

「自分はたとえ日本人相手でも契約を遂行する。信頼できる人間だ――と訴えているつもりですか？」

「俺がそんな計算高いことができる男に見えるか？」

「見えません。でも、まだわかりません」

「いずれわかるだろう。一緒に行動していれば、嫌でもどんな人間か見えてくる」

「待つ間に、電話をかけたいのですが。いいですよね」

訊くというより権利を主張している口調でまゆ子はいった。

「構わない」

トタン要害にいる家族に電話し、自分の無事を伝え、病気で余命少ない母親の容体を確認したいのだろう。

イアンはズボンのポケットに手を入れ、小銭を探った。

「結構です。持っていますから」

まゆ子がホールの壁沿いに並んだ公衆電話へと歩いてゆく。

「待て。ついでにこの番号にかけて、アンダーソンが会って話したいといっていると伝えてくれ。なるべく早く。相手がいいというなら、今日でも会いにゆく」

振り向き戻ってきたまゆ子が、イアンの差し出した小銭と電話番号の書かれたメモをひったくるように取った。

死んだ五味淵の娘から警察署で渡された番号だが、まゆ子には伝えなかった。

「国を思い出しますね」

まゆ子の背中を見ながらホフマンがいった。

英国女性は全員気が強い。例外はない——と英国人男性は思っている。もちろん偏見だ。

「でも、もう少し優しくすべきです」

「厳しくしているつもりはないし、あえて優しくする理由もない」

「相手はまだ子供ですよ」

「十七歳は英国でも日本でも法的に結婚できる年齢だ。立派な大人じゃないか」

「そういうことではありません。またいなくなられたら困るのは中尉ですよ。代わりはもういないのですから」

彼は姿を消したメイのことをいっている。

「メイが出ていった原因は俺じゃない。それにまゆ子の件も俺は強制していない。彼女は自分で選んだんだ」

「悪人は皆そういうんです」

ホフマンが小さく首を横に振る。

「嫌味を黙って受け止めたんだ。次はいい報告を聞けるのだろうな」

「ええまあ。こちらも電話番号の件なんですが、住所がわかりました」

五味淵幹雄が殺される寸前、イアンは奴を脅して権藤の潜伏場所の電話番号を聞き出し、新宿区南元町にある東山邸の離れから電話をかけた。その番号をホフマンに伝え、調べさせていた。番号の登録住所と契約者名がわかれば、権藤へとつながる手がかりになるかもしれない。望みは薄いが、何もやらないよりはいい。

ホフマンに渡されたメモには、都内の高田馬場《たかだのばば》という街の住所と、胡喜太の名が書かれていた。

「こいつが契約者なんだな？」

「はい。この住所の建物もその男の所有物件のようです」

喜太はロコこと長田善次に殺された胡孫澔の兄であり、在日朝鮮人のヤクザ組織を束ねている。あの野郎。「日本人もアメリカ人も、英国人も中国人も、何人も一切信用しない」といっていたくせに。権藤を匿うのは断ったともいっていた。なのに、裏でＧＨＱとつながっていたのか？　弟を殺した連中への復讐も、見せかけだけの演出だったのか？

いずれにせよ、もう一度奴と会って話す必要がある。

「ここには何がある？」

イアンはメモに書かれている住所を指さした。

「以前は大日本時計（現シチズン時計）というメーカーの倉庫がありましたが、戦後、現所有者のものとなったようです」

「まだ倉庫のままか」

「さあそこまでは。もうひとつ、ミス潘の香港にいる両親についてですが」

「父親が清朝の官僚だった件か」

「どこでそれを？」

「ついさっき、知り合いから聞いた」

「誰です？」

「あとで詳しく話す。その前に用件をかたづけてしまおう」

イアンは嫌味なほどの笑みを浮かべて待っている日本人行員を呼び、用件を伝えた。

4

「腕っぷしの強いのを六人ほど揃えておいた。向こうの部屋で待たせてある」

銀縁の眼鏡をかけた皺深い顔の四代目野際組組長はいった。

「ありがとうございます」

黒檀《こくたん》のデスクを挟んだ反対に立つ松川は深く頭を下げた。そのままの姿勢で上着の内ポケットから封筒を取り、差し出す。

革張りの椅子に座った野際は封筒を受け取ると、すぐ左側に立つ警護役の男に渡した。男は封筒に入った札の枚数を数えている。その金はＧＨＱから手間賃として、野際組に「下賜《かし》」されたものだった。

野際の右隣にもうひとり男が立っていた。左右どちらも歳のころは三十前後で短髪、恰幅《かっぷく》がよく上着の下には拳銃を隠している。松川が妙な動きをすれば、すぐに押し倒され、頭を吹き飛ばされるだろう。対して真ん中にいる野際自身は高齢で、着物の胸元からは痩せた胸と色褪《あ》せた彫物が覗いている。

神田末広町《すえひろちょう》にある組長の自宅。応接室は昼から小さい窓にカーテンが引かれ、薄暗いが、これも襲撃対策なのだろう。ただ、見えない外から、台風の前触れの強い風が電線を鳴らす音が聞こえてくる。

「そのイギリスの中尉さんは、なるべく殺さないようにってことだったが。事情が変わったのかい」

「はい、つい先ほど」

「そっちもいろいろゴタついているのか。そいつ、厄介な野郎のようだな」

「ええまあ。ただ、撃ったり刺したりと、露骨に殺すのは避けてほしいと。事件化したくないので、酔った上での転落事故や、自動車に撥《は》ねられるなど、不慮の事故を装っていただきたいそうです」

「そのへんは六人にもいってあるが、あんたからも伝えてくれ。まあ頭がよくて要領もいい連中だ、下手を打つことはないだろうよ。それにあいつからもいろいろ聞くといい」

組長が部屋の隅に目を向ける。

左腕を包帯で吊り、顔も傷だらけにした痩せた男が、似合わぬピンストライプの背広を着て立っている。男は松川に頭を下げた。

「あれが例の?」

松川は組長に訊いた。

「ああ。秋葉原でイギリスさんに叩きのめされた四人と、撃たれた見習いのガキひとりをまとめていた男だ。あいつ自身も伸《の》されたがな。ただ、伸されたあとがいけねえ。あの馬鹿が」

「私も聞いています」

痩せた男が身をすくめ、恐縮しながらまた頭を下げた。

あの男には知らされていなかったが、秋葉原の青果市場内にある野際組事務所には、GHQ参謀第二部により事前にマイクが仕掛けられていた。中でのアンダーソン中尉とのやり取りは、すべて聞かれ、速記記録が残されている。そのため、あの痩せた男が、中尉に脅され懐柔され、野際組と警察、GHQとの関係について白状したことは、参謀第二部内だけでなく、すぐに野際組の幹部連中にも伝わった。

男の腕や顔の傷は、その口の軽さに対する処罰を受けたためだ。左腕の指先まで包帯をつけているのも、骨折をしただけでなく、ヤクザ流の謝罪として自《みず》から指を切断したからなのだろう。

「それよりイギリスさんを処分する件は、苫篠にも伝わってるんだろうな?」

四谷署の署長の名だ。

「もちろんです。苫篠さんを通じて本庁の方々の承認も得ていますし、ランドル中尉がGHQ内への根回しも済ませています」

「間違いねえな?」

「もちろんです、安心してください」

——俺はなぜこんなところで話しているのだろう。

松川はふと感じた。

戦前は東京の有名繊維会社に勤め、給料も納得のいく額を手にしていた。上海や台北《タイペイ》への出張も多く、高い業績を上げ、誰もが俺を羨んだ。

だが、戦争が終わったらこの有様だ。

アメリカ人の使い走りとなり、復讐に来たイギリス人を処分するため、今、ヤクザの手を借りようとしている。俺の仕事は下井壮介を捕らえることだったはずなのに、ランドルはあのアンダーソンの件まで押しつけてきた。

――すべて敗戦とあの権藤の野郎のせいだ。

そのふたつに責任をなすりつけようとしたが、惨めさは消えない。

「ただよ、この件に口コを噛《か》ませるのはやめてくれ。どんないきさつで呼ばれたのか知らねえが、野際組《ウチ》はあいつにいろいろ迷惑をかけられてきた上に、ついこないだは、持ちつ持たれつでやっていた胡孫澔まで殺《や》られた。そっちの都合だからって、はいそうですかと奴と一緒に仕事するわけにはいかねえ」

「難しいですね。長田を使うのは権藤忠興さんの意向だそうですから」

権藤の名前を「さん」と敬称をつけ自分が口にしていることに戸惑いと苛立ちを感じる。だが、表情に出さぬよう抑えた。権藤はもちろん憎い。明らかに差別的なアンダーソンも許せない。しかし、そんな個人的な感情など今はどうでもいい。GHQに押しつけられた仕事をかたづけ、何があっても女房と子供たちのところに帰る。求めるのはそれだけだ。

「権藤か。そいつは厄介だな」

組長も権藤が今どんな立場にいるかを知っている。そして松川が戦中、権藤の部隊に所属していた元部下であることも。

「あんた、あいつとは会っていないのか?」

「はい、終戦後はまったく」

「あの野郎は、戦地にいたころから、あんなふうだったのか?」

アメリカまでも取り込み、操る、冷酷な切れ者といいたいのだろう。

「あちらは少佐で私はただの一等兵、直接話す機会もなかったので、よくわかりません」

「そうかい」

といって組長は机のタバコに目を向けた。

警護役がすかさずピースの箱を取って差し出し、組長が一本くわえるとライターで火をつけた。

「ならロコの件は折れてもいい。ただそのぶん色をつけてくれ」

もっと金をよこせといっている。

「外国人を始末するのは面倒が多い上に、そのイギリスさん、腕も立つんだろ？　上乗せしてもらわねえと」

「残念ですが、応じられません」

「返事が早いな。電話して訊くとか、一度持ち帰るとか、それくらいしてもいいんじゃねえか」

「実は参謀第二部のランドル中尉から、これ以上野際組を調子に乗せるなと厳しくいわれているもので」

「どういう意味だ？」

組長の目に力がこもる。

「野際組の連中はろくに仕事もできないくせに、金ばかりせびってくる。五味淵幹雄の警護では手抜かりばかりだった上に難癖をつけて途中で放り出した。アンダーソン中尉の件を任せたものの、少し脅されただけで配下がベラベラと内情を話してしまった。役立たずばかりを束ねている組長も使えない。これ以上、金や条件で文句をつけるなら、切り捨てる。嫌なら無欲で働け——そう伝えろと」

「口が過ぎねえか、おい」

「参謀第二部の意見であり意向です。私は皆さんに対して何の悪意も不満も抱いてはいません」

「アメリカ人がうしろにいるからって、調子に乗んなよ。しゃべってんのはてめえだろうが。ちっとは言葉を選べ、この戦犯逃れの飼い犬野郎が」

「あなた方も同じ犬でしょう。アメリカ人に媚びへつらって餌を与えてもらっている」

警護役の男たちが上着の下の拳銃に手をかけた。

「私を痛めつけても、ここで殺しても構いません。でも、そうすれば本気でGHQを怒らせることになる。私の代わりに来るのは、こんな生易しい相手ではないでしょう。見せしめとしてあなたは逮捕され、有罪となり、獄中で死ぬことになる。組もあっさり潰されるでしょう」

「権藤みたいなことをいいやがって」

「いいえ、私の知る限り、あの男はこんなに甘くはない」

組長は腹を立てながらタバコをもみ消し、警護役たちは拳銃から手を離した。

「理解していただいて、ありがとうございます。それからもうひとつお願いがあります」

「これ以上何だ？」

「お借りします」

松川は警護役のひとりに近づくと、上着の下のホルスターから拳銃を抜いた。

もうひとりの警護役もすかさず抜き、松川に銃口を向ける。

「だいじょうぶです」

松川は振り向くと、隅に立っていた痩せた男を狙い、引き金を引いた。銃声を響かせ数発発射し、さらに倒れた体に近づいて頭を撃ち、完全に息の根を止めた。

安いピンストライプのスーツに穴が開き、流れ出した血が組長室に敷かれた絨毯《じゅうたん》を汚してゆく。

「秘め事を軽々しく口にするヤクザを生かしておく気はない——これも参謀第二部の意向であり警告です。どうか組長も自重なさってください」

5

イアンはチキンソテーをナイフで切り、口に運んだ。

香港を経由して日本に来たせいで、グレイビーとは違った、醬油《しょうゆ》を使ったこのアジア風のソースの味にも自然と慣れてしまった。

白いクロスのかかったテーブルの向こうにはまゆ子が座っている。服装はネイビーの襟付きジャケットとキュロットスカートに、頭のリボンも白い絹製のものに替わった。ついさっき、この近くにあるデパートでイアンが買い与えたものだ。実際は、イアンは金を渡し、買い物中外でタバコを吸っていただけだが。運転手の小森を付き添わせ、今後のために、下着なども含めた着替えを買い揃えさせた。今、小森は買い込んだものを、先に車で宿舎のビークマン・アームズに運んでいる。

まゆ子の前には炒めたライスを薄焼き卵で包んだもの（オムライス）が置かれているが、彼女は手をつけていない。黙ったまま目の端で、ときおりイアンの上着の右胸のあたりを見ている。

内ポケットには倉田の耳と指が入っている。もちろん誰にも見えてはいない。しかし、まゆ子はそこに入っているものを思い出しているようだ。

「食べないのか？」

イアンは訊いた。

「あ、いえ」

「見えないものを想像するのはやめたほうがいい。無意味だ」

「さっき見たばかりで、今あなたが持っているのも知っているんですよ」

「だから？」

「思い出してしまって、いろいろ想像してしまって当然でしょう。するなというほうが無理です」

「ならこういおう。想像すると、どうして食べられなくなる？　一昨日の夜、俺は君の指示で人を撃った。何人も重傷者が出ただろうし、死人もいたはずだ。あのトタン要害で暮らしている君は、もっとひどいことに手を貸し、そしてもっとむごい場面も見てきているだろう」

「だから偽善はやめろと？」

「違う。君はもっと強いはずだ。この程度で感傷に浸り、食事が喉を通らなくなっていたら身が持たない。いざというとき、走ることも抵抗することもできなくなる」

「まるで戦場にいるみたいな口ぶりですね」

「ああ。常に戦場にいるような心構えでいてくれ。といっても、実際の戦場を知らない君には難しいかもしれないが」

「あなたとは違うかもしれませんが、私なりの戦場を知っています。東京は空襲に遭いましたから」

彼女は一九四五年三月十日の東京大空襲のことをいっているのだろう。その他にも東京は百回を超える空襲を受け、何万人もが死んでいる。

「そうだったな。すまない」

まゆ子が少し驚いている。

「あなたも謝るんですね」

「物事を円滑に進めるためなら、謝りもする」

優しく――イアンはホフマンの忠告を少しだけ実践してみた。彼女はメイとは違う。

「だから君も素直に俺の言葉を聞き入れて、少しは食べるべきだ」

まゆ子が少し鼻を膨らませ、またきつい目でこちらを見ると、スプーンを持って食べはじめた。

離れたところから日本人のウエイトレスが何度もこちらを見ている。まゆ子は英語で話しているものの、娼婦のような派手なメイクや服装はしていない。外国人将校の妻というには若すぎるし、イアンと話しているときの雰囲気も刺々しい。

よくわからない取り合わせのふたりなのだろう。

レストランに客は少なく、窓から見える大通り沿いの電線は、午前中よりも強くなった風に煽られ揺れている。

新宿という街にははじめて来たが、事前に調べていた通り、巨大な違法マーケットがあった。延々と露店が並び、土曜の昼過ぎということもあり客で溢れていた。驚いたのは品物の豊富さだ。日本人にとっては決して安くない値段のようだが、金さえ出せば外国産の酒も肉も薬品も手に入ると運転手の小森はいっていた。そしてここを管理しているのは行政機関ではなく、やはり水嶽《みたけ》商事という名のヤクザ組織だった。物資が不足しているというが、実際は正規のルートを通らない品々が大量に出回っているのだろう。

ＧＨＱはこうした違法――日本人は「ヤミ」と呼んでいる――マーケットの規制や撤廃について、日本の警察にほとんど指示らしきものを出していない。ティレ（手入れ）と呼ばれる摘発が、単発的に行われているだけだという。

「食べながらでいい。もう一度確認させてくれ」

コーラの入ったグラスを手にイアンはいった。

「アポイントを取るよう頼んださっきの電話番号、出たのはメイドだったんだな」

「はい、家政婦さんです。中尉のお名前を出しましたが、『お嬢さんは今不在なので、昼の二時過ぎにかけ直してほしい』といわれました」

「相手の住所は？」

「お尋ねしたんですが、それも『お嬢さんに直接お訊きいただけますか』と」

「怪しんでいる様子だったか？」

「私はそう感じました」

メイドは詳細を知らされていないようだが、五味淵の娘の自宅であることはほぼ間違いない。この番号の住所も一応ホフマンに調べさせてある。

ただ、まずは向こうが指示した時間に、もう一度電話をすべきだろう。何のために番号を渡してきたのか、想像はつくものの、まだ明確にわかっていないのだから。

腕時計は午後二時十五分。三時まであと四十五分。

新宿に近い高田馬場にある胡喜太所有の倉庫を探りに行くつもりだったが、状況によっては五味淵の娘に会うほうを優先させるべきか？

——いや、どちらも難しいかもしれない。

窓の外、通りを挟んだ向こうに男が立っている。日本人だが、食事をはじめたときはいなかった。他にも、ひとり、ふたり……見えるだけで計四人か。通りすがりや待ち合わせを装っているものの、こちらを見張っているのは明白だった。戦中、敵地に潜入していたイアンはこんな場面に何度も出くわしている。

タバコを探している振りで上着を探り、さっき帝国銀行で渡された入金証明の紙を静かに取り出すと、テーブルの下で裏面にペンを走らせた。

「この先、やってもらうことを書いた。受け取ってくれ」

タバコをくわえながら、テーブルの下でまゆ子に差し出す。

彼女は一瞬戸惑ったものの、すぐに受け取った。

「表情を変えるな。そう、俺と一緒にいるのが楽しくなさそうな顔をしてくれ」

「そういうつもりじゃ——」

「ますますよくなった。あと十数えたらトイレに立って、そのまま厨房を抜けて外に出ろ。なるべく早くここを離れて、あとは書いた通りに頼む」

「私ひとりで？」

「ああ」

「でも、厨房から出るなんて」

「あのアメリカ人にしつこく口説かれて困っている、助けてください、とでもいえば、こっそり逃がしてくれる。だめなら金を摑ませろ」

イアンはタバコの煙を吹き出した。

まゆ子がウエイトレスを呼び、日本語で何かいった。コーラの追加を頼み、それからトイレの場所を尋ねたようだ。新しく買った革のバッグを持ち、席を立つとフロアーの奥へと消えていった。

この動きを見て外の奴らも動き出すだろう。

ひとり残ったイアンがタバコを吸い続け、三分後——

腕章をつけたアメリカ人MPが乗るジープが店の前に停まった。

イアンはタバコを消し、立ち上がると、早足で出口に向かった。

が、外から駆け込んできたスーツの日本人たちが目の前を塞ぐ。先頭の男が警察の身分証をイアンの顔の前に突き出した。

「アンダーソン中尉、一緒に来ていただけますか」

男たちのひとりが英語でいった。

「何のために？」

「五味淵幹雄殺害の件で、いくつか聞かせていただきます」

「この前話したが」

「もう一度お呼びすることになると、そのときいわれておりませんか？」

「聞いていないな」

男は横に首を振った。

「お忘れのようですね。それでも来ていただきます」

日本人がイアンを囲み、腕を摑む。

時間稼ぎに軽く騒ぎを起こすつもりで、イアンはそれを強く振り払った。摑んでいた男はよろけ、テーブルに体を打ちつけた。が、他の男たちが距離を詰め、イアンの袖や腰、胸元を摑んだ。

「やめろ」

そういったが男たちは引かない。

イアンの中を、東山邸の離れであのロコと格闘したときには感じなかった情動が駆け抜けてゆく。

——汚い手で触るな、この猿ども。

イアンはひとりの胸ぐらを摑むと、すぐ近くのテーブルに叩きつけた。もうひとり、いや別の一匹の足も払う。猿が床に転がった。怯えて見ていたウエイトレスがキーキーと悲鳴を上げはじめた。

日本の猿どもが再度イアンに飛びかかり、押さえつける。その体をイアンがさらに払い除ける。

だが——

「動かないで《freeze》」

店に入ってきたアメリカ人ＭＰが叫んだ。

声のほうを振り返る。彼らの握る拳銃の銃口はイアンへと向けられていた。

六章　薄氷と同盟

1

まゆ子が見上げた門柱には「五味淵」の表札が掲げられている。

さらにそのずっと上、青い空をいくつもの灰色の雲が早足で駆け抜けてゆく。雨はまだ降っていないけれど、台風は確実に近づいていた。強い風が近くの電線をヒューヒューと鳴らし、土埃を巻き上げ、まゆ子の白いリボンでまとめた黒髪も大きく揺らしている。

板塀の続く裏道に停めたタクシーから運転手が降りてきた。

「まだですかね」

風に飛ばされかけた制帽を押さえながら訊いた。

「すみません、もう少しお待ちいただけますか」

なぜ自分が謝らねばならないのか釈然としないまま、まゆ子はとりあえず頭を下げた。

運転手が嫌な顔で首を横に振り、また車に乗り込んでゆく。

あの中年男、失礼で腹が立つ。

ここまで来る間もハンドル片手にタバコをブカブカと吹かしっぱなしで、車内がすごく煙たかった。話しかけても、ろくに返事もしないし。若い娘だと思って舐めているのだろう。午前中に乗ったタクシーの、あの小森さんという女の運転手とは大違いだ。彼女はずっと穏やかな口調だったし、新宿で一緒に買い物をしている間も、とても親切にしてくれた。

買ったのにまだ身につけていなかったものを思い出し、まゆ子は肩にかけていた革のバッグを開いた。

使い慣れていないせいか、目当てのものがどこに入っているのかわからない。中身を順に取り出し、貝殻の装飾がついた髪留めを見つけると、リボンで二本のおさげにしていた髪を解いた。風に吹かれながらうしろで再度ひとつに束ね、貝殻の髪留めをつける。

なんて目まぐるしい一日だろう。

富士見町の靖国神社裏にあるビークマン・アームズに、アンダーソン中尉を訪ねていったのが午前十時。はっきり返事をしないまま中尉の日本語通訳になり、皇居前や新宿に行き、そして今、大田区大森《おおもり》三丁目にいる。

中尉に渡されたメモに従い、五味淵貴和子という人が、支度を終えて出てくるのを待っている。

まゆ子はもう一度表札を見上げ、それから開いた棟門《むなもん》の先にある玄関に目を移した。

想像していたより、ずっと小さな家だ。貴和子の父・幹雄は戦中、陸軍中佐で、しかも裏で悪事を重ねて莫大な金を稼いでいたというから、贅沢な屋敷に住んでいると思っていたのに。板塀で囲まれた小さな庭つきの二階建ての家は、とても豪奢《ごうしゃ》とはいえない。一帯は空襲被害を受けなかったようで戦前からの古い家々が並んでいるが、貧相ではないものの、決して金持ちの住む町という雰囲気ではなかった。これならまゆ子たち下井一家が、トタン要害に移る前に暮らしていた日暮里周辺とたいして変わらない。

いや、非難や羨望を避けるために、慎ましやかな振りをしているだけだ。

きっとどこかに溜め込んでいるに違いない。ここの主人だった男は、とてつもない悪人なのだから——

まゆ子は五味淵幹雄が何者か知っている。

一年半前の昭和二十一年四月。父に突然B級戦犯容疑がかけられ、病身の母や弟とともに夜逃げ同然で日暮里の家を出た。その直後、父は戦地で自分がどんな命令を強いられ、イギリス人将校に何をしたのかを教えてくれた。

五味淵幹雄と権藤忠興という当時の上官たちが、戦時法に反した冷酷な処刑を断行しなければ、父は戦犯になることも、アンダーソン中尉から兄殺しの仇と追われることもなかったのに。

すべては五味淵と権藤のせいだ。

ただ、父は中尉の兄、クリストファー・ジョージ・アンダーソン大尉がいかに人の道に外れた差別主義者だったかも話してくれた。東洋人を畜生だと嘲り、ビルマの現地人も見下し、さらには無謀な反乱を扇動し、仲間のイギリス人捕虜まで危険に晒《さら》そうとした。

そんな人間は処罰されて当然だ。けれど、刀で首を落として処刑する必要まであったのか？　誰が一番の悪人なのか？　何が一番の原因でこんなことになったのか？

まゆ子にはよくわからない。自分の選択——父・壮介を仇と憎むアンダーソン中尉の通訳となったのは本当に賢明なことだったのかも。

また強い風が吹いて、まゆ子の着ているネイビーのジャケットの襟と、キュロットスカートの裾をばたばたと揺らした。

——私だって正しいことをしているとは、とてもいえない。

不安やうしろめたさが胸の中に広がってゆく。

あの横柄なタクシー運転手や、強引でぶっきらぼうなアンダーソン中尉が近くにいたせいで、怒ることや憤ることばかりに気を取られ、動揺を感じることも忘れていた。なのに、ひとりになった途端、自分の中の弱気な部分が顔を出した。

——いや、だめだ。しっかりしろ。

門柱に寄りかかったまゆ子は、首を横に振り、自分の胸を手で叩いた。

——去年の春、父からしばらくの間、あのトタン要害で暮らすといわれたとき、覚悟したはずじゃないか。

母の体には癌が広がり、とても悲しくて悔しいけれど、余命は長くても半年ほどしかない。母の命が尽きるその瞬間まで、父はできる限りのことをして母の人生を延ばし、家族四人で過ごす決断をした。

そのために父は出頭せず、逃亡犯になった。まゆ子も、母の薬が手に入るトタン要害に移ることを承知し、あの町で暮らしてゆくために犯罪でも人の道に外れたことでも何でもすると決めた。

竹脇さんをはじめ、あの町の人たちは皆優しい。でも、誰ひとり心からまっさらな善人はいない。誰もが何かの罪や事情を抱え、あの町に逃げ込んできた。私たち家族も同じ。父の手も私の手も、もう血で汚れている。でも、罪人になっても、人でなしと呼ばれようとも構わない。

母を少しでも長く生きさせてくれる薬を手に入れ、家族が一緒にいられるためだったら何だってする——

ガラスの引き戸が開く音とともに、高齢の女性の「いってらっしゃいませ」という声が聞こえた。さっき電話で聞いた声と同じ。家政婦のようだ。

その声に送られ五味淵家の玄関から出てきた女性は、灰色をしたツイードのツーピースに水色の絹ブラウスを身につけ、つま先の丸い象牙色のヒールを履いていた。中尉のメモには二十代半ばと書かれていたが、もう少し上、たぶん三十歳前後だろう。背は低く、丸顔でお世辞にも美人とはいえないけれど、太い眉と大きな目から意志の強さを感じる。

「あなたがアンダーソン中尉の遣いの方？」

「はい」

「五味淵貴和子です。あなたからの電話に出たばあやが『お若い声でした』といっていたけれど、見た目もお若いのね。おいくつ？」

「あの、十七歳です」

まゆ子は返したが、その声を待たずに貴和子はタクシーに向かって歩き出していた。

※

「新宿区内の四谷警察署」

まゆ子より早く貴和子が行き先を運転手に告げた。

「外国の方を待たせているので急いで」

さんざん待たせておいて急いではないだろう、と運転手が嫌味のひとつも返すかと思ったが、何もいわず吸いかけのタバコを窓から投げ捨て、タクシーを発進させた。

貴和子はシートに背をつけず腰だけで浅く座り、前を見つめている。取り澄ましているわけでもないし、怒っているようにも見えない。でも、どことなく威圧感のある人だ。

運転手も来る道ではあれほどタバコを吹かしていたくせに、新たな一本に火をつけることもなく、前を向いてハンドルを握っている。

「夕方には降り出すそうよ」

貴和子が風の吹く窓の外を見ながらいった。

「ついさっきもにわか雨が降りました」

「そうだったの。地面が乾いているから気づかなかった。本降りになる前に家に戻れればいいけれど。あなたお名前は？」

「下井まゆ子と申します」

「お住まいはどちら？」

「今は墨田区内の吾妻橋近くです」

「トタン要害？」

「はい」

「お父様は下井壮介さんかしら？」

「そうです。父をご存じですか」

「二ヵ月ほど前、私の父から、父や私たち家族を恨んでいる人たちの一覧を渡されたの。要するに五味淵家にとっての危険人物表。そこにアンダーソン中尉と並んで、下井さんの名と今の住まいが書かれていたものだから」

まゆ子は気まずくなり、必要もないのに次の言葉を慌てて探した。

「あの、アンダーソン中尉とお会いになったことは？」

「ちゃんとしたご挨拶はまだ。昨日、中尉にいきなりうしろから羽交い締めにされ、私は失神させられてしまいましたから。気を失っている間に、私の父がどうなったか、あなた知っている？」

「先ほど聞きました」

今日の昼前、帝国銀行から新宿への移動中に、まゆ子はイアンから四谷の東山邸で昨日何があったのかを聞かされていた。

「お悔やみ申し上げます」

「社交辞令でもそうして言葉にしてくれるのはありがたいわ。でも、父の命令のせいで下井さんが今どんな目に遭っているか知っています。だから気を遣わないで。憎い相手がひとり減ったと喜んでくれてもいいのよ」

どう返していいかわからず、会話が途切れた。

運転手はタバコに手を伸ばすこともなく、黙々と運転を続けている。まゆ子は無難な言葉を見つけられず迷っていたが、それより先に貴和子が口を開いた。

「下井壮介さんもアンダーソン中尉から恨まれているのでしょう?」

まゆ子はためらいつつも、「はい」と答えた。

「あなたと中尉の間柄は?」

「日本語通訳として雇われました」

「いつから?」

「今日からです」

「そちらもいろいろと事情がありそうね、英語はどこで学ばれたの?」

「母や、父のアメリカの友人の方々から」

「お父様はお役人?」

「いえ、住友鉱業(昭和十二年に住友別子鉱山と住友炭礦《たんこう》が合併し発足)に勤めていました」

「優秀だったのに。残念ね」

車内がまた静かになる。

窓の外にアベニューB(中原《なかはら》街道)の英語標識が見え、直後に国鉄五反田《ごたんだ》駅前を通り過ぎた。山手線の環内に入ったようだけれど、日暮里で生まれ、ずっと東京の東側で暮らしてきたまゆ子には、このあたりの地理はよくわからない。

「沈黙が怖い?」

貴和子が訊く。

少し考えてから、まゆ子は「いいえ」と首を横に振った。

「怖くはありません。そうではなく、自分が何をしたいのかよくわからず、苛立っているんだと思います。筋違いだとわかっていても、あなたに文句をいいたくてしょうがない。でも、いったところで何も変わらないし、本当に怨み言をぶつけてやりたい相手は、昨日亡くなってしまった」

聞いていた貴和子がこちらに目を向けた。

「失礼なことをいって、すみません」

まゆ子は頭を下げた。

「気にしないで。あなたにはいう資格がある。ただ——十七といっていたけれど、学校へは？」

「行っていません」

「トタン要害がどんな町かは知っています。あそこの住人ならば狙われたり恨まれたりも多いでしょう。迂闊に町の外に出るのは危険だし、学校に通うのは難しいのかしら。あなた弟さんもいらっしゃるのよね？」

「本当にお詳しいのですね」

「父はとても恨まれていたから。危険な相手のことは何でも知っておく必要があるでしょ。父を殺したいほど憎んでいる親の命令で、子供が近づいてくるかもしれない。十代になれば、ナイフで人を刺すのもそう難しくないし。あなたのことも、門の前で待ってもらっている間、ばあやがずっと様子を窺っていましたよ」

——見張られていたんだ。気がつかなかった。

「で、危険がないとわかったから、今私はあなたの隣に座っているんです。そのバッグの中にも刃物や銃のようなものは入っていない。ばあやだけじゃなく、家の中には警護の人々も待機していましたから、あなたが待っている間に、家に火をつけようとしたり、忍び込もうとしたり、少しでも妙な動きをすれば、すぐに飛び出してきて地面にねじ伏せられていたでしょう」

警護の人々って？　制服の警察官？　でも、だったら堂々と玄関の脇に立って警備しているはず。

まゆ子は訊いた。

「先ほどのお宅には、他にどなたかお住まいなのですか」

「私の家族という意味？」

「はい」

「高齢の祖母と病気がちな母、長く勤めているばあやがひとりに雌猫が三匹。暮らしてるのは、年をとって枯れた女ばかり。中尉に家のことを探るよういわれたのかしら？」

「いえ、そういうわけでは」

「私のことより、あなたのことを聞かせて。弟さんは中学校には行っているの？」

「先月、九月の新学期から近くの学校に通いはじめました」

「行き帰りは、トタン要害の人たちに見守られて？」

「はい」

「ならよかった」

まゆ子はうそをついた。

確かに弟の大介《だいすけ》は今年九月から本所の公立中学校に通いはじめた。だが、あの松川がトタン要害を訪れ、父を拉致しようとしたせいで、大介も外に出るのは危険だと判断され、またすぐに通学できなくなってしまった。

なぜこんな無駄な見栄《みえ》を張ったのか、まゆ子は自分でもわからない。きっとあの普通じゃない町に閉じ込められ、まともに学ぶこともできずにいる弟を不憫《ふびん》に、そして自分を惨めに思ったのだろう。

「今はまだいろいろと慌ただしくて難しいでしょうけれど、落ち着いたら、あなたも学校に行って、大学にお入りなさい」

「そうするつもりです。でも、どうして？」

「あなた利口そうだけれど、知恵はあまり働かないようだから。勉強はできるけれど、世に揉まれていないという意味。学問の知識を身につけるのと同時に、多くの出会いを通して、人の優しさだけでなく、狡さや卑怯さや危険さも学んでほしいと思って。初対面なのに、ごめんなさいね。あなたは身構えてはいるけれど、あまりに無防備だから少し心配になってしまったの」

「無防備？」

「ええ。あなたアンダーソン中尉に何といわれて、私を迎えに来たの？」

「メモ書きを渡されて、それに従いました」

「さっきもいったように、私は昨日、アンダーソン中尉に気絶させられ、気づいたら父は殺されていた。最悪なかたちの初対面のあと、私はアンダーソン中尉とまともな会話を一度も交わさないまま、電話番号と住所を書いた紙をこっそり彼に渡し、別れた」

「中尉との仲って、それだけですか？」

「ええ。私の目的が何かもわからないまま、彼はあなたを遣いによこした。私を危険人物とは思っていないものの、絶対に安心な相手だという確信もなかったはず。もし私があなたを拉致して、中尉との取引材料に使うつもりだったら――」

「私は簡単に捕まっていた」

まゆ子はつぶやいた。

「ええ」

貴和子が小さくうなずく。

彼女にいわれて、大事なことを思い出した。

――私は、私の身をしっかり守らなければならない。

トタン要害を出るときは、あれほど気をつけていたのに。そう、人質にされてはいけない。あの松川が私を捕らえ、無事に返す代わりに父に出頭を迫るかもしれない。一昨日、トタン要害を襲撃した暴力団の太栄会や興華党という中国人組織も、私の身柄を拘束して竹脇さんに要求を突きつけてくる可能性がある。

私なんて見殺しにしてくれればいいのに、父やトタン要害の人々は決して見捨てないだろう。それで自分たちが窮地に追い込まれるとわかっていても。

「この先も無事でいたかったら、もっと用心して。アンダーソン中尉に指示されたことには常に疑問を持って。なぜ、それをするのか？　それは安全なのか？　彼に質問するのを忘れないで。ただ、勘違いしないでほしいのは、あなたとアンダーソン中尉を仲違《なかたが》いさせたくてこんなことをいっているんじゃないの」

「私の身を案じて――」

「そういうことです」

「失礼なことを訊いてもいいですか」

「どうぞ」

「あなたは何の見返りもなく人に優しくしたり、手助けをするような方には見えません」

「やっぱりお利口ね。間違ってはいないわ」

「なのに、私に親切に助言してくださったのはなぜですか」

「あなたを味方につけたいからですよ。私は英語ができないから。復讐するにはアンダーソン中尉だけでなく、通訳のあなたの力も借りる必要があるので」

「復讐、ですか？」

「そう。父の仇を討ちたい」

まゆ子はうつむきながら話していた顔を上げ、貴和子を見た。

「意外？」

と彼女に訊かれ、うなずいた。

貴和子が続ける。

「とても悲しくて悔しいけれど、どんなに泣いたところで、憎い相手は苦しみはしないし、死ぬわけでもない。それにはじめて会うあなたに、打ちひしがれた顔を見せるなんて、そんな恥ずかしいことはできないから」

そこで言葉を区切ると、こちらを見て口元を緩めた。

「だから今は泣かずに、アンダーソン中尉に会いに行くんです」

2

イアンの吐き出したタバコの煙が窓から吹き込む隙間風に煽られ、波打つように揺れている。

狭い取調室には他に男が三人。テーブルを挟んだ向こうに英語を使える取調べ担当の刑事がひとり座り、ドアの前にふたりが立っている。イアンを含む全員が苛ついた顔でタバコを吹かしているせいで、部屋の空気は霧がかかったように白く濁っている。

イアンの前にはマイクも置かれていた。隅に置かれたテープレコーダーにケーブルで接続され、取調べ中の発言を録音している。高価で日本の一警察署が所有できるような代物ではないはずだが、

ＧＨＱ参謀第二部に貸し与えられたのかもしれない。

「五味淵さんの体から摘出された銃弾は、あなたの所持していた拳銃、コルトＭ１９１１から射出されたものだと確認が取れているんです」

目の前の刑事がいった。この台詞《せりふ》、聞くのはもう三度目になる。

イアンは答えず、アルミ製の灰皿にキャメルの灰を落とした。どうせ何を話したところで、状況証拠だけで容疑を固め、検事のところに送る気だ。日本の司法制度に精通しているわけではないが、逮捕はされても裁判にかけられることはない。英国連絡公館と協議の上、早期の日本退去という線で手を打つつもりだ。

取調室は相変わらず煙い。

警察署の応接室に通されるかと思ったが、そう甘くはなかった。参謀第二部の後押しを受けているせいか、日本の刑事たちもやたらと強気だ。身につけていた予備の拳銃ブローニングも一瞬預けるよう強制された。

だが、現場のこいつらの一番の目的は何なのだろう？　ＧＨＱとこの四谷警察署の署長・苫篠の指示に従い、俺を殺人犯に仕立て上げることで、何らかの金銭的なおこぼれにありつけるのか？それとも不遜な英国人を責め、敗戦の怨みや屈辱を少しでも晴らしたいのか？

どちらにせよこの連中が敵、いや、目障りな障害のひとつであることは変わらない。

「いつまでも思い上がったままなら、留置場に入れて頭を冷やしてもらうことになるが」

担当刑事が睨む。

それでもイアンが黙っていると、刑事は顔を伏せ何かつぶやいた。

日本語だったが、「イギリス」と聞こえたので、くそったれのイギリス野郎とでも毒づいたのだろう。

「ブリテンといえ。クソ猿が」

イアンもつぶやいた。

「あ？　今何といった」

刑事が語気を強めたところで、ノックもなく取調室のドアが開いた。窓からの隙間風が室内に満ちていたタバコの煙を一気に廊下へと押し出してゆく。

入ってきた中年の日本人は取調べ役に駆け寄り、耳元で何か囁いた。部屋にいた他のふたりも加わり密談がはじまったが、三十秒もすると四人の刑事は揃ってドアの外に出ていってしまった。

ひとり残されたイアンは腕時計を見た。

午後五時三十分。予想していたより遅かったが、まゆ子たちが到着したようだ。部屋が静かになり、窓を叩く風の音がよく聞こえるようになった。

太平洋のタイフーンか。

英国で生まれ育ったイアンは暴風雨は何度も経験しているが、台風には馴染みがない。インドと香港を経由して日本にやってくる間も、サイクロンには遭遇しなかった。

廊下を近づいてくる足音が聞こえる。

三人が取調室に戻ってきた。が、すぐに用意していたレコーダーからテープリールを外し、かたづけをはじめた。

「我々の用件は終わりました。お帰りください」

取調べ担当の刑事が告げた。

「どういうことですか」

相手に合わせ、イアンもあえて丁寧な口調で訊いた。挑発する意味ではなく、こんなところで毒づき、下らない禍根の種をさらに膨らませるようなことはしたくなかったからだ。

「ついさっき、亡くなった五味淵さんのお嬢さんの貴和子さんがいらしたんです」

刑事のひとりがぶっきらぼうにいった。

「父を撃ったのはあなたではなく、額から頭にかけて縫い痕のある大きな日本人だったと証言した。昨日は、父が撃たれた瞬間は見ていない、拳銃の引き金を引いたのはアンダーソン中尉か突然窓から飛び込んできた別の何者か、自分にはどちらかわからないといっていたくせに」

「証言が変わったということですか」

「そうなりますね。なぜ変わったのかは、我々より、きっとあなたのほうがお詳しいでしょう」

取調べ担当が目を合わせず返した。その背後では、ふたりの刑事がマイクを箱に収納しながら何かつぶやいている。だが、日本語なのでやはりイアンには理解できない。

「これを」

一時没収されていたイアンの所持品を、書類を挟んだクリップボードとともにテーブルに置いた。

「お返しします。サインしてください」

GHQ民政局のケーディス大佐とマイルズ中佐から貸与された身分証、油紙の包み。包みの中身はこの署の警察官たちも確認したはずだが、何もいわなかった。巣鴨プリズン内で勾留中に自殺した倉田宗光の耳と指が入っている。

刑事はイアンの拳銃ブローニングも差し出した。

「証拠品として押収されたほうの銃も返してもらいたい」

受け取ったブローニングを上着の下のホルスターに収めながら言った。

「無理です。五味淵幹雄殺しに使われたあのコルトM1911はまだ証拠品ですから」

「いつ戻ってくる？」

「さあ？　追って連絡が行くでしょう。もう出てもらえますか。我々もこの部屋から引き揚げますので。お連れの方々がお待ちですよ」

イアンは追い立てられるように取調室を出た。


ロビーの受付前で、まゆ子、五味淵貴和子、ホフマン二等書記が待っていた。

イアンに気づいた貴和子が日本語で何か話し、まゆ子が訳してゆく。

『御用は終わりました？』

『ええ。わざわざ来ていただきありがとう』

イアンは答えた。

『私も中尉とお話ししたいと思っていたので』

『あなたのほうの御用は？』

貴和子が訊いた。

『聴取のことですか？　終わりました。父の遺体もまだ返していただけないそうなので、お線香だけ上げてきました。あなたも解放されたし、私ももうここに用はありません』

『まず謝罪を――』

イアンはいいかけたが、貴和子が人差し指を一本だけ立てた右手を出し、黙らせる。

『その前にここを出ましょう』

この女、他人主導で話が進むのは嫌いなようだ。少々威圧的な物言いをするのは、生い立ちや父親の五味淵の影響なのかもしれない。美人ではなく背も低いが、その立ち居振る舞いには人の目を引くある種の貫禄のようなものがある。

『ゆっくり話せる場所を用意して』

召使いに向けるような目で、まゆ子、それからホフマンを見た。

一瞬驚いたようにホフマンは目を見開き、それから苦笑いを浮かべた。

「まあいい。連絡公館の部屋を用意します。今は準緊急事態みたいなものですから、オトリー参事官も了承してくださるでしょう」

「すまない」

イアンはいった。

「やめてください。あなたに謙虚な態度を取られると、よけい不安になる」

ホフマンが首を小さく横に振った。

※

イアンたちの乗るタクシーはアベニューK（甲州街道）を進んでゆく。

運転手は日本人の男で、助手席にホフマンが座り、ときおり片言の日本語で道順を説明している。後部座席にはイアン、まゆ子、貴和子が並んでいた。

フロントガラスに雨がぱらつき、風もさらに強くなっている。

四谷警察署を出たあと、ホフマンがまゆ子に彼女の新しい服のことなどを話しかけていたが、すぐに途切れてしまった。イアンと貴和子に挟まれて座るまゆ子は、体だけでなく気持ちも窮屈そうにしている。

駐日英国連絡公館は天皇の住居を囲む水濠《すいごう》のひとつ、半蔵濠《はんぞうぼり》近くの1stストリート（内堀通り）沿いにある。ただ、イアンは十月十四日の来日以降、一度も訪れたことはない。今でもイアンの身分は、東京（極東国際軍事）裁判の英国陸軍監視団交代要員のままだが、市ヶ谷にある軍事法廷（旧日本陸軍士官学校大講堂）にも行ったことはなかった。

イアンはまゆ子の肘を軽く叩いた。

「彼女、英語は？」

小声で訊く。

「話せないようです。でも――」

まゆ子も小声で返す。

「理解していたところで、別に困りはしない。自宅の様子は？」

「ごく普通の二階建てのお宅のようでした」

まゆ子が五味淵家の周囲の状況や、貴和子から聞いた家族構成などを報告してゆく。

「ただ、家の中に警備の方たちが待機していると」

「警察の？」

「わかりません。私は姿を見ていないので」

車が左折し、1stストリートに入った。

左側にすぐ切妻屋根に英国王室紋章を掲げた連絡公館本館が見えてきたが、タクシーは鉄格子の閉じた正門前を通り過ぎた。ホフマンは運転手に何もいわずにいるので、彼の指示通りなのだろう。

タクシーはさらに二回左折をくり返し、公館の裏手に停まった。

「待っていてください」

ホフマンが一言残し、ひとりタクシーを降りてゆく。

車内で無言のまま待ち続け、五分後。

「急いで」

戻ってきたホフマンに手招きされ、イアンたちは車を降りた。

まゆ子たちと一列になり進んでゆく。裏門からも離れた小さな鉄格子を押し開け、ホフマンの背を追って、彼女の部屋に忍び込もうとする十代の少年のようにこそこそと公館に入った。

3

通された部屋の中を、まゆ子が見回している。

貴和子も虚を衝かれたような表情で壁や窓を眺めている。調度品や装飾の素晴らしさに見惚れているのではない。一流国の外国公館とは思えないほど殺風景な部屋に半ば呆れていた。カーテンが半分閉じた窓ガラスの向こうには前を塞ぐように納屋が建ち、手入れされた自慢のイングリッシュガーデンは一切見えない。室内も木製のテーブルと椅子がいくつか置かれているだけだった。

「防音防諜は万全です。お好きなところへおかけください。お茶を運ばせますから」

ホフマンが皆に告げながら、部屋の隅に置かれた電話の受話器を取り上げた。

これくらい殺風景なほうが、確かに密談には似合いだ。ただ、クロスも貼られず柱や壁が剝き出しの室内は、窓を叩く風の音と相まってみすぼらしい気持ちにさせる。

『警察署での話の続きをしよう』

イアンは貴和子を見た。

『まずは昨日のことを謝罪させてくれ』

まゆ子がふたりの間に入り、通訳してゆく。

『私に乱暴を働いて気絶させたことをですか』

椅子のひとつに座った彼女が訊いた。

『違う。気絶させたあと、君の父が隠れていた部屋の前に放置したことだ。君が看護婦ではなく娘だとわかっていたら、もっと遠くまで運び、騒ぎの音が聞こえてこない場所に閉じ込めた』

『父の断末魔の声を聞かせはしなかったと？』

『ああ』

『東洋人相手にも、最低限の気遣いは示していただけるのですね。でも、それも見せかけかもしれないけれど』

『どう取られても構わないが、少なくとも今は心から謝罪している』

『誠意を疑っているわけではないんです。あなたが抱いていた殺意について、ふと考えてしまっただけ。昨日、もし長田善次という男が父に何の危害も加えず去ったとしても、代わりにあなたが父を殺していたでしょう？』

『もちろん』

『どちらにせよ、五味淵幹雄の命運は昨日で尽きていたということです』

『ただ、疑問がある。殺したのは長田だと、君が疑いなく信じているのはなぜだ。長田善次が発砲した瞬間、君は閉じたドアの外にいた。音は聞いていたものの、何が起きたかはその目で見ていなかった』

『さっきもお話ししたように、あなたは英国陸軍の誇り高い将校ですから。日本陸軍の将校たちがそうだったように、正義だと信じる行いを達成したのに、あとになって自分がやったことではないと逃げるような恥ずべきことをいい出すはずがありません』

日本の将校と並べられた点は気に入らないが、彼女の推測に間違いはない。

『英国人が卑怯な手段を平気で使うことは知っています。でも、それを差し引いても、狙った獲物を本当に狩れたのなら、自分の行いを誇りこそすれ、下手なうそでごまかしたりはしない。むしろ逆に、自分の獲物を直前で長田という日本人に仕留められてしまったことを、あなたは強く恥じているはずです』

『獲物を横取りされた俺に、君はなぜ連絡先を渡した？』

『答える前にお願いが。あなたは私を年下だと思っているようですけれど、これでも年長者です。会話中にもう少し気遣いをしていただけますか。それとも人間とは認められない東洋の雌猿などに払う敬意はない？』

『いや、他意はない。西洋の人間からはどうしても若く見えてしまう』

『東洋の女にとって、年より若く見られるのはある種の褒め言葉ですから、まあよしとしましょう。ただ、やはりあなたの目には、私たちは人ではなく、言葉をしゃべる猿に見えているようですね。気遣いはあっても、平等に見るのは何があっても嫌ですか？』

答えずにいるイアンに貴和子は微笑みかけ、それから戸惑うまゆ子に日本語で話しかけた。

『何といった』

イアンはまゆ子に訊いた。

『気にするな。いってくれ』

『これから同盟を結ぶのだから、中尉の思い上がりと人種差別的な考えを、今のうちに少し改めてもらわなければ——って』

『同盟？』

イアンがつぶやいたところで、ノックの音が響いた。

ドアが開き、茶器の載ったワゴンが入ってくる。ワゴンを押しているのは給仕やメイドではなく、連絡公館のオトリー参事官だった。

慌てて駆け寄るホフマンを彼が制する。

「気にしなくていい」

「なぜ参事官が？」

「ここに人を近づけたくなかっただけだよ。アンダーソン中尉が来ていると職員たちに知られれば、皆いい顔はしないだろうからね」

相変わらず言葉を選ばない男だ。

「はじめまして」

オトリーがたどたどしい日本語で貴和子に挨拶する。

「ブライアン・オトリーです」

貴和子とお辞儀を交わすと、まゆ子にも目を向けた。

「シモイさん、おはなしはきいています」

オトリーはまゆ子に笑顔を向けながら、拙《つたな》い日本語で話しつつ、みすぼらしいテーブルにミルクピッチャーと砂糖壺を置いた。ポットから慣れた手つきでカップに紅茶を注いでゆく。

「私もこのまま残って話に加わらせてもらうよ。同じチームの一員として参加する権利があるはずだからね」

ポット片手にオトリーがイアンにいった。

「チーム？」

黙っていたホフマンが不審そうな声でつぶやく。

「同じ目的を持ち、利害関係で結ばれた集団という意味だ。その中にはもちろん君も入っている」

ホフマンは嬉しくない顔をした。

『参事官は有能な方のようですね』

ふたりのやり取りをまゆ子の通訳で聞いていた貴和子がうなずいた。そんな彼女の前にオトリーが湯気の立つカップを運んでゆく。

『ありがとうございます。では、先ほどの続きを話しましょうか』

貴和子がイアンに視線を向けた。

『中尉に連絡先をお渡ししたのは、それが父の遺言のひとつだったからです』

『五味淵の遺言?』

『ええ。俺がアンダーソンの弟に殺されたら、日本の警察とGHQ参謀第二部を頼れ。逆に日本人に殺されたら、イアン・マイケル・アンダーソンを頼れと』

『頼る理由は狙う相手が同じだから? 五味淵を殺せと指示を出したのは権藤忠興だといいたいのですか』

『中尉以外にも多くの者が父を憎んでいました。でも、殺したがっていた者は、中尉と権藤しかいません』

『いいたいことはわかりますが、もっと明確に理由を教えていただきたい。五味淵は用済みになった? しかし、不必要だとしても殺す必要まではなかったはずだ。五味淵はいずれにしても——』

イアンは一度口を止めた。

『お気遣いなく。病気で余命いくばくもなかったのは確かですが、そのわずかな残り時間を生きるために、あなたに寝返り、協力する可能性が高いと権藤は感じ、面倒なことになる前に杞憂の種を摘み取った』

『五味淵と権藤の間には信頼などなく、単に傀儡《かいらい》的なものだったと?』

『戦前、戦中に権藤が父とつながっていたのは、政界や財界に顔の利く人間が必要だったからで、それ以上でも以下でもありません。権藤は父の人脈を使い、金を集めて、昭和十二年に貿易会社を作った。ご存じですよね』

『美鈴《みすず》商店のことですね』

『そこで希少金属や塩など、戦時に必要不可欠な物資を扱い、大金を稼いだ。もっとも父のほうも見返りとして十分な分け前を手にしていましたが。終戦まで天皇主義者と偽っていた権藤は、戦後も一定期間、父の存在が必要だった』

『尊皇派が一掃された日本の政界や財界、さらにはGHQと新たなつながりを作るためですか』

『ええ。そして目論見《もくろみ》通り、新しい人脈を作り、GHQに庇護されるまでになった。権藤は今では天皇崇拝者の立場をあっさり捨て、日本を愛する反共主義者の振りをしている。まあ、偽りなのは相変わらずですけれど』

見下した口調で貴和子はいった。

『GHQはなぜそこまで権藤に肩入れするのですか。今後、日本での反共政策の尖兵《せんぺい》に使うためだと聞かされましたが、あまりに厚遇されすぎている』

『その話を進めるなら、まずここにいる方々に、司馬計画、ハーディング密書、ハ一号文章についてご説明するべきでは？』

貴和子が紅茶のカップを手に取った。

ホフマンがイアンに目を向けた。まゆ子もこちらを見ている。

『ふたりに伝えずにいたのは、俺なりの気遣いからだったのですが。特にこの先も日本で暮らし続ける彼女は、余計なことは知らずにいたほうがいいでしょう』

「私にも聞く権利があるはずです」

まゆ子がいった。

「父は戦犯にされたのに、父以上にひどいことをした権藤という男はなぜ守られているのか？　その理不尽の理由を知りたい」

「君も同じ気持ちか？」

イアンはホフマンに訊いた。

「今後、GHQに身柄を拘束された際、私は何も知らなかったと弁明したところで、到底信じてはもらえないでしょう。だとしたら、僕も真実を共有しておきたいですね」

黙って聞いていたオトリーも紅茶を啜りながら無言でうなずいた。

ふたりに話すことを了承したという意味だ。

イアンは明治期に考案された、日本が対外戦争に敗北した場合の狂気的な天皇の玉体保持プランである司馬計画から説明をはじめた。

天皇一族が占領国に拘束される以前に、三種の神器とともに栃木県宇都宮市にある大谷石地下採石場に移送し、爆破により入り口を封鎖する。天皇は閉じ込められるが、その身は外国人に陵辱されることなく、清浄なまま地下で永遠の眠りにつく。

一方ハーディング密約は、一九二二（大正十一）年、ワシントン海軍軍縮条約への調印を拒否していた日本を懐柔するため、当時のアメリカ大統領、ウォレン・ハーディングが提案した極東有事の際の皇位維持策で、日本の敗北が決定的となった際、アメリカ政府は皇位継承権を持つ男子二名を安全に国外脱出させると約束した。

司馬計画とハーディング密約は昭和に入り統合整理されてゆく。ハーディング大統領の署名の入った密約書は六つに分割され、ハ一からハ六の通称とともに、司馬計画の中心人物六人の手に託された。このうちのハ一号文章を、終戦直後、日本に戻った権藤は強奪し、どこかに隠し持っているという。

イアンはGHQ民政局のケーディス大佐から、権藤の捜索を許可された代わりにハ一号文章の奪還を命令されている。

「その契約書を持ち、政財界に人脈があって、共産主義者や左翼の増長を抑える力があるから、権藤は戦犯になることもなくアメリカ人に保護されている。そういうことですか？」

まゆ子が訊いた。

『ああ。ケーディス大佐は、権藤を使おうと企んでいるのはGHQ内の参謀第二部やアメリカ本国のCIAという機関など一部に過ぎないといっていたが、どこまで信用できるかはわからない』

イアンはその言葉をまゆ子が訳し終わるのを待ってから、貴和子に目を向けた。

『あなたの意見は？』

皆の視線も彼女に集まる。

『私の意見ではなく、生前の父の推測でもよろしいですか』

『もちろんです』

『アメリカは今だけでなく、今後にも、権藤の利用価値を大きく見出していると思います』

『今後とはGHQの占領終了後？　日本が主権を回復してからという意味ですか』

ホフマンが質問した。

『ええ。アメリカには、日本を併合し、この土地もアメリカの国土にするような意思はありませんよね？』

貴和子が逆に質問する。

『ありません。そんなことをすれば、アメリカ国民の中の日系人の比率が、いきなり全人口の四分の一に跳ね上がってしまう』

『信託統治領という名の事実上の植民地にすることも、ソビエトなどの国際社会が許さない。だとすれば遅からず、日本はまた独立国に戻ることになる。どうでしょう？』

貴和子がイアンに視線を向ける。

イアンはポケットからタバコを出しながらうなずいた。

『残念ながらそうなるでしょう』

『でも、アメリカは決して日本の土地のすべてを日本国民に返すことはない。重要な部分は撤退せず押さえたままにしておく』

『首都や工業地帯という意味ですか?』

ホフマンが再度訊いた。

『いや、軍事的要衝だ』

イアンはタバコに火をつけた。

貴和子が話を続ける。

『対ソビエトのために北海道、対中国の共産勢力のために沖縄や周辺の島々、そうした場所に軍事基地を置き、港を整備する。ただ、独立後の日本に居座り続けるには、何らかの軍事条約を結ばなければなりません』

『軍隊を持たないはずの日本と軍事条約?』

『違和感があるなら、安全保障のための協定といい換えましょうか。どちらにせよ、アメリカが日本国内に治外法権を認められた占領地をいくつも持つための協定が、いずれ調印されることになる。ただし、そんな協定を日本国民が望むかどうか』

『大騒ぎになるでしょうね』

背後で聞いていたオトリーが口を挟んだ。上着の内側からシガリロを取り出し、マッチで火をつけながら言葉を続ける。

『壊滅的な敗北で軍と戦争に対する怨嗟が日本中に広がっているところに、反戦・非武装を謳《うた》った急拵《きゅうごしら》えの憲法など与えるものだから、日本人全体が異常な熱を持って平和に邁進《まいしん》している。そんな状況の中、日本の再独立後もアメリカ軍の基地は消えずに残り続けるとなれば、日本人の中に強い反感を生むことになる』

『反感は反発に成長し、いずれは大規模な反対運動になりかねない』

オトリーの意見を補強するように貴和子がいった。

『将来、日本の中に巻き起こる反アメリカ・反軍備の熱を抑えつけるために、権藤は不可欠な存在だと？』

イアンの質問に貴和子がうなずいた。

『私もその推論を支持するね』

オトリーはシガリロの煙をゆっくりと吹き出すと、まゆ子を見た。

『この先、何十年も日本国内にアメリカ軍の基地が残り続け、その維持費・軍事費の一部を日本人が負担し続けなければならない。もし、そうなったら、日本人として何を感じる？』

『私がですか？』

訊かれたまゆ子がテーブルに視線を落とし、考える。

『まず、そんな条約をアメリカと締結しないよう反対するし、選挙でも反対派の候補者に投票すると思います。それでも事態が変わらなければ、デモやストのような強い手段に出るかもしれない』

『いつまでも緩やかに続く占領への不安と反感から、今後、日本人の中に反アメリカ的な世論や運動が生まれたとき、それを弾圧し封じ込めるのが権藤の役目ですか』

ホフマンがいうと、オトリーはうなずいた。

『でも、仮定の話ですよね』

まゆ子が自分の思いをつぶやく。

『残念ながら、実際そうなる可能性が大きい。いや、それがアメリカにとっての既定路線だといってもいいだろう』

オトリーがいった。

『そう、残念ながら』

貴和子も続く。

『ただ、権藤への復讐心で今後共闘するにしても、あなたは俺を信用できますか？』

イアンは貴和子に確かめた。

『信用はしていません。でも、そんなもの必要ないでしょう？　私自身の目的を達成するため、共闘するのに一番適していたのがあなただったというだけです。こういう考え方は、英国人のあなたも嫌いではないはずです』

『ええ』

『それだけじゃありません。ついさっき父の遺体に会ってきたら、昨日はあったはずの右耳と左手の薬指が切り取られ、消えていました。奪ったのは中尉ですよね？　いえ、責めたいのはあなたではなく、警察です。遺族の私に何の相談もなく、あなたに遺体損壊の許可を出した。父の体を、あなたを日本から追い出すための道具だとしか思っていない証拠です。しかも昨日は、父を殺したのはあなただと証言するよう暗に迫った』

『俺も日本の警察も、信用できないという点では同列ということですか』

貴和子はうなずいた。

『GHQ参謀第二部と四谷警察署の連中は、あなたを見くびっていた。そのおかげで、俺はあなたに助けられた』

イアンはいった。

『でも、見くびっていたのは、中尉も同じですよね。だから用心しつつも、何の準備もなく私と会った。そして今、気圧《けお》されている。あなたも誇り高い将校の典型ですね。緻密に見えて、人種や女性に対する差別心が、自分でも知らぬ間に油断を生んでいる』

イアンは答えなかった。しかし、今、彼女の望む方向に会話を牽引《けんいん》されているという事実は素直に認めなければならない。

『権藤をぶち殺してハ一号文章を回収するには、具体的に何をすればいいのですか』

ほとんど吸わずにフィルター近くまで燃え落ちたタバコを、イアンは灰皿でもみ消した。

4

『参謀第二部の指示を受けた暴力団組織が、権藤を都内のどこかで保護しているのは間違いありません』

イアンはまだかすかに湯気の上るティーカップを手に取った。

『でしたら、暴力団のことは、やはり暴力団に任せるのが最適ではないでしょうか』

貴和子がいった。

『ヤクザに行方を追わせろと？　もちろん考えましたが、どこの組の誰に依頼すればよいかわからない』

『建設会社の社長をされている胡喜太さんをご存じですよね』

『ええ』

と返したが、同時にイアンの中に疑惑と嫌悪の念が湧き上がった。

『彼とは一度だけ会ったことがあります。あなたは以前からお知り合いなのですか』

『はい、父を通じて。五味淵幹雄は悪人で、不正や違法なことを数多く行っていた男ですから、当然その類の方々とのつながりも多く持っていました』

復讐心で動いているように思えた貴和子だが、彼女の口から胡喜太の名を聞かされると、やはり裏に何かがあると疑わずにはいられない。

彼女がこちらを見ている。

『胡喜太さんをあまりお好きではないようですね』

隠す気がなかったせいで、顔に不快さが露骨に出ているのだろう。

『いい出会い方ではなかったので、確かに好意は持っていません。権藤の所在は胡社長に追わせろと？』

『あなた自身も捜索を続け、一方で胡さんにもお願いしてはどうでしょう』

『俺は彼の仕事ぶりをまったく知りません。あなたが推す理由は？』

『支払った分の仕事は確実にやり遂げてくれるからです。先ほど、まゆ子さんが迎えに来てくれた大森の家も、今現在、胡さんの手配した方々に警護していただいています。近隣のお宅も含めて、何度か物騒な連中に襲撃されましたが、迅速に撃退してくださいましたよ』

『あなたのお宅が？　何を狙って襲撃したのでしょうね』

『父がかなりの財産を持っていることは一部に知られていますから』

『ヤクザや悪人にですか』

『ええ。それを狙ってくる連中もいます。加えて、私がこうしてあなたと会ったことが権藤の耳に入れば、何らかの揺さぶりをかけてくるでしょう』

脅迫を受ける恐れがあるといっている。

『そのためにも守りを固めていると』

『ええ』

『ただ、権藤はGHQ内に対立を生む大きな火種のひとつにもなっている厄介な存在です。以前、胡喜太社長に会った際、アメリカとは無用な問題は起こさず、仲良く利益を分かち合う、それが今この国で一番確実かつ安全に稼ぐ方法だ、といわれました。依頼したところで、断られるかもしれない』

否定的な意見をぶつけ、反応を見定める。

『こちらの提示する条件によると思います』

『金次第ですか』

『中尉のお父様はお金持ちで、いろいろな利権も握っていらっしゃるのでしょう？　私のところにも、先ほどお話ししたように父が遺したお金があります。胡喜太さんは利益が大きければ、きっと動いてくれるはずです。まずはもう一度お会いになってみたらいかがですか』

今日の午後、警察に連行されなければ、イアンは奴の経営する建設会社に突然押しかけようと考えていた。

胡喜太が新宿区高田馬場に所有する建物に権藤が滞在していた可能性があり、五味淵幹雄が死の直前に権藤にかけた電話番号からも、胡喜太と権藤の間に何らかの接点があることは間違いないだろう。だが、それを今この場で貴和子に話すつもりはない。胡喜太を通じて、貴和子と権藤がつながっているかもしれないのだから。

『胡喜太社長の名刺の番号にかけてみます』

『私からも彼に中尉のことを連絡しておきますね』

『しかし、権藤の居場所がわかり、奴を殺せたとしても、まだ大きな問題が残っている』

『わかっています。私たち自身が無事に生き延びる方法を考えなければ』

ＧＨＱ内の一部勢力やＣＩＡが、今後の極東戦略上、不可欠な存在だと考えている権藤を殺せば、父親の人脈と財産の力で守られているイアンも無事ではいられない。ＧＨＱ参謀第二部に身柄を拘束され、今度こそ本当に起訴されるかもしれない。権藤を殺した直後、イアンも警護隊にその場で銃殺される可能性もある。

『俺は権藤と一緒に死ぬために日本に来たのではありません』

『私も復讐を果たせたら、その先はどうなっても構わないなどとは思っていません』

オトリーがポットのティーコージー（保温カバー）を外し、空になった貴和子のカップに二杯目の紅茶を注いだ。

貴和子が笑顔で礼をいい、言葉を続ける。

『ただ、やり方はあると思います。権藤と同じくらいGHQにとって有益な日本人が他にいれば、あの男は唯一無二の存在でなくなる。代替品が調達できれば、権藤に固執する意味はないし、消えたところで問題ないでしょう』

『権藤の価値を相対的に下げるというのはわかります。でも、そんな代替品は――』

貴和子が思わせぶりにイアンとまゆ子を見た。

『おふたりもご存じでしょう』

イアンは考え、そして訊いた。

『トタン要害の竹脇ですか？』

貴和子がうなずく。

『いや、無理でしょう。奴は優しすぎるし、頬の傷を除けば、立ち居振る舞いも英雄然としすぎている。何より、権藤と較べてあまりに小物だ』

通訳するまゆ子の声も上ずっている。彼女も驚いたのだろう。

『それは中尉の判断で、他の人々はまた違った見方をするかもしれません。今でも竹脇さんはGHQの方々に認められているのでしょう？』

『強引すぎます』

『そうでしょうか?』

『五味淵幹雄が生前に考え、あなたに教えたのですか』

『ええ。権藤をよく知る父は、遠からず自分が排除されると感じ、それを防ぎ、生き残るためのさまざまな策を終戦前から練っていましたから。ただ、癌で余命わずかだとわかったことで、どの策も一度は不必要になったのですが』

『権藤は五味淵を消すことなく、病死するのを待つつもりだった?』

『そうです。権藤は父が自分の監視下にいるなら、無理に手を下すことはないと考えていた。父も、権藤に指示された東山邸の離れに素直に入り、残りわずかな時間を噛み締めるように生きるつもりだった。でも、そこに中尉、あなたが現れたんです』

『ふたりの間の均衡を、俺が崩したといいたいのですね』

『事実、あなたが崩したのです。そして父は殺された』

『残念ながら俺は殺せませんでしたが』

『それが本心ですよね。ええ、わかってはいました。でも、面と向かっていわれると、やはり腹立たしい。欧州から来た疫病神だと、今あらためて感じています』

『胡喜太社長からも同じことをいわれました』

『そんなあなたに頼るしかないのが、悔しくてなりません。ただ、この続きは、次にお会いしたときにお話ししましょう』

『策を出し惜しむのですか』

『違います』

貴和子は窓を見た。

外は暗くなり、風に煽られた雨粒がバラバラとガラスを強く打っている。

『もうここを出ないと台風で家に戻れなくなります。女所帯で、今は見ず知らずの警備の方たちが詰めている。しかもこんな雨風の強い夜では、私が戻らなければ母も祖母も不安で眠ることができないでしょう。それにまず中尉がするべきは、胡喜太さんに会い権藤の捜索を依頼することです』

出会ってからこれまで、昨日父を亡くしたにもかかわらず、貴和子は穏やかな表情を崩さず、ときおり笑顔も見せていた。ただそれは、彼女なりの敵国人への、そしてイアンへの抵抗だったのかもしれない。

貴和子が腕時計に目を遣り、イアンも自分の腕時計を見た。

午後七時、もうそんな時間か。

『タクシーを呼んでいただけますか。行き先は大田区大森三丁目』

ホフマンが受話器を取った。内線で誰かに指示している。

『それで送ってくださるのは、どなた？』

まゆ子が訳した言葉を聞き、男たちは一瞬顔を見合わせた。

『四谷警察署に向かう前と今では、私の置かれている状況も違います。危険だとわかっていながら、女ひとりで帰すなんて無粋なことを、英国紳士はしませんよね？』

ホフマンが受話器を握っている反対の手を上げた。

『私が行きますよ。このささやかな英日同盟に加わってしまった以上、自分のできることで貢献させていただきます』

諦めたようにうなずいた。

「もう一台呼んでくれ」

イアンもいった。

「行き先は――」

「ビークマン・アームズ、だね？」

オトリーが口を挟む。

「中尉も痛み止めと化膿止めを飲む時間だろう。宿舎に戻って包帯も換えないと」

隠せているつもりだったが、やはり気づかれていたか。この部屋に入る前から、長田に火搔き棒で刺された右の二の腕の傷が疼《うず》いていた。

それだけではない。オトリーはまゆ子を見ている。

気を張ってはいるが、彼女は明らかに疲れていた。胡喜太の会社に今から乗り込むつもりだったが無理か。この時間で、しかもこの台風だ。奴も早々に自宅や女のところに帰ったかもしれない。

「アームズでよろしいですね」

ホフマンが念を押す。彼の目は、貴重な翻訳装置を酷使して壊す気かといっている。

「ああ。アームズに戻る」

イアンは答えた。

代わりはもういないのだから、慎重に扱わなければ。

イアンは新しいタバコを取り出し、雨が吹きつける窓に目を遣った。

5

ベッドに横たわっていた竹脇祥二郎は体を起こした。

撃たれた箇所がまだ激しく痛む。早く回復するためにも極力安静にしていなければならないが、考えがまとまらず眠れない。

いや、すでにまとまっている。

――踏み出す勇気が持てないだけだ。

トタン要害の奥にある皆が指令室と呼ぶ一室の、さらに奥にある自室。三方の壁が本棚と書類棚で塞がれ、残り一面にもカレンダーや予定のメモ書きがびっしりと貼りつけられている。実質二畳ほどしかないが、独り身の男が寝起きするには十分だった。

電灯の下、ベッドの脇に座り、グラスにウィスキーを注ぐ。

鎮痛剤もあるが、飲めば意識が薄ぼんやりとしてしまう。敵が襲撃してくる可能性があるのに、そんな判断を鈍らせるものを口にすることはできない。

――俺はここで暮らす三百を超える人々の命を預かっている。

常にそう感じながら暮らしてきた。

一方で、できる限り人の道を外さず生きていこうとも考えてきた。

散々人を殺《あや》めていながら、何を今さらと自分でも感じるが、それでも傷つけ命を奪うのはヤクザと仲間を傷つけ陥れようとする連中のみ、堅気《かたぎ》は絶対に巻き込まないことで自分の正気を保てていた。この町の住人を、仲間を守ることは、身寄りのない自分がまだ生き続ける理由にもなっていた。

そうやって敗戦後の異常な日々を、なけなしの善意や慈しみを持ちながら暮らしてきた。

だがそれが突然難しくなってしまったのは、あのイアン・マイケル・アンダーソンという英国人中尉のせいだ。

日本人から搾取して得た利益を分け合うことで、どうにか均衡を保ち続けてきたGHQの参謀第二部と民政局の関係に変化が起きはじめている。日本を支配する「二大ギャング」の暗闘は、日本人のヤクザたちにも波及し、戦後二年でようやく落ち着いたはずの東京の暴力団勢力図がまた大きく書き換えられようとしている。その中でこのトタン要害は中庸を守り続けるべきか？　それとも危険を承知で次の一手に踏み出すべきか？　どちらが最善かを考え、答えを探している。

イアンの存在はGHQ内を騒がせているだけでなく、竹脇の胸の内も波立たせていた。

彼は面白い。が、それ以上にあくどく危険な存在だ。あの男は通訳を失った窮地を脱するために、自分が仇と狙っている下井壮介の娘・まゆ子に共闘を呼びかけ、取り込むことに成功した。

無謀で、常識も良識もない。

——だが、学ぶべきなのだろう。

自分が甘く優しい男だとわかっている竹脇は感じていた。トタン要害の仲間たちとともに生き抜くには、中尉も権藤も超える、厳しく容赦のない人間になる必要がある。

——それが間違ったやり方だとしても、俺には他の手段を見つけられなかった。

軽く息を吐き、ウィスキーの入ったグラスに視線を落としたところでノックの音が響いた。ドアが開き「医師《ドク》」と呼ばれている青年が顔を出す。

「消毒の時間だ。包帯も換えよう」

彼がいった。

「わかった。でも、その前に皆に用意するよう伝えてくれ」

「今すぐにかい？」

彼が確認する。

「ああ。今夜、トタン要害を出る」

竹脇はいった。

「わかった」

ドアが閉まると同時に駆けてゆく彼の足音が聞こえた。

——あのアンダーソン中尉の利己的に徹した行動が、権藤の不遜なまでの独善的な生き様が、俺の迷いと弱さを取り払ってくれる。

何の思い入れもなかったはずのこの狭い部屋が急に名残り惜しくなり、竹脇は見渡した。そしてグラスのウィスキーを飲まずに、部屋への別れの挨拶として、トタン要害への最後の手向けとして宙に撒く。

電球の光を浴びた琥珀色《こはくいろ》の液体は、弧を描き、小さな玉となりながら床へ落ちていった。

6

タクシーで宿舎に戻り、自室に入ると、イアンはまず受話器を取った。

胡喜太から以前渡された名刺を探し、書かれていた番号をホテルの交換手に告げる。

何回かの呼び出し音のあと、電話に出た奴の会社の従業員はこちらの英語の声に慌てていた。片言の日本語を交えながらゆっくりと話す。胡喜太はもう社を出てしまっていたが、どうにか用件を伝えることができた。

ただ、奴が素直に折り返しかけてくるような男だとは思えない。

一度切り、ホテルの交換手にトタン要害の番号を告げる。

だが、三十回以上呼び出し音が続いても誰も出ない。再度かけたが、やはり出ない。

まゆ子は廊下を挟んだ向かいの従者部屋にいる。

彼女に時間帯によって電話に出ないことがあるのか、今竹脇と連絡を取るにはどうすればいいのかと訊きたかったが、やめておくことにした。まゆ子を休息させなければならないのは、オトリーやホフマンにいわれるまでもなく、イアンにもわかっている。

潘美帆の顔が頭に浮かぶ。

――おまえをそんなに手荒く扱ったか？

自問自答しそうになったが、意味のないことなのでそれもやめた。ただ、メイと過ごした時間をもうずいぶんと昔のように感じている自分は、やはり冷酷なのかもしれない。

今日の午前にホフマンから受け取った、巣鴨プリズンで自殺した倉田宗光の指を取り出し、ホルマリン溶液で満たされたガラス瓶に落とす。

香港で手に入れたふたりの元日本兵の耳と指。日本に来てから回収した倉田と五味淵の耳と指。計八個のガラス瓶がデスクの上に並んだ。

こうして見ると、自分がいかに異常なことをしているのか、あらためてわかる。戦場には常に狂気が潜んでいるが、ここにも違うかたちの狂気が確かにある。

イアンは痛み止めと化膿止めの錠剤を噛み砕いて飲み込むと、血の滲む二の腕の包帯を交換した。また受話器を取り、トタン要害に電話したものの、やはり聞こえてくるのは呼び出し音だけだった。

部屋から廊下へと出る自室のドアノブを少しだけ見つめたあと、振り向き、グラスにスコッチを注いだ。サイドテーブルに置き、ひとりがけのソファーに腰を下ろす。連絡公館にいたときよりも、風はさらに強くなって木々を大きく揺らしている。雨は大きな粒となってガラスを間断なく叩き続けている。

権藤の居場所、貴和子の本心、胡喜太の思惑、竹脇という存在――次々と浮かんでくることを、ひとつひとつ頭から追い出してゆく。

まゆ子だけでなくイアンも休息を必要としていた。

それから数時間――

窓の外の雨はもう止んでいた。風はまだ吹いているものの、柔らかな月明かりがカーテンと床のカーペットを照らしている。

台風はもう低気圧へと変わってしまったようだ。あれほど激しく木々や窓や、ホテルの壁に吹きつけていたのに。停電も断水もなかったのはよかったが、あまりに呆気なく消えてしまった。

サイドテーブルのグラスに注がれたスコッチはまったく減っていない。

まどろむこともなく、浮かんでくる不安や迷いを追い出すこともできず、ただ座り続けたあと、イアンは立ち上がり、受話器を取った。交換手にまたもトタン要害の番号を告げる。誰も出ることのないまま、呼び出し音を二十回くり返し聞いたあと、受話器を置いた。

腕時計の針は午後十一時を過ぎたところだった。

拳銃の弾倉を確認し、ホルスターに収め、上着に袖を通すとすぐに部屋を出た。

目の前のまゆ子の部屋のドア下の隙間からは灯りが漏れている。

ノックすると、待っていたかのようにドアが開いた。

「眠れたか？」

イアンは訊いた。

「少しだけ」

部屋の中に入れられたワゴンの上にルームサービスのサンドウィッチが置かれている。だがほとんど手つかずで残っていた。

「トタン要害に電話をした」

「誰か出ましたか？」

「いや誰も。君もかけたのか？」

「はい、何度か。でも、誰も出ませんでした」

「今までこんなことは？」

「一度もありません」

「これからトタン要害に行くが、君はついてこなくてもいい。ここで休んでいろ。代わりに、こんな時間でも追い返されず中に入る方法を教えてくれ」

「いえ、私も行きます。行かせてください」

まゆ子がポーチと部屋の鍵を手に取った。

※

小森昌子のタクシー会社に連絡を入れたが、彼女はもう仕事を終え、帰宅したあとだった。代わりにアームズの車寄せに停まっていたタクシーに乗り込んだ。

運転手の男は英語をほとんど話せなかったが、余計な口をきかずに黙ってハンドルを握っているので、今のところ文句はない。

ぬかるむ道のあちこちに、大きな水溜《たま》りがあり、空の月を映して輝いている。風で飛ばされた植木鉢や板切れなども散乱していて、それを避けようと運転手が左右にハンドルを切るたび、車体が小刻みに揺れた。

「着くまで眠っていてもいい」

イアンは隣に座るまゆ子にいった。

「いえ、だいじょうぶです」

彼女を連れてくるべきでないことは、もちろんわかっている。一度トタン要害に戻れば、やはり気が変わり、イアンと行動を共にせずに、あのジャンクヤードの奥に引きこもってしまう可能性もあるのだから。

だが今は、まゆ子の中の不安を極力取り除くべきだと思った。

――彼女を信頼しなければ。

管理するだけでは、まゆ子もメイと同じように突然姿を消してしまう。

アベニューT（靖国通り）を左折し、アベニューR（江戸通りなど）に入った。

まゆ子がポーチから丸形の缶を出し、漢字の書かれた蓋を取った。入っているのは日本のキャンディーのようだ。

「あの、よかったら」

こちらに缶を差し出す。

宿舎に残さず、同行を許可したことへの彼女なりの感謝なのだろう。ずいぶんとぎこちない感情表現だが、イアンも他人のことはいえない。

一粒手に取り、口に入れる。甘さと同時にシナモンのような爽やかさが口に広がってゆく。

まゆ子が自分の分の一粒を取り上げる前に、イアンも内ポケットから小さな包み紙を出した。

「えっ？」

驚いている。

「俺が他人に分け与えるなんて意外か？」

「そうじゃありません。中尉がキャンディーを持っていたことにびっくりして」

「監禁や放置の危険性は、いつ、どこにでもある」

「あ、非常のときのため」

「キャンディーを内ポケットに数個忍ばせているだけで、生き延びる確率は格段に上がる」

無味乾燥なことをいっていると、イアン自身も感じている。

「軍人さんらしい理由なのですね。ありがとうございます」

まゆ子は包み紙を開き、バタースカッチキャンディーを口に入れた。

街には通行人も車も少ない。イアンが東京に来てから、たぶん今夜が一番静かな夜だろう。毛の生えた球形の日用品（亀の子束子《たわし》）の看板を照らす照明や、商品名らしい漢字のネオンサインも消えている。

台風に備え、早めに眠りについた東京の街は、台風が消えた今も、まだ眠りの中にいる。

タクシーが信号機で停まった。すぐ横の鮮魚店から店主らしい中年男が出てきて、台風で看板や壁が傷ついていないか確かめている。

カンカンと木のようなものを打ち鳴らし、何か呼びかけながら日本人の一団が道を渡ってゆく。まゆ子によると「拍子木」の音で、台風後の風の強い夜に、火の始末を徹底するよう注意喚起している自警団だという。

信号が青に変わり、またタクシーが走り出した。

車体が大通りを渡った数秒後——

細い脇道から突如エンジンを吹かし、トラックが飛び出してきた。

タクシーの左側に激突し、激しい金属音が鳴り響く。運転手とまゆ子が悲鳴を上げる。イアンは激しく揺さぶられながらも、まゆ子の体を抱き止めた。

が、トラックは減速せず、タクシーの重い車体を路肩に押してゆく。トラックとタクシーが擦れ合い、ガリガリと音を立てながら木製の街灯をなぎ倒し、コンクリート製の真新しい銀行の外壁に激突した。

信号で停まっている間、このタクシー以外のアイドリング音は聞こえなかった。トラックが突っ込んできたのは事故じゃない。直前までエンジンを切って待ち伏せていた？

街灯は折れ曲がったものの、電球は割れておらず、その光がトラックの運転席を一瞬照らした。

ハンドルを握る日本人の男、その隣の助手席にもうひとり、額に傷のある丸刈りの男がいた。

長田善次。

あの死んだ魚のような目でこちらを見ている。奴が何か叫び、運転手がすぐさまエンジン音を響かせトラックを後退させた。逃げる？　いや、もう一度トラックを激突させる気だ。

「頭を下げろ」

イアンはまゆ子に叫ぶと、割れたタクシーのガラス窓を蹴破り、ホルスターから抜いた銃を突き出した。

運転手を狙い、素早く引き金を引く。

何度も銃声が響き、トラックの正面ガラスに蜘蛛《くも》の巣のようなひび割れが走る。撃たれた運転手は体を大きくのけ反らせた。

が、トラックの進行方向はわずかにずれただけで、タクシーのフロント部分に衝突した。

七章　アンダーグラウンド

1

タクシーの車体が激しく軋む。

イアンの被っていた帽子が宙を舞い、まゆ子の体が跳ね上がった。

だが、トラックに衝突され、コンクリートの外壁との間に挟まれても、堅牢なフォード・モデル40は潰れない。イアンは暗い車内でブローニングの弾倉を交換すると、再度トラックのフロントガラスに向け発砲した。激しくひび割れ白く曇っていたガラスが完全に砕け落ちる。被弾したトラックの運転手と血の飛び散った車内を、折れた街灯の光が照らし出す。カーキ色の服を着たトラック運転手は悶絶《もんぜつ》しながら体を起こし、運転席からボンネットに這い出ると、地面に転がり落ちた。台風の雨の名残りで濡れた路上を、血で染まったカーキ色の背中が爬虫類のようにずるずると逃げてゆく。

だがトラックの運転席では、傍《わき》から伸びた新たな腕がハンドルを摑んでいた。

長田だ。わずかに覗いた丸刈りの頭から、間違いなく奴だとわかる。ギヤーを入れ替える音とともに、トラックがバックしてゆく。

遠くから別のエンジン音も聞こえてきた。長田たち襲撃隊の増援だろう。

衝突音や銃声のせいで、暗かったアベニューR（江戸通りなど）沿いの家々の窓に光が灯ってゆく。台風が過ぎ去り、ようやく静かになった夜の街がまたざわめき出す。

フレームの歪んだタクシーの車内では、制帽をつけた運転手がハンドルに突っ伏し呻き声を漏らしている。

後部座席で屈んでいたまゆ子が日本語で呼びかけ安否を確認する。が、返事がない。まゆ子は立ち上がって手を伸ばし、低く呻き続ける運転手の体を抱き起こそうとした。

「まだだ」

イアンは英語で叫ぶと、彼女の腕を摑み、再度シートに倒した。

長田の仲間が周囲に隠れ、こちらを銃口で狙っている可能性がある。今、車外に出るのは危険だ。しかし、ここに停まっていれば、長田は間違いなくもう一度あのトラックをぶつけてくる。

イアンは身を低くしたまま、外に向け一発撃った。さらに威嚇射撃をしつつ、突っ伏したままの運転手の体を左腕で摑むと、助手席に押し退け、代わりに自分の体を運転席に滑り込ませた。

長田の乗ったトラックがバックを続け、雑貨商の軒先を壊しながら一旦停車した。エンジンを吹かす音とともに、再度ギヤーを入れ替えた「ガクン」という音が、フロントの潰れたトラックから響いてくる。

イアンも慌ててタクシーのスターターを押し、アクセルを踏んで、止まってしまったエンジンを再始動させる。

が、かからない。

長田のトラックが迫ってくる。イアンは再度アクセルを踏む。三度目でようやくエンジンが目を覚ました。タクシーのパンクしかけた前輪が、ぬかるむ地面を削りながら走り出す。直後、車体後部からけたたましい金属音が聞こえ、トラックと接触した。しかし、タクシーは止まらない。寸前で衝突を回避し、リアバンパーを擦っただけだ。逆に長田の乗ったトラックは激しい音を響かせながら銀行の外壁に突っ込んでいった。

イアンはさらにアクセルを踏み込み、そのまま深夜の道を走り出した。

バックミラーの中では、追ってくる二台のトラックのヘッドライトが小さく光っている。あの衝突で長田が死んでくれていればいいが、そう上手くはいかないだろう。後続のトラックに拾われ、奴もまた追ってくるに違いない。

どこまで引き離せるだろう。

タクシーは走り続けているものの、衝突でサスペンションか車軸が壊れたのか、平らな道にもかかわらず激しく振動している。徐々にタイヤの空気も抜け、車体が右に傾いてきた。いずれにしても、このまま振り切るのは難しい。

どこかの路地を曲がり、撒こうにも、イアンは東京に詳しくない。地の利は圧倒的に追ってくる奴らにある。

「あの人たち」

後部座席のまゆ子が口を開いた。

「殺す気だったから、何度もぶつかってきた」

つぶやく声は怯えている。

「そう考えるのが妥当だ」

イアンは揺れる車体を制しながら返した。

「衝突の怪我で身動きが取れなくなった俺たちを拉致しようとした可能性もあるが、そのまま事故に見せかけ殺そうとしたのだろう」

「中尉は英国人なのに」

「戦勝国人だろうと軍人だろうと容赦しないという証《あかし》だ。もちろん俺だけじゃない。危険なのは君も同じ」

「さっき中尉は、『まだだ』といいましたね。あそこで頭を上げていたら――」

「君は撃たれていた」

英国人のイアンが日本で死亡すれば、遺体を本国に返すため一度英国連絡公館に移送される。その際、体に失血死に至るほどの大きな刺創や切創、銃創、または銃弾を取り出した痕跡などが見つかれば大問題になる。英国経済界の重鎮である父チャールズ・クリス・アンダーソンも、イアンの死の真相を知るため、英米の政財界人を通じて圧力をかけてくるだろう。

だから、偶然もしくは自己過失での事故死という演出が必要になる。

一方、まゆ子にはそんな配慮はいらない。彼女は単なる敗戦国の一庶民で、父親は戦犯として身を追われてもいる。遺体から銃弾が見つかっても、警察を抱き込み、不運にも暴力団の抗争に巻き込まれたとでも発表させればいい。

イアンは明言しなかったものの、まゆ子は自分の命が野犬ほどの重さしかないことを理解したようだ。一瞬振り返って見た彼女の顔からは怯えが消え、険しい表情に変わっていた。

「腹が立つか」

訊いてみた。

「もちろん。中尉はトラックに乗っていたのが何者なのか、ご存じなんですね」

「長田善次、五味淵幹雄を殺した真犯人だ。以前は警官で、自分が逮捕し服役させた男に妻子を殺されてから精神に異常をきたしたそうだ。今はGHQの一部と権藤忠興に雇われている」

「そうですか」

「素性を知って、少しは同情する気になったか」

「いいえ、まったく。どんな身の上だろうと、そんな男に私が殺されなければならない理由なんて、ひとつもありませんから」

本当に気の強い娘だが、こんなときは少し頼もしくも感じる。

だが、タクシーのほうは限界に近づいていた。

まだ五分も走っていないが、右側の前後輪ともに空気が抜け、車体がさらに傾き、アクセルを強く踏み込んでも、思うほどに速度が上がらない。負傷している助手席の運転手も口を半開きにしたまま動かなくなった。

「この人、意識が」

まゆ子がいった。

とりあえずまだ息はしている。ハンドルに頭と胸を強く打ちつけ、脳震盪《のうしんとう》を起こしたのだろう。だが、折れた肋骨《ろっこつ》が肺を傷つけていることも考えられる。

「早く病院に連れていかないと」

彼女の言葉に「わかっている」と返した。

しかし胸の内では、こんな非常時に、何のつながりもない日本人運転手の命を気にかけている自分に苛立ちも感じている。

いよいよタクシーの速度が落ちてきた。バックミラーには、台風が過ぎ去った直後のみすぼらしい東京の街と、追ってくるトラックのヘッドライトが変わらず映っている。

イアンはハンドルを肘で支えながらブローニングの弾倉を再度交換した。

残り七発。

わずかな街灯が頼りなく照らす道の先に、タイル貼りの小さな建物と制服の人影が見えた。

「地下鉄《アンダーグラウンド》か?」

「はい。稲荷町《いなりちょう》駅の入り口です」

営業を終え、地下へ下りてゆく階段の鉄門を閉じる作業をしていた駅員が、エンジン音を響かせ近づいてくるタクシーを見ている。

「あそこで降りる」

「運転手さんは？」

「あの駅員に医者か救急車を呼ぶようにいってくれ」

ブレーキを踏み込み、地下鉄入り口のすぐ横でタクシーを停めた。衝突で歪んだドアを内側から何度も蹴飛ばし、どうにか開けると、まず自分、次にまゆ子を降ろした。

唖然《あぜん》としながらも近づいてきた駅員に、まゆ子が日本語で説明する。

イアンは地下鉄構内へと階段を下りてゆこうとしたが、二十歳そこそこの駅員が前に立ち、毅然《きぜん》とした態度で阻んだ。戦時中は徴兵されていたのだろう。外国人に対しても一切物おじしていない。

イアンは即座にブローニングを取り出し、突きつけた。

「待って。すぐに説得します」

まゆ子が割って入る。

「撃つ気はないが、早くしてくれ」

だが、イアンを睨んでいた駅員の視線は、すぐに新たなエンジン音が聞こえてきた薄暗い道の奥に向けられた。

トラック三台が一列になり近づいてくる。

イアンは駅員が手にしていた鍵束を奪うと、まくし立てた。

「死にたくなければここから離れて、早く警察と救急車を呼べ。駅構内にはあと何人残っている？早く教えろ」

まゆ子が日本語に訳してゆくが、駅員は困惑した様子で答えあぐねている。

イアンはまゆ子の手を引くと、追ってくる彼を押し退け、地下鉄入り口の重い鉄格子を閉じた。内側のかんぬきを通し、南京《ナンキン》錠をかける。

鉄格子の外に残された駅員にまゆ子は早く逃げるよう再度促した。

地下への階段をふたりで駆け降りてゆく。

ロンドンの地下鉄と違い、どこまでも潜ってゆくような深さはなく、すぐにホームのあるフロアーへとたどり着いた。改札口を越えた先のホームは対式二面二線で、向こう側の「FOR TAWARAMACHI, ASAKUSA」と書かれた文字がぼんやり見える側のホームの照明は完全に消えていた。こちら側、「FOR UENO, SHIMBASHI, SHIBUYA」と書かれている券売窓口からは、駅員室内の照明が磨《す》りガラス越しに漏れている。

その駅員室のドアが開き、制服の中年男が顔を出した。

「動くな」

イアンは銃口を見せた。

予期していなかった状況に中年駅員の顔がこわばる。

『駅員や客はあと何人残っている？　地上からの入り口はいくつある？』

イアンの言葉をまゆ子が訳してゆく。

駅員は混乱しながら『仲間が戻らないから様子を見に来ただけ』とくり返したが、まゆ子の穏やかな口調に少しずつ落ち着きを取り戻しはじめた。

もう乗降客はおらず、残っているのはこの男と駅員室にもうひとり。あとは地上入り口を閉めにいったあの若い駅員の計三人。駅構内に、上りと下りのホームをつなぐ通路はなし。地下への入り口はふたつあるが、浅草方面側はすでに鉄格子の施錠が終わっているという。

「駅員室のもうひとりにも抵抗しないよういってくれ。騒がなければ危害を加えるつもりはない」

命令通り、制服の男が両手を上げながら駅員室内に日本語で声をかけた。

イアンが半開きだったドアを全開にすると、もうひとりの駅員が同じように両手を上げていた。警棒らしきものが目の前の机に置いてある。

まゆ子がここは危険なのですぐ逃げるよう伝えたが、駅員たちは迷っている。

「線路伝いに走れ」

イアンはいった。

ふたりは一瞬顔を見合わせたあと、慌てて金庫を開き、売上金の入った大きな布袋を抱えると、駅員室を駆け出た。ホーム点検用のガラス窓からふたりが線路に飛び降りてゆく姿が見える。

最終電車の時刻はもう過ぎている。点検車両以外、電車は通らないはずだ。線路通電を示すランプをまゆ子に探させ、確認した。ランプは消えている。パンタグラフ式でないサードレール式の線路だが、駅員たちが感電する恐れはない。

暗闇の中、トンネルを駆けてゆく駅員たちの足音が響く。同時に、頭の上の方から金属音も聞こえてきた。長田たちが鉄格子についている南京錠を壊している。もしくは鉄格子を叩き、隙間を広げようとしているのかもしれない。

「君は隠れろ」

「えっ?」

イアンの指示を聞いて、まゆ子が訝しげな視線を向けた。

「隠れるって、どこに?」

「どこでもいい。安全なら」

「そんな場所などないでしょう」

「それでも俺の近くにいるよりは無事でいられる。俺ひとりで奴らを引きつけ、かたづけてくる」

「私が一緒にいると足手まといだと？」

「まあそういうことだ」

「嫌です。あなたをまだ信用し切ったわけではないですから。私を置き去りにするかもしれないし、囮《おとり》に使うかもしれない」

「悪い想像を巡らし、揉めている余裕などないとわかるだろう？」

鉄格子をこじ開けようとする金属音が変わらず響いている。

「必ず迎えに来る。ここで待っていてくれ」

「命令ですか」

「そういったほうが従ってくれるのなら」

「わかりました」

言葉とは裏腹に、まゆ子の顔は納得していない。それでも雇用者の指示には背かないのが、日本の連中の特性なのか？

口元が緩みそうになり、下を向いた。

「失礼ですよ」

まゆ子が強い口調でいった。

「君のことを笑ったんじゃない」

イアンの言葉と一転して曇った表情から、まゆ子も何かを感じ取ったようだ。それ以上責めることなく駅員室を見回し、隠れる場所を探しはじめた。

イアンはまた潘美帆のことを思い出していた。

メイともこんなふうに互いの思いの何分の一かでもさらけ出し、話したり、ぶつかったりしていたら、彼女は姿を消さなかったかもしれない。

香港にいた期間も含め、メイは通訳としての役目を十分に果たしてくれた。そんな彼女をイアンも自分なりに思いやっていた。

——いや、違う。

メイに向けていたのは愛馬や愛犬を大切に思う気持ちに近かった。

来日してからの数日で大きく変わったとはいえ、イアンはまだ日本の連中を人と呼ぶことに抵抗がある。同じような気持ちを、アジアで暮らす者たちにも抱いている。実際、英国人やアメリカ人と同じ人間とは思えないし、思いたくもない。

——こんなことを考えている場合じゃない。

イアンは備品庫にあった懐中電灯とロープを掴み、さらに近くの机に置かれていた鉛筆を手に取った。

「待っています」

まゆ子の声を聞きながら、駅員室の分電盤に鉛筆の先を押し込んでヒューズを外す。照明が消え、薄暗かった稲荷町駅がさらに深い闇に包まれた。

2

イアンは線路に飛び降りると、懐中電灯を消し、「FOR ASAKUSA」と書かれた方向にトンネルを駆けた。

遠くで響いていた金属音が止む。地下鉄入り口の鉄格子が破られたのだろう。

代わって、暗く静まり返っていた駅構内に階段を駆け下りてくる複数の足音が響きはじめた。線路上を進んでいるイアンの足音もすぐに奴らの耳に届くだろう。

振り返ると、暗い稲荷町駅ホームで複数の懐中電灯の光が蠢《うごめ》いていた。イアンはさらに速度を上げて駆けてゆく。

追ってくる男たちが日本語で何か叫び、線路に複数が飛び降りた音が聞こえた。

「中尉、先に進んでも俺たちの仲間が待ち伏せている」

長田の声だ。英語で呼びかけてきた。

「抵抗せずこちらに歩いてこい。殺しはしない。国に送り返されるだけだ」

まるで奴らのほうが主導権を握っているかのような口調。腹が立つ。奴の声に加え、追ってくる数人の足音も聞こえるが、もう懐中電灯の光は見えない。イアンに狙い撃たれないよう消したのだろう。

稲荷町駅から体感で四百メートルほど進んだところで、はるか先にぼんやりとした光が見えた。隣の駅の電灯だ。仲間が待ち伏せているという長田の言葉は、うそではないようだ。

イアンは進んでいた足を止めた。目もだいぶ闇に慣れてきた。

あらためてトンネル内を見回したが、深度は浅いものの、構造はロンドンの地下鉄と似ている。数十メートルおきに作業員用の退避坑があり、数百メートルおきに地上との通気口も設置されているようだ。

イアンは鉄の柱に運んできたロープの片側を素早く結び、線路上二十センチの高さに横に張った。ロープを内ポケットから出したナイフで切断し、同じ仕掛けをさらにふたつ、計三つ作る。そして十メートルほど進んだ頭上の鉄骨の梁《はり》に飛びついた。

梁によじ登り、闇の中に身を隠す。

英国陸軍入隊後に、こうした地下鉄トンネル内の戦闘は何度もシミュレーションしている。敵国ドイツによる英国本土上陸とロンドン侵攻を許したのちのゲリラ戦を想定した訓練だった。加えてイアンは第二次大戦中、ナチ占領下のパリでの地下鉄トンネルや地下納骨堂への潜伏経験もある。ただ、イアンが有利だとはいえない。

長田たちがイアンを簡単に殺せないように、イアンも奴らを殺せない。追ってくる連中の誰かが死ねば、その素性にかかわらず、また日本の警察に聴取されることは必至だ。GHQ内の参謀第二部とCIAを中心とする権藤擁立派にイアン国外退去の強力な口実を与えることにもなる。さっきトラックに追突されたとき、反射的に拳銃で応戦してしまったが、あのカーキ色の作業着の運転手が死んでいたら、かなり面倒なことになっただろう。もうあんな危険は冒せない、それにこのトンネルの闇の中で撃ち、急所を外しつつ行動不能にさせることも難しい。

――発砲は極力控えなければ。

イアンはI字形鉄骨の狭い窪《くぼ》み部分に横這いになり、息を殺した。

追ってきた連中の足音が近づいている。注意深く進んでいるつもりだろうが、一歩ずつの足取りが聞こえる。

音から類推する向こうの数は五から六。思っていたより少ない。闇の中での同士討ちを避けるため？　奴らは消耗を前提とした捨て駒？　後続が挟み撃ちにする？

しかし、長田がそこまで多くを引き連れてきたとは思えない。イアンとまゆ子は午後十一時を過ぎて突然ビークマン・アームズを出発した。監視が張りついていたとしても、イアン自身も予期していなかったこの深夜の行動に合わせて、襲撃隊を急遽招集することは難しい。そう考えると、トラック三台に乗っていたのは多くても十四、五。

足音はさらに近づいてきたが、「うっ」という声とともにどさりと音がした。

誰かが罠にかかって倒れたようだ。

打撲や捻挫《ねんざ》程度しか負わせることのできない仕掛けだが、それでいい。懐中電灯が輝き、トンネル内を探ってゆく。倒れた男や横に張られたロープを確認すると、またすぐに消えた。

束《つか》の間の光だったが、追ってきた男たちの数を把握できた。

全部で五。ただしその中に、あの長田の姿はなかった。嫌な予感が背中を駆けてゆく。だが、今は最前の目的に集中するしかない。

悪態をついているらしい日本語に続き、それを窘《たしな》め、騒ぐなといっているような声が聞こえたあと、また静かになった。

闇の中を一団が近づき、イアンの隠れている鉄骨の下を通り過ぎてゆく。その最後尾にいた背の高い男の前に、静かに素早くロープを垂らした。

一気に引き上げ、ロープを梁に掛けたまま、飛び降りる。

首にロープが巻きついたまま男は宙吊りになり、「ぐぁっ」と声を漏らした。ロープの片側に作っておいた輪を線路の犬釘《いぬくぎ》に引っかけると、イアンは右手に握ったナイフで別のひとりの太腿を刺し、さらにふくらはぎを斬りつけた。

急所となる大動脈は外したが、斬られた男は呻きながらうずくまった。吊るされた男のほうは足をばたつかせながら喘いでいる。

直後、イアンは男たちの呻きと喘ぎ声に混じり、かすかに風を切る音を聞いた。

何かを振り回す音。気づき、腕で庇おうとしたが間に合わない。イアンは脇腹を棒で打たれ、線路に転がった。

イアンの口からも思わず呻き声が漏れる。それでも慌てて立ち上がり懐中電灯を取り出すと、迫りくる複数の影を照らした。顔と体が光に包まれ男たちは束の間怯んだものの、連中もイアンに懐中電灯を向けた。闇と光が交錯し、視界が滲んでゆく。それでもイアンは振り下ろされる長棒《ロングスタッフ》を避け、ひとりの男の両腕を摑み顔面に頭突きを入れた。

しかし一撃では倒れず、頭突きを返された。脇腹に加え顔面にも痛みが走る。が、イアンは退かず、摑んでいた腕を放し、襟首を押さえると足を払って強引に投げ飛ばした。男は鈍く銀色の光沢を浮かべている線路に頭を打ちつけ動かなくなったものの、すぐに別のふたりが飛びかかってきた。

片方の男の握るナイフがイアンの左腕を掠《かす》める。スーツを斬り裂かれた。いや、その下の腕も斬られていた。イアンは大きく右に避けた。しかし、もう片方の男の握るナイフが追ってくる。執拗《しつよう》に振り下ろされる刃先が今度は右肩を掠めた。

——長田に火搔き棒で突かれた右腕の傷も癒えていないのに、日本の愚かな猿どもにまた傷つけられた。

イアンの中に殺意が湧き上がる。それを抑えながら落ちていた長棒を拾い上げ、銃剣のように持つと半身になって構えた。

線路に転がった懐中電灯が足元を照らす。ナイフを構える男たちが反対の手に握っている二本の懐中電灯も、イアンとその背後のトンネルの壁面を照らす。男たちが距離を詰めようと動くたび、壁にでたらめな光の曲線が描かれてゆく。

イアンは長棒で突いた。

が、ナイフの男Aは寸前でかわした。その隙にまたもナイフの男Bが斬りかかる。

イアンはうしろに飛んだが、不安定な枕木の上に着地してしまった。体がふらつく。そこを今度はAが斬りつけてくる。イアンはまたも背後に飛んで避ける。

——こいつらも俺と同じ考えか。

ABともに容赦がない。イアンを丁重に取り扱う気などなく、殺さずに生け捕れるなら片腕くらい切り落としても構わないと思っているのだろう。

しかもこいつら、以前秋葉原で揉めたヤクザより、はるかに戦い慣れている。

イアンはＡＢと間合いを測り合った。

その左奥、ロープで首を吊られた男の声が小さくなってゆく。ばたつかせていた足も動かなくなった。イアンに足を刺され倒れていた男が慌てて這いつくばり、犬釘に掛かっていたロープを外した。吊るされていた男の体が線路にどさりと落ちる。

が、ナイフの男Ａが怒鳴りつけた。

日本語のわからないイアンにも、Ａが何をいったのか理解できる。「用無しになった味方に構わず、目の前の敵に集中しろ」、たぶんそんなことだろう。

その証拠に、刺された男も足を引きずりながら、ナイフの男Ｃとして陣形に加わった。

――どうする？

長く足止めされているわけにはいかない。

考えている間に、Ｂが体の前にナイフを構え、突っ込んできた。

十分引きつけてから、右に大きく飛んだ。斜め横から斬りつけてくるＣの喉を構えた長棒で突く。喉仏を捉えた感触が棒を通してイアンの手に伝わってくる。

が、さらに横からＡが突っ込んでくる。逃げるイアンの体をＡのナイフがしつこく追う。Ｂも駆けてくる。イアンは手にした棒をゴルフクラブのように振って、Ｂの足元を打った。Ｂがよろける。

しかし、今度はＡがナイフを振り下ろす。イアンは棒を捨て、身をかわしたが間に合わず、左の二の腕を斬られた。重心も崩れ、体が倒れてゆく。

だが、よろけながらも上着の下からブローニングを取り出し、Ａの膝の横に銃口を押しつけると、素早く引き金を引いた。

銃声とともにＡの膝関節の骨が砕け、崩れ落ちてゆく。

倒れたイアンは肩で一回転し、立ち上がりながら、斜めから斬りつけようとするＢの右の足首、足の甲を続けざまに至近距離から撃った。

銃声がトンネルに反響する。

――くそ。

結局撃つことになった。

呻き声を上げたBの体が線路に倒れるのを確かめもせず、イアンは振り向き、稲荷町駅へと駆けた。

3

まゆ子はジャケットの襟首を摑まれながら、稲荷町駅の階段を地上へと引きずられるように上がってゆく。

震える足がときおり階段を踏み外すが、強い力で引っ張り上げられているせいで転がり落ちることはない。

少し前、イアンが駅員室から去ったあと――

残ったまゆ子は、机に置かれていたエンピツ削り用の小刀をポケットに入れると、もう一度周囲を見回し、書類棚に向かった。

椅子に乗り、棚の上に置かれた茶箱を確認してゆく。ひとつ目は重くて動かせなかったが、ふたつ目は軽かった。棚から下ろし、蓋を開けると、案の定、紐で綴じられた帳簿が三冊入っているだけ。その帳簿を並んでいる机の下に隠し、茶箱を書類棚に戻すと、自分も棚によじ登った。

棚の上でバランスを取りながら、空にした茶箱に片足ずつ入ってゆく。

――私、何をしてるんだろう。

急がなければならないこんなときまで、段取りを立てて隠れる場所を作っている自分に呆れる。

でも、そんな気持ちが押し寄せてくる怖さを堰《せ》き止め、和らげてもくれた。

頭まで入り、茶箱の蓋を閉め、息を潜めた。

大きな茶箱とはいえ、膝と背を曲げて入っているのはやはり窮屈だった。駅員たちが売上金を入れていた金庫に入ることも考えたが、すぐにあまりにも安易だと気づいた。もし、外から鍵を閉められたら出られなくなってしまう。

遠くで聞こえていた鉄格子を破ろうとする金属音が消えた。が、すぐに階段を駆け下りてくる靴音が聞こえてきた。

まゆ子は息を殺した。緊張のせいか、狭い箱の中にいて暑いのか、額や首に汗が浮いてきた。

「イギリス人、どこだ？」

誰かが日本語で叫んでいる。

「そっちは？」「いや、いない」

駅員室の扉の開く音、それに続いて室内を駆け回る音が聞こえた。椅子の倒れる音もする。机の下を見ているのだろう。

「やっぱり線路か」

声が遠のいてゆく。

『中尉、先に進んでも俺たちの仲間が待ち伏せている』

英語で投降を呼びかける声が響いて、また静かになった。

ため息が漏れる。

――強引に中尉の通訳にされてから、まだ二十四時間過ぎていない。

まゆ子は昨日の午後、大森の五味淵の家の前で待っていたときと同じ気持ちになっていた。緊張が一瞬途切れると、さまざまな迷いや不安が湧き上がってくる。

ふいに――

茶箱が宙に浮いたように感じた。

声が漏れそうになり、慌てて口を押さえる。どんと響いて、茶箱ごと自分の体を書類棚から下ろされ、机の上に置かれたのがわかった。

――中尉が戻ってきた？

しかし、淡い期待は茶箱の蓋が開くと同時にすぐに打ち砕かれた。

ごく近くから照らす懐中電灯の光の向こう、中尉が「長田」といっていた男の顔が見える。

「匂いがした」

長田がつぶやく。

匂い？　まゆ子は意味がわからない。

激しく動揺しながら考えるが、やはり思いつかない。自分の汗や体臭、汚れだろうか。

――あ、コロン。

中尉がつけているコロンの香りが、知らぬ間に自分にも移ってしまったんだ。

だが、気づいたときには、茶箱から引きずり出されていた。

襟首を摑まれながら階段を上ってゆく途中、まゆ子は口を開いた。

「長田さんですよね」

自分でも声が震えているのがわかる。

「どうして権藤に協力しているのですか。アンダーソン中尉を妨害するのですか。五味淵さんを殺したのも、権藤の指示ですよね」

震えは続いているが、負けん気を振り絞り、話し続ける。

「奥様とお子さんのことは大変なご不幸でしたが――」

「下井、おまえは父親が理不尽にも戦犯として追われている今のこの有様を、不幸なんて一言でかたづけられるのか」

前を見たまま長田がいった。階段を上りながら続ける。

「黙っていろ。でないと喉を潰す」

外から射し込む街灯の光が、丸刈りの後頭部まで続いている大きな傷痕を照らしている。まゆ子は膝が震え出した。さらに足元がおぼつかなくなる。

地上に出ると、鉄格子の鍵は壊され、開いていた。

ただ、長田の仲間らしき連中も、あの若い駅員もいない。まゆ子たちが乗り捨てたタクシーの中にも目を遣ったが、怪我をして呻いていた運転手も消えていた。

それだけじゃない。鉄格子を壊す音があれだけ深夜の街に響いていたのに、近隣の住人の姿もない。苦情をいいに来たり、様子見に出てきて当然なのに。

恫喝して追い返したのだろう。道沿いの家の窓明かりがぽつぽつと灯っている。

警察も来ていない。報復を恐れて、誰も連絡していないのだろうか。それとも警察は通報を受けたのに、あえて無視したり、意図して到着を遅らせているのか。

長田は変わらずまゆ子の襟首を摑んだまま、停車している無傷のトラックに向かって歩いてゆく。あれに乗せられたら、遠いどこかに連れ去られてしまう。父・下井壮介を追い続けている松川に引き渡されるかもしれない。

長田の速さについていけず、まゆ子はぬかるみに足を取られ、ずるりと滑るように倒れた。キュロットスカートや膝、靴が泥にまみれる。

わざとじゃない。でも、この一瞬は利用できる。

――こんな奴に捕まるわけにはいかない。

自分の中の勝ち気さを奮い立たせ、手の震えを必死で抑える。

長田がすぐに襟首を摑む手に力を入れ、まゆ子の体を引き上げた。

まゆ子は起き上がりながら、素早くキュロットスカートのポケットに手を入れる。

そして――小刀を出し、ズボンを穿《は》いている長田の太腿を突き刺した。

深くはないが、確かに刺さった。

しかし、長田はそれを片手で払い除けた。刺さった小刀が太腿から抜け、握っていたまゆ子の手からも離れ、細かな血を撒き散らしながら飛んでゆく。まゆ子の体も飛ばされ、再度倒れた。

ぬかるみに仰向けになったまゆ子の髪を長田が摑み、起こす。

「痛いだろうが」

長田はそういうと、まゆ子の頰を平手で張り飛ばした。ばちんと響き、首がよじれる。恐怖心が一気に湧き上がり、身がすくむ。

まゆ子は髪を摑まれたまま、またトラックに向かって引きずられた。

恐ろしさが心を縛る。足は動いているが、まるで自分の意思とは無関係に動いているようだ。怯え切ってしまい、叩かれた頰の痛みさえ感じられない。

長田に顎と手振りで指示されるまま、まゆ子はトラックの助手席に乗り込んだ。

「逆らえば目を潰す。それから時間をかけ殴り殺す」

運転席の長田がいった。

今助手席のドアを開け、走れば、逃げられるかもしれない。

でも、開けられない、走れない。

きゅるるとスターターの音がして、トラックのエンジンがかかった。

逃げるのは怖い。どこかに連れ去られるのも怖い。

——とにかく怖い。

すべてが恐ろしい。十七歳の自分の弱さを憎み恨んでも、体が動かない。

トラックは走り出した。

直後——

うしろで二発の銃声が響き、破裂音が二度聞こえた。

背後から引っ張られたように座席が沈み、まゆ子と長田の体がのけ反る。後輪がふたつともパンクしたのだとすぐにわかった。

それでも長田はアクセルを踏み込む。

再度銃声と破裂音が響き、車体が一気に右に傾いた。強引に加速していたトラックはぬかるむ地面のせいで制御を失い、電柱と都電の架線柱《かせんちゅう》をへし折り、さらにその先の郵便ポストに激突した。

体を丸めたまゆ子はダッシュボードに両腕を、長田はハンドルに激しく胸と頭を打ちつけた。

トラックが止まり、壊れたポストに投函《とうかん》されていた葉書や封筒が宙を舞う。

——今だ。

逃げなければ。

思うものの、まゆ子は体が動かずドアのノブに手をかけられない。

腕が上がらない。

しかし、ドアは開いた。

開けたのは栗色の髪と瞳をしたアンダーソン中尉だった。体を縛りつけていた何かがほどけ、まゆ子は手を伸ばす。その手を中尉が握る。

が、まゆ子の背後からも腕が伸び、肩に指先が触れた。

——長田だ。

また心が一気に縮み上がる。しかし中尉が握った手を強く引き寄せる。長田に摑まれる寸前で車外に逃れ、まゆ子は中尉の胸に飛び込んだ。

「動くな」

「Freez」

日本語と英語の言葉が重なる。

運転席の長田、路上のアンダーソン中尉、ふたりは銃口を向け合った。

4

「英語はわかるな」

イアンはいった。

「銃を下ろせ」

「おまえこそ下ろせ」

長田が返す。

互いに引けない。少しでも逃げる素振りを見せれば、その瞬間撃たれる。

「同時に下ろすか?」

イアンは提案したが、長田は小さく首を横に振った。

「信用できるか」

長田は細く小さな目を大きく開き、こちらを見ている。

こいつとはじめて会ったときを嫌でも思い出す。御徒町の朝の雑踏の中で、行きずりの娘を盾にした長田は、ロンドンの市場に並ぶ死んだ魚のような目をしていた。

今も同じ目だ。安易だとはわかっているが、他に喩《たと》えようがないほどに似ている。

――こいつは生きながらに死んでいる。

「なら、このままでも構わない。少し話をさせろ」

銃を構えたままイアンは言葉を続けた。

「会話をできるほどの英語力はない」

「うそをつかなくていい。調べてある」

この男は戦時中、俘虜収容所に勤務していた二年半ほどの間に、英国人とアメリカ人の収容者から言葉を習い、流暢《りゅうちょう》に話せるまでになったという。

長田は少し考えたあと、「俺を罵倒したいのか」と訊いた。

「いや、おまえと取引がしたい」

「は?」

長田だけでなく、イアンの腕に守られているまゆ子も、「えっ」と漏らした。

「頭の悪い異常者だから、懐柔できるとでも思ったか」

「異常者だが、頭が悪いとは思っていない。むしろ利口だから厄介だ」

「俺が利口?」

「ああ。逆に、なぜ知恵が浅く粗野な振りをしているのか知りたい」

「あんたには関係のないことだし、わかったように話すところが実に英国人将校らしい。どちらにせよ口先だけの世辞など意味はないし、取引なんぞ戯言《ざれごと》だよ」

「そうは思わない。権藤はおまえにいくら払う? 俺のために働いてくれれば、その倍出す。金ではなく物や地位が目当てなら、可能な限り便宜を図ろう」

トラックのエンジンはもう止まってしまった。ラジエーターがしゅうしゅうと音を立てていたが、それも聞こえなくなった。

代わりに遠くから、かんかんという金属のかすかな響きがイアンの耳に届いてきた。鐘を打ち鳴らしている？　火事だろうか。ただ今のこの状況には関係ない。

「なぜ寝返ると思った」

長田が尋ねる。その口元は相変わらず笑っても苛立ってもいない。

「おまえは権藤に忠義など感じていないし、同じ目的や大義を抱いているわけでもない」

「確かにそうだが、あんたは信用できない」

「信用できないのは権藤も同じだろう。おまえの利用価値が消えた時点で、奴もどう動くかわからない。条件次第で俺の側につくのも悪い選択とはいえないはずだ」

怯えが退《ひ》きつつあったまゆ子の顔が、また険しくなってゆく。イアンが取引を持ちかけたことが気に入らないのだろう。

「権藤には無理な条件でも、あんたは呑めるか」

「たぶんな」

「だったら、ずっと見えている女房と息子たちの姿を消してくれ」

長田はいった。

会話が一瞬途切れる。

やはり遠くで鐘が鳴っている。小さいが間違いない。サイレンのような音も聞こえる。

「悪い冗談はやめろ」

イアンは返した。

「冗談なものか。今も、あんたのうしろに三人が立っている。墓のある福岡を離れれば消えると思ったが、東京までついてきやがった。東京だけじゃない、どこに行っても、俺の目の前からいなくならない。どんな風景にも、誰と話しているときでも三人が悲しげな、惨めったらしい表情で俺を見ている」

銃口をこちらに向けながら長田が続ける。

「成仏――意味はわかるな。三人のこの世の未練を晴らして、もう見えなくしてくれるというなら、権藤を切って、あんたについていってもいい」

また会話が途切れた。イアンの上着の袖を握っているまゆ子の手に力がこもる。

「いや、うそだ」

銃口を向けながらイアンは小さく首を横に振った。

「資料を読む限り、おまえの家族が殺されたのは確かなようだ。だが、三人の死は、おまえに後悔や罪を背負わせたんじゃない。足枷をつけたのでもない。逆だろ。おまえは三人が死んだことで自由になったんだ」

「身勝手な上に無礼な憶測だな」

「ああ。だが、間違いじゃない。さっきトラックを衝突させてきたときの、おまえの目を見て思い出した」

「何を？」

「不愉快で忘れたことにしていた自分の記憶だよ。おまえの目は生きる気力を失った者の目じゃない。命を刈り取ることを生きがいとしている奴の目だ」

まゆ子は黙ったまま。だが、イアンの袖を握る手にさらに力がこもった。

「妻と子供が殺されたとき、おまえは何を感じた？　復讐心でも悲しみでもなく、犯人を殺す理由を与えられた喜びじゃなかったか。三人が消えたことで、自分の中の暴力衝動や殺意をあらためて知った。それを戦時下と敗戦後の混乱を理由に解き放った」

「あんたは医者じゃない」

「日本の兵士が南方で体験したように、俺もヨーロッパの自分の戦場で地獄を見た。飢えと殺し合いの緊張が続く、常人には極限のような状況の中で、ごく稀《まれ》におまえのように本当の自分に気づく者がいた。暴力と殺しを喜びとしている自分に。そんな奴らを何人か見てきたが、決まっておまえのような生きながら死んだ目をしていた。そして、深く心に傷を負っているような作り話を、今のおまえと同じ顔つきで淡々と話していたよ」

長田の細い両目は瞬《まばた》きもせずイアンに向けられている。

イアンは続けた。

「おまえは家族の死でおかしくなったんじゃない。生まれながらの異常者で、それに拍車がかかっただけだ。今は権藤とGHQのおかげで充実した日々を過ごせているようだな。逮捕も拘束もされずに命を奪ったり、いたぶったり、傷つけたりできるのは楽しいか。五味淵を撃って殺したときは満たされた気持ちになったか」

腕の中のまゆ子が小刻みに震え出した。

「ただ、いずれは権藤に切り捨てられる。その前に考えたほうがいい。俺はおまえがどんな奴だろうが、何に喜びを見出していようが、協力さえしてくれれば構わない。権藤は今どこにいる？　教えろ」

「嫌な野郎だ」

長田がつぶやいた。

「俺にそんなことをいったのは、ふたりだけだ」

「ふたり？」

イアンは訊いた。

「ああ。あんたと権藤」

「笑えない」

「笑い話じゃない。本当だ」

イアンは舌打ちした。

「すごく気分が悪い」

そう漏らし、首を小さく横に振る。

「俺もだ。すごく気分が――」

長田の言葉の途中で遠くからエンジン音が聞こえてきた。

「中尉が呼んだのか。警察じゃないな」

「ああ」

稲荷町駅の駅員室からGHQ民政局のバリー・マイルズ中佐に電話を入れ、近隣の国鉄上野駅に駐在している兵士を派遣するよう要請した。

「取引の話は、あいつらが来るまでの時間稼ぎか」

「違う、本心だ。拘束される前に答えろ。協力するか?」

「断る」

長田は即座にいった。

「間違った選択だな」

「俺の頭の中を覗き見ようとしたり、わかったようにいう奴は気に入らないし、信用もできない」

「それも権藤と同じだろう」

「ああ。だから権藤のことも大嫌いだし、むしろ憎んでいる」

「だろうな」

郵便ポストに衝突したトラックを複数の軍用ジープが囲む。

トラックの運転席の長田、路上のイアンとまゆ子は、ジープの荷台に立つアメリカ兵たちから複数の懐中電灯の光、そして小銃の銃口を向けられた。

「どちらも引き金から指を外し、拳銃を下ろしてください」

腕にMPの腕章をつけた三十代半ばほどの男が叫ぶ。

が、イアンも長田も拳銃を下ろさない。

「もう一度いいます」

憲兵がくり返す。

それでも下ろさない。

「指示に従っていただけないのなら、我々は発砲しなければなりません。いいですか。五つ数えますので、ゼロになる前に互いに拳銃を下ろし、我々に見えるようダッシュボードの上に置いてください。5、4――」

イアン、長田ともにそれまでの緊張がうそのように、あっさりと拳銃を下ろし、ダッシュボードに置いた。

兵士たちが長田を運転席から連れ去ってゆく。イアンとまゆ子も壊れたトラックから離され、ジープの荷台に座るよう勧められた。

道沿いの商店や家々の木戸が開き、ようやく住人たちが顔を出しはじめた。

銃を下ろせと呼びかけてきた憲兵が、この隊の指揮官らしい。軍曹の階級章をつけた彼とその補佐役が駆け寄ってくる。

「イアン・マイケル・アンダーソン英国陸軍中尉ですね。こちらの女性は？」

軍曹がまゆ子を見た。

「通訳兼秘書だ」

イアンはいった。

軍曹の顔は納得していない。騒ぎの現場にいる私服の英国軍人が日本人の少女を連れていたことに、性的なつながりとは違った、何か怪しげなものを感じ取ったのだろう。

それでも軍曹は疑念を飲み込み、「そうですか」といいながら視線を移した。イアンの破れたスーツの袖や、その奥の傷口を見ている。

「早く手当てをされたほうがいいでしょう。361病院にお連れします」

隅田川の東岸、旧本所区内にあった日本医療団中央病院は接収され、今ではアメリカ陸軍第361病院と呼ばれていた。

「必要ない」

イアンはポケットから折れたキャメルを取り出し、くわえた。

軍曹が自分のライターを出し、火をつける。イアンは礼をいってタバコに灯し、一服してから、ジープに乗せられてゆく長田を指さした。

「奴が連行される場所に、俺たちもついてゆく。じっくり話したいので、適当な場所を貸してもらえるか」

「あの日本人を尋問するのですか」

「ああ」

「すみませんが、そのご要望にはお応えできません」

軍曹はいった。

5

「なぜ?」

不快さと意外さが染み込んだような、そしてどこか間の抜けた声が、イアンの口からこぼれ出た。

「彼の身柄は一度上野駅構内の駐在所まで運び、そこで迎えの自動車に乗せ替えるようにいわれています」

「自動車の行き先は?」

「聞いていません」

「待て。行かせるな」

イアンはくわえたばかりのタバコを落とし、長田を乗せたジープに駆け寄ろうとした。しかし、軍曹や他の兵士たちが前を遮る。

「いけません、中尉。あの男を警護し、無事に移送せよと我々は命令を受けているんです」

「誰の命令だ」

「我々の上官からです」

「バリー・マイルズ中佐から指示は受けていないのか」

「マイルズ中佐? いえ、何も」

素早く動いたつもりだったが、敵のほうが一枚上手だった。

GHQ参謀第二部の何者か——おそらくギャビー・ランドル中尉あたり——が手を回したのだろう。イアンが自分たちを守るために呼んだ部隊が、長田の身柄を「回収」し、警護しながら去ってゆく。

「君たちを振り切って、俺が奴に銃口を向けたらどうなる？」

わかりきったことだが、訊かずにいられなかった。

「我々は中尉を撃たねばなりません。残念ながら」

軍曹が答える。

イアンは怒りを必死で抑えた。

軍曹や他の兵士たちは何も悪くない。彼らは与えられた任務に忠実に動いているだけ。

――一番悪いのは、間抜けなのは、読みの浅かった俺自身だ。

長田を乗せたジープが走り出す。両脇を兵士たちに固められているものの、奴は縛られてもいなければ手錠もかけられていない。

その目はこちらに向けられていた。

しかし、奴が見ているのはイアンではなく、まゆ子だった。

この子に植えつけた恐怖心をさらに増長させるつもりだ。

「怯むな」

イアンはまゆ子の肩に手を乗せた。

「気圧され恐れているだけでは、もし次に奴に会ったとき動けなくなる。奴に限らず、今後また暴力で屈服させようとする相手に出くわすかもしれない。そんなとき、恐怖で逃げることも刃向かうこともできず、ただ固まっていたらどうなる？」

「体が動かなければ、殺される――」

彼女はつぶやいた。

長田を運ぶジープが遠ざかってゆく。

まゆ子は顔を上げると、イアンを睨んだ。

「うそつき」

　一転して強い声でいった。

「何のことだ」

「必ず迎えに来るといったくせに」

「だから迎えに来たが」

「ここは路上で、私は連れ去られるところでした。中尉は俺といるより駅員室のほうが安全だといっていましたけど、ずっと危険でした」

「見ていないからいえるんだ。俺も――」

　不器用ながらもこの娘なりに気丈に振る舞っていることは、もちろんわかる。ただ、こんなときはどう答えるべきなのか、わからない。

　そもそも最善の回答などあるのだろうか。

「そうだな。確かに悪かった」

　とりあえず返した。

「謝っていただけたら」

　まゆ子が声のトーンを一段落とす。

「それで結構です」

　視線も足元に落とした。

　優しさを示したつもりだが、不正解だったらしい。もっと強く彼女の言葉を突っぱねたほうがよかったようだ。

　――だから女は面倒臭い。

　この光景を英国連絡公館のホフマン二等書記が見ていたら、何といっただろう。彼がこの場にいなくてよかった。

「お送りします」

軍曹が声をかけた。

「中尉の傷は縫合の必要があるでしょう。まず病院に行き、それから宿舎に向かいます。おふたりのことも無事にお送りするよう命令されていますので」

彼はGHQ上層部でどんな計略やせめぎ合いが行われているか、知る由もないのだろう。いや、気づいていながら知らぬ振りを通しているのかもしれない。

「病院よりも連れていってもらいたいところがある」

「どちらでしょう」

「墨田区内のトタン要害と呼ばれている一角だ。361病院に近いので、知っているだろう」

軍曹の顔が曇る。

「今からでしょうか」

「ああ」

「そこでしたら、一時間ほど前に火災発生の報告がありました」

「火事？」

「ええ」

血色を取り戻しつつあったまゆ子の顔が青ざめてゆく。

「ヤクザの抗争や武力衝突か」

「詳細はわかりませんが、銃撃や発砲音などの報告は今のところ入っていません」

「すぐに向かってくれ」

「お連れしますが、あまり近づくことはできないと思います」

「構わない。対岸からまず状況を確認する。道順はこの娘が教える」

軍曹に続き、イアンとまゆ子はジープの荷台から座席に移動した。

路上には気づかぬうちに近隣の者たちが集まっていた。ポストに衝突したトラックの周りに、薄い和服（寝間着）を身につけた連中が遠巻きに輪を作っている。折れた電柱と架線柱の近くでは、だらりと垂れた電線に近づかぬよう、注意を呼びかけている男もいる。

クラクションを鳴らし、ジープは発進した。

見上げると、夜空よりも濃い黒煙が上がっているのに気づいた。運転手に行く先を示していたまゆ子の指も止まり、息を呑んだ。長田と銃口を向け合っているときかすかに聞こえたのは、この火災を知らせる鐘とサイレンだったのか。

22ｎｄストリート（浅草通り）を進んでゆくと、駒形橋《こまがたばし》のたもとに見物に出てきた連中が群れているのが見えた。流れてくる風も焦げ臭い。ジープは橋を渡ってゆこうとしたが、日本の制服警官に制止された。アメリカ人ＭＰも駆け寄ってきた。橋の上に野次馬が溢れ、強制退去させているが、一向に減らず、今渡るのは危険だという。

「渡った先も消防車や消火作業員が入り乱れています」

無線報告を聴きながら若いＭＰが早口でいった。

イアンとまゆ子は同乗していた軍曹に何も告げずジープから飛び降り、走った。

群衆をかき分け、怒鳴られても構わず進み、隅田川の土手から対岸を見る。息を荒くしながら追ってきたまゆ子も見つめる。

トタン要害は確かに燃えていた。

「うっ」

まゆ子が言葉にならない声を漏らした。

夜の闇と黒煙のせいで詳しくはわからないが、高い塀に囲われたトタン要害の町中の三分の一ほどが、すでに焼け落ちているようだ。

失火か、放火か——アメリカ人軍曹は一時間ほど前に火災の報告が入ったといっていたが、イアンたちの乗るタクシーに長田のトラックが衝突した時刻と重なる。関連があると考えるのが自然だが、まだ結論は出せない。

対岸の炎に照らされ、かすかに輝くまゆ子の横顔は痛苦に耐えているようにも見える。

無理もない。父の下井壮介、癌で余命短い母、中学生の弟——彼女の家族は、あの町で暮らしているのだから。

「行かせるわけにはいかない」

イアンはいった。

炎で危険というだけでなく、混乱に乗じ、敵対するヤクザが侵入している可能性が高い。下井壮介を追う松川も、駆けつけたまゆ子やイアンを捕縛するため、どこかに身を潜めているかもしれない。

トタン要害を潰したい連中が、この好機を見逃すはずがない。

「行くな。今は宿舎に帰るんだ」

イアンはくり返した。

まゆ子は黙っている。

自分が聞かされた言葉の意味を、ゆっくりと嚙み砕き、飲み込み、そして——

「帰ります」

まゆ子は黒い瞳に炎を映しながらうなずいた。

※

座席と荷台を幌《ほろ》で覆われたジープは、ビークマン・アームズの正門を通過し、車寄せの奥で停車した。

東の空が少し明るい。無駄にあちこち移動し、暴れ回っているうちに夜が終わってしまった。目的は竹脇祥二郎と話すことだったのに。火災のせいで奴に会うどころか、トタン要害の門の前までたどり着くこともできなかった。

イアンとまゆ子は両脇を小銃を携えた兵士たちに護られながらエントランスに入ったが、今の状況では決して大げさとはいえない。

「どうかご無事で」

軍曹が敬礼し去ってゆく。

イアンたちも丁寧に礼を告げ、見送った。

物々しい軍服の一団が消えると同時に、宿舎のフロント係が駆け寄ってきた。

昨夜イアンがこの宿舎を出たあと、女の声で電話があり、メッセージを残したという。

胡喜太の秘書からだった。明日、胡喜太社長が商談の時間を作るといっているので、午前十時に来いと書かれている。場所は御茶ノ水にある奴のオフィス。

このタイミングにも怪しいものを感じるが、会いたいと望んだのはこちらだ。当然行く。

その前にまゆ子を休ませなければ。彼女の動揺や心労はもちろん理解している。ただ、それでも少しは眠らないと体が動かなくなる。

部屋の鍵を受け取り、廊下を進みながら胡喜太の秘書から連絡があったことを彼女に伝える。

「わかりました」

答えたまゆ子の横顔は疲れを通り越し、やつれているように見えた。

こんなとき、気の利いた言葉のひとつもいえればいいのだが、イアンには難しい。つい数時間前も、地下鉄稲荷町駅近くの路上で言葉の選択をしくじったばかりだ。

それに彼女を励ます役には、自分はあまりにも不適当だろう。

実の兄の処刑に加担した下井壮介を、イアンは今も憎んでいる。

一方で、下井を含むまゆ子の家族三人、そして竹脇は火災現場から避難し今も無事でいると信じていた。トタン要害は燃えたが、あの程度の騒ぎで、しぶとい下井が、周到な竹脇が、あっさり死ぬはずがない。それに今、下井に死なれては、まゆ子に通訳を続けさせる理由がなくなってしまう。

さらに露骨に心情をいえば、焼け焦げて死んだ下井を火事場で捜し出し、その指と耳を切り取るのはあまりにも面倒なので、今回ばかりは生きていてほしいと願っていた。

「少し待ってくれ」

イアンはまゆ子にいった。

そして自分の部屋に入り、スーツケースを探った。

廊下に戻り、彼女の手のひらに錠剤をふたつ置く。

「睡眠薬だ。まず一錠。それでも眠れなければもう一錠飲むといい」

まゆ子は頭を下げると、自分の部屋のドアを開けた。

が、入る前にこちらを見た。

「できれば中尉にお願いしたいことがあります。明日からコロンをつけるのを、やめていただけませんか」

「コロン?」

「はい。その匂いが私にも知らないうちに移っていて、長田に見つかってしまいました」

——俺のせいだった。

まゆ子がやつれた顔で再び頭を下げ、部屋に入っていく。

「わかった。すまなかった」

イアンも自分の部屋に戻った。

不在中に侵入者はいなかったか、あらためて内部を丹念に調べる。

痕跡はない。

シャワーを浴び、以前に長田に火掻き棒で刺された傷の縫い痕、今日新たに斬られてできた複数の傷の縫い痕の包帯を交換し、化膿止めと痛み止めをスコッチで流し込んだ。

窓の外の空は白んでいる。

ソファーに座り、トタン要害が燃えた「意味」についてあらためて考えはじめた。

6

タクシーの窓から吹き込む乾いた風が心地いい。ただ、台風の翌朝の強い陽射しは、寝不足の目には少し眩しすぎる。

「ビルの正面につけてくれ」

イアンは後部座席から運転手に告げた。

「承知しました」

ハンドルを握る小森昌子が答える。

「そのあたりの路肩に停めていますので、お帰りの際は、受付の方を遣いによこしてください。また正面につけます」

十月十九日、日曜日。

トタン要害の火災のことは、小森も知っているだろう。だが車内で話題にすることはなかったし、まゆ子に対してお見舞いも告げなかった。便利さに負けてこの女のタクシーを使い続けてきたが、あまりにも優秀なところがやはり気になる。

胡喜太の会社「興亜土建《こうあどけん》」はアベニュー０（白山《はくさん》通り）沿いに建っていた。

鉄筋コンクリート四階で、以前訪れたことのある胡喜太の弟・胡孫澔の所有していた竹町の会社兼自宅よりはるかに大きい。

微笑を浮かべた受付嬢の案内で、エレベーターに乗り四階へ向かう。

降りて廊下を進み、一番奥にある社長室のドアを受付嬢がノックした。彼女が日本語で呼びかけるとドアが開き、胡喜太の取り巻き連中の男たち数人が外に出てきた。

ボディチェックはなく、男たちと受付嬢がお辞儀をする。

このまま中に入れという意味だろう。

室内は広く、大きな窓からカーテン越しに十月の陽光が射し込んでいる。やはり眩しい。その明るさがイアンをなぜだか苛つかせる。

奥の黒檀《こくたん》の机に胡喜太が、その手前の応接ソファーのひとつに灰色のジャケットとスカートを身につけた黒髪の女性が横を向いて座り、膝上に置いた書類に視線を落としていた。

その髪に隠れた横顔を見た瞬間、イアンは気づいた。

女性が立ち上がり、こちらを見て一礼する。

――潘美帆。

メイはまずイアン、それからまゆ子を順に見て口を開いた。

「どうぞおかけください」

その英語を聞き、隣に立つまゆ子も気づいたようだ。

奥に座っている胡喜太がイアンに日本語で何かいった。まゆ子が口ごもりながら、それを小声で訳してゆく。

『中尉、寝取られるってのは、どんな気分だ』

黙っているイアンに胡喜太がもう一度訊いた。

『教えてくれ、どんな気分だ？』

八章　使命

1

『中尉、聞こえなかったか』

　胡喜太が窓から射す朝の陽を背に浴びながら日本語でしつこく訊く。

『それとも、その日本の娘さんが英語に訳すには難しい言葉だったかな。俺は寝取られるのはどんな気分かと訊いたんだ』

　奴は机の横に立つ潘美帆に目を向けた。

『何なら俺の秘書に――』

「いえ、私の仕事です」

　まゆ子が英語でいった。

　got cuckold という言葉を交え、胡喜太の言葉を訳してゆく。だが、その声は、目の前にいる「前任者」のメイに気後れしているのか、やはり小さい。

「英語を喋《しやべ》れるあんたに通訳は必要ないだろう」

　イアンは口を開いた。

　胡喜太が勿体《もつたい》つけてから英語で返答する。

「メイは通訳ではなく俺の秘書として採用した。有能な人材はいくらいても無駄にならないし、俺は中尉のように生まれた国や肌の色で人を差別しないからな」

「おまえの考えに対して俺に口出しする権利がないように、俺がどんな信条を持っていようと、おまえには無関係だ。その下らない質問に答えることが、今日の商談をはじめる条件なのか」

「いや、好奇心で訊いただけだ」

「ならば返答はしない。無駄話は終わりにして本題に入ろう」

「逃げたか」

胡喜太が小さく首を横に振る。

「日曜なのに、わざわざ会社を開け、時間を割いてやったのに。素っ気ないな」

奴の挑発的な言葉や態度は、敵意からなのか、それともこちらの反応を観察するためなのか、イアンにはまだわからない。

「まあいい。とりあえず座ってくれ」

勧められるまま、まゆ子とともにソファーに座る。メイも木製の椅子を自ら運び、胡喜太の横に座った。

「何か飲むか?」

奴が訊いた。

「結構だ」

イアンは返した。

胡喜太が卓上のタバコを一本手に取ると、メイが即座にライターに手を伸ばし、火をつけた。

この男とはじめて会ったときのことが嫌でも脳裏に浮かぶ。

開店前のレストラン（上野精養軒）で、胡喜太はイアンが同伴していたメイに火をつけさせようとしたが、イアンは「彼女は俺の秘書であり、芸者ではない」と断った。

なのに今、メイは奴から「俺の秘書」と呼ばれている。

イアンも上着の内ポケットからタバコを出すと、自分でマッチを擦り、火をつけた。

「まず確認したい」

マッチの燃えカスをガラスの灰皿に落とし、胡喜太の顔に視線を移す。

「おまえが新宿区高田馬場に持っている倉庫に、権藤忠興を匿っていたな」

「根拠は？」

「一昨日、十月十七日。五味淵幹雄が殺される直前、奴が療養していた南元町の東山邸から権藤のところに電話をかけさせた」

「その番号を調べたら、俺の倉庫の電話のものだったってことか」

「ああ。おまえはGHQ内の対立に巻き込まれるのを避けるため、権藤に関する件からは完全に手を引いたといっていた。なぜ俺にうそをついた」

「当たり前のことだが、あんたに真実を話さねばならない義理などない。その上でいうが、俺はうそはついていない。俺は利益につながると確証を得られたときだけ、うそをつき他人を欺く。それ以外は、ただ黙って笑っているか、何をいわれても相手にしない」

胡喜太はゆっくりと煙を吐いた。

「ではなぜ権藤はおまえの倉庫にいた」

「三ヵ月ほど前、配下の組を通してギャビー・ランドルというアメリカ人中尉から倉庫を貸してほしいと依頼があった。接収ではなく賃貸だ。食料品を運び込むといっていたよ。米軍物資の横流し品を、ヤミに流す前に一時的にプールしておくのに使うのだろうと思っていた」

「窃盗が発覚するリスクを負ってまで、なぜ貯蔵する必要がある？　すぐに日本の市場に流してしまったほうが安全だろう」

「軍人さん、あんたも需要と供給って言葉くらい知ってるだろ。食いもんであれ、薬であれ、いくら高値で売れるからって、じゃんじゃんヤミに流していたら、いずれ値崩れする。品薄で高値なときに量を絞って供給するから儲かるんだ。俺も倉庫に何が運び込まれたか配下に確認させた。人身売買用の娘たちや覚醒剤なんかが隠してあったら、俺にも火の粉が飛んでくるからな。だが、倉庫には確かに缶詰や薬瓶、軟膏《なんこう》が積まれていた。写真も撮らせてある。それがいつの間にか別のものにすり替わっていたようだ」

「権藤がいることは知らなかったと」

「だから、俺は今あんたとこうして話していられる。知っていたら、どうなっていたか、あんたにもわかるはずだ」

奴は吐いた煙越しにこちらを見ている。

「弟の胡孫澔と同じように殺されていた、ということか」

「GHQが権藤の警護に俺や弟を選んだのは、朝鮮人は日本人より信用できるからじゃない。いざというとき、あっさり切り捨てられるからだ。で、中尉が権藤を追ってわざわざ日本に来たせいで、寝返る可能性のあった弟は、秘密保持のため殺された」

「そんな簡単なものか」

「あんたたち欧米の人間にとっちゃ簡単なものだろ？　俺たち東洋人の命なんて」

そこで胡喜太は言葉を止めた。

沈黙は奴なりの弟への哀悼の意なのだろう。

「そういえば、あんたが秋葉原で叩きのめした野際組の連中、全員殺されたよ」

胡喜太が部屋を流れるタバコの煙をぼんやり見ながら、また口を開いた。

「舎弟頭の痩せた中年、何て名だったかな？　まずはあいつが野際組組長の目の前で撃ち殺され、その日のうちに六人全員が殺された。あんたに脅され、口を割った報いだそうだ」

六人。イアンが急所を外して撃った、あの少年も死んだのか。

「吐かせたのは舎弟頭だけだ。そもそもあの痩せた男は、ろくな情報を持っていなかった」

「だろうな。口を割った云々《うんぬん》は関係ない」

「宣伝行為か」

イアンはいった。

GHQの参謀第二部か日本で活動しているCIAが意図的に誇張された情報を流した。

「決まっているだろう。他に何がある」

胡喜太が嘲るような表情で返す。

「あちこち嗅ぎ回っている妙な英国軍人に関わったせいで、六人は死ぬはめになったと、俺の配下の小さな組にまでうわさが届いているんだ。明日明後日《あさって》には、東京のヤクザの大半が知ることになるだろう。で、あんたに協力する者は皆無になる」

胡喜太はタバコを灰皿に押しつけて消すと、ポケットから板ガムを出した。

「はじめて会ったとき、俺があんたをどう呼んだか覚えているか」

疫病神——といわれた。

「な、俺のいった通りになった」

胡喜太が悦に入《い》ったようにうなずく。

「その話は聞き飽きた。五味淵の娘にも同じことをいわれたからな」

「そいつは奇遇だ」

「おまえ、五味淵家の警護を請け負っているそうだな」

イアンは訊いた。

「それが？　警察は信用ならないそうだ」

「おまえなら信用できると？」

「彼女はそう思ったんだろうな。実際、俺は向こうが契約に反しない限り、こちらも必ず仕事をまっとうしろと部下に厳しくいっている」

「五味淵貴和子の依頼を受けた理由は何だ」

「この先の話の進み方次第では教えてやってもいい。ただ、そうか、五味淵の娘にも忌み神扱いされたか。まあ当然だな。でも、口裏を合わせたわけじゃないぜ」

「気にしてはいない。そもそも人を都合よく神に仕立て上げてしまうおまえたちの思考が、俺には理解できない」

「こんな場所で日本国民批判か」

「国民だけじゃない、ヒロヒトも批判している」

「賛同してやらなくもないが、まず俺を日本人なんぞと並列に置くな。もうひとつ、今、肝心なのはそんな枝葉の部分じゃない」

胡喜太は人差し指をイアンに向けた。

「あんたは東京にいる大半の人間に忌避されてるってことだ。疎まれ、誰も関わり合いを持ちたいと思わない」

「俺に不利な状況ばかり並べるのは、仕事の料金を吊り上げるためか」

「もちろん。ただし、不当に高くしているわけじゃないぜ。孤立無援になったのは、あんたの身から出た錆《さび》。ここまでのやり方がまずかったせいだ。ともかくそんな中、俺だけはあんたに協力してやってもいいと思ってる」

奴は板ガムを包んでいる銀紙を剝がし、口に放り込んだ。

「俺に何を頼む？　ビル建設の依頼に来たわけじゃないだろう」

「権藤忠興の居場所を特定してほしい」

「難題だな」

言葉とは裏腹に奴は一切表情を変えていない。何を依頼されるか予想していたのだろう。もしくは貴和子から事前に知らされていたのかもしれない。

「それは戦勝国人からの命令か。それとも依頼か」

胡喜太はガムを嚙みながら訊いた。

「俺個人からの依頼だ」

「期限は？」

「早ければ早いほどいい」

「情報の精度は？　居場所が七、八割の確率まで絞られた段階で知らせるのか。それとも絶対の確信が得られたときに伝えるのか」

「七割程度の段階で構わない」

「あんたが目的地に踏み込んだときには、権藤がもう消えている可能性がある。無駄足を踏んだことを責められても困るが」

「それは覚悟の上だ。逃げられたことで責めはしない。ただ、何を根拠にそこに権藤がいると踏んだのか説明は聞かせてもらう」

「なるほど。いくら払う？　安くはないぜ」

「シルク製品のアメリカ西海岸域への輸出許可と、現地アメリカの繊維業者からの妨害の排除を、俺の父親を通じてGHQに要請する。多少時間がかかるが、輸出許可は問題なく下りるだろう。既存業者からの嫌がらせも大半は排除できるはずだ」

「俺のことを調べたのか」

「もちろんだ」

胡喜太は銀行を抱き込み、戦中に債務不良に陥った日本国内の繊維製品製造会社二社と、戦況悪化で操業を停止していた絹製品製造工場三ヵ所を、この一年の間に買収していた。

GHQはすでに昨年（一九四六年）の段階から、徐々に日本製品の輸出を許可し、対外貿易の再開を後押ししている。日本の経済復興支援という名目だが、貿易を許可された業者から、定期的に多額の謝礼金がGHQ高官にもたらされ、彼らの重要な収入源になっていた。

「輸出許可と妨害排除はありがたいが、もうひとつ加えてほしい。ナイロン、レーヨン製品の国内生産権取得についてGHQの連中と話し合う機会を作ってほしい」

「冗談をいうな。対価としては高すぎる」

「早計だよ、中尉。国内特許をよこせといってるんじゃない。ナイロン、レーヨン製品の国内生産と輸出について、アメリカの将軍や背広組の高官たちとゆっくり意見交換する場を設けてほしいといっているだけだ。そこから先は、俺のほうで何とかする」

「GHQにはおまえも顔が利くはずだ」

「俺の手の届く範囲にいるのは、所詮は最終決定権を持たない者ばかりだよ。あんたの父親は、そいつらを束ね、なおかつアメリカ本国の政治家とも懇意にしている本物のキーマンにつながるパイプを持っている」

「おまえこそ、俺のことを調べたな」

「当然だろう」

「だが、もし化学繊維製品の生産権を手に入れられたとして、どうする？」

「工場で生産するんだ。他に何がある」

ナイロンやレーヨンのストッキングを、日本人に日本国内の工場で生産させ、海外に輸出する目論見のようだ。

イアンを見る胡喜太の顔が不機嫌になってゆく。

嘲笑する気はなかったが、思っていることがイアンの表情に出てしまったのだろう。胡喜太が苦い顔で首を横に振った。

「やっぱり軍人だな」

経営や商売のことがまるでわかっていないという意味だ。

「アメリカで通用する製品を日本の奴らが作れるとは思えない、たとえこの先、二十年三十年経とうと――あんたの顔にそう書いてあるよ。だがな、仮にアメリカ製より品質が二、三割落ちるとしても、価格が半分以下だったらどうする？　アメリカ国内でもかなりのシェアを獲得し、そのうち欧州圏やあんたの母国の店先にも並ぶことになるだろうよ」

「夢物語にしか聞こえないが、あんたが望むなら手配する」

「そういう思考だから、英国は戦勝国なのに没落したんだ。俺だって素直に認めたくはないが、日本人の勤勉さと物覚えの早さは十分儲けの種になる。商売に必要不可欠なのは、現実を歪めずありのまま受け止める公平な視点だ。あんたが差別主義者だろうと構わないが、日本人や東洋人を過小評価し、無下に扱っていると、いずれ痛い目に遭うぜ。ああ、実際もう遭っているか。肝心なときに大事な通訳に逃げられ、右往左往したよな」

メイは表情を変えず黙って聞いている。

「おまえには関係のないことだ」

イアンは素っ気なくいった。

「気分を害したかな？　だが、これは善意の忠告だ。あんたとはもう無関係じゃない。取引相手が下らないことでしくじり、俺まで面倒に巻き込まれるのはまっぴらだからな」

「俺の依頼を受けるという意味か」

「ああ。ただし、契約書を作らせてもらう」

「言葉だけの約束では信用できないか」

「前にもいったよな、俺は同じ半島出身の先祖を持つ者以外、誰も信用しない。契約書には、あんたの署名ももらうことになるが」

「構わないが、その紙切れが何の裏付けになる？　契約が履行されなかったときは、裁判でも起こすか」

「あんたを訴えてみるのも面白いかもな。冗談はさておき、契約書を作るのが俺の流儀であり、我が身を守る術でもある」

「問題が起きたら、すべて俺に責任をなすりつけるつもりだな」

「そうだよ」

「日本の司法制度もそこまでは甘くないはずだ」

「それでもできる限り用心はしておいたほうがいい。首尾よく権藤をぶち殺せても、あんたは帰国の船上にいるのに、俺は刑務所に入れられるなんてのは、まっぴらだ」

「本当は何を企んでいる」

「企んじゃいないよ、何も」

イアンは少し考えてから、「好きにすればいい」と答えた。

「ご理解ありがとう」

胡喜太が笑いかける。

「では、ここまでの話を踏まえ、俺からも相談がある」

奴は革張りの椅子に座り直した。

「参謀第二部のギャビー・ランドル中尉を介して依頼があった。権藤忠興があんたと会いたがっているそうだ」

指先のタバコを口元に運びかけていたが、その手が思わず止まる。

「どうする？」

胡喜太が訊いた。

体の中を緊張が駆け抜けてゆくのをイアンは感じた。

2

「権藤本人の意思なのか。一昨日、電話で俺が奴に直接会って話したいと伝えたときは無下に断られたが」

イアンは訊いた。

「さあな。俺はランドルから打診されただけだ」

「いつ？」

「昨日の昼。一旦預かり、ゆっくり考えるつもりだったが、夜になってランドルから再度連絡があった。あんたからの回答を急げといわれたよ。で、メイに電話を入れさせた」

「ずいぶん遅い時間だったようだが」

「午後十一時半ごろだったが、あんたは出かけて部屋にはいなかった。そちらの周辺でも、昨夜はいろいろとあったようだな」

「どこまで知っている」

イアンは陽を浴びて白く光るローテーブルに視線を落としながら訊いた。

「午前二時近くに、下っ端のアメリカ人MPと日本人警察官から、あんたとロコが騒ぎを起こしたらしいと連絡があった。詳しいことは知らんが想像はつく。権藤たちのほうも内輪でゴタついているんだろう」

「一枚岩ではないという意味か？」

「ああ。なるべく穏便に収めようとしているランドルの一派と、手荒な手段で対応しようとしているロコの一派と」

「俺への『対応』か」

「気を遣って言葉を選んだつもりなんだが、もっとはっきりいったほうがいいか。あんたとその娘を殺すか、拉致するかしようとしたが、ロコはしくじった」

権藤側も方針は統一していない。

――そこにつけ入る隙を見つけられるかもしれない。

「権藤が会談に指定した日時は？」

「まだ聞いていない。あんたの返答次第で向こうが折り返してくる。会談場所を知らされるのは直前だろうな」

「前もって伝えたら、俺が仕掛けをすると思っているわけか」

「そういうことだ。実際するだろう？　同伴者が認められるかどうかも、俺はまだ聞いていない」

「俺の安全の保証は？」

「あるわけないだろう、そんなもの」

「権藤が何も企んでいないという確約は？」

「それもないよ。むしろ企んでいると考えるのが普通だ」

「権藤と参謀第二部はなぜおまえを仲介役に選んだ」

「向こうの言い分によれば、英国連絡公館が役に立たないからだそうだ。ギャスコイン駐日大使を通じて段取りをしたのに、チャールズ・アンドリュー・ウィロビー少将との約束を、あんたは直前で反故にしたそうだな」

「反故にしたんじゃない。妨害された」

「五味淵幹雄が殺された、あの朝のことか」

「ああ」

「妨害したのは誰だ？」

胡喜太が念を押すように訊いた。

「ロコ、長田善次だよ」

「それは実動部隊だろ」

「指示を出した者という意味なら権藤。もちろん参謀第二部のランドルも絡んでいるが」

「それだけか？　他に忘れていないか」

胡喜太が真剣な眼差しを向ける。

「あんたの洞察力は元からその程度か。それとも、日本に来たせいで鈍ったのか」

イアンは黙った。

「トタン要害が燃えたことは知っているな」

奴に強い声で問いかけられ、うなずく。

「朝になってあんたのところにも、ＧＨＱの民政局と英国連絡公館からある程度の情報が入ってきたはずだ。中尉、今の時点でどれだけのことを摑んでいる？」

「トタン要害は三日前にも襲撃を受けたが、昨夜、再度襲撃があり、その攻防の最中に出火した。襲ってきた奴らが火を放った可能性が高いそうだ」

「新聞記事に毛の生えた程度の情報じゃないか。中尉、それを疑いもなく信じているほど馬鹿じゃないよな」

胡喜太がイアン、まゆ子の顔を順に見る。

視線を向けられたまゆ子の表情が硬くなってゆく。

「権藤の他にも注意すべき相手がいることを、あんたもとっくに気づいているはずだ」

奴が続ける。

「だから俺はこの仲介役を引き受け、不本意ながらもあんたと協力する道を選んだ。あんたも目的達成までの一番の近道を――」

「いわれなくても選ぶ。権藤に会うとランドルに伝えてくれ」

イアンが兄を処刑した仇として権藤を狙っているように、胡喜太も弟を殺した仇として奴を狙っている。

「弟のことをどう思っていた？」

フィルター近くまで燃え落ちたタバコを灰皿で消し、イアンは尋ねた。

「急にどうした？　あんたらしくない質問だな」

奴が訊き返す。

「おまえがどこまで本気かを確かめたい。無駄も浪費も大嫌いなおまえが、何の利益にもつながらない復讐のために時間を使い危険も冒すんだ」

「そういうことか」

胡喜太は小さくうなずいた。

「あいつは欲深くて金に汚かった。頭も悪かったよ。周りからの評判も良くなかった。経営者の器じゃないことは俺ももちろんわかっていた。でも愛していた。たったひとりの弟だったからな。そしてもうひとつ。俺を見下し辱めた奴は、何人たりとも許さない。こんな答えでいいか」

「ああ」

「中尉、あんたのほうは処刑された兄貴をどう思っていた？」

「似たようなものだ。だから地図の東の果ての、こんな来たくもない国まで旅してきた」

兄のすべてを尊敬していたわけではない。それでも、アンダーソン家の中で唯一家族らしく接してくれたクリストファーのことをイアンも愛していた。

「五味淵の娘も殺された父親を同じように思っていたんだろうよ。うちの弟以上に五味淵幹雄は評判の悪い男だったが、家族だけは大事にしていた」

「あまりに憎まれ、周りは疑わしい連中だらけで、家族しか信頼できなかったんだろう」

「だろうな」

「五味淵貴和子をこの騒ぎに引き込んだのはおまえだろう」

「正確性を欠く言い方だな。彼女から聞いただろうが、復讐は五味淵幹雄の遺言だ。貴和子はその遺言を遂行すると自分の意思で決めた。電話番号をあんたに渡したのも、あの女自身の考えだ。ただ、実際にあんたから連絡があり、さらには窮地のあんたを警察から助け出す段になって、いささか躊躇しはじめた。だから踏み出せるよう、俺は言葉で少し背を押してやっただけだ」

「実に悪人らしい言い草だ」

「否定する気はないよ。確かに俺は善人じゃない。ただ、無理強いは一切していないぜ」

「四谷警察署で取り調べを受けている間、俺の通訳を五味淵家に迎えに行かせたが、戻ってくるのが予想よりも遅かった。家の門前で待たされていたそうだ」

イアンはまゆ子を見た。

「俺の通訳は、彼女が身支度に手間取っているのだと思っていたようだが、おまえが五味淵貴和子を説得していたんだろう」

胡喜太がうなずく。

俺の通訳——と呼ばれたまゆ子もイアンに視線を向けた。が、またすぐに目を伏せた。

「空白の時間の謎解きができて嬉しいか」

胡喜太が大げさな口調でいった。

「答え合わせがしたかったわけじゃない。少し意外だっただけだ。臆することのない、意志の強い女に見えたが」

太い眉をした貴和子の顔と独善的な口ぶりがイアンの頭に浮かぶ。

「それは他人と相対するときの、あの女なりの仮面ってやつだ。見くびられないためには必要なのさ。まあ、人を見る目が皆無なあんたにはわからんだろうが」

胡喜太が軽口を叩く。

——こいつの敷いたレールの上を走らされている。

イアンはそんな気分になったが、反発する気はない。

「話を戻し、確認しよう」

胡喜太がその場にいる三人を見回した。

「さっきあんたが俺に依頼した権藤の居場所捜索と、今俺が提案した権藤との会談は、まったく別の案件だ。『あれ』と『これ』とは分けて考えてくれってことだよ」

「心配するな。あとになって払い渋ったり、ごねたりはしない」

「すまないな。アヘン戦争を起こした国の人間が相手だと、どうしても慎重になってね」

英国人は信用できないといっている。

無礼で生意気な男だが、それでも今はこいつが必要だ。

権藤が会見場所に姿を現したとしても、その後、奴が今身を寄せている隠れ家の位置を掴むことは難しいだろう。戻る道順を尾行しても、ＧＨＱやＣＩＡの依頼を受けたヤクザに間違いなく妨害される。多数の護衛もついているだろう。会見中にイアンが権藤を殺せればいいのだが、逆にこちらの身も危うくなる。同士討ちなどという馬鹿な結末を避けるためにも、やはり胡喜太に頼るしかない。

奴がメイに視線を移す。

「この話をまとめて英文の契約書を作ってくれ」

「承知しました」

メイが立ち上がり、ドアへと進んでゆく。

「中尉もタイプ室にお連れしろ」

胡喜太が指示する。

「なぜ？」

新たなタバコを出しながらイアンは訊いた。

「あとで難癖をつけられたくないんだよ。立ち会って内容を突き合わせながら作れば、食い違いが出ることもない」

――そういうことか。

イアンはまゆ子を見た。

「その娘には、別の用事がある」

胡喜太もまゆ子に目を向ける。

迷うイアンにまゆ子が小さくうなずいた。

メイはドアのノブに手をかけ、待っている。

「早くしろ。あんたも時間を無駄にするのは嫌いだろう」

タバコの箱を上着の内ポケットに戻し、立ち上がる。

メイのあとに続き、イアンは部屋を出た。

3

残されたまゆ子は胡喜太を見ている。

彼の意外な計らいで、中尉とメイという女性はふたりきりになれた。

これも他人を懐柔する手段のひとつなのだろうとわかってはいても、少し前まで不愉快さしかなかった胡喜太への印象は、確実に変わっていた。

一方で、ついさっきこの男と中尉との間で交わされたトタン要害に関する遠回しな会話が、胸の奥をかすかに波立たせている。

「コーヒーは飲めるか？」

胡喜太が日本語で訊いた。

まゆ子が「はい」と返事をすると、彼は机の上の電話器に手を伸ばし、ふたり分運んでくるよう指示した。

「さて」

受話器を置いてこちらを見る。

「トタン要害の住人なんだって」

「五味淵貴和子さんから聞いたのですか」

「ああ。下井壮介の娘だってことも知っている。どんな条件でアンダーソン中尉の通訳を引き受けたんだ？」

「通訳をやり遂げれば、父は殺さないといわれました」

「信じるのか」

「疑おうとしたんですけれど、十分考える暇もないまま、巻き込まれてしまって」

彼が口元を緩めた。

「中尉に対してずいぶんと挑発的にお話しされていましたね」

まゆ子はいった。

「それがどうかしたか」

「なぜだろうと思って」

「あの英国人がいけ好かないからだよ。ただそれだけだが、理由になっていないか」

「いえ。納得しました」

「お嬢ちゃんも中尉が嫌いか」

「少なくとも好きではありません」

「正直だな。俺のことは怖くないか」

「怖いです。でも、だからといって黙っていたら、この機会が無駄になります」

「情報収集しているわけか」

「中尉はあなたと共闘されるようですので、私も少しはあなたのことを知っておかなければなりません」

「共闘か、物は言いようだな」

胡喜太が日本語で話す声は、ついさっき中尉と英語で話していたときより、いくぶん柔らかく感じる。

「あの、契約書って」

「あ？」

ちり紙を取り、ちょうど鼻をかみはじめた胡喜太が訊いた。

「契約書です。本当に必要ですか」

「別に。ただの紙切れだ。このちり紙と同じで意味はない」

胡喜太は噛んでいたガムをちり紙に吐き出すと、丸めて近くのゴミ箱に投げ入れた。

「じゃ、もし中尉が約束を反故にしたら」

「殺すだけだよ」

——やっぱり。

「当然こっちも無事ではいられないだろうが、まあ仕方がない。建設、金貸し、いろいろやっているが、義理で縛り、暴力で人を従わせるのが、うちの基幹事業だからな」

「中尉に恩を売った、ということですか」

メイと中尉をふたりきりでタイプ室に行かせたことをいっている。

「見え透いたうそでも、あんなふうに御託を並べられると、人は動きやすくなる。それは朝鮮人も日本人も、英国人も香港人も変わらない。単純にいうと、メイと話すための言い訳を与えてやったってことだ」

胡喜太はまゆ子を横目で見た。

「そういうもんだ、大人になるほど。ふたりのことが気になるか」

「少しだけ」

「だいじょうぶ。メイは中尉のところに戻らない。お嬢ちゃんは通訳の仕事を続けられる」

「そういう意味では——あの、なぜメイさんを雇うことにしたのですか」

「仕事の役に立ちそうだからだよ。他に理由なんてあるか？」

「とてもきれいな方ですので」

「見た目に惑わされたと思ったのか。まあ、美人なのも武器のひとつであることに間違いはない。でも、違う。メイの持っている大陸の要人との人脈が、今後のうちの事業にとって有益なものだと踏んだから雇うことにした」

胡喜太はあっさり話した。

「教えていただきありがとうございます」

「気にするな。俺からもお嬢ちゃんに訊きたいことがあるから」

「訊きたいこと？」

——トタン要害のあの人のことだろうか。

ノックの音が響いた。

ドアが開き、ここまで案内してくれた受付の女性がトレイを片手に入ってくる。

彼女はコーヒーの入ったカップとガラス壺を胡喜太とまゆ子の前にそれぞれ置くと、上品な微笑みだけを残しまたドアの外に静かに消えていった。

香ばしさが部屋中に広がり、漂っていたタバコの匂いと入れ替わってゆく。

コーヒーカップの横のガラス壺には精製された白砂糖がたっぷりと入っていた。

「遠慮するな」

胡喜太はそういうと、黒檀の机に置かれたカップを手に取り、啜った。

「ありがとうございます」

トタン要害の中でもやはり砂糖は貴重品で、滅多に口にすることはできない。

「いただきます」

まゆ子はスプーン四杯分をカップに溶かすと一口飲んだ。

苦みと甘みがゆっくりと舌の上を通り過ぎ、喉の奥に落ちてゆく。ずっと続いている緊張と体に張りついたままの疲労が少しだけほどけた。

でも、不安は消えない。トタン要害で暮らしている家族のことが心配だった。父、弟、そして何より病身の母のことが気にかかる。

「鎮火したあとの町は見に行ったのか」

胡喜太が訊いた。

「いえ、まだ。このあと行くつもりです」

「中尉も一緒に？」

「はい」

「下井壮介もあそこで暮らしていたんだろ」

まゆ子は声に出さず、ただうなずいた。

「家族のことが心配だな」

「はい」

「そのわりには落ち着いて見えるが」

「あ。いえ――」

まゆ子の言葉を胡喜太が遮る。

「責めてるんじゃないぜ。肝が据わってると思っただけだ」

彼は手にしていたカップを置き、続ける。

「家族が無事に逃げているといいな。ただまあ、燃えたのは半分程度らしいから、まだあの町にいるのかもしれない。竹脇祥二郎を知っているよな。奴のことは聞いたか」

「いえ、何かあったのですか」

「あいつの行方がわからないそうだ。俺としては、焼け死んでくれていることを願いたいがね」

——予想通り、あの人の話題になった。

何を質問されても動じないよう、心の準備はできている。ただ、アンダーソン中尉ではなく、こんなかたちで胡喜太から訊かれるとは思わなかった。

「お嬢ちゃんは竹脇が無事だと思うか」

「無事でいらっしゃると思います。とても知恵があり、機転も利く方ですから」

「簡単には死なないか。じゃあ、どこに逃げたと思う？」

「えっ」

「見つからないが、生きているってことは、竹脇はもうあの町を出たってことだろう。奴はどこに行ったんだろうな」

「わかりません」

「本当に知らないかい」

「はい」

胡喜太はそれ以上訊かず、またコーヒーを啜った。

まゆ子はうそはついていない。

トタン要害に貯蔵している医薬品を密《ひそ》かに別の場所に移送し、いずれは住人たちも町から出てゆく——そんな計画が確かに進んでいる。だが、「別の場所」とはどこなのか、まゆ子は本当に知らなかった。興味もない。あの町とのつながりも、もう残りわずかだろうから。

まゆ子の母の体は癌が進行し、残念だけれど残り数ヵ月しか持たない。母が亡くなれば、まゆ子と弟の大介はトタン要害に残っている理由がなくなる。父は戦犯の自分を匿ってくれたあの町の住人たちを見捨てることはできないといっているが、一方で、まゆ子と大介には町を出るよう密かに進言していた。まゆ子も出たいと思っている。しかし、長く居すぎたせいで、外の街で暮らす自信がない。戦犯の子と後ろ指をさされながら過ごす毎日への不安も消えない。

あの町で共に暮らした人々を見捨てていくことへの罪科の念も、やはり捨て切れない。

「先ほど私に別の用事があるとおっしゃっていましたよね」

「ああ。竹脇祥二郎に会ったら、伝えてほしいことがあるんだ。アンダーソン中尉と権藤が直接顔を合わせる必要があるように、俺と竹脇も向き合う必要があるんじゃないかとね」

「会って話したいということですか」

「単純にいえばそうだ」

「理由は？」

「それは竹脇に聞いてくれ。裏切ったのは奴のほうだからな」

――裏切った？　何をだろう？

「でも、私はいつ竹脇さんに会って伝えられるかわかりません」

「もし会えたらだよ。そのときでいい」

黙り込んだまゆ子に、さらに声をかける。

「頼んだぜ」

――見抜かれているのかもしれない。

そんな思いが、まゆ子の頭をよぎってゆく。

やはり怖い人だと感じた。

「アンダーソン中尉たちはまだ時間がかかるだろう。寛いでいてくれ。俺はその間に少し仕事をさせてもらう」

胡喜太はくわえたタバコに火をつけ、上着の内ポケットから出した手帳を開くと、机の受話器を取った。

呼び出し音が漏れ、まゆ子にも聞こえる。長くくり返したあと、電話に出たのは外国人の男性だった。英語で話している内容は、アンダーソン中尉と権藤の会見に関することだ。もしかしたら電話の相手は、ギャビー・ランドルというアメリカ人かもしれない。

まゆ子は甘いコーヒーをまた一口飲み、視線を落とした。

黒いカップの中にかすかな波が起き、ここに来たときよりもずっと高い位置に昇った太陽の光を反射し、揺れている。

黒く濁った、でもとても穏やかな凪《なぎ》。

まゆ子は自分の横にあった布バッグを膝に乗せ、その上に両手を置いた。タクシー運転手の小森に付き添われ、新宿のデパートで三ついっぺんに買ったうちのひとつだ。花柄のビーズ刺繍《ししゅう》が可愛らしくて、これが一番気に入っている。

電話をしている胡喜太の横顔を気づかれぬようさりげなく、でも、じっと見つめる。

機会を窺いながら——

バッグに置いた手の指先に、中に忍ばせた小型拳銃の硬さが布越しに伝わってきた。

4

タイプ室とドアに書かれた部屋の中には、十台の英字タイプライターが置かれている。

室内にはイアンとメイのふたりだけ。

メイがキーを打つ音が響く。イアンはすぐ横に座り、印字される文字を眺めている。

内容について四、五回言葉を交わしたが、それだけだった。この作成作業自体にあまり意味がないことも、互いにわかっている。

「つけるのをやめたのですね」

切り出したのはメイだった。

「コロンのことか」

イアンは訊いた。

「ええ。あの新しい通訳さんに何かいわれたのですか」

「俺の匂いが彼女に移ってしまい、追われている途中、隠れていたのに見つけ出された」

タイプの音が途切れる。

メイの手が書き終えた一枚を抜き取り、新たにまっさらな一枚を給紙してゆく。

「理由を教えてくれ」

「ホフマン二等書記からもうお聞きになっているはずです」

イアン、メイ、重なることなく白い紙に注がれたふたりの視線は、どちらも敵意に満ちていた。

タイプ室にまたキーの打音が響きはじめる。

「他人を介さず、君自身の口から直接理由を聞きたい」

イアンはメイの目を見ずにいった。

「語ることが贖罪《しょくざい》であるかのような言い方ですね」

メイもイアンを見ずに返す。

彼女の細い指が振り下ろされるたび、白い紙にアルファベットが印字されてゆく。

「詫びろとはいわない。だが、契約を破ったのは君のほうだ。真意を語る義務があると思うが」

響いていた打音が止まる。

「義務ですか」

メイは目を伏せ、小さく息を吐くと言葉を続けた。

「では、まずあなたが知っていることを教えてください。事実と違う点があれば修正、補足させていただきます」

あくまでも事務的な口調。

そしてほんの数日前まで「ミスター」や「マスター」だったイアンの呼び方が、「あなた《You》」に変わっている。ただ、その違いがふたりの間にある距離や溝を示しているのか、それとも違う何かが理由なのか、イアンにはまだわからない。

レースのカーテンを透かして射す午前の陽が眩しさを増している。十月の晴れた日、イアンは窓からメイの横顔に視線を移した。

「君は日本国内に秘匿《ひとく》している中国の文化財の安否を確かめ、可能ならば本土に戻す準備をするためこの国に来た」

メイが静かにうなずく。

「その通りです。でもまだ半分」

彼女が伏せていた顔を上げた。

すれ違い続けてきたふたりの視線がひとつに重なる。

「完全な正解とはいえませんね。続けてください」

あしらうような言葉。

だが、イアンは逆らわず指示に従った。

「君の父親は、革命の混乱から逃れるため北京から香港に渡ってきた穀物商ではない。清朝の元官吏《かんり》だ」

メイの生まれた潘家は高祖父の代から清朝に仕えてきた。名門であり、高祖父から祖父までは過酷な科挙《かきょ》に合格した進士《しんし》で、メイの父もまた一九〇五年の科挙廃止以降に創設された西洋式の登用試験に合格した官僚だった。

一九〇〇年代初頭、北京の紫禁城《しきんじょう》周辺には王府《おうふ》と呼ばれる、皇帝の血族たちの屋敷が複数置かれていた。それらは紀元前からの歴代王朝が遺してきた貴重な美術品を多数収蔵する保管所であると同時に、中国全土から一流の職人を集め、新たな銘品を生み出す工房でもあった。

美術品管理と職人の監督が主な仕事であるメイの父は、一九〇七年、他の十一名の官吏とともに清朝の未来を不安視する第十一代・光緒帝《こうしょてい》より密命を受ける。

〈海外列強や国内反乱分子の略奪による散逸・破損を防ぐため、重要な文化財を安全な場所に移し、保管せよ〉

メイの父たちは、数十万点の中から至宝とも呼べる五千点を選び、三年をかけて中国各地の秘密保管所に分散させた。さらに中国全土が戦火に飲み込まれ、占領された場合に備え、一部を信用できる日本人銀行家に託し、日本国内に秘匿した。

その後、光緒帝の予測は最悪のかたちで的中する。一九一一年から翌一二年にかけての辛亥《しんがい》革命により、第十二代宣統帝《せんとうてい》は退位に追い込まれ、清朝は滅亡した。

この革命前後の数年間で、中国から海外に流出した書画や陶器などは百六十万点を超えるともいわれている。

「詳しく調べたのですね」

「ホフマンは有能だからな」

「やはりあの方でしたか」

「君は誰の命令で日本に来た？　父親か？」

「誰にも命令などされていません。私の意志です」

「君及び潘家に託された使命を果たすための行動だと」

「そういうことです」

「サー・エドワード・モートンもはじめから企みに加わっていたんだな」

現在香港在住の貿易商で、十九世紀に子爵を得た新興貴族モートン家の長として香港ジョッキークラブ副会長を務めるなど、現地では名士として知られている。イアンの父、チャールズの旧友であり、イアンに中国語・日本語の通訳としてメイを推薦したのも彼だった。

「どうやって取り込んだ？　脅したのか、それとも金か」

「どちらでもありません。サー・モートンは同志です。人種や階級で差別することなく、卓越した技術を持つ職人を尊重し、素晴らしいものを見極める目をお持ちです。そして何より、芸術品を後世に伝えてゆくことを、私たち同様、サー・モートンも使命と感じていらっしゃいます」

「同志？　わかったような顔で壺や絵を愛《め》で、知識をひけらかし合う仲間という意味か」

「嫌味な言い方。あなたらしい」

「騙された者として、皮肉をいう権利くらいあると思うが」

「騙されたかどうかは見方によります」

「日本で文化財を回収できた際は、サー・モートンを通じてＧＨＱと話をつけ、極秘裏に国外に運ぶ流れになっているわけか」

「よくおわかりですね」

「それもホフマンに教えられたんだ」

「だと思いました」

メイが嘲るように口元を緩める。

「でも、ミスター・ホフマンは生真面目な方ですね。上司でもないあなたの命令に従い、そこまで詳細に調べ、報告してくださるなんて」

「だから彼は二等書記なんだ。実利よりも真実を追い、与えられた課題には最適・最上の結果を出さずにはいられない。要するに、研究者気質の平凡な秀才だ」

「他人事のようにいうのですね。文官を武官に置き換えれば、あなたにも十分当てはまる説明だと思いますよ」

「俺のことより、今問題なのは君の任務のほうだ」

「任務ではなく使命です」

「では、その使命を順調に遂行し、日本に隠したものが無事に戻ってきたとして、そのあとはどうする？　今は大陸に持ち帰るほうが危険だろう」

中国本土の蔣介石《しょうかいせき》を中心とする南京《ナンキン》国民政府は前年（一九四六年）、中華民国憲法を制定したものの、毛沢東《もうたくとう》率いる共産党との軍事衝突が今も頻発している。もし、日本やタイ、シンガポールなど各地に分散させた美術品を回収できても、安全に中国大陸に戻せる状況にはなかった。

「いくつか私たちなりの案があります」

メイが微笑む。

「どんな？」

「あなたには教えません。いわなければならない理由はありませんから」

「問題は持ち帰る場所だけではないはずだ。面倒な存在がいる」

日本では、GHQ内のCPC（Civil Property Custodian・民間財産管理局）が活動を開始していた。

本来は連合国やアジア諸国の市民から日本人が略奪・搾取し、日本に持ち帰った私有財産を正当な所有者に返還する作業を監督するための部署であり、現在、日本国内で発見された略奪美術品や宝飾品類はほぼすべてこのCPCが保管・管理している。しかし、これらの品々が本来の所有者に円滑に戻される確率は極めて低い。一般市民にはまったく知らされていないが、GHQ上層部の命を受けたCPCが選別し、価値の高いものは密かにアメリカ国内に移送されていた。アメリカが国策として、保護返還の名を借りた窃盗・私物化を進めているということだ。

アメリカへの移送を免れた物品も、アジア各国の所有者たちの元に送り届けられるかどうかは怪しかった。返還に際してGHQが何らかの条件や制約をつけ、各国政府との取引材料に使う可能性が高いからだ。

「GHQは山賊だ」

イアンは誇張や偏見を語っているのではない。

「心得ています。去年の春のニュースは私たちの耳にも届いていますから」

メイもうなずいた。

一九四六年四月、東京湾の海底で大量の貴金属が発見された。

謝礼金を目的とした日本人による密告がきっかけとされ、GHQの調査により旧日本軍が隠匿した隠し財産であることが判明した。その総額は二十億ドル以上にものぼるという。

事件は朝日新聞などの日本の主要紙だけでなく、米兵向け「星条旗新聞（THE STARS AND STRIPES）」、さらには遠くヨーロッパでもこぞって報じられ、イアンも英国紙「タイムズ」「ガーディアン」などの記事を通じ、来日前に情報を得ていた。

だが、回収された大量の貴金属の行方がわからない。

GHQは日本銀行の地下室に保管していると発表したが、在京のBBCとワシントンポストの記者が調査すると、日銀地下室には全回収量のわずか二十七パーセントしか収蔵されていないことが判明した。

このニュースは英国、アメリカの本土では報道されたものの、日本ではGHQの命令によりどのメディアでも発表されることはなく、しかも、取材を担当したBBCとワシントンポストの記者は、それぞれ「自己都合」により急遽帰国することになった。

その後、今に至るまで続報は一切ない。

「やはりサー・モートンはGHQを懐柔するだけでなく、一時的な貸与や調査の名目で安全なロンドンに避難させるための重要人物というわけか。ただ、サー・モートンだけではないだろう？」

「だけではない？　何がおっしゃりたいのですか」

「オトリー参事官のことだ」

英国連絡公館に勤務しているホフマンの上司。なりゆき上、イアンに協力的な態度を取っているように装っていたが、彼もサー・モートンとつながりを持ち、美術品回収のために動いていた。

「それもミスター・ホフマン？」

「違う、別口だよ」

「どなたですか」

「教えられない」

イアンは宿泊しているビークマン・アームズの調理責任者・カレルに人物調査を依頼していた。

「オトリーも同志だな」

「ええ。美しいものを愛し、それを保護していくことに情熱を感じていらっしゃいます」

「絵や壺なんぞに興味があるようには微塵も見えなかったが、それも演技だったわけか。彼とは以前から知り合いだったのか」

「いえ、日本に来てからはじめてお会いしました」

「使命の根幹に触れないことは、気軽に話してくれるんだな」

「あの方とのつながりを知られた以上、もう隠す理由のないことですから。でも、いつから疑っていたのですか」

「周囲にいる人間は可能な限り調査する。彼だけを別段疑っていたわけではない、いつもやっていることをしただけだ」

「なのに、私のことは見抜けなかった」

メイは挑発的にいったあと一度区切り、そして訊いた。

「処分するのですか」

オトリーを殺すのかという意味だ。

「しないよ、残念ながら。証拠を残さず殺せたとしても、間違いなく俺に嫌疑がかかる。時間のない今、そんなことに手を煩わせている余裕はない。それに、彼とは理由の違いはあっても、目的は一致している。何の衝突もないしな。これまで通りの関係を続ける。俺の知らないところで彼が君とこそこそつながっていた点は、どうにも腹立たしいがね。ただ、サー・モートンとオトリーがいくら同志といっても、理想と使命感だけで動くような男たちじゃない」

「あなたの父上と同類だからわかる、そういいたいのですか」

「ああ。信頼して美術品を託したつもりが、知らぬ間に大英博物館やビクトリア&アルバート博物館の所有リストに載り、君たちの手の届かぬものになっている可能性もある」

「あなたにいわれると、やはり真実味がありますね。でも、だいじょうぶです。英国人がどれだけ信用ならないか、我々中国人はあの卑劣なアヘン戦争を通じて嫌というほど知っていますから」

「またその話か」

「また？」

「さっきの胡喜太との話にも出てきたが、五味淵の娘・貴和子と会ったとき、同じようなことをいわれた」

「五味淵幹雄自身とは会えたのですか？」

「白々しいな。俺の周りで何が起きたか、胡喜太から十分に聞かされているだろう」

「ええ。いろいろとご苦労なさっているようですね」

「ああ。君が突然消えたせいで相当な迷惑を被った」

「でも、あの日本人のお嬢さんは上手く通訳なさっているようでしたけれど。私がいなくても、もうお困りではないでしょう」

「彼女は関係ないし、今の俺が困っているかどうかも別の話だ。どんな理由があろうと、君は契約を破った。その事実は変わらない」

「おわかりのはずです。あなたとの契約よりも私には大切なものがあるのだと」

「自分の使命のためには他人を騙しても裏切っても構わないということか」

メイの表情から柔らかさが消え、険しくなってゆく。

イアンはその顔を睨み、言葉を続けた。

「清という王朝はもうとっくに消えてなくなった。どんな銘品だろうと逸品だろうと、壺や屏風《びょうぶ》をいくら回収して使命をまっとうしたところで、滅んだ王朝はもう蘇りはしない。過去の存在として歴史の中に埋もれてゆくだけだ」

「本当に自分が見えていない人」

メイが蔑んだ目で首を横に振る、

「五味淵幹雄が死んでも、権藤忠興を殺しても、それであなたのお兄様は生き返りますか？　遺された者たちのやり切れぬ思いを慰撫するため、あなたは今この東京で右往左往している。それがどんなに虚《むな》しいことだろうと、やり遂げないわけにはいかない。あなたも私も同じですよね。いえ、私よりあなたのほうがはるかに酷い。自分の使命を果たすために、多くの人々を巻き込み、傷つけてきた」

彼女の言葉が途切れる。

こんな口論は無意味だと、イアンと同じくメイも感じているのだろう。

にもかかわらず、止められない。自分の感情が制御できないことに、イアンは怒りを通り越して、どこか呆れていた。

「なぜ俺だった？」

訊いてみた。

日本に入国するために利用したのが、なぜイアンだったのかという意味だ。

「ミスター・ホフマンは何と？」

メイが訊き返す。

「その点についての報告はなかった」

「でも、想像はついていますよね」

「権藤か」

彼女はうなずいた。

5

「奴に裏切られたのか」

イアンは質問を続ける。

「父の上司だった方が、権藤の送り込んだ日本人大尉に騙されました」

「美術品の移送に手を貸すと？」

「そんなところです」

「金の匂いのする場所には、どこにでも首を突っ込む奴だ」

「ええ。薄汚い男です」

「君らしくない言葉遣いだな」

「私が他人を蔑むことなどないと？　そんな心の美しい人間ではありません」

「だが、君の父の上司は、なぜ日本人大尉など信じた？　中国人にとって日本の軍人はひとり残らず敵ではないのか」

「日本の本格侵略（日中戦争）がはじまる七年も前、一九三〇年の話です。そのころはまだ清朝の官吏も中華民国政府の者たちも、抗日、親日の二派に分かれていましたから」

「その上司が騙され、軍閥が割拠する中国大陸から安全のため日本に移送した文化財を強奪されたわけか」

「私の父が日本に送った美術品の安否を確かめるだけでなく、権藤に強奪された品々の行方を探る手がかりを得ることも、私がこの国に来た大きな理由のひとつです」

「で、手がかりは？　まさかもう権藤に会ったのか」

「それも教えられません」

「なぜ？　狙う敵が同じなら、共闘することも可能だったはずだ」

「あなたの周囲は危険すぎます。それに私の目的は権藤を殺すことではありませんから」

「美術品を取り戻すためなら、奴に媚びへつらうことも厭わないと？」

「もしどうしても必要ならば、私は躊躇なくそうするでしょう」

メイは素っ気なくいうと、タイプライターのキーに視線を戻した。

「もう話すべきことは話しました。本来の仕事に戻ります」

「まだだ」

イアンはいった。

が、彼女は構わずキーを叩きはじめた。

「かたちばかりの契約書などどうでもいい」

「あなたにはそうでも、私にとっては社長から与えられた大切な作業です」

「もうひとつだけ教えろ」

言葉を無視してメイはキーを打ち続ける。

「はじめから日本に着いたら俺の前から姿を消すつもりだったのか」

「答えたくありません。今さら答えても無意味ですし」

「じゃあ、なぜ胡喜太なんだ？　頼る先なら他にも選択肢があったはずだ。あいつならGHQとの仲を上手く取り持ってくれるからか。君の仕事が首尾よく進むよう、すべてを差配してくれるからか。権藤とのパイプはつないでもらえたか」

「あなたらしくないですね。まるで嫉妬しているみたい」

「ああ、嫉妬しているんだ」

イアン自身も驚くほど自然にその一言が出た。

メイがキーを叩くリズムが一瞬乱れる。

「卑怯な人」

彼女がつぶやいた。

「どういう意味だ」

「どうして今になって、そんなことをいうんですか」

キーを打つリズムは次第に遅くなってゆき、そして指先の動きが止まった。

「もっと早くいっていたら、状況は変わっていたか」

「少しは――」

が、途中で首を横に振った。

「いいえ、思い過ごしでした。何も変わらなかったでしょうね。あなたが今見せたその優しさは、自分と同じ人間に向けたものではないですから」

メイがまたこちらに目を向ける。

「あなたは私を確かに大切にしてくれました。でも、それは愛犬や愛馬に向ける慈《いつく》しみと同じ種類のもの。決して私はあなたと同じ『人』ではないですよね」

口調が厳しくなり、頬もわずかに赤みを帯びている。

イアンは黙った。

メイは構わず続ける。

「あなたの言いつけを守っている限りは、とても大事にしてくれました。それについては感謝しています。でも、単に私が使える通訳という道具に徹していたからですよね。飼い主の目を盗み、自分の意志で私が動いた今、あなたはどう感じていますか。答えてください」

「答えたら何か変わるのか」

「何も変わりません。私があなたの元に戻ることもありません」

「そうか」

イアンは小さくうなずき、続けた。

「君を俺と同じ人間とは思っていない。俺は英国人だが、君は東洋人だ」

「人種の違いだけですか？　あなたにとって私たちは人間以下の存在でしょう。どんなに誠実に仕えても消えないあなたのその差別心が、私は許せなかった」

「だから俺の前から消えたのか」

　メイは答えず、またキーを打ちはじめた。

　だがイアンは続ける。

「使命だのと崇高な言葉で包んだところで、それが空虚なことだと君自身もわかっているだろう。サー・モートンもオトリーも美術品を溺愛しているだけで、君たちの志など本心ではどうでもいいはずだ。君たちにしても、蘇ることのない亡霊の遺言に縋ることで、無意味な人生の中に無理やり生きる意義を見出そうとしているだけだ。清朝が復活することはない、中華民国も風前の灯《ともしび》で、遅からず地図から消えるだろう。残念だが、いずれ毛沢東共産党の赤色で中国全土が染まり、君たちは香港に閉じ込められる。その香港も赤く塗り替えられるかもしれない。それでも君は遺命に従うのか。そんなもの、使命ではなく、ただの呪いでしかない。宝物採集など、清朝の残像に縋るしか生きる理由を見つけられない年寄りどもに任せておけばいいだろう」

　やはりメイは答えない。

　イアンはそれ以上問い詰めず、憤りを吐き出した自分を恥じつつ、印字されてゆくアルファベットに視線を落とした。

　それから一分も経たず、彼女は最後の一枚を打ち終えた。

「内容はこれでよろしいでしょうか」

　事務的な声に戻ったメイが契約書を見せ、訊く。

「ああ」

彼女はいった。

「短い間ですが、ありがとうございました」

メイがいった。

「俺はまだ君を許していない」

イアンは返した。

「私も許されようとは思っていません」

そしてふたり、タイプ室をあとにした。

6

先を行くメイのあとに続き、イアンは廊下を進んでゆく。

イアンの革靴とメイのヒールの音が絡み合うように響いているが、言葉はない。もうふたりの間に話さなければならないことは何も残っていなかった。

メイが社長室のドアを静かに叩く。

「気をつけろ」

ノックの音が響くと同時に、中から胡喜太の緊張した声が聞こえた。

まゆ子の厳しい声が続く。

だが、日本語でイアンにはわからない。

それでもメイを押し退け、ドアノブに手を伸ばした。

「開けないで」

中からまゆ子が英語で叫ぶ。

イアンは無視してドアを開けた。

「早く入って。ドアを閉めて」

そういったまゆ子の手にはオートマチックの拳銃が握られている。三二口径のコルトM１９０３。ソファーに腰を下ろしたままの彼女が銃口を向けているのは、黒檀のデスクに座った胡喜太の体だった。

「閉めて。早く！　そうでないと――」

まゆ子が再度いった。

イアンはメイを部屋の外に突き飛ばすと、ドアを閉め、即座に鍵をかけた。

「開けてください」

外からメイが叫ぶ。

「静かに。人が来る」

「でも」

ドアの内側からイアンは姿の見えないメイに語りかけた。

「血を見たくなかったら、しばらく口を閉じていてくれ。誰も傷つけずにこの場を収めたい。頼む」

外が静かになった。

「ありがとう。誰か来そうになったら追い払ってくれ」

ドア越しに伝えると、ソファーのまゆ子に視線を移した。

「どういうことだ？」

イアンは訊いた。

しかし、まゆ子は答えず、腕を伸ばし拳銃を構えたまま動かない。

「そういうことか」

代わりに胡喜太がつぶやいた。

言動と表情から、この騒ぎをイアンが指揮したのではないと気づいたのだろう。

実際、イアンはまゆ子が銃を隠し持っていることさえ知らなかった。

「何度もいいましたよね。勝手に口を開かないでと。話していいのは、私に訊かれたときだけです。そうでないと本当に撃ちます」

まゆ子は胡喜太にいい放ったあと、イアンを横目で見た。

「中尉もです。従っていただけないなら、撃つことになります」

彼女は緊張し、怯えてもいる。

だが、こちらが抵抗すれば忠告通り引き金を引くだろう。そう、この娘はあのトタン要害の住人だ。まゆ子自身に殺した経験があるかないかは知らないが、少なくとも血や人が殺される場面には慣れている。

昨夜、ＭＰのジープに乗る長田善次を見送ったときのことを思い出す。

イアンは長田に見つめられているまゆ子に「怯むな」といった。奴に植え付けられた恐怖に飲み込まれてしまったら、いずれ死ぬことになると。

まゆ子はそれを今、実践していた。緊張と恐怖を感じながらも抗い、目的を果たそうと銃を構えている。

――馬鹿が。

まゆ子ではなく自分自身に思った。

甘さに対する怒りと後悔が、また胸の奥に湧き上がる。

――東京に来てから、何度目だ。

まゆ子が武器を持っている危険性は十分想像できた。にもかかわらず、彼女の持ち物や身体の検査をイアンは一度もしようとしなかった。どこかで彼女に油断、いや、ただの十代の娘だと見くびっていたのだろう。

日本の風土と暮らしている連中の無防備さのせいで、これまでには考えられなかった失態をくり返している。

早く目的を果たし、こんな土地からは離れなければ。

「従ってもいいが、少しだけ質問させてくれ。この状況を受け入れるには、あまりに突然すぎる」

イアンはいった。

まゆ子の横顔が考えている。

胡喜太は腹立たしげな顔をしているものの、抵抗する素振りは見せていない。

「拒否したら、私は中尉も敵にすることになりますか」

まゆ子が訊いた。

「君の敵になりたくないから、質問させてほしいんだ」

彼女は伸ばしていた腕をたたむと、拳銃を両手で握り、自分の膝の上で構え直した。銃口は変わらず胡喜太に向いている。

M１９０３は小型拳銃だが重量は六百三十グラム、銃弾を九発フルに装塡していれば一キロを超える。細い体の日本の娘が、そんなものを片腕で長時間構えてはいられない。危険な射撃姿勢だが、長引いた場合はこうしろと教えられたのだろう。

「わかりました。でも、少しだけです」

まゆ子が答えた。

「君は奴を殺したいのか」

わかりきったことだが、それでもイアンは確認した。

「ただ殺すつもりなら、もう撃っています」

「だろうな。では、こう訊こう。このビルに入るまでは、隙があれば殺す気でいたのか」

「それも少し違います。自分自身で確かめてから引き金を引こうと思っていました」

殺すべきか、生かすべきか見極めるという意味だ。

「今のところ奴を殺す必要はありそうか」

「まだわかりません。そのために質問をはじめようとしていたところだったので」

「俺たちが予想より早く戻ってきてしまったわけか」

「ええ。残念ながら」

窓とレースのカーテンは閉じられているが、室内はさほど暑くない。それでもまゆ子の頬から首筋へと汗が伝い落ちてゆく。

「奴を撃てと命令したのは竹脇祥二郎か」

まゆ子がまた横目で見た。

イアンは胡喜太に視線を移した。

「すべての質問に答えるとはいっていません。もう黙ってください」

奴も一瞬こちらに瞳を向けた。

予想していなかったが、早くも奴と共闘することになりそうだ。

まゆ子が胡喜太に話しかける。しかし、日本語だ。

「英語で話してくれ」

イアンが口を挟む前に胡喜太がいった。

「そうでなければ何も答えない」

まゆ子が日本語で何か返した。拒絶しているのだろう。

だが、胡喜太も英語でさらに反論する。

「陪席者《オブザーバー》が理解できないのなら、話をする意味がない」

「オブザーバー？　中尉のことですか」

「そうに決まっているだろう。偶然にも中立の人間がこの場に参加してくれたんだ。俺がうそ偽りなく話していることを、彼が証明してくれるだろう」

「中尉は中立ではありません」

「お嬢ちゃんの味方だとでも思っているのか。そんなわけがない。たとえば俺がメイに中尉の通訳の仕事に一時戻れと命じたら、その瞬間、お嬢ちゃんの利用価値はなくなる。中尉はその条件なら俺の側につくだろう。銃を構えてはいても、自分が圧倒的に不利なのを忘れないでくれ」

「私はあなたに訊こうとしています。いわばこれは私とあなたの問題です。そこに中尉を巻き込む理由は？」

「俺の誇りの問題だよ。お嬢ちゃんの身勝手な判断や決めつけで撃ち殺されたとしても、俺が最後まで媚びず譲らず堂々と死んでいったことを、中尉は俺の部下に伝えてくれる。あいつはそういう部分では間違いなく誠実な男だ。わかるよな？」

　まゆ子が渋い顔でうなずく。

「俺の死に様が正しく部下たちに伝われればお嬢ちゃんは嬲《なぶ》り殺される。逃げても部下たちはどこまででも追っていく。そしてお嬢ちゃんの親も弟も嬲り殺される」

「脅しているのですか」

「違うよ。お嬢ちゃんも自分の行動にうしろめたいところがなければ、こそこそ日本語で話さず、英語で訊けばいい」

「わかりました。ただし、もう猶予は与えません。次に質問以外のことを話したら本当に撃ちます。

中尉も同じです。急所を外すような技術はないので、覚悟してください」

胡喜太、イアンはうなずいた。

ドアの外のメイは、上手く人を遠ざけてくれているだろうか。今起きていることを知られたら、暴力団の連中は決して許しはしない。

まゆ子が質問をはじめる。

「あなたは興華党、太栄会、野際組と結託してトタン要害を襲撃し、蓄えている医薬品を強奪しようとしましたね」

興華党は在日中国人の犯罪組織、太栄会は日本人の暴力団だ。このふたつが共闘し、トタン要害を襲撃したとイアンは竹脇から聞かされていたが、同じく日本人暴力団の野際組も加わっていたようだ。

「そいつらの企みについては知っているが、俺は加わっていない」

胡喜太が机の上に置いている左手の人差し指を立て、ゆっくりと横に振る。

「竹脇とトタン要害にはいずれ潰れてほしいと思っているよ。でも、自分が潰そうとは思っていない。俺が手を出さなくても、昨夜の騒ぎのように、周りの商売敵たちが放っておかないからな」

「あなたや手下たちが企みに加わっていないという証拠は」

「ない。自分が関わっていないことを示す物的証拠などあるはずないだろう。ただ、どうしてもというなら、そいつを開ける」

胡喜太が部屋の隅に置かれた胸の高さほどの大きな金庫に視線を送る。

「さっきの中尉との約束を裏付ける契約書を秘書に作らせたように、俺は可能な限り証拠を残しておく主義だ。目に見えるもの、触れられるものしか信じないんでな。どんな相手だろうと契約は必ず書面にして残してある。もちろん文面に、奪う、襲うなんて露骨な言葉は載っちゃいないが、誰と約束を交わしたかはわかるはずだ」

「ヤクザ同士の証文ですか」

「違う。相手が暴力団の場合もあるが、うちは興亜土建って名前通りの健全な土建会社だ。他に持っている運送会社や食料品マーケットの店舗グループも、今年中には株式会社化する。俺はいくつもの事業を展開している実業家だよ」

「でもさっき、契約書はちり紙――」

そこでまゆ子は口を閉じ、話すのをやめた。

胡喜太は口元をわずかに緩めた。

――ふたりの間に小さな秘密が共有されている。

イアンはそれが何か知らない。

「会社同士のつき合い方と、男女のそれとじゃ、まるで違う。もっとも男のほうは女を雌としか思っていないようだがな」

察しの悪いイアンにもわかった。

胡喜太に二、三問いただしたいが、今は黙って見ているしかない。

「あなたは竹脇さんやトタン要害を敵だとは思っていないのですか」

まゆ子がまた質問をはじめる。

「敵でもあるが、ある意味では味方だとも思っていたよ」

「竹脇さんが政治の世界に打って出ようとしているのが気に食わず、潰したいと思っているのではありませんか」

「どうして潰す必要がある？」

「在日朝鮮人であるあなたは日本国籍を持たず、都議会や国政選挙に立候補することができません」

「だから妬んだ？　奴だけ箔《はく》をつけのし上がっていくのが気に食わなかった？　馬鹿をいうな。自分が議員になれなくとも別に大した問題じゃない。傀儡、要するに俺のいいなりになる日本人を立て、そいつを当選させりゃいい。俺は裏で操る。まあ、今のところそんな気は微塵もないが」

「信じられません」

「何を吹き込まれたか知らないが、信じる信じないじゃないんだよ。お嬢ちゃん、感情をいっとき横に押し退け、事実だけを見てみな。竹脇率いるトタン要害の商品は医薬品。俺は土建会社社長で、他に運送屋と食料品屋をやっている。商売で競合する点はない。逆に今後協力していけば、竹脇の薬を俺の運送屋の流通網を使って運び、食料品屋の販売網で南関東に広く売り捌くこともできる。そうやって是々非々で、あいつとは商売をやっていこうとしていた」

「でも、裏切ったのは竹脇さんのほうだといっていましたよね。会って話をしたいとも」

――まただ。

イアンの知らないふたりの間の話が出てきた。

「あの時点ではな」

胡喜太がまゆ子の疑問に答える。

「裏切りだと断定できてはいなかったし、奴の真意も摑めなかった。だが、お嬢ちゃんがその銃を出した時点で明確になった」

イアンも当然、この点に関しては胡喜太と同じ考えだ。まゆ子が、自分の父親、そして竹脇祥二郎以外の指示で、こんな大胆なことをするはずがない。

「もっと詳しく話していただけますか」

「何を」

「裏切ったということについて」

会話の主導権が胡喜太に移ってゆく。

認めたくはないが、こういう駆け引きに関しては、軍人のイアンよりはるかに上手だ。

「竹脇と俺とで緩い協調関係を取り続けていくにあたって、ふたつの取り決めがあった。ひとつは互いの支配域内のことには干渉しない。そしてGHQとはつかず離れずで絶対に深入りしない。この二番目を奴は破った。しかも、民政局と参謀第二部を天秤にかけるという最悪のやり方でな」

日本の統治方針の違いと日本人から搾取する利益の奪い合いで、同じGHQ内の部署でありながら、民政局と参謀第二部は激しく対立している。

「トタン要害は民政局の庇護を受けている。にもかかわらず、奴は裏で参謀第二部の命令も受けたんだよ」

「どんな命令ですか」

「お嬢ちゃんの父親、下井壮介を匿っていることを利用し、アンダーソン中尉に意図的に近づき、情報を流して、誘導する」

まゆ子がイアンをちらりと見た。

「中尉もとっくに気づいていたさ」

胡喜太もこちらに目を向ける。

その通り、イアンにもわかっていた。

だから英国連絡公館で、反共政策の中心人物として権藤の代わりに五味淵貴和子やオトリーが竹脇を推したとき、理由ははっきりと述べなかったものの反対した。

「そして竹脇は参謀第二部の指示に従い、十月十五日、トタン要害にやってきたアンダーソン中尉に俺の弟、胡孫澔の住まいを教えた。その日、弟は不在だったが、翌朝、中尉が再度訪ねる寸前、弟は殺された。ただ、弁護する気は毛頭ないが、参謀第二部と権藤が弟を殺すことまで、竹脇が知っていたかどうかはわからない」

「それで会って話をしたいと」

「ああ。弟と中尉が揉めたところにMPと日本人警官が踏み込み、不法侵入や治安維持名目で一時拘束し、中尉は他の理由を絡めて本国に送還、弟も不都合なことを喋らぬよう、余罪と合わせて数ヵ月程度の禁固刑に処されると思っていたんだろう。そうすれば中尉が消えて下井を守れ、俺と違って竹脇を潰したがっていた弟もしばらくの間、排除できる」

「でも、竹脇さんは裏も読まず深い考えもなしに動く方ではありません」

「どんな利口な人間でも、時流や勝ち馬に乗るために、ときとして考えることをやめ、ただ他人の言葉に従わなきゃならないことがあるんだよ」

「そんな単純なものですか」

「それだけ竹脇も焦ってたってことだ」

「竹脇さんは、なぜ参謀第二部の命令を聞き、そして焦っていたんですか」

「知りたいか」

「はい」

「だったら、まず銃を置いてくれ」

まゆ子は小さく息を吐き、黙った。

考えている。

「中尉」

十五秒ほどして彼女はいった。

「私はこの先の居場所を失うかもしれません。そうなったら、助けてくれますか」

「ああ」

イアンは返した。

「俺が日本を離れたあとも、君が安全に過ごせる場所を確保する。少しばかり窮屈な生活になるかもしれないが」

まゆ子はまた考えはじめた。

そして――

銃を目の前のローテーブルに置いた。

7

イアンは素早く銃を手に取ると、弾倉を抜き、薬室に収まっていた一発も排出した。

「とりあえずコーヒーでも飲もう。冷めちまったが」

胡喜太が黒檀のデスクに置かれていたカップを手に取った。

まゆ子も湯気の消えたコーヒーを一口飲む。

「さて――」

胡喜太が説明をはじめる。

「俺や竹脇が想像していたより、日本の復興が早い」

「この状態で？　街はバラックだらけだし、餓死者だって出ているのに」

まゆ子が否定に近い疑問を投げかける。

「それでもかなり早い。この状況は俺のように建設や運送をやっている者には追い風だが、竹脇のように薬を食い扶持《ぶち》にしている奴には向かい風だ」

「薬品の品不足が解消されていけば、儲けが薄くなってしまうからですか」

「ああ。早めに手元の在庫を売り捌き、次の段階に進まなければならない」

「政治家になるということ？」

胡喜太がうなずく。

「単なる上昇志向でないことは、奴の顔の傷を見ればわかる。政治的な権力を握らなけりゃどうにもならないことばかりだと、戦場で思い知らされたんだろう。ましてや、今の日本は軍隊のない国になった。軍部の権力が消えちまったなら、議員になって権力を握るしかない」

「それがどう参謀第二部の命令を聞くことと結びつくのですか」

「公営住宅を知っているな。震災被害者用の掘っ立て小屋じゃなく、進歩的なやつのほうだ」

「同潤会アパートのようなものですか」

「そう。その公営住宅用地の土地や建設に関する権限を握っているのが参謀第二部なんだよ。もちろん表の担当部署という意味じゃない。裏で実質的な裁量権を持ってるってことだ。トタン要害に住んでいるお嬢ちゃんならよくわかるだろうが、この先、トタン塀で囲まれたあんな狭い場所に三百人以上の人間が、いつまでも暮らしていられると思うか」

「難しいと思います」

「昨夜の火事がなかったとしても、二年も待たずあちこち倒壊する。子供が生まれて人が増えりゃ当然病気も多くなる。しかも、隠してある医薬品を売り切るか、他のもっと安全な場所に移してしまえば、あんなところに居続ける理由もなくなる。そうなったときに向けて、竹脇は次の拠点をどうするか考えていた。そこに参謀第二部が、あの町の住人のために安全で、警備にも有利な立地のコンクリート製公営住宅を優先的に提供しようと持ちかけた。お嬢ちゃんは、竹脇がなぜトタン要害を占拠し、行き場のない連中を受け入れたか、奴に理由を聞いたことがあるか」

「ありません」

「お嬢ちゃんはどう思う？　まさか純粋な善意でなんて考えてはいないよな」

「仲間が欲しかったから」

まゆ子はためらいながらも答えた。

「ずいぶん上品ないい方だが、そういうことだ。元軍人で生粋のヤクザではないあいつには、長いつき合いの子分も舎弟もいない。要するに信用できる手下を持ってない。それを短時間で作り、しかも有能な連中を集めるため、暴力団に取り入り、盃を受け、トタン要害なんてものを手に入れた。そこに籠り、ヤクザとは毛色の違う戦犯やら前科者やら、他に居場所のない者を呼び込み、食い物と薬と身の安全を保証する代わりに、自分のために働かせた。で、思惑通りに進み、ある程度の成功を収めていた。ここまでのところはな」

胡喜太がまたカップを手に取った。

まゆ子は視線を落とし、ローテーブルに置かれたカップの中の冷めたコーヒーを見つめている。

「欲する者、与える者、すべてに理由があり、だからこそ秩序は保たれる」

彼女がつぶやいた。

「誰の言葉だ？」

胡喜太が訊く。

「私の父です」

「下井は利口な男のようだな。竹脇が手元に置いておきたがるわけだ。俺もその言葉に同意するぜ。善意とか優しさなんて目に見えないものより、ずっと信頼できる」

「それがあなたの哲学ですか」

「ああ。この国で散々嫌な思いをしながら育つ中で培われたんだ、そういうわけで説明は終わりだ。一服していいかな」

まゆ子がうなずく。

胡喜太が卓上のタバコを一本つまみ上げ、くわえるとイアンを見た。

「貸しにしとく」

「わかっている。すまなかった。ただ、油断していたのはそちらも同じだ」

イアンはいった。

「悔しいが確かにそうだよ。甘く見ていた。竹脇をな」

「申し訳ありません」

まゆ子が頭を下げる。

「お嬢ちゃん、あんたが俺に銃を向けたことは忘れないぜ。だが、お嬢ちゃんが引き金を引く前に、考え、俺の話を聞こうとしたことも覚えておく」

奴がタバコに火をつけ、煙を吹き出す。

「他人の言葉を信じず、命を懸けてでも自分の耳で聞こうとする奴は、対等に話す価値がある」

まゆ子はさらに深く頭を下げた。

「もういいか？」

イアンが確認すると、胡喜太はうなずいた。

閉めていたカギを開き、ドアノブに手をかける。だが、イアンが押すのを待たずにドアが開いた。

「怪我は？」

飛び込んできたメイがイアンの胸にすがりつき、上着の下襟を摑む。

「三人とも無事だ」

イアンが返したのと同時に、奥の机に座っている胡喜太がチッと舌打ちした。

メイは下襟から手を離すと、恥じ入るように胡喜太に頭を下げた。

「申し訳ありませんでした」

まゆ子も立ち上がってメイに頭を下げる。

「ふたりともやめろ。湿っぽくて苛々《いらいら》する。誰にもいう必要ないからな」

胡喜太の言葉に「承知しました」とメイが返す。

「それから新しいコーヒーを淹れさせ——」

瞬間、ビシッという鞭《むち》打つような音が部屋に響いた。

胡喜太のうしろの窓ガラスに蜘蛛の巣状のひび割れが描かれ、白く染まってゆく。

「銃撃だ！」

イアンは叫んだ。

胡喜太が振り向きもせず黒檀の机の下に身を隠す。

撃たれたのは硬化処理された安全ガラスのようだが、そう長くは持たないだろう。

イアンはメイの体をまた廊下へと突き飛ばすと、身を屈めながら腕を伸ばし、ソファーの陰にうずくまるまゆ子の腕を摑んだ。

彼女を廊下へ投げる。

案の定、二発目三発目が撃ち込まれ、窓ガラスは粉々に崩れ落ちた。遠くで銃声が響き、さらに銃弾が部屋に飛び込んでくるが、黒檀の机が受け止めている。こんな状況を想定し、鉄板が裏打ちされているのだろう。

しかし——

手榴弾が投げ込まれた。

一発、さらにもう一発。

ふたつが壁に跳ね返り、床を弾み、転がってゆく。

胡喜太が慌てて机の下から這い出し、頭を屈め駆けてくる。
イアンはその腕を摑んだ。胡喜太を外に引きずり出し、ドアを閉める。
が、閉まり切る寸前、爆音が響いた。
爆風が内側から噴き出し、イアンの体はドアごと吹き飛ばされた。

九章　女衒《ぜげん》・最善

1

鉄製の蝶番《ちょうつがい》がねじ切れ、木製ドアがイアンの体にぶち当たり、激しい爆風が押し寄せる。

が、ドアは同時に堅牢な盾にもなり、部屋から噴き出す無数の爆片を受け止めた。ドアノブを握りしめたまま飛ばされたイアンは廊下の反対側の壁に背中を打ち、床に転がった。

この重さ——社長室の机同様、ドアも鉄板を挟み補強されている。

「ぐうっ」

胡喜太が短い悲鳴にも似た声を漏らした。

金属片が社長室と廊下の間のモルタル壁を突き破り、奴の背中や足に突き刺さっている。

「おい」

イアンは起き上がり叫んだ。

が、爆音で耳をやられた胡喜太には届かない。イアンは倒れている奴の肩を摑み、大きなドアの盾の陰に引き込む。続けてイアンは頭を抱え床に倒れている潘美帆とまゆ子の上に覆い被さった。

ほぼ同時に社長室内でふたつ目の手榴弾が爆発した。

ドア口から再度爆風とともに無数の爆片が噴き出し、イアンの背中に激痛が走る。何かが突き刺さったようだが、まだ動ける。

「立てるか」

イアンの体の下にいるふたりにも大声で確認した。顔をこわばらせたまゆ子、怯えたメイがうなずく。

ドアの盾の下から這い出した胡喜太が片足を引きずりながら廊下を駆け、社長室の五メートル先にある別の一室のドアノブを摑んだ。

奴は叫びながら大きく手招きしている。

イアンはまゆ子とメイを抱えながら駆けてゆく。胡喜太が重く厚い鉄製のドアを開く。廊下の反対側からは奴の部下たちが銃を手に駆けてきた。社長室のほうからは発砲音が絶え間なく聞こえてくる。

部下たちに朝鮮語と日本語で怒鳴っている胡喜太の横を抜け、イアンたち三人はドアの奥の暗い部屋に飛び込んだ。

胡喜太も続けて入る。厚いドアが閉まると一瞬暗闇に包まれたが、すぐに奴が電灯をつけ、さらに隅の木製机に置かれていた電話の受話器を取り上げた。

苛ついた大声で相手と話しているが、やはり朝鮮語と日本語なのでイアンにはわからない。何か戦術的な指示を出しているのだろう。

窓のないこの部屋はセーフルーム《避難室》だ。

間口二ヤード（約一・八メートル）、奥行き五ヤード（約四・五メートル）ほどで床天井、四方の壁はすべて灰色のコンクリート製だった。外に通じているのは、鉄のドアについたごく小さなシャッター窓のみ。一見、捕虜留置場か少し広めの尋問室のようだ。内部には電話機の他、紙やペンの置かれた机、椅子が三脚。奥には棚が並び、おそらく水が入っているタンク容器や金属製のカップ、トレー。英文字が書かれアメリカ製の野戦食《レーション》が入った木箱も積み上げられている。災害時の短期的な備蓄庫も兼ねているのだろう。ある程度の武器類も揃えてあるはずだ。

外の銃撃の音は止まず、この室内にも響いてくる。

立ったまま電話を続ける胡喜太のズボンが裂け、右膝下から血が流れているのにメイが気づいた。

彼女が棚に駆け、赤い十字がペイントされた木箱を手に取った。

「俺はあとでいい。まずはお嬢ちゃんとおまえからだ」

受話器を手に奴がいった。

まゆ子の白いブラウスの袖が破れ、腕や手首が血で染まっている、キュロットスカートから伸びる膝や脛《すね》にも細かな傷があった。メイのスカートとストッキングも裂け、腿からヒールへと血が絶え間なく伝い落ちてゆく。

「中尉」

まゆ子が呼びかける。

「俺もだいじょうぶだ、先に診《み》てもらえ」

そう答えたが、まゆ子とメイの視線はイアンの背に向けられている。

スーツの上着を脱ぐと、生地やシャツを貫き肌に刺さっていた微細な金属やガラスの破片がぼろぼろと床に落ちた。

「この程度で死にはしない」

不安げなふたりにいった。

そう、だいじょうぶだ。気力は萎《な》えず、恐怖も感じていない。

逆に、痛みと怒りは十分に感じている。シャツはもう使い物にならず、かなりの傷を負ったが、決して死にはしない。見なくてもわかる。人はどうなったとき息絶えるか、ヨーロッパ戦線で嫌というほど見て、イアンなりに熟知もしている。

朝鮮語と日本語でまくし立てていた胡喜太が一旦受話器を置き、こちらを見た。

「タバコをくれ」

「閉め切られているのに、吸えるのか」

イアンは訊いた。

「高級な空調機を取り付けてある」

奴がしたり顔で返す。

生意気な物言いが、なぜか今のように追い詰められたときは心地いい。

――あのときと同じ。

ヨーロッパ戦線を思い出す。

フランス人のパルチザンたちとナチの猛攻に耐えていた間、常に胸にあったのは恐ろしさよりも敵への怒り、そして死なずに祖国へ帰るという生への執着だった。

イアンはあちこちが裂けた上着からキャメルを取り出した。胡喜太が一本取り、イアンも一本くわえマッチを擦る。

互いに火をつけ、煙を吹き出した。

「陽動じゃない」

イアンはいった。

「ああ。本気だ」

胡喜太もいった。

殺す目的で襲撃してきたという意味だ。

「だが、おまえも周到だな。社内にこんな場所を用意しているなら、はじめからこちらを社長室にしておけばいいものを」

「馬鹿いうな」

奴が呆れた目を向ける。

「こんなところに商談相手や客を通したら、臆病者だと謗《そし》られ、足元を見られる」

「だから大きな窓のある社長室か。勇猛さ《bravery》を示すのも駆け引きと商談の一部。暴力団の元締めも大変だな」

「何度もいうが俺は暴力団じゃない。実業家だ。それに気取らず度胸《have balls》があるといえ」

イアンはかすかに笑ったあとタバコを床に落としてもみ消し、肩から下げたホルスターからブローニングを取り出した。

安全装置を外し、ポケットに入れた予備の弾倉も確かめる。

「ここにも何か武器を置いているはずだ。貸してくれ。金はあとで払う」

イアンは胡喜太を見た。

「だめだ」

奴が渋い顔で首を横に振る。

そこで電話機の横に取り付けられていた小さな赤い電球が点滅をはじめた。ベルが鳴るのではなく、光で着信を知らせている。ここに身を隠したときのための仕組みなのだろう。

くわえタバコの胡喜太が片手でイアンを制し、もう一方の手で受話器を取り上げた。

朝鮮語で話す奴の表情がさらに険しくなってゆく。

「大森にある五味淵の家が襲撃された」

英語で吐き捨てるようにいった。

「状況は？　五味淵貴和子の生死は？」

イアンの口から反射的に出た。

「まだわからん。襲撃は今も断続的に続いているそうだ。部下には絶対に守れといった」

「守るのは仕事だからか」

「俺の誇りと信用のためだ。契約を果たせなければ、役立たずの烙印《らくいん》を押され、見下される。俺たちの仕事は相手より弱い、劣っていると見なされた時点で終わりなんだよ」

胡喜太はまた電話口との会話に戻った。冷静さを取り戻した口調から、逆に奴の怒りの大きさと深さが伝わってくる。

この男は権藤忠興とイアンとの直接会談の仲介を依頼され、交渉のためにイアンを自身の会社に招いたが、そこを狙い襲撃された。しかも敵は、胡喜太が巻き添えになるのを明らかに見越していた。暴力組織を束ねる者にとって、これ以上ない侮辱。軍人であるイアンにもわかる。

奴は顔に泥を塗られたということだ。

「小銃一丁でいい」

イアンは受話器を置いた胡喜太に再度詰め寄った。爆発で一時的に聴力が落ちていたが、だいぶ戻ってきた。これなら戦える。

しかし、奴はまた首を横に振った。

「だめだ」

「その鉄のドアを一瞬開け、また閉めるだけだ。それ以上、迷惑はかけない」

「それ以上の迷惑が予想されるから、俺は拒否しているんだ。今この状況で出ていって何をするつもりだ?」

「襲撃してきた連中を拿捕《だほ》し、誰の命令か吐かせる」

「そんなことは今、俺の部下にやらせているし、参謀第二部と権藤が背後にいるのはわかり切ったことだろうが」

「それでも戦力は多いほうがいい」

「は？　俺の部下が信用できないか？　東洋人を見下し、差別しているあんたはそう感じるだろうな。だが、ヨーロッパ戦線の英雄さん、高い上背で栗色の髪の男が出ていけば、嫌でも目立ち恰好の標的になる。しかも、連中はあんたを狙っているんだ。よけいに戦闘は激しくなる。その状況でも、あんたは相手を殺さず急所を外して撃つ自信があるのか？　それとも俺が考えているよりあんたははるかに馬鹿で、今この状況でも日本人や朝鮮人の二、三人殺したって構わないとでも思っているのか」

イアンは黙った。

反論したいが、奴のほうが正しい。

たとえ襲われた状況であっても、今、イアンが銃を構えて避難室から出てゆけば撃退・護身という言い訳が使えなくなる。もしイアンが誰かを殺すか重体にでもすれば、それを理由に、日本の警察や占領軍のＭＰに身柄を再度拘束される。

「このビルは俺の持ち物だ」

胡喜太が続ける。

「俺の部下たちもビルの構造や周囲の建物の配置を熟知している。それに何かある可能性は俺ももちろん考慮し、用心もしていた。揚げ足を取りたいか？　ああ、確かにここまで派手に撃ってくるとは予想できなかったよ。ただ、それでも初手で俺たちを殺せなかったのは、敵にとって大きな痛手で、逆に俺たちにとっては大きなアドバンテージだ。今も銃声が止まないのは、退路を断たれた敵が俺の部下に包囲されているからだよ。連中はいずれ降伏するから待っていろ。俺の部下の半数は戦場経験がないが、それでも俺たちなりの戦い方を心得ている」

イアンは新しいタバコをくわえると、またマッチを擦った。

今は奴の言葉に従い、諦めるしかない。

胡喜太が椅子に座り、自分のズボンの右足の生地を裂くと、皮膚に刺さっていた鉄片を引き抜いた。血がどっと溢れ出す。その傷をメイがひざまずき、拭ってゆく。

止血しながら、メイが一度だけこちらを見た。

贖罪と悲しみに満ちた目。

卑怯――そんな言葉がイアンの頭をよぎる。

彼女との関係は、もう元には戻らないし、戻す気もない。

「社長、お借りします」

自分の腕の傷口を脱脂綿で押さえていたまゆ子が立ち上がり、奥の棚へと進んでゆく。彼女は新しい救急箱を摑み、イアンを見た。

「中尉、シャツを脱いで座ってください」

「いや――」

断りかけたイアンの袖を彼女が引っ張り、半ば無理やり床に座らせた。

「お嬢ちゃんに従うべきだ」

胡喜太が煙を吐きながらいった。メイは奴の足の傷に包帯を巻いている。

イアンはネクタイを抜き取り、シャツのボタンを外した。外で響いていた銃撃の間隔が長くなってゆく。

「少し滲《し》みます」

ひりりとした感触が右の肩甲骨や胃の裏あたりに広がる。まゆ子が消毒液を含ませた脱脂綿で傷口を拭いている。

新宿区の東山邸で右の二の腕を火掻き棒で貫かれ、地下鉄の線路内では右肩と左の二の腕を斬られた。そして今日は背中。

また縫うことになるだろう。

——日本の猿どもに連日傷つけられている。

「この騒ぎが収まり、警察が来たあと、おまえはどうなる？」

イアンは煙を吐き、胡喜太を見た。

「聴取されるだろう。俺だけでなく中尉もな。ただまあ、遅くとも夕方には解放される」

「夕方？　逮捕や勾留は？」

「俺もあんたも襲撃を受けた被害者だぜ」

「形式論を語っているんじゃない。確かに襲撃を受けたが、おまえは部下たちに反撃を命じた。東京の中心で派手な銃撃戦をさせたのに、何の罪にも問われないのかと訊いているんだ」

「問われないよ」

「ＧＨＱと警察に大金を払っている者だけが受けられる恩恵か」

「確かに払ってはいるが、金の力だけじゃない。なあ、ロンドンや英国の他の街の中には、見えない線は引かれていないのか」

「見えない線？」

「一般人とそうでない者たちの間に引かれた線だよ」

「素人と暴力団との境界という意味か」

「好きじゃないが、その言い方のほうが的確だな。大きな揉め事が起き、騒ぎに発展したとしても、東京で暮らす俺たちは見えないその線を厳格に守っている。線を踏み越えず、内輪でやり合っている限りは警察も深く介入してこないし、一般人も気にしない」

「場所をわきまえ、暴力団同士殺し合っている限りは許されるのか」

「納得いかないかい？」

「当然だろう」

「あんたもトタン要害で、そのお嬢ちゃんと組んで侵入者を撃ちまくったくせに。俺の耳にも届いてるぜ」

「あそこは特殊な場所だ。ここは庶民も暮らす街中で、高いトタンの塀を巡らせた内側じゃない」

「見えるものだけが目隠しになると思うのか？　あんた、本当に軍人だな。周りの住人に恩を売り、金を握らせれば、住人自身が何よりも高い壁になってくれるんだよ」

「脅し、飼い慣らせば、騒ぎを起こしても漏らすことはないと？」

「曲解は困るな。俺は近所の皆さんの理解を得て、いい関係を築いているだけだ」

「それでも秘密は漏れ、うわさは広まるのが世の常だろう」

「もう一度いう、あんたは本当にわかっていない。困ったもんだ」

胡喜太が首を横に振る。

「ここはロンドンやニューヨークとはまるで違う、完膚なきまでにやられた敗戦国の首都だぜ。あんたは東京のほんの上っ面、しかも限られたところしか見てないんだよ。さっきのお嬢ちゃんの言葉じゃないが、東京じゃ今も日々餓死者が出てる。駅や公園の隅で腰に布巻きつけただけのガキどもが腹を空《す》かして行き倒れ、死んでいく。なのに通行人は見て見ぬ振りだ。責めてるんじゃないぜ。誰もが自分と身内のことで精一杯なんだよ。もちろん俺もな。だから死んでゆく子供を見捨てる。警官も助けはしない。そんなときに、好きで鉄砲やドス握って殺し合いをやっているヤクザ者なんて、誰が構っていられる？」

「俺は東京の真実を見るために来たんじゃない。忠告しているつもりか」

「俺は訊かれたことに答えただけだよ。どう思うかはあんた次第だ」

まゆ子はイアンの手当てを続けている。傷ついた背中にくり返し痛みが走る。まるで鞭打たれているかのように。

「欲と暴力で調和が保たれていた場所に、俺という外国人がやってきて、見えない境界を踏み越え、秩序をぶち壊した——」

イアンはつぶやいた。

「線を越えて壊したのは、英国人のあんただけじゃない。ロコと呼ばれている元警察官・長田善次、そして奴を操っている権藤忠興もだ」

——日本の連中にとって権藤も俺も同じ、忌避すべき厄介者か。

床を見つめイアンは一度口を閉じた。

外の銃声はもう聞こえない。

「とにかくあんたと俺、そしてお嬢ちゃんの利害は一応一致したわけだ。まずは権藤に会い、奴の出方を見極め、可能なら奴をぶち殺す」

胡喜太が皆を見る。

「竹脇祥二郎の件もかたづけなければ」

イアンはつけ加えた。

「だったな。あの野郎とも話をする必要がある。早急に」

「話がこじれたらどうする」

「無理やりにでも従わせる。それが嫌なら、どちらかが消えるまで殺し合うだけだ」

「実業家の台詞とは思えないな」

「白々しいな中尉。あんたの父親だって、裏で何度も手を血に染めてきたから実業家としての今があるんだろ。人より多くの金を得るには、無慈悲なことを平然とやり切れる胆力と、無数の返り血を浴びる覚悟を持たなきゃならない。知らないとはいわせないぜ」

「ああ。嫌というほど知っている」

傷の痛みを堪《こら》えながらタバコを吹かす胡喜太の上、暗い天井に灯った電球にイアンは目を遣った。

2

「あなただけなの？」

五味淵貴和子が病室のベッドから上半身を起こし、訊いた。

「すみません」

まゆ子は頭を下げた。はじめて彼女に会ったときと同じだ。必要もないのに、なぜだか謝ってしまう。

神田にある胡喜太の会社や大森の五味淵邸が襲撃を受けた二日後。

十月二十一日、火曜日。

今、大田区内にある京浜《けいひん》病院の四人部屋病室にいる。

「きれいね」

貴和子の目はまゆ子の手にした薔薇《ばら》やガーベラの大きな花束に向けられている。

「中尉から？　胡喜太さんから？」

彼女が訊いた。

「おふたりからです」

「では、共闘の件は上手く合意したのね。よかった」

「あの、活《い》けてきましょうか」

まゆ子は訊いた。ベッド脇に何も挿さっていない黄色い空の花瓶が置いてある。

「いいわ」

貴和子は花束を受け取ると、テーブルの上に無造作に置いた。

「あとで暇そうな人たちに頼むから」

彼女を警護している胡喜太の部下たちのことだ。

病院の正面入り口やこの病室の扉の前にも立っていて、まゆ子もすぐに気づいた。いかにもヤクザ然とした外見のため、看護婦たちは迷惑そうにしているし、この病室の他の患者たちも貴和子とは距離を置いている。

ただ、彼女がそれを気にしている様子はまるでない。

「とりあえず衝立《ついたて》で目隠しをして、あなたも座って」

まゆ子はいわれた通り衝立を運んで、貴和子のベッドの周りに置いた。他の入院患者たちは、ひとりは眠そうな振りをして上掛けを頭から被り、あとのふたりはそれとなく病室から出ていった。気遣いではなく、関わりたくないのだろう。

まゆ子は小さな木製の椅子に座った。

「通訳のあなたなしで、アンダーソン中尉は今何をしているの？」

「オトリー参事官と一緒にGHQの方とお会いになっています」

中尉があの潘美帆という前任の通訳と再会したあとも、まゆ子は解雇されなかった。中尉が自分を選んだのではなく、潘さんが戻るのを拒んだからだろう。

一昨日の襲撃は怖かった。でも、あの直前に胡喜太社長に向けて拳銃を構えていたときのほうが、まゆ子は怯えていた。それに手榴弾の爆発のあと、避難室で中尉、社長、潘さんの三人が示した態度のほうが気味悪かった。

中尉は潘さんを差別的に見ていたくせに、なぜあんなに未練を感じているのだろう。潘さんはあんなに強く中尉に未練を感じながら、なぜ胡喜太社長の元に走ったのだろう。社長は、ふたりが互いに未練を感じ合っていると知りながら、なぜ潘さんを雇ったのだろう。

わからない。

――けれど、私が立ち入るべきことじゃないし、深入りしたくもない。

馬鹿ばかしい気取りと痩せ我慢を同時に見せられ、今も嫌な気分が抜けない。ありきたりだが、あんな大人にはなりたくないと思った。

「胡喜太さんから聞いたけれど、あなたたちのほうも大変だったようね」

貴和子がまゆ子の左手の甲を見ている。

あの襲撃で受けた傷を縫い、その上に包帯を巻いてあった。長袖のカーディガンを着てきたが、やはり隠し切れない。膝下のスカートとハイソックスでごまかしてはいるものの、両脚に三針四針と縫った細かな傷が計十四ヵ所ある。

だが、貴和子はもっと重傷だ。

右足の甲と左腕の骨にヒビが入り、右脛には銃弾を撃ち込まれた。文字通りの満身創痍《まんしんそうい》だが、胡喜太社長から聞いた話では、彼女は怯むことなく自分でも拳銃を取り、五味淵邸に入り込んできた者たちに応戦したらしい。

今も、入院着の浴衣の上に丹前を羽織った貴和子の顔は、やつれても怯えてもいない。

「厄介な親のせいで、お互い苦労させられるわね」

彼女がいった。冗談のつもりらしいが、まゆ子は笑えない。

確かに貴和子は逞《たくま》しいけれど、この人の持っている強さは、男に交じって戦う勇猛さのようなものとは違う。

——もっと禍々《まがまが》しい何かを感じてしまう。

勝手な思い込みでしかないのだけれど。

「中尉はあなたのことを少しは休ませてくれた？」

「はい。昨日は半日以上ベッドにいました」

「当然よ。嫁入り前の体をあちこち怪我させられたんだから。通訳の報酬も上乗せしてもらうべきだわ。中尉のほうも昨日は静かにしていたの？」

「午後にはお出かけになったようです」

「通訳もなしのひとりで？　どこに？」

「わかりません。私は宿舎から出ないよういわれていたので」

「中尉も何か企んでいるようね。ただ、あの差別主義者のいいなりにならないよう、くれぐれも気をつけてね」

まゆ子はうなずき、言葉を続けた。

「貴和子さんのほうこそ、お体の具合はいかがですか」

「足も腕も痛くてしょうがないけれど、痛み止めをたくさん飲めば何とかなるわ。松葉杖を使えば歩けるし」

「もう歩いてよろしいんですか」

「医者にも看護婦にも止められたけど、必要だから歩いているわ。おむつや尿瓶《しびん》を使うなんて冗談じゃない」

この過剰なほどの気高さが彼女を支えているのは間違いない。

「貴和子さんのご家族は皆さんご無事だったのですか」

「おかげさまで。家族で怪我人は私だけ。母も祖母も、あなたが会った家政婦も三匹の老いた雌猫たちも無傷で生きている。ただ、三人も三匹もひどく怖がって落ち着かないようだけれど。それもあって、私はいつまでもこんなところで横になっているわけにはいかないの」

「ご災難でしたが、怪我がないのはようございました」

まゆ子は作り笑いをした。

貴和子が見透かしたようにいった。

「ん？　不思議？」

「家族も重傷で動けなくなっていると思っていた？」

さらにいわれ、まゆ子の胸の奥がトクンと鳴った。

——顔に出ていた？

少し慌て、それから観念したようにうなずいた。

「すみません」

まただ——何も悪いことはしていないのに謝ってしまった。

「いいのよ。あんな普通の木造二階建ての家が、十数人ものヤクザに襲われたのに、年寄り三人が無傷なんて不思議よね。こちらに警備役がいたとしても、もうちょっと被害が出るだろうと思って当然」

彼女はうなずき、そして続ける。

「あの家ね、地面の下に退避坑があるの。大きな麴室《こうじむろ》のようなのが。悪人で臆病者だった父が造らせたもの」

父とは五味淵幹雄のことだ。胡喜太社長のビルにあった避難室と同様のものがあの家にもあったのか。

「父は悪事で稼いだ金をそういうところにもつぎ込んだの。火をつけられて木造の上物が燃え落ちても十分持ち堪《こた》えられるくらいに頑丈なものを地面に埋めて、そこに現金や有価証券をたくさん隠しておいた。慎ましやかに暮らしているように見せかけて、その実、地面の下には財産を貯《た》め込んでいた。これで空襲に遭っても無事だと父はいっていたわ。何て欺瞞《ぎまん》だと思ったこともあったし、幸か不幸か空襲にも遭わなかったけれど、皮肉なものね、父の臆病さが造らせたあの坑《あな》のおかげで、私たちは救われた」

貴和子がかすかに微笑む。

「建物のほうもご無事だったのですね」

「何とかね。表玄関や廊下沿いの木戸もガラスも銃弾の痕だらけになってしまったけど。修繕すれば住めるでしょう」

「失礼ですけれど、襲ってきた連中はなぜ火をつけ家ごと貴和子さんたちを焼き払ってしまおうとはしなかったんでしょうか」

「確認したいの？」

貴和子が教師のような口調でいった。

まゆ子はうなずいた。

一度胸の内を見透かされたせいか、もうあまり恥じらいは感じない。すでに気遣いより好奇心のほうが上回っている。

「ヤクザの仁義ってやつよ。もちろん兄貴分やその上の権藤忠興からも、堅気は巻き込むなときつくいわれていたんでしょうけれど。近隣のお宅や住人の皆さんを、万が一にでも巻き添えにしたら、ヤクザの内輪揉めや抗争ではなく事件になってしまう。そうすれば警察も動かざるを得なくなるし、新聞も書き立て、ＧＨＱからもきつくお叱りを受けることになるでしょう」

銃を撃ち、他人の家に押し込んだ。でも、この前胡喜太社長が話していた、見えない線の内側ですべては行われた。

きっと、「事件未満」の抗争が、都内では他にも何十と起きているのだろう。

――トタン要害の内側と、その周辺だけじゃなかった。

終戦後も、かたちを変えた小さな戦争があちこちで続いている。

「胡喜太さんは会社を襲った連中を何人か捕まえたそうね。私の家を襲ったのと同じ野際組と太栄会の者？」

貴和子が訊いた。

「私は詳しいことは聞かされていないので。今日明日中には胡喜太社長から何かお知らせがあると思います」

「そう。じゃ、前置きが少し長くなったけれど、本来のお話をはじめましょうか」

まゆ子はうなずいた。

ここに来たのは、まゆ子が竹脇祥二郎からどんな指示を受けていたかを説明するため、そして貴和子の意思を確認するためだった。

「一昨日、胡喜太さんたちが襲撃を受ける直前、彼とあなたとの間に何があったのかは秘書の潘さんという方から電話でお聞きしました。だから、あなたから詳細を聞きたいわけじゃない。いくつかの要点について、確認しておきたかったの」

「わかりました」

「アンダーソン中尉の通訳をやる前から、機会があれば胡喜太さんを撃つよう竹脇さんに指示されていたの？」

「はい。ただ、私は通訳を本当にやるかどうか直前まで迷っていました。決心していたつもりが、中尉の宿舎を訪ねると揺らいでしまって」

「竹脇さんは通訳をやるべきだと強く勧めた？」

「逆です。引き受けようとしていた私を止めました。通訳を引き受けるなら父の命を奪うことを諦めるというアンダーソン中尉が出した条件も、疑ってかかったほうがいいと進言してくれました。でも、今思えばそれもすべて話術のひとつだったように感じます」

「でしょうね。あなたの身を案じながらも、『それでもどうしても君が行くというのなら頼みたいことがある』と、普段見せないような厳しい表情でいわれた」

「そういうことです」

「女衒《ぜげん》ね。大人の男が女子供をたぶらかすときに使う安い手口だわ。利口なあなたが怪しみつつも引き受けたのは、竹脇さんに大きな恩義を感じていたからね」

「それに、私にはわからない深い思慮が裏側にあるのかもしれないと思ったんです」

「拳銃ははじめから持っていたの？」

「中尉に会いにゆく時点で、竹脇さんから渡された一丁を肩掛けカバンの中に忍ばせていました」

コルトM1903を握らされ、「トタン要害の皆のために、胡喜太を撃ってくれ」といわれたときは、とても怖かった。それまでにも何度も人殺しの手伝いをしたことはあったが、まゆ子自身は誰かを撃ったことも殺したこともなかった。ただ、自分の大切な家族を守るためなら、どんな非道なこともすると決心していた。今も揺らいではいない。

でも――

アンダーソン中尉や胡喜太社長、潘美帆、在日英国連絡公館のオトリー参事官、ホフマン二等書記、そしてこの五味淵貴和子と出会い、接するうちに、竹脇の提示した「最良の解決策」にいつしか疑問を抱くようになっていた。

そして自分なりの解決法を、生意気にも模索しはじめている。

「三日前、英国公館で話し合いをしたとき、何もいわず申し訳ありませんでした」

「竹脇さんから命令されていたことを？　気にしないでいいわ」

「えっ」

思いが小さな声となって、まゆ子の口からこぼれ出た。

「気に病まないでといったの。あなたは私たちを騙したわけじゃない。ただ黙っていただけ。自分の思いを包み隠さず、明け透けに語りながら生きてる人間なんて、どこにもいないでしょ？　他人の思惑を探れず、考えを推し量ることもできずにいる人間のほうが愚かなのよ」

「ですけれど」

「じゃ、なぜ黙っていたのかと、今私に責められたほうがいい？」

「それは嫌です」

「だったら善人振らずに納得して」

――私はまだこの人にとって利用価値のある存在なんだ。

そう思った。

敵と見なされていたら、今日会うこともできなかっただろう。不必要・不適格と判断したら、簡単に切り捨てる人だ。

「それより、あなたは他にも役目があってここに来たのでしょう」

貴和子が促す。

「はい。あなたのお考えが変わっていないか確かめてくるよう、中尉と社長からいわれています」

左翼思想や労働運動を抑え込む中心人物として、権藤の代わりに竹脇祥二郎を推す考えに変更はないかと、まゆ子は確認している。

「変わっていません。悪《あ》しき王を討ち、善き王を立てようとしているのではありませんから。竹脇さんがどんな人間であろうと、望む役割をまっとうしてくれる限りは推します。中尉も同意見でしょう？」

「そのようです」

「あなたを介して銃を向けられた社長は思うところもあるでしょうけれど。それでも、たぶんこの考えに乗るはずです」

「前向きに考えるとおっしゃっていました」

「でも、あなただけはまだ割り切れずにいる」

　まゆ子はうなずいた。

「いいのよ、それで。納得できないのは、あなたが若く正しく生きているという証拠。大人になれば、嫌でも納得するようになる。悲しいことだけれど。ただ、問題は竹脇さんの居場所ですよね」

「今のところまだ摑めていません。すみません」

「それもあなたが謝ることではないわ。ただ、疑うわけではないけれど、あなたに拳銃を渡したのなら、その後の成否についてすぐに連絡がつくようにしておくのが常道だけれど」

「電話番号は受け取っていました。でも、一昨日かけたのですが」

「誰も出なかったのね」

「はい」

　まゆ子の返事を聞くと、貴和子は静かに窓側へと顔を向けた。わずかに開いたカーテンの隙間を見ている。が、外の様子を眺めている気配はない。

　考えているのだろう。

　廊下で患者たちの吸っているタバコの匂いや、誰かが見舞いに持ってきたみかんの香りが漂い、まゆ子の持ってきた見舞いの花束の香りと混じり合ってゆく。

「訊いていいかしら」

短い沈黙が途切れ、貴和子がまゆ子の顔に視線を戻した。

「あ、はい」

「竹脇さんは、あなたに拳銃を渡し、胡喜太さんを撃つよう命じた。彼は本当に殺したかったのかしら?」

「は? 竹脇さんが社長をですか?」

「そう。わかりにくかった? ちょっといい方が悪かったわね。竹脇さんは、あなたが本当に胡喜太さんを撃ってくれると期待して銃を渡したのかって、ふと思ったの」

「あの、意味が——」

そこまでいって、まゆ子は黙った。

考えてみる。

そしてまた口を開いた。

「もしかして、私が直前で胡喜太社長を撃つのをやめるだろうと見越して、その殺意が逆に中尉と社長の距離を縮めるだろうと考えて、私に銃を渡し、殺すよう指示した——」

貴和子がまた笑みを浮かべた。

「やっぱりあなたはお利口ね」

「まさか」

まゆ子は逆に顔をしかめ、横に振った。

「私は指示に背き、社長は命を狙われたことで中尉との共闘を本格的に決心する……いえ、そんな先まで見通せるわけがありません」

「確実に見通してはいなかったし、確信もなかったでしょうね。ただ、あなたが胡喜太さんを殺した場合、殺すのを思い留まった場合、竹脇さんはどちらも想定して物事を進めていた可能性はあるわ。私ならそうするし」

そこまで周到だなんて――あり得ない。

「まあ、どちらにしても単なる想像だから、あまり気にしないで」

だが、まゆ子はまた黙った。

――気分が悪い。

自分がまだ知らないことばかりの小娘だという自覚はある。それでも、得体の知れない大掛かりな舞台装置の部品に、気づかぬうちに組み込まれてしまったようで不愉快だった。

父、母、弟のことがまた頭をよぎる。家族を守るためなら罪を犯すことも怖くない。けれど、知らぬ間に悪事や奸計《かんけい》の道具として使われたくはない。

「五味淵さん」

女の声がして振り返ると、衝立の上に白い制帽が見えた。

「検温と注射の時間ですよ」

看護婦だ。

「待ってください」

貴和子は答えると、枕の下に隠してあったものを確認した。浴用タオルに包まれてはいるが、間違いなく拳銃だ。

「どうぞ」

貴和子が呼ぶと、看護婦が衝立をずらしベッドに近づいてきた。ヤクザに守られているこの入院患者を恐れているのか、彼女は意外にも笑顔だった。

逆に貴和子はいつもの冷淡な表情のままだ。

――この人もずっと戦っているんだ。

彼女の横顔を見ながら、そんなことを感じていた。

3

イアンはひとりアベニューT（靖国通り）を歩いている。

空は高く青く晴れ、陽射しに少し暑さを感じてネクタイを緩めた。来日以来、湿度の高い土地だと感じていたが、一昨日の台風が過ぎ去って以降は風が少し乾いている。

本格的に秋になったということなのだろう。

ただ、乾いた風が舗装されていない路面の土を巻き上げ、さらにそれを走り去る自動車が煽り、とても埃っぽい。

左手を九段線という路面電車が通り過ぎてゆく。右手には大きな濠と、その向こうには天皇の住居を囲む深い森が広がっている。

軍服で足にゲートルを巻いた日本の男たちが大量の物品を載せた台車――大八車というらしい――を引き、道を行き交っている。ときおり通る自動車やトラックのじゃまになるらしく、運転手がクラクションを鳴らして蹴散らそうとするが、大八車の男たちも罵声を浴びせ応戦している。耳障りだが、ロンドンに較べれば静かなものだ。

市内のトラファルガー広場やピカデリーサーカスでは、ダブルデッカー（二階建てバス）やタクシーの運転手が、台車を引いて信号など無関係に走る行商人の自転車にクラクションを鳴らし、行商人のほうも車体に唾を吐き、運転手たちを罵っている。ロンドンの東側、下町に行くほどもっと下品になり、ブリックレーンやさらに東部のライオンドックあたりでは、口だけでなく殴り合いに発展する場合もしばしばだった。

あの下町訛《なま》り丸出しの下品で不快な叫びが、そして拳での勝負を煽る通行人たちの声が、今は少し恋しくも感じる。

そんな郷愁に浸りながら、日中、危険を承知で東京の中心部を歩いてゆく。

もちろん思惑があってのことだ。

少しばかり無謀だが、誰が敵か味方かもわからない、いや、そもそも味方などはじめからいなかったのかもしれない状況では、試してみる価値は十分にある。

まゆ子は今、小森昌子のタクシーで五味淵貴和子の入院している病院を訪れていた。

見舞いを終え、そろそろビークマン・アームズへと戻ってくるころだろうか。小森のタクシーを使わせたのは身辺警護の意味もあるが、小森も疑わしい部分が多い。

ただ、現時点ではまだまゆ子の身を守ってくれるはずだ。

九段坂を下り、右に折れて1ｓｔストリート（内堀通り）に入った。

日本に来て一週間、このあたりの地理はほぼ覚えてしまった。

来日直後は、必要だとはわかりつつも東京に詳しくなっていくことに強い抵抗があったが、今はその嫌悪感も薄まりつつある。

――よくないことだ。

イアンはタバコを出し、火をつけた。

少し前から、背後に気配を感じている。

あからさまな釣り針だったが、引っかかってくれたようだ。もっとも向こうも、こちらの意図を探るための捨て駒だろう。

——ひとり、ふたり……計四人。

接収され、アーミーホールという名の占領軍宿舎となった元軍人会館（現九段会館テラス）、アメリカ軍対敵諜報部隊（CIC）本部のあるノートンホール（現千代田区役所）の前を通り過ぎ、脇道へと入ってゆく。

地図によれば、千代田区の神田一《ひと》ツ橋《ばし》、神田錦町《にしきちょう》という地域らしい。まだバラックや端材で組み上げられた家々が多く残り、畑なども目につくが、この周辺には見覚えがあった。

少し前、秋葉原駅前の野際組事務所でヤクザたちと騒ぎを起こしたあと、事情聴取を受けた神田警察署の付近だ。その警察署の建物が通りの先に見えてきた。

四人は今もうしろをついてくる。

ネクタイに灰色のスーツがひとり、半纏《はんてん》という日本の作業着に地下足袋《じかたび》という布製の履き物を身につけたのがひとり、軍服にゲートルを巻いているのがふたり。四人とも黒髪の東洋系で、少しは尾行の訓練を積んでいるようだが、決して熟達しているとはいえない。

イアンはまた角を曲がった。人通りは少なくないが自動車の往来はほとんどない。

目を遣ると、板張りの塀に映画のポスターが貼られていた。

「カサブランカ」の英文字、あの中折れ帽を被った似顔絵はハンフリー・ボガートで、女のほうはイングリッド・バーグマンか。

東京でもアメリカの作品が上映されているようだ。日本の風俗に興味がないせいか、今まで気づかなかった。

四人が距離を詰めてきた。

向こうの目的は判明していない。だが、別に構わない。

イアンは路地をさらに曲がり、仕込み中で油や肉の匂いを漂わせている中華料理店を見つけた。店の横の勝手口からちょうど野菜を運び込んでいるところだった。どういう流通の仕組みになっているのかはわからないが、やはり日本人の営む飲食店より食材ははるかに豊富だ。

その店の横の細い道へイアンも入ってゆく。他の商店の勝手口も並び、木箱などが積み上げられ、薄暗くカビ臭い。

追ってくるのが半纏と軍服のふたりになった。スーツともうひとりの軍服は、この細い道の出口に先回りしたのだろう。イアンは木箱の陰に身を隠した。追ってくるふたりも急にイアンの背が見えなくなったことに当然気づいている。

警戒しながらふたりの足音が近づいてくる。遠くから日本語の話し声や、大八車や路面電車の走行音が聞こえてくる。

間近まで男たちが迫ったところで、イアンは木箱の陰から飛び出した。が、男たちは驚きもせず、そして悪びれた様子もなく、素知らぬ顔でイアンの横を通り過ぎようとした。

その肩にイアンは自分の肩をぶつけた。

ぶつけられた半纏の男、うしろに続いていた軍服の男の目つきが一気に険しくなる。

「何の用だ？」

イアンは英語で訊いた。

ふたりは理解できていない振りをしている。

イアンがすかさず上着の内ポケットに手を入れると、即座にふたりも半纏の袂《たもと》とポケットに手を入れ身構えた。

だが、イアンは銃ではなく紙切れを出し、開いた。

薄暗い道に射す光が、まゆ子に書かせた日本語の文字を照らす。誰の指示で何を目的に尾行していたのか話せ――そんな類の言葉が並んでいる。

意味がわからない、尾行などしていない、というふうに小さく首を振り、背を向け立ち去ろうとする半纏の肩をイアンは摑んだ。

強引に振り向かせ、その頰を左手の甲で強く打つ。

「ぐっ」と短く声を漏らし半纏がよろける。うしろの軍服の表情がさらに険しくなり、ポケットから出した短刀の鞘に手をかける。が、イアンは抜かれる前に軍服の腕、腹を蹴り、仰向けに倒れたところに拳銃の銃口を突きつけた。

背後から摑みかかろうとした半纏にも銃口を向け、腹を蹴る。

倒れるとさらに胸、顔を蹴り、その体の上に封筒を落とした。

表にはまゆ子に書かせた「松川倫太郎殿」の文字。

封筒の中身は、奴に向けたメッセージだった。松川に届くとは限らないし、当然、GHQのギャビー・ランドル中尉あたりに検閲もされるだろう。もちろんそれも織り込み済みだ。

倒れているふたりを残し、暗い路地の先へと早足で進む。

広い通りへの出口には、案の定、スーツともうひとりの軍服が待っていた。

「早くあいつらの手当てをしてやれ」

素知らぬ顔で立つふたりにイアンが英語で告げると、奴らの表情が変わった。詰め寄ろうとするスーツと軍服の間をすり抜け、広い道を渡った向こうへと急ぐ。

路肩にパッカードが一台停まり、閉まった窓の内側からカーラジオの音が漏れ出ている。WVTRが流しているスイングジャズだ。

運転席と助手席にワイシャツ姿の男がふたり。助手席が度つきの眼鏡で、運転席のほうはサングラスをかけていた。髪は金髪と栗色で、どちらもアメリカ人だろう。

イアンは運転席の窓を叩いた。

中の男がサングラスを少し下にずらし、イアンを見上げる。だが、「どこかへ行け」というように片手を軽く振ると視線をまた車内に戻した。

助手席の男も素知らぬ顔でダッシュボードの新聞を手に取った。

イアンは内ポケットからもう一通封筒を取り出すと、フロントガラスとワイパーの間に挟んだ。

封筒の表には「Dear CIA Agents」と書いてある。

イアンはまた歩き出した。

道の反対の路地からイアンを追っていた日本人たちが出てきた。イアンに殴られ蹴られた半纏と軍服は残りのふたりの肩を借り、口や鼻から血を流していた。

四人はイアンを睨み、それからパッカードの車内に目を向けた。

明らかに指示を仰いでいる。

だが、車内のアメリカ人ふたりはまだ無視を決め込んでいる。

イアンは路面電車の線路を越えると、取り出したハンカチで自分の拳についた血を拭い取った。

そのまま振り返ることなく、東京の街を足早に進んでいった。

※

まゆ子がベッドの貴和子にお辞儀をして病室を出ると、戸口に立っていた警備役のヤクザが会釈した。来たときは睨みつけ、名前や住まいをしつこく訊いたくせに。

病室で話している間に、電話でまゆ子の身元確認をしたのだろう。

階段や外来の待合室、正面玄関で見張っているヤクザたちもいちいち頭を下げてくるので恥ずかしくなった。入院患者や看護婦たちが何者だという目で見てくる。

小走りで外に出ると、車寄せの端に停めたタクシーの外で待っている小森昌子に声をかけた。

「お待たせしました」

「もうよろしいんですか」

彼女は愛想よく返事をし、後部座席のドアを開けた。

「はい。終わりました」

乗り込んでシートに座った途端、まゆ子の口からふっと息が漏れた。それほど自覚はなかったが、やはり貴和子に緊張していたのだろう。

「真っすぐ富士見町に向かいますか」

小森が訊きながら車を発進させる。

「はい」

一度そういったものの、まゆ子は考えた。

――他にも何かできることがあるはずだ。

ただ、アンダーソン中尉からはどこにも立ち寄らず宿舎に戻るようにいわれている。

――やはり自分なりに最善の道を選ぼう。

「あの、やっぱり戻る前に、どこかで電話をかけさせてもらえますか。それから一ヵ所、寄っていただきたいところがあります」

「承知しました。では、まずゆっくり話ができそうな公衆電話を探しましょう」

小森が明るい声でいった。

4

東京駅近く。

接収され、占領軍の英連邦軍将校用宿舎として使われている丸ノ内ホテルの一室。

ソファーに座る英国連絡公館のオトリー参事官は、窓の外の青空に目を向けている。

イアンはワゴンのポットからコーヒーを注ぎ、湯気の立つカップを手にオトリーの隣に腰を下ろした。

「先に私たちの話を――」

オトリーがそこまでいったところでノックの音が響いた。

ドアが開き、GHQ民政局のバリー・マイルズ中佐が入ってくる。中佐はあとに続こうとした部下を制し、外で待つよう告げるとドアを閉じた。

「早すぎたかな」

中佐が訊いた。まだ約束の二十分前だった。

「いえ、お待ちしていました」

イアンはいった。

中佐とは来日直後に一度顔を合わせたが、会うのはそれ以来となる。

オトリーが立ち上がり、コーヒーを勧めたが中佐は断った。

「今日は予定が詰まっていてね。準備がよければはじめさせてもらいたいんだが」

中佐もソファーに腰を下ろした。しかし、その視線は斜め前のソファーに座っているイアンの右足首のあたりに向けられた。

イアンが確認すると、ズボンの裾に赤黒い染みが散らばっている。焦茶の革靴のほうにはもっと鮮明な赤い跡がついていた。

血、さっき半纏と軍服の日本人を蹴ったときのものだ。確かめ、ハンカチで拭ったつもりが、まだ残っていた。

「野良犬でも追い払ったのかな」

中佐が浮かない顔で訊いた。

「ええ。つきまとってきたもので」

イアンの言葉を聞きながら、オトリーがやれやれという表情を浮かべた。

「ならば仕方がないが、日本人をあまり傷つけないでくれよ。逆に、君が重傷を負ったり、殺されたりしても困るが」

「気をつけます」

イアンは適当に答えた。

中佐も特に無礼と感じている様子はなく、話を進めてゆく。

「それで明日だが、向こうの指示通りリンカーンセンターの一棟を用意した」

「ありがとうございます」

権藤は会談に明日、十月二十二日を指定してきた。

リンカーンセンターは空爆で消失した日本の内務大臣邸跡地（現国土交通省）に造られたアメリカ軍将校用の集合住宅で、総戸数は五十。二階建ての家族用住居が並び、現在も多くの将校家族が生活している。

面積も戸数も小規模で敷地全体が確認でき、すぐ近くの住人を巻き込む可能性があるため、逃走する権藤に発砲などもできない。当然、権藤の乗ってきた車両を爆破することも不可能だ。アメリカ軍将校の家族が暮らす場所で、権藤殺害を強行し、万が一他に被害が及べばイアン自身が銃殺されてしまう。権藤がここを選んだのも当然といえる。

「君の同伴者はオトリー参事官ではなく、胡喜太という在日朝鮮人にするのかね」

マイルズ中佐がイアンの顔を見る。

「はい。やはり当事者がいいかと」

「その男は信用できるのかと訊きたいところだが、今さら信頼などという言葉が何の意味も持たないこともわかっている。ただ、君たちが権藤の代わりに推そうとしている、竹脇という日本人の所在は摑めたのか」

「まだです」

「ずいぶんあっさりいうな」

「遠回しにいっても、事実は変わりませんので」

中佐の右手が軍服のポケットを探った。タバコを取り出そうとしているのだろう。が、途中で手を止め、話を続けた。

民政局内のマイルズ中佐の上司であるチャールズ・ルイス・ケーディス大佐のことだ。

「大佐は明日でかたがつくのかどうか、とても気にされていたよ」

「明日は無理です」

「では権藤が死に君が目的を果たして日本を去るまで、あとどれくらい必要だ」

「四日になるか五日になるか」

「クリスマスを越えて、来年にまで及ぶなんてことはないだろうね」

「それは私も願い下げです。冬を迎えるつもりはありません。日本で季節を感じるのは秋だけで十分です」

中佐の眉間に寄っていた皺がさらに深くなる。

「君たちの綱渡りに、私もつき合わされるはめになるとは」

中佐がオトリーに視線を移した。

「参事官も中尉の考えを支持するんだな」

「はい」

「それは駐日英国連絡公館の総意と受け取っていいかね」

「結構です」

オトリーがうなずいた。

だが、連絡公館の最高責任者であるサー・アルバリー・ギャスコイン駐日大使以下首脳陣たちの承認を、彼が本当に得ているかどうかイアンは知らない。

――たぶん、得てはいない。

「そういってくれたのは頼もしいが。だからといって何の保証にもなりはしないか」

中佐は独り言のようにいったあと、イアンに視線を戻した。

「君の来日直後、ケーディス大佐から預かったＩＤを渡したが、今も持っているね」

「もちろんです」

大佐の署名・紹介文が入ったイアンの身分証で、ＧＨＱが接収した建物や日本の官庁などほぼすべての公的な施設に立ち入ることが可能だった。

「役に立っているかね」

「今のところはあまり。ですが、明日以降は大いに役立ってくれるはずです」

「ではまだ回収はできないか」

「はい」

「オトリー参事官、君に頼みたいことがある。アンダーソン中尉が死亡した場合、可能な限り早くその場に駆けつけ、彼の所持しているＩＤを回収し、私に返却してくれないか」

「承知しました」

オトリーは高級ホテルのフロアマネージャーのような笑みを浮かべながら返した。

「中尉と我々とのつながりはすでに周知の事実だが、物的証拠を除去しておけば、あとから言い訳も可能かと思ってね」

無慈悲だが、正しい処置だ。

「では吉報を待っている。というか、吉報以外は聞きたくない」

マイルズ中佐はソファーから立ち上がった。

イアンとオトリーも立ち上がる。

「権藤をのさばらせておけば、いずれ極右の化け物に成長し、アメリカにとって煩わしい腫瘍《しゅよう》となる。あんなもの早く切り取って、捨ててしまってくれ」

——日本ではなく、アメリカにとってか。

イアンは思ったが、もちろん口にはしない。

出てゆく中佐を敬礼で見送り、ドアが閉まるとイアンとオトリーは互いの顔を見た。

「では、私たちの話をはじめようか」

オトリーがいった。

5

「この関係は、今後どうなる?」

オトリーが冷めかけたコーヒーを啜りながら訊いた。

「我々のという意味ですか？　別にどうにもなりません」

イアンもコーヒーカップを取り上げながら答えた。

「これまで通りということかな」

「俺はそのつもりです」

「よかった。私も同意見だよ」

オトリーは、香港在住の貿易商サー・エドワード・モートンと同じく、中国の貴重な芸術品の散逸を防ごうとしている潘美帆の「同志」だった。

「ただ、君が信頼を置いていた彼女が、君の元を去ってしまったのは残念だよ。バランスの取れたいいカップルだと思っていたのに」

「意味ありげな言い方はやめてください」

「そうかな？　これ以上適切な表現はないと思うがね」

オトリーはメイの日本への入国目的について詳しく聞かされていた。

「彼女の活動を支援する準備も整えていたんだが」

メイがイアンの通訳の職を放棄したことは、彼にとっても計算外だったようだ。

オトリーがカップのコーヒーを啜る。

「でも、人の嗜好《しこう》や主義は、外見や言葉だけでは推し量れないものですね」

イアンはいった。

「私はプライベートは極力明かさない主義でね。ただ、君は言葉の選択を少々間違えているな」

オトリーが首を横に振る。

「嗜好や愛好ではない。私は洋の東西を問わず優れた芸術を信仰しているんだ」

「つまり、あなたの人生にとって至上のものだと」

「ああ。問題あるかな？」

「ありませんよ。あなたがカビ臭い絵画や掛け軸、工芸品を見て、どれほど悦《よろこ》びに浸ろうと関係ない。趣味を離れた部分での、俺とあなたの利害は今でも一致していますから。たぶんその関係は、どんなかたちにせよ俺が日本を去るまで変化しないはずです」

「いつから私を疑っていた？」

「基本的に自分の周辺にいる人間は、一度は疑うのが俺の流儀です」

「実に君らしい」

「ただ、あなたは占領を受ける直前まで香港政庁に七年勤務していたので、より注意して見ていましたが」

「詳しいね。それもさすがだよ」

日本軍との「香港の戦い」と呼ばれる戦闘に在香港英国軍は敗北し、当時のマーク・アイチソン・ヤング香港総督は一九四一年十二月二十五日、日本に降伏した。以降、一九四五年八月に日本が連合軍に全面降伏し、英国が再上陸を果たすまで、香港は日本により統治されていた。

「サー・モートンと知り合ったのは香港時代ですね」

「ああ。今でも彼とは年齢や立場を超えて、いいつき合いをしているよ。でも、私や潘美帆のことを一体誰に調べさせた？」

「いえません」

オトリーは、イアンたちの宿舎の料理長・カレルのもうひとつの仕事について、何も知らない。

「優秀なようだから、私も使いたかったんだが、君が出し惜しむならしょうがない。ただまあ私に関することはこれでクリアーできた。残る問題はホフマン二等書記だな」

「彼は認めたのですか」

「ああ、否定するのは無理だ。私がまず十七日の件で少し尋ねたいといった時点から、もう動揺していたよ。君が事前に指摘した通り、彼は言い訳も保身の方法も十分に練っていなかった」

十月十七日の午前、四谷警察署でギャビー・ランドルがイアンの前に現れた際、奴はメイの失踪だけでなく、イアンが代わりの通訳の調達に苦心しているのも知っているような口ぶりだった。だからこそ、松川を通訳として押しつけられると踏んであの場に連れてきたのだろう。しかし、あの時点でイアンの周囲に起きたことをそこまで詳細に知っており、なおかつランドルに伝えることができた人間はホフマン二等書記しかいない。

オトリーが続ける。

「さらに一昨日、十月十九日のあの時間、アンダーソン中尉が下井の娘とともに胡喜太の会社を訪問するのを知っていたのも君だけだと伝えると、あっさり観念した」

イアンはまゆ子を除き、あえてホフマンにしか伝えていなかった。

「もちろん権藤やランドルも君と胡喜太が会うことを察知していただろうが、胡喜太が会社以外の場所を指定する可能性も高かったし、日時を特定することも難しい。胡喜太の秘書からの伝言を取り次いだビークマン・アームズの電話交換手やメッセンジャーが漏洩《ろうえい》させたと考えられなくもないが、それらの身元や所在証明に関しては、こちらで詳細に調べさせてもらった。結果、残念ながら漏洩者としての候補に挙がったのはホフマンだけだ」

オトリーがタバコを取り出し、火をつける。

「ただ彼は、下井まゆ子や潘美帆まで巻き添えにして全員を殺すつもりだったとは知らなかったそうだ。手榴弾まで投げ込んだと教えたときは、啞然としていたよ」

「実に外交官らしい。甘い男ですね」

「まったくだ」

「甘い上に実直だから、上司に英国の国益になると説得され、それを信じて権藤や参謀第二部側に俺や五味淵貴和子の情報を流してしまった」

「その通り」

「では、彼を説得したのは——」

「ああ。アリーだ」

サー・アルバリー・ギャスコイン駐日大使の愛称だ。

「地位ある無能とは本当に厄介なものだよ。しかも本人は、ホフマン同様、自分は英国のため正義のために動いていると信じ切っていた。まさに馬鹿の典型だ」

「言葉が過ぎますよ」

「気にするな、誰にも聞かれちゃいない。愚か者のアリーはこの件に関する協力で、日本国内での今後の英国権益、さらには香港周辺の権益に関するGHQとの話し合いを有利に進められると思っていたようだ。参謀第二部側もそんな言葉で誘ったらしい」

「その英国権益とは具体的にどんな？」

「さあね。アリー自身よくわかっていなかったよ。それでも大使でいられるのだから、英国の官僚機構とは実に高度で洗練されたものだな」

イアンは苦笑するしかなかった。

「君の父上、チャールズ・クリス・アンダーソンの実力についても完全に過小評価していた。今後、君がアリーの判断について父上に報告した場合、英国政財界、アメリカ政財界がどんな反応をするか詳しく話して聞かせたら、顔を引きつらせていた」

「早速、父に電報を打ちます」

「そうしてくれ。彼はこの先、ＧＨＱの占領が解除になるまで名ばかりの大使としてこの国に幽閉され、任を終えて帰国したあとは引退するだけだ。役職もなく、君の父上の指示次第で財産も失うかもしれない」

「父は甘い男ではありません」

「私もアリーにそういっておいたよ。加えて、今からでも全力でアンダーソン中尉を支援しろとね。少しでも彼にプラスになることができたら、引退後も週末はパブで過ごし、クリスマスには孫たちに豪華なプレゼントを渡せる程度の生活は送れるかもしれないと」

「ホフマンは今どこに？」

「連絡公館の宿舎で謹慎している。実質は監視つきで留置されているんだがね」

「会えませんか？」

「君が？　だめだ、会ったら殺すだろ」

「殺したいところですが、まず提案してみます」

「彼もまだ利用価値があるということか」

「はい」

イアンは冷めたコーヒーを飲み干した。

オトリーも窓の外に目を向け、東京駅を見下ろしながらタバコの煙を吐き出した。

※

タクシーが停まると、まゆ子はすぐに後部座席の窓を開けた。

芝浦《しばうら》の一角。狭い路地から少年が顔を出し、周りを窺うと、こちらに向かって駆けてきた。少年の頬は赤みを帯びている。

まゆ子の弟、大介だった。

タクシーのドアまで来た大介がポケットから封筒を出す。

まゆ子は受け取ると自分も封筒を差し出した。大介がすぐに受け取り、隠すようにポケットにねじ込む。

「お母さんは？」

まゆ子は訊いた。

「変わらずだよ」

大介が返す。

「食事は？」

「少しだけど食べてる」

姉と弟は一瞬手を取り、互いの目を見ると、すぐに離れた。

大介が周囲を気にしながらまた路地へと駆け、その奥に消えてゆく。

まゆ子は窓を閉めた。運転席の小森昌子がタクシーを発進させる。

大介の消えた薄暗い路地が遠のいてゆく。

「あの、このことは」

まゆ子はいった。

「はい。どなたにもいいません」

小森が前を見たまま、相変わらず明るい声で答えた。

十章　守護者の条件

1

十月二十二日、午前九時四十五分。

イアンと胡喜太を乗せたタクシーがリンカーンセンターの正門前で停まった。

だが門が開く気配はない。

小銃を携え直立不動で門番をしている若いアメリカ人歩哨とは別の一団が駆け寄り、車体を囲む。

腕にＭＰの腕章をつけた憲兵隊だ。今日のために臨時の警備役として駆り出されたのだろう。

フロントガラスの向こう、ＭＰのひとりが腕を振って誘導している。

「どうしましょう？」

タクシーの運転席に座る小森昌子が訊く。

「指示通りにしてくれ」

イアンは答えた。

タクシーが徐行し、門から離れた路肩で再度停まると、指揮官らしき中年の軍曹が窓を叩いた。

「全員降りて」

軍曹が手招きする。

「結局これかよ」

胡喜太は英語で愚痴ったあとドアを開けた。小森も続く。イアンも吸っていたタバコをドアの灰皿でもみ消し、指示通り車外に出た。

胡喜太ははじめ自身が所有するパッカードを使うと主張した。車体には防弾処置が施され、長年仕える配下が運転手を務めているため、安全性も信頼度も高いからだ。しかし、GHQの民政局、参謀第二部、敵対する双方の部署から却下された。車内に銃器や爆発物を隠し、リンカーンセンター内に持ち込むことを懸念したのだろう。

——アメリカ人からの通達に従いタクシーでやってきたのに。

MPはトランクやボンネットを開け、ハンドライトで照らしながら細部を点検してゆく。

「両手を上げていただけますか」

MPはさらにイアンたち三人の体も調べはじめた。だが、武器は持っていない。今日は拳銃とナイフ類の携行も禁じられ、すべて宿舎のビークマン・アームズに残してきた。

アメリカ軍の要人家族が暮らしている場所で無謀なことをする気はないが、信用されず、まるで敵対勢力であるかのように警戒されている。

——無理もないか。

事実、イアンも胡喜太も今日の会談相手である権藤忠興を殺したいと願っている。

「ここで俺たちが殺されたら——」

路上で上着の内ポケットを探られながら胡喜太がつぶやいた。

途中で口を閉じたものの、続く言葉は馬鹿でもわかる。

誰が責任を取るのか、だ。

イアンも胡喜太も三日前に襲撃され、現在も命を狙われている。胡喜太の部下たちにより、襲撃犯は権藤とＧＨＱ参謀第二部の指示を受け、野際組が手配した連中だと判明していた。復員した実戦経験豊富なヤクザで構成され、四谷警察署長の苫篠が襲撃を黙認していたこともわかっている。

持ち物の確認を終えたイアンたち三人は、素行の悪い小学生のように路肩に立たされ、タクシーの検査が終了するのを遠目に見ながら待った。

「恰好の的《まと》だな」

胡喜太がいった。今度は独り言というにはあまりに大きい。

こんなところに突っ立っていたら、また銃撃されるという意味だ。

タクシーの点検を指揮していた軍曹がこちらを睨む。

逆に、点検に加わっていない門番の一般兵は、直立不動を崩さぬまま訝しげな視線をイアンや軍曹たちに向けた。二十歳そこそこの彼は、イアンたちが何者か、これからセンター内でどんな会合が開かれるのか、一切知らされていないのだろう。

検査が終わり、閉じていた正門が開く。

「こちらへ」

結局タクシーを降りたまま、ＭＰたちに前後を挟まれ、連行される罪人のように一列となりリンカーンセンター内へ入ってゆく。

「お待ちしています」

タクシーとともに門外に残された小森がいった。その顔からは、いつものように臆した様子は感じ取れない。彼女自身は一切を明かしていないが、誰の命令で動いているのかも少しずつわかってきた。

急拵えだが瀟洒《しょうしゃ》な白い外壁の二階建てが並ぶ小さな街を歩いてゆく。

あちこちに花壇があり、どこから運んできたのか低い常緑樹が並んだ生垣のようなものも作られている。ポーチに三輪車が置かれた家もあった。イアンたちの他に外を出歩いている姿はないが、カーテンの開いた窓からは室内で生活している女性たちの横顔や背中などが窺えた。西側に目を向けると、遠くにある日本の国会議事堂と重なるように監視塔が立っている。さらに街を囲う低い壁の北側には、ヒロヒトの住居に巡らされた森の緑と濠の斜面が見える。

街の東にある一棟の玄関を入った。

そこでＭＰから白い腕章のない一般兵の一団にイアンたちの護衛、いや、監視の任務が引き継がれた。

再度、身体検査を受ける。

家の内部を見回したが、今は誰も暮らしていないようだ。急遽来日の必要ができた佐官クラスの家族のための、予備の一棟なのだろう。

「先方は？」

イアンは訊いた。

「いえまだ。中尉たちがお先です」

一団を率いているブロンドの髪に青い眼の一等曹長がいった。

「ここで注意事項をお伝えさせていただきます。本日は平和裡《へいわり》な会談だと我々は聞かされていますが、もしおふたりが少しでも暴力的な行動に出た場合は躊躇なく制圧するよう命じられています。銃器の使用も認められていますので、自重をお願いいたします」

従わなければ撃つといっている。

「警告はしてくれるのかな」

「はい。『座って』『静止せよ』と声がけさせていただきますが、それでも改善なき場合は、引き金を引きますので」

「先方も条件は同じか」

「もちろんです」

「一等曹長、君は民政局、参謀第二部、どちらの指示でここに？」

彼に尋ねる。

「それはこれから行われる会談に向けて必要な事項ですか」

「ああ。君たちの意に沿わない発言や決断をしたせいで、撃たれたり、拘束されたりしたくないからな」

「ご懸念するような展開になることはないでしょう。自分は本来、ＧＰＡ（物資調達部）所属であり、今日見たこと聞いたことはすべて忘れるよう指示されています」

「わかった。ありがとう」

何の裏付けもないが、今は一等曹長の言葉を飲み込むしかない。

彼に続いて階段を上がり、本来ならマスターベッドルームとして使われる部屋に入った。十三から十四フィート（約四メートル）四方で、隅には先に入室待機していた四人の兵士が立っている。白い壁にアンナ・Ｍ・Ｒ・モーゼス（通称グランマ・モーゼス／素朴な画風で知られるアメリカの国民的画家）の筆致に似た、農村の風景を描いた絵が二点飾られていた。他に据え付けの家具だと思われるサイドボードがひとつ。さらに中央には、アメリカ映画に出てくる平均的家族が囲むような白いダイニングテーブルがあり、四脚の椅子が置かれていた。

そのふたつにイアンと胡喜太は座った。

飲み物はないが灰皿がふたつ置かれている。ひとつを引き寄せ、イアンは取り出したキャメルに火をつけた。

「大層なことだ」

イアンは煙を吐き、つぶやいた。

「まったく」

胡喜太も日本製のタバコに火をつけた。

厳重な警戒の下での会談——だが、こんな大騒ぎになったのはアメリカ人の勝手な都合によるものだ。

イアンは権藤をはじめとする兄を斬首した日本の猿どもを罰し、その死の証拠として耳と指を持ち帰るために来日した。あくまでアンダーソン家の望んだ制裁であり、個人的な復讐だった。しかし、GHQ内の民政局と参謀第二部の派閥争い、そこに新たに創設された情報機関CIAが加わり、三者の対共産主義・社会主義政策の方針の違いが事態を複雑化させていった。さらにはアメリカ本国の政党対立までが絡み、巻き込まれた英国人のイアンは、こんなところで兄の仇と話し合いをするはめになった。

アメリカ人同士の欲や思想や私恨の衝突が生んだ馬鹿騒ぎ。

しかし、そんな騒ぎももうすぐ終わる。

——いや、終わらせる。

イアンと胡喜太の吐いたタバコの煙が無言で監視を続けるアメリカ兵たちの横をたゆたい、少し開いた窓から外へ流れ出てゆく。揺れるカーテンの隙間からは、やはりヒロヒトの住居を囲む緑が見えた。十月の陽と風を浴び、木々の緑はゆっくりと波打つように輝いている。

ノックの音が響いた。

ドアが開き、一等曹長に続いて、背が低く黒髪の権藤忠興が入ってくる。写真で何度も見たのと同じ顔、間違いなく奴だ。左手には黒革のカバンを持っている。

最大の標的を、ようやくこの目で捉えることができた。

だが、奴のうしろ。

同じく黒髪で黄色い肌の日本人が入ってきた。高身長で、顔の右側に爛《ただ》れたような火傷の痕がある。知っている男、こいつのことも見間違えるはずがない。

竹脇祥二郎。

胡喜太が舌打ちをしながらタバコをもみ消す。だが、驚いてはいない。

イアンも同じだ。嫌な予感、いや悪い予測が的中しただけだった。

奴が来る——竹脇の行方が摑めなくなった時点から、頭の片隅で漠然とそう思い続けていた。

敵対勢力か、共闘できる存在か、ずっと判然としなかった男。

しかし、今、奴は明らかな敵として目の前にいる。

イアンも手にしていたタバコを灰皿で消した。

2

権藤と竹脇はイアンたちとテーブルを挟んだ反対側に座った。

向かい合う。

権藤はまさに写真通りの外見をしていた。細身で背は小さく、細い目に少ししゃくれて尖った顎をしている。軍人というより官僚に近い印象なのは、奴が軍服ではなく灰色のスーツを着ているせいかもしれない。

その隣の竹脇は、いわゆる日本の国民服というものを身につけていた。カーキ色で襟付き長袖の上着で、ボタンは木製。奴の体形は以前会ったときと大差ない。銃撃の傷は順調に回復しているのだろう。だが、表情は厳しい。撃たれて重傷を負ったときでさえ、無理して笑っていた男だが、口を固く結び、目の前のテーブルに視線を落としている。

一等曹長を加え計五人になったアメリカ兵たちは、変わらず部屋の四方の壁沿いに立っていた。彼らは全員無言のままで、「はじめてください」と会合開始の合図をするわけでもない。ただそこにいるだけ。アメリカは場所を提供しただけ。この先のすべては、この英国人、在日朝鮮人、日本人ふたりが勝手に話し合ったことにしたいのだろう。

「約束と違うな」

胡喜太がまず口を開いた。

「事前の連絡では、そちらの出席者は権藤忠興氏、GHQ参謀第二部のギャビー・ランドル中尉の二名だったが」

「確かに違う。変更した」

権藤がいった。

「事前に出席者を通達することで合意していたが、のちの変更は禁じられてはいない。それに変更した場合の罰則条項もない」

「なるほど」

胡喜太がいった。規則違反などと深追いせず、すぐに引き下がったのは、単に権藤の出方を測っただけだからだ。

そして権藤の横にいる竹脇には、あえて触れない。

今、竹脇になぜここにいるのかを直接問いただし、責めれば、この会談の目的がぶれてしまう。イアンと胡喜太は、身を隠し続けていた権藤から直接会って話がしたいと依頼され、ここに来た。来日以降、何度か命を狙われながらもイアンは生き延び、包囲網を狭め、あの男をようやく引きずり出すことができた。

――まず集中すべきは権藤。

奴の策に乗り、怒りを向ける先を竹脇に分散してはならない。

迂闊に手を出せない英国軍人であるイアンがあちこち嗅ぎ回り、何度か警察やヤクザと小競り合いを起こしたことで、東京の暴力団の多くが権藤を匿うことに消極的になっている。GHQの恩恵を受けられるとわかっていても、権藤とは関わりたくないということだ。権藤自身の支配的性格もあり、元軍人でヤクザではない男に恩義など感じる必要はないと考える連中も多い。さらには通称ロコこと長田善次が、イアン追跡の際にトラックでタクシーに突っ込むなど派手な騒ぎを起こしたため、権藤敬遠の動きに拍車がかかっていた。

胡喜太や五味淵貴和子から疫病神と呼ばれたイアンだが、奴も同じ。

権藤はアメリカ人に支持されながらも、日本人からは忌避されつつある。

「用件は？」

胡喜太が権藤を見た。竹脇のことは視界に入れずに。

権藤が脇に置いたカバンを手に取り、中から大きな茶封筒を出す。

入っているのは書類のようだ。

「八一号文章だ」

権藤はそういって机に置いた。

イアンが追っていた密約書。より正確にいえば、GHQ民政局から権藤より奪取せよと命じられていたもの。

それを奴は呆気なく差し出した。

「アンダーソン中尉、確認してくれ。民政局のケーディス大佐とマイルズ中佐が、君に奪ってくるよう依頼したものだろ。彼らに渡してほしい」

封筒を少し眺めてから、イアンは視線を上げた。

「返還するという意味か」

「いや、提出だよ。これは元々日本人のものだからね。ウォレン・ハーディングの直筆署名が入った密約書の原本を、司馬計画に沿って六等分したもののひとつ。密約書全体を写本したものが一部。原本全体を撮影したマイクロフィルムも入れてある」

イアンは封筒を手に取った。

中のものを確認してゆく。六等分した原本の文字はタイプや印刷ではなく手書きだった。写本のほうも確認したが、文章全体がやはり手書きで、当時のアメリカ大統領ハーディングだけでなく、国務長官のチャールズ・エヴァンズ・ヒューズの署名も入れられている。一方、正式な条約文章でよく見られるシーリング・スタンプ（蠟《ろう》の刻印）は押されていない。ただ、実際のハ一号文章を見たことがないイアンには、これらの真偽も正確にはわからなかった。

隣の胡喜太にも見せようとしたが、首を小さく横に振って拒否された。

ハ一号文章を忌々しく感じているのだろう。

ケーディス大佐の許可を得て、この男にも事前に密約の概要を伝えてあるが、当初、胡喜太は「知りたくない」と聞くのを嫌がった。

一九二二（大正十一）年に難航していたワシントン海軍軍縮条約を締結させるため、日本懐柔の切り札としてアメリカがお膳立てした密約――という前置きを聞いただけで悪い予感がしたのだろう。賢明な判断だ。

それでも半ば無理やり内容を伝えると、「またひとつ面倒事を背負わせやがって」と睨んだ。

「これが本物である確証は？」

イアンはハ一号文章の入った封筒を指し、権藤に訊いた。

「六分の一の原本を民政局の連中に調べさせれば、すぐにわかる。署名や条文の筆跡、紙質など、彼らは照合材料を十分に用意しているはずだ。コピーはない。といっても、彼らは原本が手に入れば満足だろう。他に複製品があったとしても、さして問題はない。いくらでも言い訳はできるし、醜聞が漏れ出たとしても、うわさや疑惑レベルでしかない。それを握り潰せばいいだけだ」

「どうして八一号文章《これ》を渡すことにした？」

「説明する義務はあるかな」

権藤が白々しく訊き返す。

「わざわざ呼びつけておいてメッセンジャーボーイに使うだけでは、あまりにも失礼だろう」

イアンは奴を凝視した。

「確かにそうだな」

奴が取り澄ました顔でうなずいてみせる。

「それに対面を望んだのは、これを渡すと同時に勝手な持論を並べつつ、我々を懐柔するためではないのか」

「ずいぶんな言い方だが、まあ、大筋間違いではない」

権藤もこちらの出方を測っている。

「私は今後、アメリカからの依頼でいくつかの作業に着手する」

奴が続ける。

「本気でやるならば、アメリカの軍事・政治担当者たちとの関係を可能な限り円滑にしておかなければならない。彼らの協力と信頼が不可欠だが、私に疑念や不信を抱いている者も少なからずいるからね。それを払拭するには、この封筒を渡すのが一番だろう」

「反感を持つ連中に気に入ってもらうための贈答品か」

「そう。私を快く思っていないケーディィス大佐やマイルズ中佐の心象も、今のうちに少しでもよくしたい。国や人種は違えども、同じ志を持つ者だと気づくきっかけにもなる」

「同じ志？」

「ああ。反共の思いは彼らや君たちと同じだよ」

「自分は日本が赤色に染まるのを防ぐ壁になれると思うか？」

「そこまで己を過大評価はしていない。望まれるなら壁の一部になり、この身や知恵を使ってさらに壁となる人々を増やしていきたいと思っているだけだ」

イアンの視界の端で、胡喜太が苦笑いを嚙み殺している。

「だが、戦中は天皇を崇拝していた者が、国が敗れたからといって簡単にその信仰を変えることができるのか。これは我々ではなくケーディィス大佐を含む民政局全体の懸念だ。しかも、信仰の対象であるヒロヒトは今も現世に存在している」

権藤がいった。

「現世に存在、まるで天皇の神聖性を肯定しているような表現だな」

イアンは言葉を止めた。

隣の胡喜太が横目でこちらを見た。聞き流すよう促している。

斜め前の竹脇もイアンに視線を向ける。無言で立っている一等曹長をはじめとするアメリカ兵たちも変わらず見ている。

「どう受け止めるのも自由だ」

イアンは再び口を開いた。

「君のほうが利口で冷静だ」

権藤がつぶやく。

「誰と較べている？」

「較べてなどいないよ、誰とも」

権藤がイアンと兄のクリストファーを比較したのは明白だった。

挑発は今後の話し合いを有利に進めるため？　イアンの暴力を誘発し、アメリカ兵たちに拘束させるため？　単にイアンを刺激し、楽しんでいる可能性もある。

だが、ここで暴れる気はない。募ってゆくのは殴りたいという衝動ではなく、こいつに銃弾を撃ち込みたいという殺意だけだ。

「君はこの国に天皇という制度が残り続けてゆくことが許せないそうだね」

権藤は陛下と敬称をつけることなく呼び捨てた。

「俺のことはいい。ケーディス大佐と民政局の懸念にどう応える？　教えてくれ」

「まず、私が真の意味で大皇崇拝者だったことなど一度もない」

権藤が首を横に振った。

「もし、そう見えていたのなら、単に時流に乗っている姿がそう感じられたのだろう。だが、私だけじゃない。日本中が皇国主義という一過性の流行、妄想に取り憑《つ》かれていたんだ。いや、より正確には妄想に縋っていたというべきかな」

「信じられんな」

今度はイアンが首を横に振った。

「そうか。ならば、少しばかり講釈を垂れてもいいか」

「好きにしろ」

イアンが隣の胡喜太に視線を向けると、彼もうなずいた。

「皇国主義など、はじまりは一部の学者の寝言に過ぎなかった。実際、昭和のはじめ、一九二〇年代などは国体至上主義など唱えても、ほとんど相手にされず、懐古的、ナンセンスとかたづけられていた。誠実かつ良心的な学者は、デモクラートもしくはリベラリストであるべきで、皇国史観を唱える者などまともに扱われることはなかった。大学の講義でマルキズムを取り上げることさえ認められていた。それが次第に変わり、皇国、国体至上などと本気で声高に叫ぶようになったのは一九三七年の日中戦争勃発以降だよ」

「なぜ？」

「日本人が己のやましさを紛らわすものを欲したからだ。あれは中国からの強奪だと多くが気づいていた。それでもやらずにはいられなかった。不実な行いを真っ当なものにすり替えるための方便として、皇国主義だの八紘一宇《はっこういちう》だの、大東亜共栄圏だのと唱え出した。方便《houben》、わかるか？」

「便法《expedient》のようなものか」

権藤がうなずき、続ける。

「日本人は第一に作物を植え育てる自分たちの土地を求めていた。いつ、いかなる場合でも自分たちが飢えずに暮らしていけるだけの広大な土地をね。貿易を盛んにし、稼いだ金で外国から食糧を輸入するなど、平和的ではあるが、机上の空論だ。対象国との関係が悪化すれば、輸入を止められ日本中が飢える。冷害の恐怖を常に感じ、飢饉《ききん》の凄《すさ》まじさを知る東北の将校たちは特にそれが骨身に染みている。だから狂ったように土地を求めた」

「そんな単純なものか？」

「物事の大概は単純なものだよ。まあ、関東大震災以降、昭和に入ってからのこの国を覆い続けた不穏さなど、英国人の君にはわかりようもないだろうがね。世界恐慌の煽りで日本中が大不況となり、米と繭の価格も下落。これで東北を中心とする日本の農家は壊滅的な打撃を受けた。一九三〇年のことだ。しかも翌年以降は冷害による大凶作に見舞われた。加えて政治家の暗殺も続き、日本は飢えと貧しさと政情不安に飲み込まれ、それを解消するための策を古今東西の人類が採ってきたように対外戦争に求めた。安直だろ。でもそれが人間だ。そして戦争を支え、自己を正当化する理念を探し、かつて自分たちが鼻で笑っていたものの中に見つけた。天皇崇拝や皇国主義など、日本人が飢えず滅びず生きてゆくための方法論のひとつに過ぎない」

「軽薄だな」

「大英帝国の軍人である君にはそう思えるのか。確かにその通りだ」

権藤が含み笑いを浮かべる。

「私も本当の意味での理念なんてものは持ち合わせていない。ただ、ささやかな目的として共産主義・社会主義だけは排除したいと思っている。本心だよ。共産主義などという妄想を打ち払えるなら、その代替品は皇国主義でも民主主義でも構わない。私が望むのは、知恵と行動力を持つ者が、富と地位を得られる国。努力と工夫を重ねた分、報われ裕福になれる社会だよ。はじめから万民平等が約束され、怠け者でも無能でも生活が保障され、等しく富を得られる社会など冗談でしかないだろう。そんな世の中では、人は間違いなく努力を怠り、堕落してゆく」

「だから喜んで民主主義の守護者になると」

「そういうことだ。大事なことだからくり返させてもらうが、日本人は己を正当化し、生き延びるためなら、天皇の信奉者にも民主主義の徒にもなる。それはもう民族としての習性であり、本能のようなものだ。だから逆に、簡単に共産主義などという邪教にも染まる。そんな愚かな教養に縋ろうとする無知蒙昧《むちもうまい》な連中を立ち止まらせ、導く存在が必要だ」

「講釈は終わりか？」

「ああ」

「反共の先鋒となるより、大学の教授にでもなったらどうだ」

「その程度か？　英国人はもっと辛辣だと聞いていたが」

「皮肉をいう余裕があるなら、話を先に進めろ」

「進める前に何か飲み物をもらおう」

権藤が一等曹長に視線を送る。

「いや――」

イアンは拒否しようとした。が、胡喜太が口を挟む。

「俺も何か欲しいな」

イアンを見ながら言葉を続ける。

「アメリカ軍の方々に給仕をしてもらう機会なんて、そうあるものじゃない」

――焦るなということか。

自覚はなかったが、気持ちが急《せ》いていたのかもしれない。

――追い詰められているのは権藤も同じ。

自分に言い聞かせる。

一等曹長がドアを開け、外の兵士に確認している。

「インスタントのコーヒーならすぐにお持ちできますが」

彼がいった。

「ではそれをお願いします」

権藤は丁寧に頼むとタバコを取り出した。アメリカ産のラッキーストライクをくわえ、マッチで火をつける。

竹脇はまだ何もいわず、権藤に手懐《てなず》けられた犬のようにただそこに座っていた。

なぜだろう。竹脇のそんな態度とこわばった表情に、権藤に向けるのとは別の意味での怒りが湧いた。

「急ぐ必要はない。ひとつひとつ議論を重ねた末に、妥協点を見出せればいい」

権藤がタバコの煙を吹き出した。

今、同じテーブルについているこの四人全員が折り合える妥協点などあるはずがない。わかっていて、なぜ権藤は凡庸な官僚のような気休めを口にするのだろう。

あらためて考える。

今ここにGHQの参謀第二部、民政局に属しているアメリカ人はひとりもいない。だが、こんな重要な会談を、本当に英国人、在日朝鮮人、ふたりの日本人だけに委ねるだろうか。警備という名目で一等曹長ら五人が立ち会っているが、実動部隊の軍人であり、会議への出席などほとんど経験がないはずだ。そんな彼らからの伝聞では、全容を知るには限界がある。

イアンは部屋を今さらのように見回した。

壁に掛かった二枚の絵の裏や額縁、隅のサイドボードの中、目の前のテーブルの裏側——どこかにマイクが隠されていて、ここの会話を別室や別棟で、参謀第二部、民政局の人間がそれぞれ聞いているのかもしれない。

いや、間違いなくそうだ。

聞くだけでなく、速記者が記録している。テープレコーダーに録音しているかもしれない。高価な機材だが、少し前、四谷の警察署でイアン自身が尋問の内容を録音された。ここにあったとしても少しもおかしくはない。

——ハ一号文章の譲渡という重要案件を記録していないはずがない。

そしてここでの発言は、今後、さまざまな場所で証拠として扱われる。細やかな説明や妥協的な提案など、権藤の歩み寄る態度は奴にとって有利に働くだろう。

胡喜太が髪を掻き上げながら、一瞬こちらを見た。「ようやく気づいたか、間抜け」といいたいのだろう。

――その通り、間抜けだった。

当たり前のことに気づけずにいた。自分では冷静なつもりでも、追い続けていた獲物を目の前にして感情が昂《たかぶ》っていた。憎しみが強すぎて、交渉であることを置き去りにしてしまっていたのかもしれない。

感情的で攻撃的では、今後のイアンに対し民政局は不安を感じ、評価も下がる。逆に権藤は、対立する相手にも冷静であり、高い交渉力を発揮できることを、奴を担ぐ参謀第二部にあらためて証明することができる。

腕時計を確認すると十時三十分。この部屋にイアンたちが入ってきてから三十分が経過していた。今がレコーダーのテープリールを交換するタイミングなのかもしれない。

――俺はやはり戦場に立つ兵士だ。策士に徹することはできない。参謀の専門家と張り合うのも分が悪すぎる。

だが、兵士には兵士なりの闘い方がある。

イアンは遠くに広がるヒロヒトの居城の緑を眺めると、静かに息を吐いた。

3

四人の前にスプーンとコーヒーの入った金属製のカップが並んでゆく。

十代のあどけなさが残る一等兵の差し出すシュガーポットから角砂糖を二個取り、カップに沈める。粉末のミルクも勧められたが、必要ないと手を横に振った。

野戦食のパックに入っている粉末コーヒーのような味だが文句はない。

「中尉、そろそろ国に戻ったらどうかな」

権藤が唐突に切り出した。

「あれほど俺と会うのを避けていたのに、急に心変わりしたのはそんなことをいうためか」

イアンはいった。

「ハ一号文章を渡すべきとき、君が帰国の準備をするべきときが来たから、そう告げただけだよ。まだ日本に残っていても、君を取り巻く状況は悪くなってゆくだけだ」

「なぜそう思う?」

「君はあえて論点をずらしているようだが、ハ一号文章がアメリカの手に渡ったら、この四人の中で一番立場が危うくなるのは君だ。今後、ケーディス大佐と民政局からの君への支援はどんどん薄くなってゆく。目的のものを手に入れた以上、君の望む処刑行為に彼らが積極的に加担する理由はないからな」

「ハ一号文章はおまえの切り札ではなかったのか」

「切り札の価値は常に流動的なものだよ」

「所持している理由が薄れてきたから、値崩れする前にカードをテーブルに出したのか」

イアンはコーヒーを啜りながらいった。

「その通り。同時に、民政局が所持していたイアン・マイケル・アンダーソンというカードも、底値に近づいているどころか、手元に置いておけば面倒を生む一枚に変わってしまった」

「持って回った言い方だな。それに俺はカードではない」

「残念ながらカードだよ。君も私も。私たちを使っているつもりになっているウィロビー少将もケーディス大佐も。だから価値が落ちぬよう、絶えず努力を続けなければならない」

「仮に民政局が俺に対する興味を失ったとしても、俺の父と通じているアメリカ本国の政財界の連中は民政局に圧力をかけ続けるだろう」

「日本にいるアンダーソン家のイアンという息子への協力と支援を止めるなと？　英国からの莫大な献金や資金供与が続く限り、民政局の連中は君を切りたくとも切れないといいたいのか。実に情けなく惨めな主張だな。君はもっと誇り高い男だと思っていたが」

「今は誇り云々は関係ない。事実をいっているだけだ」

「だが、そもそものことを考えてみてくれ。私は戦犯ではない。そんな人間を私恨で追い続け、命を奪おうとしている君のことを世間はどう思う？」

「金と利権の力で戦犯を逃れただけだろう」

「逃れたかどうかは関係ない。私は戦犯ではないという事実をいっているだけだ」

権藤がイアンの言葉を流用しつつ反論する。

「加えて、日本国内ではＧＨＱと警察のＢＣ級戦犯の取り扱いに対する不満が高まりつつある。その流れの中で、英国の成金一族の、身勝手かつ理不尽な復讐の記事が、国内外に配信されたらどうなる？」

「それはアメリカ国内でも報道されるのか」

「されるだろうね。君の母国やフランス、その他の欧州各国でも」

イアンは手にしていたカップを置き、そして訊いた。

「ＣＩＡの入れ知恵か？」

「いや、私、ＣＩＡ、参謀第二部の共作だ」

「それでもおまえが戦時法を無視し、兄・クリストファーを斬首したという事実は変わらない。証言者もいる」

「君の兄・クリストファーが頑強な人種差別主義者だったという事実も変わらない。こちらの証言者も多数いる。君の兄が日本兵だけでなくビルマの現地人も見下し、あまりに反発を続けるため、日本人を含む部隊全体が危険に晒された。英国人捕虜の仲間にも反抗を呼びかけ、無謀な蜂起を先導しようとした。そんな異常者は処分されて当然だろう」

「無謀だとは限らない」

「無駄な言い訳は君らしくないよ。君の兄の斬首に加わり、その後戦犯にされた四人の調書を読んでいるはずだ。君の兄を含む捕虜の連行中、我々日本軍の食糧と弾薬は尽きかけていた。そんな中でも我々は極力捕虜にも平等に食糧を分け与えようとしていた。気に入らないかもしれないが、紛れもない事実だ。そうやって日英協力しなければ、とても収容所までたどり着けない有様だった。なのに、君の兄は単に互いに傷つけ合い、全滅を誘発するような蜂起をひとり声高に叫んでいた。彼の差別心が、卑しき日本の猿どもに捕らえられたという事実を拒否する思いが、叫ばせていたんだろう」

「ではなぜ斬首だった。他にも方法はあったはずだ」

「見せしめは衝撃的である必要があったからだ。君の兄の少数の部下たちは、彼の反抗に同調しようとしていた。愚か者たちを静かにさせるには恫喝するに限る」

「それがおまえの見解か」

「いや、これも客観的な事実だよ。だからもう君は早く日本を出て、自分の国に帰ってくれ。そしてもう日本に近づかないでほしい。持ち帰るための指と耳は、新たなものを用意する」

「誰のものだ？　欲しいのはおまえの命であり、指と耳はその副産物でしかない」

「それは困る。今後の仕事のためにもなるべく傷のない体でいたい。代わりに、下井壮介の耳と指は本物を用意できるだろう。その件では彼が協力してくれる」

権藤がはじめて隣に座る竹脇に目を向けた。

——下井を売るというのか。

声に出して訊きたかった。そしてイアンは、自分の中にある竹脇へのわずかな期待と大きな失望に嫌でも気づかされた。

——いや、竹脇は何かしら意図や思惑をまだ隠しているのかもしれない。

そんなことを考えた自分に戸惑いながらも、イアンは権藤に訊いた。

「奴の耳と指だけ差し出されても信用などできない。奴を捕縛し、この手で殺せるというなら話は別だが」

「殺せるよ」

権藤はいった。

隣の竹脇は変わらず無言を貫いている。

このふたりはイアンが下井まゆ子と交わした約束を知らない。まゆ子を通訳にするために、イアンは彼女の父・下井壮介への殺意を捨てた。

「だからそれで納得し、いい加減帰ってくれ。さすがにもう目障りだ」

権藤が手を焼く子供を見る顔でいった。

「無理だ。俺が耳と指を持ち帰っても、英国の父は俺の言葉だけでは納得しない。おまえの死を確認するための人間を、あらためて日本に送り込む」

「信用がないのだな」

「信用云々の問題ではない。必ず検証しなければ気が済まないんだよ。たとえ息子が相手であっても。父はそういう人間だ。それに、おまえが今後日本で幅を利かせ、世間の耳目を集めるようになるなら、偽の耳などなおさら意味がない。権藤という奸物《かんぶつ》は今も生きていると、英国の父にもすぐに伝わってしまう」

「では私は名前を変え、出自も偽り、別人になろう。権藤であることに拘《こだわ》りはないし、むしろ違う人間になったほうが利点は多いかもしれないな」

権藤がカップのコーヒーを口にする。

「私なりに十分譲歩した。今すぐにとはいわない。八一号文章を民政局に提出したあと、丸一日考え、今の私の提案を受け入れるかどうか答えてくれ」

「拒否したら？」

「君は無事で自分の国に帰ることはできない」

権藤はあっさりいうと、イアンに向けていた視線を胡喜太へ移した。

「待たせてすまなかった。君と話す番だ」

「俺の番？　議題は？」

胡喜太が訊く。

「もちろん君の弟の死に対する補償と補塡についてだよ」

「では、まず確認させていただきたい。弟の胡孫澔を殺すよう命じたのはあなたですか」

「そうだ」

権藤はうなずいた。

「なぜでしょう？」

殺した理由について問いかける。

「君の弟が私を売ろうとしたからだ。だが君も、弟の会社・双善商事の幹部連中に聞き取りをした際に、すでに理由についてはある程度把握していただろう。野際組の数人を拉致し、話させた内容とも違いはなかったはずだ」

「ええ。ですが、あなたの口から聞かせていただきたかったんです」

「推定を確信に変えるために、一番の当事者の言葉を聞きたかったわけか」

「そういうことです」

「気持ちはわかる」

胡喜太の丁寧な言葉遣いからは、権藤を敵ではなく交渉相手と捉えているのがわかる。

これがこの男の戦い方なのだろう。

単なる自称ではなく、胡喜太はやはり本物のビジネスマンだ。

権藤が続ける。

「胡孫澔は企んだだけでなく、私の情報を実際に民政局に渡した。そして、当時の私の居場所などを摑んだ民政局は、子飼いの日本の暴力団に襲撃させた。ちょっとした市街戦の様相を呈し、私の護衛も三人死んだよ。アンダーソン中尉が来日する直前、十月十四日の早朝のことだ」

イアンはそんな騒動があったことなど知らない。ケーディス大佐やマイルズ中佐も伝えてはくれなかった。

ただこれで多少は合点がいく。

その強襲が失敗に終わり、手詰まりになったため、ケーディス大佐たちはイアンを厚遇し、権藤への個人的な復讐にあれほど協力的になった。

——父の財力や人脈だけが理由ではなかった。

イアンをちらりと見てから権藤がさらに胡喜太に語りかける。

「君も知っての通り、参謀第二部と民政局はどちらも私を担ごうとし、私は参謀第二部を選んだ。同じGHQでありながら、彼らの対立は根深く、並行して友好関係を築いていくなど不可能だからね。胡喜太くん、君の話も聞き知っているよ。参謀第二部と民政局から協力を要請され、どちらと関係を結ぶこともしなかった。はっきりと断ることなく、どちらとも遠回しに距離を取ることを選んだ。賢い。本当に時流が見えている者の選択だ」

「しかし、俺の弟は欲をかいた」

胡喜太がつぶやく。

「端的にいえばそういうことだ。表向き参謀第二部の傘下にいるように見せかけ、裏では民政局とも通じ、両方から利益を貪ろうとした。自分では上手くやれると信じていたし、アメリカ人など手玉に取れるとも思っていたのだろう」

「己を知らぬ馬鹿が無理な背伸びをした末の結果か」

胡喜太は新たなタバコを取り出した。マッチを擦りながらさらに質問する。

「しつこいようですが確認させてください。参謀第二部も弟の殺害に賛同したのですね」

「もちろん。彼らの承認なしで勝手に処理すれば、彼らの私に対する信用が揺らいでしまう。さっきもいったように私もＧＨＱのカード――いや、将棋の駒のほうが適切かな。そう、彼らの所持する駒のひとつにしか過ぎないからね」

「殺害の実行犯にロコ、長田善次を指名したのはあなたですか」

「私だよ。奴を選んだのは確実に殺したかったからだ。アンダーソン中尉に撃たれ捕まったふたりの日本人は、長田がどこからか見つけてきた連中だ。ふたりはすぐ釈放されたらしいが、その後の行方はわからない。まあ、興味などないが」

胡喜太が復讐のため捕らえ、殺し、どこかに埋めたのだろう。

「ただ、長田の件では誤算があった」

権藤が小さく首を横に振る。

「君の弟の手下が何人か巻き込まれることは当然予想していた。だが、奴が彼の妻や娘まで　緒に手にかけようとするとは思わなかった。彼女たちにまで怖く辛い体験をさせてしまったことは素直に詫びる。申し訳なかった。それに関しては、彼女たちを長田から救ってくれたアンダーソン中尉に感謝もしている」

「なるほど」

胡喜太は一言いってからタバコの煙を吸い込み、ゆっくりと吐き出した。

「それで君に対し、弟を殺した補塡をしたい。言葉は悪いが、直接的なほうがわかりやすいだろう。正直、私には悔恨も罪の意識もないので、贖罪などとうそもつきたくない。その補塡で弟遺族の生活の面倒も見てやってほしい」

「手打ち――要するに和解したいと」

「できればね。君は本業の建設以外にもいろいろ手がけていて、最近は繊維会社や繊維工場を買収したね」

イアンと同じように権藤も胡喜太を詳細に調べていた。

「ナイロン、レーヨン製品を生産し、国内外に販売する計画なのだろう。この先はどちらか一方に製品を絞るのか？　並行して生産していくのか」

「工場の稼働状況や売れ行き、それに原料の状況によって決めます」

「その原材料を今後、長期的に安定供給できるようにする」

「どちらを？」

ナイロンは石油、レーヨンは木材パルプや綿種子を原材料としている。

「どちらでも望むほうを。両方といわれても対応できる。参謀第二部もこの件を了承し、契約書を交わしてもいいといっている」

「供給を受ける条件は復讐心を捨てることですか」

「心の中では私を憎もうと恨もうと構わないが、実際に刺客などを向けるのはやめてくれ。中尉と同じく、君も今すぐ返答する必要はない。一日よく考えてからでいい。そして、もし君の気持ちが許すなら、今後、私とともに働かないか」

「は？」

胡喜太は一瞬タバコを持つ手を止めたあと、鼻で笑う代わりに小さく息を吐いた。

「勧誘されるとは」

首を小さく横に振る。

「冗談ではない。これも本気だよ」

「俺は日本人を信じませんので」

「戦時中、君も徴用されたそうだな。どこで働かされた？」

「いうつもりはありません。思い出したくもないので」

「わかった。ではもう訊かない。それに信用も信頼も君に求める気はない。ただ一緒に働きたいだけだ」

会話が途切れる。

室内はタバコの煙でうっすらと白く染まっていた。外から静かに吹き込む風がカーテンを揺らし、白く澱《よど》んだ空気をゆっくりと攪拌《かくはん》してゆく。

権藤がひと仕事終えたような顔でテーブルのカップを手に取った。

「まだいくつか訊きたいことがあります」

胡喜太は会談が続くことを暗に伝えた。

――そう、まだ終われない。

イアンも新しいタバコに火をつける。

沈黙を続ける、いや、発言する機会を与えられていない竹脇も、「PEACE」と書かれた日本製タバコを取り出した。

部屋の空気はさらに白く染まっていった。

4

部屋の壁際には変わらずアメリカ兵たちが立っているが、会談がはじまった時点と較べ、彼らの表情は明らかに曇っていた。二名ほどは不快さを隠さず、露骨に睨むような目で見ている。

権藤やイアンたちが話す、GHQの悪事や裏の顔が信じられないのだろう。

彼らを率いる一等曹長も、GHQは正義や善意の集団ではないものの、そこまで悪辣だとは思っていなかったようだ。信じられないというより、信じたくないというような険しい表情をしている。

「弟の死に、あなたの隣に座っている男はどの程度加担しているのですか」

胡喜太が権藤に訊いた。

「彼の名は竹脇祥二郎、君たちもよく知っているはずだが」

「ええ、知っています」

「では、私ではなく竹脇くんに直接訊くべきじゃないかな」

「いえ、これもあなたの口からまず聞かせていただきたい」

話題にしておきながら、胡喜太はやはりあの男のことを一切見ない。

逆に竹脇も、胡喜太のほうに視線を向けようとしない。部屋の壁に掛かったグランマ・モーゼスもどきの風景画を見ている。

イアンには竹脇が無理な黙秘を押し通そうとする被告人のように思えた。

「私も半数は事後に聞かされ知ったことだが、それでもいいかな」

権藤が確認する。

「結構です」

「わかった。まず彼もGHQの参謀第二部と民政局の双方に通じていた。彼の場合は民政局の庇護を受けながら、隠れて参謀第二部からの仕事も請け負っていたわけだが」

「ともかく二枚舌を使っていたと」

「まあそうだ。ただ、参謀第二部の指示でアンダーソン中尉に近づき、彼を意図的に誘導したわけだから、三枚舌のほうがふさわしいだろう」

「弟が殺されたあの朝、中尉が現場に居合わせることになったのは、やはり偶然ではなかったのですね」

「ああ」

権藤がうなずく。

竹脇はタバコを手に沈黙したまま。

イアンはまたも込み上げてきた怒りを抑え、冷静を装い続けた。竹脇からは変わらず視線を外している。

憎しみからの安直な無視ではない。この会談に奴を介在させないのが、この場で行える権藤及び竹脇攻略の最良の策だと感じたからだ。

胡喜太も無言のうちに賛同、まるで竹脇が存在しないかのように権藤にだけ質問を続けた。

「その男も弟が殺されることを知っていたのでしょうか」

「どうだろう。私の範疇《はんちゅう》外だからね。私と参謀第二部で合意していたのは、君の弟をあの朝に殺害するということだけだった。そこにアンダーソン中尉の件を絡めたのは、参謀第二部独自の考えだ。ただ、竹脇くんを弁護するわけではないが、アンダーソン中尉を騒動に巻き込み、早々に国外退去させるのが目的だと思っていたようだよ。竹脇くんは参謀第二部から、胡孫澔に対し『暴行』や『強要』を行うとの説明は受けていたが、それ以上の行動にまで出るとは想像していなかった。初対面のとき、なぜ長田善次のような異常者を胡孫澔の元に送り込んだのかと、私は責められたからね」

「想像力がなく愚かだったため、都合よく使われたと」

「そういうことになる」

概ね、イアンたちの予想通りだ。

しかし、胡喜太が日本語で何かつぶやいた。

イアンには理解できなかったが、想像はつく。「何の言い訳にもならない」――たぶんそんなことだろう。

「直接確認しなくていいのかね」

権藤が隣の竹脇に視線を送りながら、あらためて胡喜太に訊いた。

「愚か者の安い弁明など聞く必要はありません。あなたの説明だけで十分です」

胡喜太の言葉に感情が混じる。頬もほんのり赤みを帯びている。

だが、一度言葉を区切り、息を整え紅潮を消すと質問を再開した。

「あなたとその男は以前からの知り合いではないのですね」

「名前やトタン要害のことは知っていたが、会ったのはつい最近だ。参謀第二部の仲介でね」

「今後、ふたりは行動を共にしていくのでしょうか」

「それは是々非々だね。竹脇くんに手伝ってもらうことも多々出てくるだろう」

「ですが、民政局などの一部勢力は、あなたではなく、そちらの男を防共の顔に据えようとしていますが」

「ん？」

権藤が一言漏らし、目を伏せる。

ここまですべてを落ち着き払って聞き、余裕を持って答えていたが、わずかに怪訝《けげん》な表情を覗かせた。

胡喜太が続ける。

「日本の思想防衛のリーダーとして、その男のほうがふさわしいと考える人間たちがいるということです。単にあなたを排除するだけでなく、代替品を擁立し、あなたの必要性そのものを消し去ろうとしている」

胡喜太はあえて手の内を明かした。

「なるほど、彼も候補者ということか」

権藤は胡喜太に向けていた視線を上げ、たゆたうタバコの煙を眺めている。

「で、具体的に彼にどんなことをさせる？」

「自由党に所属させ、都議会議員に当選させる。その後、右翼や反共組織との連携を強化しつつ、政治家としての経験を積ませ、時機を見て国政に打って出させる」

元総理の吉田茂《よしだしげる》率いる日本自由党《にほんじゆうとう》のことだ。

「右翼連中が簡単に受け入れるだろうか。それに都議会議員も国会議員も当選しなければ意味がない」

「当選できるだけの人脈を築き、政治的地盤を作れるか試されているのでしょう。目標を達成した場合は、民政局を筆頭とするアメリカの勢力は支持を続ける。達成できなければ、あっさり切り捨てる」

胡喜太は権藤に話しているように見せながら、竹脇に五味淵貴和子らが立て民政局に承認させた計画を伝えている。

だが、権藤も当然そんな企みには気づいている。

「ならば、彼と協力関係を深める意味がよけいに高まるな。共産主義・社会主義からの防衛の担い手として推されているふたりが別に競い合う必要はない。他人が我々を候補者に見立てたところで、その通りに振る舞う義務もない」

権藤は煙を見上げていた視線を、また胡喜太に下ろした。

「ふたりが共闘すればより心強い組織が作れるじゃないか。私は競うより融和する道を選ぶ。彼もそれを望んでいる」

「融和したあとは、まず何をするのですか」

「手の内は明かせんから、一部分だけ聞かせるよ。とりあえず政治研究団体でも創設しようか。政党ではなくあくまで研究団体だ。そして自由党に献金し、外野からも手を貸し、まずは今の内閣を潰してもらう」

日本初の社会党政権、片山哲《かたやまてつ》を首相とする内閣を指している。

「言論の自由という民主主義の原則から、日本社会党《にほんしゃかいとう》の存在自体は当面認めざるを得ないとしても、第一党というのはよろしくない。分をわきまえ、衆議院議会場の左端に少数が座っているのがちょうどよかろう」

「不要になった五味淵をあっさり殺した奴が、融和や共闘などできるのか？」

イアンは口を挟んだ。

会議は終盤に差しかかり、胡喜太ももう止めようとしない。

「五味淵の件は例外だ。中尉、君が日本になど来なければ、あの男も残り少ない人生をまっとうできただろうに。それに、私は君とは違う。日本人と英国人では発想が違うといったほうがいいかな。私は長田善次のような者さえ活用する」

「異常者に人殺しの機会をあてがうことが活用といえるのか」

「適材適所であることには変わりはない。君はチェスで物事を考えているだろう。取った駒は死んだと見なし、思考から排除してしまう。一方、私は将棋で考える。取った駒は死んではおらず、私の新たな資産となる。そして活用する」

「人は資産か、仲間といわないところがおまえらしい」

「君も他人を僚友などとは思わんだろう。同じ英国人やアメリカ人でもそうなのに、下等な日本人を自分と同列の仲間などと考えるはずもない。そういう部分は兄と同じだな」

言葉が途切れた。

窓の外からリンカーンセンターの近くを走る自動車やトラックのエンジン音が聞こえてくる。

「さて、他になければ終わりにしよう。予定よりずいぶん長くかかってしまったな」

権藤がアメリカ兵を含む全員に目配せする。

「権藤、ひとつ頼みがある」

イアンは奴と視線を重ねた。

「ここで自殺してくれないか」

落ち着いた声でいった。

権藤は口元を緩め、胡喜太は顔をしかめた。終わりに向けて緩みはじめていたアメリカ兵たちの表情がまた厳しくなる。

高まりつつある緊張を理解しながらも、イアンは続ける。

「俺自身の手で殺すことは諦めてやってもいい。代わりに自分で死ね。そうすれば面倒事は一気に解消するし、俺の手間も省ける」

「中尉。控えてください」

一等曹長がたしなめる。

「今のはだめか？」

「ええ。度が過ぎています」

イアンは一等曹長に尋ねた。

「ならば彼らの手を煩わせぬよう、ここでなくていい。どこかで首を吊るなり、頭を撃ち抜くなりする直前に場所を知らせてくれ。俺がそこまで行って、耳と指を切り取り、静かに帰るから」

「アンダーソン中尉」

一等曹長が再度警告する。

「断るよ。まだ死ねない。やるべきことが残っている」

権藤がいった。

「そのやるべきことは、おまえが消えても誰かが引き継ぐだろう」

イアンが返す。

「連行しますよ」

一等曹長が腰のホルスターに手をかけ、他の兵士たちも小銃の安全装置を外した。

「わかった。あと一言で止める」

イアンは一等曹長に告げたあと、権藤に向けていた視線を窓の外に移した。

「ならば、やはり俺の手でやるしかないか」

椅子の背もたれに体を預け、つぶやいた。

――戦闘継続の宣言。

権藤だけでなくその場の全員が理解した。

「先に出ていいか」

イアンは立ち上がり、もう権藤の顔を見ることもなく訊いた。

「ああ。我々はもう一服してから出る」

権藤がタバコを取り出す。

イアンは胡喜太とともに煙に満ちた部屋を出た。うしろに続いた一等曹長がドアを閉める。

「すまなかった」

階段を下りながらイアンは一等曹長に伝えた。

「任務といえども連合国軍の、しかも丸腰の方に引き金を引くのはまっぴらです。英国陸軍に憎まれたくもありません」

一等曹長の顔が疲れて見える。

「君は毅然とした態度を崩すことなく任務を正確に遂行したと、ケーディス大佐とマイルズ中佐に伝えよう。そのために電話を貸してもらいたい」

イアンは何事もなかったようにいった。

※

一階のリビングにも生活感はなく、待機している兵士のための丸椅子が並んでいる。その奥に置かれた電話機の受話器を取り、ケーディス大佐のオフィスの番号をダイヤルした。

しかし、大佐は不在で戻り時間も不明だと秘書から告げられた。

イアンは権藤から渡された封筒に視線を落とした。直接オフィスまで持っていき、大佐が戻るのを待つのが最善だろう。

ハ一号文章など早く手放してしまいたい。自分とは無関係の機密など保持していても何もいいことはないし、長く預かっていたせいで複製を疑われるのもまっぴらだ。

――GHQ本部に行くか。

接収した千代田区有楽町《ゆうらくちょう》の第一生命館というビルの六階にはマッカーサー元帥の執務室があり、同じビル内に民政局も置かれている。

秘書に訪問すると伝え電話を切ると、再度ダイヤルした。

ビークマン・アームズにかけ、対応した交換手にまゆ子の部屋番号を告げる。

数回のコールのあと彼女の声が聞こえた。

『何かあったのですか』

まゆ子の声は緊張している。

「いや、特に騒ぎもなく終わった。ただ、君の懸念した通りになったよ」

まゆ子は、竹脇が権藤と同席する可能性をイアンや胡喜太よりも先に指摘した。そして、誰よりもそうならないことを強く望んでいた。

『残念です。でも、伝えていただきありがとうございます』

まゆ子の声は明らかに落胆している。

イアンは彼女へのささやかな感謝と気遣いとして電話をした。彼女の指摘があったから、実際に会談の場に竹脇が現れても動じずに対処することができた。しかし、正直にいえば、彼女が消えずにビークマン・アームズに居ることを確認したかった。

「胡喜太とそちらに戻りオトリー参事官と合流する予定だったが遅れそうだ。ロビーで彼を出迎え、待っていてくれ」

『参事官には遅れる理由を何とお伝えすればよろしいですか』

「重要な案件のため、といえば彼はわかってくれる」

『承知しました』

「またあとで」

『はい。お待ちしています』

受話器を置く。

今のイアンには、まゆ子が自分の耳と口の役割を果たしているという強い自覚がある。潘美帆と過ごしていた期間以上に。

「有楽町一丁目に寄っていく」

胡喜太に伝えた。

「ああ。仕方がない」

奴が返す。

次の目的地が決まったら、こんなところからは早く引き揚げるべきだ。胡喜太とともに一等曹長に再度礼を伝え、玄関を出る。

陽がかなり高い位置まで昇っており、リンカーンセンターを貫くささやかなメインストリートを照らしている。

だが、そのメインストリートの先、閉じた正門の内側に、数台の自動車と小銃などを携えた十数名の軍人とともに、またも知った顔の男が立っていた。

「迎えに来たよ」

その男、民政局のチャールズ・ルイス・ケーディス大佐はいった。

5

「会談を聞いていたのですね」

イアンがいうと、大佐はうなずいた。

やはりあの部屋にはマイクが仕掛けられていた。八一号文章を渡されたのを知り、ＧＨＱ本部から駆けつけたのだろう。

だが、聞いていたのは大佐だけではない。対立する参謀第二部のウィロビー少将やギャビー・ランドル中尉にも、ほぼ間違いなく同じ情報が伝わっている。

「そんなにこれが――」

イアンは八一号文章の封筒を差し出しながらいいかけたが、言葉を止めた。

「ああ大事だ。だから来た。ここまで近いしね。しかし、それだけじゃない。迎えに来たのは君たちの安全確保のためでもある」

大佐が閉じた正門に目を遣り、顎を振った。覗き窓から外を見てみろといっている。

だが、見なくてもわかる。

「ヤクザですか。ＣＩＡですか」

イアンは訊いた。

「ＣＩＡのほうだ。車三台で乗りつけている。君が挑発するからだよ」

昨日、イアンが尾行してきたＣＩＡの車のワイパーに手紙を挟んだ件をいっている。

「挑発ではなく勧誘のつもりだったのですが」

イアンは手紙で、民政局が権藤ではなく竹脇祥二郎を反共のリーダーに擁立しようとしていることとをＣＩＡにも伝え、同調を呼びかけた。

「外に出たら撃たれるでしょうか」

イアンが尋ねると、大佐は口元を緩めた。

「さあな。単なる様子見かもしれんし、君の出方を確かめに来たのかもしれない。だが、もし君がのこのこ出ていって撃たれ、ハ一号文章を奪われたら困るから、こうしてわざわざ受け取りに来たんだ」

「のこのこ出ていったりはしませんよ」

「いや、君なら向こうの態度を確かめるのに、それくらいのことはやりかねない。自分自身を囮《おとり》に使うなんて何でもないことだろう？　とにかく乗ってくれ。話もあるし、ビークマン・アームズまで送る」

ケーディス大佐は胡喜太にも声をかけた。

「君はあちらの車に」

胡喜太がうなずきながら乗車する。

「でも、タクシーを待たせてあるのですが」

イアンはドアを開けながらいった。

「タクシーなら声をかけてもう帰したよ。料金も払っておいた」

大佐も乗り込みながらいった。

「手際がよろしいですね」

フォード社製リンカーン・ゼファーの後部座席に大佐と並んで座る。運転手の横、助手席には警護役の兵士が座っていた。

「あの運転手の女、カレルの配下だな」

大佐がいった。

「そのようです」

イアンも返す。

「いつから気づいていた？」

大佐が訊く。

「今も確証があるわけではありません。ただ、飼い犬はどうしたって飼い主に似てくるものです」

「君の嗅覚もさすがだな。占領下のパリで単身ナチと渡り合っただけのことはある」

「大佐はなぜあの女の素性に気づかれたのですか」

「職務上の秘密というやつだ。教えるわけにはいかない」

「日本の中にも諜報の網が何重にも張り巡らされているのですね」

「ＣＩＡの連中が予想以上に狡猾《こうかつ》だったからね。我々も同程度以上のものを構築し、常に新たな情報を入手していかないと」

同じアメリカ人でありながら、派閥や組織ごとに別々の情報収集網を持ち、互いに監視し合っている。

「それより竹脇という日本人、権藤に帯同していたがだいじょうぶなのか」

権藤と竹脇の関係を引き裂けるのかという意味だ。

「はい、問題ありません」

何の根拠もなくいった。要するにうそをついた。

ようやくリンカーンセンターの正門が開く。

「入るときだけでなく、出るときも待たされるとは。まあ、予告なき来訪だったから仕方がないか」

日本では貴族に等しい扱いを受けているアメリカ人上級将校が、同じアメリカ人下級兵士の門番に愚痴る。敬礼しながら車列を見送る若い門番の顔は困惑し、疲れてもいた。開門の許可を取るために何人もの上官の間を右往左往したのだろう。

イアンたちを乗せた車列が正門から路上へと出てゆく。アメリカの街並みが消え、また木で組み上げられた日本の街が広がってゆく。路肩には三台の車が停まっていた。乗っているのは日本の連中ではなく、アメリカ人だ。

ケーディス大佐が話したCIAの連中だった。三台の中には、昨日、イアンがワイパーに手紙を挟んだあのパッカードも交じっている。

CIAは挑発的な行為をすることなく静観している。

だが、横を通り過ぎてゆくケーディス大佐とイアンが乗るリンカーン・ゼファーの車内を、見覚えのあるふたりの男が窓を開けた車内から凝視していた。

「竹脇に乗り換えるべき」というイアンの提案をCIAは受け入れるのか、それとも提案は無視され、より対立を煽ることになるのか。まだわからないが、現時点では残念ながら後者になる率のほうが高い。

八一号文章を手に入れた今、隣に座るケーディス大佐もどう動くか未知数だった。ビークマン・アームズまでのこの道のりが、大佐と話す最後の機会になる可能性もある。

だが――

「八一号文章はまだ本物かどうか不明であり、鑑定のため私の元に留め置く。つまり、まだ回収したことはごく一部の者しか知らない。さっきの君たちの会談を聞いていた者たちにも、強く口止めしておく。もちろん、GHQ本部六階にも届かない」

第一生命館ビル六階の執務室にいる男――マッカーサー元帥には八一号文章回収の情報は伝えず、差し止めておくと大佐はいっている。

「しかし、当然参謀第二部経由でも情報は回る。私のところで押さえておけるのは、せいぜい二日。それだけの残り時間で権藤を、将来の害悪となるあの男を、必ずぶち殺せ」

右手に天皇の住居を囲む濠と緑、左手に駐日英国連絡公館の正門を見ながら、リンカーン・ゼファーは1stストリート（内堀通り）を進んでゆく。

イアンと同じく、ケーディス大佐の意志も揺らいではいなかった。

※

イアンを降ろし、ケーディス大佐を乗せたゼファーが静かにビークマン・アームズの車寄せを離れてゆく。

見送るイアンは自然に敬礼をしていた。

――猶予はない。

わかってはいたが、あらためて自分に言い聞かせる。

権藤忠興から渡されたハ一号文章が本物だと判明し、その情報がGHQ内全体で共有されれば、GHQとアメリカ政府の抱えていた懸念の大半は解消されることになる。

望まぬ過去の密約の公表、天皇制及び帝国主義を批判していた当時のアメリカ政府のうそと欺瞞の発覚、その事実を知りながら隠蔽していたアメリカの歴代政権への批判、国内に留まらない世界からのさらなる政府への批判、来年に控えたアメリカ大統領選挙への甚大な影響――という一連の負のドミノ倒しも起こらない。二十年以上前に共和党のウォレン・ハーディング大統領が結んだ密約により、現在の共和党大統領候補が圧倒的に不利になることもない。

GHQ内の権藤を担ぐべきでないという反対意見も、殺してでも奴を排除すべきだという強硬論も一気に影を潜め、権藤容認論が広まってゆくだろう。

——その前に終わりにしなければ。

「どうだ？」

後続の車両から降りてきた胡喜太がいった。

ハ一号文章を手に入れた大佐の反応を訊いている。

「保留にしておくから、早く作業を終わらせろといわれた」

曖昧に話したが、奴には十分伝わった。

「アメリカ人にも酔狂な連中がいるんだな」

胡喜太がうなずく。

「おまえはどうする？」

イアンは訊いた。権藤の勧誘に対してどう答えるのかという意味だ。

「あ？　決まっているだろう」

奴の顔が神妙になる。

「俺は在日朝鮮人だ。同胞以外、何者も信じない。何者にも取り込まれない。ましてや日本の腐れ右翼なんぞと共闘するか。馬鹿にするな」

イアンより背の低い胡喜太が鋭い目で見上げる。

「そうだったな」

イアンはいった。

——こいつの覚悟も少しも変わっていない。

「すまなかった」

「簡単に謝るな。よけいに気分が悪くなる」

奴が返し、続ける。

「あれが戻っても不利になったわけじゃない。これで五分五分だ。隠し持っていたものがなくなり、向こうも守られる理由を失った。追い込まれているのは同じだ」

抽象的だが、言わんとしていることはわかる。

「その通りだ」

イアンはうなずき、口元を緩めた。

「謝ったあとには、笑うのか」

胡喜太が愚痴る。

「ああ。意外だったからな。おまえに励まされるとは思わなかった」

ふたりで小銃を携えたアメリカ兵士が立つ玄関を抜け、ビークマン・アームズのメインロビーへ。その先にあるラウンジのソファーに英国連絡公館のオトリー参事官が座り、タバコの煙を燻らせていた。

赤いネクタイに濃いネイビーのスーツの彼がこちらに気づき、視線を向ける。

しかし、ひとりだ。

「下井まゆ子は？」

イアンは早足でオトリーに近づき、訊いた。

「会っていない。私ひとりで待っていた」

彼が答える。

イアンはさして広くないラウンジと二階のダイニングへと続く階段を見渡したが、彼女の姿はない。ロビーを横切ってフロントへ進み、早口でまゆ子の部屋番号を告げるとルームキーを渡すよう要求した。

「お預かりしておりません」

日本人のフロント係が驚きながら返す。

「では、マスターキーを」

「それはできかねます。私にその権限はございません」

「フロントの責任者を呼んで許可を取れ。支配人でもいい」

イアンは強い声でいった。

「中尉」

胡喜太とオトリーがうしろから声をかける。

「キーを」

イアンはくり返したが、フロント係はうろたえながらも応じない。

苛立ちながらイアンは大股で客室の並ぶ廊下へと向かった。胡喜太とオトリーも追ってくる。客室係の女性とリネン類の詰まったカートを避けながら、さらに進む。

そしてまゆ子の部屋のドアノブに手をかけた。

ドアは開いた。鍵はかかっていなかった。しかし、整頓された部屋の中に彼女はいない。

「まゆ子」

呼びかけたが、やはり返事はない。

「中尉」

うしろからまた胡喜太が声をかけてくる。

無視して部屋に入ると、彼女の荷物はまだそこにあり、ルームキーは机の上に置かれていた。ただ、まゆ子の姿と彼女のショルダーバッグだけが消えている。

「中尉」

しつこく胡喜太とオトリーが呼びかける。

「何だ？」

腹立たしげに振り返ると、胡喜太が向かいの部屋のドアを指さしていた。

「あんたの部屋だろ。見てみろ」

廊下に出て確認すると、ドアの下にメモが挟まれている。

すぐに拾い、広げた。

「I will surely come back《必ず戻ります》」

その一文と、まゆ子の名だけが書かれていた。

胡喜太がメモを覗き込む。

「この前教えたよな、あのお嬢ちゃんは中尉より優秀だって」

奴はいった。

「彼女が帰るまで、我々は我々のできることを進めていようか」

オトリーも続く。

イアンは舌打ちすると、メモを丸め、ズボンのポケットに押し込んだ。

6

まゆ子は国鉄田町《たまち》駅の改札を出ると、東に進んだ。

潮の匂いがしている。はじめは路面電車の芝浦線を使うつもりだったけれど、地図を見ると、最寄りの竹芝橋《たけしばばし》停留所にもその先の芝浦二丁目停留所にもバツがつけられ、戦争中から使用休止になっていた。

東京で生まれ育ったのに、このあたりに来るのははじめてだ。

道を左に曲がる。ずっと先、左側に看板を掲げたコカ・コーラの瓶詰め工場が建っている。

目的の場所が見えてきた。

運河に架かる浦島橋《うらしまばし》を渡った向こう、いくつもの大きな倉庫が並んでいる。戦前戦中は日本の機器輸入会社や重工業会社の物資集積所だった。今は接収され、連合国軍の本国から船で輸送されてきた武器を除くさまざまな物資――被服、燃料、日用品、穀物、保存食料などの貯蔵所として使われている。

東京ＱＭ《QuarterMaster》（需品）倉庫とか、東京ＱＭＤ《Depot》などと呼ばれているそうだが、まゆ子はよく知らない。空襲を免れたのは、戦後使用する目的でアメリカ軍が意図的に標的から外したからだとも言われているけれど、やはりまゆ子は詳しくはなかった。

東京ＱＭ倉庫の敷地の大半はアメリカ軍が使い、貯蔵されている物資の大部分もアメリカ軍ものだが、一部には英国軍やインド軍などの物資も貯蔵されている。

まゆ子は橋を渡り、アメリカ人の警備兵が立つゲートの前でショルダーバッグから駐日英国連絡公館の職員証を出した。身分は通訳。ホフマン二等書記から渡されて以来、ずっと使う機会がなかったが、こんなところで役に立った。

「お嬢ちゃん、御用は？」

青い目の兵士が一応という感じで訊いてくる。

「書類と茶葉の受け取りです」

兵士が笑顔でうなずき、まゆ子は敷地に入った。

平静を装ってみたものの、やはり緊張していた。服装は細いリボンのついたブラウスの上にニットのチョッキ、膝下丈のスカートとハイソックス、足には茶色のローファーを履いている。秋晴れの今日のような天候にはぴったりのはずなのに、ブラウスの下の腋《わき》や背中には汗をかいていた。

英語の案内板を確認しつつ、広い敷地を迷いながら進んでゆく。

何人もの軍服やスーツ姿の外国人とすれ違ったが、それ以上に多くの日本人が荷役や雑役夫として働いているため、まゆ子のような日本の娘が歩いていてもあまり目立たない。

英国軍廠《しょう》とは違う方向に向かっているけれど、間違ってはいない。

——これでいい。

事前に聞いていた通り、目的地の前には金網の張られた第二のゲートがあった。

「洗濯物を引き取りに来ました」

ゲート横の兵士に合言葉を告げる。

「君ははじめてかな」

訊かれて「はい」と返した。

ここでも兵士は笑顔でうなずき、まゆ子を怪しむこともなく見送った。

十七歳は十分大人だ、まゆ子自身ももう子供ではないと思っている。でも、アメリカ人から見れば東洋人の少女であり、まだ子供にしか見えないのだろう。

「万年筆《fountain pen》を届けに来ました」

次のゲートでも合言葉を伝えると、同じように笑顔で見送られた。

あまりに障害がないので、逆に不安が高まる。これも罠ではないかと変な考えが頭をよぎるが、それを振り払う。

田町駅を出る前に時刻を確認すると、午後三時半だった。

それからさらに二十分は過ぎている。

もう戻っているはずだ。戻っていなくても待とう。待つ間に怪しまれて拘束されることになっても悔いはない。

アンダーソン中尉は怒っているだろうか。

謝っても許してくれないかもしれない。契約違反だと、父の命を守るといった約束を破棄されるかもしれない。

それでも——私は自分がするべきだと思うことをしたい。今できる限りのことをやりたい。

外付けの鉄階段を上って倉庫の二階にある鉄のドアをノックする。

「Come in」

英語だが、聞き慣れた日本人の声が返ってきた。

鍵のかかっていないドアを開き、中へ。

「帰れ」

その人、竹脇祥二郎はまゆ子に気づくなりいった。

無視して中に入り、ドアを閉める。

「帰るんだ」

再度無視し部屋を見回した。

十坪ほどで、かなりの広さだ。奥には畳敷きのスペースもある。カーテンが閉められ外の景色は見えないが窓もついていた。接収前は人夫の詰所や宿直所として使われていたのかもしれない。

「早く——」

「帰りません」

竹脇の言葉をまゆ子は断ち切った。

向き合ったふたりが互いの顔を見つめる。

竹脇が大きなため息をつき、またゆっくりと話しはじめた。

「ひとりか？　こんなところに乗り込んで来るなんて。何て馬鹿な――」

「馬鹿なことだとわかっていて、あえて来たんです。この覚悟を受け取ってください」

「ここまで無事に入れたのだな」

「そうです」

「あいつらから聞いたのか。どちらが教えた？」

「どちらもです。私の目的を伝え、説得したら折れてくれました」

竹脇がここにいることは、トタン要害の住人の中でも男女ひとりずつしか知らなかった。万一の際の連絡方法として、最も信頼するふたりに竹脇が伝えたのだろう。ふたりにしたのは、どちらかが殺されたり、亡くなったりした場合の保険だ。

ゲートで伝える合言葉も、そのふたりが教えてくれた。

「ということは皆も合意の上か」

竹脇が訊く。

「はい」

まゆ子はうなずいた。

「私だけでなく、トタン要害の皆の総意としてここに来ました」

「何のために」

まゆ子は電球が照らす、染みだらけの天井を一瞬見上げた。

――竹脇さんはこんな狭い人だっただろうか。

変わってしまったのか？　だとしたら何が変えたのか？　元からこんな人だったのに、気づかなかっただけか？

まゆ子には竹脇に訊きたいことがふたつある。

あなたがトタン要害に火をつけさせたのか？　まゆ子が胡喜太を撃てなかった場合も想定して銃を渡したのか？　いやむしろ撃たないと信じていたから渡したのか？　だが、最優先すべき事項ではないし、きっと訊くまでもなく答えは出ているのだろう。そう感じ、今は言葉にせず胸の内に留めておくことにした。

竹脇は襲撃に見せかけトタン要害を燃やした。そして、まゆ子には胡喜太を殺せず、彼が生き延びアンダーソン中尉と共闘することも予想していた。

——きっとそうだ。

だからまゆ子は、目の前のこの人に一縷《いちる》の望みも感じている。

「なぜ権藤忠興とともに今日の会議に出席されたのですか」

今最も問いただすべきことを口にし、さらに続ける。

「どうしてあんな男に協力することにしたのですか」

竹脇はまゆ子のつま先に視線を落とし、頭へと見上げていった。

「その服、アンダーソン中尉に買ってもらったのか」

「はい」

「あの男に恩義を感じているのか。それとも情が湧いたか」

「そんなはぐらかし方、竹脇さんらしくありません」

「この期に及んで、まだはぐらかそうとしている俺の思いを汲み取ってくれないか。トタン要害の皆を救わねばならないし、これ以上巻き込みたくない」

竹脇が語気を強める。

「いえ、もう巻き込まれています」

まゆ子はより強い声で返した。

「これ以上手遅れになり、取り返しがつかなくなる前に、どうか竹脇さんの真意を、本心を教えてください」

怯えているし、膝が震えそうだ。

それでもまゆ子は厳しい目で竹脇を見た。

十一章　次なる有事

1

「すべては完膚なきまでに敗戦したこの国で、もう二度と惨めさも虚しさも感じず、誰の消耗品にもならず生きてゆくためだ」

竹脇祥二郎はいった。

「消耗品にならないために、参謀第二部と権藤に仕えるのですか。逆説的ですね」

まゆ子は返した。

「こんなときに、大人相手に賢《さか》しらな皮肉をいうな。目的まで一番早くたどり着くためなら、矛盾も不合理も飲み込んでゆく覚悟はできている。それが大人というものだ」

「そこまでして、政治の世界に入り込まなければならないのですか」

「国を牛耳っていた軍隊が一瞬で霧散し、天皇さえ『国家の象徴』という曖昧な地位に追いやられた今、政治家になる以外にどうやって真の権力を手に入れる？　企業家になり運よく大金を手に入れられたところで、単なる成金でしかない。人と国を操る力がなければ、駒として使われた木に、捨てられるだけだ。異論はあるか」

「その点に関してはありません」

まゆ子は竹脇を見つめながら首を横に振った。

外からアメリカ兵が大声で話す声が聞こえてくる。「今夜どうする」というようなことを仲間に呼びかけているようだ。

竹脇が続ける。

「知っているだろう。俺はボルネオの密林で、飢えと疫病のせいで数多くの兵士たちが死んでゆくのを見た。阿呆《あほ》な上官どもの作戦、戦術に従わされた末の有様だ。敵の銃弾ではなく、味方の無能さで仲間は殺された。試験の点数がよく上司に取り入るのが上手いだけで、何の中身も気概もない愚かな将官や佐官どもに支配されるのは二度と御免だ」

「ええ、何度もお聞きしました。でも、竹脇さん、少し前まであなたは何物にも縛られずに生きているように私たちには見えました。その自由さが、辛《つら》く苦しい生活の中で私たちにも希望を与えてくれた」

「演技だよ。自由闊達《かったつ》に見せることで、皆の不安を拭い去ろうとした」

「そうだとしても、私たちが勇気づけられたのは事実です。この人についていけばきっと今よりもいい生活を送れるようになると、小さな光のようなものを感じさせてくれた。だから皆があなたの言葉に従い、違法なこと非道なことでも手を貸した。身に降りかかってくる火の粉を振り払うためとはいえ、人も殺した」

「これ以上罪に手を染めることが苦しくなったのか」

「いいえ、私たちではありません。無理を重ねて苦しくなっているのは竹脇さんのほうではないかとトタン要害の皆が心配しています。一ヵ月前から竹脇さんの笑顔が少なくなった。あの時点から参謀第二部や権藤に合流することを考えていたのですね。そして八日前にアンダーソン中尉が来日して以降は、さらに笑顔が減り、考え込むことが多くなった」

「ヤクザの襲撃を受けたり、狙撃されたりすれば笑顔も減る」

「でも、そんなときでも笑っているのがあなたでした」

「笑っていることに飽きたんだ。ときには渋い表情で考え、無理の上に無茶を重ねなければ現状が変えられん。それに俺には、巻き込んでしまったトタン要害の皆の人生に対しても責任がある」

「誰も巻き込まれたとは思っていません。行き場のない者たちが進んであなたの招きに従い、あのトタン要害に集まった。だからもちろんあなたを恨んでもいません」

「恨むとか感謝しているとかの感情的な問題じゃない。三百を超える者たちが、あんな狭いトタン要害でいつまでも肩寄せ暮らしてはいけん。次の生きる術、生きる場所を探さねば。薬品での利潤が上げられているうちに」

トタン要害の半分以上が焼け落ちた今、あの場所にはかたちばかりの見張り役五人が残っているだけだった。秘匿されていた医薬品はすでに運び出され、住人の大半は、大田区内の寺が戦災民のために開放していた広大な所有地の一部や、港区芝《しば》の寺の境内、さらに葛飾区内、荒川区内の古刹《こさつ》が持つ土地に分散して暮らしている。

宗教的権威という見えない防壁で守られているのは、秘匿していた医薬品販売の収益を以前から「寄進」していた結果だ。しかし、それも一時的で、半年ほど過ぎれば戦争被災地の大規模な再開発が都内各所ではじまり、身を寄せている者たちも他の場所へ移らなければならない。

「だから参謀第二部の提案を受け入れたのですね」

まゆ子はいった。

「詳しいな」

竹脇がさらに表情を険しくする。

参謀第二部はトタン要害の住人たちの公営住宅への優先的かつ迅速な入居、ガス会社、電力会社などの職員への就職を条件に、竹脇に胡喜太の弟・胡孫澔殺害、加えてアンダーソン中尉の国外退去への協力を要請、いや命令した。

「誰から教えられた？　下井さんにも伝えていないのに」

竹脇が訊く。

「胡喜太さんからお聞きしました。権藤との共闘も参謀第二部から命令されたのですか」

「要請はされたが、受け入れたのはあくまで俺自身の意思だ」

まゆ子は首を強く横に振った。

「そんなに俺が権藤忠興とつるむことが許せないか。それほど奴が嫌いか」

竹脇が声を一段落として尋ねる。

「はい。関わってはいけない人だと思います」

「なぜ？　奴が狡猾なのは認めるが、俺も大きな違いはない」

「いえ、まったく違います。権藤は狡猾ではなく悪辣です。香港ではアンダーソン中尉の兄殺しの件でB級戦犯となった元部下の兵士たちを弁護もせず置き去りにした上、他人の復員証明書を使いひとり日本に逃げ戻った。元部下たちは権藤の命令に従ったせいで戦犯にされたのに。しかも、日本に戻り一番はじめにしたのは、ハ一号文章を隠し持っていた尾野少将の自宅に押し入り、家族を惨殺することでした」

「権藤の逃亡についてだけでなく、ハ一号文章の話まで聞かされたのか」

竹脇がうんざりした声でいった。

「聞かされたのではなく、私から進んで聞きました」

「馬鹿なことを。知ってしまった以上、君もＧＨＱの監視対象者だ。ハ一号文章に関して口にするどころか、他者に漏らした疑惑を少しでも持たれた時点で拘束される」

「覚悟はしています」

竹脇が呆れたように薄笑いを一瞬浮かべ、続ける。

「なあ、君からも俺に報告すべきことがあるんじゃないか」

「胡喜太さんが無傷でいる件ですか」

「ああ。奴を撃たなかったのか？　それとも撃つ機会がなかったのか？」

「機会はありましたが、引き金を引きませんでした」

「なぜ？」

「胡喜太さんに生きていていただくことが、竹脇さんと私たちの益になると確信したからです。あの方と連携しなければ、アンダーソン中尉はたぶん権藤を打ち倒すことができない。中尉ひとりでは権藤の策に飲み込まれ、早晩、日本から英国に送り返されることになる。そうなれば、権藤は竹脇さんの力に頼る必要もなくなり――」

「権藤は俺を切り捨てるか」

「はい。そして私たちトタン要害の者たちも、竹脇さんとともに早々に参謀第二部から切り捨てられる」

「俺は権藤がアンダーソン中尉に対抗するためだけの道具でしかないと」

「そうです」

「立派な推測だな」

竹脇がまたも皮肉めいた表情を見せる。

「いえ、私よりずっと先に竹脇さんはこの予測をされていたはずです」

「今は俺のことより君の考えについて聞かせろ。胡喜太と中尉の共闘が俺を救うことになるという結論には、君ひとりで行き着いたのか」

「それは重要なことですか」

「ああ、とても大切なことだ。だから教えてくれ」

「英国連絡公館のオトリー参事官という方や五味淵貴和子さんに示唆をいただきました」

「誘導されたとは思わないか」

「誘導されたか否かは問題でしょうか。現実性の高い予測であれば、過程は関係ないのでは」

「今のその言葉、忘れないでくれよ」

「は？」

「現実性の高い予測なら、過程は関係ないの部分だ」

「あ、はい」

まゆ子は判然としないままうなずいた。

竹脇が続ける。

「ここまで期せずして互いの考えをぶつけ合ったことで、俺も君も過程の違いはあれ、自分も含めたトタン要害の全員を守り抜こうとしていることがわかった。しかし、君は俺が権藤や参謀第二部と手を組むことが気に入らないという。では、君の策を提示してくれ。権藤、参謀第二部、どちらの力も借りずトタン要害の住人たち全員が救われる方法を。それが素晴らしいものなら、俺はすぐにでもこの倉庫を出て、君に従い実行する」

「策は、今はまだありません」

まゆ子は気圧されながらも返した。

「今は？　では、いつ見つかる？　三ヵ月先か五ヵ月先か？　時期を明言できるなら待ってやってもいい。しかし、それまでに見つからなかったら？　もっとも貴重なものである時間を浪費した上、何も進展がなければ事態は今よりさらに悪くなる」

「なぜそんなに急ぐのですか」

まゆ子は訊いた。本当に知りたかった。

竹脇が小さくいった。囁くような声は誰かに聞かれることを気にしているようでもある。

「期限が迫っているからだよ」

「何の期限でしょうか」

「近い将来、遅くとも三年以内には極東アジアのどこかで、また戦いが起きる」

「えっ」

まゆ子の口から思わず漏れた。

「疑っているのか？　それも仕方がない。何も情報を与えられていないのだからな。しかし、中国大陸で国民党軍と中国人民解放軍が拮抗しているのはうそで、実際はソビエト政府の支援を受けた中国人民解放軍が圧倒している。近いうちに中国全土が赤色に染まるだろう。まったく知らないか？」

「英国連絡公館の方も同じようなことを話していました」

「朝鮮半島も北側はソビエトに援助された共産勢力が支配している。こんな状況下では、極東のたぶん台湾《たいわん》か朝鮮半島のいずれかで軍事衝突が起こる。共産勢力とアメリカとのな。戦闘がはじまれば、日本人も軍属として後方支援に駆り出されるのは間違いない。支援だけで済めばいいが、戦局が悪化し、アメリカ本土からの増員が間に合わなければ、日本人がまた戦場に駆り出される可能性もある」

「まさか」

「誇大妄想と笑ってもいい。俺の頭がおかしくなったのだと思ってもいい。しかし、『まさか』と言い切れる根拠はあるのか？　そんな事態になれば、トタン要害の連中を含む東京の男たちの何分の一かは、後方支援に従事させられるだろう。よしんば支援だけで終わったとしても、必ず戦闘に巻き込まれ犠牲者が出る。俺はそれを食い止めたい。そして食い止めるには、政治的な力をつけ、下僕として仕えている振りをしながらアメリカを誘導し、日本人を戦いから遠ざけなければならない。はじめに話したよな、戦時中のように阿呆な上官の、無能な連中のせいで、自分が苦しめられ仲間が死んでゆくのは、もうまっぴらだと。俺たちを、この国をあんな状況に追い込まないためなら、俺は権藤とでも手を組む」

まゆ子は言葉に詰まった。

「君の父、下井さんも俺と同じ考えで戦禍が起きると予測している。だから一緒にそれを避けようとしていたのに、妻――君の母親がもう本当に手の施しようがないことを知らされ、考えを変えてしまったようだ。下井さんは日本の未来を憂《うれ》うより、妻と家族との最期の時間を慈しむことを第一に考えている。残念で寂しいが、仕方がない」

「でも、未来は――」

まゆ子は必死で口を開いた。が、竹脇が遮る。

「未来は不確定だと？　では、戦争が起きないという根拠を示してくれ。その前に君は、日本を取り巻いている世界の動きの真実を知るべきだ。アンダーソン中尉や英国連絡公館の連中に聞けば、少しは話してくれるだろう。あ、ついでに中尉に伝えてほしいことがある。これ以上しつこく権藤を追うなら、本当に命を失うことになる。だから、もう本気で切り上げ、国に帰れと。もうひとつ、俺がこうして非情に徹することができたのは中尉や権藤のおかげだと感謝していたと。並べて語るのは皮肉じゃない。本当のことだ」

「中尉の影響で？」

「ああ。日本人を平然と見下し、差別し、しかも必要に迫られれば仇と狙う男の娘まで通訳として使う。あの傲慢《ごうまん》さや無礼さが、目的を成し遂げるには必要だと気づかせてくれた」

「中尉は確かに傲岸不遜《ごうがんふそん》です。でも、それだけの方ではありません」

自分でも理由がわからないまま弁護の言葉が出た。

「情が移ったか」

竹脇らしくない勘ぐった言い方がまゆ子の感情を逆撫でする。

「違います。中尉は通訳をやり遂げれば父を殺さないと約束してくれました、だから私もその約束を貫きたいんです。中尉が私を見捨てない限り、私が中尉の元を去ることもありません」

「そう言い切れる君の青さや強さが羨ましいよ。だが、君は目の前に見えているものからしか、物事を判断しない」

「中尉の行動には裏があると？　それは私もわかっています」

「そんな大層なものではなく、もっと単純なことだ。たとえばこの部屋、君はここに入ってきてから躊躇せず物騒なことまで話しているが、そんなことを簡単に口にする自分を愚かだとは思わないか。ここが盗聴されていないと君が考える根拠は何だ？　警備兵が来ないのは、君のことをいつものトタン要害の仲間からの伝令役と思い込んでいるからではなく、中尉や胡喜太の現状も含め、君に洗いざらいしゃべらせようとしているからだとは思わないか？」

「それは――」

またも言葉に詰まり、床に視線を落とした。

「だから君は甘いし青いんだ。アンダーソン中尉の近くにいたせいで、知略もどきに少し触れたからといって調子に乗るな。君は利口だが、たかだか十七歳の子供でしかなく、知恵もない」

少し前、貴和子にも同じことをいわれた。

「君のように浅く、感情だけで突き進むような人間はすぐに排除される」

「おっしゃる通りです。考えが浅く申し訳ありませんでした。でも、もうひとつだけ話しをさせてください」

　まゆ子は遮られる前に早口でいった。

「ＧＨＱの民政局、英国大使をはじめとする英国連絡公館の皆さん、アンダーソン中尉、胡喜太社長、五味淵貴和子さんが、権藤忠興に代わる人物を対共産主義・社会主義の頭目に据えようとしているのはご存じですか」

「ついさっき、リンカーンセンターで聞かされた」

　竹脇がため息をつく。

「だが信じてはいない」

「皆さん本気です。そしてその意思は、竹脇さんが権藤と並んで会議に出席した今も変わっていません」

「権藤と俺のことはまだ黙って聞いていられたが、もういい。民政局や英国連絡公館の腹づもりが君のような小娘にわかるものか。何より狡猾なのは外国人の奴らだ」

「権藤の居場所をご存じですか」

「知らないし、知っていても教えん」

　竹脇は首を振りながら近づき、まゆ子の肩を摑んだ。

「同盟者であり、同志だからですか」

「教えないことが俺やトタン要害の皆の命を守ることにつながるからだ。君も早くアンダーソン中尉の通訳を辞めろ。このままでは毒されてゆくだけだ。それだけじゃない、一緒にいれば君の身にも危険が及ぶ。殺されるという意味だ」

　竹脇がまゆ子を鉄階段へ通じるドアへと押しやっていく。

　まゆ子は肩の手を振り払おうとした。が、竹脇は摑んだまま放さず、まゆ子を引きずってゆく。

足を踏ん張ったが止められない。竹脇がドアを開き、まゆ子を外へと押し出した。

ドアが閉まる。

まゆ子は鉄階段に立ち少しだけ迷ったものの、ドアを叩くことも外から声をかけることもやめた。

もう伝えるべきことはすべて伝えた。それに小さな希望も見えた。

竹脇はこれ以上中尉が権藤を追うなら殺される、といった。あれは挑発ではなく警告であり、中尉の身を危ぶむ気持ちの表れだ。

――まだ竹脇さんが中尉の側につく可能性はある。

一方、まゆ子は自分の愚かさも思い知った。

――盗聴も監視も考えていなかった。

いや、竹脇に会うまでは「用心しなければ」と頭の隅にあった。

なのに、あの誰もいない部屋で竹脇の顔を見た瞬間、自分の感情に飲み込まれ、伝えることにばかり夢中になり、警戒心が霧散してしまった。

それに新しい戦争のことなど何も知らなかった。

――本当に起きるのだろうか、そんなものが。

鉄階段の二階から見下ろすと、遠くからアメリカ人警備兵がこちらを見上げていた。

やはり会話を聞かれていたのだろうか。

まゆ子は急にこの場所にいることが怖くなった。

※

東京QM倉庫内の広い敷地を歩いてゆく。

まゆ子は来たときの道順を逆にたどり、まず第三ゲート、次に第二ゲートを通過した。が、青い目の警備兵たちは特に何も咎めることなく、笑顔で見送ってくれた。

ここを出たら公衆電話を見つけ、ビークマン・アームズに電話を入れよう。

アンダーソン中尉はもう戻って、まゆ子が置いてきた手紙を見ているはずだ。戻ったら、中尉に怒られるだろうか、何か罰せられるだろうか。

いくつもの不安が頭をよぎる。途中、別の小さな不安も浮かんできた。

ここに入るとき、まゆ子は正面ゲートで訪問理由を「書類と茶葉の受け取り」だと告げた。なのに何も持っていない。訊かれたら、ショルダーバッグの中に入っていると説明しようか。でも、中を確認されたら？ 帛紗《ふくさ》を出してそのあたりのゴミを拾って包み、中に入っているように装おうか？

——私、何をこんなに怯えているんだろう。

空は相変わらず秋晴れで風も涼しいのに、ブラウスの下の腋や背中がまた汗ばんできた。

——このまま行くしかない。

そう決めて正面ゲートへと進み、警備兵に一礼する。

「バーイ」

来たときと同じ兵士が笑顔で声をかけ、ゲート脇の通用口を開いた。

「ありがとうございます」

まゆ子は外に出た。

心の中で一息つき、ゲートの目の前の運河に架かっている浦島橋へ進む。

その橋のたもとに一台の自動車が停まっていた。どっどっとエンジンのアイドリング音が聞こえる。車体の後部をこちらに向けているので、東京QM倉庫への入場許可を待っているのではなさそうだ。運転席に座っている男の後頭部が見える。短髪黒髪で日本人らしい。男は窓からタバコを挟んだ左手をだらりと外に出していた。

十分に注意しながら横を通り過ぎようとしたとき、背後で足音がした。

慌てて振り返ると、ゲート脇の警備室の陰からひとり、反対の門柱の陰からさらにひとりの男が飛び出し、こちらに向かって駆けてくる。どちらも日本人で、しかもそのひとりには見覚えがある。

――松川。

気づいて逃げようとしたときには、まゆ子はもう追いつかれていた。

口を塞がれ、ふたりの男に抱え上げられる。目の端についさっき「バーイ」と声をかけてくれたアメリカ兵が見えた。無表情にこちらを眺めている。青い目の彼も松川たちが潜んでいるのを承知していた。助けてと叫びたくても、口を覆う手の力が強くて声が出せない。

――松川に知らせたのは、まさか竹脇さん？

考える間もなく、自動車の後部座席に押し込まれた。

「暴れたら撃つ。声を出してもな。本気だ」

松川がいった。

自動車はすぐに発進し、まゆ子は目隠しをされた。首筋に何か押しつけられている。硬く冷たい。たぶん銃口だ。

――膝や腕が震える。止められない。

まゆ子は唇を噛み、泣き叫び出しそうな恐怖を押し殺した。

2

自動車が停まったが、目隠しをされたまゆ子にはどこだかわからない。走ったのは三十分ほどのように感じるものの、ひどく怯えていたせいで正確には覚えていない。

後部座席に倒されていたまゆ子の体に、また何者かの手が触れた。

反射的に身をよじる。

だが、すぐに腹を殴られた。口を覆っている布の下で呻き声が漏れる。

「暴れるなといったはずだ」

松川が低い声でいった。

まゆ子の全身がこわばり、息が荒くなる。複数の人間に抱えられ、体が宙に浮いた。車から降ろされどこかに運び込まれたのが、周囲の音と目隠しの布越しの光の変化でわかった。

ただ、わかったからといって、今の自分にはどうしようもない。

床に転がされ、腕や脚の肌に細い縄のような感触が伝わってきた。手首、肘、膝、足首がきつくて痛い。縛られているのだと嫌でもわかる。

さらに複数の足音や、男の囁き声、そして何回かドアが開け閉めされる音が響いたあと、静かになった。

——これから何をされるのだろう?

歯を食いしばって涙を堪え、恐怖を噛み殺していると、ふいに髪を摑まれ目隠しを外された。

倉庫、いや蔵だろうか。隅に煉炭《れんたん》が積み上げられ、窓には目張りのようなものが施されている。

近くにはまゆ子のショルダーバッグが落ちている。

そして目の前には松川の顔があった。板張りの床に転がるまゆ子を上から覗き込んでいる。

「座ってくれ」

腕を摑まれ立たされると、学童椅子のような木製の腰掛けに座らされた。まゆ子の口を覆っていた布も取られた。

「手間を取らせなければ、痛い思いをしなくて済む。今、下井壮介はどこにいる？」

松川が訊く。その背後で天井から下げられた笠《かさ》付きの電球ふたつが光っている。

「わかりません」

いい終わると同時に、まゆ子は左の頬を叩かれた。

ばちーんという音が響き、頬にびりびりと強い痺れが走る。バケツを倒したように恐怖が頭の中を一気に浸し、涙が吹き出しそうになる。だが、再度歯を食いしばった。

「意味のない引き延ばしはやめろ。下井たちに連絡を取らねば、東京QM倉庫に竹脇がいることもわからなかったはずだ」

「緊急時にトタン要害の方々と連絡を取れるよう、電話番号を教えられていました。その番号に連絡し、相談しました。そしてトタン要害の皆さんの意思を確認するため、芝浦の路上で弟の大介と会いました。でも、それだけです。大介は最近まで芝のお寺の境内にいましたが、もう別の場所に移ったはずです。父と母の居場所はわかりません」

「うそをつくな」

またばちーんと響く。今度は右の頬を叩かれた。まゆ子の顔の左半分は激しく痛み、右半分はびりびりと激しく痺れている。

でも、怖くても泣かないと心に決めている。

涙を見せ、松川に怯えているとわからせるのは絶対に嫌だった。こんな下衆《げす》な男をほんのわずかでも優位に立たせたくないし、喜ばせたくもない。

「下井の居場所を教えろ」

松川がまゆ子の髪を摑む。

「俺がこんなことをしたくないのはわかっているだろう。だがな、俺の家族のために下井にはどうしても犠牲になってもらわねばならんのだ。ただし、下井ひとりでいい。奴さえ差し出せば、おまえたち家族は見逃してやる。まあ、戦犯の逃亡補助で聴取はされるだろうが」

「本当に知りません。だから答えようがありません」

まゆ子は髪を摑まれながらいった。

「私がこうして人質にされ、父を差し出せと迫られた場合に備え、父や母の居場所は知らぬほうがいいだろうと竹脇さんが提案したんです」

「だからそれに従ったというのか」

松川が訊く。

「はい。トタン要害の皆への連絡用の電話番号を書いた紙が、そのショルダーバッグに入っています」

松川がため息をつく。だが、それでは収まらない。奴は苛立ちをぶつけるようにまゆ子の左腿を激しく蹴った。まゆ子の体が座っている椅子から落ち、縛られたまま床に叩きつけられる。

「おまえら一家がトタン要害なんぞに逃げ込まなければ、こんな面倒なことにはならなかったのに。それにおまえがアンダーソン中尉の通訳など引き受けなければ、こんな騒ぎにもならなかった。おまえが強がらず俺があの英国野郎の通訳になっていたら――この馬鹿な小娘が」

倒れた体に松川の罵声が降ってくる。

だが、湧き上がる恐怖を必死で振り払い、口を開いた。

「質問させてください」

「あ?」

松川が呆れた声で返す。

「アンダーソン中尉からの手紙はお読みになりましたか」

縛られ倒れたまま、まゆ子は訊いた。

「手紙？」

「あなたへ宛てた手紙です。昨日、あなたのお仲間に中尉が託したのですが、届いていませんか」

「陽動か？」

「本当です。昨日、参謀第二部かＣＩＡの指示を受けた日本人のお仲間が中尉を尾行していましたよね。その際、中尉はお仲間を挑発したあと『松川倫太郎殿』と日本語で表書きされた封筒を託した。それはあなたの元に届きましたか？　届いていないのですね。見張りをしていたＣＩＡの自動車のワイパーにも彼ら宛ての封筒を差したそうです」

松川は動揺していない。ただ、険しい顔をしながらも黙っている。こちらの話をもう少し聞く気があるようだ。

だからまゆ子は続けた。

「手紙の内容は、中尉からあなたへの共闘の呼びかけです。中尉に力を貸し、権藤の居場所を教えてくれるなら、中尉はあなたの身の処遇に最善を尽くすそうです。Ｂ級戦犯の容疑自体は撤回できないものの、実質二年ほどの刑期で出所できるよう手配する。これにはＧＨＱ民政局のバリー・マイルズ中佐も同意し、署名しています。あなたが刑務所に入っている間のご家族の生活費は一括して中尉がお渡しするそうです。中尉のお父様が英国の資産家なのはご存じですよね。ＣＩＡに渡した手紙も共闘を呼びかけたもので、権藤を切り、竹脇さんを反社会主義・反共産主義の旗頭《はたがしら》に据えることに協力してくれという内容です」

「単なる通訳のおまえが、なぜ手紙の内容まで知っている？」

「あなた宛ての手紙の日本語の代筆を頼まれた際、内容についても中尉から相談されたからです。『松川に協力を要請する』といわれたとき、私は当然のように強く反対しました。自分と家族が生き延びるため、父と私たちを騙し、陥れようとしたあなたのことなど許せるはずも、信じられるはずもありませんから。それでも最後は中尉に押し切られてしまいました」

「こちらこそ信じられんな。中尉は俺を嫌っていた上に、平然と侮辱した」

「侮辱に対する謝罪も手紙には書かれています」

「余計に信じられんよ」

「すべて事実です。あなたのお仲間に、本当に手紙を預かったのか、そして預かったのなら、なぜ渡さなかったのか？　渡さぬよう指示したのは誰か？　問いただせばすぐにわかるはずです」

松川は考えている。

建物の外、ずっと遠くから、ぼーっぼーっとかすかな音が聞こえてくる。船の汽笛？　たぶんそうだ。列車のものとは違う太く低い音だった。海の近くにいるのだろう。まだここは芝浦近郊？　いや、自動車で三十分は走ったはずだから違う港だ。

「おまえはそれでいいのか？」

松川が訊いた。

「はい？」

まゆ子はよくわからず訊き返した。

「中尉のいうことに従い、その通り物事が進んでもいいのかという意味だ」

「嫌ですが、それが父や母が救われる最善の道であるなら、従うしかありません」

変わらず床に倒れたまま、まゆ子は答えた。

「おまえも家族が第一ということか」

松川がいった。

「ただ、今さら何も変えられん。そんな手紙ひとつではな。俺がここに来て翻意すれば、今度はこの騒ぎに巻き込んだヤクザどもが黙っていないだろう。ひとりだけ上手くやりやがってと、複数の暴力団から恨まれ命を狙われる」

「そうなった場合のことも、中尉はお考えのようでした」

「胡喜太の入れ知恵か」

「ええ、たぶん。しばらくは窮屈になるけれど、米軍の住宅や施設内にご家族を移し、その後、時機を見てハワイなどに移住させる可能性もあると」

「周到だな」

「そこまでしなければ人の心を変えさせることはできない、とおっしゃっていました」

「無粋で無礼な男に似合わない言葉だ」

松川は首を横に振った。が、言葉を続ける。

「それでも手紙の件は確かめる必要がある。誰の命令であれ、同僚が俺に対して重大な隠し事をしていたのだからな」

「そんな仲間と共闘し、権藤や参謀第二部のために働く意味はありますか」

まゆ子は勇気を振り絞っていった。

「調子に乗るんじゃない」

松川が強い声でいいながらまゆ子の尻を蹴り飛ばす。

まゆ子の体は床の上でぐるんと一回転した。

「すぐ戻る。逃げる素振りを見せれば容赦なく撃つ。この建物の外にも多くの仲間が立ち、見張っているからな」

——仲間？

臀部《でんぶ》に激しい痛みを感じながらも考えた。

それほど大勢いるなら、なぜここには松川とまゆ子だけなのだろう。まゆ子が拉致されたときの松川を含むふたり、自動車を運転していたひとり、その三人だけのように思える。見え透いた誇張をするのは、松川も落ち着いているように見せて、手紙の件を伝えられ内心揺れ動いているからかもしれない。

それに拉致するなら、これまでにも何度か機会があったはずだ。

たとえばアンダーソン中尉が四谷警察署に拘束され、解放のためにまゆ子ひとりで五味淵貴和子を彼女宅まで迎えに行ったとき。この前、貴和子の入院先に見舞いに行ったときもそうだ。まゆ子が気づかなかっただけで、きっと尾行されていたのだろうけれど、松川は手を出してこなかった。参謀第二部に「乱暴なことは避けよ」と制止されていたのかもしれない。

それでもこうして拉致に踏み切ったのは、ハ一号文章がGHQ民政局の手に渡り、松川も自分に残された時間が少ないことに気づき、焦っているからだ。

松川がドアまで進み、ノブに手をかけ開いた。瞬間、外の光が薄暗い室内に入り込み、まゆ子の視界が奪われる。

と同時に、ずんと鈍い音が聞こえた。

「ぐっ」と松川が漏らし、体が飛ばされ仰向けに倒れる。

さらにドアからずんぐりと大きな姿が駆け込んできて、倒れた松川を長細い何かで叩いた。

「ホフマンさん」

まゆ子は思わず声を上げた。いつもの眼鏡はかけていないが間違いなく彼だ。

英国連絡公館の二等書記の彼が手にしているのは、薙刀《なぎなた》？　いや、槍のようだが穂先に刃はない。ただの棒だった。ホフマンは転がり逃げる松川を追い、頭、腹を棒で叩きのめし、さらに胸を突いた。防戦一方だった松川が腰に差した拳銃を抜こうとしたが、その手もやはりホフマンの振るった棒で打たれた。銃が床に落ちる。ホフマンは即座に駆け寄ると、それを足で蹴り飛ばした。

黒いオートマチックの拳銃が部屋の隅へと滑ってゆく。

だが、近づいたホフマンの懐へ松川が飛び込み、喉元を掴んだ。ホフマンも棒を捨て、大きな体で松川に一気にのしかかる。床に押し倒される松川。倒れながらも下から殴りかかり、ホフマンの顔に二度三度と拳がぶつかる。しかし、激しく何度も棒で打たれたためか力がない。身長でも横幅でもはるかに上回るホフマンは馬乗りになり松川を押さえ込む。そして、金髪を振り乱しながら奴の顔面に何度も拳を振り下ろした。

「何だ貴様は」

松川は殴られながらも叫び、下から腕を伸ばしホフマンの頬を叩き、首を掴もうとする。ホフマンは避けながらも馬乗りの姿勢を崩さず、殴り続ける。

「うっ、あう」

松川の口から漏れる声が小さくなってゆく。ホフマンも張られた顔を真っ赤にし、ぼたぼたと鼻血を垂らしていた。ホフマンが戦いに不慣れなことは、まゆ子にもわかる。それでも目を見開いた異様な形相で松川に拳を振り下ろしてゆく。

猟奇的だが、どこか滑稽な情景。まゆ子がそう感じるのは、松川に何の同情心も抱いていないからだろう。

気づくと開いたドアの外に数人の男が立っていた。

まゆ子の体に再び強い緊張が走ったが、そのひとりは見たことがある。男たちは胡喜太配下のヤクザだった。

彼らは踏み込んでくることなく、状況を見守っている。

もしもの事態に備えホフマンに同行してはいるものの、GHQとの間に軋轢《あつれき》を起こさないよう、極力手を出さず傍観者でいるよう胡喜太から指示されているのだろう。

松川の体から力が抜け、ホフマンを殴り続けていた手が止まる。

ホフマンは松川の腕を持ち上げると、自分のスーツのポケットを探りはじめた。しばらくもたついたあと、手錠を取り出し、松川の両手首にはめてゆく。

「ホフマンさん、だいじょうぶですか」

まゆ子は英語で呼びかけた。

「だいじょうぶです。これでも徴兵に備えて訓練を受けていたので」

ホフマンが肩で大きく息をしながら、ちぐはぐな答えを返す。その顔は鼻血を流しているだけでなく、額や頬も切れ、血が滴り落ちている。

第二次世界大戦下の英国では徴兵制が復活したと、まゆ子は以前聞いたことがある。その徴兵に備え、外交官であるホフマンも訓練を積んだという意味なのだろう。

「それに子供のころ、英国男子の嗜《たしな》みとして父から棒術を教え込まれたんです。嫌で嫌でいつも泣きながら棒を振るっていたのに、こんなところで役に立つなんて」

興奮が静まらないのか、殴られて意識が混濁しているのか、ずれた答えをくり返す。

「この男が柔道の使い手なのも事前に調べ知っていました。だからロングスタッフを使って不意打ちし、距離を詰められる前に制圧したんです」

ホフマンは肩で荒く息をしながら「倒せてよかった。本当によかった」と呪文のように念仏のように何度もつぶやいた。

まゆ子は縛られ床に転がったままの体勢で、彼が落ち着くのを待っている。

松川も荒く息をしているので生きているようだ。その松川の口にホフマンは布を詰め、さらに大きな布で奴の顔の下半分を覆った。

手慣れているように見えるのは、アンダーソン中尉や胡喜太から教えられ、何度も練習したからだろう。

——そうか。ホフマンさんも私を監視していたんだ。

その監視中に拉致の瞬間を目撃し、ここまで尾行してきた。

「ありがとうございます」

まゆ子はいった。

「ご無事ですか?」

ホフマンが確認する。

「ええ。何とか。あの、中尉から命令を受けたのですよね」

ホフマンはまゆ子を見るとうなずき、言葉を続けた。

「これ以上は、どうか察してください」

小さいが切迫した声で返す。文字通り必死だったのだろう。

まゆ子も事情は知っている。

ギャスコイン駐日大使から「英国の国益に適《かな》うこと」だと説かれ、ホフマンはアンダーソン中尉を監視し、詳細な行動予定などをGHQ参謀第二部に日々連絡していた。しかし、裏切りが露呈し、彼は謹慎という名目で英国連絡公館内の自室に留め置かれることになった。その「裏切り」の贖罪として、中尉からまゆ子を監視し守るよう命令されたのは間違いない。

「あとがないんです」

ホフマンは真剣な表情でいいながら、まゆ子を縛りつけている縄を解いてゆく。

「手当てをしないと」

まゆ子は出血が止まらない彼を気遣った。

「私の心配は無用です。それより、こいつらの増援が来る可能性もあります。早くここから出ましょう」

血と汗の混じったものを顎から垂らしながらホフマンが返す。

「でも、外にその男の仲間が」

まゆ子は松川に視線を送った。

「運転手役の男と、あなたをここに運び込んだもうひとりの男なら、彼らの協力でもうかたづけました」

ホフマンが外で待っている胡喜太の部下たちに一瞬目を遣る。

緊迫した場面なのに、普段のホフマンの言動や外見からかけ離れた「かたづけた」の一言を聞き、まゆ子は笑いそうになった。

傷だらけの二等書記が続ける。

「ビークマン・アームズに戻ってください。皆が送ってくれます」

まゆ子が胡喜太の部下たちを見ると、急げと手招きした。

「ホフマンさんは？」

聞いている途中、ホフマンは縛った松川の体を担ぎ上げた。抵抗する気力を失った奴がホフマンの肩に載っているのを見ると、嫌でも日本人と英国人の体格差を思い知らされる。

「私はこの男に用事がありますので」

「用事？　まさか」

「殺しませんよ。中尉たちに協力するよう説得するんです。場所を変えてじっくりと」

「ホフマンさんが？」

「いえ、貴和子さんが来てくれます。胡喜太社長やアンダーソン中尉より適任だろうというオトリー参事官の判断です。彼女も了承しています」

ホフマンが松川を担ぎ、ドアから出てゆく。部屋の隅に転がった拳銃は、手つかずのまま残されている。

脱力した松川をホフマンが背負いとぼとぼ歩いてゆく姿は、みすぼらしい大黒様《だいこくさま》というか、惨めなサンタクロースというか、自分を救ってくれた人にもかかわらず、何とも滑稽で、まゆ子はとうとうがまんできず、下を向いて笑った。

緩む口元を見られないよう手で慌てて押さえる。

叩かれた両頬が激しく痛み、抜け切らない恐怖でまだ膝も震えそうだというのに。いや、そんな目に遭った直後だからこそ笑いたいのかもしれない。

くっくっと小さく声を漏らしながら顔を上げると、胡喜太の部下のヤクザたちが気味悪そうにこちらを見ていた。

3

イアンはビークマン・アームズの自分の部屋にいた。

一時間前にまゆ子を監視させていたホフマンから連絡が入り、彼女が竹脇を訪ね、その後拉致されたことを知った。

今、まゆ子が戻ってくるのを待っている。

これから奪還にゆくとホフマンは受話器を通した息荒い声で伝えてきたが、上手くいったのだろうか。彼はまゆ子を連れ去った連中について、「松川を含む三人」とだけ話した。松川以外は人種も性別も判然としない、実に素人らしい報告を怒鳴りつけようとしたが、声を出す前に電話を切られてしまった。

そのせいか、苛立っている。

さっきまで胡喜太、オトリー参事官とともにロビーラウンジにいたものの、自室に戻るよう勧められ、ひとりだけここで待機することになってしまった。イアンの不機嫌さがふたりにも伝わり、煩わしくて追い払われたのだろう。

グラスにスコッチを注ぎ、ソファーに座って窓の外に目を向けている。だが、景色など見ていない。レースのカーテンの隙間から青空が覗いているものの、それが気持ちを静めてくれるわけでもない。グラスの中のスコッチもまったく減らない。灰皿の中の吸い殻だけが増え、部屋の空気が時とともに白く濁ってゆく。

何日か前、潘美帆が姿を消したあとの夜に少し似ているが、イアンの気分は明らかに違う。認めるのは腹立たしいが、心配だった。メイには感じなかった仲間のような意識を、イアンはまゆ子に対して抱いている。

彼女は下井壮介の娘だというのに。

半分しか吸っていないキャメルを、また一本灰皿に押しつけて消す。そして腕時計に目を遣った。午後四時。

夜には胡喜太とともに人と会う約束をしている。ビークマン・アームズを五時過ぎに出れば間に合うと胡喜太は話していたが、それまでにまゆ子は戻ってくるだろうか。そしてホフマンは松川を捕らえられたのだろうか。

松川を捕縛できたら、五味淵貴和子に説得、いや懐柔にあたらせるという案を急遽考え出したのはオトリーだった。大田区大森にある五味淵貴和子の家までは、小森昌子のタクシーが迎えに行っている。この時間、すでに貴和子を乗せ、大森を出発しているはずだ。

こんな場当たり的で、しかも急拵えの計画が、どこまで上手くゆくかは完全に未知数だった。それでも権藤の居場所を摑めていない今、期待するしかない。

ビークマン・アームズの調理責任者であり、腕の良いシェフとして知られ、なおかつ優秀な情報収集員でもあるカレルも権藤の所在を特定できなかった。

数日前まで、GHQが接収した旧財閥当主の屋敷にいたという。屋敷の所有者の名は岩崎久彌《いわさきひさや》（旧三菱財閥三代目総帥）。所在地は都内台東区下谷《したや》茅町《かやちょう》だった。はじめて胡喜太と会ったときに連れていかれたレストラン（上野精養軒）の近くだそうだ。

しかし、権藤はすでに別の場所に身を移している。

今日の昼、イアンたちがリンカーンセンターを去った四十分後には、権藤たちもあの場所から自動車で出発した。だが自動車は千代田区 隼 町《はやぶさちょう》にある旧日本陸軍所有地を接収したパレスハイツに入り、そこで権藤と竹脇はそれぞれ別のトラックに乗り替えたようだ。追跡していた胡喜太の部下によれば、パレスハイツの正門が開くと、七台の同じ型式のトラックが一斉に出発したという。二台には権藤、竹脇が乗っているが、残りの五台は標的を絞らせないための囮であり、しかも七台それぞれに二台ずつの警備用ジープが随行していた。胡喜太の部下も分散して追跡を続けたが、途中、アメリカ人MPの停止命令を受け、二十分以上も取り調べと称してその場に留められた末に解放された。

胡喜太の部下は七台のトラックすべての車体の特徴や、ペイントされていた識別番号を控えており、それを元に行方を今現在も追っている。その一台らしき車両を、上野界隈《かいわい》に張り込んでいた部下が見たという情報も入ったが、まだトラック発見までには至っていない。

ただ、まゆ子の行動により、竹脇の居場所は摑めた。

竹脇の所在に関する情報を得ていながら、それをイアンに一切報告しなかった点が強く引っかかっているが、まあいい、今は結果を評価しよう。

まゆ子が竹脇から権藤の所在を聞き出したかもしれないが、その可能性は限りなく低いだろう。

東京QM倉庫で彼女が竹脇に会えたとしても、ふたりきりで心置きなく話せたとは考えにくい。どんな馬鹿でも竹脇に監視をつけるか、奴がいる部屋の音声を常時盗聴しているだろう。そうでなければ隔離している意味がない。

マッチを擦り、新たなタバコに火をつけたところでノックの音が響いた。

「私だ」

外から呼びかけてくる。オトリー参事官の声だ。

「待ってくれ」

イアンはタバコを灰皿に置くと、念のため上着の下のホルスターのホックを外し、ブローニングを抜いた。拳銃を握る右手を体の背後に隠しながら、静かにドアを開く。

外にはオトリーだけが立っていた。

「入るぞ」

彼がドアの隙間から体を滑り込ませてくる。

「まゆ子から連絡か？」

イアンは訊いた。

「いや、彼女からもホフマンからもまだない。代わりにアリーから電話があった」

サー・アルバリー・ギャスコイン駐日英国大使の愛称だ。

オトリーが早口で続ける。

「参謀第二部のギャビー・ランドル中尉を含む五名ほどが、日本の警察官を伴ってこのビークマン・アームズに来る。一昨日の胡喜太の会社襲撃の件を口実に、五味淵幹雄殺しの件も蒸し返し、君と胡喜太を拘束するようだ。おそらく逮捕状も用意しているだろう。八一号文章を手に入れた民政局が本格的に動く前に、参謀第二部側もいろいろと画策しているらしい」

「権藤を公的な役職に就け、GHQの組織に正式に組み込むつもりでしょうか」

「そういうことだろう。竹脇が担がれる前に、権藤のほうの地位と権威を固めてしまおうというわけだ。まあ、役職は民主教育普及委員などの適当なものだろうが、GHQが背後にべったりついている公共機関の名刺を持っていれば、政界にも財界にも妨害を受けることなく入っていける」

「権藤を公職に就ける承認をGHQ内で取り付ける間、俺たちの動きを封じておこうというわけですね」

「ああ。まあ予想はできたことだ」

「ここにランドルたちが踏み込んでくるという情報の信憑性は？」

「高い。今さらアリーがうそをつく理由もないしね。彼なりに君を裏切った失点を取り返そうと必死なんだよ。彼も独自に本国に問い合わせ、君の父上の影響力を確認したようだ。ホフマンと同じく、アリーも今後の人生をよりよく生きるために必死なのだろう」

「ギャスコイン駐日大使が独自に得た情報でしょうか」

「ああ。自分の人脈を駆使して摑んだといっていたよ。ただ、実際は民政局とは別の、GHQ内で参謀第二部に反感を抱く勢力、もしくはCIAが、アリーを使って情報を流してきたのだろう。向こうも一枚岩ではない。切り崩せる。そのあたりの政治的な駆け引きは私とアリーに任せてくれ。権藤本人がこの世から消えてしまえばどうとでもなる。誰もが代わりを探すだろうし、そうなればGHQの連中にも妥協の余地が出てくる。参謀第二部さえ話し合いに応じる可能性がある」

「だから早く俺に権藤をぶち殺せと」

「そういうことだ」

「胡喜太は？」

イアンは右手の銃をホルスターに戻すと、灰皿で煙を上げていたタバコを消した。

「事情は話した。もう裏手から外に出ているころだ。もしものときのために、この近くに合流場所を決めてあるのだろう？　そこで彼の自動車が待っている」

スーツケースのひとつを開き、イアンは予備の銃と銃弾、ナイフ類を確認した。このスーツケースの中には、兄クリストファーの斬首に加担した日本人四人の指と耳を浸したガラス瓶も入っている。瓶そのものだけでなく緩衝材のスポンジや布も確認し、イアンはケースを閉じた。他の荷物は置いてゆく。回収できなかったとしても、服、帽子、靴などはまた買えばいい。

瓶に詰めるべき指と耳は、残りふたり分。

――権藤忠興と下井壮介。

「まゆ子が戻った場合は？」

イアンはスーツケースを閉じ、視線をオトリーに向けた。

「私がここで待ち、出迎えるよ。逮捕状は君と胡喜太に対するものだそうだから、彼女と私には手を出さないだろう。まあ、確証はないが。とにかく彼女が戻ったら、英国連絡公館に移動する。君と胡喜太の行き先の電話番号を聞いたから、何かあれば連絡するよ」

「彼女は連絡公館に問題なく入れるのですか」

「以前のようにこそこそ入ることにはならない。今回の同伴者は下井まゆ子だけだし、かたちだけとはいえ、彼女は公館に勤務する日本語通訳だからね。それに君に関するアリーとホフマンの情報漏洩が発覚して以降、公館職員たちの君や私に対する態度もわずかだが軟化している」

「皮肉ですね」

「皮肉であり、皮相的だよ。大使への忠節をさも美徳であるかのように語っていた公使連中まで手のひらを返した。アリーの器量の程など皆知っていたくせに、今までは見て見ぬ振りで通し、媚びへつらっていた。なのに、重大な失敗をひとつ犯したら、皆が一斉に見限った」

「失敗、ですか」

「ああ。内心はどうあれ、英国本国と君の父上、チャールズ・クリス・アンダーソン氏の意向を全面的に受け入れ、君を支援するというのが連絡公館の方針だった。それを大使自身が裏で反故にしていたのだから。愚かなミスとはこのことだ」

「庇っているのか、蔑んでいるのか」

イアンは苦笑した。

「どちらでもない。世の儚《はかな》さを憂いているだけだよ」

オトリーも苦笑いを返す。

「実に日本的ない回しですね」

「日本にいれば嫌でもそうなるさ。君と違い、少し前まで敵国だったとはいえ、私はここを嫌いになれないからね」

オトリーが首を小さく横に振り、さらに自嘲的に口元を緩めた。

「急がなければならないのに。こんな無駄話をしている場合じゃないな」

いや、余裕がなく、しかも、まゆ子と貴和子という本来敵である男の娘たちに先行きを委ねなければならない今だからこそ、こんな愚痴めいた無駄話が必要なのだろう。

――やはり東京は今までに経験したことのない戦場だ。

イアンはそう感じながら部屋を出た。

4

イアンは料理屋二階の個室にいる。

畳の上に座布団というものも置かれているが、どうにも使いづらく、イアンは砂壁に背を預けて座っていた。

台東区の柳橋《やなぎばし》という場所で、ガラス窓の外を見下ろすと神田川の水面が街灯の光を浴びながら揺れている。店は胡喜太が愛人に持たせたもので、うなぎを扱っているという。

そういえば弟の胡孫澔以外、奴の家族について詳しい話を聞いたことがない。別に興味もないし、このまま聞かずに終わるのがいいのだろう。

低いテーブルを挟んで座る胡喜太は、箸を使って日本式のうなぎ料理を食べている。裂いて背骨を抜いた身を蒸し、さらにソースに何度も浸しながら炭火で焼いたものだそうだ。醬油に甘みの混ざった、香港、東京と、極東に来てから何度も嗅いだあの独特な匂いが部屋に漂っている。

一緒にどうだと勧められたが、イアンは断った。

うなぎというと、ロンドンの港湾労働者がよく食べる、ほぐしたうなぎの身を詰めたイールパイ、それにぶつ切りのうなぎを茹《ゆ》でてから冷やし、ゼリー状に固めたジェリード・イールを思い出す。イアンはどちらも好きではない。そもそもうなぎという生き物自体、食欲をそそらない。だからここでも避け、湯呑みに入った緑茶だけを飲んでいる。

部屋には掛け軸が吊るされ、花も活けられている。天井近くの空間（欄間《らんま》）には彫り物がされていた。意匠が凝らされているというのはわかるが、横引きのドア（襖《ふすま》）を開けた向こうには、なぜか寝具が用意され、枕元には紙と木で作られた日本製のランタン（行燈《あんどん》）も置かれていた。

「ここは食事をするだけでなく、昔ながらの逢瀬《おうせ》の場所でもある。うなぎを食って精をつけたあとは、ゆっくり性を楽しむんだ」

胡喜太がいった。

「日本の風俗に詳しいな」

イアンは少しの皮肉を込めて返した。

「知っているのと好きで受け入れているのはまた別の話だ。日本で暮らしていれば、嫌でも歴史や風俗に詳しくなる」

「なあ、どうして東洋のものには取っ手がついていない？」

イアンは茶の入った陶器を手に訊いた。

「湯呑みのことか？」

胡喜太が訊き返す。

「そう呼ぶのか。日本だけでなく、中国のティーカップにもついていなかった。朝鮮半島の茶器も似たようなかたちらしいな」

「それは舌を焼かないためだよ」

「舌を？」

「ああ。指先で湯呑みの温度を感じれば、その熱さで舌を焼くことはない。西洋のカップには取っ手がついているおかげで、指に熱さを感じなくて済む。代わりに茶の温度を測りかねて、舌を焼いてしまう」

「指を焼くか、舌を焼くかの差か。それが東洋的な合理主義というものか」

イアンは判然としないままつぶやいた。

「うそだよ」

胡喜太がいった。

「は？」

イアンは奴を見た。

「取っ手がないのは、陶器や磁器に西洋のティーカップのような細くて見た目のいい取っ手をつける技術がなかったからだ」

胡喜太が笑う。

「意味ありげなことをいいやがって」

イアンは睨んだ。

胡喜太がその視線を感じながら言葉を続ける。

「だがな、取っ手をつける技術を身につけた今でも、東洋人はこのかたちの湯呑みを好んで使っている」

「舌だけでなく手や指先でも温度を感じながら茶を飲みたいのか」

「ああ。五感で味わうってやつだ。口で味や香りを楽しむだけでなく、肌で温度も楽しみながら飲むんだ」

「面倒な連中だな」

「冷たいうなぎのゼリーに酢をぶっかけて食うような人種にはわからないだろうな」

胡喜太がまた笑った。

「うなぎを食った直後に、すぐに性行為をするような即物的な連中にいわれたくない」

イアンも閉じた襖を見ながら鼻で笑った。

下らなく意味のない文化論が、待つ時間を埋めてゆく。

だが――遅い。

「だいぶ遅れているな」

胡喜太が腕時計を見た。

イアンも自分の腕時計を見る。

約束の時間は午後六時、すでに四十分以上過ぎている。

イアンだけでなく胡喜太も嫌な予感がしているだろう。

そんなふたりが揃ってタバコを取り出したところで、木と紙のドア（障子）を隔てた廊下から女給の声が聞こえた。

日本語なのでイアンにはわからない。

「電話だ。行ってくる」

胡喜太が立ち上がり、出てゆく。

イアンはタバコに火をつけた。

ここに来たのは野際組四代目組長と会うためだ。

あの秋葉原でイアンが揉めたヤクザたちの頭目であり、四谷警察署の苫篠署長や松川を介して参謀第二部ともつながっている。胡喜太が調停役となり、その四代目と和解——連中の言葉でいう「手打ち」をしようとしていた。

四代目の真意はまだわからないが、こちらの提案に乗ってきたのは確かだ。参謀第二部やロコと長田善次、さらには松川にも強い不信感を抱いているという。手打ちが成立すれば、権藤忠興の隠れ家に関する情報を引き出せるかもしれないし、奴の居場所の捜索に当たらせることもできるかもしれない。時間のない今、譲歩や謝礼で人手、いや猿の手を集められるのなら、イアンはいくらでも折れてやるし、金も払ってやるつもりだった。

だが、時間になっても四代目は現れない。

そしてイアンがタバコ一本を吸い終わる前に胡喜太は戻ってきた。

「襲われたそうだ」

奴はいった。

「四代目が？」

イアンは確認した。

「そうだ。神田末広町にある自宅を出る直前に襲撃された。組長は病院送り、警護役が何人か殺された。自動車に乗る寸前に、ロコの野郎が仕掛けてきたんだとさ」

胡喜太が険しい顔で座布団に腰を下ろす。

「四代目は生きているのか」

「わからない。野際組の奴らも混乱していて、詳しい情報はわからないそうだ」

――交渉をはじめることさえできなかった。

「野際組の奴ら、頭に血が上っているせいか、俺たちがロコと共謀したんじゃねえかと馬鹿な疑いをかけてきやがった」

「交渉を持ちかけ、四代目を誘《おび》き出し、ロコに襲撃させた――そういう筋書きか」

「ああ。逆に権藤はそういう疑念を抱かせる目論見で、寝返りそうな組を監視し、怪しげな動きをしたところを狙わせたんだろう」

「東京の暴力団にはどこも権藤、いや、参謀第二部の間諜が入り込んでいるのか」

「たぶんな。残念ながら俺の持つ興亜土建や関連会社も例外じゃないだろう」

「ここも出たほうがよさそうだな」

イアンはいった。襲撃されるかもしれないし、こんな紙と木で造られた建物を囲まれ、火を放たれたら逃げようがない。

「行く当ては？」

胡喜太が訊いた。

「英国連絡公館か丸ノ内ホテルに行く。歓迎はされないだろうが、締め出されることもないだろう」

丸ノ内ホテルは事前に聞いていたような英連邦軍将校専用宿舎ではなかったが、それでも英国人の急な宿泊に対応できるよう、常に二、三の空室を用意していた。

「そっちは？」

「避難所くらい用意してある。ただ、その前にこの先どうするかを考えないと」

胡喜太は息を吐くと、ポケットから雑にタバコの箱を取り出した。

「ああ、確かに」

イアンもため息をつく。

また木と紙のドアの外から女給の声がした。

彼女と二、三日本語の言葉を交わしたあと、胡喜太はイアンに視線を移した。

「中尉も来てくれ。オトリー参事官から電話だ」

イアンはすぐに立ち上がった。

※

小森昌子の運転するタクシーは1ｓｔストリート（内堀通り）からアベニューＺ（晴海《はるみ》通り）に入った。外濠川《そとぼりがわ》に架かる数寄屋橋《すきやばし》を渡り、さらに勝鬨橋《かちどきばし》方向へ進んでゆく。

まゆ子はオトリー参事官と並んで後部座席に座っていた。

午後四時過ぎ、まゆ子が胡喜太の部下たちとともにビークマン・アームズに戻ると、ロビーで軍服姿のアメリカ兵四人と背広の日本人五人がオトリーを囲んでいた。

アメリカ兵のうちふたりは尉官《いかん》のＭＰで、日本人五人は刑事だった。アンダーソン中尉と胡喜太の居場所はどこかとオトリーに詰め寄っていたが、まゆ子が近づいてゆくと全員が訝しげな目でこちらを見た。

それほどまゆ子の顔は腫れ上がっていたらしい。

アームズのフロント係がすぐにゴム製の氷嚢《ひょうのう》を運んできてくれたが、頬につけたときは声を上げそうなほどの痛みが走った。

その後もアメリカ兵はオトリーに中尉たちの所在を明かすよう迫った。アンダーソン中尉の部屋だけでなくまゆ子の部屋も捜索されていたが、腫れた顔が憐れみを誘ったのか、まゆ子自身には誰も話しかけない。途中、フロント係が持ってきてくれたアメリカ製の鎮痛剤を飲み、ロビーに座ってオトリーが解放されるのを待っていた。

アメリカ兵と日本の刑事たちが去っていったのは、午後五時半ごろだったと思う。ただ、はっきりしたことは覚えていない。頬の痛み、それに松川に拉致された恐怖が時間を置いて息を吹き返し、体を締めつけていたせいだ。思い出すと膝の震えが止まらず、それを抑えるのに必死になっているうちに時間が過ぎていった。

オトリーとふたりになるとすぐにアームズから連絡公館にタクシーで移動した。

前にも訪れたことのある殺風景な部屋で中尉からの連絡を待っていたが――

今またこうして車内にいる。

タクシーの暗い窓ガラスに映る両頬はまだ赤く、痛みも消えていない。

「あの」

まゆ子はオトリーに声をかけた。

東京ＱＭ倉庫で竹脇から聞かされたことが、ずっと頭の中を巡っている。ただ、アンダーソン中尉にはなぜか尋ねることが憚られてしまう。

――でも、参事官なら。

「日本の近くでまた戦争が起きるのですか」

隣に並んで座るオトリーが窓の外に向けていた視線をこちらに移す。

「残念ながら、私はその公算が大きいと思っているよ。だから、我々なりのやり方で備えてもいる。また我が国のものとなった大陸の拠点が巻き込まれ、戦場になる可能性もあるからね」

日本の敗戦後、英国に主権が戻った香港のことだ。

「回避はできないのでしょうか」

「難しいだろうね。開戦確率は五割という予測もあるが、私を含むアジア各国の英国人外交官たちは、もっとずっと高いと思っている」

――本当なんだ。

まゆ子は思った。竹脇ひとりの空想や妄想ではなく、多くの人々が共産勢力とアメリカの戦争の可能性を共有している。

「日本人も巻き込まれるのでしょうか」

「何らかのかたちで加担はさせられるだろう」

「戦闘に参加させられることは？」

「確率は低いがゼロではない。しかし、それは絶対に避けるべきだと、英国人関係者は強く思っている。敗戦に打ちひしがれているこの国の国民が、その傷も癒えぬうちにまた戦禍に巻き込まれるとなれば、反発は必至だ」

運転手の小森にも聞こえているだろうが、いつものように何も気にしていない素振りでハンドルを握っている。

「竹脇から教えられたのかい」

オトリーが訊く。

「はい」

「そうか」

彼が意味ありげに小さくうなずいた。

「教えてくださってありがとうございます」

まゆ子はいった。

「来年にはおそらく日本中の人々が気づくことだからね。それに、こうして私と一緒に来てくれた礼もしたかったし」

「お礼？　これはアンダーソン中尉だけでなく私自身のことでもありますから」

「私にかかわることでもある」

接収されPXとして使われている服部《はっとり》時計店前、さらに改修工事がはじまらず半壊したまま塀で囲まれている歌舞伎《かぶき》座の前を過ぎ、築地本願寺《つきじほんがんじ》横の交差点を右に曲がると築地市場が見えてきた。

今ではGHQランドリーとして、アメリカはじめ駐留している各国兵士の洗濯やアイロンがけを担う巨大施設として使われている。

まゆ子は松川に呼び出され、ここに来た。

出入り口のゲートは夜にもかかわらず開いていた。リネン類を運搬する車両が絶えず出入りし、その合間を縫ってタクシーも場内に入ってゆく。

途中に検問があったものの、オトリー参事官が身分証を見せると、すぐに栗色の髪と瞳をした若いアメリカ兵が腕を振り、通行を許された。

以前は魚の仲卸が並んでいたL字形の巨大な建屋内に、いくつもの巨大な洗濯機、乾燥機が並び、轟々《ごうごう》と音を立てている。そして多くの日本人が働いていた。

ここも東京QM倉庫と同じく空襲を免れたが、やはり戦後使用を見越して意図的に残されたとうわさする者が多い。アメリカ軍用の区画が大半を占めているが、一部には英連邦占領軍用として、英国軍、オーストラリア軍、ニュージーランド軍、インド軍用の区画がある。

その奥にある、コンクリート製二階建ての英国軍用事務棟前でタクシーは停まった。

運転手の小森を残し、英国人兵士が警備しているドアをオトリーと入ってゆく。

階段を上がって、さらにドアを開いた先の部屋に、小銃を携えた軍服の英国人兵士がふたり、顔のあちこちに傷を覆うガーゼをつけたホフマン二等書記、五味淵貴和子、そして手錠をつけられた松川がいた。

ドア近くに立つ兵士たち、部屋の隅に立つホフマン。貴和子と松川はテーブルを挟み、向かい合って座っている。

「取引したくて来てもらった」

松川が英語でいった。日本語ではなく英語を選んだのは、オトリーとホフマンにも自分の思いを誤解なく伝えるためだろう。

「どうして私なのでしょう」

まゆ子も英語で訊いた。

「アンダーソン中尉と胡喜太は問題外だ。そこの五味淵の娘も信用できない。一番信頼できて、最後まで約束を守ってくれそうなのは君だったからだ」

松川は頬の腫れたまゆ子を見つめた。

十二章　耳と指

1

「権藤の居場所を話す。だが、その前に条件を確認したい」

手錠をつけられ座っている松川が英語で話し、顔を上げる。

「わかりました」

まゆ子も英語で答え、さらに貴和子のために要点を短く日本語に訳す。

「まず、俺に届けられなかったアンダーソン中尉からの手紙、君が昼に話してくれたものだ。その内容に沿って、妻と息子を取り扱ってくれ。具体的には当面食うに困らないだけの金を渡し、何者にも怯えることなく眠れる住まいを与えてやってほしい。今、妻たちは群馬の親戚のところに間借りしているが、肩身の狭い思いをしている。周りにいるのは口さがない田舎の連中で、俺がしばらく戻らぬのをいいことに、戦犯として捕まったか闇仕事にでも手を染めているのではと疑いはじめているらしい。人の悪評を囁き合うことだけが娯楽の嫌な村だ。この騒ぎが落ち着いたら、すぐに迎えに行ってくれ」

「迎えに？　私がですか？」

「ああ。ここにいる者の中で一番信用でき、最後まで約束を守ってくれそうなのは君だといっただろう」

松川がその場にいる貴和子、オトリー、ホフマン、そして小銃を携えたふたりの若い英国人兵士の顔を順に見た。貴和子、オトリーがうなずき、ホフマンも気まずそうな表情で一応うなずいた。状況を飲み込めていない若い兵士たちは何も返さず、ただ立っている。

「皆の承認も得たし、話を戻そう。俺の妻と子供を迎えにいったら、胡喜太の提案通り、しばらくアメリカ軍の住宅に匿い、その後、時機を見てハワイなど海外に移住させてもらいたい。妻が拒んでも、俺がそう望んだと伝えれば最後には首を縦に振る。旅券やら住宅の手配やら面倒事は多いが、アンダーソン中尉の父親の人脈と財力があれば何とかなるはずだ。日本の政治家や役人には、その駐日英国連絡公館の方々が手を回してくれるだろう」

オトリーが松川の視線を受け止め、再度うなずく。

「ひとつ大事なことがある。拳銃を貸してもらいたい。銃弾は一発でいい」

松川がいった。

「は？」

まゆ子はそう漏らしたあと、意味に気づき首を大きく横に振った。

「駄目です。絶対に駄目。そんなことを考えてはいけません」

「手錠はつけたままでいい。すぐ済ませる」

松川が傷つき疲れた顔で返す。

「そういう問題ではありません。ご家族と一緒にあなたも生き延びなければ」

「憎んでいる相手に優しい言葉をかけるじゃないか。君や下井への贖罪のために死ぬわけじゃない。わかっているだろ。君たち家族やアンダーソン中尉のことなどは関係ない」

松川が薄ら笑いを浮かべる。

「あなたのことは軽蔑しているし、父を売ろうとしたことは今でももちろん許せません。それでも、あなたは奥様の夫であり、お子様たちの父親でしょう。その責任はまっとうしなければなりませんし、奥様とお子様たちから夫と父親を取り上げる権利は、私にはありません」

コンクリート打ちっぱなしの壁にまゆ子の声が響く。自分で思っている以上に大きくなっていた。

「昼にも少し話したが、この手をあまりに汚い血で染めすぎた。野際組のヤクザをひとり、GHQ参謀第二部の指示で見せしめに殺したんだ。中尉にベラベラと内情をしゃべった男だ。他にも命令に従わない生意気なヤクザどもを、参謀第二部の命令で四、五人、いや七、八人半殺しにした。そのうち何人かは実際に死んだかもしれない。はじめてトタン要害に下井を訪ねた日、あのときもそうだ。竹脇祥二郎の配下たちの反撃に遭い、撃たれた仲間のひとりを見殺しにした。もっとも、警視庁に言われるがまま一緒に任務に当たっていただけの男で、何の情も感じちゃいなかったが。他にも、富岡八幡宮近くの夜道で襲ってきたケチな夜盗ふたりを苛立ちまぎれに殺したこともある」

「苛立ちまぎれ？　どうしてそんな」

まゆ子は訊いた。ただ、理由は想像がつく。

「権藤と参謀第二部に犬のように使われていることが許せず、かといってそこから逃げ出す算段もつかない自分に腹を立てていたんだよ。自分の置かれた境遇のことも、心底怨めしく思っていた。その拭いようのない鬱憤をヤクザどもにぶつけた。あのロコ、長田善次と結局は俺も同類で、正気ではない者のひとりだったということだ。そこを権藤や参謀第二部に見抜かれ、下井狩りの道具として使われたのだろう。ただ、理由は何であれ、ヤクザ殺しは許されない。連中が今まで俺に手を出せなかったのは、権藤と参謀第二部が背後に控えていたからだ。俺が裏切り、その庇護を失った上、権藤の居場所をばらした功で民政局に守られながら家族と暮らしていると知られたら、ヤクザたちは必ず復讐に来る」

『おとしまえをつけるため――』

まゆ子は日本語でつぶやいた。

「ああ。中尉や民政局、胡喜太が所在を隠し通そうとしても、背信を許せない参謀第二部の誰かしらがヤクザどもに情報を漏らす。たとえハワイにまで逃げようと、十数年かかろうと、ヤクザは追ってきて家族もろとも俺を殺す。トタン要害で暮らし、少しばかりヤクザの道理に触れた君にはわかるはずだ。連中には面子がすべてで、それを潰されたのに何の報復もしない者は、ヤクザとして完全に見下され、相手にされなくなる」

「だからヤクザに殺される前に、今ここで自死を選ぶというのですか」

「妻と息子たちに累が及ばぬようにするには、これしかない。そこの眼鏡をかけた大きな英国人に捕らえられた時点で、俺の命運は尽きた。技術でも経験でも上回っていたつもりだが、悲しいかな体格差で負けた」

焦りと油断を突かれ倒されたのに、虚しい言い訳をする。大きな英国人とはホフマンのことだ。

「でも、何かしら生き延びる道が」

まゆ子は松川を、さらにオトリー、ホフマン、貴和子を見た。

だが、誰も何も返さない。貴和子に至っては、きっぱりと首を横に振った。

「そういうことだ。だから銃を借りるんだよ。俺も苦しみたくはないからな」

「申し訳ないが、それはできない」

オトリーが告げた。

「現時点でも君は部外者であり敵だ。本来ならばナイフ一本渡すことさえ拒否したいが、そこは自決を選んだ君の意思を尊重したい」

「ナイフか。手錠は？」

「外そう。危険だが、つけたままでは上手に死ねないだろう」

「温情はありがたいが、腹切りは避けたい。介錯《かいしゃく》なしでは相当苦しむらしいからな。だが、自分で首を切るのも相当な勇気がいりそうだ」

　そこまでいうと、松川は視線をテーブルに落とした。

「皮肉なものだ。ビルマでアンダーソン中尉の兄の斬首に無理やり加担させられた俺が、ここで自分の首を切ることになるとは。戦争の、五味淵幹雄の、権藤忠興のせいで」

　その場が静かになり、夜でも止まることなく稼働している洗濯槽のモーター音が聞こえてきた。まゆ子は少しばかりのいたたまれなさを感じている。ホフマン二等書記も同じ気持ちのようで、顔を伏せた。だが、名指しされた五味淵の娘である貴和子は、まっすぐ松川を見据えている。

『あなたの事情は承知しました。でも、お尋ねしたいことがあります』

　その貴和子が沈黙を破り口を開いた。日本語だが、まゆ子に視線を送り英訳するよう促す。

『あなたは権藤の所在をどうやって知ったのですか。あの用心深く狡猾な男が、たとえ完全に自分の支配下にあるとはいえ、自分に少なからず怨みを抱いているあなたのような男に簡単に居場所を告げるでしょうか』

『俺自身の切り札にするために、手を尽くして居場所を探ったんだよ』

『あなた自身の切り札？』

『ああ。まさにこんな状況になった際に、俺の家族を救う最後の手段として使えるように。具体的には権藤と参謀第二部のギャビー・ランドルとの間のメッセンジャーを務めている数人の兵士の中の、一番若い一等兵を手なずけた。ホームシックになっているそいつに時間をかけて近づき、英語で話しかけつつ世話を焼き、仲良くなった。女も世話したし、一番有利なレートでドルをヤミで円に替える方法も教えた』

『もうひとつ、まゆ子さんを拉致した理由は？　下井壮介さんの居場所を何とか聞き出そうとしたのはわかりますが、なぜ急にそこまで強引な方法を取ったのですか』

『もうわかっているだろう。参謀第二部と権藤が俺を切り捨てる方向に動きはじめたからだ。状況が込み入りすぎて、下井逮捕にこれ以上固執するのは得策ではないと考えやがった。ここまで俺の手を汚させたくせに。だから正式に言い渡される前に、有無を言わせぬ結果を、捕縛した下井を突き出してやることにした。俺が救われる道は、本当にそれしか残っていなかった』

『でも失敗し、道は閉ざされた』

貴和子が独り言のようにいった。

「それで権藤は今どこにいるのかな」

本題に引き戻すようにオトリーが訊く。

「少し前まで岩崎が持っていた下谷茅町の屋敷にいた。そこまでの情報はアンダーソン中尉と胡喜太も摑んでいるだろう」

旧三菱財閥三代目総帥が所有していた邸宅のことだ。現在は接収され、GHQの所管となっている。参謀第二部が主に使用し、チャールズ・アンドリュー・ウィロビー少将の指示で諜報や情報収集のための組織（※のちのキャノン機関）が置かれている――そんなうわさについて、中尉や胡喜太が話しているのをまゆ子も聞いたことがあるが、事実だったようだ。

松川が続ける。

「だが、東京科学博物館に移った。今はまたさらに国立博物館に移動しているだろう」

東京科学博物館（現国立科学博物館）、国立博物館（現東京国立博物館）ともに、「貧しい中にも文化と教育を」の謳い文句の下、すでに一般公開を再開している。ただし、観覧者の半数近くをGHQの兵士及びその家族が占めていた。

「どうしてそんな場所に？」

まゆ子は尋ねた。

「民政局やアンダーソン中尉から焼き討ちを受けないためだ。まだ点数は戦前に及ばないものの、福島の高松宮《たかまつのみや》別邸や奈良帝室博物館に疎開させていたものをはじめ、戦時中全国に散らばっていた品々が再度集まりつつある。そんな場所に火を放って燻り出そうとしたり、手榴弾を炸裂させたりして展示品や収蔵品を焼失、破損させれば、当然国内外から強く非難される。いくらアンダーソン中尉が無謀な男でも、国立博物館内で派手な撃ち合いを演じるほど馬鹿ではないだろう。もし国宝を傷つけでもしたら一発で国外退去、英国内でも糾弾されることになる。失礼な話だが、欧米の連中は日本人の命より日本の美術品のほうに、ずっと高い価値を見出しているからな」

「だが、文化財を盾にするような方法にはＧＨＱ内からも強い反発が出るはずだ」

オトリーがいった。

「ああ。だから国立博物館内にもそう長くは滞在しない。本来は都内の暴力団の幹部連中の住居や別邸を転々とさせるはずだったが、権藤の支配的なやり方に反発してヤクザどもが離反した。参謀第二部が間に入って半ば強引に権藤を匿うよう命令したが、それでも拒否された。アンダーソン中尉が日本からいなくなるまで、一旦京都に送るという案も出たそうだ。古刹に匿ってもらえば中尉や民政局も強硬策には出られないだろうという意図だったが、さまざまな便宜や食糧の優先配給を餌に協力を求めたものの、高台寺《こうだいじ》や東福寺《とうふくじ》のような歴史ある大寺院には拒否された。それで仕方なく東京科学博物館、次に国立博物館に権藤の身柄を移した。だが、今、連絡公館のその男がいったようにＧＨＱからも反対意見が出た上博物館職員にも反発されたため、鎌倉の寺社を次の逃げ場所として当たっている。どうにかまとまりそうなので、遠からず権藤の身柄を列車で移すことになるだろう」

『権藤も敵を作りすぎた』

貴和子がまたも独り言のようにいった。

「ああ。アンダーソン中尉が厄介な存在であるように、権藤もＧＨＱにとってはすでに手に余る存在だ。ただ、参謀第二部が奴を神輿《みこし》として担ぎ、さまざまな計画・策略をすでに発動し、走らせてしまっているため、担いだ奴を下ろすに下ろせなくなっている。そんなところだ。これで俺の知っていることはすべて伝えた」

「国立博物館内の警備状況は？」

オトリーが確認する。

「知らない。ただ、権藤には参謀第二部配下の兵士が常時十人ほど付き添っていたから、博物館内にはその倍程度の人数はいるだろう」

松川が貴和子に顔を向ける。

「地獄で五味淵幹雄に会ったら、何か伝えることはあるか」

日本語で訊かれたが、彼女は首を横に振った。

「そうか」

松川がうなずく。

「ジゴク――」

日本語でつぶやくホフマンに、まゆ子は「Hell」と伝えた。

オトリーが若い兵士たちに目配せする。

だが、彼らは動こうとしない。

「すまない。新しい物を支給させる」

オトリーの言葉を聞き、兵士のひとりが嫌な顔をしながら自分の装備品のナイフを取り出した。

「本当にそれでいいのですか」

まゆ子はいった。

今ここで死んでしまってもいいのかと、最後にもう一度問いかけている。

松川がこの世から消えたところで、悲しくはないし辛くもない。それでもこの男の家族を思い、訊かずにはいられなかった。

「解決策も提示せず、感情だけを口走るな。小娘」

松川が椅子から立ち上がった。

ひとりの兵士が小銃を構え、松川を狙っている。もうひとりがまず松川の手錠を外した。次にナイフを彼の前のテーブルに置こうと、警戒しつつ近づいてゆく。

「痛そうだな」

松川が嫌な顔でつぶやいた。

直後——

彼はナイフを兵士の手から奪うと、その手首を握り、うしろにねじ上げ、背後に回った。

「すまんな、小僧。これでも戦場を生き抜いた男だ」

松川が左手に握ったナイフを兵士の首筋に突きつける。

人質となった若い英国人の表情は驚きを通り越し、凍りついている。従順な日本人に慣れ、抵抗されること自体はじめてなのだろう。

「放せ」

小銃を構えたもうひとりの兵士が叫ぶ。彼の声と表情もうろたえている。

「やめてください」

まゆ子も叫んだ。

「おとなしくしろ。そうすれば彼を傷つけない」

松川は皆に告げ、首にナイフを突きつけている兵士の耳元でも同じことを囁き、そして彼の腰のベルトにつけられた革のホルスターに右手を伸ばした。

何かを察したホフマンが倒れるように机の陰に隠れ、貴和子が慌てて外へのドアへと駆ける。

松川は——

拳銃を抜き、ナイフを捨て、素早く安全装置を外すと、貴和子の背に向けて撃った。

——狙いは彼女。

まゆ子が気づいたときには、もう遅かった。

狭い部屋で銃声が交錯する。

二発、三発、四発。貴和子が悲鳴を上げ、うつ伏せに倒れてゆく。松川自身も若い兵士に小銃で三発撃たれ、尻餅をつくようにその場に座り込んだ。

「拳銃を放せ」

撃った兵士が松川に銃口を向けながら再度叫ぶ。

だが、松川は拳銃を摑んだ手をだらりと垂らしているものの、放さない。

「五味淵の血縁者だけは許さない。あの馬鹿のせいで、このざまだ。阿呆な娘め。呪うなら父親を呪え。地獄で父親に会ったら、好きなだけ責めるがいい」

そしてまゆ子を見た。

「どうか中尉に伝えてくれ、権藤を必ずぶち殺せと」

直後、松川は拳銃の銃口を開いた自分の口に押し込んだ。兵士の撃った銃弾が松川の体に命中し、さらに自らの撃った銃弾も上顎から頭部を貫いた。飛び散った脳漿《のうしょう》と血液がすぐ背後の灰色の壁に惨《むご》たらしい花模様を描いてゆく。

一方、貴和子も倒れたまま小さく何かを呻いている。撃たれた体の穴からはベージュのワンピースを染め上げるようにとくとくと血が流れ出ていた。

「君たち、すぐに彼女の手当てを。医療班にも連絡を」

オトリーがホフマンや兵士たちに指示し、戸惑うまゆ子を見た。

「中尉に連絡する。一緒に来てくれ」

まゆ子は動揺が収まらない。だが、オトリーがさらに告げる。

「ここにいても君にできることなどないだろう。早く来るんだ」

「はい」

出血の激しい貴和子は仰向けにされ、兵士のひとりが心肺蘇生をはじめていた。ホフマンは横でうろたえながらも貴和子に「聞こえますか」「気をしっかり」などと英語で呼びかけている。もうひとりの兵士は医療班を呼ぶためドアの外へと駆けていった。

松川の死体は拳銃を握ったまま、拝むように体をくの字に曲げ床に倒れている。

まゆ子はオトリーの背を追い、その部屋を出た。

貴和子も助からないだろう。だが、管理棟の階段を下りてゆくオトリーは至って冷静だった。

——こうなることを予想、いや、期待していたのかもしれない。

まゆ子の頭にふと浮かんだ。

オトリーはここでふたりが死んだとしても、何ら困ることはない。むしろふたりが消えれば、今後の憂いは薄まるだろう。遺されたふたりの家族に直接責任を負うわけでもない。だから松川の危険極まりない自決の懇願を、慈悲を与えるような振りで許した？

——やっぱり、わかっていたんだ。

そう感じながらもまゆ子は何もいわず、一階に置かれた電話機のダイヤルを回すオトリーを見つめた。

2

障子と襖で仕切られた和室内の空気はタバコの煙のせいで白く濁っている。それでも障子を開け換気するのは危険だった。

イアンは今も胡喜太の持ち物である台東区柳橋のうなぎ屋にいる。

ここで密談をするはずだった野際組四代目組長が襲撃され、約束が流れてしまった直後、英国連絡公館にいたオトリーから電話が入った。松川がまゆ子を取引相手に指名し、これから彼女を連れ、築地にあるＧＨＱランドリーに向かうという。

その結果をオトリーがまた知らせてくるのを待っている。

座卓という低いテーブルの上には電話機が載っている。胡喜太の指示で、仲居の女性が長いコードを引きずり二階にあるこの部屋まで運んできた。

野際組四代目を襲った連中の別動隊がこの店を狙っているだろう。警戒している胡喜太の配下によると、その手の連中の姿はまだ周辺の路上では確認できないそうだ。が、すでに近隣の店や民家に押し入って機を窺っているのかもしれない。早くここから退避するべきだとわかっているものの、イアンが別の場所への移動中に襲撃される可能性が高かった。

松川とまゆ子の取引の結果を、危険とわかっていながらも、今はここで焦《じ》れながら待つしかない。

胡喜太の部下が障子の向こうから五分おきに周囲の状況を伝えてくる。その朝鮮語と日本語の交じった報告を聞きながら、奴がグラスにビールを注ぐ。イアンはまた新しいタバコに火をつけた。

部屋の空気がさらに深く白く濁ってゆく。

電話が鳴った。

胡喜太がすぐに受話器を取り上げる。

「参事官だ」

奴がつぶやいた。電話を通して聞こえてくる声に「イエス」と何度か相槌《あいづち》を打っている。それから二、三度さらに言葉を交わしたあと、イアンに向かって受話器を差し出した。

「松川が権藤の居場所を吐いたが、奴は死んだそうだ」

胡喜太の言葉を聞きながらイアンは受話器を自分の耳に押しつけた。

『落ち着いて聞いてくれ』

オトリーがここまでの状況をあらためて説明する。

「五味淵貴和子も死んだのか」

イアンは動揺を抑えつつ訊いた。

『まだだが、あれでは助からないだろう』

悲しみはない。ただ、貴和子が被害者なのは間違いない。親が買ってしまった怨みを、子の彼女が無理やり自分の命で贖《あがな》わされた。

しかし——今は権藤の居場所だ。

『中尉、国立博物館の位置はわかるか』

「だいたいは」

胡喜太が早くも座卓の上に都内の地図を広げている。時間は午後九時。まだタクシーも呼べるし、路面電車や地下鉄、国鉄も動いている。場所がわかれば歩いて行くこともできる。だが、権藤と参謀第二部の指示を受けたヤクザが間違いなくこの周辺で待ち伏せている。

イアンはこちらの状況もオトリーに伝えた。

『まず問題はそこを出られるかだな』

「何とかする」

漏れてくるオトリーの声を聞いていた胡喜太がいった。

『装備や武器は？』

「事前に話していた通り用意はしてある。まゆ子に代わってくれ」

イアンがそういうと、少しの間のあと彼女の声が聞こえてきた。

「だいじょうぶか」

イアンは訊いた。

『まだ胸の動悸《どうき》が収まりません』

「人が死ぬところをはじめて見たわけじゃないだろう」

『は？』

呆れたような声が聞こえ、まゆ子が続ける。

『中尉なりのお気遣いでおっしゃったのでしょうけれど、デリカシーに欠けていますよ。ただ、不愉快に感じたせいで、動揺が少し落ち着いてきました』

「何よりだ」

またも言葉選びを間違ったようだが、とりあえず彼女が多少なりとも冷静さを取り戻せたのなら、それでいい。

「参事官から聞いたが、小森昌子のタクシーを待たせているのだろう。それに乗り、ミスター・カレルに頼んだものを受け取りに行ってくれ」

『ビークマン・アームズの調理責任者の？　小森さんに行き先はどこと伝えればよいでしょうか』

「カレルに依頼したものを回収に行くと伝えれば、彼女はわかる。知らぬ素振りを見せたら、もう下手な芝居をする必要はないといってやれ」

『オトリー参事官は一緒に来ていただけないのですか』

「彼には他に仕事がある」

オトリーには民政局のケーディス大佐、マイルズ中佐への連絡と、ふたりを国立博物館まで引っ張り出してくるという任務がある。

『わかりました。私ひとりでタクシーに乗ります。そのあとは？　中尉と合流するにはどこに行けばよろしいですか』

「君が俺を訪ねてはじめてビークマン・アームズのダイニングに来た日を覚えているな。あのあと、ふたりで向かった場所で落ち合おう」

合流地点の明言は避けた。気休めでしかないとわかっているが、現時点で打てる手はすべて打っておくべきだろう。

『はい』

彼女も盗聴の危険に気づき、場所を声に出して確認することはなかった。

『ご無事でいらしてください』

「俺のことより自分の心配をしてくれ。そちらも危険なはずだ」

電話を切った。

まゆ子の身を心配する自分に、イアンはもう戸惑いや腹立たしさを感じることもない。日本人への差別心は消えていないし、そもそも消す気もないが、まゆ子は間違いなく同志であり、共に戦う仲間だ。

そんなふうに感じている自分が可笑《おか》しくて、つい口元が緩む。

「余裕があるな」

胡喜太がいった。

「逆だ。自分の余裕のなさにあらためて気づいて、笑うしかなかった」

「確かにな」

奴も白けた笑いを浮かべる。

「それで？」

イアンは訊いた。

「店の前に車をつけさせるよ。照明を消し、傘で顔を隠して、まず俺が出てゆく。あんたの身代わりを一緒に乗せ、走り出したら、四、五分は騙されてくれるだろう。遠目には西洋人に見える背恰好の部下を選び、中尉に似せた服装に替えて待機させている。ま、上手くいかないかもしれないが、そこは運に任せるしかない」

「自分から進んで囮役になるのか」

「ああ。ものすごく嫌で腹立たしいが、今の俺にできる最善のことだからな。俺が権藤を殺せば逮捕、勾留され、裁判を受けることになる。戦勝国人であるあんたは国外退去で逃げ切ることが可能だ。残念ながらあんたに任せるしかない。代わりに必ず権藤を殺せ」

「松川も死に際に似たようなことをいっていたそうだ」

「聞いたよ。結局、奴もいいように使われ、踊らされ、そして死んだ」

――その通りだ。

イアンも変わらない。

実の父に、ＧＨＱ民政局に、踊らされ、今も死線の上で右往左往している。

だが、そんな興醒《きょうざ》めな舞踏会ももうすぐ終わる。

「俺はどう逃げればいい？」

イアンは確認した。

「下に案内役を待機させてある」

胡喜太が立ち上がり、障子に手をかけた。

日本語の話せないイアンの案内役。誰だか訊かなくてもわかった。

――潘美帆。

奴が続ける。

「道順は教えてあるから、あんたはうしろをついていけばいい。ただ、絶対に彼女を死なせるな」

「どういうつもりだ」

答えを半分わかっていながらもイアンは問いかける。

「一番適任だから選んだ。それだけだ。あんたの気持ちを弄《もてあそ》んでいるわけじゃない。弄び、嘲笑してやるのも悪くないが、今は残念ながらそのときじゃない」

「この騒ぎのあと、彼女のことはどうする？」

「あんたには関係ないことだろう」

胡喜太はそういったあと、肩越しに一瞬こちらを見てつけ加えた。

「今は権藤を殺すことだけに集中しよう。その先は、俺とあんたの運命はまた別れ道だ」

奴が障子を開け、部屋を出てゆく。

イアンもあとを追う。

階段を下りると、うなぎ屋はもう閉店させたようで正面入り口が木戸で閉じられていた。その木戸のひとつに、腰を屈めて通るような小さな横引きの出入り口がついている。土間と呼ばれる周辺には胡喜太の配下十数人が詰めており、その向こうに潘美帆が立っていた。濃い灰色のズボンに茶色のセーター、頭に紺のスカーフを巻いている。地味な風貌は日本人に似せて目立たぬようにしているのだろう。

メイが目礼し、イアンも返した。

閉じた木戸の外にも、すでに十数人の配下と数台の自動車が待機しているようでエンジン音が聞こえる。木戸の内側を固めている配下のひとりが胡喜太に耳打ちした。

「外で待ち伏せているそうだ」

奴がイアンに小声でいった。

「知っている顔か？」

「いや、このあたりの組の者じゃない。新宿、渋谷の連中を動員したのかもしれない。どちらにしろ、思っていたより状況は悪そうだ」

「ここで仕掛けてくるか？」

「かもしれない。外の連中は斥候、もしくはこっちの様子を探るための捨て駒だろう。五十メートルも先に行けば、たぶん本隊が待機している。そいつらが俺を乗せた車列を狙うのか、それともこの界隈を囲んで撃ち合いをはじめるのか。こっちが動いてみないとわからない」

「このあたりの住人や店の従業員は？」

「離れるように伝えた。さて、待っていてもいいことはないし、もう行くか。中尉も行ってくれ」

メイが手に靴を持って近づいてきた。ハイヒールではなく布製の運動靴だ。イアンも真似て自分の革靴を手にして廊下を進み、調理場へと出た。従業員はもういない。メイが靴を履いて調理場の奥の裏口へと歩いてゆく。イアンも彼女に合わせ革靴に足を入れる。

玄関口のほうでパンと音が響いた。

自動車のバックファイアーではない。銃声だ。さらにパンパンと数回響いた。

銃撃がはじまった。胡喜太を乗せた自動車が出発する前に、このうなぎ屋の正面が戦場になってしまった。

表情を厳しくしたメイが無言で手招きする。

彼女を追って調理場の裏口を出ると、隣の飲食店の壁が見える細い通用路だった。その暗く細い道を進む。両側に並ぶ精巧な壁彫刻（鏝絵《こてえ》）や豪奢な瓦で飾られた建物は、いわゆる料亭というものなのだろうか。日本独特の魚介のスープベース（出汁《だし》）とタバコの匂い、それに脂粉の香りも漂っている。遠くからは断続的に銃声が聞こえてくる。単なる脅しの銃撃ではなく、相手は本気で胡喜太を殺しにかかっているようだ。少し前に奴の持つ会社が襲撃されたが、あのうなぎ屋も小さな戦場に変えられてしまった。

メイが道沿いに並んだ壁の木戸を開けた。イアンの手を取り中へと入ってゆく。どこか別の店の裏庭だった。空瓶入りの木箱が積まれ、木桶も置かれている。水の入ったブリキ缶にはタバコの吸い殻がいくつも浮かんでいた。従業員たちの休憩場所なのだろう。その裏庭を抜け、さらに細い道を進むと、石垣で護岸された狭い川に突き当たった。川には釣り船や屋根付きの船（屋形船）が並んでいる。その一艘《いっそう》にメイが飛び乗った。イアンも追う。舳先《へさき》まで駆け、その先、さらにその先と船を伝ってゆくと、五艘目の屋根付き船に操舵役の日本人が待っていた。両岸の街明かりがぼんやり照らす暗い船縁《ふなべり》で、皺深い初老のその男はタバコを吹かしている。船は木造だが手漕《こ》ぎではなくエンジン付きで、すでに低いアイドリング音を響かせていた。

メイが日本語で何か告げると、男はタバコをくわえたまま立ち上がり、すぐに船尾の舵を取って出発させた。

屋根付き船は細く薄暗い川を進み、すぐに別の広い川へと出て鉄橋をくぐった。

船は速度を上げてゆく。遠くから、まだかすかに銃声が聞こえてくる。だがそれも船のエンジン音にかき消された。

メイのスカーフと髪が風になびく。

「しばらく進んだ場所に自動車が用意してあります」

メイが口を開いた。

「ただし、運転手はいません。中尉ご自身で運転していただけますか」

イアンはうなずいた。

周到に用意された退路。当然イアンのためではなく、当初会談する予定だった野際組四代目が裏切り襲撃を仕掛けてきた場合に備え、胡喜太自身が逃げるために準備しておいたのだろう。

暗い隅田川を吹く風は冷たく、臭気を孕《はら》んでいる。

メイは何もいわない。イアンも話しかけない。

ふたりの間にはもう特別なつながりなどない。いや、はじめからそんなものはなかったのかもしれない。イアンの中にわずかに残っていた、未練とも後悔とも違う何かを、海風が完全に拭い去り、洗い流してゆく。

上着の下に右手をしのばせ、ホルスターに収めたブローニングの感触を確かめる。

――撃たれる前に権藤を撃ち抜く。

イアンはただそれだけを考えた。

3

竹脇は半分も吸っていないタバコを灰皿で消した。

銘柄はピース。吸い慣れているはずなのに、今日はひどく不味い。部屋の隅の棚に置かれたバーボンのボトルに手を伸ばしたものの、隣の水差しを摑んだ。

コップに注ぎ、水を一口飲む。

――気持ちが揺れている。

そう、竹脇自身もわかっている。

自分が正しいことをしているとは思わないが、決して間違ったこともしていない。しかし、本当にこれでいいのだろうかという、わずかな迷いが生じてしまった。

――まゆ子のせいだ。

迷いを持て余しているとノックの音が響いた。

「開いている」

竹脇は英語でいった。静かにドアが開いてゆく。

が、入ってきたふたりの男に見覚えはなかった。どちらも白人で、軍服ではなく灰色の背広に同じ灰色の帽子を身につけている。

「参謀第二部の者じゃないな。許可は？」

竹脇は訊いた。

「もちろん得ている」

男たちは身分証を見せた。所属の欄には中央情報局（ＣＩＡ）と書かれている。

「知っているかな？」

男のひとりが尋ねる。

「名前だけは。諜報専門の組織だと聞いたが」

「わかっているなら話が早い。相談があって来たんだ」

男たちはアメリカ人らしい作り笑いを浮かべると、勧めてもいないのに部屋に置かれた椅子に腰を下ろした。

※

「カレルさんとはいつからお知り合いなのですか」

アベニューZ（晴海通り）を進むタクシーの後部座席からまゆ子は訊いた。

「本当に興味がおありですか」

運転している小森が訊き返す。

「いえ、実はそれほど」

まゆ子は恐縮して顔を伏せた。

「いいんですよ。これからのことを考えて緊張されているんですよね」

「何が控えているか、ご存じなんですか」

まゆ子はさらに尋ねた。

「詳しいことは知りません。でも、銃器や銃弾をお渡しするようにといいつけられたのですから、これから物騒なことが起こるのは馬鹿でも想像がつきますよ。それにお嬢さんは、他人のことを詮索して喜ぶ類《たぐい》の人間には見えません。ただ、あまりに気持ちが張り詰めていて、私と話すことで少しでもほぐそうとしていらっしゃる」

「その通りです。すみません」

「謝らないでください。いえね、別に自分のことを出し惜しみしているわけじゃないんです。少しはお嬢さんの気が紛れるなら、私の身の上でもお話ししましょうか」

「よろしければ聞かせてください。誰かの声を聞いていないと、自分の中の悲観的な声ばかり聞こえてきてしまって」

正直にいった。

ハンドルを握りながら小森が話しはじめる。

「開戦時は上海におりました。結婚していて、子供は三人。夫は陸軍の軍属で会計課長をしておりましてね。ところが開戦の八ヵ月後、夫が横領で訴えられ、軍内で聴取を受けたんです。残念ながら横領は事実で、以前から月々いただく給料よりよい生活ができている理由を、私もそれとなく夫から聞かされておりました。ただ、夫ひとりではなく将校や会計局その他の一団での悪巧みだったのに、夫ひとりにすべての罪が被せられたんです。それに納得できなかった夫は、一切を公表しようとしていた矢先、服毒自殺しました」

「自殺？」

「もちろん偽りで、殺されたんです。一番下の子供が生まれて四ヵ月のころでした。残された私は子供たちを連れ、戦時下でしたが日本に逃げ帰った。上海に残っていたら私たちも殺されていたからです。日本でも軍に追われるのではと怯えていましたが、戦局の悪化で私たちなどにかまっている余裕はなくなったようでした。追われる恐怖は薄まりましたが、戦中は皆さん同様、私たち家族も相当にひもじい思いをしました。それが敗戦で一変しましてね。私が少しばかり英語が使えて、女だてらに自動車の運転ができたことで、アメリカ軍の将校さんの奥様方の通訳兼運転係としてGHQに雇われたんです。そこでさらにカレルさんに声をかけていただきました」

「なぜカレルさんのお誘いに乗ったのですか」

「正直よくわかりません。たぶん少しばかり気が抜けてしまって、その穴を埋めるものが欲しかったのでしょう。戦中は夫にすべてをなすりつけた人々を怨み、いつか必ず仕返しをすることを思いながらどうにか生き抜いたのに、その人々も半分以上が戦地で死んでしまった。そもそも一番憎んでいた帝国陸軍が敗戦で霧散してしまった。憎む相手を失ったものの、気持ちはどうにも収まらず、アメリカさんの裏のお仕事を少しばかりお手伝いすることで、今も日本に復讐しようとしているのかもしれません」

前を見ながら運転する彼女の声は、どこか物悲しげに笑っているように聞こえる。

「理屈もへったくれもない、馬鹿な話で申し訳ないです」

まゆ子は言葉を探した。が、口から出たのは結局凡庸な一言だった。

「いえ、とんでもない」

こんなとき、上手く返せない自分が恥ずかしい。

小森が続ける。

「ただ、所詮は素人ですから。アンダーソン中尉は、はじめのころから私がカレルさんとつながっているのをお気づきだったようですね。やはりヨーロッパ戦線をひとりで戦い抜いた本物の軍人さんには敵いません」

「中尉のことにお詳しいのですね。私の事情についてもきっとご存じなのでしょうね」

「少しばかり知っている程度です。詳しく聞くと情が湧いてしまって、この仕事に支障が出るかもしれないので」

「情？」

「ええ。あくまで仮のお話ですけれど、もし指示が出れば、お嬢さんを殺すお手伝いもしなければならない。お嬢さんを乗せて、本来連れて行ってくれといわれた場所とはまったく違う場所に運び、待っている男たちに引き渡す。直後にお嬢さんは殺されるとわかっていてもです。深入りしてお嬢さんのことを知りすぎてしまったら、同情心を抱き、途中で降ろしてしまうかもしれないし、危ないから逃げてと教えてしまうかもしれない。だから、あまり親密にならないほうがいいんです」

タクシーが信号で止まった。

運転席の彼女が後部座席のまゆ子に一瞬目を向ける。

「生意気にもこんなお話をしたのは、お嬢さんに知っておいてほしかったからです。私は進んで、お嬢さんは止むに止まれずと、道筋はまったく違いますが、GHQの決して表沙汰にできない部分に触れ、作業に関わってしまった。幸か不幸か、若いのに利口で度胸もあるお嬢さんには、この先もGHQからの依頼が来るでしょう。そしてお嬢さんは、きっとそれから逃げることができない」

まゆ子は息を呑んだ。

ただ、驚きはない。

「わかっています」

自分に言い聞かせるようにつぶやいた。

信号が青に変わる。

タクシーはまた走り出し、日比谷の交差点を右にゆっくりと曲がっていった。

※

丸の内一丁目六番一号、帝国銀行本店横でイアンはフォードを停めた。

助手席のメイが無言で降りてゆく。

代わりに待っていたまゆ子がカレルから託された麻袋を抱えながら近づき、助手席に乗り込んだ。

反対にメイは、まゆ子の乗ってきた小森のタクシーの後部座席に乗り込んでゆく。胡喜太の無事を確かめるため、柳橋のうなぎ屋に引き返すのだろう。ただ、まだ撃ち合いは断続的に続いているかもしれない。GHQ参謀第二部が手を回し、日本の警察の到着を意図的に遅らせているはずだ。

車外に立っていた小森が遠目に目礼し、イアンも片手を軽く上げて返した。

アクセルを踏み、フォードを発進させる。

街灯に照らされた夜の東京。八日前に来日した夜に見たときより、なぜだか色鮮やかに感じる。

「痛むか」

イアンは訊いた。まゆ子の顔は腫れている。松川に拉致された際に殴られたのだろう。

「まだ少し。でも、ついさっき追加の痛み止めを飲みましたから。そう、カレルさんが、どうかご無事でまたお会いしましょうとおっしゃっていました」

「彼のほうは無事か？」

「はい。お変わりないように見えました」

——さすがコウモリ。

イアンに少しばかり武器を融通した程度で、彼の地位が脅かされることはない。

——この先は俺も彼のように器用に生きたい。

思ってみたが、到底無理だということもわかっている。

「五味淵貴和子は死んだのか」

イアンはハンドルを握りながら訊いた。

「いえ、わかりません」

「松川のほうは本当に死んだのだな」

「はい。亡くなりました」

「そうか。上野の国立博物館とその周辺に関して、君の知っていることを教えてくれ」

彼女は前を見ながらうなずくと、淡々と話しはじめた。

国立博物館本館はコンクリート製の建物に瓦屋根の載った帝冠様式という技法で造られており、近くには本館より以前に建てられた表慶館《ひょうけいかん》というドーム屋根の洋風建物もある。敷地面積約十二万平方メートル。本館裏手には池を囲む森深い庭園があり、日本を代表する木造建築物が移築されているという。

広い上に高価な美術品、工芸品が並んだ面倒な場所だが、閉館後に館内にいる人数は限られる。

「一緒に来てくれるな」

イアンはいった。

「そのつもりです」

まゆ子が返す。

「竹脇祥二郎はまだ東京QM倉庫でおとなしくしていると思うか」

「わかりません。でも、もう移動しているでしょう」

「だろうな」

居場所の想像は容易につくが、イアンもそしてまゆ子もあえて口にはしない。

——今夜は奴に会いたくない。

ただ、それは友情とはまるで違う感情だ。

一通り国立博物館についての彼女の話を聞いたところで、イアンはタバコを取り出した。信号で止まっている間にマッチを擦り、火をつける。

「潘美帆さんとご一緒だったのですね」

まゆ子がいった。

「うなぎ屋が包囲され、そこから抜け出すのを手伝ってもらった」

「ご無事で何よりでした。彼女とお話はされましたか」

「一言話した」

「一言？　それだけですか？」

助手席のまゆ子がこちらを見る。

「逃走手順の確認だ。問題あるのか？」

「確かに問題はありません。でも、今夜死んでしまうかもしれないので、どうかいわせてください。それが大人の流儀なのかもしれませんが、気持ち悪いんです。そう、すごく気持ち悪い」

まゆ子の語気が強まる。

「潘さんは中尉を好いていらっしゃる。中尉も彼女をお嫌いではない。子供の私にもわかります。なのに反発し、互いに歩み寄ろうともしない。もっと素直に仲良くなさればよろしいじゃないですか。ふたりはとてもお似合いです」

「似合う？　一ヵ月足らずしか一緒に行動していないふたりの間に、似合うも似合わないもないと思うが。加えて君は彼女と数回しか会っていない。それで俺たちの関係性などわかるのか」

「互いが惹かれ合うのに、出会ってからの時間は関係ないと思います」

「関係ないという根拠は？」

「根拠はあの、特にありません。ないですけれど、でも、人と人とのつながりの強さを決めるのは、時間の長さではなく縁《fate》の深さです」

「運命的《destiny》なつながりということか」

「はい。中尉と潘さんがご一緒にいる姿や話しているときの態度、表情を見れば、私のような馬鹿でも、おふたりの気持ちを感じ取れました。英国もある程度の家柄の生まれであれば、結婚は親同士、家同士が決めるものだと聞きます。中尉もお国にお戻りになれば、いろいろな事情がおありになるのでしょう。でも、今の思いに素直になることも大切だと思います。おふたりの間にある違いも垣根も越えるほどの結びつきに、私だけでなくオトリー参事官やホフマン二等書記も気づいているはずです」

「実に雄弁に語るな」

「わかったように語りたくなってしまうほど、不自然で気持ち悪いんです。おふたりが無理に反発し合っているのを見るのは」

「これから無礼で差別的なことをいうが、いいか？」

「は？　それが今、なぜ必要なのですか」

「歩み寄らない理由を説明するためだ」

「でしたら、まあ、どうぞ」

「飼い主が犬をどれだけ大切にし、犬が飼い主をどれだけ信じ、忠誠を誓おうと、その飼い主と犬の間に情愛が生まれようとも、恋愛など育むことはない。あくまで飼い主と犬の関係であり、婚姻などはあり得ない」

「まだ、そんなことをお考えなのですね」

　彼女の声がさらに大きくなった。

「アメリカや欧州には、そういう考えの方が確かに多いのでしょう。アヘン戦争以降、英国の方は今も中国を含むアジアを見下し、アジア人を劣る存在と感じていらっしゃるのでしょう。日本との戦争がその蔑視を増長させたのもわかります。でも、中尉は香港で中国人の潘さんと交わり、日本にいらしてからは日本人だけでなく、在日朝鮮人の胡喜太さんとも交わり、その助けも借りて、今、権藤のいる場所へと向かっている。なのに、まだそんなことをいうなんて」

「俺だけでなく、まるで英国人全体が差別思想に凝り固まっているような口ぶりだな」

「いえ、そういう意味では」

「他人のことはわからない。だが、仮に英国人の大半が俺と同じ意識を持っていたとして、少し前まで我々を家畜どころか鬼畜と呼んでいた君たちに非難する資格はあるのか。日本を憎み、日本語を嫌っている俺でも鬼畜米英という言葉は知っている。それほど君たちの欧米人差別は世界に知られていた。日本の連中が友好的になったのは単に戦争に敗北したからで、決して博愛や人権に目覚めたからじゃない」

「確かに日本人も差別的でした。でも、私は国同士の問題を議論しているのではありません。人種や民族のことでもない。中尉とメイさんふたりのことを話しているんです」

生意気だし煩わしいとも感じている。なのにイアンは黙れとはいわなかった。それどころか、話す必要もない自分の本心が思わず口からこぼれ出た。

「俺自身、極東に来て現地の人間と行動を共にすることで、多少なりとも考えが変わるのではと思っていた。変わってしまうことに怖さもあった。だが、変わらなかった」

「失礼ですが、病的に感じます」

「俺の中の消えない差別心は確かに病的と呼べるかもしれない。だが、人は肌の色や生まれた地域、国籍、出身階級などで区別されるものではなく、万人は平等だと本気で信じようとしている君も、ある種病的ではないか」

「かもしれません。でも、同じ病的なら、万人平等と思い込んでいるほうが、まだ救われます」

——救われる、か。

「救われたところで、どうなるのだろうな」

イアンはつぶやいた。

4

4thストリート（昌平橋《しょうへいばし》通り）の先に不忍池を囲む緑の木々が見えてきた。

上野恩賜《おんし》公園内の動物園入り口（現在の正門）近く、今日の営業を終えた露店が並ぶ裏手にイアンとまゆ子は立っている。

外国人男性と日本人女性のカップルが腕を組みながら公園内を散歩したり、暗がりで服の下をまさぐりあったりしているおかげで、イアンたちだけが特に目立つこともない。五分ほど前、日本の制服警官が近づいてきたが、寄り添って立つイアンたちを確認すると、そのまま何も言わず去っていった。うわさに聞いていた浮浪児の野盗集団は見かけなかった。まゆ子によれば、東京都挙げての「刈り込み」と呼ばれる捕獲作業の結果、大半が強制収容されたらしい。

腕時計を確認する。午後十一時。

この場で落ち合うはずだった胡喜太もオトリー参事官もまだ来ない。胡喜太は襲撃者たちを排除するのに、オトリーはGHQ民政局のケーディス大佐とマイルズ中佐を連れてくるのに、手こずっているのだろう。

——やはりこのふたりでやるしかない。

「はじめよう」

イアンは来日直後にマイルズ中佐から渡されたIDをまゆ子に握らせた。彼女には、これを持って国立博物館の正面入り口に向かわせる。IDに加え英国連絡公館発行の通訳の職員証も見せれば、警備員や博物館職員たちも、夜間に突然訪れた彼女を無下にはできないだろう。少なくとも話には耳を傾けるはずだ。

権藤忠興と無関係の者は極力避難させたい。アメリカ人であれ、英国人であれ、日本の連中であれ、関係のない者をこれ以上巻き込むのも、誰かの思惑に巻き込まれるのもまっぴらだ。

「自分の仕事を終えたら、すぐに博物館から離れろ」

イアンはいった。

「わかりました」

ビーズ刺繍《ししゅう》がついた布バッグを持つまゆ子が背を向け、離れてゆく。

イアンもレンガの壁沿いを徒歩で進んでゆく。壁の向こうは美術学校（現東京藝術大学）だそうだが、午後十一時を過ぎた今、建物の窓明かりはすべて消えている。

人通りも車通りもほとんどない薄暗い道を横切り、博物館を囲む低い塀を越えた。ここまでの侵入が容易なのはわかっている。八一号文章を回収した今、参謀第二部も、要人ではなく単なる一日本人に過ぎない権藤の警護に過度の人員を割くことはできない。少数の精鋭が配されていたとしても正規兵だ。イアンのように敵地への単独潜入や攪乱《かくらん》の任務についたことのない、正規の戦闘しか知らない者たちなら、対処の方法はある。

日本のヤクザたちも配置されているだろうが、今さら権藤のために命を張る連中がいるとは思えない。金や条件次第で取引も可能なはずだ。

ただ、この広い敷地のどこに権藤がいるのか突き止めなければならなかった。

木々の茂る中を遠くに建つ帝冠様式の本館を目指し、静かに進んでゆく。が、一度足を止めた。伸びた下草の中に細いロープが這わせてある。闇の中、慎重に確認すると、野獣を捕らえるためのベアートラップもいくつか隠されていた。博物館閉館後に仕掛けたのだろう。

警戒している人数は少なくとも、やはり侮れない。

正門付近が騒がしくなり、人の声が聞こえてきた。まゆ子が上手く引きつけてくれているようだ。

イアンは足元のトラップ、建物の上の哨務《しょうむ》、さらには放たれているかもしれない犬に警戒しながら本館付近へと進んでゆく。

そして歩哨《ほしょう》が巡回に来るのを、石灯籠《いしどうろう》と呼ばれる古い照明用台座の陰に隠れて待った。体感で三分。すぐにフラッシュライト（懐中電灯）と小銃を携えた軍服姿の兵士はやってきた。

警備の人数が多くないため、やはり複数ではなくひとりだった。暗がりで目を凝らして見る限り、日本に駐留しているアメリカの下級兵の中では年齢も比較的上のようだ。

——都合がいい。

イアンは静かに背後に回り、手にしたブローニングの銃口を向ける。そして引き金を引かずに小さく呼びかけた。

「おい」

イアンの声に兵士が驚きながら振り返り、ライトの光と小銃を向ける。

「落ち着いてくれ。まずはライトの光を下ろしてほしい」

「は？」

彼が返す。声の感じからもイアンと同じか少し上の年だとわかる。

「撃つならもう撃っている。頼みがあって君を選んで声をかけた。警笛は吹かないでくれ」

胸に下げた笛をくわえようとした彼に、イアンは穏やかに話しかけた。

「頼み？　俺を選んだ？　何をいっている」

「経験の浅い新兵では動揺して撃ってしまう。だが熟練の君なら、冷静にこの状況を判断してくれるはずだ」

「こんな状況で褒め上げる気か」

「事実をいったまでだ。俺は英国人で、無愛想な英国将校が世辞などいえないことはアメリカ人にも知られているだろう。警備が手薄で一番安全に本館内に入れる場所を教えてほしい。もちろん礼もする。一瞬ポケットに手を入れるから撃たないでくれ」

イアンは丸めて輪ゴムで留めたアメリカドル札の束を出した。

「五十ドルある。気づかぬ振りをして、警笛を吹かずここを立ち去ってくれるのなら、これを君に渡す」

銃弾や侵入用の道具だけでなく、この現金もカレルに用意してもらい、まゆ子に運ばせた。時として銃器やナイフより威力を発揮する。

「買収する気か」

彼が訊く。

「ああ。こんな場所で素性の知れぬ日本人を守るために傷つき、命を落とすなど、馬鹿らしいだろう。俺も同盟国の兵士とは揉めたくない」

男が渋い顔で首を横に振る。

「その通りだが、バレれば懲戒を喰《く》らうどころじゃ済まない」

「バレはしない。捕らえられても、俺は君に会ったことなどいわないし、君も黙っているなら誰にも知られることはない」

男はライトの光を下ろし、黙った。

「急いでくれ」

イアンがいうと、男は小さくうなずいた。

「雨どいを登って二階のベランダから侵入するのは避けたほうがいい。一番警戒するようにいわれている。庭園に面した本館の裏手にガラス窓がある。そこを破って入るのが平凡だが確実だろう。全部の窓を警戒するほどの人数もいないし、本館内の巡回は十分おきだ」

「ありがとう」

イアンはドル札の束を投げ、彼は受け取った。そして何事もなかったように振り向き、離れてゆく。

イアンもすぐに本館の裏手に回った。

※

「危険なので本館付近には近づかないでいただきたい」

まゆ子は正門横の警備室で三度目の説明をはじめた。

制服を着た日本人の警備員は気味悪げな顔で見ている。頭のおかしそうな少女が来たが、英国連絡公館の職員証を見せたため追い返すわけにもいかず、今、電話で上司に対応を問い合わせている。横には小銃を携えたアメリカ兵もいるが、日本語の内容はわからないようだ。ただ、彼らもGHQ民政局のケーディス大佐の署名が入ったIDを見て、どうしていいかわからず困り顔をしている。

まゆ子が説明を続けている間に、他の日本人職員やアメリカ兵も集まってきた。とりあえずこれで任務は遂行できた。本館周辺の警備が手薄になるはずだ。

だが、新たに中年のアメリカ兵が早足で警備室に入ってくると、状況が少し変わった。その場にいた兵士や職員たちが彼に向かって一斉に説明をはじめる。しかし、彼のほうは誰の言葉も聞かず、若い兵士が手にしていたIDを奪うように取り、目を通すと、まゆ子に視線を移した。

「下井まゆ子か。名前は聞いている」

中年兵士が英語でいった。

アンダーソン中尉やオトリー参事官に見せられた一覧表を思い出しながら、中年兵士の階級章を見る。一等曹長。ここの警備隊の指揮担当のひとりなのだろう。

「ランドル中尉に連絡は？」

一等曹長が兵士たちに訊く。

「しましたが不在で、今どちらにいるのかわかりません」

若い兵士が返した。

ギャビー・ランドル。以前、アンダーソン中尉から聞かされた名前だ。その男もここにいるのだろうか。

「指令室《オペレーションルーム》には？」

一等曹長がさらに訊く。

「問い合わせましたが、こちらの判断に任せると」

「どいつもこいつも面倒を押しつけやがって」

一等曹長は首を小さく横に振り、小言をひとくさりするとまた兵士たちを見た。

「その娘の身体検査はしたのか？」

兵士たちが「いいえ」と返す。

「まあいい」

一等曹長がまゆ子の襟首を摑んだ。

「場所を変えて、持ち物も体も入念に調べる。おまえがここにいるのならアンダーソンも来ているはずだ」

まゆ子は訊いた。

「場所を変える？　理由は？」

しかし、一等曹長は答えない。

——下心を抱いてくれた。

そう感じた。

一等曹長は持ち場を離れず警戒を続けるよう兵士たちに命令すると、まゆ子を強引に警備室の外に連れ出した。

「私をご存じのようですね。誰に聞いたのですか」

まゆ子は襟首を摑まれたまま尋ねる。

「誰でもいいだろう」

一等曹長が返す。他に付き添いの兵士はいない。外灯が照らす前庭をふたりだけで本館へと進んでゆく。

「でもあの、指揮担当の方ですよね。アンダーソン中尉からの伝言が――」

「黙っていろ」

一等曹長は強くいうと、独り言のように続けた。

「なぜ正門に来た？　陽動のつもりか？　自分から捕まりに来るなんて馬鹿な娘だ。権藤といい、おまえといい。日本のクソどもが」

権藤の名前を出し、さらに罵りが続く。

その途中――

まゆ子は薄闇の中で膝下丈のスカートの裏側に隠しておいた注射器を素早く取り出し、ズボンの上から一等曹長の尻に刺した。

一等曹長が驚き、慌てて手で注射器を振り払う。

まゆ子は即座に駆け出した。

怒りの形相で追ってきた一等曹長が背後に迫る。腕を摑まれ、引き倒された。やはりすぐに捕まってしまった。だが、腰のホルスターから拳銃を取り出そうとする彼の手がまごつく。

恐ろしい。けれど、アンダーソン中尉の指示通りにやれた。

護身用にとカレルに渡されたものを、敵戦力の分断に使おうと中尉から提案されたときは躊躇した。隙があれば警備兵に、しかも可能な限り階級の高い者に打ち込めと無茶なことをいわれ、できるわけがないと突っぱねた。

だが、持ってきてよかった。

ひ弱な日本の娘だと油断した上、下心を抱き、部下も連れずにふたりきりで暗い前庭に出るという恰好の状況を一等曹長自身が作ってくれた。おかげで催眠作用だけでなく幻覚作用もある注射器の薬剤を、半分以上注入できた。

怒気を含んでいた一等曹長の相貌《そうぼう》が崩れる。明らかに意識が混濁している。

まゆ子は彼の腕を振り払い、立ち上がった。本館正面のエントランス内にいたアメリカ兵が事態に気づき、外に出てくる。

——これできっと警備の指揮系統が少しは混乱する。

まゆ子はまたも駆け出した。芝生の上を走っている途中、背後で銃声が聞こえ、植え込みに飛び込む。さらに銃声の響く中、本館裏手の森深い庭園へと這い進んだ。

※

イアンは銃声が響いたほうへと顔を向けた。

だが、すぐに目前の課題に集中し、再度本館を見上げる。

裏手側一階の窓には鉄格子が嵌められていたが、少し高い階段の踊り場部分の窓には鉄格子がない。しかも奥まっている。背の低い日本人が登るのは難しくてもイアンの身長があれば十分に飛びつき這い上がれる。

イアンは登ると、ガラスカッターで窓ガラスに小さく半円を描き、傷をつけた。そこを拳銃のグリップで叩く。バリンと音が響いたが構わない。割れた穴から手を入れ、内側の鍵を開ける。そしてすぐに侵入した。

踊り場だと思ったが、入ったのはトイレだった。まあいい。警備の兵士やヤクザが来る前に急いでその場を離れる。

館内の照明が次々と点灯してゆく。

やはり音で気づかれた。それとも前庭で響いたあの銃声のせいだろうか。まゆ子のことが気がかりだが、今は忘れよう。

イアンは身を隠しながらガラスの向こうに展示品の多色版画（浮世絵）が並ぶ通路を進み、アメリカ兵を探した。日本人のヤクザでは言葉が通じず、交渉を持ちかけるのが難しい。

そして遠くに、通路を左に曲がって消えてゆく軍服の背を見つけた。

が、追いつく前に横から声がした。

「動くな」

見ると、若いアメリカ兵が三メートルほどの距離に立っている。

「だから動くな」

兵士がくり返す。

年は二十歳前後だろうか。彼の顔は引きつり、声も震えていた。

「落ち着いてくれ。取引がしたい」

イアンはいった。余裕のない若い彼にも一応持ちかけてみる。

「は？　ふざけるな。ひざまずけ」

怒鳴りながら銃口を向け、近づいてきた。

――急がなければ。

イアンはまず兵士に向かって両手を見せ、次に指示通りひざまずく振りをしつつ、一気に前に飛んだ。小銃の銃口を摑む。若い兵士は発砲した。が、幸いにも銃弾はガラスの向こうの版画ではなく、床板をえぐった。

イアンは摑んだ小銃の安全装置を下ろし、発砲不能にすると、彼がまた叫ぶ前にその首筋に拳銃の銃口を押しつけた。

「声を出さないでくれ」

彼の手から小銃を奪い、肩にかけると、近くにあったバックヤードへのドア開けるよう促した。悲しげな顔で抵抗しようとする彼の襟首を摑み、引きずるようにバックヤードに入り、ドアを閉める。職員用の階段があり、拳銃を突きつけながらふたりで下りてゆく。その途中、イアンは話しかけた。

「護っている日本人はどこにいる？」

「知らない」

彼が返す。

「素直に話してくれたら危害は加えない。ただ、急いでくれ」

「でも――」

「撃たれて苦しみたいか？　俺もこんなところで同盟国の仲間を撃ちたくはない、頼む、早く」

「二階のどこか。絶えず移動しているからわからない」

「バックヤード？　展示室？」

「それもわからない」

「ありがとう」

イアンは彼の頸動脈を絞め、意識を失わせると、床にそっと寝かせた。彼の傍に小銃を置き、軍服のポケットに丸めたドル札の束を入れる。

――二階か。

権藤の性格なら、こんな状況でも展示品を眺めている可能性が高い。二階には皇族の休憩所があるというから、そこかもしれない。

一階に下りたイアンは通路を進み、またドアを開け、バックヤードから展示室へと静かに出ていった。

直後――

左の肩に硬いものを押しつけられた。この感触、銃口だ。

「話をしよう」

知っている声。

ロコこと長田善次だった。

5

「撃てばおまえも撃たれることになる」

イアンも背広の陰から長田にブローニングの銃口を向けている。

「その上着の下か？　抜け目のない男だ」

長田が呆れた声で返し、さらに質問する。

「権藤を殺しに来たのか」

「他に何の目的がある？　おまえも権藤を殺したいといっていただろう」

「ああ。でも権藤だけじゃない、おまえも殺したい」

「なぜ？」

「前にいったはずだ。わかったように人の頭の中を見透かして説教臭いことをいう、いけ好かない野郎だからだよ」

「順番を変えないか。まず権藤を殺し、次に俺にしろ」

「馬鹿にしているのか？　殺《や》れるときに殺らなければ機会を逸する」

長田が笑みを浮かべ、続ける。

「ただ、撃ち殺すのは望んでいない。俺は殴り合いたいんだよ。あんた、オリンピック級のボクサーだったんだろ」

「殴り合いなんて冗談じゃない。権藤の居場所は二階のどこだ？」

「自分で探せ、クソ野郎」

「けち臭い男め。どうしても互いに痛い思いをしなきゃ駄目なのか」

「ああ、腹を括《くく》れ――」

長田の言葉の途中、イアンは引き金を引いた。

奴も引いた。

イアンの撃った銃弾が長田の左腿に命中する。長田の銃弾もイアンの左肩に撃ち込まれ、激痛が走る。

イアンはさらに引き金を引こうとしたが、その右手を長田の左手が摑んだ。イアンも自身の左手でオートマチックを握る長田の右手を摑み、奴が引き金を引けないようトリガーガードに指を突っ込む。さらに自分の手首を素早く返し、長田の右腕と手首の関節をねじ上げ、握っていたオートマチックを床に落とさせた。

が、イアンが拳銃を握っている右手に長田が嚙みついた。

指を千切ろうとぎりぎりと歯を食い込ませる。イアンはそれでも引き金を引いたが、奴には当たらず展示されている仏像の横の壁に穴を開けた。イアンの指先が痺れ、血が滴り、拳銃を握る手の力が緩む。

イアン、長田、双方の銃が床に落ちた。拾いたいが間に合わない。だからイアンは長田の銃を蹴った。長田もイアンの銃を蹴る。二丁の拳銃が展示室の床を反対方向に滑ってゆく。

と同時に長田が頭突きを仕掛けてきた。イアンは避け、長田から飛び退くように離れた。

「期待通りの展開になった」

長田が笑い、さらに続ける。

「隠しているナイフを抜きたいか？　いいぜ。でもその間に俺はあんたの首にこの手をかける。そして絞め上げる。刺されても放す気はない。あんたと相打ちで一緒に死ぬなら、まあ悪くはない終わり方だからな」

奴が構える。柔道？　空手だろうか？

イアンも拳を握り、構えた。残念ながら長田のいう通り、ナイフを抜こうとすれば一気に間合いを詰められてしまう。イアンより身長が高く、日本人にしては破格の百九十近い身長とあの大きな体で覆い被さられ、絞められたら逃げられない。イアンが長田の脇腹や背中を刺しても、奴が失血死するのとイアンが窒息死するのはほぼ同時になってしまう可能性がある。

銃弾を受けた左肩が激しく痛む。が、強い緊張が良くも悪くもその痛みを薄めてくれる。

「もう一度いう、先に権藤の息の根を止めないか。おまえと俺で協力して奴を殺すのでもいい」

イアンは再度訊いた。

「しつこいな。殺れるときに殺るといっただろう。でないと、狡猾な獲物はあらゆる手を尽くして逃げやがる」

「南元町の東山邸で思う存分やれなかったことが、そんなに心残りか」

五味淵が隠れ、治療していた、ＧＨＱ高官専用の「慰安所」のことだ。

「よくわかってるじゃないか」

「ようやく俺を殺す許可が出たわけだ」

「いや、残念ながら出てはいない。生かしておけとの指示だ。でも、これ以上は待てなくてな。権藤の命を狙う連中を排除するのが今回の俺の役目だが、それにかこつけてあんたを狩ることにした。こういう状況に不測の事態はつきものだろ？」

長田が返す。奴は右腕の脇を締め、左腕を斜め下前方に突き出している。空手の「型」なのだろうがよくわからない。ただ、イアンが銃弾を撃ち込んだ奴のカーキ色のズボンの左腿は血で赤黒く染まり、その染みは刻一刻と広がっている。

イアンも両脇を締め、ボクシングのガードの姿勢を崩さない。だが、握る右手の長田に嚙まれた傷口から血が滴り落ちてゆく。イアン自身は見えないが、撃たれた肩もたぶん血で染まっている。

「本来なら話すべきでないことまで地獄への手土産として話してやったんだ。ありがたいと思うなら素直に狩られろ」

長田がいった。

「人を獲物扱いするな、異常者」

「日本人狩りにやってきた異常者にいわれたくないな。死体から切り取った耳と指のコレクションを眺めるのは楽しいか？」

「おまえこそ、今まで殺してきた連中の息絶える瞬間を、毎晩寝る前に思い出してはほくそ笑んでいるのだろう？」

「あ？　その通りだよ。何度も人の頭の中を見透かしやがって。本当に気に入らない野郎だ」

長田が笑い、一気に間合いを詰めてくる。右、左と拳が真っすぐに伸びてきたが、どちらも両腕でブロックした。しかし、右足の蹴りが左脇腹を狙って飛んでくる。左肘を下げ防御したものの、一撃が重い。

――この野郎。何か入れている。

即座に感じた。長田の履いている黒革のブーツの先端には鉄が仕込まれているのだろう。

しかも、腕が下がった隙に、イアンは左肩、左顎を拳で突かれた。体重の乗った衝撃が、体、そして頭に響く。

それでもイアンは長田の左脇腹、さらに顔面に拳を叩き込んだ。

長田は退《ひ》かず、さらに蹴りを入れてくる。イアンも退かずバックステップでかわし、真横から奴の側頭を拳で狙う。が、長田も左腕で防御する。

殴り殴られガードし、互いの息が上がってゆく。ただ、何度も足を蹴られ、イアンは少しふらつきはじめた。

追う長田、逃げるイアン。前に飛びながら長田がまた蹴りをくり出す。が、寸前でイアンは横に逃れ、止められなかった長田の蹴りが並ぶ展示物の木像のひとつにぶち当たった。倒れてくる二メートル以上の木像を長田がよける。イアンもよけながら、長田の股間を蹴り上げた。

「卑怯者」

奴が腰を引きながら叫ぶ。

イアンが革靴の先に仕込んだ鉛のことだろう。

――どの口がいうか。馬鹿者が。

思ったが、言葉にする余裕などない。長田の腹、横顔に拳を叩き込んでゆく。たまらず長田がイアンの襟元を摑み、手繰り寄せる。腰に乗せ投げる気だろうが、イアンは懐に入ると下から長田の顎を殴った。

のけ反りながらも長田はイアンの襟元を離さず、ふたりもつれ合い、展示品が入ったガラスケースを倒しながら床に転がった。上に馬乗りになろうとする長田がイアンを床に仰向けに押しつける。顔に長田の両手が覆い被さった。口と鼻を押さえられ、息ができない。

しかし、口を覆った長田の指をイアンは思い切り噛んだ。

汚らしい日本の猿の血が口に流れ込んでくる。長田が片手を離しイアンの頬を殴りつける。それでも歯を立て続け、指の肉を噛みちぎった。

長田の手がようやく顔から離れたが、奴の右手には割れたガラス片が握られている。

その右手を振り下ろす寸前、イアンは展示品を摑んだ左手で長田の顔面を横から殴った。

倒れながらも長田の振るった右手のガラスがイアンの左の二の腕を斬り裂いてゆく。それでもイアンは倒れてゆく長田と入れ替わるように上半身を起こし、さらに手にした仏具のようなもの（金剛杵《こんごうしょ》）で、奴の体、顔を殴り続けながら、跳ねるように立ち上がった。

長田もガラス片を構えながら立ち上がろうとする。

イアンはその顔面を蹴った。

長田の首ががくんと揺れ、再度床に突っ伏した。イアンはさらにサッカーボールのように顔面を蹴る。長田が逃げるが、転がるボールを追うように鉛の入った革靴で蹴り続ける。奴の歯が飛び、唇が切れ、顔が変形してゆく。散々蹴ったあとで長田は動きを止めた。

イアンは奴を警戒しながら展示室の隅に落ちている自分の銃へと早足で進む。

両目を腫らした長田も立ち上がった。

――まだ気を失わないのか。

舌打ちしたイアンへと長田が突進してくる。イアンも走るが長田に蹴られ続けたため、足が思うように動かない。必死で走り、イアンは自分のブローニングを摑んだ。

直後、飛びかかってきた長田がイアンの足を摑んだ。執念を超えた怨念のような力でイアンを引きずり倒す。

「おまえを、権藤を、道連れに――」

長田が呻く。

「いい加減にしろ」

イアンは長田の白いシャツの背に銃口を押しつけ、引き金を引いた。

シャツが射出発火で焦げ、丸い刻印が押され、そして血が噴き出す。

こんな男でも赤い血が流れているのだとあらためて思うと同時に、不思議な感覚が体を駆け抜けていった。戦場で何人も撃ってきたのに、こんな感触ははじめてだ。

――こいつ、本当に人なのだろうか。

二発、三発、四発――右肺、左肺、心臓と少しずつ位置を変え、銃口を押しつけ撃ち込むたび、射出発火の刻印が並んでゆく。

五発目を撃ち込んだところで、ようやく長田は腫れた両目を開いたまま動きを止めた。呼吸もしていない。

人でも、東洋の大猿でもなく、生きながらすでに死んでいる何かと戦っていたかのようだ。

余計なことを考えそうになるのを、頭を横に振って止める。下半身にのしかかっている長田の体を蹴って退《ど》かし、立ち上がった。

展示室を見回し、他に誰もいないのを確認してから、足を引きずり、またバックヤードへのドアへと駆けてゆく。

ドアを開き、よろけながら中に入ると、そこで一度大きく息を吐いた。

左肩が痺れる。歯を食いしばりながら上着を脱ぎ、袖を破くと、撃たれ血が流れ出ている左肩の傷口に縛りつけた。さらに斬られた二の腕も縛る。そしてブローニングの弾倉を交換し、急いでその場を離れた。

長田に撃たれた銃弾はたぶんイアンの体内には残っていない。左肩から背の方向へと突き抜けていったようだ。激しく痛む。だが体はまだ動くし、経験上、たぶん命にも別状ない。

長田を排除できた。

だが、ある想像が浮かんだ。

――参謀第二部はすでに権藤を見限ったのかもしれない。そして、最後の後始末を俺に押しつけた。

無論、この国立博物館内にいるアメリカ兵はイアン同様、何も知らされていない。

箱庭の中で戦わされているような、チェスの駒にでもなったような気分だ。

――駒か。権藤ともそんな話をしたな。

ただ、GHQの連中の思惑に動揺している余裕などない。権藤も棄てられたことに気づき、自分の意思でここから退避をはじめているかもしれない。不穏な動きを感じ取ったのに、いつまでも二階の展示室などをうろうろしている男ではない。

――奴はどこから逃げる？

激痛を感じながらも考える。

イアンは一階の窓から外を見た。本館正面に軍服を着た何者かが倒れており、それを複数の兵士たちが囲んでいる。担架も運ばれてきた。誰がなぜ倒れたのかは、今は気にすべきことではない。それより兵士たちが集まっている本館正面から、彼らの目を避け、制止を無視して権藤が外に出ることは難しいだろう。

――他の経路か。

逃げ出される前に見つけなければ。

直後に銃声とガラスの割れる音が連続して響いた。

本館の裏手だ。

罠かもしれないと迷ったが音の方向に駆けてゆく。また銃声が響き、ガラスが割れた。身を隠しながら、割れた窓から本館裏手に広がる暗い庭園を見る。

「中尉、まだ中にいる。二階だ」

胡喜太が叫んだ。

死なずにここにたどり着き、権藤の脱出を阻《はば》んでいる。

権藤が他の場所に移動する前に追いつかねば。イアンも二階に駆け上がる。気になるのは胡喜太が撃ち、叫んだにもかかわらず、警備のアメリカ兵が奴に反撃しないことだ。本館裏の庭園にも数名の警備兵がいたはずだ。なのに、侵入者に対する発砲音も、本館正面から庭園に急行する増援の靴音も聞こえない。

——方針が変わった。

それが明らかになった。

ケーディス大佐、マイルズ中佐の到着が遅れているのは、この転換を受けてのものかもしれない。二階へと上がる途中、下りてくるふたりの日本人が見えた。職員とは明らかに違う。警護に駆り出されたヤクザだろう。ふたりもすぐにイアンに気づき、身構える。

「行け！　逃げろ！」

イアンは日本語で呼びかけた。

ふたりは一瞬躊躇したものの、握っていた拳銃をズボンの腹に差し、肩から血を流すイアンの横を駆け下りていった。

すれ違いざま、ヤクザたちは日本語で何かいった。

イアンには理解できなかったが、二階に上がった時点ですぐにわかった。

揮発性の臭気が漂ってくる。

ガソリンだ。

その臭いをたどった先、奥の展示室の天井から吊るされた、ぼんやりとした電球の明かりの下に人影が見える。

権藤だった。

ガラスの奥に陳列された、幽玄な墨の屛風絵の前に立っている。作者や銘などはまったくわからない。だが、東洋美術に一切関心のないイアンにも名品だとわかる。展示室の厚いカーテンは閉まり、電球がひとつだけなのは、強い陽光や照明の光による絵の褪色《たいしょく》を防ぐためだろう。

「長田は君を排除できなかったか」

拳銃の銃口を向けながら権藤がいった。

「文化財と心中か」

イアンも拳銃を構えながら呼びかけた。

「ああ。君がね。日本の美術品と一緒に死に、私は生きる」

奴が返す。

床一面がガソリンで湿ってわずかに光り、所々に溜まってもいる。部屋の隅には栓の開いたタンクがふたつ置かれていた。

「おまえにしては凡庸な策だな」

「そうかな？　悪くはないと思うが。君は銃器の扱いが得意だが、これで封じられた」

イアンの背後、大きなドアが音を立て閉じてゆく。気化したガソリンの充満する展示室に閉じ込められた。

閉めたのはランドル？　竹脇？

「どうする？　この状況でも私を殺したいか？」

権藤が訊いた。

「もちろんだ」

「銃を撃てば爆発する」

「撃たずにどうにかする」

イアンの言葉に権藤が笑みを浮かべる。

「どちらにしろ、長くは持たない」

ガソリンの引火点はマイナス四十度と極めて低く、またガソリンの蒸気は空気の約三倍から四倍の重さがあり、低いところに溜まりやすい。今はまだ床から膝あたりに滞留しているが、揮発が進めば、天井近くの高い場所に取り付けられている電球の位置まで達し、通電が点火プラグの役割を果たし、いずれ爆発する。

イアンは銃を床に置き、腰のうしろの鞘からナイフを抜いた。

権藤も銃を置き、代わりに床に置かれていた日本刀を手にした。

奴が鞘から抜き、構える。

日本人の操る日本刀に対してこちらはナイフ。しかも左肩を撃たれている。その上、長引いたら爆発の危険もある。

――賭けてみるか。

イアンは権藤に向かって走った。距離は約十三メートル。

権藤は動かず、待ち構える。

互いの距離が詰まる。が、権藤の前、七メートルでイアンは体を横に逸らし、体勢を低くしながらナイフを投げた。

回転しながら天井に向かって飛んでゆく。そして研ぎ澄まされた刃が電灯に電気を供給していた黒いケーブルを切断した。

が、爆発はせず、部屋は薄闇に包まれた。

電球が落ちて割れる音に混じり、ガソリンで濡れた床を滑るように間合いを詰めてくる権藤の足音がかすかに響く。イアンは逃げず、その音の方向へと向かいながら左腕を無理やり動かし、腰のうしろに差したもう一本のナイフを鞘から抜いた。前に進む。が、気配を感じ、わずかに体を左に傾けた。ぶんという音とともに、額、右まぶた、右肩に何かが触れ、通り過ぎてゆく。

直後、イアンは権藤の体をナイフで突いた。

しかし、よけられた。

権藤がさらに刀を振るう。イアンはガソリンで濡れた床を右に逃げ、さらに後ろへ飛んだ。

視界がまったく閉ざされたわけではない。博物館を囲む庭の外灯が侵入者を探すため明るく照らされ、その光が厚いカーテンの隙間からわずかに入り込んでくる。

ただ、権藤の姿ははっきりとは見えない。

「いい演出だ」

薄闇の奥から奴の声が届いてくる。

「強がりか」

イアンは返した。

「違うよ。君の命をなるべく奪わぬよう指示されていたが、これで私は君を殺す権利を与えられた。闇の中で暴漢に襲われ、何者かわからぬまま撃退したらアンダーソン中尉だったという白々しい言い訳が使える」

「それはよかった。だが、死ぬのは俺じゃない」

「その言葉、私からも君に送ろう」

強気な言葉をぶつけ合う。しかし、実際は互いに動けなかった。

薄闇に包まれ、しかも床は濡れている。動けばピシャリとガソリンが撥ねる音が嫌でも響き、相手に位置を悟られてしまう。

だから迂闊に先手を取ることもできない。

膠着状態の中、イアンも権藤も間合いを測り、飛び込む機会を見計らっている。

しかし、機会は簡単に訪れない。ガソリンはさらに気化し、展示室内に広がってゆく。強い毒性はないものの、ガソリンに含まれているベンゼンを多く吸い込むと酩酊《めいてい》状態になってしまう。

そんな中、先ほど閉じられたドアの外でがたんと音が響いた。

くぐもった男の声がふたり分聞こえ、さらにがたがたと音が続く。

薄暗いここだけでなく、ドアの向こうの展示室でも揉め事がはじまったようだ。

※

階段を忍び足で上ったまゆ子が二階で見たものは、ふたりの男が争う姿だった。

ひとりは軍服を着た金髪のアメリカ人、もうひとりは今日の昼に会った相手──竹脇祥二郎だった。そしてどこからかガソリンの臭気が漂ってくる。

経典の巻物が広げられたガラスケースの先で、アメリカ人が竹脇の腹を殴る。竹脇が低く呻きながらも、その腕を取り、ひねり上げ投げ飛ばす。ガラスケースが激しい音を立てて割れ、アメリカ人の体とともに美しい文字が綴られた巻物が床に叩きつけられる。

「裏切りか竹脇?」

アメリカ人が立ち上がって叫ぶ。

「新たな取引をしただけだ、ランドル」

竹脇が返す。

――そうか、あれがランドル。

まゆ子には見覚えがあった。一ヵ月前、あの男はトタン要害に数人の兵士を引き連れてやってきて、竹脇と二時間ほどふたりで話し込んだのちに帰っていった。

――ランドルが胡孫澔の殺害現場にアンダーソン中尉を誘導するよう、竹脇さんに要請したんだ。あの男はそれ以降も参謀第二部と権藤の意向を受け、竹脇を通じて中尉の動向を間接的にコントロールしていた。

「やはり日本の野良犬は卑怯だな」

ランドルがなじる。

「先に卑怯な手を使って巻き込んだのはおまえのほうだ」

竹脇も強い声でいった。

身長百八十を超えるランドルがベルトのホルダーからナイフを取り出す。奴より五センチほど低い竹脇も背広の内ポケットからナイフを出した。

ランドルが距離を詰め、ナイフを突く。竹脇はそれをかわすと、横からランドルを斬りつけた。しかしランドルも飛び退いて逃げる。

通常なら日本人がアメリカ兵に刃向かえば、ただでは済まない。ましてやこんな暴力を振るったとなればMPに捕らえられ、逮捕・勾留され、刑事罰を免れない。しかし、竹脇に躊躇する様子はない。ランドルもその覚悟に十分気づいている。

だからふたりは本気で殺り合っていた。

――どうしよう。

まゆ子は迷った。

竹脇に加勢すべきだろうが、自分では役には立たない。逆に足を引っ張ってしまうだろう。

それに、竹脇が本当に反権藤に回ったのかも、今はまだ判然としない。ただ、可能性はある。あの人は自分とトタン要害の住人たちの未来を、そして日本の将来を第一に考えるといっていた。そのために有用な提案をGHQの民政局からされたとするなら、権藤を切ることも十分に考えられる。

まゆ子は床に落ちているオートマチックの拳銃を見つけた。

ランドルのもののようだ。あれを拾い上げて、竹脇に協力するべきか？

「黙って見ていればいい」

うしろから知っている声が聞こえた。

振り返ると、胡喜太がライフル銃を片手に立っている。鼻血を流し、唇も切れているようだ。彼も命を懸けてここまで来たのだろう。

「俺たちがかかわれば逆に面倒なことになる」

胡喜太の言葉にまゆ子はうなずいた。

竹脇とランドルはナイフを振るっている。互いの軍服、背広のあちこちが裂け、その奥に赤く血を垂らしている傷が覗いている。

「だが、時間がないか」

漂ってくるガソリンを嗅ぎ取った胡喜太がつぶやき、そして日本語で叫んだ。

「竹脇急げ、わかっているだろう」

ランドルがはっとした顔でこちらに目を向ける。日本語が理解できないのだろう。

逆に竹脇はそれまでの距離を置いた体力の削り合いを止め、ランドルまで一気に間合いを詰めた。

ランドルがナイフを突き出す。

竹脇は避けることなく、左手で摑んだ。当然、刃先が手のひらに指に食い込み、血が噴き出す。刃先が手の骨まで達し、ぎりりと音も響いた。

しかし、竹脇はランドルのナイフを摑んだ左手を離さず、逆に右手に持った自身のナイフをランドルの左太腿に突き立てた。そこから一気にナイフを上に引き上げる。奴のズボンの腿が裂け、赤い一筋の線が描かれてゆく。

ランドルは絶叫しながら左手で竹脇の首を摑んだ。絞め上げてゆくが、やはり竹脇は怯まず、奴の腿に刺したナイフを抜くと、今度は奴の左鎖骨あたりに突き刺した。

そして刺した刃先をぐりりんとねじる。

絶叫しのけ反るランドルを、竹脇はそのまま仰向けに倒し、すぐさま上に乗った。

――常軌を逸している。

まゆ子は思った。

狂った戦い方。しかし、その狂った世界にまゆ子もすでに入り込んでいる。そう感じながら自分の布バッグを素早く探り、竹脇たちに駆け寄った。

竹脇はランドルの肩に突き刺したナイフをそのまま下へと下ろしてゆく。ランドルも斬り裂かれる痛みで叫びながら、自分のナイフを握る竹脇の手を振りほどこうともがく。が、竹脇は離さない。その刃を握る手からどくどくと血が滴り落ちてゆく。ランドルの肩に刻まれてゆく傷からも血が湧き出ている。

まゆ子はバッグから取り出した二十二口径の拳銃を竹脇に向けた。

「竹脇さん、もうやめてください」

ランドルの肩に刺さったナイフが心臓に達する前に日本語で訴えた。

「誰に頼まれた」

竹脇がランドルに馬乗りになり、こちらをちらりと横目で見る。

「殺してはいけません。殺せば取り返しがつかなくなります」

まゆ子はいった。

「民政局の依頼か？　誰彼構わず巻き込む奴らだ」

竹脇の言葉にまゆ子は答えない。だが、その通りだった。民政局のマイルズ中佐からの依頼、いや命令を、カレルとタクシー運転手の小森を経由して伝えられた。

アンダーソン中尉の援護に向かった竹脇が、やりすぎてアメリカ人を殺してしまわないよう抑制する。竹脇が制止に従わない場合は発砲も許可する。竹脇が権藤との協力関係を続けている場合は、隙を突いて撃ち殺せといわれた。命令を果たした際の対価は、乳癌末期のまゆ子の母の入院と治療。回復は望めないが延命と苦痛緩和のため、GHQの指示で最高の病院と薬品を提供するという。もし、竹脇が現場にやってこずに逃亡した場合も対価は提供される。

まゆ子は命令を受け入れた。

そして今、カレルと小森を通じてマイルズ中佐から渡された拳銃を構えている。

——私も家族とトタン要害の人々のためなら、どんなことだってやる。

強く思いながら、まゆ子は言葉を続ける。

「殺したいほど憎いのはわかります。でも、本当に殺せば、竹脇さんだけでなく、私を含むトタン要害全員が制裁を受けることになります。アメリカ人将校を殺した男として政界進出への道も絶たれます」

「長いものに巻かれろと？」

竹脇が嘲るようにいった。

「そうです。竹脇さんもその覚悟を持ってここに来たのでしょう？」

「本当に撃てるか？」

「撃てます。今の私なら」

本心からいった。

「そうか。だが、俺はやめてもこの男がやめはしない」

竹脇は流血しながらランドルを押さえつけ、ランドルも失血で青ざめながら抵抗を続けている。

「胡喜太さん手伝っていただけますか。私のバッグの中に注射器が入っています」

それだけで胡喜太は理解し、持っていたライフルを落とすと、まゆ子のカバンを漁った。そして注射器を持って駆けてゆく。

「やめろ。殺すぞクソ犬ども」

日本語がわからず、痛みと怯えで硬直した顔をこちらに向けていたランドルが英語で叫ぶ。

だが、胡喜太は構わず注射器を奴の傷ついていないほうの太腿に刺した。

「下等な東洋人が。殺してやる」

ランドルの叫ぶ声はすぐに小さくなり、わずかに痙攣したあと体の力が抜け、意識を失った。

打ち込んだのは、カレルから預かった強い催眠作用と幻覚作用のある薬剤の入った注射器の、もう一本だった。

「君は青くて愚かだが、強いな」

竹脇はそういうと意識を失ったランドルに馬乗りになったまま、左手に食い込んだナイフを引き抜いた。さらに血が溢れ出し、竹脇が低い唸り声を上げる。

まゆ子は竹脇の、そしてランドルの止血のため駆け寄ろうとした。

が、胡喜太が呼び止める。

「あいつらは放っておけ。時間がない、お嬢ちゃんには俺の仕事を手伝ってもらう」

※

閉じたドアの外の言い争いは、薄暗い展示室内のイアンと権藤の耳にも届いている。イアンたちはまだ互いに動けずにいるが、聞こえていた声は止まった。日本語のやり取りはイアンにはわからなかったものの、まゆ子が竹脇を押し切ったようだ。

そして予想していたように閉じていたドアが開き、展示室内に明かりが射し込んだ。と同時に、ぶしゅーっという音とともに白煙も一気に流れ込んできた。

四塩化炭素を含んだ消火剤だ。煙は瞬く間に部屋を満たしてゆく。イアンはすぐに床に落としていた自分のブローニングを拾い上げた。

そしてこの気に乗じ、権藤に向かって駆ける。

が、奴のほうが一瞬早かった。権藤はカーテンまで走り、開くと、ガラス窓を蹴破った。砕けたガラス片とともに奴が二階の展示室から夜の庭へ飛び出してゆく。

イアンは即座にあとを追った。博物館二階の窓は通常の三階建て以上の高さがあるが、権藤は高い針葉樹の枝を緩衝材に使い、巧みに伝い降りてゆく。

イアンも同じく針葉樹の枝の中に飛び、背広を裂きながら下の枝にさらに二回飛びつくと、地面へ降りた。

国立博物館本館の背後には池を囲むように庭園の木々が並んでいる。木々の中を走る権藤の背を外灯がかすかに照らし、それを手がかりにイアンも追いかける。

だが、無闇には進めない。予想通り足元を見ると、木々の間の低い位置に細いワイヤーが張られていた。アメリカ軍の警備役、さらには権藤が仕掛けたトラップだ。他にもトラバサミなどが間違いなく仕掛けられている。それらをもどかしい思いで慎重に探りながら、遠ざかる権藤の背を追った。高い木々に外灯が遮られ、追う背中が闇に滲んでゆく。

しかし、逃すわけにはいかない。

国立博物館の敷地周辺には高い塀が張り巡らされているが、権藤はそこを越えて外に逃げる気だろうか。それとも敷地内のどこかに潜み、増援を待つつもりだろうか。

——どちらだとしても絶対に逃さない。

イアンは木々の枝と闇に紛れる権藤の背を狙い、銃を撃った。

銃声が響く、命中させるのは難しいが威嚇にはなる。

が——

すぐ近くの闇の中から「ひっ」と男の声が聞こえた。

続けて「動くな」と叫び、闇の中から小銃を構えた若いアメリカ人兵士が顔を出した。

「じゃまをするな」

イアンも叫んだ。

しかし、兵士は小銃の先端を震わせながらも、「動くな」と命じ、森の中の小径《こみち》を近づいてくる。

近くの外灯が彼の怯えた顔を照らす。

「時間がないんだ。じゃまをするなら本当に撃つ」

イアンは強い声で再度警告する。

兵士は迷いつつもまだ小銃の銃口をイアンに向けている。

——急がねば。

イアンが兵士を撃つ覚悟を決めた直後、少し離れた木の陰でかすかな物音がした。

すぐに身をよじり近くの木の裏に飛び込もうとしたが、遅かった。

銃声が響く。

イアンは右の二の腕を横から撃たれた。衝撃でよろけ、ひざまずく。反撃の体勢を取ろうとするものの、間に合わない。

撃ったのは――やはり奴だ。

銃を構える前に、銃口をこちらに向けた権藤が近づいてきた。イアンが兵士に足止めされたのを即座に好機と捉え、近づき回り込んだのだろう。

――悔しいが的確な判断だ。

「権藤だ。私のことは知っているね」

小銃を構えたまま混乱しているアメリカ兵に英語で話しかける。

「よくやってくれた。これが侵入者のイギリス人中尉で、君たちが警戒していた男だよ」

撃たれた傷から失血し、拳銃を握っているイアンの右腕が痺れる。

イアンに銃を向けながら歩いてきた権藤が外灯の光の下に入った。奴は笑みを浮かべながらアメリカ兵にさらに話し続ける。

「私を銃撃してきたこのイギリス人に私は反撃し、一発撃ち込んだ。しかし、まだ銃を離さず抵抗を続けているため、私はやむなく彼をここで殺さねばならない。君はその過程の目撃者だ」

アメリカ兵が動揺の消えない顔でうなずき、権藤がイアンの頭に銃口を向ける。

イアンは権藤に反撃するため、痺れる右腕を上げようとした。

瞬間――

遠くでまた銃声が響く。

そして、イアンのすぐ近くで権藤の頭が弾け飛んだ。

目を見開いたままの奴の側頭が砕け、脳漿が飛び散る。銃を構えた権藤の体がぐらりと横に揺れ、直後に崩れ落ちてゆく。

ひざまずいたままのイアンの目の前に、権藤は倒れた。

わけのわからないアメリカ兵はしばらく啞然としたあと、胸ポケットに入れたホイッスルを取り出し、激しく鳴らしはじめた。仲間を呼んでいる。

この闇の中、外灯の光を頼りに遠距離から権藤を狙撃した。

そんなことができる奴はひとりしかいない。

――竹脇祥二郎だ。

最後に命を助けられた。大きな借りができてしまった。

――いや、奴は借りを返したのかもしれない。

増援の兵士たちが小銃を構えながら駆けつけ、イアンを囲む。

だが、それ以上近づくことはなく、ただ銃口を向け、こちらを見つめている。拘束の指示は出ていないようだ。

イアンは頭を吹き飛ばされ倒れている権藤、いや、生前権藤という名で呼ばれていた遺体にもう一度目を移した。

――確かに奴は死んだ。

湧き上がってきた感情は、ただそれだけ。他に特に思いつくこともない。

アメリカ兵は困惑しつつも変わらず銃を構えているが、一分も経たず新たに三人の西洋人が近づいてきた。軍服のふたりはケーディス大佐とマイルズ中佐、加えて隣の三十前後の男にも見覚えがあった。背広姿で金髪に眼鏡をかけている。神田の路上に停めたパッカードの助手席にいたＣＩＡ職員だ。

三人の後方から、さらにふたりの東洋人が息を切らして走ってくる。

まゆ子と胡喜太だった。博物館本館の二階で権藤と向き合っていた間、閉じたドアの向こうからは竹脇の声も聞こえてきたが、あの男がやってくる気配はない。

「来るのが遅くなり、すまなかった。彼らとの会議が長引いてしまってね」

真夜中の博物館構内で外灯に照らされながらケーディス大佐がいった。

その会議にはＣＩＡに加え参謀第二部も出席し、三者の合意により権藤を切り捨て、竹脇を推すことが正式に決まったのだろう。

「納得のゆく結論にたどり着けたが、それも君が権藤を追い詰めてくれたおかげだ」

大佐がイアンを見ながらうなずく。慰労のつもりだろうか。

「オトリー参事官はアメリカと英国間の調整作業をしている。わかりやすくいえば、本件に関する両国の口裏合わせだ。さて、君は一番大事な仕事をやり遂げた。次に重要な任務もかたづけてしまうといい」

イアンはうなずいた。そして血で汚れたナイフを出し、枯葉の敷かれた地面に倒れている権藤の体から左耳と左薬指を切り取りはじめた。

イアンだけではなく胡喜太も右耳、右薬指を切り取ってゆく。対応に困っているアメリカ兵たちにケーディス大佐が目で合図を送る。胡喜太も制止されないのは、すでに何らかのかたちで了承を得ているからだろう。

「撃ったのは竹脇だな」

イアンは死んだ権藤の指の骨にナイフの刃を食い込ませながら小声で聞いた。

「竹脇だけじゃない。左手の使えない奴の代わりに、お嬢ちゃんがライフルを支えた」

権藤の耳を削ぎながら胡喜太が返す。

「竹脇はどうした？」

「知らんよ。あいつも負傷したから手当てのために病院にでも行ったんだろうが、いずれにしても、もうあんたには関係のないことだ」

――確かにその通りだ。

イアンは切り取った耳と指をハンカチで包み、ズボンのポケットに入れた。

目的を果たし、何よりも求めていたものを手に入れた。しかし、達成感も充実感もない。トロフィーであると同時に卑怯な猿の肉片である権藤の耳と指に対し、嫌悪感さえ湧き上がらない。

胡喜太も切り取った耳と指をハンカチに包み、ズボンのポケットに押し込んだ。

「じゃあな」

奴が残し、去ってゆく。

――これが最後の別れになるだろう。

イアンは思ったが声には出さなかった。

まゆ子が駆け寄り、ビーズ刺繍がついた布バッグから包帯を取り出した。イアンの左右の肩に無言で巻きつけてゆく。彼女の顔にも達成感らしきものは一切浮かんでいない。

「それで、アメリカ人は何人死んだのかな？」

金髪眼鏡のＣＩＡ職員が、いかにもアメリカ東海岸のアイビーリーグ出身者のような気取った口調で訊いた。

「負傷者はいるが、誰も死んでいない」

イアンは答えた。

「ギャビー・ランドル中尉も？」

「はい。負傷し、気を失ってはいますが生きています」

イアンに代わってまゆ子が英語で答える。

「ああ、そう。博物館の中で倒れているわけか。じゃ、竹脇という日本人は？」

「生きているそうだ」

イアンはいった。

「なるほど。消去されたのは権藤ひとりだね」

「いや、長田という日本人が死んだ」

イアンはつけ加えた。奴を「人」と呼んだことが自分でも少し意外だったが、ＣＩＡ職員は無関心に首を横に振った。

「あれのことはどうでもいい。ともかくアメリカ人は一人も死んでいないわけだ。それなら我々としても異存はない。ありがとう、よくやってくれた」

破れて埃まみれのイアンのズボンの尻をぽんぽんと二度叩き、去ってゆく。

「その通訳の少女と一緒に送らせるから、今夜はゆっくり休んでくれ」

ケーディス大佐がいった。

まゆ子がまた布バッグに手を入れ、何かを取り出そうとしたが、大佐が制する。

「君へのプレゼントだ」

大佐は小声でいうとイアンにまた視線を戻した。

「担架は必要か？」

「いえ、歩けます」

イアンは強がりを交え答えた。何の抵抗にもなっていないが、アメリカ人の担ぐ担架には乗りたくなかった。

「そうか。まずは治療だな。それから、くれぐれもお父上によろしく」

ケーディス大佐もマイルズ中佐を引き連れ去ってゆく。まゆ子が取り出そうとしたのは、たぶん拳銃だ。竹脇がそうしたように、ケーディス大佐もまゆ子に銃を渡し何かの仕事を命じた。

その仕事がどんなものかイアンにも容易に想像がつく。

少し離れたところに立つアメリカ人の若い一等兵が戸惑いながらこちらを見ている。送迎役を命令されたひとりだろう。

「自動車はどこだ」

イアンから声をかけた。

「こちらです」

一等兵が必要以上に大きな声で返事をしながら、ずっと遠く、博物館の正面のほうを指さした。

イアンは歩き出した。まゆ子もついてくる。

肌寒い。撃たれた左肩、右の二の腕、さらに長田に噛まれた指もずきずきと痛み出し、激しいめまいがする。

「君に命を助けられた。ありがとう」

イアンはいった。車に乗り込んだら痛みと失血と疲労で意識が遠のいてしまうかもしれない。その前に感謝を伝えておきたかった。

「自分のやるべきことをしただけです。それより、自分の仕事を終えたら、すぐに博物館から離れるよう中尉からいわれていたのに、背いて残ってしまい申し訳ありません」

まゆ子が硬い表情でいった。

「君が背いたおかげで今も俺は生きている」

「ではまず病院へお連れします」

一等兵が話しかけてくる。

だが、彼の声よりも虫の鳴き声のほうが大きく耳に届いてくる。上野恩賜公園に到着した時点から、いやさらに数日前から聞こえていたはずなのに気づけなかった。

――これが日本の虫の音か。

東洋的な情緒溢れる声だと以前教えられたが、英国で聞くのと同じだった。うるさいだけだ。

痛みと冷たい日本の秋の風を感じながら、イアンはどうにかジープに乗り込んだ。

6

翌朝、傷の痛みとともにイアンが目を覚ますと、部屋のドアの下に一通の便箋が差し込まれていた。

「thank you very much. ありがとうございました」

まゆ子からの伝言。

彼女の姿はすでに向かいの部屋から消えていた。

イアンはまたひとりになった。

十三章　極束

十月二十五日。

下井壮介の指と耳の切断は、トタン要害で行われた。半分以上が焼失し、わずかに生活感を残した家々が残っているものの、いまだ漂う強い焦げ臭さが、そこが人の住んでいた場所だと連想させるのを拒む。役目を終えた町だと、嫌でもわかった。

その場に居合わせたのは、顔を含めた全身の各所を縫い、左肩をギプスで固定したイアン、オトリー参事官、謹慎を解かれたホフマン二等書記、下井本人と奴の息子。

病身だという下井の妻、竹脇祥二郎、そしてまゆ子の姿はない。

下井はまったく納得はしていないものの、静かに現実を受け止めていた。理不尽さを訴えることもなく、痛みに顔を歪めながらも声を漏らさず、自身の手で自らの左耳、左薬指を切断した。

会話はオトリーが取り仕切り、イアンは下井とは一切話していない。

下井の目はどこか宗教家のごとく静かで、イアンには涼やかにさえ感じられた。一方、息子の大介は最後までイアンを睨み、父を見る目には薄く涙を浮かべていた。まゆ子が通訳として働いた期間の報酬をオトリーを通じて渡そうとしたが、それも非難の言葉とともに大介に突き返された。

大介が話したのは下手な英語だったものの、「汚れた金《dirty money》」の一言だけはイアンの耳にもはっきりと聞こえた。

三日前の国立博物館の騒動では竹脇も負傷したというが、奴は今どうしているのだろう？

いや、それ以上にまゆ子はなぜ直接言葉を交わすことなく、無言でビークマン・アームズから去ったのだろう？　今どうしているのか？　気がかりではあるものの、イアンには知る由もないし、彼女の心を推し量ることもできない。

たぶん、そんなことは考えるべきではないのだろう。

まゆ子はイアンの兄の仇の娘であり、竹脇はその仇の下井を匿っていた男だ。敵として対峙することはあっても、本来は同志として交わることなどあってはならない存在だった。

あんな日本人たちのことはもう忘れるべきなのだろう。

――もう会うこともないのだから。


その日、宿舎のビークマン・アームズにひとりで戻ると、部屋にカレルからの手紙が置かれていた。彼は四日間の出張で神戸《こうべ》という街に向かったそうだ。開戦以降、今も閉鎖されたままの在神戸アメリカ領事館を使って行われるパーティーで料理を振る舞うという。

手紙にはカレルが一年後にニューヨークで開くイタリア料理店の住所も書かれていた。

「是非いらしてください」

ニューヨーク大学近くのトンプソン・ストリートか。マンハッタンへの旅なんて考えたこともなかった。

権藤たちから切り取った指と耳の入った瓶と一緒に、手紙をスーツケースの奥に入れる。

日本を発つ準備をしながら、この凄惨で滑稽な騒ぎの唯一の勝者はカレルなのだと、あらためて感じていた。

※

オトリー参事官とホフマン二等書記に先導され、イアンは東京駅の構内を進んでゆく。階段を上がった先のホームは思ったよりも空《す》いていた。ここに停車しているのが占領軍専用の臨時列車だからなのだろう。

これに乗り、横浜港《みなと》駅に向かう。

十月二十七日。

肩の銃創はまだ痛むものの、どうにか動けるようになった。今日でイアンは離日し、英国へと戻る。

「例の件はケーディス大佐が処理してくれたよ」

オトリーがいった。国立博物館での騒動の際、展示品のいくつかを破損させてしまったことだ。どうにか修復が可能だったため、ケーディス大佐が博物館職員たちの反発と非難を抑え込み、GHQが予算を出して元通りとする上、日本の政府や東京都に圧力をかけ博物館予算を増額することで強引に決着させてくれた。

イアンの手にしている大きなスーツケースには、兄の仇たちの耳と指が入ったガラス瓶が収められている。もう日本でやり残したことはない。

ただ、あの夜以降、胡喜太には会ってはいなかった。まゆ子や竹脇の消息も知らない。

しかし、ホフマンがイアンに小さな布の袋を見せた。

「まゆ子さんからです。中尉に渡してほしいと頼まれました」

表には漢字が刺繍されている。

「お守り、日本のタリスマンですよ。この袋の中に、呪術を込めた紙の護符が入っています」

「効能は旅の安全か」

「いえ。日本語で縁結び。いい人やよい出来事に引き合わせてくれるんです。どうします？　持っていかれますか。まゆ子さんに返しますか」

少しだけ考える。

「荷物になるものでもないか」

イアンは上着のポケットに放り込んだ。

「覚えているかい」

オトリーがいった。

「君が日本に来た直後、ホフマンくんが話したことを」

「ええ」

日本にはある種の異様な空気が漂っている。敵意なき笑顔と従順さで包み込み、すべてのものを変質させてしまう空気が――そんな内容だった。

「短い滞在だったが、君も少しは変えられたのかもしれないな」

お守りを受け取ったことをいっている。確かに以前なら突き返しただろう。

――でも。

「どうでしょう？」

イアンは返した。

はぐらかしたのではなく、自分では本当にわからなかった。

「ではまた。次はロンドンのパブで」

オトリーの一言を聞きながら列車に乗り込んだ。たぶん彼らとは再会することになる。漠然とそう感じた——予感なんて自分らしくないと思いながら。

通路側の座席に腰を下ろし、窓側に荷物を置く。

対面式の四人がけだが、座っているのはイアンひとり。同じ車両内には他に乗客が六人いるだけだった。離日者を港に送るためではなく、来日者を迎えるための列車で、戻りは外国人客でほぼ満席となるのだろう。

手を振るふたりを残し、列車が走り出す。

戦争による荒廃と復興による再生が混在した日本の街が車窓を流れてゆく。眺めていると、銃創を負っているイアンのスーツの左肩に何かが触れ、通り過ぎていった。

女性が腕にかけたベージュのハンドバッグだった。

ただ、欧風のハンドバッグとは不釣り合いで、少し気になるものが、手提げの部分にぶら下がっている。

ついさっきイアンがもらったものと同じ、日本のお守り。

席を探す素振りで通路の先まで進み、向きを変えて戻ってきたその女性のことも、イアンは知っていた。

潘美帆。

——まゆ子に仕組まれた。

オトリーとホフマンも加担しているのだろう。白い長袖のワンピースにストッキング、ベージュのヒールを履いて白のハットを被った彼女は、通路を挟んだイアンの隣に座った。

列車は進んでゆく。空は晴れ、窓からわずかに吹き込む風は心地いい。

——はじめからやり直してみろ、そういうことか。

イアンは思った。

彼女とのこれまでの関係は、国立博物館に突入する直前、東京湾を進む船の上ですべて風に流した。だとしたら、試してみるのも悪くない。これまでの自分の思考、嗜好、主義を簡単に変えられないだろうし、今は変えたいとも思っていない。だが、空回りしても、悪く転んでも、たとえ憎み合う結果になったとしても失うものなどない。

胡喜太の秘書の仕事は、日本に流出した清朝の美術品回収の役割はどうするのか？　疑問も浮かんできたが、考えるのはやめた。

あの人種差別主義者のイアンの父が、イングランドのサリー州にある屋敷に、もし東洋人など連れ帰ったらどんな表情をし、どれだけの罵声を浴びせるか想像しそうになったが、それもやめることにした。

イアンにとっては、今のこのふたりには、どうでもいいことだ。

「ご旅行ですか」

メイが初対面のように話しかけてくる。

「日本を出て国に戻るんです。英国まで」

イアンは答えた。

「そうですか。行程は？」

「横浜からアメリカ軍の船に乗り、香港に渡って、旅客船に乗り換えます。インドを経由し、スエズ運河を通ってイスタンブールに着いたら、そこから先は鉄道か、船でゆっくり地中海を周遊してゆくか、あらためて考えるつもりです」

「シベリア鉄道ではなく海路でヨーロッパまで。長旅ですね」

「あなたはどちらまで？」

「途中までは同じです。アメリカ軍の船で香港に戻ります」

そういってメイは窓の外に目を移した。

「でも私、決めていないんです。もっと先まで行くかもしれない。知らない世界を見てみるのも悪くないと思っています」

「知らない世界、ですか」

イアンはいった。

「はい。私に見せていただけますか？」

ふたりの間を、日本の秋風が静かに吹き抜けていった。


（了）

「トータル・ウォー　第二次世界大戦の原因と経過」（上：西半球編）（下：大東亜・太平洋戦争編）
ピーター・カルヴォコレッシー、ガイ・ウィント、ジョン・プリチャード著　八木　勇訳　河出書房新社　1993年
「図説　第二次世界大戦」池田　清序文　太平洋戦争研究会著　河出書房新社　2019年
「戦場のG．I．ヨーロッパ戦線　1941―1945」　ワールドフォトプレス　1998年
「日本陸海軍総合事典　第2版」　秦　郁彦編　東京大学出版会　2005年
「日本陸海軍事典　コンパクト版」（上）（下）原　剛、安岡昭男編　新人物往来社　2003年
「昭和8年　戦争への足音」　石黒敬章　KADOKAWA　2016年
「第二次世界大戦外交史」（上）（下）　芦田　均　岩波書店　2015年
「地域のなかの軍隊2　軍都としての帝都　関東」　荒川章二編　吉川弘文館　2015年
「WWⅡ戦術入門」　田村尚也　イカロス出版　2021年
「ビジュアル版データで見る第二次世界大戦　軍事力・経済力・兵器・戦闘・犠牲者」　ピーター・ドイル著　竹村厚士監訳　柊風舎　2014年
「鉄道歴史散歩　東京・関東編」　竹内正浩　宝島社　2021年
「地図で解明！　東京の鉄道発達史」　今尾恵介　JTBパブリッシング　2016年
「日本鉄道旅行地図帳5号　東京―全線・全駅・全廃線」　今尾恵介　新潮社　2008年
「カラー版　東京鉄道遺産100選」　内田宗治　中央公論新社　2015年
「東京都戦災誌」　東京都編　明元社　1953年
「目でみる東京百年」　東京都編　1968年
「墨田区教育史」　墨田区教育委員会編　1986年
「東京都中央卸売市場史」（上）　東京都編　1958年
「築地市場クロニクル1603―2016」　福地享子＋築地魚市場銀鱗会　朝日新聞出版　2016年
「台東区の歴史散歩」　台東区社会教育課　1977年
「土地の記憶　浅草」　山田太一編　岩波書店　2000年
「私の浅草」　沢村貞子　平凡社　2016年
「旧浅草區　まちの記憶」　森まゆみ著　平嶋彰彦撮影　平凡社　2008年
「ロスト・モダン・トウキョウ」　生田　誠　集英社　2012年
「図説　占領下の東京」　佐藤洋一　河出書房新社　2006年
「図説　アメリカ軍が撮影した占領下の日本（改訂新版）」　太平洋戦争研究会編　河出書房新社　2006年
「占領下日本」（上）（下）半藤一利、竹内修司、保阪正康、松本健一　筑摩書房　2012年
「日本占領史　1945―1952　東京・ワシントン・沖縄」　福永文夫　中央公論新社　2014年

「1947」主な参考文献

「ワシントンハイツ—ＧＨＱが東京に刻んだ戦後」 秋尾沙戸子 新潮社 2009年
「ＭＰのジープから見た占領下の東京」 原田 弘 草思社 1994年
「写真で読む昭和史 占領下の日本」 水島吉隆著 太平洋戦争研究会編 日本経済新聞出版 2010年
「占領史追跡 ニューズウィーク東京支局長パケナム記者の諜報日記」 青木冨貴子 新潮社 2013年
「悪党・ヤクザ・ナショナリスト 近代日本の暴力政治」 エイコ・マルコ・シナワ著 藤田美菜子訳 朝日新聞出版 2020年
「ジャパニーズ・マフィア ヤクザと法と国家」 ピーター・B・E・ヒル著 田口未和訳 三交社 2007年
「世界犯罪組織研究 マフィア、暴力団、三合会の組織構造分析」 マウリツィオ・カティーノ著 土屋晶子訳 東京堂出版 2021年
「東京アンダーワールド」 ロバート・ホワイティング著 松井みどり訳 角川書店 2000年
「占領期メディア史研究 自由と統制・１９４５年」 有山輝雄 柏書房 1996年
「貧困の戦後史 貧困の「かたち」はどう変わったのか」 岩田正美 筑摩書房 2017年
「東京のヤミ市」 松平 誠 講談社 2019年
「東京戦後地図 ヤミ市跡を歩く」 藤木ＴＤＣ 実業之日本社 2016年
「重ね地図シリーズ 東京 マッカーサーの時代編」 太田 稔、地理情報開発、光村推古書院編集部 光村推古書院 2015年

研究論文・学術論文

「日本降伏後における南方軍の復員過程 １９４５年～１９４８年」 増田 弘 現代史研究 2013年3月
「戦時・戦後復興期の日本貿易：１９３７年～１９５５年」 奥 和義 關西大學商學論集 2011年12月第56巻第3号

テレビ番組

【NHK】
「財閥豪邸ものがたり～日本占領はこうして行われた～」 2006年
「時事公論 ＢＣ級戦犯 教誨師に届いた手紙」 2017年
「戦後ゼロ年 東京ブラックホール １９４５—１９４６」 2017年
「隠された〝戦争協力〟朝鮮戦争と日本人」 2019年
「隠された毒ガス兵器」 2020年
「密室の戦争～日本人捕虜の尋問録音～」 2021年
「清朝秘宝 １００年の流転」 2022年
「幻の地下大本営～極秘工事はこうして進められた～」 2023年
【NNN】
「つぐない～ＢＣ級戦犯の遺言～」 2019年
【BS朝日】
「東京国立博物館１５０年の謎」 2021年

初出
本書は「ジャーロ」74号（二〇二一年一月）から88号（二〇二三年五月）に連載したものを刊行にあたり加筆・修正しました。

長浦 京
（ながうら・きょう）

1967年生まれ。埼玉県出身。法政大学経営学部卒業後、出版社勤務を経て、放送作家に。その後、闘病生活を送り退院後に初めて書き上げた『赤刃』で2011年に第6回小説現代長編新人賞、2017年に『リボルバー・リリー』で第19回大藪春彦賞を受賞する。2019年の『マーダーズ』が第73回日本推理作家協会賞候補、2020年の『アンダードッグス』が第164回直木賞候補および第74回日本推理作家協会賞候補、2022年の『プリンシパル』が第76回日本推理作家協会賞候補となる。ほかの著作に『アキレウスの背中』『アンリアル』がある。

1 9 4 7《イチキユウヨンナナ》

2024年1月30日　初版1刷発行

著　者　長浦《ながうら》 京《きよう》

発行者　三宅貴久

発行所　株式会社 光文社

〒112-8011　東京都文京区音羽 1-16-6

電　話　編　集　部　03-5395-8254

書籍販売部　03-5395-8116

業　務　部　03-5395-8125

U R L　光　文　社　https://www.kobunsha.com/

組　版　萩原印刷

印刷所　新藤慶昌堂

製本所　ナショナル製本

落丁・乱丁本は業務部へご連絡くだされば、お取り替えいたします。

ISBN978-4-334-10200-5